言葉の現場へ

フランス16世紀における知の中層

高橋 薫 著

中央大学学術図書 69

中央大学出版部

装幀　道吉　剛

LE
NOVVEAV
TESTAMENT D'AMOVR,
DE NOSTRE PERE IESVCHRIST,
signé de son sang. Autrement son dernier sermon, faict apres la Cene, auec sa passion, ou sont confutées plusieurs heresies.

A la Royne de France dedié.

Autheur F. Pierre Doré, docteur en Theologie.

Hæc omnia liber vitæ, & testamentũ altißimi. Ec. 24.

A PARIS,
Par Iean Ruelle, libraire, demeurant en la rue
sainct Iacques, à l'enseigne Sainct Nicolas.
1557.
AVEC PRIVILEGE.

『愛についての, 我等が父なるイエス・キリストの, 新しい遺言』扉　原寸大

Annales d'Aquitaine.

Faicts & gestes en sommaire des Roys de France, & d'Angleterre, & païs de Naples & de Milan: reueues & corrigées par l'Autheur mesmes: iusques en l'an mil cinq cens cinquante & sept.

SPE LABOR LEVIS.

N. PARVI BELLOSA-
NENSIS AD AQVI-
TANOS DISTICHON.

Perlege quos præsens Annales edidit author,
Inueniesque tuos gens Aquitana duces.

AD GALLOS.

Hoc opus inspicias animosi filia Martis
Gallia, quos olim viceris ipsa leges,
Acrem sola Gothum domuisti, sola Britannos.
Quid magis? ipsa tibi subdita Roma fuit.

AD PICTONES.
Edita Pictaui gentis primordia vestræ
Cernite, Pictonicum fluxit & vnde genus.
Felices nimium vestra quod natus in vrbe
Sit, qui sit vestræ conditor historiæ.
AD EPISCOPVM ET EC-
CLESIAS PICTAVENSES.
Pontifices priscos si vis dignißime Præsul
Noscere, te præsens instruet iste liber.
Inuenies & auum, qui te præceßit, & omnis
Religionis apex, & probitatis erat,
Vrbis & istius quando fundata fuerunt,
Templa, nihil priscum tam graue liquit opus.

A POICTIERS.
Par Enguilbert de Marnef.
Auec Priuilege du Roy.
M. D. LVII.

『アキタニア年代記』扉　原著フォリオ判

はしがき

　主として言語文化をつうじて，フランス16世紀と長いあいだつきあってきた。フランスの16世紀が好きだ。あの頃，あの地域で書かれたテキストは真摯であり，率直であり，単純におもしろい。なぜあの国の，あの時代なのか。
　いつの頃からかわからないが，フランスの16世紀は世界史の中でも特殊な期間だ，というおもいこみができた。好きだ，という理由が欲しかったのかも知れない。後知恵でいうのなら——雑な表現であることは承知している——，フランスという地方は西欧諸国のあいだで，もっともはやく近代的な国家を形成した地域だ。この頃ドイツは領邦国家の集合体にすぎなかった。イタリアは規模の小さな都市国家に分裂していた。スペインは国家というよりもハプスブルク家の所領だった。イギリスはスコットランドやアイルランドをまだ外敵として有しており，何よりも文化的に未熟だった。ひとつ，フランスだけが王国として統一した体裁をたもつ準備をしていた。フランスの近代国家としての成就は17世紀のいわゆる絶対王政とともに訪れ，絶対王政の土台を作ったのが，16世紀という，およそ100年の期間にあたる。この16世紀に起きたいくつかの事件のひとつでも別様に展開されたら，西欧近代はわたしたちが知るところとは，まったく違ったものになっていただろう。「歴史」の必然？　安易なものいいだ。前世紀に大きな言葉がいくつも出現し，敗北したのを見てきたわたしたちではないか。
　どのような具合に別様でありえたのか。例をあげよう。フランスという国は現在では六角形にたとえられる。しかし16世紀にあって，フランス王国は六角形どころではなかった。王国は他国の飛び地で寸断され，重臣にせよ新参にせよ，公爵や伯爵，あるいは地方豪族さえも自領の独立性を主張していた。フランス国王の直轄地の周縁に棲むふつうの人々にとって，フランスは「彼方」の国だった。フランスが六角形になるには18世紀を，さらには20世紀を待たなけ

ればならないだろう。16世紀はイル・ド・フランス地方を中心とする王権が，己れの周囲に将来のフランスという国家をひきよせてゆく，そんな時代だった。

　本書の「第Ⅰ部」でとりあげる歴史家たちはフランスの周辺に生き，16世紀にかろうじて片足をふみこんだ，例外をのぞいて宮廷に出仕した「言葉」をあやつる人々である。第Ⅰ部のタイトル，「境界の歴史家たち」とは，空間的・時間的にフランスと非フランス，16世紀と15世紀，そして文化的にルネサンスと中世のはざまを生きた歴史家の謂いを託して用いられている。フランス・ルネサンス，フランス16世紀という世界の周縁に属し，あるいはそこからこの世界に，望もうと望むまいと，引き込まれた人々である。

　本書の後半5分の2は，16世紀の特徴である，宗教戦争期のエピソードとして片付けられかねない，フランスの中心はパリで活躍した説教者に捧げられている。いずれも強硬カトリック派で，ひとことでいうなら煽動家だ。「歴史」の言葉とは異なる，はるかに主観的な「言葉」を用いた確信犯であり，第Ⅰ部に登場する人々のように（見かけだけかもしれないが）謙虚という言葉にはほどとおい。しかしかれらがその時代にあってどれだけ聴衆の耳目を集めようと，結果的にかれらの言葉はそれが情況的であればあるだけ，歴史の中に取り込まれることなく，歴史の偶然によって敗北者のレッテルを貼り付けられている。

　どういうわけか大作家を敬遠する傾向がある。できるなら沈黙のまま時代を生きたふつうの人々の想念を追いかけてみたい。しかし沈黙のまま生きとおした人々に接するのが不可能なので，書き残すべく努力をしたが，いまでは忘れ去られた著作家に，より多く惹きつけられ，かれらが伝えたかったことに耳を傾けたいと念じている。言葉を用いて，伝えたかった想念や思想を解き明かしてくれるひとたちに，いく世紀もの間めぐりあうことなく，ただ現代の酔狂な読み手の要請で，こころならずも呼び出された著作家たちの，無念のおもいに同調してみたいと願っている。わたしのフランス16世紀とは，「フランス」という地域と「16世紀」という時間と，そして「忘れられた者（伝えそこねた想念）」という主題が織り成す，はなはだ個人的な場である。

　この書でとりあげた言葉をあやつる人々は，いずれも文学史や思想史から忘

られた人々である——少なくとも専門家以外にはほとんど知られていない
し，16世紀学者にさえそうだろう。ましてやこの極東の地ではなおさらだ。こ
の書を構成する各章も，1990年前後という，相互に比較的近い時期に書かれた
とはいえ，当初はわたし自身にとってのみ有機的な統一体としての意味をもつ
ものであった。元来はこの文章をご覧になっている方々を想定して発表したも
のではなかった，ということである。思い出すがその頃わたしは，to a unhappy
few という言葉を呪文のようにとなえて机に向かっていた。今回機会をあたえ
られて，そのようなひとりよがりを公表することを許された。ちなみに各章の
初出をあげておく。

——「メッスのひと，フィリップ・ド・ヴィニュール——『年代記』のなかのア
イデンティティ——」，『駒澤大学外国語部論集』第28号および第29号
（1988年9月および1989年3月）所収
——「境界に佇むふたりのブルターニュ史家」，『フランス16世紀読書報告
（1991）』（1991年12月）所収
——「所謂（大）修辞学派による歴史書三篇」，『フランス16世紀読書報告（1990）』
（1990年12月）所収
——「忘れられた宗教者ドレをめぐる断章」，『フランス16世紀読書報告（1990）』
（1990年12月）所収（同年5月の「ラブレー・モンテーニュ研究フォーラ
ム」で部分的に口頭発表したもの）
——「シモン・ヴィゴール，その『四旬節の説教』——ささやかな注釈——」，『フラ
ンス16世紀読書報告（1991）』（1991年12月）所収

『フランス16世紀読書報告』というのはわたしの個人論評誌で，国会図書館
におさめた冊子以外は，わずかに個人的に面識のあるかた数名にお送りしたも
のにすぎない。1990年から1998年にかけてつづった文字どおりの読書報告文で
ある。本書ではこの個人誌に掲載した文章を中心に，合計6名の歴史家（とい
うより歴史書を書いた人物）とふたりの説教者（正確にいえば2編の説教書）

の作品からわたしが読み取ったところを紹介するわけだが，一方では本文でその生涯や作品について触れている著作家もおり，他方ではすでに知られていることを前提に話している歴史家もいる。第Ⅰ部第1章のフィリップ・ド・ヴィニュール，第2章で論じたピエール・ル・ボーやアラン・ブシャール，第Ⅱ部第1章のピエール・ドレ，同第2章のシモン・ヴィゴールは，読者の方々にあまりなじみがないかも知れないということを想定して，お話したり，書きとめたりした。しかし第Ⅰ部第3章のジャン・モリネ，ルメール・ド・ベルジュ，ジャン・ブーシェは「（大）修辞学派」というグループがフランス文学史の片隅に載っていないわけではなかったし，とくにわたしが執筆時に想定していた読者の方々には充分ご理解いただけると思っていたので，行論にあたって，個々の情報を最小限にした。しかしいまこのような形でより多くの方々に接することがない，わたしたちの勝手気ままな駄文にお付き合い願うためには基礎的な情報くらいは共有していただいた方がよいかと考えた。そこでモリネ，ルメール，ブーシェについては簡単な人名事典ふうに，初めにお話しておくことにした。

*

ジャン・モリネ〔Jean Molinet〕：15世紀のおそらく前半，ブーローニュに生まれ，1507年にヴァランシエンヌ市で没する。パリ大学で学業をおさめたあとフランドル地方に戻る。結婚して妻と死別してから修道院に入り，ヴァランシエンヌ司教座聖堂参事会員の禄をあたえられる。いつの頃からかわからないが，ジョルジュ・シャトランと懇意になり，その没後あとを継いでブルゴーニュ家の修史官，またオランダ地方を統轄していたマルガレーテ・フォン・エスターライヒの司書に任命された。1474年から1504年をカヴァーする『年代記』のほかに，たとえばつぎのような，複雑な押韻の韻文作成で知られる。

　　　　モリネ　ネ　　　　　　　　　　　　　ノン ノン
　　Molinet n'est sans bruyt, ne sans nom non ;
　　　　　ソン ソン　　　　　　　　　　ヴォワ ヴォワ
　　Il a son son et comme tu vois voix .

ジャン・ルメール・ド・ベルジュ〔Jean Lemaire de Belges〕：ベルギーのエノー地方に1473年に生まれ，1524年以前に没した。上記ジャン・モリネの甥にあたり，充分な教育を受けた。ラテン語，フラマン語，フランス語，イタリア語をよくしたという。1498年ピエール・ド・ブルボン公爵にとりいり，この頃ギヨーム・クレタンから詩作をすすめられたらしい。1504年マルガレーテ・フォン・エスターライヒに仕えた。小品『緑の恋人の手紙』はこの時期の作品である。1507年に伯父のモリネが没すると，そのあとを継いで，修史官（一説には司書）に任命された。同時に外交的任務も託され，イタリアに赴いた。この任務を遂行する中で，文人のサンフォリアン・シャンピエや哲学者のアグリッパ・フォン・ネッテスハイム，画家のジャン・ペレアル，その他の知己をえた。1512年マルガレーテの宮廷を辞すまで，詩作やパンフレ（政治的攻撃文書）を書いた。1512年，フランス王妃アンヌ・ド・ブルターニュの招聘におうじて王宮に入った。代表作は1510年から1513年にかけて刊行された『ガリアの顕揚とトロイアの偉傑』で，その第1巻をマルガレーテ・フォン・エスターライヒに，第2巻をクロード・ド・フランス（アンヌ・ド・ブルターニュの長女），第3巻をアンヌ・ド・ブルターニュに捧げた。1514年，アンヌが没してからの消息は不明。

ジャン・ブーシェ〔Jean Bouchet〕：1476年（新暦）1月30日，ポワチエに生まれ，17歳にして剃髪，21歳の時にシャルル8世に自作の詩を献呈するが，貧困のため出仕をあきらめ，1507年，ポワチエに帰郷，代訴人として生計を立てた。1510年，ルイ・ド・ラ・トレムイユに仕え，最後の大修辞学派としてラブレーをはじめとする文人・学者と親しくまじわった。ラブレーはかれの学識と美しい言葉をほめ称えた。男性韻と女性韻を交互に用い始めた最初のフランス人だといわれる。

*

ここにあげた文章は，文言の修正や参考文献の付加，引用・言及された原文

の代わりに日本語訳をのせたことを除いて，初出のものの骨格はほとんど変えていない。怠惰といわれればそれまでだ。例外は第Ⅱ部第1章で，ラブレーとドレの関係にいっそうの保留をつけた箇所である。16年昔の文章を改稿しないほどうぬぼれているつもりはない。ものの見方が旧態依然として16年前のそれと変化していない，ということを発見し，思考力の衰えを感じたのが率直な感想である。もちろん昔綴った文章はたえず気にかかり，書かれた時点で入手できなかった文献，新たに出版された文献も少しずつ集め，読んできた。それが参考文献を含めた肉づけにつながった。ただ癖としていいきってしまうところがあり，いいきってしまった文章はそれなりに完結（完成ではない）しており，完結している文章は手を入れにくい——特に過去の見解に異論がない場合には（嫌気がさす場合はある）。逆にいえば，この本はそうしたたぐいの文章を集めて作られたのだ，といってもよい。本当は，いくら完結している文章でも，いまでは徹底的に加筆・修正をほどこしたくなっている文章（そうした文章なら山ほどある）を集めて一冊の本にし，ご批判を受ける方がよかったのかもしれない。だがわたしのような凡庸な人間にはいく篇も本を出せる道理などなく，それなりに完成し，それなりに相互に関連があり，そしてそれなりに愛着のある文章をお眼にかけることにした。それがこの本にとって仕合せであるのか不仕合せであるのか，よくわからない。

2007年4月

高　橋　　薫

1．以下の文章でたびたびフランス語とその和訳が併記されるであろう。これは，(1)テキストの修辞度をつたない日本語では表現しきれなかったため，特にテキストの「文学性」を示すために原文を置いた，(2)二つの作品の異文が問題になるとき，対照しやすいように原文を並べた，(3)この時代の言語に関心をもたれる方のため，標準文法，標準語彙と隔たりがいちじるしい文章に原文を添えた，の三点での処置である。ここにとりあげた人々が，多かれ少なかれ「言葉」をなりわいとしていたた

め，フランス語がおできになる方たちにはその気息を原文で紹介したかった，というおもいもある。つたない和訳でかまわなければ，原文はすどおりして下さって結構である。
2．原文の引用にさいし，慣例によりｉとｊ，ｕとｖは適宜交換した。
3．以下のテキストは複数の巻（もしくは「冊」）にまたがるものが多い。本文への註でも指示をおこなったが，引用・言及箇所をひとつひとつ後註で指示すると，註だけで相当なページ数となる。ために前後の文脈で，指示する文献が明確とおもわれる場合には，割注の方法をとった。主としてローマ数字で巻数（冊数）をあらわし，アラビア数字で当該ページ数，もしくは当該列数を示した。必要におうじ一次文献，研究者の名前を原綴で表示し，割注に入れた場合もある。お見苦しい体裁となってしまったが，著者としてはこれ以上にページ数をふやすことを避けたかった。どうかお許しねがいたい。なお当該ページ数のあとに(g)・(d)の表記のあるものがあるが，これはページが二列組になっている書物の，(g)は左列，(d)は右列をあらわしている。
4．なお，現代の人権感覚からみて疑念を抱かれる語彙も見うけられるかも知れないが，歴史的文書を対象にした文章であるのでお許しいただきたい。

目　　次

はしがき

第Ⅰ部　境界の歴史家たち

第1章　メスのひと，フィリップ・ド・ヴィニュール
──『年代記』の中のアイデンティティ── …………… 3

1．はじめに　3
2．「起源」の問題と都市の理念　4
3．触知的社会　7
4．他者を介しての自立　19
5．「歴史」の神話　33
6．連帯の選択　38

第2章　境界にたたずむふたりのブルターニュ史家 ……… 56

1．女公アンヌの修史官　56
2．ピエール・ル・ボーの場合　60
3．アラン・ブシャールの場合　103
4．ピエール・ランデ問題　139
5．ブルターニュの「自立」神話と併合　155
　補　　遺　175

第3章　いわゆる「(大)修辞学派」による歴史書3篇 …………193
  1．宮廷詩人と修史官　193
  2．ブルゴーニュ公国史：ジャン・モリネ　195
  3．物語と歴史：ジャン・ルメール　227
  4．地方史から中央の歴史へ：ジャン・ブーシェ　263
  5．君主の認識と「歴史」の使命　307

第Ⅱ部　首都の説教者

第1章　忘れられた宗教者ドレをめぐる断章 ……………………337
  1．ラブレーの異本文　337
  2．ドリブス同定史　340
  3．ドレ：「親しみやすさ」　347
  4．『新しい遺言』の執筆年代　349
  5．『新しい遺言』「第18章」　354
  6．「親しみやすさ」の構造　360
  7．「第14章」と「葡萄」の喩　368
  8．「遺言」のテーマ　379
  9．主題の展開とイメージのふくらみ　397
 10．「ドラマ化」の手法　399
 11．改革派論駁　406
 12．トリエント公会議　411
 13．対立者の否定と隣人愛　416
    補　　遺　424

第2章　シモン・ヴィゴール，その『四旬節の説教』
　　　──ささやかな注釈── ……………………………439
　1．同時代人の中のヴィゴール　439
　2．『四旬節の説教』の起草年代　457
　3．説得・学識・権威：「第3篇」を例にして　470
　4．「権威化」と改宗指導　486
　5．制度としての「宗教」　501
　6．説教の現場　522

むすびにかえて　541

人名索引　549

第 I 部
境界の歴史家たち

第 1 章

メスのひと，
フィリップ・ド・ヴィニュール
―― 『年代記』の中のアイデンティティ ――

1．はじめに

　フィリップ・ド・ヴィニュール〔Philippe de Vigneulles：1471年6月―1528年3月もしくは4月〕が後世に残した3冊の著作，すなわち『年代記』，『新百物語』および『回想録』[1)]にあって中心となる作品は，と問われれば，少なくともフィリップの意志を忖度するかぎり，『年代記』に指を折らざるをえないであろう[2)]。400年のあいだ草稿のまま，一般の眼に触れることなく眠っていたこの大部の史的叙述は，ことに15世紀末から16世紀初頭にかけての，神聖ローマ帝国内の商業都市メスの諸相を，都市生活者の視点から浮き彫りにして見せる。メスを中心とする世界の，天候，地震，氾濫などの自然変動史，戦争，外交，動乱などの政治史，都市制度や価格，処刑，祭礼にまつわる社会史，さらにはそのいずれにも含まれない多くの奇譚が，『年代記』というジャンルの有する公式記述なる制約と，フィリップのいだく人間への関心とに幸運にも支えられ，この史書にあふれている。これらの記事のすべてはもちろん，まとまった一部でも紹介することは『年代記』の膨大なページ数とわたしたちの批判能力の欠如ゆえにきわめて難しく，ただここではそうした史料的興味や歴史的関心をきたるべき研究者たちにゆだねながら[3)]，このラシャ商人がなぜメスという己れの〈都市〉の歴史を書こうとしたのか，かれは〈都市〉をどう眺めていたのか，『年代記』の内部にわたしたちなりに読んでみようとおもう。

2．「起源」の問題と都市の理念

　己れの属する都市の歴史を物語る作業について，フィリップはいくつかの自覚的な言葉をのこしている。たとえば『年代記』のほぼ冒頭にはつぎの文章が置かれている。

　　（引用—1）〔I. 1〕
《わたしこと，メス市の商人にして市民であるフィリップ・ド・ヴィニュールは，神の恩寵により，神の讃辞のため，そして気高き都市〔メス〕とそのすべての優れた貴顕の方々および行政官の方々の名誉のため，この気高き都市のいささかのことがらを，その創設についても，また創設以来ながきにわたってこの都市を拡張し，増大させ，統治し，そこに住んできた人々についても，ここで述べ，論じ，物語ろうと決意した》

　『年代記』を構成する五つの巻の多くに序文や結語，あるいはそれに類する文が見られ，作者は，神とメスとメス市指導者を称える目的での歴史記述である，との言明をくりかえす[4]。換言すれば，メスが神に見守られ，優れた貴族たちによって統治されてきた気高い都市であることを，創設以来の歴史をつうじ，明らかにしようとするのだ。こうした目的意識を記入することは，己れの属する共同体の歴史を書こうとこころみる者にとって当然の予備作業であり，それらの言葉がかれを歴史へと走らせるすべてでないことも明白である。しかし同時に，フィリップによるメス市の肯定が，その場かぎりの儀礼的な表現ではないことも確かだ。わたしたちはメス創設期を語る文章で折りに触れ，メスの美しさを訴えるため，精いっぱい言葉を尽くすフィリップを認めうる。

　天地創造暦1737年，バベルの塔の崩壊ののち，ノアがいまだ存命であったころ，セムの部族がベルギー・ゴールの地にたどり着く。かれらはこの地の山野を経巡ったあと，

（引用―2）〔I. 9〕
《十分に美しく高い，とある山にゆきいたった。この山には木々が満ち，花や実をつけ，鳥はしげく訪れ，穏やかでほどよく快い大気に覆われ，また南方と東方から流れきて，その山のはずれで北方へとくだってゆく二つの川に囲まれていたのだが，それはちょうど山がそれらの川を分かつぐあいだった》

　セムの部族はこの地に居をかまえ，それはメス市の原始の姿であるディウィディヌム――「名高く美しく，善良で気高い人々に充ち，あふれ，モーゼル川とセーユ川の岸にたたずみ，高く頑丈な家々が築かれ，高い周壁と非常に深い堀とで防御された，この気高き都市」〔I. 12〕――へと成長してゆく。『年代記』の，とくにメス初期史をあつかう部分には，出典のゆえか，あるいはフィリップが書きなれないゆえか，錯綜した叙述が続き，反復も多いが，いま一度メスの美しさを称える文章を拾ってみる。

　　（引用―3）〔I. 22〕
《メスは歴史を有する都市であり，建てられたのはヨーロッパ北部と西部のあいだ，ベルギー・ゴールと呼ばれる地域，モーゼル川とセーユ川の二つの流れのあいだにたたずみ，よい土地とよい大気の中に位置し，非常に優れた，また肥沃な耕地にかこまれ，高い山々と大木とを気高くもそなえ，広い牧場と幸多い草地，たいそう美しい畑と野原と庭園にかこまれ，飾られ，うまし水をもたらすすばらしい泉をもち，ほかにも川や池，沼に大いにめぐまれ，美しくもしっかりしたいく通りもの道が入り組んで，塩田やその他の必要なたぐいも豊かにそなえている》

　フィリップはこの種の〈国誉め〉的な文をさらにいく度か，歴史書の中に挿入するであろう。わたしたちが見てきた〈国誉め〉の根拠は，風土の美しさ，交通・防御の地の利をえていること，農業その他生活産業への好条件といったところであろうか，しかし初期史に散らばる〈国誉め〉には地理的以外の要素も明

示，もしくは暗示されるのであって，《メス市はローマよりもはるか以前から存在した》〔I. 16〕といわれる歴史の古さや，古代の都市建設者たちの血筋の正しさ——セムの部族のほかにも，トロイア戦争で国を追われたフランクスの仲間たちがこの地に立ち寄るだろうし〔I. 16〕，カエサルに破壊された都市を復興したのはローマ貴族であった〔I. 27〕——，《家々が銀貨でいっぱいであった》〔I. 26〕ほどの富，アウグストゥス帝やシャルルマーニュをはじめ，多くの偉大な支配者にあたえた好印象〔I. 35, 176〕，戦時における市民の勇気と力強さ〔I. 25〕などは，伝承世界の中で，ありうべき〈都市〉の理念をメスにあたえていよう。ただメスが理念像を提供するにはもうひとつ，重要な因子が必要であった。それは都市の外部に対しては自立性として，内部に対しては反専制性として表現されるものだった。ローマ建国以来ローマ人は多くの民族に戦いをいどんできた。けれども

　　（引用—4）〔I. 20〕
《この都市〔メス〕は激しく，雄々しく，非常に力強く抵抗し，従えられることなく，自らの女主人となり，その後長くそうあり続けた。というのもこの都市は，上述のごとく，賢明にして慎重な，かのセルパヌスとその仲間たちの助言を受けていたからであり，その助言とは，おおやけのことがら〔la chose publicquez；むろん res publica の直訳。「国」とか「国家」という訳語をあてはめるのはためらわれたので，熟せぬ言葉を用いた〕や共同の財産はゆいいつの者よりも多くの者によって，より良く，またより有益に治められるであろうから，この都市が己れの上にいかなる王や君主も有さぬように，というものであった》

　後述するように，フィリップは〈都市〉の自由性・自主性という理念にいく度も立ち戻ることになろう。それはともあれ，メス市とその統治者を称えるための歴史記述を語ったフィリップは，史料の構成しうる歴史のかなた，神話や伝承の構成する時間のただなかにメスの理念像を据えた。『年代記』構想の原点

にもし〈国誉め〉があったとすれば，著作の初期の段階でその意図が前面に出ても，なんの不思議もない。フィリップは己れの都市への愛着と忠誠と，都市の理念像とを，メスという共同体に，おそらくある部分までは共有されたであろう起源の伝承を描くことで，印象づけるのにさしあたっては成功した。だが歴史記述は〈起源〉で完結するのではなく，そこから出発し歴史家の現在へと流れ続ける。神話的起源から離れてなお，メスはその統一的な理念像，フィリップがその名誉を称えるにあたいするだけの理念像を提供しうるであろうか。そしてまた，都市への帰属感がフィリップに理念像を描かせたとして，帰属感はそれではどこに由来するものなのか。問うべきはメスの〈現代史〉である。

3．触知的社会

中世都市をそれ以外の集落や農地と分かつ物理的な最大の要素は周壁であった[5]。原型としての中世都市は周壁にかこまれ，その内部に高さのある家々や聖堂をかかえこんでいた。メスも代表的な中世都市であり，周壁の重要性は都市生活者のだれにも了解されていた。周壁の存在意義はまず軍事的なものであり，平時にあっても，内部と外部を結ぶいくつかの大門には門衛や夜警が配された。これは市民の義務であり，怠ればきびしい処分の対象となった〔『新百物語』第61話〕。フィリップもむろん，良き市民として義務の遂行にやぶさかでなく，『年代記』の中にもいく度かその報告がある〔III. 265, 397；IV. 240, 256〕。かれは周壁の内部の利益と平和のため，外部から訪れる者にも注意を払わねばならなかった。都市貴族や裕福な商人と同様，フィリップも都市圏内に領地を有していたが，都市内部にも住居をもち，そして敵の襲来にあって最終的に頼るべきは周壁の内側だということも知っていた。周壁の内に住んでいるかいないか，周壁は人々をこのどちらかに分類した。

どの程度の概算であるのか，どのような算出根拠を有するか，また16世紀初頭にどの程度妥当するのかまったくわからないが，メスは14世紀初めに約20,000の人口をもっていたといわれる[6]。都市に居をかまえるフィリップは，

この中の少なからぬ人々を見知っていた。多くのそうした人々は『年代記』にあっては個体化されず——なぜなら，日常生活や些細な出来事を省略するのがフィリップの記述の原則だから——，また知人であってもことさらそう告げる必然性もない。けれども閉ざされた周壁内部の人口密度を考慮すれば，館にこもる少数の都市貴族[7]でもなければ，濃度の高い人間関係にとらわれざるをえなかったとみても，不自然ではあるまい。職業あるいは宗教的な同一の集団に所属する人々はもちろん[8]，階層を超えた交際をもっていたと考えることができる。貴族の家柄でなくとも，メス市有数の商人のひとりであったフィリップは，支配的な階層の屋敷に個人的に招かれることもあった〔『新百物語』第100話〕。聖史劇の上演〔IV. 155〕や祭礼での山車の提供〔IV, 105-109〕をつうじ，市の晴れやかな舞台に積極的に顔を出したこのラシャ商人は，中小の商人・職人，さらには下層民・零細民と呼ばれる者たちとも，折りがあれば挨拶を交わす仲であったろう。かれはたとえばつぎのような女を見覚えていた。1512年，人々に受けがよかった娘が，悪い評判をもつ代母の存在に悩み，殺そうとした。アリバイまで作って犯罪を実行したが，代母に重傷を負わせるにとどまった。娘はそれまでの評判のよさに助けられ罰をまぬがれる。——こうした記述のまとめにフィリップは，《しかしわたしは，かのじょが結婚後，別の有様になったのを見たのである。というのもかのじょは様子をすっかり変えてしまい，盗っ人女，淫売婦とみなされていたのだ》〔IV. 130〕と書きとめる。

都市はその内部にだけ住民をかかえているのではなかった。メスはその周辺に広い農村地帯を従えていた。農村の集落にのみ生活する者もいれば，都市の内部から農耕のため日々出かける者もいた。集落の住民も生産物や自給不可能な商品の売買のため都市の大門を頻繁にくぐらざるをえなかった。立場こそ違え，メスの北西の近郊，ヴィニュールを領地とし農耕や葡萄栽培に力を注いでいたフィリップも，かれらの労苦や日常生活に関心を示していた。メス周辺の天候の加減，作物の出来具合はフィリップの心を一喜一憂させた[9]。『年代記』にはこの種の記述をたくさん認めることができる。

第1章　メスのひと，フィリップ・ド・ヴィニュール　9

（引用―5）〔IV. 102〕
《この1511年の夏は非常に悪いたぐいのものだった。というのもぜんぜん暑くなく，寒さと風と霧があるばかりだったからだ。このため干し草や小麦を収穫するのに大変な苦労であった。毎日降り続いた雨のせいで，それらの一部は腐るまで畑に放置された。このような具合で，収穫された小麦は量も少なく，価値も少ないものだった。葡萄酒も同様だった》

　フィリップは都市にのみ住んで領地を顧みないような地主ではなかった。環境も時代もかれをそうさせなかった。『新百物語』には農民の過酷な生活条件が具体的によく描写されている。『年代記』での飢饉や水枯れにおそわれた人々の惨憺たる情景や，その折りの神への祈りには胸を打つものがある。こうした耕作者や貧しい者への共感はけっして抽象からみちびかれたわけではなく，おそらくフィリップの知るひとりひとりの顔がそれを誘い出していた。己れの葡萄栽培人の犯した罪が正当防衛の判決をえたさい，メス法廷の正義を称えるかれの言葉の背後には〔IV. 548〕，そうした具体的な相貌が浮かんでいなかったとはおもえない。
　フィリップにあって限定された都市（圏）空間内での人間関係はまず第1に触知的であったような気がする。ひとりの人間との関係が結ばれれば，その関係の情況的な，あるいは心的な密度におうじ，その人間を媒介にした新たな人間関係が網の目のように延びてゆく。上訴をしたために罰せられた，ある市民に言及するとき，かれの訴訟の相手こそ《わたしこと作者がその娘と結婚した》者であると付記するのを忘れない〔III. 396〕。下僕に惨殺された肉屋夫婦の事件を物語るにあたって，フィリップは，殺された妻の父親と《何回も会い，見知り，連れ立ってかれのテーブルで酒を飲み食事を摂った》〔IV. 86〕事実を，いく度おもいかえしたであろう。メス市とその内側での出来事のかなりの部分は，このようにフィリップの人間関係の網に覆われていた。そうした関係のすべてが好意的とはかぎらず，わずらわしい顔，不快な顔もあった[10]。だが中世都市で通常の人間が単独で暮らすことを夢見るはずもなく，フィリップはメ

スという都市を触知的な空間と触知的な関係の綜体として眺め，自らも網の構成要素であると承知していたろう。農村とはやや異なる意味で，人口密度の高い都市の定住民も運命的な共同体を選択せざるをえないからである。

　もちろん都市の人間に個別的な生活や家庭が欠けていたわけではない。ただ，ひとりの市民は地域的な，職業的な，宗教的なさまざまの位相でいくつもの集団に重層的に属していた。そうした集団は機能的・構成的である場合もあれば，酒場でのグループやさいころ仲間のようなゆるい補完的なものもあった。そしてまた都市という単位で市民ひとりひとりに共同性を確認させる出来事も稀であるどころではなかった。犯罪者の処刑や皇帝の入城式などの娯楽にせよ，戦火，自然災害，疫病などの災いにせよ，都市内のある集団ではなくその全体のあずかる体験や事件は都市の住民のあいだに一種の共通感覚を生じさせた。年毎におこなわれる，あるいは予想可能な出来事においてもそうだし，突発的な，異常なものにおいてもそうだった。猫が犬の仔を産んだ，との噂は驚きの声とともに町々を駆け巡ったであろう〔IV. 215〕。死産し埋められたはずの子が母の夢にあらわれ，母は洗礼を授けえた，という不思議は敬虔の叫びとともに語り伝えられたにちがいない〔IV. 84〕。

　価値がまだそれほど多様でなく，人々の心が熱しやすかったこの時代，共同の心性に定方向的な刺激をあたえる事件には不足しなかった。カーニヴァルや聖体行列，戦勝の祝いは都市全体をひとつの渦に巻き込んだ。日常の中に見慣れぬもの，非日常的なものが紛れ込むと，人々の注意はそこに集中した。メス市を綱渡り芸人が訪れたときもそうであった。

　　　（引用―6）〔IV. 32〕
《だがこれ〔1504年，メスを訪れた最初の綱渡り芸人〕はそのあとに来た者に比べれば取るに足りなかった。というのもかれが立ち去るや否や，ピカルディー地方出身の別の芸人がやって来たからだが，この者はこの上なく，五割がたも上手にやってのけたのだ。このピカルディー人は最初の者よりはるかに優れたことをした。まず初めに，かれは先の者がおこなったすべてを，ず

第1章　メスのひと，フィリップ・ド・ヴィニュール　11

っと巧みにやった。これに加えて，かれは宙に綱を張り，それをゆるい綱と呼び，その上でこの若い色男は自分の体を使ってすばらしい業をおこなった。それは回転する繰り糸器のようだった。ついで降りたり昇ったり，上下さかしまに身を投げ出したり，飛んだり跳ねたり倒立をしたり，天にも地にも触れていないかのごとくだった。これをし終えると，かれはいっそう優れた，比べようのないことをおこなった。というのもかれは千人以上もの眼の前ではっきりとかくもすばらしい業をしたので，村落の立派な人々やその他のいく人もの，それを見た者たちは，これが魔法，魔術，妖術だと言い，断じ，はっきりと己れの眼で見ているものを信じようとしなかった。というのもこのピカルディー人は，メス大聖堂の大時計の鐘のすぐ傍らの窓から太く強い綱を張り，その綱の一方の端は，フォルヌリュー通りの出口近く，商人アンルケル宅の前の地面に打ち込まれた，太い尖り杭に結ばれつながれた。そのあとでこのピカルディー人は時計塔に昇り，その高みから，頭を前，腕を十字に差し伸べ，この綱にそって滑り降りるにまかせたが，あたかも空に舞う鷲かノスリのようだった。それを見ている者たちにさらにいっそうの恐怖と戦慄をあたえたのである。そしてこの状態で体をじっと動かさず，上述のとおり頭を下に，何にも一切手をそえずに，地面に降り立つまで，どこも害することがなかった。こうしたことで人々は大変驚嘆した》

周壁に囲まれた，あるいはその周辺の人々は，それが日常的であろうと異常であろうと，共同体を横断する悦びやおののきには，みな同じ心的角度で面を向けた。獰猛な狼が都市の周囲を徘徊する日々〔III. 93-95〕，危険は都市圏の各個人にだけではなく，都市というひとつの有機体にとって見逃しえぬものであった。狼が農作業や交通に障害となったからだけではなく，《悪霊》〔III. 94〕の化肉として都市綜体のたたかうべき相手だったからだ。こうした恐怖や喜悦，畏敬は程度の差はあっても共同体の感情——共同体を構成する個人に共通した感情というよりむしろ共同体が人格を有するがごときの感情であり，それが個人を揺り動かしていた。それは人々の視線が一点に集まるとき，あるいは人々

が群衆化するとき，よくあらわれた。以下はメス近隣の都市での，キリスト聖衣発見にまつわる記載である。

　　（引用—7）〔IV. 122〕
《その日〔1512年〕，何日もまえに宣せられ，おおやけに告げられていたとおり，上述の貴重な聖遺物が展示された。当日は非常に多くの群衆が集まり，都市の内部はたいそうな大混雑となって，ことに教会のまわりはそうだったのだが，身動きできないほどであった。一番になりたいとの願いで，人々は互いに殺し合いかねなかった。実際ケルンのとても美しい若い女が圧され締めつけられして，その場で死んでしまい，2，3の男たちも気を失って倒れてしまった。暑さがひどく，驚くべき群衆だったからだ。四，五百名の町の者が棒で武装し混雑を見張り，だれも踏み潰されることのないようにと命令を受けていたが，かれらがどれほど殴っても，首尾よくゆかず，制することもできなかった。
《〔……〕救世主の聖なる宝石とでもいうべき縫い目のない衣服が広げられるのを見るのは，すばらしいことであり，大いなる敬神の業であった。あらゆる人々は，あるいはその大多数は，己れの罪を告白し悔い改めており，大声で「お慈悲を」，と叫んだのである。鐘と笛の，天地を響かせる音に合わせて，人々の声を聞くのは，敬虔で信仰心あふれることであった。涙を流さぬような，頑なな心の持ち主はだれもいなかった》

　ゆったりと動く時間の中で，同じ日常を追い，同じ異常に眼をみはり，同じ感情で貫かれる人々の形成する共同体を，フィリップもまた生きていた。そこに棲む人々はおよそのところ，互いに手を伸ばせばとどく存在であり，そのようなかぎりで心的にも肉体的にも触知可能な対象であった。都市や都市圏のかなりの部分は己れのおぼろげな延長であり，フィリップは己れを愛すると類似してメスを愛したであろう。けれども当然のことながらメスが人間の集合体である以上，フィリップの肯定しうる者のみが構成するいわれもない。同様に都

市にはさまざまの対立があり，均衡のみが支配しているわけでもない。フィリップは，ときにはその対立が存在するという事実に気をもみ，ときには対立の一方に加担する気分を語った。

『年代記』は必ずしも公的事実，共同に認識された事実ばかりを記載してはいない。私的な，つまりフィリップにのみ関与する事実もあれば，事実以外の批評や感想，祈りの言葉すらある。批評的言辞の多くは聖職者に向けられている。

　（引用— 8 ）〔III. 191〕
《またこの頃〔1490年〕，メスの説教者兄弟団修道院が改革された。これは良いことであった（神が称えられますように）。というのも以前はあまりにも戒律が乱れていたからだ》

聖職者の愚行はむしろ『新百話』に絶好の話柄を提供していたが，教会勢力と対峙する市民階層の視点を『年代記』でのフィリップが共有していたのも確かだ。かれの教会批判がうかがえる文章はすでに「第１巻」に見つけることができるが，そこでは神聖ローマ帝国皇帝ルートヴィッヒ１世による教会改革が具体的に叙述されている。

　（引用— 9 ）〔I. 187〕
《この王〔ルートヴィッヒ〕は聖教会改革のためいく度か公会議を開き，ことに聖職者の衣服に認められる過度の豪奢を打破し，取り除こうとした。聖職者たちはあまりにも度を越えて豪奢と世俗の栄光の裡にふるまい，その指をいくつもの宝石で飾り立てた。このために王はそれらをすべて取り去り，質素にかつ敬虔にふるまうよう命じた。ただ大司教にはその位のしるしとして，それを示すため，ただひとつだけ宝石をつけることで満足するようにさせ，その他の者にはつつましい衣服をまとうようにさせたのである》

この改革に割かれた数行が，ルートヴィッヒに充てられるわずかなページの中で，比較的要約度が低く，具体的なイメージを与えてまとめられた，ほとんどゆいいつの項目であることに注意しておきたい。この事実はフィリップの教会批判への関心を暗示して余りある。教会批判は『年代記』をつうじ，ときとして聖堂騎士団裁判に関連し〔I. 367〕，ときとして実在教皇の名を引いて（たとえばIV. 146）——女教皇ヨハンナの逸話〔I. 208〕もこれに加えるべきであろうか——，そしてもちろんメスやその周辺の都市や地方の聖職者の活動を述べるさいにも，直接的・間接的を問わずたびたび表現される。フィリップが異端であったとか，宗教に無関心であったと考えてはならない。それどころか，かれが敬虔なキリスト教徒であったことに間違いはない。出典から離れ，己れの言葉で十全に語れるようになった『年代記』「第5巻」で祈りの声がどれだけ増したかは，その傍証である[11]。幸にあっても不幸にあっても，己れのためでも他人のためでも，かれは神を称え続けた。教会の行事には積極的に参加し，己れの領地ヴィニュール村の教会堂を再建しようとするのはフィリップである〔IV. 311-〕。おもい立っては巡礼をおこない，途上に病(やまい)に倒れた記録もある〔IV. 48〕。こうした信仰が真摯であればあるだけ，聖職者たちの腐敗には苦々しいおもいを覚えたであろう。『年代記』の終わるころ，とくにルターの名があらわれるころから，宗教の絡む事件が続くようになる。その中でもメスの大事件として眼を引くのが，アウグスチノ派修道会修道士ジャン・シャラントンの活躍と最期である。1524年の時点で教会風俗は改まるどころではなかった。

　（引用—10）〔IV. 508〕
《この者〔シャラントン〕ははなはだ尊げで，美しい物腰であり，偉大な説教師で，非常に能弁だった。そのようなひとだったから，説教によって貧しい者をおどろくほどに慰め，かれらを神にすがるに足る者となした。このせいでかれは大多数の悦ぶところであったが，みなではなく，ことに大部分の司祭と富裕な教会員は後者だった。かれらに対し修道士ジャンは日々説教し，

かれらの悪徳と罪を明らかにし，かれらが貧しい人々を欺いているといったのである。こうしたことで非常な憎しみがわき，かれに対してかれらの心に入った。同様になんにんもの他(ほか)の托鉢修道会士たちもかれに大変反感をいだいた。かれがかれらを叱り，かれらの過ちをおおやけに示したからだ。かれが貴顕や民衆から悦ばれれば悦ばれるだけ，この者たちはかれを憎み嫌っていた》

理念的，あるいは伝承の上からでは，メスは守護聖人の加護のもと，そびえたつ大聖堂を有する敬神の都市であったはずだが，事実史では，そして『年代記』の記述にあっても，教会権力と市当局は長い対立を続けていた。司教がこの都市に住まなくなってからすでに久しく，司教がメスに敵対する勢力と手を結び，都市と戦争状態に入ることもあった〔I. 322など〕。こうした歴史的背景を見れば，世界思想や生活思想としてのキリスト教には忠実であっても，聖職者階層の堕落を書きとめる市民フィリップの姿勢も納得できよう。『新百話』にあまたある聖職者諷刺の逸話群は，単に民衆文化のコードに汲まれたものでなく，メス市民の現実生活からみちびかれた情景と感想でもあったのだ。

都市内部での階層分化は，聖職者の存在とはいわば別系列に，都市貴族と富裕市民，そして零細民を作り出していた。都市貴族は伝統都市メスで別格の人々として知られていた。

メス市の政治・経済・司法の中央に位置するのは，古代からの出自をほこる五つ(六つ)の同族集団であり，市長も毎年交互にこれらの集団から選出された。またメスの司法を牛耳る「13(誓言)人委員会」や，軍事をつかさどる「7人(戦争)委員会」のメンバーも，これらの集団出身者以外ではありえなかった。これらの集団はフィリップの少年時代〔1478年〕，そうした地位の独占を法制度の中に明文化しさえしたのである〔III. 69〕。フィリップがこうした都市貴族階層に，おそらくかれらの出自の古代性と都市内に有する権力のゆえに，一定の敬意をいだいていたことは確かだ。しかしかれはまた，都市貴族と都市の利害がつねに一致するものでないことも，歴史をつうじ，そして経験により，知

悉していた。中世後期のメス市は階層の対立をいく度も激しい形で味わっていた。職人や零細民が都市を占拠し，市外に出た都市貴族や富裕市民が対抗してかれらを襲うこともあったし〔II. 14〕，肉屋の集団が「13人委員会」の判決に不満を覚え，武力衝突を惹起したこともあった〔II. 28〕。1406年には都市貴族に反乱を起こした零細民が1年余にわたって都市を支配したのだった〔II. 137-138〕。

　先行者の史書に多くを頼った時期の記述においては，フィリップはそうした反乱にさいし都市貴族の側にくみしているように見える。しかしながらことがフィリップの生きる時代にかかわるや，かれの立場や視点はいささかのずれを呈し始める。1518年，メス市と地方小軍事勢力——爵位を名乗るが，『年代記』に描かれるかぎりでは，非合法的な山賊集団に近い印象をあたえる——とのあいだに戦争が勃発する。さまざまな軍事的・政治的活動にもかかわらず，メス市に情勢は有利ではなく，窮乏下の零細民に指導者層の失政をなじる声が高まる。この事態を報告する一節に以下の文章を加えたフィリップは，はたして零細民への同情を感じてはいなかったか。

　　（引用—11）〔IV. 272〕
《かくて，すでに述べたとおり，都市は庶民の不平によって大きな危険にさらされていた。この者たちは当時，充分に団結してはいなかったが，それはかれらがそれまであまりにたくさんの鞭の打撃をひとつまたひとつと受けていたからだ。つまりかれらは神の三つの災い，すなわち戦争，飢饉，疫病に一度に打ちのめされていたのだ。疫病はこの時期なお，絶えずはびこり，多数の人々が死んでいた。けれども貧しい者たちには山ほども他の災いや悩みがあり，そのことをそれ以上考えてなどいなかったし，日々訪れる別の不都合のため，それについてのニュースもほとんどなかった。疫病でたおれた10人，20人が地に運ばれるのを眼のあたりにしても，それが子羊であるほどにも考慮に入れず，注意も払わなかった》

かれらの権力を怖れてか，それとも事実無欠であると信じていたか，フィリップが都市貴族を階層として直接批判することは，まずない。つまり都市貴族への批判はその全体にではなく，個々の事件や貴族に，しかも直接ではなく間接的な表現に向かう傾向がある。聖職者批判の場合とちがい，このときのフィリップの顔には何かしら困惑の表情すら浮かんでいるようだ。「13人委員会」のメンバーの犯罪と処刑とを書きとめ〔II. 254-255；III. 256-264〕，《このメス市の司法は地位が高かろうと低かろうと，何者も見逃さない》〔II. 255〕と語るとき，メスの司法とそれを有する市自体への誇りとともに，市政の中枢に発生した邪悪に対する驚きと怒りがにじんでいるのかも知れない。困惑の表情がはるかにはっきりするのは都市貴族間の抗争が表面化するときである。1521年から数年におよぶ，フランソワ・ル・グルネとその息ニコル・デスの訴訟問題は『年代記』が詳細に追うメス市の大事件であった。

　（引用―12）〔IV. 383；IV. 483〕
(A)《この者〔ニコル〕はかれと騎士フランソワ・ル・グルネ殿との争いのさい，しばらくメスを離れ，高ブルゴーニュ地方に行き，市にいく度か請願を提出していた。こうしてなんにんかの身分ある人々が，貴族もそうでない者も，かれらを和解させようと試みた。そして上述のごとく，かれがメスに戻るようにまでさせたのだ。だがかかる和解をもたらし，両名を調停するには非常な困難があった。なぜなら双方とも己れの見解にひどく執着したからだ。神のお許しでかれらが最善のために努力しますように！》

(B)《しかしかれら〔フランソワの子供たち〕は，そのとき以降，町長と判事全員が自分たちに，正統な領主として忠誠と誓言をおこなうよう求めた。フランソワ殿はこれを引き延ばし，事がそのようになるのに同意せず，逆にかれらから誓言と表敬を受けようとし，事実，上記の町長や他の官吏に，かれらが自分を畏怖すること大であるにかけて，自分以外のだれ

にも誓言しないよう禁じた。これらの憐れな者たちはこうしていく日も大いに苦しんだ。というのも日々，あるときはフランソワ殿の名により，あるときはその子供たちの名によって命令を受けたからだ》

　都市貴族相互の争いはその周囲に位置する人々のみを困らせるものではなかった。都市メスの命運は幸か不幸か，かれらの連帯と和平の裡に成立していた。フランソワとニコルの対立はそれでも血縁関係の不祥事にとどまっていた。だが都市貴族間にひとたび本格的な抗争が発生すれば，武力衝突の危惧といっしょに，都市の基盤に亀裂が入りうることをフィリップは知っていた。1516年，ふたりの若い貴族が些細な原因で決闘騒動をおこしたさい，かれら双方の血族や友人がこれに介入した場合の危険を告げたあと，フィリップはくどいようにこう記している。

　（引用―13）〔Ⅳ. 213〕
《いっそう悲惨なことに，都市の民衆が暴動に走り，一方の側，他方の側と，徒党を組んで互いに殺しあったかも知れないのだ。それによって万事荒らされてしまったろうし，都市全体にとても危険なことだった。というのも仮にこのフィリップ殿〔一方の当事者〕やその血縁がウートルセーユの村にひとこと声をかけようとすれば，みな尖り杭や棍棒を手に駆け付けたであろう。同じくモーゼル門の人々は，肉屋たちもその他の者も，ミシェル・シャヴェルソン殿を応援にみな走り集まったことだろう。そうなれば大変な危険であった。両名の民がかれらのもとで友愛の裡に生活できるよう，神がご好意とご善意により両名にともに和平を与えられますように！　アーメン》

　都市が混乱すれば，その原因がなんであれ苦しむのは下層民・零細民である。フィリップが功成り名を遂げた市民として，現行の都市体制を尊重し，下層の人々の暴動や過度の実力行使に眉をひそめるのは当然かも知れない。けれどもすでに引いた文章に認められる，零細民の窮状を理解する感受性と，窮状の原

因となる人為への批判精神をかれは晩年にいたるまで保持し続けていた。これは農民や職人を己れの農地や仕事場で使用し、日々接触していたかれ自身の生活環境のなせるわざでもあったろう。いかに成功した商人とはいえ、メス市でのフィリップの身分や立場は、下層の人々から完全に切断されたものではありえなかった。ある都市貴族たちのように、下層の人々の生活と無縁であることなどできなかったし、フィリップの無類の好奇心と豊かな心性はそれを望ませもしなかった。零細民への眼差しの暖かさの例証として、いまひとつ、ドイツ農民戦争時の農民の運動に共感を示した文章をあげておく。

(引用―14)〔Ⅳ.529〕
《このように、読者諸氏はこれら農村民軍の発端と成立、そしてかれらによりもたらされた条項と見解〔農民による12条声明〕を聞かれたわけである。これらの条項はいく人もの人々には、あまりにも無分別だとは見えないものだ。というのも、今日、聖職社会にも俗社会にも、過ちやひどい搾取、掠奪や盗みがあまりに多く、商人階層や貧しい者たちにははなはだしい迷惑であり、遺憾であり、憐れみをもよおさせるほどだからである。みながそのことに同情を覚える必要がある。このためわたしがおもうに、もし暴君や貧しい人々の搾取者が手当てをほどこさないなら、すべてを見通される神がそうなさることだろう》

4．他者を介しての自立

フィリップは都市やその圏内でのみ人生を送ったのではなかった。少年時代、親の反対を押し切り、単身故郷を離れ、異邦であるイタリアやフランスの諸都市に仕事を求めながら、遍歴の生活を過ごした。このときの想い出はかれの脳裏にあとあとまで色濃く残った[12]。また信仰篤いこのメス人は生涯にいく度（たび）も巡礼をおこなった。家族を率いてのそうした巡礼の旅のひとつの機会に、かれは塩田を訪ね、16世紀初期の塩の製造工程の写実感に満ちた報告をのこした

〔Ⅳ. 116-120〕。さらに商人であるフィリップに、毎年恒例のパリ郊外はランディ大市への旅行は不可欠であった。一方疫病の流行を避け、家族ともどもメスを離れなければならないこともあった〔Ⅳ. 56〕。目的や行く先のいかんを問わず、フィリップはたびたびメスを出立し、そして帰還した。定住者であろうと、周壁の内部だけがかれの生活空間ではなかった、事情は『年代記』の記述に関しても同様だった。

『年代記』はメス市のそれであるとはいいながら、ある程度の世界性も有している。英国の政治劇への言及もあれば〔Ⅲ. 64 など〕、ハンガリーやロドス島をおびやかすトルコ軍への呪詛もある〔たとえばⅣ. 400；Ⅳ. 450〕。新大陸からつれてこられた蛮人に注意を向ける一方〔Ⅳ. 78〕、ルイ12世、フランソワ1世のイタリア遠征は「第5巻」の主要な論題のひとつともなっている。これは多分、この当時の成功した商人の実行力と知性の広がりを反映していよう。そして豊かな商業都市であるメスも世界から取り残されていたわけではなく、その街中ではさまざまなドイツ方言、フランス方言を聞くことが可能だったし、商人、傭兵、説教師、放浪民、遍歴職人などの異郷の人々の顔を見ることができた。けれどもこれらの個々の異邦人やかなたの世界の出来事は、メスという共同体や『年代記』に彩りを添える役割を果たしはしても、それ以上ではなかった。都市メスが最大の関心をもって臨まなければならぬ世界、それはメス圏と接して存在する近隣諸国であった。

実態は群盗でありながらあつかうには難しい地方小軍事勢力をさておくと、『年代記』の読者のまえに絶えず姿を見せるいくつかの強国がある。神聖ローマ帝国、ロレーヌ公国、フランス王国、ブルゴーニュ公国がそれである。メス市はこれらの〈大国〉にはさまれ、これらの強国相互のうち続く戦争状態のただなかで、おのが自治都市たる権利を守り抜こうと苦闘していた。

これら四カ国の中でフィリップがもっとも敬意をはらっていたのは、『年代記』の印象でいえば、神聖ローマ帝国とその皇帝に対してであろう。メス市は中世半ばから神聖ローマ帝国に帰属し、幅広い自治権をえても、その形式的な関係は変わらず、一定の義務を果たしていた。皇帝に向かってメス市は少なく

とも表面上は恭順の姿勢をまもり，帝国と都市が武力衝突を起こすことはなかった。皇帝が市を訪問するごとに，市当局は盛大な歓迎式典と莫大な贈与をおこなった〔たとえばIII. 288-293 ; III. 386〕。他方，実効力がどの程度存したか疑いはのこるが，メスが大小の敵と戦争に突入したとき，皇帝は都市に味方する声明を発布したりもした。ただそうした友好関係の奥で，皇帝はこの富裕な都市をいっそう己れに従属させるべく，つねづね努力を怠らなかった。対してメス市はその都度，己れの自由を主張していたのである。

　1495年，皇帝が全領土に新税を課そうとしたとき，メス市民はそれが慣例になく，重すぎるものだと，きっぱりと拒絶した。《皇帝は非常に不快におもわれた》と『年代記』は記している〔III. 358〕。同様の交渉は1512年にも，皇帝マクシミリアンの治世におこなわれた。この交渉にあたり，市民の代表団は直接皇帝側と接触する都市貴族にこう語る。

　　（引用―15）〔IV. 139〕
《かれら〔市民〕のひどく気に入らないのは，皇帝がこのようにかれらの武力と富とを知ろうとし，かれらをして誓言させようとしたことである。これはかれ〔マクシミリアン〕の祖先がけっして為さなかったことがらで，かつての皇帝たちがあたえたこの都市の自由と自治権に反するものだ》

　納税のほかにもいっそう微妙な問題が存在した。皇帝カロルス5世とフランス国王フランソワ1世が戦争状態にあったとき，皇帝がメス市を旅していたパリの宝石商を逮捕させたのである。《都市の中でその司法の命令によらず，何者かが何者かを逮捕させるというのはつねならぬことであった》〔IV. 354〕し，《都市の昔からの自由に反した》〔IV. 355〕事態であった。司法権の獲得は中世都市の自治権運動にあって，重要な柱のひとつであったことはいうまでもない。当初は皇帝の威を怖れその命に服したメス市当局も，まもなく代表をブリュッセルに滞在する皇帝に派遣し，説得に成功している〔IV. 366〕。

　一般にメス市は皇帝との関係に慎重であろうとした。おのが根幹は守り，主

張しながらも、けっして怒らせてはならない相手だった。こうした配慮はフィリップの記述にもうかがえる。たとえば1510年後半、〈ピエール・ビュルタル〔『回想録』、そして『年代記』が多く依拠したオーブリオンの『日記』では、ピエール・ビュルトー〕戦争〉の名のもとにまとめられる長期におよぶ地方小軍事勢力との抗争において、メス市の敵を皇帝本人が援助している、との噂が流れた。『年代記』はこの噂を指摘しつつも《どうなっているのか、本当のところわたしは知らない》と論評を避けている〔IV. 280〕。このように陰影に富む神聖ローマ帝国とその皇帝への心情に比べ、はるかに単純なのがロレーヌ（ロートリンゲン）公に対するおもいであった。

『年代記』で見るかぎり、自治都市メスの最大の敵対者はロレーヌ公国である。メス周辺に跋扈する群盗の背後にもロレーヌ公の影があったし、かれらの活動は多くの場合、メス市とロレーヌ公との緊張関係を利用してのものだった。ロレーヌ公爵自身、何代にもわたって数限りなく都市にいどみ、都市を直接の支配下に置こうとくわだてた。12世紀の昔、伝説的な聖ベルナルドゥスがメス市に滞在していたころ、この聖人が奇蹟をもって調停したのも、《新たに獲得した自治権》を守り抜こうとしたメス市とロレーヌの貴族たちとの衝突であった〔I. 239-242〕。

こうした過去のせいか、ロレーヌ公国とメス市のあいだには相互に深い不信の念があったようだ。1428年には籠一杯の林檎の返還をめぐり、戦争が勃発してしまったほどである〔II. 187〕。たびかさなるロレーヌ公との戦争の記述で、『年代記』において侵略者はつねに、公爵側と想定される。戦争責任の問題にかぎらず、戦争の過程を描くにあたっても、ロレーヌ側の不正義は忘れられない。

　（引用—16）〔III. 153 ; III. 159〕
　(A)《さてこれらのロレーヌ兵は都市の伝令を、どこで発見しようとも、逮捕し捕らえ、その使命も命令も遂行させないことをならいとしていた。これは立派な争いにも正しい戦いにも、つねならぬことであった。という

のもはるか昔からいつも，どのような伝令，使者，先触れであろうと，何もすることなく行き来させてきたからであり，こうした慣習はいまなお守られるべきだからである》

(B)《翌日，聖木曜日にして4月8日であったが，バール公爵にしてロレーヌ公爵ルネは，ムーランの村に相変わらず陣を敷いていた。かれとその歩兵や騎兵は，相変わらず自分たちの勇気と武功を示そうと，メスの刑場を壊しにやってきた。そして村の貧しい女を捕らえ，いわれも理由もなく，彼女の両の耳を切り取った。これはこのようにしてもかれらが大きな名誉をもつことにはならぬことがらである》

こうした反感は，たとえばメス市が直接関係しない農民戦争の場面でも，女子供も虐殺したロレーヌ兵の《はなはだしい卑劣》〔IV. 534〕への言及に看取されるし，両者が戦争状態にない平時においても，市民心理の底流に存したように見える。1523年，ロレーヌ公妃はメスを訪問し，市側から華やかな歓迎を受けた。二十数行および都市から彼女に進呈された贈与品の数々を詳述したあと，フィリップはつぎのように記入する。

　（引用—17）〔IV. 472〕
《けれども，こうした進物すべてにもかかわらず，この奥方は，かのじょが赴いたいかなる場所，サント゠バルブ〔公妃たちが訪れたメス近隣の巡礼地〕でもそれ以外の場所でも，気前よくふるまわれなかったようだ。奥方も若いご子息も，彼女たちをサント゠バルブに迎えに行き，ジュイまで同行した市の兵にはびた一文与えられなかったし，進物を献上しにいった者たちに対してもそうであった》

商業都市である以上敵を作るのは可能なかぎり避けねばならないが，フィリップの筆のもと，ロレーヌ公国がつねに実際の，あるいは仮想の難敵として描

かれたとすると，多分ブルゴーニュ公国もそのたぐいに含めてよいだろう。メスとブルゴーニュの対立は直線的ではなく，多くの場合ロレーヌ公国とブルゴーニュ公国相互の関係の影響を受けていた。ブルゴーニュはロレーヌとときには友好関係を結び，ときには小競り合いをかさね，ときには全面的な戦争に陥った。メスの都市圏はその地理的な位置のため，ロレーヌに侵入したブルゴーニュ兵たちが掠奪する格好の標的であった〔たとえばIV. 352；IV. 374など〕。

　ブルゴーニュとロレーヌ両国が戦争状態にあった1473年，ブルゴーニュ公シャルル・ル・テメレールが《都市に戦いを仕掛けるのではないかと怖れた》III. 16〕メス市は，公の滞在するルクセンブルクに代表団を送り，曲折の挙句，公自身から

　　（引用—18）〔III. 17〕
《市が，自分の父に仕えた者と自分に仕える者にいく度も大きな喜びを与えて
　くれたと充分了解していること，市の貴顕たちが自分にとってつねづねよき
　隣人であり，そのため市を攻撃したり，市に不快を味わわせるいかなるいわ
　れもなく，逆に自分はメスの地を己れ自身のもののように守護し保全しよう
　としているのだ》

との回答をえる。しかしこの時点で代表団を派遣したメス市の内部には，かれらがブルゴーニュ公に捕らえられたとの噂が流れていたのである〔III. 18〕。こうした経緯はメス市を狙う大国と市民との政治的・心理的緊張の象徴であろう。

　これらの事実を反映して，ロレーヌ公国ほどではないにせよ——つまり直接的な正面からの対決が少ないからだが——，『年代記』に散らばるブルゴーニュの評価は肯定的ではない。1472年，フランス＝ブルゴーニュ戦争で，ブルゴーニュはネールの町を攻め，《各人が生命と軍荷に危害を加えられない》との条件でこの町を降伏に追い込む。

（引用—19）〔II. 414〕
《けれどもその条件のなにごとも守られなかった。というのも安全だと考えて，かれら〔町側の兵〕が武装を解除するや否や，ブルゴーニュ軍が入城し，眼にとまった全員を殺したのである。なんにんかの兵は教会に逃げ込んだが，教会はそのとき，不可侵の避難所を求める町の人々でいっぱいだった。しかしながらこれらの非人間的なブルゴーニュ軍はかれらを祭壇の上でまで殺戮し，聖像をかきいだく者たちをさえそうしたのだ》

　このフランス＝ブルゴーニュ戦争の記述にあって，ブルゴーニュ軍の不正が糾弾される分だけ，フランス王国へのそれとない好感が浮かびあがってくる。近隣の強国の中では，フランスだけがフィリップの偏愛の対象となっているように見える。たとえばそれは英仏百年戦争のただなか，1416年のある感想にも感じられる。

　（引用—20）〔II. 169〕
《だがこうしたことにもかかわらず，それ以後フランス王国には相変わらずいっそう大きな災いが生じた。というのもこのブルゴーニュ公の息がその父以上に酷い行動をとり，百合の優しい花〔百合はフランス王家の紋章〕に対抗して絶えず英国人を援助したからである》

　百年戦争の記述にあってつねに親仏的な姿勢をくずさないフィリップの脳裏には，ときにブルゴーニュ公国への反感がよぎり，ときにジャンヌ・ダルクへの共感が湧いたであろう。メスと距離的には遠くない，同じロレーヌ地方出身の，この少女の奇蹟的な活躍に，フィリップは驚くほどの関心を寄せている〔II. 196-〕。
　フランス王国へのかれの態度について，つぎの一節は何を教えるだろうか。1510年，ルイ12世のイタリア遠征におうじて教皇が戦端を開いた件が問われている。

26　第Ⅰ部　境界の歴史家たち

　（引用―21）〔IV. 77〕
《これとともにルイ王は豊かなボローニャの町を，不当にもいわれなく長期間
　占領してきた者たちの手から，奪取し，占拠して，それを当然属すべき教皇
　の手にゆだねた。けれどもこうしたすべての善行のあと，そしてかれがこの
　地と所有とを回復するように援助し，前述のごとく，王自らローマ教会への
　奉仕に身を挺したあとで，にもかかわらずこの教皇ユリウス2世はヴェネチ
　ア人と和解し，同盟を締結し，己れの軍と兵とをいっしょにしたのだ》

　この場合もフランスへの全面的な同情より，教皇一般への，あるいはこのユ
リウス2世への不満がいささか心情の傾斜を助けている気配がある[13]。事実，
フランスやその国王への好意はつねに絶対的であるとはかぎらなかった。
　14世紀中葉，フランス国内に盗賊が跳梁し掠奪をほしいままにしたとき，フ
ィリップは，フランス人の驕りを神が罰しようとするのだと，私見を語ってい
る。

　（引用―22）〔II. 40〕
《なぜなら当時フランス人たちは，あまりにも限度を超えて衣服を着飾ったの
　で，その職業の者ひとりについて貴族ひとりも数えられぬほどであった〔ひ
　とりの貴族についてひとり以上の服飾師がいた，という程度の意味〕。同じ
　仕立ての服を，それが別様に変えられ直されずに，まる2年間と身に着ける
　ことがなかった。ちょうどいまなおそうであるように。このせいで神はかれ
　らの悪行と傲慢とを罰されようと望まれた》

　ルイ11世については，己れを頼みすぎ，他者の忠告を顧みない，との評をく
だし〔II. 359〕，晩年の1483年，死をまえにしたこのフランス国王の恐るべき
伝説を書きとめる。ルイは《相変わらず病が重くなる一方で，いかなる薬も悪
化させるばかりなのを見て》各地から聖遺物を運ばせる。しかし，

第1章　メスのひと，フィリップ・ド・ヴィニュール　27

　（引用—23）〔III. 99-100〕
《これらすべてもなんの効果ももたらさないのを知り，けれども相変わらず生命をながらえようと欲し，それというのも健康を回復せんと強く願っていたからだが，いく人かの小児の血をとりよせ，それを飲みすすった》

　具体的な情況におうじ評価が分かれるにしても，『年代記』を通読した印象では，そこにはフランスという国家（もちろん近代的な意味で「国家」という言葉を用いているわけではない。喩としてお考えいただきたい）そのものに向かう好意的な傾斜がのぞいているようにおもえる。フィリップの自己形成や体験の中で〈フランス〉が高い比重を占めてきたことに関係するのかも知れない。少年期のイタリア・フランス遍歴や，商いのための毎年のパリ旅行は，かれに親近感を目覚めさせたろう。フィリップがドイツ語ではなくフランス語を母語として用いたことも影響していよう。しかしそれ以上に都市メスとフランスの関係，つまり両者が直接的な戦争状態に入った過去をもたず，フランスの側に，フィリップの生前にかぎっていえば，メスを従属させようとの意志が見られなかった点を無視できないだろう。フランスの無関心をよろこばずにいるには，メスにはロレーヌ公国を頂点とした敵が多すぎたともいえる。
　メスに矛を向けるその他の中小軍事勢力にページを費やすのはもう避けることにしよう。それらの中で時代を超えて歴史的に同定できる者は，少なくともわたしたちにとっては，きわめてわずかだし，長い時間の流れにおいてはそれらの敵のほとんどが恒常的なものではなく，一過性の危険にすぎないからだ。「４伯爵との戦争」とか「３王との戦争」と呼ばれる種々の地方連合軍を相手にしたこともあり，消えては生まれる群盗に悩まされることもあった。ただ敵が強大であろうとなかろうと，農村地帯を食料庫に背負った商業都市メスの，軍事力のかなりの割合を傭兵に依存しなければならない実情が，容易な戦争などありえないようにさせていた。「ピエール・ビュルタル〔ピエール・ビュルトー〕戦争」では正規の軍事力では強国の比ではないこの敵のゲリラ的戦術にすっかり困惑した市当局は，かれらの首に賞金をかける始末であった〔IV. 245〕。

戦いの長期化が内部の統一を乱しはじめたからである。巨大な敵にしろ群盗まがいにしろ，敵が都市に戦争をいどむとき，メスは共同体の存亡をかけて緊張せざるをえなかった。

　戦争にさいして，あるいは外交の重大な局面で，メス市当局が市民に意見を求めるのは稀ではなかった。1496年，ロレーヌ公が領内の税を引き上げ，メス圏の村にもそれを要求したとき，市の代表団はおおやけにこの撤回を求め会見したものの，拒否されてしまう。そのとき当局は問題となる村落の責任者を集め，《戦争か，裁判に訴えるか，おおやけに金をあたえてなだめるか》の3案を提出，かれらの意見を質している〔III. 366-368〕。また，戦争をまえに市当局が農民を集合させ，宣誓を求めたことも〔IV. 428〕，戦中の財政窮乏のおりに，資産をもつ者から寄附を募ったこともあった〔IV. 263〕。
　このような〈参画〉が真に構成員のまったき自由意志にもとづいていたと考えるとすれば，誤りであろう。都市貴族，すなわち市当局の側には権力があり，構成員の周囲にも閉ざされた共同体の有する拘束力があった。農民を集め，都市への忠誠を誓わせる場面でも，当局者は挙手をさせ，《もしその中に手を挙げぬ者がいたら，それを見つけた者は市の委員に報告し話すように》〔IV. 428〕と命じていた。とはいえ，こうした強制度の高い〈参画〉にもそれなりの政治的意義はあった。反抗心の旺盛な者には誓言などただの念仏であったろうが，現存する以外の政治制度を知る由もない人々の多くは，改めて都市の命運への直接的な関与を味わい，昂揚感に襲われはしなかったろうか。戦争の継続の過程で困窮する者たちが当局の無能をそしったとしても，戦争が日常を貫く異常として出現した当初は，貴族から零細民にいたるまで都市の一体化に酔いしれたのではなかろうか。
　戦争は都市の〈理念〉と深くかかわっていた。なぜなら敵はメスの〈自由〉を侵し，おのが権力の内部に従属させようとするからだ。〈自由〉の理念の伝統はすでに述べたが，一方，フィリップが『年代記』「第1巻」に著した都市の起源の伝承にあって，都市の存在と戦争の脅威も不可分のものとして，メス創設時

以来描かれていた。都市創設後，人々が増え始めると《かれら〔メス市民〕を見てかれらに害をなそうとするだろう者たちの邪まな妬みのため》〔I. 10〕防衛策を講じたのであった。フィリップによれば〈戦争〉と〈自由〉という二つの思想は歴史のかなたからメスの本質に絡んでいた。実際，伝承時代を経て歴史時代を見ても，自由性・自治性の言葉や概念は戦争関連の記事でもっともよく用いられている。これまでの引用にもそれを確認させる文章があったはずだが，新たにいま少し例をかさねておこう。

　いわゆる「4伯爵との戦争」で，メス市は敵方の要求を断固として拒んだが，その回答のひとつに《メス市は帝国の所有しうる，もしくは所有になるいかなる都市よりも昔に，まったき自主権のうちに建設され，定置された》〔II. 7〕との文言が見られる。「林檎戦争」の場合も，ロレーヌ公の要求を知った都市貴族たちは，これが《市とその住民の自主権に今後たえず重荷になるだろう》と判断し拒否している〔II. 187〕。「3王との戦争」，この《不正で理由のない》〔II. 282；II. 301〕戦争はメス市が《自分に反抗的で不従順である》〔II. 280〕ことを嘆いたロレーヌ公によって──『年代記』はカッコの中でこう言い添える，《この点でかれのいうのは本当だ。というのもメス市民はどのようなことがらであろうとかれにその当時服従していなかった。過去にもそのようなことはしなかったし，いまでも服従しておらず，今後も，神が悦ばれるなら，そうしないだろう》──，《この気高き都市メスからその自主権を剝ぎ取り，隷属状態に落とすために》〔II. 301〕引き起こされたものであった。

　メス市の〈自由〉は支配的な階層である都市貴族のみに属する理念ではなく，また市当局が，戦争時に市民をひとつにまとめる目的でことさら言及したり，あるいは戦後処理の段階で自讃するために引き合いに出されるものだけでもなかった。時勢のある局面では都市貴族も零細民もこの理念を信じ，生きていた。メスの自由という神話を讃える詩（の一部）を，1篇は『年代記』から，もう1篇は別の史料から拾い出し，訳文をつけてみる。制作年代は160年を隔てるものの，ともに戦時下に書かれた。

（引用—24）〔III. 172-173〕

《あらゆる財にめぐまれたメス市民たちよ，
　真の自由の子供たちよ，
　すべからく自由な民として生まれ，育った者たちよ，
　繁栄時にあっては団結し，
　おまえたちの問題をつねに念頭に置き，
　敵に対してはただしくあれ。
　もしこのように暮らしているなら，保証するが，
　かれらはおまえたちに対し権力をふるうことはないだろう。
〔Messains, de tous bien assouvis,
　Enffans de vraye libertés,
　Tous franches gens neis et noris,
　Soiés mis en prospérités,
　Pansés tousjours sur vous affaires,
　Justices tenés aux adversaries ;
　Et il n'airont sur vous povoir,
　S'ainssy viveis, je vous dis voir〕》

（引用—25）

《薔薇はすべての花にまさる
　だれもがそれが真実と知っている
　同様にメスがあらゆる都市にまさるがゆえに
　わたしはこのことをおまえたちに告げたのだ。
　そこにあるのは大いなる繁栄，
　自由，財産，敬虔な人々，
　礼節と謙虚さ。
《メスは自由の母，
　うそとおもう者は落胆する。

《メスの人々はその都市を
　自由の裡によく維持してきた。
　これは昔からの公爵も王も
　なしえなかったことだ。
〔Touttes flours sormonte la rose :
　Chescuns sceit bien c'est veriteit ;
　Pour ceu vous ai dist ceste chose
　Qu'ensi fait Mets toutes cities,
　Car en lie maint prosperiteit,
　Franchise, avoir et gens pitouse,
　Cortoisie et humiliteit.
　Metz est la mere de franchise ;
　Qui ceu ne croit, il se dessoit.
〔...〕
　Cil de Mets ont bien maintenue
　En sa franchise lor citeit
　C'oncques n'y ont chose randue
　N'a duc n'a roy d'ancienneteit〕》[14]

　〈自由〉の理念をメスの人々は確信していた。私的な場所ではこの理念を詞とする歌謡を口ずさんだ。メス市民が一方的に主張するのでなく，この都市を訪れる皇帝さえもが確認することがらであった〔たとえば III. 27〕。『年代記』ではこうした自由性・自主権の根拠はどこにあると考えられているだろうか。その起源は二重とおもわれる。
　ひとつに歴史の中でメス市が絶えず自由を目指し，徐々に獲得してきたという伝統があげられる。これを論ずる文章を二つほど引用してみる。最初の文は，およそ10世紀末から11世紀初め，メス市の指導者層が神聖ローマ帝国皇帝から

特権を授けられた事情を告げている。

　　（引用―26）〔I. 223〕
《この間に，現在ではロレーヌと呼ばれるアウストラシアの国土は，既述のごとく，フランスの王冠のもとに仕える習慣であり，メス市は過去ずっとその首都であったのだが，この国がいまや新たに〔神聖ローマ〕帝国のもとに置かれたことで，メスの貴族たちは自分とその都市のためにはるかにより大きな自主権と自由とを獲得した。それは，この当時，かれらが己れと都市とをほとんどすべてじぶんたち自身によって統治し，監督したほどのものであった。かれらは日毎によりいっそう大きな自主権と自由とを獲得してゆくが，これについてはこれから後，何箇所かで述べられるであろう》

　第２の文は，メスが帝国に組み込まれる以前，都市貴族による都市管理の伝統が連綿と続いていたことを物語る。

　　（引用―27）〔I. 204〕
《さて読者諸氏はここまでで，いかにして皇帝，王，公爵，伯爵といったいくにんもの高貴な王侯や大領主が，この気高き都市メスを統治し，その領主権をえてきたか，聞かれ，理解されたのである。しかしおもうに，この間に，そしてはるか以前，バール地方にもロレーヌ地方にも公爵がおらず，ヴォーデモンにも伯爵が，ポンにも侯爵がおらぬ以前から，この気高く勝利を手にする都市とそのおおやけのことがらはすでに，上記の皇帝，王，そしてその他の大領主のもとで，かれらの名において監督する，認知されたひとりの司法官と五つの高貴な家系によって，統治され，監督され，管理されていた。それは，過去にこの気高き都市の血を引いた平民とともにであり，フランスの偉大な年代史家ロベール・ガガン師が著すとおり，かれらは以後絶えず数を増し，進歩して，こののち，既得権により領主代行の資格をえたほどであった。これとともに，かれらはこれらの皇帝，王，公爵およびその他の偉大

な王侯から，この先いく度も語るように，自分たちとその都市の自主権と自由のためいくつものすばらしい特権を獲得し，以後つねにこれらの貴族とこの都市の高貴な家系から出た人々は，絶えずおおやけのことがらを統治し，監督して来たし，今日なお統治し，監督している。そしてかれらとその家系は，神が悦ばれるなら，最後までそうし続けるであろう》

二つの引用文はともに，自由と自主権の獲得という〈物語〉の流れに位置づけられる。だが両者は歴史化の操作の点で微細な差異を示している。つまり前者は帝国への所属という事実史上の出来事によって曖昧ながら日付をあたえられ，時間の中に相対的な位置を占めうる。対して後者は，いかにロベール・ガガンに典拠を求めようと，歴史化の度合いの弱い要約であり，歴史的な——神話的でないにしろ——伝承の圧縮といった印象を与える。ただ，『年代記』において後者の論述は意義を欠くどころではなく，歴史化されうる自主権獲得過程の背景に長い闘争が現実に存在したであろうことを，読者に推測させ，そしてまた，もうひとつの自由性・自主権の理念の起源，すなわち神話や，歴史のかなたの歴史に渡りをつける働きもしているようにおもえる。

5．「歴史」の神話

フィリップは神話的起源をどのように歴史と接続させるか。もちろん時間軸に沿った年代記の作製がその基本的な方法だが，ここにメス市の現実の中央に起源の神話を浮かばせる，興味深い例がある。1522年，周壁の外で教会工事の目的で土台を掘ったところ，ローマ時代の石盤が発見された。刻まれた文字の解読に添えて，フィリップはこうつけ加える。

(引用—28)〔IV. 436〕
《かくして，こうしたことがらやその他もろもろを考えると，このかくも気高く名のとおった都市メスの過去に，どれほど大変な出来事があったか，知り，

理解することができる。そしてこれは，わたしが以前「第1巻」で話したことを立証するものでもある[15]。その箇所でわたしが読者に示し告げたのは，いかに昔日，この気高き都市が州全体の首都であったか，そしていかにして，「ローマの部屋」と呼ばれる場所と通りで，アウグストゥス帝の銀貨が支払われるならいであったか，ということだった》

『年代記』「第5巻」ではなん度か，メス市大聖堂の改修工事にともなう数百年以前の遺跡の発見にページが割かれている。かぎられた都市空間内で大規模な工事がおこなわれれば，過去との出会いが起こるのは当然で，しかも長い眼で見れば，都市内でこのたぐいの工事が実施されない時代は稀であった。けれどもフィリップにこうした発掘が新鮮に写ったのもたぶん事実で，かれはページのあちこちに，見出された碑の精密なデッサンを描きとめた〔たとえばIV. 340以下〕。上記の引用が語るように，これらの遺跡はメスの古代性と，現在にいたる連続性とを確認させる物的証拠に相違なかった。けれども本当をいえば，それらは『年代記』に先行して発見されたのではなく，著述の過程で知られた傍証であった[16]。そしてまた，これらの遺跡はローマ時代という歴史の果てまでフィリップをみちびくものの，セムの部族やフランクスの登場する神話的起源を呼び出すものではなかった。歴史の極限と神話的伝承を直接結びつけうるのは，ただ信念以外にないのかも知れない。だがフィリップは神話世界を信念のただなかに放り出すのではなく，客観的に現在との接続を示そうとつとめた。わたしたちはかれのそうした努力を，メス市の神話的建設者がバベルの塔の建設知識を生かして周壁を造った事実と過程を《今日，たいそう昔の周壁を見れば明瞭にわかることだ》とあらわすとき〔I. 10〕，あるいはまた，その項に続いて《現在まだ存在する城砦様式の大きな屋敷》をかれらが建てたとするとき〔同ページ〕，さらにはキリストの割礼の包皮が聖遺物としてメスに《今日にいたるまでなお》残っているというとき〔I. 36〕，そしてフィリップが都市の名の起源を教えるとき，そうした場合に知ることができる。

「第1巻」冒頭の神話的歴史記述にあって，いくつかの固有名の起源が解き

第1章　メスのひと，フィリップ・ド・ヴィニュール　35

明かされる。それらの固有名にはのちに変化してしまったものもあるが，フィリップの生きる現在でも通用していたものもある。たとえばそれは都市名「メス」の由来であり〔I. 25〕，あるいは以下の「セルプノワーズ門」の由来である。

　（引用—29）〔I. 16〕
《〔ときは創世暦3789年，トロイア戦争のあとの出来事である〕するとこのセルパヌス〔フランクスの仲間のひとり〕はその兄弟，および仲間全員とともに，この贈り物にたいへん満足した。そして都市をいっそう拡張するためにかれはじぶんがセルパーヌ〔メス近隣の古代都市〕を建設する目的で準備した巨大な岩をとりよせ，これを用いて驚くほどに大きく，頑丈で高い門を，南方に向けて，メレディアース門の途に沿って造らせ，建てさせた。そしてセルパヌスの名をとって，この門をセルプノワーズと命名した》

この門の命名譚にはいまひとつ，別系統の伝承があり，フィリップは20行ほど隔ててそれを採録している。

　（引用—30）〔I. 16〕
《このセルプノワーズ門は皇帝クラウディウスの時代まで変わらずこのように呼ばれていた。これは後述することだが，この時代に尊き聖クレメンスが聖ペテロの命で，当時メディオマトリクムとの名であったメスに派遣された。聖クレメンスは神のお力により都市とこの地方から，オクタヴィアヌスの円戯場に巣くっていた，非常に巨大な，齢をかさねた蛇（セルパン）を追い払った。この蛇はこの都市の人々に多くの災いを為したのである。それ以降，この門は蛇（セルパン）のゆえに，セルプノワーズ門と呼ばれた》

記述の混乱は明らかである。フランクス関係の伝承は当時の学的系譜を受け継ぎ，聖人伝承はむしろ民衆的なものであったとおもわれる。あるいは都市の

成立基盤が単一でなく，重層的であったことに関連しているのかも知れない。フィリップが己れの文章の混乱をどれほど自覚していたか，わからない。おそらくかれが伝えたかった第1は，日々眼にする周壁の門に，いかなる過去があるか，どれほどの伝承に支えられ現在にいたったか，である。日常の生活に覆われ，見られてもそれと意識されない，都市を構成するひとつひとつの要素が，実のところどのような奥深さを秘めているか，語りたかったような気がする。フィリップに大切なのは，混乱を統制する整合性ではなく，混乱の彼岸にのぞくその奥深さではなかったか。

『年代記』における起源への発言は，神話的伝承世界を，いま生きる現在のすぐ隣に呼び覚ます。その操作はたぶん，時間の生成がゆるやかであったこの当時，そして歴史が一般に相対的であるよりも〈現在〉の絶対的基準から把握されやすかったこの当時，フィリップにも，かれのありうべき読者にも，自然と映ったであろう。現在と接続し，夢物語を脱した神話の世界，歴史のかなたの歴史は，メス市の古代性を保障すると同時に，神話で語られたメスの優位性を確認させる。

こうした操作は，しかしながら，都市のどの場，どの固有名を基準にしても可能であるわけではなかった。神話的・伝承的時代から歴史のある時代へと移行するあいだに，そして歴史の果てから現在へ進むあいだに，さまざまな空間や建造物，固有名が失われ，新たに作られていった。フィリップは種々の史料をあさり『年代記』を書き継ぐ段階で，否応なく時間の存在，歴史の相対性に直面せざるをえなかった。

都市メスの支配権が王から司教に，さらに都市貴族へとわたり，その所属もアウストラシアから神聖ローマ帝国へと移る。そして都市の現行制度は，いかにそれが恒久的と見えようと長い歴史の中で比較的最近誕生したものにすぎない。メスに絶大の権力を誇る「13人委員会」や「7人委員会」も然りである。フィリップはときとして，時間のもたらす変貌に驚く感性を有していた。

（引用―31）〔I. 248-249〕

《この当時〔1159年頃〕，そして前述のメス大裁判官フォルマルス――この方についてはすでにお話しした――の没後，この気高き都市の裁判官の地位はかれの息ユーが手にした。というのもこの頃メスにはまだ市長も13誓言人委員会も存在しなかった。公証官制度，あるいは書記官制度もまだ作られていなかった。そうではなく，推測で考えることだが，この当時，この気高き都市の市民や町人は自分たちのあいだで，今日でもなお伝統的法廷がそうであるように，裁判官を作り設けていた。このメス大裁判官ユーは，先任者と同様，それらの裁判官の長であった。それらの裁判官は裁判をおこない統轄していた。裁判はいろいろな方法と慣習により，法令も命令も出さずにおこなわれたが，それというのもこの頃，このさき書記官制度の法令と綱要にかんして語るとおり，約櫃に何も書きとめなかったからである。当時の人々のあいだになんらかの問題や論争が生じ，己れの請願を訴える権利があると考えると，かれらは試合場に赴き，互いに闘いあった。推測して述べると，かれらは大変風変わりなことがらをおこない，法にも理にも則さない慣習に訴えていたけれど，それは，後述のごとく，ベルトラン司教が対策を練り，別の仕方をかれらに教えるまで続いた》

　都市の空間も制度も生活も，万古不易として創造暦の昔から継続しているわけではなかった[17]。ただ神話的古代から歴史の各時点を経て現在まで，失われないものもあった。それはまずもって都市メスの豊かさと自由性，そこに住む人々の優秀とメスを狙う敵の姿だった。名や制度は変化しても，物質的・精神的なメスの優位と自由はメス市本来のものであり，歴史のはじまる以前にその根拠を有していた。フィリップにすれば『年代記』とは，古代以来その豊かさのゆえに邪悪な敵を惹き付ける気高き都市の，己れの自由のための戦いの記述でもあったろう。そうした歴史の把握自体がひとつの幻影であり，解釈であり，メスに戦いを挑む者の眼には，この都市が搾取的な金貸しの代表と映っていたとは[18]，フィリップはむろん知らなかった。

6．連帯の選択

　フィリップはメス市民たる己れのアイデンティティを三つの異なる位相で獲得していた。ひとつは濃度の高い閉鎖空間内での触知的人間関係，ひとつは恒常的に外部に存在し，市民を緊張状態に置くよこしまな敵との対立，ひとつはメスの優位の象徴たる起源の伝承である。現実世界では，すべての都市（圏）生活者がみな，都市への帰属感をもつどころではなかった。生活者のかなりの部分がその日その日を疲れ果てて暮らしていた。都市の豊かさなど実感できるものではなかった。外敵が登場するや，〈自由性・自主権〉の神話が口の端にのぼり，ひとたびは帰属感を高めるけれど，生活の窮乏が激化するにつれ零細民は不平を漏らし始める。実際，メス史はたびかさなる反乱と内部抗争の歴史でもある。都市の内部に犯罪は多く，都市行政に責任をもち都市の理念を代表するはずの——フィリップによれば都市中枢の五つの同族集団の起源は都市の発生にさかのぼる——都市貴族も敵と内通し，あるいは相互に敵対する。フィリップの視線は都市の現在への非難を目覚めさせる。総じてフィリップは現在を悪しき時代と考えていたふしもある[19]。『年代記』に描かれる現実が批判の対象を多く含むのなら，それを記述するフィリップは己れのアイデンティティをそれでもなお，都市の共同体に位置づけていたのだろうか。

　当時の思想にあって無償の歴史など存在しえなかった。歴史は人々に何事かを教える。メス市の古代以来の理念，すなわち豊かさと自由とを父祖たちがどのように守ってきたかを語るのが『年代記』であるなら，それはまた，現在の外敵におののき，内部の不和に翻弄される市民たちに採るべき方途を指示するだろう。気高き都市メスの古代性，自由性，優位性という理念や言葉を日々耳にした人々が，その喩的表現である神話や伝承，そして切り取られた歴史のいくつかの情景に己れの帰属の根拠を見出すのは無理からぬことだった。そこには徳と勇気と富と力と自由と調和があった。逆にいえば，固定化した都市のはらむ亀裂を内部から修復するのはいかなる説教でも強権でもなく，そうした神

話しかなかった。だが神話は一方で，現在の亀裂をも明らかにする。神話と現実の織りなす歴史記述の谷間で，フィリップはかろうじて手に触れる人々の面影や住み慣れた空間と，かつての自分の虜囚体験からもみちびかれる敵への恐怖とを頼りに，日常を構成し，また日常としてあるメスへの帰属を引き受けるよりなかった。わたしたちの印象では，フィリップはけっして先頭に立って都市の幻想的な調和を唱えることもなく，理念と現実を混同するようなこともなかった。理念に向けて現実は改められるべきかも知れないが，現実はそのままでは理念となりえない。メス市創設時の理念はおおやけに讃えても，現実のメスを愛するのは私事である。フィリップは都市への誓言を要求する都市貴族ではなく，戦費の借入を求められ《義務》を果たす〔IV. 263〕一介のラシャ商人であった。五つの同族集団には属さないのに都市行政職任命の申し出があったこともあるらしい。かれはこれを断っている[20]。

　都市の理念や民衆への共感は判然と存在はしても，行政体たるメス市に対しては消極的な帰属感しか表明しないように見えるフィリップには，異なる方角でのアイデンティティの探求があったようだ。『年代記』の「第4巻」までには典拠が存することが知られており，事実，かれはその主要ないくにんかの名を告げさえする。それらはジャン・ルメール，ロベール・ガガン，ジャン・フロワサールといった（当時のフランスにおいて）世界的な歴史家から〔II. 351〕，メス市史を残したジャン・オーブリオン〔IV. 14〕まで，フィリップの記述に軸をつくったし，フィリップのほうでもまた，かれらの作品をよく読んでいた。当時のメスの教養情況がどうであったかまったくわからないが，学業経験の不足をなげくフィリップに[21]，文芸への志向が強かったのは，遂にその一部しか陽の目を見なかった武勲詩の散文訳があったり，『年代記』に収められた自作の数編の詩があることからも知れよう。少年時代の遍歴で，かれがイタリア短話集の知識を仕入れた，とは研究者の指摘するところだ[22]。『新百話』は半世紀ほど先行する『ふらんすデカメロン』への意識をはっきりと示している[23]。『年代記』の中のいくつかの事件もイタリア好みの悲劇伝承や中世的な滑稽譚を念頭に据えて記述されたのではないかと疑わせるほどである[24]。あるいは，

虜囚となったフィリップが父に語るつぎの台詞に当時の〈文学〉的な文体を認めえないであろうか。原文につたない訳文を添えて引用することをお許しいただきたい

　　(引用—32) 〔III. 201〕
《ああ！　苦しみに満ちた日よ！　ああ！　転変するよこしまな「運命」よ！　わがいと愛おしき父君よ，わが希望よ，あなたがくださるとお約束くださった財産はいまいずこにあるのでしょう。悲しいかな！　わが慰めにしてわが期待よ，悲しいかな！　わが忠告はすべからく滅びさりぬ。悲しいかな！　十万回も，悲しいかな！　悲しむわが身のなんと未練なことか！　あなたが敵の手に遺憾ながらもこのように放置されしあなたの哀れな息子は今日どうなるのでしょう！　おお，死よ！　なぜいま訪れてこの哀れで悲惨な男を捕らえないのか！　いま眼のあたりにしている哀れな有様をもう見ずにすませるよう，父君とともに死なんことを！　なぜならわが望みでは，父君の代わりに死んでいればよかったのだから！　だが悲しいかな！　多くの財産をえることはなく，却って悲しみつつ生きている裏切り者として見出され，またそうなることでしょう。なぜならかれらの要求にこたえることができないでしょうから。おお，悪しく，酷く，よこしまな「運命」よ！　戦争のあとでいまや楽しむことができるとおもっていました。だがおまえは運命の車をまわし，いままでなかったような最悪の戦争状態に陥らせたのだ！

〔Ha !　doulloureuse journée !　ha !　Fortune la diverse et perverse !　Las !　mon très chier perre, mon espérance, où sont maintenant les biens que vous m'aviés promis de faire ?　Las !　mon réconfort et mon désir, las !　cenc mil fois las !　moy dollant, chétif !　Que deviendrait ajourd'uy vostre pouvre filz, que vous laissez ainssy désollés entre ses annemis ?　O Mort !　que ne vient tu à cest heure et prant ce pouvre miserable !　Et que je muers avec mon perre, affin que je ne voye plus la pouvretés que je vois ors !　Car, à mon voulloir, fussé-je mort en lieu de luy !　Mais, las !　je n'airés pas tant de biens ;

ains serait tantost trouvés, et me feront les traistres vivre en languissant, car à leur demande je n'y sairoie fournir. O Fortune malvaise, cruelle et perverse ! Je me cuydoie maintenant après la guerre bien resjoys, mais tu m'as tournés la rouue et m'a mys en pir guerre que jamaix tu ne fis !]》[25]

　フィリップは物語ることや記録することへの強い関心があり，それを心からのよろこびをもっておこなっていた。そしてたぶん，わたしたちの考えでは，己れの作品の価値については本心から謙虚でありながら，少なくも後世の子孫には遺そうと考えていたし[26]——『年代記』「第 4 巻」および「第 5 巻」に大量に散らばるフィリップの個人史の叙述は，『回想録』が『年代記』の第 1 次的な草稿であるにしても，また個人的な情報量については『回想録』が『年代記』をはるかにしのぐとしても，その遺産的な性格を想定したほうが理解しやすいとおもう——，他方また，そうした作品によって文学の歴史的かつ世界的な範列にいささかなりとも参加しようと願っていた。偶然にも生まれついた大地への帰属だけがアイデンティティの保証ではない。キリスト教諸国家の分裂を利した異教徒トルコ軍が欧州文明の地に侵略するのを目の当たりにし，キリスト教の大義のために大同団結をうったえたフィリップではなかったか[27]。具体的な周囲の情況を超えてなお，連帯しうる他者や理念，伝統がある。フィリップはメス市への帰属から逃れられぬ己れを知っていたし，逃れようとも望まなかった。ただメス市へと集中する帰属感とは別の次元で，世界へと拡散する帰属感も覚えないではなかった。しかし彼方の伝統への接続を信じて己れの言葉で書き綴った『年代記』も『新百物語』も，知的上層の特権であるルネサンス文学の登場と伸展とともに，いつのまにかその土着性のみが強調されるようになる。『新百物語』の数十ページはフィリップの末裔により，その洗練さの欠如（と判断された点）のために破り捨てられた。文芸の伝統の中でのアイデンティティの実現は，フィリップのみがそう信じた幸福な錯覚かも知れない。
　そしてまた，都市メスへの帰属感も市民全員が讃えるものではなくなりかけていた。宗教的，思想的，政治的，社会的な諸価値が急激に多様化しはじめよ

うとした時代に、フィリップは生きていた。都市の物理的・精神的象徴である周壁は、火器の進歩のため、群盗の攻撃を前にしてすら、その最大の意義である軍事性を喪失しかけている〔IV. 272-274〕。ルター派は聖像を壊し、他方市当局は改革をうったえる聖職者を火刑にする。『年代記』のほぼ最終の数ページは、1526年、神聖ローマ帝国皇帝カロルス5世とフランス国王フランソワ1世の和平を祝う祭典の様子にささげられるが、記述の3分の1はそのさいの一部都市貴族の傲慢な態度とそれを怒る市民の姿を描いている〔IV. 554-555〕。この記事を書きながらフィリップは、己れの愛する気高き都市メスの運命に想いを致さなかったろうか。フィリップは祭典のおよそ2年後、1528年4月20日以前のある時期に没したらしい。メス市の自由はさらに25年後、仇敵ロレーヌ公ではなくアンリ2世下のフランス軍に占領され、終わりを遂げた。

(1988年3月―2006年3月)

1) 使用したテキストは以下のとおり。
―フィリップ・ド・ヴィニュール、『年代記』、シャルル・ブリュノー編、全4冊 (Philippe de Vigneulles, *La Chronique*, éd. Charles Bruneau, Société d'Histoire et d'Archéologie de Lorraine, 4 vol., 1927-1933)
―同、『新百物語』、チャールズ・H. リヴィングストン編（*id., Les Cent Nouvelles Nouvelles*, éd. Charles H. Livingston, Droz, 1972)
―同、『〔筆者自身の草稿にもとづく1471年から1522年にいたるメス市民の〕回想録』、ハインリッヒ・ミヒェラント編（*id., Gedenkbuch des Metzer Bürgers aus den Jahren 1471 bis 1522 nach der Handschrift des Verfassers*, Hrag. von Heinrich Michelant, Editions Rodopi, 1968〔Stuttgart, 1852〕：ちなみに『回想録』はフランス人研究者のあいだでは、*Mémoire*〔『回想録（あるいは、覚書）』〕とも*Journal*〔『日記』〕とも呼ばれている）本文および註において、『年代記』にかんしてはタイトルを省略し、ローマ数字で冊数を、アラビア数字でページ数を指示する。ただし「第1冊」巻頭に収録された「序文」はページ指定がローマ数字であるため、これを小文字のそれで表記した。『年代記』はもともと全5巻から成立し、ブリュノーはそれらを4分冊に分割した。「第1巻」から「第3巻」までがブリュノー版の第1冊と第2冊に収められ、第3冊に「第4巻」が、第4冊に「第5巻」がそれぞれあてられている。

『新百物語』は短話集であるのでページ数を示さず、各話の番号を記すにとどめ

る。

　なお，メスの『年代記』にはフィリップ・ド・ヴィニュールのそれを柱としたユグナン編纂の『メス市諸年代記』(*Les Chroniques de la ville de Metz*, recueillies, mises en ordre et publiées pour la première fois par J. F. Huguenin, de Metz, Metz, 1838) があるが，少なからず恣意的な刊本であり，『年代記』の編纂史にしか名を残さないものとおもわれるので，ヴィニュールの記述が終わった1525年以降1552年までの記事をわずかに参照するにとどめた。

2)　ブリュノー（のいささか誇張した表現）によれば「『年代記』は『回想録』の改作」であり，後者は『年代記』のありうべき初稿（『原初年代記』）とともに『年代記』のベースとなった〔I. xii-xiv〕。他方，ガブリエル・ペルーズはその学位論文『16世紀のフランス短話集』で『新百物語』の成立を考察し，『年代記』との関連をこう述べている。《『年代記』を起草しながらフィリップは，少なからぬ数の，しかしながら"正史〔grande histoire〕"（この点にかんしてかれがあまり深刻に考えていないとしても……）に記録されるにはあたいしない・もしくは問題となっている事件の何かしら愉快な言い回しのおかげで出来あがっている〈短話〔nouvelles〕〉の様相をすでに呈している，アヴァンチュールに遭遇する。かれはそれをわきにのけ，自身すぐれた〈整頓家〔mesnager〕〉なので，そこから別のノートを作ろうという考えが湧き出てくる。それが『新百物語』なのだ》(Gabriel A. Pérouse, *Nouvelles françaises du XVIe siècle*, Droz, 1977, p. 36)。かくして『回想録』は（そのすべてがそうでないとしても，またそのオリジナリティは尊重さるべきであるにしても）『年代記』に収束し，『新百物語』は『原初年代記』から派生することになる。

3)　『年代記』の研究書の中でまず指折られるべきは M. アッセルマンの膨大な博士論文『フィリップ・ド・ヴィニュールの「年代記」におけるメスの実相にあずかる語彙』(M. Hasselmenn, *Le Vocabulaire des réalités messines dans la* Chronique de Philippe de Vigneulles, 1982) であろう。単著では研究論文としてはやや深みに欠けるものの要を得たピエール・ドマロルの『フィリップ・ド・ヴィニュールの年代記とメスの記憶』(Pierre Demarolle, *La Chronique de Philippe de Vigneulles et la mémoire de Metz*, Editions Paradigme, 1993) がある。ドマロルはその他に多数の短論文があるが，いずれも地方誌や高度に専門的な学会誌に掲載されており，後註で言及したものをのぞき，参照するにいたらなかった。1989年にブレーズ・パスカル大学に提出された学位論文，ジャン＝ピエール・マース著『フィリップ・ド・ヴィニュールの著作の一研究：「日記」，年代記の第3巻と第4巻，および短話集』(Jean-Pierre Mas, *Une étude de l'œuvre de Philippe de Vigneulles. "Journal", tomes III et IV de la Chronique et recueil de contes*) があることは承知しているがいまだ未刊行であり，その要約にしか触れえなかった。紀要論文のたぐいで参照できたものには，

シャルル・ブリュノー,「フィリップ・ド・ヴィニュールの『年代記』」(Charles Bruneau, La Chronique de Philippe de Vigneulles, in *Annuaire de la Société d'histoire et d'Archéologie de la Lorraine*, t. 34, Metz, 1925, pp. 143-161) があった。『新百物語』の研究書としてはA. A. コウティンの『物語の想像力：フィリップ・ド・ヴィニュールによる滑稽譚』(A. A. Kotin, *The Narrative Imagination, Comic Tales by Philippe de Vigneulles*, U. P. of Kentuckey, 1977) をあげておく。フィリップやその著作にかんする論考は19世紀の昔から少なくなく，ことに1990年頃から年に一，二編は公表されているが，前述のドマロルの論文とおなじような事情で，ほとんど参照することがかなわなかった。

4) 『年代記』の中でフィリップが，いわば歴史叙述の欄外に立って歴史記述の方法論を述べたり，記述の予告や要約をする文章の主なものには，I. 1-3〔全体の序文〕，I. 265, I. 278〔「第1巻」へのエピローグ〕，I. 279-280〔「第2巻」の序文〕／II. 188-189〔「第2巻」へのエピローグ〕，II. 191-193〔「第3巻」の序文〕，II. 418-420〔「第3巻」へのエピローグ。ただしフィリップは誤って（「誤って」というのはいささか時代錯誤の表現であるかもしれない）「プロローグ」と記す〕／III. 1〔「第4巻」への序文〕／IV. 1-2〔「第5巻」への序文〕をあげることができる。このほかにも歴史記述への反省は『年代記』のいたるところに顔を覗かせる。それらをまとめてみると，歴史記述の対象にかんしては，**a.** メスに生じたすべてを著しえないこと。古代史では外部証言〔I. 1〕，あるいはわずかな史料〔I. 215〕しか遺されていない。**b.** 多数の史書をまとめ，あるいは己れの見聞にもとづいて記述すること〔I. 2; 36; 278; 280: II. 192; 420 等〕。**c.** メス以外の土地の歴史記述を簡略にすること〔I. 64; 84; 279〕。**d.** 微細な事件ではなく，大事件，あるいはめずらしい出来事に筆を割くこと〔IV. 146〕，などに分類されるとおもう。またフィリップはできるかぎり叙述を「正史」に近づけたかったようで，私事の記述にさいしては弁明するばあいもある〔III. 253: IV. 198〕。フィリップは史料をとりあげるにあたっても往々慎重さを見せる。**a.** 伝承を調査し〔I. 353〕，判断を下す〔I. 39; 353〕。**b.** 諸説の矛盾を対比，合理的調整をこころみる〔I. 169〕。**c.** 自身の見聞は正当にして真である一方，史料や伝承を参照するばあいには，かれが真と信じなければそれへの言及をひかえる〔I. 280〕。加えて自分の文体に対する配慮——美しくはないが，だからといってそれゆえに真実でないわけではない〔I. 280〕——も見せる。ようするにわたしたちには，つねにそうとはいわないまでも時におうじ，できるかぎり客観的・整合的な，まとまった史書を編纂しようとのフィリップのすがたが映ずる。この点で以下のブリュノーの見解には若干異論を呈したい。ブリュノーによればフィリップは《完璧に批評精神を欠いている。写本であったり活字であったりするものすべてはかれにとって福音書の言葉〔信ずべき言葉〕なのだ。『ロレーヌ人』の武勲詩は古代の年代記なのである。〔……〕ロベール・ガガンもジャン・ルメール

第1章　メスのひと，フィリップ・ド・ヴィニュール　45

も『聖人伝』もかれにとって同じだけの史料的価値をもち〔ジャン・ルメールについては本書第Ⅰ部第3章「いわゆる（大）修辞学派の歴史書3篇」を参照していただきたい〕，もっともとっぴな奇蹟はかれにはもっとも真正なものに見えるのだ》〔I. xviii〕。わたしたちの考えでは，フィリップは《完璧に批評精神を欠いてい》たのではない。時代の知の体系，文化の体系を考えずにフィリップを批判することはできないとおもう。

5)　《周壁は中世都市の物理的・象徴的実相のもっとも重要な要素であった。〔……〕周壁は都市のアイデンティティの物質的な基礎であったし，都市の活動を統べる内部と外部の弁証法を形成していた》（A. シェドヴィル，J. ル・ゴフ，J. ロシオ編，『フランス都市史　第2巻　中世都市〔A. Chédeville, J. Le Goff, J. Rossiaud (éd.), *Histoire de la France Urbaine, t. 2, La Ville Médiéval*, Seuil, 1980, pp. 198-199〕）。《都市のシステムはそこ〔周壁〕に逃げられない厳格さをもつ境界を見出す。周壁は日常生活のさまざまな条件にその掟を課し，保護すると同時に閉じ込める。周壁ゆえに都市は閉ざされた世界であり，住人はその世界の鍵を慎重に管理するのである》（ベルナール・シュヴァリエ，『フランスの忠誠なる都市』〔Bernard Chevalier, *Les Bonnes Villes de France*, Aubier Montaigne, 1982, p. 14〕）。以上は一般論だが，こと中世メスの政治制度・社会組織についてはジャン・シュネデールの学位論文『13世紀および14世紀のメス市』（Jean Schneider, *La Ville de Metz aux XIIIe et XIVe siècles*, Georges Thomas, 1950），ガストン・ゼレールの，同じく学位論文『メスのフランスへの合併（1552年—1648年）』（Gaston Zeller, *La Réunion de Metz à la France (1552-1648)*, 2 vols., Les Belles Lettres, 1926）（基本的には政治史であるが，特に16世紀初期のメスの諸相については「第1巻第1部第2章」が参考になる），そしてド・ブテイエ゠ボナルド゠ゴーティエ編『1324年のメス戦争：14世紀の詩』（E. de Bouteiller, F. Bonnardot et L. Gautier〔éd.〕, *La Guerre de Metz en 1324, poème du XIVe siècle*, Rodopi, 1970 (1875)）中の詳細な解説や註釈が役立った。素材を『新百物語』にとったとはいえ，前記ペルーズの学位論文やコウティンの研究書も有益であった。

6)　『フランス都市史　第2巻』，pp. 190-191。

7)　『新百物語』を分析・解読したガブリエル・ペルーズによれば，都市貴族の世界がフィリップにとって《別の世界》であり《貴族のカーストは零細民の日常生活を知らない》〔ペルーズ，前掲書，pp. 47-48〕。

8)　14世紀末，とくに同業者組合内部の強固な人間関係が，都市の維持に危険であると考えられたこともあったはずだ。『年代記』の記載を引いておく。《その当時，これと同じ時期に，この都市のすべての同業者組合が撤廃され，廃止され，禁止された。その理由は司法の許可なくしてその内部で，多くの縁組や集会をおこない，したがってかかる同業者組合をもう許しておこうと望まなくなったからだ。このとき

から先，特権であったもののいくつか，ごくわずかをのぞいて，すっかり奪われてしまった》〔II. 90〕。
9) 『年代記』における天候の記事と収穫の記事との関連については専攻論文がある。S・ギルベール，「フィリップ・ド・ヴィニュールの年代記における天候と季節」(S. Guilbert, Temps et saisons dans la chronique de Philippe de Vigneulles, in Yvonne Bellenger〔éd.〕, *Le Temps et la durée dans la littérature au Moyen Age et à la Renaissance*, Nizet, 1986, pp. 125-138)。
10) 以下は1491年，山賊の虜囚となったフィリップの身代金を集めようと，父が苦労する場面である。この光景を記述しながら，フィリップは何を考えていたろうか。
《同じく，こうしたことがらが起こっているあいだに，わたしのかわいそうな父は，先に述べたように，ひそかにことを運んでいたが，ほかの友人といっしょに，自分の兄弟をたずね，助けを借りようとおもい立っていた。そこで兄弟たちのもとに赴き，各人ひとりひとりに泣きながら話し，窮状をうったえ，約束されたことすべてはなんの役にも立たず，結局のところわたし〔フィリップ〕を購い請け出さざるをえない，ということがはっきりしたといった。そのような事情から神の名において（かれらをよしなに取り計らってくださるように），身代金を支払い，わたしを解放するために，各人がそれぞれ何某かの金額を貸してくれるよう，かれらに頼んでいるといった。各人はめいめいにできるかぎり巧みに口実をつくり，みな立ち去ってしまった。その結果父は兄弟のうちになんの慰めもえられず，兄弟のだれひとりとして1ドニエを気前よく父に貸そうとはしなかった。それどころか兄弟などではなかったかのように，この件でもそれ以外でも，わたしが牢獄にいるあいだ，父に対してたいそうきびしく，ほとんど慈愛を示さなかった。かくしてその窮状にあって近親みながいないかのようで，かれらからどのような慰めも援助もえられなかった。ただひとり，ウートル゠モーゼル地区のジャン・コレール〔Jehan Collairt〕という名前の，裁判所の書記にして立派な生活者である，メス市民だけが別だった。この者はいささかも近親者ではなかったが，父の窮状とわたしがおちいっている危険を知って，気前よく，担保も保証も証書もないまま，100メス・フローリン，もしくは100エキュ・ソレイユを貸すことを申し出てくれた。父は非常に感謝した。そして読者諸氏がすでに聞かれたように，ことをひそかに運んだ。わたしにはほとんどつながりがない，母方のまずしい親類が，わたしを請け出すべくその財産をすべて申し出てくれた》〔III. 242-243〕。
　ちなみにこのヴィニュール父子の災難の情報はけっして閉ざされたものではなく，親類縁者のみが事情を承知していたわけではなかった。フィリップがメス中世史の典拠とあおぐジャン・オーブリオンの『日記』(Lorédan Larchy (éd.), *Journal de Jehan Aubrion, Bourgeois de Metz avec sa Continuation par Pierre Aubrion 1465-1512*, Metz, 1857)もその268ページ（1490年の項）でこの誘拐事件に言及し

ている。

11) 神，あるいは聖人などに向けられた祈りの言葉を大雑把に拾い出してみる。基準は接続法を用いた表現であり，主節が「祈る〔prier〕」などの動詞の一人称であるものまで含めた。主節の動詞が三人称だったり，「祈る」などの動詞以下が間接話法の対象となっているものはのぞいた。また直説法・条件法を用いた表現（「神さまがご存じだ〔Dieu sait〕」）や間投詞的表現（「神のおかげで＝ありがたや〔Dieu merci〕」）も抽出外とする。このようにしてえられた祈りの言葉の出現回数は，

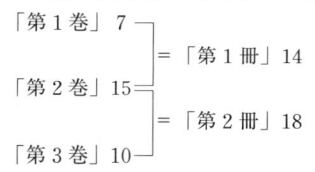

「第 1 巻」 7 ┐
　　　　　　├＝「第 1 冊」14
「第 2 巻」15 ┤
　　　　　　├＝「第 2 冊」18
「第 3 巻」10 ┘
「第 4 巻」＝「第 3 冊」12
「第 5 巻」＝「第 4 冊」99

となった。はなはだ概数的ながら，抽出は作為的ではないから，一応は有意であろう。

　以下にこれらの祈りの内容をいくつかの項目に分けてあてはめてみる。項目の抽象度の不統一は承知している。同じ祈りの中に複数の項目に該当する内容が存在するばあいもあるので，全体の数値は上記の出現総回数をうわまわっている。

1．死者の魂を救う・罪を許すことを祈る
a．聖職者・貴人の死
Ⅱ．45, 102, 115, 126, 138, 378, 378
Ⅲ．17
Ⅳ．42, 115, 170, 233, 271, 283, 310, 493
b．罪人の死，事故死亡者・戦死者の死
Ⅱ．208, 412
Ⅳ．36, 66, 68, 68, 92, 104, 114, 147, 151, 157, 199, 204, 267, 412, 461, 504, 521, 534
c．肉親等の死
Ⅲ．305
Ⅳ．67, 70, 70, 77
d．先人の死
Ⅳ．14（フィリップが依拠した年代記作家オーブリオン）
2．守護することを祈る（神・聖母に）
a．メス市・メス市民を，われわれを
Ⅰ．3, 113
Ⅱ．140, 282, 301
Ⅳ．92, 145, 169, 170, 198, 533, 533, 545

b．貴人を
　　　　　Ⅰ．3
　　　　　Ⅳ．237
　　　c．善人を
　　　　　Ⅲ．221
　　　d．フランスを
　　　　　Ⅱ．169, 175
　　　e．キリスト教諸国を
　　　　　Ⅳ．487

3．（神・イエスに）援助する・みちびく・慰める・平和をもたらすことを祈る

　　　a．メス市・メス市民を
　　　　　Ⅰ．78, 113
　　　　　Ⅳ．275, 304
　　　b．聖職者・貴人を
　　　　　Ⅰ．3, 204, 297
　　　　　Ⅳ．43, 135, 234, 307, 318, 364, 383
　　　c．不孝な者を
　　　　　Ⅳ．104, 150, 169, 233, 239, 280, 445, 487
　　　d．対立する者・国を
　　　　　Ⅳ．126, 146, 213, 280, 305, 369, 371, 382, 422, 444, 452, 474, 485
　　　e．キリスト教諸国を
　　　　　Ⅳ．411, 427, 444
　　　f．トルコの改宗を
　　　　　Ⅲ．76-77
　　　　　Ⅳ．427, 475
　　　g．わたしを（『年代記』の完成のために・教会の再建のために）
　　　　　Ⅰ．1, 279
　　　　　Ⅱ．418
　　　　　Ⅲ．215
　　　　　Ⅳ．331
　　　h．邪悪の無力化を
　　　　　Ⅳ．128（魔女）

4．仲介を願う

　　　a．聖人の徳・義の行為の分与
　　　　　Ⅰ．216
　　　　　Ⅲ．74
　　　b．天国への
　　　　　Ⅳ．410
　　　c．聖人に神への仲介を祈る
　　　　　Ⅰ．319

5．善行にむくいることを祈る（神・聖人に）

　　　　　Ⅰ．307, 317, 341

第1章　メスのひと，フィリップ・ド・ヴィニュール　49

　　　　Ⅱ．224, 281
　　　　Ⅲ．74
　　　　Ⅳ．286
　6．わたしたちの罪を許すことを祈る
　　　　Ⅳ．310
　7．神（聖人・イエス）に感謝する・神などを讃える
　　a．好天・豊作について
　　　　Ⅰ．371
　　　　Ⅱ．414
　　　　Ⅲ．72, 353, 397
　　　　Ⅳ．57, 70, 153, 523, 549, 549
　　b．メスの救済について
　　　　Ⅲ．4
　　c．催しの成功について
　　　　Ⅲ．68
　　d．わたし・われわれの健康について
　　　　Ⅳ．55, 281
　　e．わたしの仕事の成功・『年代記』の（当座の）完成について
　　　　Ⅱ．418
　　　　Ⅳ．125, 237
　　f．奇蹟について
　　　　Ⅳ．85
　　g．不幸・不運について（不幸・不運にもかかわらず神を讃える）
　　　　Ⅳ．59, 70, 233, 237, 239, 339, 453
　8．神（聖母・イエス）が悦ばれることを願う
　　a．市の催し（聖体行列・葬儀）を
　　　　Ⅳ．81, 154, 173, 289, 289, 410, 490
　　b．わたしの巡礼を
　　　　Ⅳ．120

　なお，祈りの裏側にある心性のあらわれについては，ピエール・ドマロル，「フィリップ・ド・ヴィニュールの『年代記』最終巻における苦しみと不安」（Pierre Demarolle, Tourments et Inquiétude dans le dernier livre de la Chronique de Philippe de Vigneulles〔1500-1526〕, in J. C. Arnould et alii〔éd.〕, *Tourments, Doutes et Ruptures dans l'Europe des XVIe et XVIIe siècles*, Champion, 1995, pp. 21-30），および同，「『年代記』第5巻（1500-1526）にもとづくフィリップ・ド・ヴィニュールの心性世界における死」（*id.*, La mort dans l'univers mental de Philippe de Vigneulles d'après le livre V de la *Chronique*〔1500-1526〕, in G. Ernst〔éd〕, *La Mort en toutes lettres*, P. U. de Nancy, 1983, pp. 25-32）を参照。

12）　つぎの引用を参照。シャルル8世のイタリア遠征に関連し，ナポリ近郊の地が話

柄にのぼっている。

　《かの地には，この年代記の著者であり作者であるフィリップことわたしは，いくども訪れたことがある。したがってここから先，読者諸氏にその美しさの一部を語ることにしよう。〔……〕

　《このポンジュ・レアルの地区にはもっとも美しい邸宅や囲い地があり，いままで見たこともなかったような大変豊かな外見を呈している。そこには大庭園があって，上部はアーチでとざされており，下は石畳で，壁のようにオレンジの木々が植えられ人工的に造作されている。そしてオレンジの木の葉そのもので作られたさまざまな模造が描かれている。それは見て非常に楽しいものである。このポンジュ・レアルからとても大きな泉が流れ出していて，その近くにあるナポリの町をすべて潤している。この心地よい場所には二つの穴倉があり，それらはおそらく世界でもっとも大きく，もっとも広く，そこに好き勝手に千ものワイン樽が置けるほどだ。要するにそこはたいへん心地よく，現在においては，わたしがおもうに，世界でもっとも美しい場所のひとつである》〔III. 332-333〕。

　これに続く文章も感慨に満ちている〔III. 342-343〕。

　10代の半ばからのフィリップの諸国遍歴の経緯については『回想録』が詳しいが，ここでは略す。

13）教皇ユリウス2世の死を記録するにあたり，フィリップはつぎのような批判を添えている。

　《同じく，この時期，2月20日，前記の教皇ユリウスが没し，この世から逝去した。この方は存命中は多数の人々の死の原因であった。また戦争にかんしていままで教皇がおこなわなかったことをした。なぜならかれの命で，その請願により，それにことばがともなったので，フランス軍がイタリアにやってきたのである。それから自分がヴェネチア人に要求したものを手に入れると，かれらの援助と徒党へと向かい，全人生をかけてフランス軍に対抗した。したがって，いわれているように，かれは50,000人もの人間の死の原因となったのだ》〔IV. 146〕。

14）『1324年のメス戦争』，pp. 102-104。

15）「第1巻」での言及はI. 35。

16）ブリュノーのいう『原初年代記』は別にしても，『年代記』「第2巻」の序盤に《わたしたちが先に述べたように，このように建てられ，完成されたこの教会は，現時点，つまり1520年までこの状態のままあったしあり続けた》〔I. 307〕とあるところを見ると，『年代記』の起草は単純計算で1518年前後となろう。大聖堂の発掘は1521年である。

17）『年代記』には建造物や制度，風俗の変化を告げる文章が往々見うけられる。たとえばそれは，**a.** 古代メス市に存在した橋が《ながながと時間がたつうちに》失われた〔I. 19〕，**b.** 枢機卿が赤い帽子をかぶるようになったが，《そうしたことはそれ

第 1 章　メスのひと，フィリップ・ド・ヴィニュール　51

以前にはおこらなかったことだ》〔I. 341〕c. 風俗にかんする最後の例は全文をあげる。

《同じく，この時期，9月11日日曜日であったが，メス市でたいへん新奇なことがおこなわれた。これは笑い話である。それというのもサン＝ニコラ教会の助祭であるジャン・ペルトリ殿となのる方で，大聖堂の聖堂参事会員がいて，ワインを売ろうと望んでいた。それを知らせるために，当市の大聖堂のまえに，塩漬けで焼いたハムと，それぞれ1ドニエのパンといっしょに半スティエ〔＝2カルト〕のワインをとどけた。そしてそこで，欲しいとおもう者すべてに食べ物と飲み物をあたえた。これは大いに新奇なことがらであった。いまだかつてそのようなことがおこなわれるのを見たことがなかったからだ》〔III. 362〕。

18)　『1324年のメス戦争』，pp. 14-18。
19)　トルコ軍侵略にからむつぎの二つの文章を参照。

《すべては，大戦争と，救援と援助をもとめるべき人々がお互いにいだきあっている，呪わるべき羨望の念ゆえである。こうしたことのために，わたしがおそれるのは神の裁きがわれわれの上に降りかかるのではないかということと，しまいには万事が悪くなっていくのではないか，ということだ》〔IV. 434〕。

《すべては，キリスト教君主たちの羨望と憎悪ゆえであり，このため，かれらにいかなる救援も送らなかったのだ。救援がないせいで，わたしが懸念し，おそれていることは，まもなく万事が悪くなっていくのではないか，ということだ》〔IV. 450〕。

20)　「第1巻」，p. vi およびペルーズ，前掲書，p. 31，註6を参照。
21)　「第1巻」，p. ii を参照。
22)　『新百物語』，p. 39 を参照。ドマロルもフィリップの文学的涵養におけるイタリア遍歴時代の重要性を解説している。ピエール・ドマロル，「フィリップ・ド・ヴィニュールの著作にもとづく，文学と人生における修養時代の位置」(Pierre Demarolle, La Place des apprentissages dans la litérature et dans la vie d'après l'Œuvre de Philippe de Vigneulles, in Marie Roig Miranda〔éd.〕, *La Transmission du savoir dans l'Europe des XVIe et XVIIe siècles*, Champion, 2000, p. 22) を参照。余談になるが，フィリップのイタリア遍歴はどうやら研究者の耳目を集めやすいテーマのようで，ジェラール・グロ，「『知ることと学ぶこと』，フィリップのイタリア旅行（フィリップ・ド・ヴィニュール，『回想録』，pp. 12-34) もしくは見聞記」(Gérard Gros, « Congnoistre et Aprendr » : Le Voyage en Italie de Philippe〔Philippe de Vigneulles, *Gedenkbuch*, pp. 12-34〕ou le Mémorial de la chose vue, in *Nouvelle Revue du XVIe siècle*, 22/2-2004, pp. 5-22) も取り扱っている。ルネサンス直前のイタリア旅行〔voyage〕といえばとうぜん初期イタリア戦役での遠征記〔voyage〕が念頭に浮かぶが，そうした「大きな」文化的交信ではなく，たとえばプラッター―

族3代にわたる欧州遍歴が，ル・ロワ・ラデュリーをして大著を刊行し続けさせたことが象徴するように，個人（とくに自己形成期の若者）による「文化」の移入に，歴史家の関心が移っているのかも知れない。もっともル・ロワ・ラデュリーに言及するまでもなく，リュシアン・フェーヴルがすでにプラッターやガイツコフラーに興味を示していた事実が物語るとおり，アナール学派には始祖の時代から個人の遍歴への思い入れがあったというべきであろうか。

23）『新百物語』「プロローグ」を参照。ここで『ふらんすデカメロン』というのは，いうまでもなく鈴木信太郎・渡辺一夫・神沢栄一氏によるブルゴーニュ版『新百物語〔Cent Nouvelles Nouvelles〕』の邦訳題名である（筑摩書房，1964年）。フィリップの短話集との混同を避けるため，この題名を借用した。リヴィングストンは生涯をかけて（フィリップの）『新百物語』の文学的位置づけに努力した。その成果は『新百物語』の序文や各短話冒頭の解説にみごとに結実している。ただかれの研究は短話の先行作品（スルス）を発見することを最大の目的としており，フィリップがありうべき先行作品を——じっさいにそれらを知っていたとして——どのように己れの作品になしたか，あるいはまとまった短話集として『新百物語』がどのような宇宙を形成しているか，などがリヴィングストン以後の問題となっている。コウティンがリヴィングストンの方法と自分のそれとの違いを明言するのもそのためであろう。コウティン，前掲書，p. 17 を参照。

24）ペルーズは『年代記』の中の『新百物語』的な要素をもった記事をいくつか紹介している。ペルーズ，前掲書，pp. 36-37，註29 を参照。あるいはそれらにつぎの記事を付け加えてもかまわないかもしれない。**a.** 愚かな司祭が3羽の鶯鳥をころしてしまう〔IV. 149〕。**b.** 下女のもとに忍び込んだ男が主人にひどいめに合わされる〔IV. 248〕。**c.** 冗談で女装した司祭が喧嘩にまきこまれる〔IV. 454〕。他方，たとえば「第3冊」pp. 33, 44, 60, 64 には後年流行する，いわゆる「悲劇的物語〔histoire tragique〕」の種になりそうな事件があつかわれている。そのうちのひとつを引用してみる。

《なぜなら，その日〔1477年12月25日（ママ）〕，そのミラノの町の公爵が〔ミラノ公ガレアッツォマリーア・スフォルツァ〕——フランス王妃の妹で・サヴォイア公爵の娘と結婚していた——ミラノの大聖堂からおもてに出ようとしていたときに，聖堂の中で殺された。それはその国の貴族でジョヴァンニ・アンドレア・ディ・ランプーニャとなのる男のしわざで，公爵に話しかけるそぶりをしながら，腹に3，4回短刀を突き刺したのだ。その原因は公爵がかれの妻を，その意に反して，うばい，自分のものとしていたからだ。そしてまたかれがその肉親に贈与させた修道院にかんして裁きが下されないよう公爵が邪魔し，強いていたからでもあった。その修道院のため，かれはすでにローマ〔聖庁〕に空位分を支払っていたのだが，上述の公爵は別の者がそれを獲得することを欲していたのである。

第1章　メスのひと，フィリップ・ド・ヴィニュール　53

　　《問題の暗殺がかかる具合になされるや，その犯人はただちに大聖堂の中で殺された。加えて，この事件の罰として，この公爵領のすべての高貴な判事や重要人物に命じ，宣告されたのは，この犯人の側にいて，その縁戚につらなる男も女も，子供もすべて処刑され，その領地も邸宅も解体され，土にかえされるようにとのことだった。さらに，かかる暗殺を忌み嫌うあかしとして，その一族のものである実をつける樹木は根こそぎにされ，引き抜かれるようにとのことだった》〔III. 60. ちなみにこの事件は当時の年代記作家の関心を集めた。後段第1部第3章 p. 209 参照〕。
　　このようにフィリップの文学作品というと『新百物語』を想像しやすいのだが，ソーニエはすでに30年前，埋もれがちなその韻文作品にも注意するよう，《わたしは，16世紀のフランス詩のきたるべきアンソロジーに，フィリップ・ド・ヴィニュールのためにささやかな席を要求するものである》，と研究者をうながした。「フィリップ・ド・ヴィニュール　祝祭と聖人と牢獄の韻文作家（1491年の未刊行詩篇とともに）」(V. L. Saulnier, Philippe de Vigneulles rimeur de fêtes, de saints et de prison (avec ses poésies inédites, 1491), in *Mélanges d'Histoire littéraire, de Linguistique et de Philologie Romaines offerts à Charles Rostaing*, Liège, 1974, pp. 965-991) を参照。残念ながらソーニエの願いにもかかわらず，どのようなアンソロジーにもいまだその席はなく，韻文作品を論じた文献は，知るかぎり皆無である。

25)　この引用自体がそれを示してもいるのだが，フィリップの文体は，時代の平均的な〈文学〉理念を目指し，それに支えられている。意識的な文章であろうとそうでなかろうと，『年代記』の端々に時代の類型，定型がうかがえる。わたしたちはフィリップの文体への意識を知ろうとして，ある定型表現の変移を調べてみた。対象は『年代記』にあって簡略化のため「省略」を表明する言葉である。この種の言葉のモデルは

　(1)「簡略化のため省略する〔que je laisse à cause de la brièveté〕」
　(2)「短くするため省略する〔que je laisse pour abréger〕」
　(3)「物語るには長すぎるだろう〔qui serait trop long à raconter〕」
　(4)「饒舌を避けるため〔pour éviter la prolixité〕」もしくは「饒舌になるだろうから〔je serais prolixe〕」
　(5)「省略する〔laisser〕」以外の動詞をともなう「簡略化のため〔à cause de brièveté〕」もしくは「短くするため〔pour abréger〕」，あるいはそれらの単独使用（以上，つづりは現代風に改め，かつ統一した）

に限定した。ただしこれらの表現の揺れは勘定に入れた。しかし「省略」を告げる表現でも簡略化を目的としないばあい——たとえば **a.**「後述するため現時点では省略する」，**b.** 単に「省略する〔que je laisse〕」などのみの言い回しにとどまる——は，これを対象としない。調査結果は以下の表のとおりである。網羅したとはいい

にくいが,これも意図した見落としはないので,概数として妥当するとおもう。大雑把な印象をうることはできるのではないか,とおもわれる。

冊数＼表現	(1)	(2)	(3)	(4)	(5)
Ⅰ	53, 63, 63, 64, 64, 65, 70, 71, 85, 86, 94, 94, 94, 101, 106, 114, 135, 146, 175, 218, 222, 224, 229, 229, 233, 235, 250	57, 79, 114, 127, 132, 168, 194, 206, 225, 249, 357		129, 135, 208, 273, 316, 349	123, 125
Ⅱ	22, 39, 349	35, 39, 47, 50, 86, 92, 111, 180, 205, 257, 321, 329, 352, 364, 392, 415			15, 174, 341
Ⅲ	41, 105, 270, 303, 345	17, 63, 64, 108, 222, 226, 228, 250, 253, 260, 278	72, 200, 202, 211, 213, 225, 235, 236, 244, 245, 254, 263, 314-315	210, 236, 316, 318, 343	106, 165, 213, 257
Ⅳ	69*, 98, 219	47, 160, 162, 174, 185, 261, 275, 295, 432, 461, 479, 483, 487, 507, 510	34, 67, 168, 176, 193, 349*, 360, 484, 486, 508, 519, 525, 537	69-70*, 316, 339, 378, 421, 480	41, 45, 109, 133, 139, 146, 226, 335, 349*, 490, 501

〔(*)は一文中に複数の表現が含まれることを示す〕

　これらの定型表現の多用を,歴史書すなわち,比較すると客観性をより要求する叙述のせいとみなすべきではあるまい。短話集『新百物語』においてさえ,10話に1度程度は上記の表現を見ることが可能である。——付言すればその理由のひとつに『年代記』と『新百物語』の執筆時期の接近もあるだろう。もちろん二つの著作の定型表現はそれぞれに独自のものを有することも事実だ。一例として『新百物語』でたびたびお目にかかる「より遠くを見るために上にのっかる〔monter dessus pour voir de plus loin〕」(性的交渉をあらわす)はこの短話集を同時代のそれへと接続させる。——閑話休題。それはともあれジャンルによる偏差は別として,中性的な文章にあって肝要なのは,先行作品や同時代の作品を共同の宝庫と見て,その中に己れをいかに位置づけるかではあるまいか。上記の「省略」を表現するいくつ

かのパターンは，その時々でのフィリップの好みをのぞけば，おそらく時代の平均的――「平均」という言葉をあえて使うなら――文学作品に『年代記』を近づける。

ちなみに『年代記』に1世紀ほどさかのぼるアントワーヌ・ド・ラ・サルの『ジャン・ド・サントレ』（Antoine de la Sale, *Jehan de Saintré*, éd. Mirahi et Kundson, Droz, 1978）で類似の表現をおおよその程度で抽出した結果は，以下のとおりである。

(1) 「短くするため端折る〔je me passe pour abréger〕」: pp. 3, 33, 164（この箇所のみ動詞が違っていて〔je délaisse pour abréger〕), 175, 184, 185, 212, 221, 252
(2) 「語れば長くなりすぎるだろう〔trop serait long le réciter〕」: pp. 78, 137, 179, 186
(3) 「短くするため〔pour abréger〕」（動詞をともなわない）: pp. 82, 84, 103, 109, 115, 125, 126, 133, 144, 151, 156, 169, 170, 180, 186, 187, 235, 238, 243, 246, 266, 269, 304

『年代記』における定型表現についてはハッセル・ジュニアも短論文をあらわしている。「フィリップ・ド・ヴィニュールの『年代記』における俚諺と俚諺的文章」（J. W. Hassell Jr., Proverbs and probervial Phrases in the "Chronique" of Philippe de Vigneulles, in C.-M. Crisé and C. D. E. Tolton〔ed.〕, *Crossroads and perspectives, Studies in honor of V. E. Graham*, Droz, 1986, pp. 135-139）。

26）《したがってわたしたちに明らかと映るのは，自身の抗議に反して，また生前にこの作品〔『新百物語』〕が印刷されるのをあえて見たいとはおそらくおもわなかったであろうにもかかわらず，かれは時代を超えた性格の作品を作り後世に残すことを望んでいた，ということである》〔『新百物語』, p. 50〕。このリヴィングストンの見解は『年代記』にいっそうあてはまるものではないだろうか。

27）一例としてつぎの発言を参照。《だが教皇や〔神聖ローマ帝国〕皇帝，フランス国王やそれ以外の君主にとって，ヴェネチア市会とともに，お互いに殺しあうよりも，われわれの聖なるキリスト教信仰の敵である，これらの異教徒に対し，軍を命ずるほうがよかったのだが》〔IV. 126〕。同様の願いは IV. 400, 450 以下にも認められる。フィリップは『新百物語』で，零細民に残存するキリスト教的博愛をときおりえがいている。ただこれがメス市の現実に即していたかどうか，わからない。ペルーズ，前掲書, p. 55 を参照。――なおわたしたちがいいたいのは，思想的・選択的な帰属が党派性をもたない，ということではむろんない。

第 2 章
境界にたたずむ
ふたりのブルターニュ史家

1．女公アンヌの修史官

　アンヌ・ド・ブルターニュ，フランス人であるよりもブルトン人であるといわれ，ブルターニュ女公である一方，フランス国王シャルル8世の妃，さらにシャルル亡きあとは，かれを継承して王位についたルイ12世の妃ともなった，この《木靴を履いた女公》の，ブルターニュおよびフランスの政治史に果たした役割がどれほどのものであったか，いまここで言をあらためる必要があろうか[1]。1491年，当時14歳のアンヌと結婚するために，シャルルは教皇を動かして，すでに形式的にせよ結婚し（「形式的」というのはマルガレーテがこの年11歳にすぎなかったからだが），パリの宮廷に住んでいたマルガレーテ・フォン・エスターライヒを離縁し，その父である神聖ローマ皇帝マクシミリアンの怒りを買うようになる。またルイ12世は，これも教皇との交渉を重ね，のちに「聖女」と呼ばれるジャンヌ・ド・フランスと離婚して，アンヌを妻としてむかえた。かれらがこれほどまでにして——シャルルの場合は，マルガレーテのいわば嫁資であったアルトワ地方やフランシュ=コンテ地方の主権や，フランドル方面での安定を犠牲にして，ルイの場合は教皇に，政治的・経済的な多大な譲歩をして——望んだアンヌとの結婚には，ブルターニュ公国のフランスへの併合という政治的な目的が充分すぎるほどの支えとなっていた（わたしたちはかれらの個人的な「愛情」について何ごとかを語る立場にはない）[2]。ブルターニュ公国は[3]，言語的・文化的・政治的・社会的にフランス王国との密接

な関連を有しつつも，その国土をフランス国王から与えられた封地ではなく，《神の恩恵（のみ）により》統治するブルターニュ公を長にいただく独立国家だと主張し続け，英国に向かって突き出た半島というその地形上の位置からも，古代英国と古代アルモリカ〔ブルターニュ〕の同祖信仰にさかのぼる歴史的経緯からも，少なからぬ機会に，フランスにとっての「英国の脅威」の窓口となっていた。歴代のフランス国王はブルターニュ公国をフランスの属領とするために手段を尽くし，難癖（もしくは正当な理由）をつけては兵を送り，軍事的に主権を剥奪しようとした。アンヌとシャルルの結婚時にも，ブルターニュの側からすれば，その主権は圧倒的なフランスの軍事力の前にはなはだ危うく，シャルルとの結婚のみがブルターニュの独立を維持する方策であった。とはいえフランス側にしても，兵力によるブルターニュの完全な制圧が可能か否か，さらに制圧し終えたとしてもかかる状態を長期にわたって継続しうるか否かは，どうにも心もとなく，ブルターニュ公国の主権を認めながらも，済し崩し的にそれを属領化し併合する第1段階として，アンヌとの結婚は大きな意味をもっていた。そしてこうしたそれぞれの思惑は情況におうじ，時間とともに強度を変えた。直接史料を用いて確認しえないままに，たとえば現代のアンヌ・ド・ブルターニュ伝の著者の言葉を参照すれば，シャルルとアンヌとの結婚にさいしては，ブルターニュ側においての被救済感が強く，ルイとアンヌの結婚は，逆にフランス側での，ブルターニュを手放すまいとの意図に影響されたようだ[4]。

　父ブルターニュ公フランソワ2世の死後，女公の地位についてフランス軍や反乱軍と戦うため，極度の財政逼迫を忍ばねばならなかった3年間を経てフランス王妃となったアンヌは，それまでと対照的に華やかな宮廷を開いた。アンヌの赴いたフランス宮廷はかのじょと，シャルルの若き日に摂政として政治の実権を握っていたその姉アンヌ・ド・ボージュー〔アンヌ・ド・フランス〕や，のちのフランソワ1世の母ルイーズ・ド・サヴォワとの権力闘争がおこなわれたり，アンヌの創設による，選抜された貴族令嬢の一種の教育機関，私的女子修道会「ラ・コルドリエール」をつうじての閨房外交がおこなわれたり，とい

う具合に，現実的な，そして生臭い政治の場でもあったが，他方《語り部，装飾家，歌手，文人や才人が王妃の周囲に欠けることなどない》[5]ともいわれるほどの，華やいだ文化の香りが立ちこめる場でもあった。アンヌの宮廷を訪れ，とどまり，程度の差こそあれかのじょの庇護を受けた者の中に，つぎのような人々が認められるという――彫刻家のミシェル・コロンブ，画家のジャン・ペレアル，ジャン・ブルディション，ジャン・ポワイエ，ジャン・リヴロン，ジャン・ド・コルモン，書籍業者のジャン・トレプレル，マルネフ，ミシェル・ル・ノワール，アントワーヌ・ヴェラール，詩人のオクトヴィアン・サン゠ジュレ，ジャン・マロ，アンドレ・ド・ラ・ヴィーニュ，ギヨーム・クレタン，ジェルマン・ド・ブリー，アントワーヌ・デュ・フール，さらにはマルガレーテ・フォン・エスターライヒのもとを離れアンヌの宮廷につかえに来たジャン・ルメール・ド・ベルジュ，学者のロベール・ガガン，パオロ・エミリオ，ニコル・ジル――。これらの人々が15世紀と16世紀をつなぐ時期を代表する文化人・教養人であった事実は，この時代をあつかった文化史・文学史のたぐいをひもとけばただちに判明するだろう。そしてその時わたしたちは同時に気づくはずだ，これらの名前の中にブルターニュ出身者がほとんど見当たらないことに[6]。

　文学表現の領域にかぎって見れば，「ブルターニュ物語」の総称でまとめられる中世文学や，幻想的な地方伝承の数々で知られるブルターニュ公国といえど[7]，個々の存在としては必ずしも優れた文学者を産み出したわけではなかった。たぶんそれはこの公国の使用言語が，（ブルターニュ居住者がブルトゥスの末裔であるとの，わたしたちがこれから論ずる歴史家の視点を共有すれば）基層語・土着語であるブルトン語と，それを圧迫し覆いかくそうとする，そしてこの時代にはすでに優勢を確立した隣国の言語，フランス語の二つであったことにも由来しているとおもう[8]。ブルトン語使用圏に生まれた者が，地方性を脱ぎ捨てたり，社会的な上昇を願ったりするとき，かれは言語学的に異なる系列に属する，しかしはるかに普遍性を有するフランス語を用いて己れの思想を表現せねばならず，かかる操作はたぶんけっして楽なものではなかった[9]。

またこれに加えてブルターニュでは，知的・芸術的営為をもっぱらにする物理的条件もなかなかにそろわなかったとおもわれる。知的活動の拠点たりうる大学がこの公国に出現したのは，中世もおよそ深まった1463年になってのことだし（ナント大学），文化人を育てるはずのブルターニュ公宮廷，ことに14世紀以降のモンフォール家のそれは，ロワール河のほとり，ナント市に据えられる時期が多く，その地勢的な位置ゆえにそこではブルトン人よりもむしろフランドル人，イタリア人，フランス人，そしてことにリエージュ人たちの姿が目立ったらしい。アンヌはこうしたありかたをとる宮廷の中で成長した。宮廷が公国の内側に存在した時代においてさえ，ブルトン人と宮廷文化人とがかさなり合わなかったのであれば，ましてフランス宮廷にあってかれらの影がいっそう薄くなっても，そのどこが不自然といえるだろうか。

けれどもアンヌにつかえるブルターニュ出身者のあいだに，言語表現を用いた芸術活動・学的営為のせいで禄をあたえられた者がいないわけではなかった。1492年に没した，『王侯の眼鏡』で名高い詩人ジャン・メシノは問わぬまでも，二人のブルターニュ史家，ピエール・ル・ボーとアラン・ブシャールの名前はけっして忘れ去られてよいものではない。細密画や装飾芸術に格別の関心を示したアンヌのブルターニュ公爵家は，ジョルジュ・シャトランやジャン・モリネ，あるいはジャン・ルメールを厚遇したブルゴーニュ公爵家とは異なり，同時代史も含め，一般に歴史記述にあまり興味をいだかなかった模様だが，それでもフランス王妃となったアンヌは，ある時期から己れの周辺に「修史官」を配し始めている。そしてかれらにはどうやら，アンヌの郷土の歴史記述を託される場合が多かったらしい。ジャン・ルメールがマルガレーテ・フォン・エスターライヒのもとを去りアンヌにつかえるにあたって，いかなる「フランス史」でもなく，《ご自分のブルターニュ家の年代記》[10]の編纂を命じられた，ということはこの本の第3章で述べるとおりである[11]。これはあるいはシャルル8世と死に別れた頃からとくに，ブルターニュ公国の自立を意識し始めたとの評価もあるアンヌの，フィリップ・ド・コミーヌとか，ジャン・ドトンとか，あるいはクロード・ド・セセル[12]とかいった「フランス王家」の名だ

たる記録者たちに刺激され、それへの対抗を意図しての行動だろうか。——かりにアンヌの意図がそうだったとしても、残念ながらかのじょの「修史官」たちの名前や作品は、現在ではセセルやコミーヌの名声の陰ですっかり色褪せてしまった。しかしある作品や作家がほぼ500年の時間を生き延びたということ、また生き延びなかったということ、それを左右するのは（雑な物言いを許していただけるなら）はたして作家や作品に内在する「価値」なのか。それはむしろ「歴史の偶然」ではないのか。いまでは「歴史」の中に埋もれながらなおかつまたわたしたちの眼に触れたル・ボーとブシャールの、それぞれの「ブルターニュ史」の面白さはわたしたちにそのような感想をいだかせた。まさにフランス王国に吸収されようとする、かつての独立公国ブルターニュ出身の「修史官」ふたりは、自国の過去をどのように描いたのか。かれらの歴史書はどの点で似通い、どの点でオリジナリティをもっているのか。こうした問いをめぐる以下の雑文をつうじて、最終的には16世紀初頭の、単一でない「フランス」、単一でない「歴史記述」の様相をいささかでも紹介できれば幸いと考えている。

2．ピエール・ル・ボーの場合

　没年の順からいって、まずピエール・ル・ボーから語りたい。これはブシャールの場合も同じなのだが、ル・ボーについて知られている事項はきわめて少ない。ミショーの『世界人名辞典』[13]、ウフェールの『新編世界人名事典』、および『ブルターニュ文学・文化史（第1巻）』で「ブルターニュにおける歴史の誕生」を担当する現代のブルターニュ史家ジャン・ケレルヴェが、その論説の補遺にまとめた人名録〔註3)参照〕を辿っても、ほぼつぎの数行の内容しかわからない。——ル・ボーはサン゠トゥアンの領主の息子として生まれ（出生年は不明）、教会に入り、ジャン・ド・シャトージロン゠デルヴァルの秘書の地位を得、以下に解読をこころみる『ブルターニュ史』の第1稿とされる『ブルターニュ年代記』（1480）をあらわしたあと、アンヌの母マルグリット・

ド・フォワの説教師のつとめを果たし，父のあとをつぎ女公となったアンヌの秘書となった（1490）。シャルル8世と結婚したアンヌはル・ボーを《顧問官にして施物分配僧》[14]に任命したらしい。同時にかれがその一族の年代記を書いているヴィトレ゠ラヴァル家の庇護も受けたとされる。アンヌは1496年10月4日付で，フランス国内の教会参事会，修道院，市町村ならびに古文書館に保管されるあらゆる文書を，ル・ボーが閲覧するために必要な許可状を発布した。晩年にはラヴァル市の聖テュグデュアル僧会教会の聖歌隊員にして教会参事会員，ヴィトレの町のマグダラのマリア教会〔la Magdeleine〕の財務責任者，ギー・ド・ラヴァル15世の施物分配僧，そしてアンヌの施物分配僧を兼ね，1505年に死去したおりにはアンヌの推奨でレンヌ市の撰定司教となるところだったという。

　これらの事項にあえて付言すると，前述のごとくル・ボーの生年はまったく不明であるけれど，かれの手になる韻文作品『ブルトン人の聖務日課書』[15]の終わりに置かれた，アンヌの父ブルターニュ公フランソワ2世が最初の妻マルグリット・ド・ブルターニュを亡くした1469年と，アンヌの母と再婚した1471年のあいだにこの書の製作を推定させる一節があるから，想像するに[16]，その誕生は遅くとも1450年を越えることはなく，さらに10年，あるいはそれ以上さかのぼるかも知れない。

　わたしたちが参照しえたル・ボーの著作は3篇あり，いずれも長い時間をあつかう歴史記述に属する。ひとつは，わたしたちがその製作を1470年頃と推測する『ブルトン人の聖務日課書』である。これはアレクサンドラン音綴（12音綴）の6行詩12連，4行詩422連，都合1760行（ケレルヴェのいう《1800行のアレクサンドラン》[17]は概数であろう）で構成される簡略な韻文年代記で，アダムとイヴの失楽園に始まり，ノアの洪水，トロイア戦争，アエネアス伝説，ブルトゥス伝説，英国でのブルトン人の歴史，マーリン（メルラン）伝説，アーサー王伝説，ブルトン人のアルモリカ・ブルターニュ移住，ブルターニュ王国の公国への変貌，ブルターニュ公爵位の継承権をめぐるモンフォール家とブ

62　第Ⅰ部　境界の歴史家たち

ロワ家のたびかさなる戦争等の項目を経て《現在君臨される》〔BB. 135〕フランソワ2世への言及で幕をおろしている。わたしたちは註16)でその最終4行詩を紹介したので，冒頭の6行詩，および本論中の4行詩を4連ほど引用し，ル・ボーの韻文がいかなるものか，表現史上の興味にかかわる解説の代わりにしようとおもう。

　　（引用―1）〔BB. 91；95；101；136〕
　(A)《2206年頃
　　　　悦楽の「楽園」に位置する場所で，
　　　　神は最初の人間アダムを作られた，
　　　　かれはおもいがけない偶然からその末裔を
　　　　いたいたしい苦しみにゆだねた，それというのもかれは
　　　　神が下したゆいいつの命令を守らなかったからだ。
　　　〔Environ l'an après deux mille deux cens et seix,
　　　　Que au lieu pres Paradis de delices assis,
　　　　Eut Dieu Adam formé le premier homme humain,
　　　　Qui sa posterité par un hazart soubdain
　　　　Submit à doleur griefve, parce que mal garda
　　　　Une seule ordonnance que Dieu luy commanda〕》

　(B)《おお，不実なアキレウスよ！　なんじはかつて暴君が
　　　　国王のうち続く子息たちにしたことがないような悪事をはたらいた。
　　　　おお，トロイアの悲しみよ！　なんじの回復しえない
　　　　損失をだまっている必要はない，なぜならなんじは変わることがないからだ。
　　　〔O parjure Achilles！　tu as fait le desroy
　　　　Que oncques tirant ne fist de traynez fils à Roy.
　　　　O tristesse de Troye！　perte irreparable,

第2章　境界にたたずむふたりのブルターニュ史家　63

　　De toy taire ne faut, car tu es immuable〕》

(C)　《ブルターニュのルヴァロンが国王の衣装をまとった。

　　　かれの治世，3日間血の雨がふった，

　　　大量の大きな蠅がとびまわり，

　　　刺した人々を毒で殺した。

　　〔Reuvalon de Bretaigne print les royaulx atours :

　　　Durant de luy le regne il pleut sang par trois jours,

　　　Et tres-grant quantité de grans mousches vollerent,

　　　Qui les gens qu'ils poignirent de leur venin tuerent〕》

(D)　《かれらの危険を要約していえば，

　　　かれら〔シャルル・ド・ブロワとフランス王フィリップ・ド・ヴァロワ
　　　　の連合軍〕はナントの町を攻囲しにやってきた。

　　　フランス人は町の中に裏切りによって侵入し，

　　　ジャン公をパリの牢獄につれていった。

　　《そこでかのじょ〔ブルターニュ公ジャン・ド・モンフォールの妻〕はフ
　　　ランス軍をみぐるみはいで

　　　たくさんの獲物をとりもどした，

　　　なぜならばかのじょには多くの勇敢なブルトン人の騎士がいて

　　　援軍に大軍勢の英国兵もいたからだ。

　　〔Et afin de l'affaire d'iceulx vous abregier,

　　　Ils vindrent la Cité de Nantes assieger ;

　　　En la Cité entrerent les François par trayson,

　　　Et le Duc Jehan menerent à Paris en prinson.

　　　I el fist sur les François maintes belles destrousses,

　　　　Et leur furent par elle maintes proyes rescousses,
　　　　Car elle avoit pluseurs Bretons preux Chevaliers,
　　　　Avecques bien grand nombre d'Anglois ses souldoyers]》

　それぞれの詩連の文脈をあげれば，(A)は読んでのとおり失楽園の物語，(B)はトロイア戦争のさい，アキレウスがトロイロスを背信のあげくに殺した逸話にからんだ感想で，『ブルトン人の聖務日課書』の中では例外的に修辞度が高い。(C)は，これも『ブルトン人の聖務日課書』全体では異例にあたるが，一般の中世風の年代記述にはまま見られる，「自然現象の異常」を語る。(D)の2連の4行詩は14世紀のモンフォール家とブロワ家の戦争の一局面をあつかう。フランス軍と英国軍がどちらの支援にまわったか，ブルトン人の役割がどう歌われているか（事実〔と称されるもの〕ははるかに錯綜しているのだけれど）にさしあたり注意が惹かれる。アンヌ・ド・ブルターニュはモンフォール家の出身であった。

　ル・ボーが『ブルトン人の聖務日課書』を綴るにいたった経緯はわからないが，わたしたちの製作年代の推測が正しければ，ル・ボーの歴史記述への関心はかれの後半生，35年以上をつらぬくたぐいであった。この韻文年代記には，事項の面でも記述角度の面でも，晩年の『ブルターニュ史』の諸テーマがおおむね姿をあらわしている。『ブルターニュ史』中の英国古代史，アルモリカ古代史の叙述の典拠となるジェフリー・オヴ・モンマスの名も引き合いに出される。対象とする時間も，あまりにも神話的と判断したであろう「失楽園」や「ノアの洪水」は別として，アエネアス伝承から15世紀中葉までと，ほぼ重なっている。それでは後の作業は韻文を散文化し，概要を書き込んでゆくにすぎないのか。ある意味でそうだといってしまってもよい。しかし後述するように，そうした過程を経て完成された『ブルターニュ史』の内容は『ブルトン人の聖務日課書』と比べ量的のみならず質的にも，歴史記述の理念や方法の面で驚くべき深化が存したことをわたしたちに教えるだろう。

『ブルターニュ史』の第1稿たる『ブルターニュ年代記』が『ブルトン人の聖務日課書』の約10年後に書かれたようであるけれど，その手稿はもちろん，部分的に出版された近代版も残念ながらわたしたちの手には入らなかった。『ブルターニュ史』と『ブルトン人の聖務日課書』の外にもう1篇参照できたのは，ヴィトレ＝ラヴァル家の系譜を伝える『ヴィトレ年代記』である。この『ヴィトレ年代記』の製作年代も不明だが，ル・ボー自身の筆でしるされた，ブルターニュが王国から公国へと制度を移した頃から，ラヴァル領主ギー15世の時代までを範囲とする本篇──「本篇」というのは，それに後続してギー15世以後，16世紀中葉（事件でいえば，サン＝カンタンでのフランス軍の大敗北やカレー市の200年ぶりの奪回への言及がある）にいたる系譜がゴシップ記事まじりに述べられる，ラヴァル市財務担当弁護士兼会計院検事ジャン・ジェランのまとめた「補遺」が付されているからだ──の最終章には，1486年，ギー15世に長男が生まれたがまもなくこの世を去り，《現在伯爵ご夫妻には子供がおられない》〔CV. 81〕との一文が認められる。

　ジェランの「補遺」によると，ギー15世の長男ギー16世は，その出生年はしるされないものの，《若き日々にシャルル7世〔単純に「シャルル8世」の誤記だとおもう〕，ルイ12世，フランソワ1世の宮廷に出仕し》，1500年に最初の結婚をしている〔CV. 82〕。わたしたちにはギー16世がいつ誕生したかの調査が不可能であったけれど，シャルル8世の事故死は1498年のことだし，結婚年代──当時の早婚や形式結婚の風習は承知しているが──も考慮すれば，ギーの出生をあまり遅く見積もるのは無理があるとおもう。加えて同じ章に存する，ランス大司教ピエール・ド・ラヴァルが1493年に死去したとの報告〔CV. 79〕や，「第64章」でのフランソワ2世を紹介して，《現フランス王妃アンヌ・ド・ブルターニュの父君》〔CV. 63〕と表現した事情を考えると，ピエール・ド・ラヴァル死去の記事やアンヌの身分への付言が後年の付加でなければ，『ヴィトレ年代記』の筆が擱かれたのはぎりぎりで1493年直後，付加であれば（その可能性は充分ある）1480年代末とおもわれる。つまり『ヴィトレ年代記』は『ブルターニュ史』第1稿と最終稿のおよそ中間の時期にまとめられた。

『ブルトン人の聖務日課書』ですでにあらわれ，最終稿から判断するにおそらく『ブルターニュ史』第1稿もそれに従っていたであろう，超古代以来の歴史を線的に辿る記述の骨組みは『ヴィトレ年代記』でも後景としてのぞいている。ル・ボーは『年代記』冒頭の「アンジュー公妃ジャンヌ・ド・ラヴァルへの献辞」で，自分の《生まれと素性》を学ぶのは《あらゆる勤勉な人間にふさわしい》行為だが，《よりいっそうあたりまえの理由によって，そうした者は自然の理(ことわり)から自分の家柄にまつわる出来事を知ろうとするにちがいありません》〔CV. 1〕と述べたあと，《奥様の生まれをそもそもの始まりからたずねようと望む者は，その調査の基盤〔son principe〕を超古代都市トロイアの最初の設立者に置かねばならないでしょう》〔CV. 2〕と付け加えたのだ。

なるほどトロイア伝承への言及は，わたしたちの読み落としがなければ，この「献辞」以外にはとどめられていないし，その点でこれはきわめておぼろげな後景に相違ない。だがその伝承はブルターニュ公国内の一地方領主の過去を物語る場合にさえ触れるにあたいする後景であり，また触れ方のさり気なさからして「献辞」を贈られたアンジュー公妃にも，この伝承の輪郭は知られていたように想像される。そして前-ルネサンス期の貴族の教養に，過度の期待をいだかぬ方がよいのはもちろんである。逆にいえば，アンニウス・ウィテルブスの『古代史』の出版が1496年，それに想を受けたジャン・ルメールが『ガリアの顕揚ならびにトロイアの偉傑』に手を初めたのが，自称では1500年，その全巻の完成はさらに十数年後であり，地域格差はあっても平均的なフランス文化人の間に「トロイア伝承熱」が高まるのもルメールのこの歴史書(!)を契機にしたらしいから，ル・ボーの，あるいはその周辺（つまりブルターニュの文化的上層）におけるトロイア伝承の普及度の高さは記憶さるべきところといえよう[18]。

さてそれはともあれ，トロイア伝承が遠い後景にすぎないとしたら，『ヴィトレ年代記』とはどのような事項を語る書物なのか。わたしたちの乏しい読書経験にもとづく印象をどれほど一般化してよいものやら見当がつかないけれども，16世紀やそれに先立つ時代の歴史記述は主として事件史や出来事の記録か

ら成立していたように思われる。多分そのもっとも中央に据えられた命題からして『ヴィトレ年代記』はそうしたたぐいには属さない。そこに事件史的観点が欠けているわけではない。むしろその体裁,『年代記』を統べる枠組みは事件史や出来事史そのものだといいうるだろう。そうした記述の例を二つあげる〔(B)の例文には行論の都合上原文を添える〕。

(引用—2)〔CV.12；50-51〕
(A) 《それゆえにゲランの婿,ヴィトレ領主ロベールは,この当時,イギリス王国の征服を企てていたノルマンディー公ギヨーム〔ウィリアム〕から,ゴドゥアンの息を伝令として,他の多くのブルトン人とともにその征服を手伝うよう頼まれ,要請されていた。ギヨームは,自分を相続人に指定した国王エドワードの没後,あらゆる権利に反して,イギリスを占領し,占有していたのだった。中でもたいそう華麗に騎士をともなって,赴いたのがロベールであった。そのため上記のギヨームが勝利を治めたあと,かれは上述のロベールにイギリス王国で多くの領地と相続地をあたえ,ロベールとその子孫は現在までそれを享有している》

(B) 《かのじょ〔ギー8世の妻イザボー・ド・ボーモン〕について証言されている評判は非常に高く,自分の持ちものをすべて貧しい人々にあたえるというほどだったので,やかたの家臣たちは往々主人にこぼして,糧食を時節時節に供給できないと弁明した。ある日夫である主人が,貧しい者にわたす肉でふところをいっぱいにしたかのじょに出くわし,何をもっているのか尋ねた。かのじょは答えて,たいしたものではないわ,といった。そこで見てみると,たいしたものではなかったので,かのじょを行くにまかせ,かのじょは施しをあたえに立ち去った。夜になってもっと執拗にかのじょがふところにかかえていたものがなにか尋ねると,かのじょは本当のことを告げた。かれがその善意を知ると,かれは館の財産のうちなんでも望むがままにすることを許した。

〔Et tellement que la renommee d'elle tesmoigne, qu'elle donnoit aux miserables personnes tout ce qu'elle pouvoit avoir, dont souventesfois les officiers de l'hostel se complaignoient leur Seigneur, en s'excusant que leurs garnisons ne pouvoient fournir de l'une saison à l'autre. Si advint qu'un jour mondit Seigneur son mary la rencontra, portant aux pouvres plain giron de viande, et luy demanda que c'estoit qu'elle portoit ? Elle respondit, que c'estoient couppeaux ; il regarda et ne veid que couppeaux, parquoy il la laissa aller ; et s'en alla faire son aumosne. Puis quand vint au soir il luy enquist plus diligemment que c'estoit qu'elle portoit en son giron, et elle luy dist la verité : et quand il cogneut sa bonté, il la licencia de faire tout ce qu'elle voudroit des biens de son hostel〕》

(A)は1066年の征服王ウィリアム〔ノルマンディー公ギヨーム〕の英国遠征に当時のヴィトレ領主がいかに協力したかを教え、(B)は1272年に没したイザボーの善行を語る。重要度ははるかに異なるが、この当時の少なからぬ年代記では、こうした事件の記事や逸話で主たる文章が構成されているとの印象がある。

だがじつのところ『ヴィトレ年代記』にあって、事件の記録や逸話は一般的な「年代記」の外見をあたえるために書きとめられたかのごとく存在する。ロベール・ド・ヴィトレはノルマンディー公ギヨームに請われ騎士を率いて海をわたり、ギヨームの征服に大いに貢献した。——これがいったい事件の記録といえるのだろうか。ロベールが英国でだれと、どのように戦ったのか、読み手の前に具体的なイメージは呈示されない。いうまでもなくこうした概略的な説明は史料の絶対的な不足に原因するものであろう。フランス国王やブルターニュ公爵たちの大貴族ならいざ知らず、たとえ有力な家柄ではあろうとも、一地方領主の活動がひとつひとつ史料や伝承に丹念にとどめられた道理はない。記録をさがせる場合にはそれを拾い上げ事件史を構築し、不可能なおりには概略で我慢するしかなかった。

(B)の逸話は前者の方法の延長に位置するだろうし、ロベールの遠征は後者

のケースともおもえる。しかし本当に概略的な説明の根拠はそれだけなのか。ロベールの遠征にかぎってみると，ル・ボーの手にはいま少し具体的な情報が存したはずである。後年の作品『ブルターニュ史』には，この遠征軍にささげられた１章の中に，ロベールの同行貴族や，かれが指揮下に入ったブルトン騎士団統率官の名が記されている〔HB. 159-160〕。『ヴィトレ年代記』と『ブルターニュ史』の間にはおそらく十数年の歳月が流れ，ル・ボーが新史料に接しえた可能性はむろんある（1480年にあらわされたという『ブルターニュ史』第１稿の記事内容が判明すれば，可能性の幅を縮められるだろうが，状況がなかなか許さない）。しかしギヨームの英国征服を語る，15世紀後半のノルマンディー年代記のたぐいにも「ヴィトレ領主」への言及が存在したらしい点を考えると[19]，ロベールの活動を告げるなんらかの古文書や伝承がヴィトレ＝ラヴァル家の近辺にまったく欠けていたとは，そして『ヴィトレ年代記』を執筆するル・ボーがそうした史料をまったく参照できなかったとは，どれほどありうることだろうか[20]。

　事態は別の可能性，事件史や逸話の記載が『ヴィトレ年代記』の本来の目的ではなく，その目的に沿った舞台をこしらえる以外，積極的な意義をもたなかったとの可能性も否定するものではない。一般的な年代記のたぐいではむしろ事件や逸話的出来事の狭間に埋もれる，いわば傍系の記事に充てられた，相対的に膨大なページ数がわたしたちにそうした印象をあたえてしまう。わたしたちが『ヴィトレ年代記』の特徴と考えるのは，（引用―２）(A)および(B)のそれぞれの文章にほとんど直続するつぎのような記事である。

　　（引用―３）〔CV. 13 ; 51-52〕
(A)《ようやくお互いの財産について，ロベールとブルゴーニュ人ユーグとのあいだで折り合いがつき，つぎのような結婚をまとめる和議が結ばれた。そして最終的にとりきめられ，祝われた。すなわちヴィトレ領主ロベールは上記のユーグに妻として娘のアニェスをあたえ，自分の妻の嫁資として所有せるクラオンの地の権利をすべてゆずった。ただし例外として

以下のもののみを保持した。すなわちロベール，もしくはその相続人がクラオンに宿をもとめてゆくとき，ユーグ，もしくはその相続人は上記ロベールにクラオンの城館と本人のやかたをゆだね，家族一同明けわたし，どこであろうと望むがままに町に宿をとりにゆくものとする》

(B)《この善良にして聖なる奥方イザボー・ド・ボーモンからかのじょの夫である上記のギー・ド・ラヴァル殿にふたりの子供がのこされた。長男はラヴァル家の慣習に従いギーと命名され，次男はその祖先のギヨーム・ド・ボーモン殿の記憶からギヨームと命名された。上記のギー・ド・ラヴァル殿はジャンヌ・ド・ボーモンの奥方と再婚された。かのじょはアクルおよびエルサレムの国王ジャンの息，子爵ルイ・ド・ボーモンと，上記子爵ルイの妻アニェス・ド・ボーモン子爵夫人との娘である。かれらは聖王ルイの近親者であって，かれにより育てられ，愛され，支えられてきたのである。上記の子爵ルイは上記のジャンヌに結婚にあたってメーヌ地方のシャンパーニュにあるルエの土地と領主権，およびその他の土地と領主権をあたえた。わきまえるべきはアクルおよびエルサレムの国王の息，子爵ルイ・ド・ボーモン殿には複数の子供がいたことである。すなわち長男のジャン・ド・ボーモン殿，先に述べられたように，この方はギー・ド・ラヴァル殿の姪，プアンセとラ・ゲルシュの奥方，ジャンヌと結婚した。加えて三人の息女がおり，マルグリットと命名された長女はアンティオケア大公にしてトリプル伯爵ボワマン殿の妻であった。次女は上記ギー殿の妻，上記のジャンヌ・ド・ボーモンであった。三女はマリという名前で，ゴワトロとマイエンヌの領主アンリ・ダヴォグール殿と結婚した。このあとで述べるところだが，上記ギー・ド・ラヴァル殿は上記ジャンヌ・ド・ボーモンから複数の子供をえた。その後ギー・ド・ラヴァル殿は次男ギヨームの名前で，上記マイエンヌ領主アンリ・ダヴォグールと交換し，かれに自分の所有になる領地からパシ・シュル・マルヌの土地をあたえた。この土地はギヨーム・ド・ボーモン

殿が500リーヴルの地代を完済する代わりに，ジャン・ド・ブルターニュ公とその息ピエール・ド・ブルターニュ殿からえたものであった。上記ジャン・ド・ブルターニュが，かれから交換によって入手したディナン子爵の報酬の残余のうち，上記アラン殿に借りていた金額がその500リーヴルで，上記アンリの父アラン・ダヴォグール殿がギヨーム・ド・ボーモン殿に，上記ジャン・ド・ブルターニュ公からまわしたものだった。同じく上記ギー殿は上記アランにシャンパーニュ，およびノヴィアン街道で上記ギヨーム・ド・ボーモン殿に属していたあらゆる土地をあたえた。そして上記アンリは上記ギーに，上記ギヨームの名前で，レーグルの土地とその従物をあたえた。この交換は1280年聖女カトリーヌの翌日になされた。

〔De celle bonne et saincte Dame Ysabeau de Beaumont, demourerent audit Monseigneur Guy de Laval son mary deux fils : Desquels l'aisné, selon la coustume de la maison de Laval, fut nommé Guy, et le puisné Guillaume, en memoire de Monseigneur Guillaume de Beaumont son ayeul. Si se remaria ledit Monsieur Guy de Laval, Madame Jeanne de Beaumont, fille de Monsieur Loys Vicomte de Beaumont, fils du Roy Jean d'Acre et de Jerusalem, et d'Agnes Vicomtesse de Beaumont, femme d'iceluy Vicomte Loys : lesquels estoient prouches parents du Roy Sainct Loys, et par luy nourris, aymez et supportez. Et donna ledit Vicomte Loys à ladite Jeanne en mariage la terre et seigneurie de Loüé en la Champagne du Maine, et aultres terres et seigneuries. Et est à sçavoir, que ledit Monsieur Loys Vicomte de Beaumont, fils du Roy d'Acre et de Jerusalem, avoit plusieurs enfans ; Sçavoir Monsieur Jean de Beaumont, qui fut l'aisné des fils, qui espousa Jeanne la niepce de Monsieur Guy de Laval, Dame de Pouencé et de la Guerche, comme il a esté dict cy-devant ; et trois filles, dont l'aisnee nommee Marguarite fut femme Monsieur Boamund Prince d'Antioche, et Comte de Tripple : la seconde fut ladite Jeanne de Beaumont femme dudit

Monsieur Guy : la tierce eut nom Marie, qui espousa Monsieur Henry d'Avaugour Seigneur de Goetlo et de Mayenne. Et eut ledit Monsieur Guy de Laval de ladite Jeanne de Beaumont plusieurs enfans, ainsi qu'il sera dict cy-après. En apres fist ledit Monsieur Guy de Laval, ou nom de Guillaume son fils puisné, eschange avecque le dessus nommé Henry d'Avaugour Seigneur de Mayenne, et luy bailla la terre de Pacy sur Marne, à ses appartenances ; laquelle Monsieur Guillaume de Beaumont avoit euë du Duc Jean de Bretaigne, et Monsieur Pierre de Bretaigne son fils, pour le parfaict de cinq cens livres de rente, que Monsieur Allain d'Avaugour pere dudit Henry, avoit attournees audit Monsieur Guillaume de Beaumont sur ledit Duc Jean de Bretaigne, qui les debvoit audit Monsieur Allain, de reste de la recompense de la Vicomté de Dinan, qu'il avoit prinse par eschange de luy. Aussi bailla ledit Monsieur Guy audit Allain toute la terre qui fut audit Monsieur Guillaume de Beaumont en Champagne, et ou passage de Novient : et ledit Henry bailla audit Guy, ou nom dudit Guillaume, la terre de l'Aigle, et ses appartenances. Et fut celle permutation ainsi faite en l'an mil deux cents quatre vingts, le lendemain de la Saincte Catherine]》

はなはだ長く見苦しい引用になってしまったが，わたしたちの眼に『ヴィトレ年代記』の本質を構成すると映る文章を，原文の流れとともに，よりまとまった形で紹介しておきたかった。ロベールの英国での武勇の簡略な叙述，そしてイザボー・ド・ボーモンの精彩のない逸話——この程度の逸話でさえ『ヴィトレ年代記』では稀な存在なのだが——と比較して，ロベールやイザボーの子供たち，かれらの結婚相手，その家系，相続や嫁資となる領地，さらにはギーの再婚相手についての同様のことがらへの，なんと細かな言及であろうか。わたしたちの印象では『ヴィトレ年代記』のになう本質的な役割とは，歴史的文脈の中でこうした網の目まがいの家系の広がりや，それと相関的な関連を有す

第 2 章　境界にたたずむふたりのブルターニュ史家　73

る領地の相続，獲得，移譲関係をとらえ，「歴史」という一見整合的な虚構をつうじて，中世末期の一地方領主の属する社会の，錯綜する人間関係や封地の主権の所在に根拠をあたえることであるような気がする。先に引用した「献辞」でのル・ボーの言葉にあった，《生まれと素性》とか，《自分の家柄にまつわる出来事を知ろうとする》欲求を「アイデンティティの探索」と換言してよいとしたら，家系図と領地を媒介にした社会的地位とで規定される，当時の地方貴族のアイデンティティのありかたを反映しているのかも知れない[21]。けれどもかりに「アイデンティティの探索」が『ヴィトレ年代記』の中心課題だとしても，系図や所有領地といった，いわば外的・形式的なアイデンティティの枠に，帰属感という，内側からの根拠をあたえるはずの「神話」的叙述が，家系や相続の圧倒的な記事の中に埋没している実情では，この書物は「献辞」の言葉から離れて，現在のヴィトレ = ラヴァル家の当主の系図的・物理的な正当性を証するとの，より限定的な目的に沿って製作されたと判断されてもいたしかたないとおもう。

　わたしたちは『ヴィトレ年代記』が16世紀以前の歴史記述一般と異なる文書だと述べた。しかし一方では『ヴィトレ年代記』と類似の歴史書も，歴史記述の中の下位ジャンルを構成するほどには存在していたかも知れない，との印象もある（多くの「聖遺物移管記」を想起している）。その局地性ゆえに，加えて散逸の不可避性ゆえにわたしたちの眼には触れがたいけれども，少なからぬ修道院がそれぞれの「年代記」をもっていた。たとえばル・ボーの『ブルターニュ史』で援用されるそうした地方的・局地的な年代記の文章から想像するに，修道院系の「年代記」では奇蹟譚と並んで，修道院への，主として領地の寄進の記録が大きな項目を作っていた[22]。すなわちその修道院の存在意義と財政的基盤の正統性明示である。記録を書きとめること自体がその内部での重大な作業であった修道院と，地方領主とを同列に置くわけにはいかないが，少数といえど己れの家系の過去にいくばくかの関心をいだき，それをあらわす「学者」をかかえる余裕があった地方領主も，ヴィトレ = ラヴァル家をゆいいつの例外として，皆無というわけではなかったとおもう。そして修道院系の記録（の断

片）からの類推が可能だとすれば、『ヴィトレ年代記』の記述様式も時代においてはけっして異様でも孤立したものでもなかったであろう。わたしたちはこうした「正統性」の主張を『ブルターニュ史』にも認めることができる。だがそれは『ヴィトレ年代記』とはずいぶんと異なる視点からなされ、ずいぶんと異なる方法で書かれた。

　それが十全に『ブルターニュ史』をつらぬいているか否かは別にして、この作品の巻頭に据えられたアンヌ・ド・ブルターニュ宛の「著者による序文」には、ル・ボーの「歴史記述観」がよくまとめられている。「序文」でかれはまず、『ブルターニュ史』の成立事情を確認する。そこにはアンヌの意志、《〔アンヌの〕祖先であり先人である、わたしたちのアルモリカ・ブルターニュの地方や公国、国王領地での、いと気高き国王や公爵、王侯の系譜や名前、時代および輝かしい事蹟を編纂し、編集し、収集すること、そしてまたそれらを文字を用いて起草し、真正な書物にして書籍となし、永遠の時間にふさわしい、いと気高きことがらが、語られぬがゆえに忘却され、人々の生活から離れてしまわないようにすること》〔HB. ôir°〕との要請が働いていた。ル・ボーは先の『ヴィトレ年代記』でジャンヌ・ド・ラヴァルに告げたと類似の表現で、自国の過去や己れが祖先の業績を知ろうとする《勤勉な人間》〔id.〕を讃える。かれは自分の著作が対象とする範囲を、アルモリカ・ブルターニュ初代国王コナンからブルターニュ公フランソワ２世までと限定する。なぜなら現代に生きている者の事蹟を記すのは、歴史記述における真性を脅かしかねないからだ。《というのもかかるやりかたでなされた報告においては、真実が往々削除され、欺瞞がはびこるからである。そんな具合に、現在生きている者への非難を語るのは危険がともない、讃辞を語ると悦ばれるので、往々にして、おそれの念から道にはずれた悪事に口を閉ざし、ありもしない良い点を、賞讃するためにあるとよそおうのである》〔HB. ôiv°〕。もちろん、同時代人に論及する場合歴史家がいだく束縛感についてはよく知られていた。けれども、同時代史を書きながら、かかる制約を盾に記述範囲に含まれる対象に関しても口をつぐ

む作家が，ときに存在した事実をおもいだすと[23]，むしろ危険がふりかかる可能性のある時代をそっくり記述対象からはずすとの決意は，ひとつの見識と考えてよい。こうした，真性を守るために一歩身を引くといった心的態度は，ル・ボーの歴史家としての資質かも知れず，いささか向きを変えた形で別の面でも発揮されるであろう。それはともあれ，『ブルターニュ史』本体で反復されることがほとんどない「序文」中の「歴史記述観」だが，フランソワ２世までとするこの限定の言葉は『ブルターニュ史』の最後で想起されることになる。「序文」が本体に完全に先行して書かれた道理はないから，幕を降ろすにあたり辻褄を合わせただけとみなされても仕方ないけれど，『ブルトン人の聖務日課書』や『ヴィトレ年代記』もほぼ同時期，同時代のやや手前で終わった点から判断するに，ル・ボーにとって同時代に触れないことが，自己に課したかなり重要な戒律であったような気がする。

「序文」は続けて『ブルターニュ史』全体の素材を略述し，次いで「年代記記述〔chronographie〕」と「歴史記述〔historiographie〕」の相違を論ずる。

（引用─４）〔HB. ô ii r°〕
《わたしはそれらのことがらを大部分，「歴史記述」よりも「年代記記述」の形式で論述した。なぜなら「歴史記述」には出来事の歴史および前後関係を充全に書きとめることが属し，「年代記記述」には同様に時代を明記し，簡潔にその記録を論述することが属しているからだ。その謂われは，「編年記〔Annaulx〕」や同時代の「年代記」を書く公証人の最大多数は，ことがらのあらゆる叙述を前後関係によって報告する配慮をしていないからである。そうではなくそれらのことがらが共通の話柄であり，ほかの人々にも，かれらにそうだと同じく，知られていると考えて，あまりにも簡潔に記述してしまった。要するに，ペトラルカによれば，その変遷により名声に勝利する「時」が，記録を消しさってしまったのだ。しかし近代人たちはかれらのあとでしか話すことができないのだから，わたしはかれらの簡潔さに従い，ある歴史家たちの長い文章を著述家たちの文体を保持するため短くした。そしてその

勇気が冗漫さを避けている人々の側に立った。ただし何ごとも結末を変えることなしにである。だがある場合にはいくにんかのあまりに辛辣で中傷的な言葉はけずった。それというのもギヨーム・ド・マルベリエンスがいっているように、わたしたちは往々にして他人の行動の裁判官となり、わたしたちが同様のケースでおそれることでも、そうしたことがらを裁き、報告するだろうからである》

必ずしも明確とはおもえない区分であるが、わたしたちなりにやや整理すると、ル・ボーに従えば後者は《出来事の歴史および前後関係を**充全に**》しるし、前者は《**時代を明記し、簡潔に**その記録を論述する》ものだという。なぜ前者の記述が「簡潔」になるのか。それは地方史や同時代史の作者が、事件を順序立てて叙述する配慮をせず、問題の事件を万人の知るところであるかのごとくみなし、詳述を避けるからだ。かかる「年代記記述」にあらわれる「非線性」や「非一般性」、否むしろ単純にいって「無秩序性」や「主観性」に批判的であり[24]、理念的なレヴェルでは出来事を整理し、充全に叙述しようと望むル・ボーも、自著の執筆にさいしては先行者の簡略な記述を追わざるをえない。なぜなら「時」がそれ以上の知識を抹消してしまったからだ。かくてかれが『ブルターニュ史』執筆にさいし採用したのは、そのタイトルにもかかわらず[25]、「年代記記述」の形態となる。とはいえ、ル・ボーの「簡略さ」は知識の絶対的な不足にのみよるのではなく、《ある歴史家たちの長い文章を、ほかの人々の文体をそこねないために、短くした》ゆえでもあった。そうした場合でもル・ボーは原則的に《本質的な部分》を変更しないようつとめたが、ただし時として《ある者たちのあまりにも刺があり中傷的な言葉》についてはその原則を離れた、と告白、自分自身を裁く基準で他人を裁け、といった程度の道徳律を援用する。かかる道徳律の占める位置が、史料の完全に客観的な紹介への限界点となっていることは否定しえない。ただわたしたちの現在でも「史料」の客観的な呈示など不可能であり、そもそも記述者の主体がどこまで還元できるのか、疑わしいかぎりなのだから、「歴史記述」が無償でなかった時代にお

いて，かかる道徳律の支配をもって歴史記述の〈自立〉を難じても意味がないし，時代錯誤とおもわれる。わたしたちの印象では事態はまさに逆であって，上記の引用文での道徳律の提出に続き，「序文」のほぼ末尾につぎのような文章がしるされた。

（引用―5）〔HB. ô ii r°〕
《わたしは確信しているが，その多くの者がまず第1に興味深くも探求者である，同業者と張り合うため，わたしは，いたるところとはいわないまでも，かれらの報告がある箇所においてはその名前をしるした。なぜなら著者の名前が知られていないたくさんのことがらが語られているからである。だがわたしは記述にあたいすると見出せなかったこと，真実を含んでいるとおもえない何ものも，そこに書きとどめたり付加したりしなかった》

「記述にあたいすること〔notable＝いちじるしさ〕」と「真性」の要請はもちろん記憶さるべきだが，それ以上に史料の公開をつうじ叙述を検証可能ならしめんとする決意は，ル・ボーの歴史記述方法論の特徴となっている。記述の根拠の提示は中世の年代記作者によっても（多分いくらかは）おこなわれないではなかった。問題はル・ボーが検証可能性の追求を明言し，そしてわたしたちの印象では，己れの史書でその可能性を徹底して押し広げてみせた，ということである。これは史料の選択や記述における主観性の排除とは別のレヴェルでの，歴史の客観化を目指す態度といえよう。ここでは，こうしたル・ボーの客観化への努力がどこまで浸透しているか，あるいはより広くいって「歴史考証」がどのような形でおこなわれているか，の問題に焦点をしぼりながら，『ブルターニュ史』本論，ケレルヴェによると，《ブルターニュの中世年代記の中でもっとも重要な作品》[26]を簡単に読んでみようとおもう。

『ブルターニュ史』の通時的内容に関しては，この章の「補遺(I)」に収めた各章の日本語訳を参照していただきたい。とりあえず全体から見ればやや特殊

な内容をあつかうが，歴史研究の姿勢や方法の点でそれ以後の『ブルターニュ史』の展開を暗示し，規定するとおもわれる「第 1 章」から始める。ル・ボーはこの章の約20ページの間に，カエサルの『ガリア戦記』，エウトロピウスの『ローマ史概観』，スエトニウス（『皇帝伝』〔？〕），プルタルコス（『対比列伝』〔？〕），ゲルマニアのニクラウスの『クラウディオス・プトレマイオス作「地理学」注解』，ストラボンの『地理書』，ヴァンサン・ド・ボーヴェの『歴史の鑑』，シジュベール（『年代記』〔？〕），プロスペル（『年代記』〔？〕），プリニウスの『博物誌』，ウェルギリウス（『アエネイス』〔？〕），ソリヌス（『世界の驚異』〔？〕），バルトロメウス・アングリクスの『事物の本性について』，ポンポニウス・メラ（『地誌学』〔？〕），『9 聖人伝』，『ドールの聖サムソン教会史』，『ナント教会年代記』，教皇レオの勅書『ノン・フレム〔Non furem〕』，『聖書』，『聖コランタン伝』，『聖ゴワズノン〔ゴワスヌー〕伝』，『聖ゴブリアン伝』，『聖テュドゥガル〔テュデュアル，もしくはテュグデュアル〕移管史』，『聖トゥヌヴァン伝』，ルカヌス（『内乱詩』〔？〕），ヒエロニュムス（『教父伝』〔？〕），『聖イルチュト伝』，聖グレゴリウス（マグヌス〔？〕）の『道徳論』，その他の名をあげ〔原題はこの稿の末尾の補遺(II)参照〕，カエサル征服時の古代ガリアの民族誌，古代名をアルモリカと呼ぶブルターニュの地勢や各都市を中心とする諸部族の模様，古代名と現在の名称の相違，ブルターニュ諸部族とカエサルの戦争，ブルトン人の習俗等を，地誌学的に語る。歴史を辿る以前にその背景となる舞台を紹介するわけで，古代史をこれからあつかうさい重要な，というよりむしろ時におうじてはほとんどゆいいつの典拠となる，ジェフリー・オヴ・モンマスの『ブリテン列王伝』をはじめとして[27]，この種の導入の仕方は稀ではなかった。しかしわたしたちのわずかな知識の中では，ル・ボーにおけるほど記述的・分析的に「地誌」を語った歴史家は少なかったのではないかとおもえる。史料をつうじたレンヌ人の同定をめぐる一文を引用する。

（引用— 6 ）〔HB. 10-11〕
《大著『博物誌』の第17章でプリニウスはかれらをレンヌ人と呼んでいる。他

方プトレマイオスはアルビエンス人と呼び，第3欧州地図で，かれらを地中海に住まわせた。どういうことかというと，かれらはほかの民族のように海に面して住んでいるわけではなく，陸地と陸地のあいだに住んでいるのだ。そしてかれらが，すでに述べたように，現在ではプロアルメルの住民とされているアウレリギエンス・ディアボリテス人たちのいる西方地域を国境としている，という。上述の地図の形象において，かれらを東方近辺ではアンジュー人とマンソー人に対峙させている。さらにかれらの都市がウァゴリトゥムと呼ばれていると述べている。ある者はそれを上述の古代の名前アルビエンスからとって，アルベア，もしくはルベアと呼んでいるが，このルベアという名前はその都市が蓋われている赤い〔rouge〕瓦ゆえにあたえられた，ともいう者もいる。ブルトン人はそれを自分たちの言葉〔ブルトン語〕でロエゾンと名づけている。なぜならアルモリカへの到来いらい，かれらがこの国の掟や慣習，風俗ばかりでなく事物の名称も変え，ガリア語やローマ人が用いていたラテン語を乱してしまったからだ》

　この文にあって，レンヌ人とかれらの拠点レンヌ市の名称が種々の歴史書で一定しない理由が，かなりきちんと説明されているとおもう。地誌的記述に費やされる「第1章」のフォリオ版20ページの少なからぬ箇所で，この引用のような史料の対照にもとづくブルターニュ諸地方の地形や部族の確定，名称の由来解説や同定が試みられる。先にあげたル・ボーが言及する文献にはいわゆる文学的な作品も含まれていた。しかしじつのところ，そうした文学性が優先する文献やその作者についてはおおむねきわめて簡単に触れられるのみであって，たとえばジャン・ルメールの古代史におけるごとくに（後段第Ⅰ部第3章参照）行論の骨格に関与するものではない。上記の引用でル・ボーが対照してみせた文献はプリニウスであり，プトレマイオス（の注解）であった。わたしたちはかれの用いるほとんどの文献に接触可能な立場にないし，多くの聖人伝，教会史，あるいはたびたび引かれるシジュベールやヴァンサン・ド・ボーヴェの史書が，そこに書かれた「史実」よりもそれを書いた人々の「心性」を映す

「鑑」であろうと考えるものだが，それでもル・ボーのおこなった史料の選択や操作は，当時としては，そしてブルターニュ在住の僧侶によるものとしては圧倒的な高みにあったとおもう。「第1章」の範囲でも，かれは各地の教会史や聖人伝にもとづいて，神罰を受け水没した都市，イスやエルバディラの伝承を，さらにまたシャトー＝ポールと名を改めたオクシーム市が，トロイアの末裔の建国によるとの説を《あるいく冊かの昔の史書》〔HB. 15〕に従ってとりあげた。けれど他方，フランク族の族名のいわれに関し，トロイア＝フランクス伝説と並べて，皇帝ウァレンティニアヌスがかれらの残虐さ〔ferocité〕ゆえにそう名づけたとする見解も付記し，フランクス説をやや詳述するものの，どちらを真実とみるか自分の意見はさしひかえた〔HB. 3〕。歴史の「真性」についての方法論が希薄で，かつ超古代を語る場合，文学的な作品と歴史学的な文献の峻別はとても難しい。「第2章」以降ジェフリー・オヴ・モンマスにしばらくのあいだ依拠するであろうル・ボーは，それでもトロイア伝承による体系的な歴史解釈以外の可能性をとどめておいた。

　「第1章」の最後にル・ボーはブルトン人の気質を語るいくにんかの言葉を引いた。ただその時かれはフランク族の名称解釈やレンヌ市の古代名表記の場合と違って，それらの言葉をまったくの価値判断なしに書きとめたのではなかった。ル・ボーはまず『9聖人伝』から，ブルトン人は《素朴で，欺瞞を知らず，謙虚で働き者，よくいうことを聞き，怒ったり興奮したりしていなければ忍耐強く，身体は健全で，表情は朗らか，闘うに勇猛，主人に対しては忠実であり，人の道に外れた悪徳を知らない》との評価を取り出し，さらに《ブルトン人とブルターニュについていくつものその他（ほか）の讃辞》を『9聖人伝』や『聖イルチュト伝』がしるす，という。しかし《なんにんかの著者はこの件に関しさかしまに綴った。というのもプリニウスやヒエロニュムス，ヴァンサン〔・ド・ボーヴェ〕の報告に従えば，ブルトン人は，異教徒の誤りを固持していた頃は，残酷で猛々しく，非人間的であった。この点でわたしがおもうに，かれらはブリテン島のブルトン人のことを話そうとしたのだ。けれどもこうしたブルトン人も，イエス・キリストの信仰を受けいれてからは，非常に温厚になっ

た》〔HB. 19-20〕，としてその論拠に聖グレゴリウスの一節を援用する。つまりここでは異見が併記されるのではなく、「過程」の概念を導入し整合化の作業を試みている。かれがなぜプリニウスたちの評価をブリテン島のブルトン人だと限定したのか、理由は明示されない。というより説得力を有する根拠など本当は存在しないので、わたしたちの印象ではここにまさしく、ル・ボーの「ブルターニュ・パトリオティスム」が働いている。「パトリオティスム（愛郷精神）」ゆえに「野蛮なブルトン人」を、一方では海峡の彼方に、他方ではキリスト教改宗の彼方に押しやり、「現在」とつらなるブルトン人に温厚で、宗教心が篤く、忠誠心に燃える民族、といったイメージを残そうとした。『ブルターニュ史』をつうじてもさほど頻繁に出現するわけではない諸説の整合化作業のこの出現には、史料尊重の精神とともにかかる「ブルターニュ・パトリオティスム」が影響していたとおもわれる。

さて以上のようにさしあたってまず「第1章」に代表させ、史料のあつかい方の特徴——広範囲な調査、相互に一致しない文献の併置、稀に存在する恣意的な操作——をあげてきたが、これらの特徴は史書としてはやや例外的な叙述をおこなう「第1章」をこえて、『ブルターニュ史』本体にも一貫して認められるものなのであろうか。第1の点となる、ル・ボーが参照した（と称する）文献については、後出の補遺にまとめておいたのでここでは省略し、第2の問題である文献の併置に関する検討から始めたい。

併置がおこなわれやすいのはまず第1に、史家の間に年代や日付の不一致が生ずる場合である。とはいえル・ボーがつねに同じ態度で史料の不一致に接するとはかぎらない。以下の引用で(A)の背景は5世紀の英国で、内乱を恐れブルターニュに逃亡していた、正統的な英国国王位の継承者アウレリウスが、その地からブルトン兵の大軍を率いて帰国し、サクソン王を打ち破り、王位に就いた年代が問われている。(B)では1285年のリモージュ子爵の長男の生誕の日付が、(C)では1420年、公爵位を奪おうとブルターニュ公ジャン2世を捕らえたパンティエーヴル伯オリヴィエ・ド・ブロワと、ブルターニュ軍との間に和

議が成立し，ジャン2世が解放された日時が，それぞれ論じられる。

　（引用—7）〔HB.55；250；457〕
(A)《アルチュス〔アーサー〕の事績の書の著者もまた報告している上記のことがらを，ヴァンサン〔・ド・ボーヴェ〕は『歴史の鑑』の第21巻30章で論じている。シジュベールが告げるには，ブルトン人は西暦446年に自分たちの国王アウレリウスをたてた。ヴァンサンは上記の章と第17巻7章でかれとかなり一致している。しかしながらある著述家たちは45年後に英国人の治世が始まったとし，別の者たちはそれがその時期よりもまえであるという。この点について歴史書は大いに意見を異にする》

(B)《この年聖幼児の日曜日〔12月28日〕の直後の木曜日〔1月1日〕，ナント司教区のシュノンソーで，上述の，ブルターニュ公ジャン1世の息にして相続人，リシュモン伯ジャンの息，リモージュ子爵アルチュールが生まれた。上記のジャンは上記のアルチュールを妻であるリモージュ子爵夫人マリーからえたのであり，ナント司教デュランによって，サン゠フルーラン゠ル・ヴィエーユ゠シュ゠ロワール教会で洗礼を受けた。そして当時パンポンの神父であったジャンによって命名された。しかしながら他の編年記は，かれは聖グレゴリウス〔ラングルのグレゴリウスか？　そうだとすると祝祭日は1月4日〕のお祭りの直前の金曜日〔1月2日〕に生まれた，とする。1日違うだけである》

(C)《上述の伯爵はジャン・ド・ブルターニュ公と〔……〕かれがいっしょにとらえた他の者たちを兄のエーグル殿にわたすと，エーグル殿はかれらをシャントソーの陣屋につれていき，〔ブルターニュ公側の〕軍隊の男爵や領主にひきわたした。あるひとたちは1420年の7月7日だったと報告しているが，同年のわが主のご昇天のお祭り直前の木曜日のことである》

(A)ではなんの私見も挟まぬまま，ほぼ平等に異説の併置がおこわれるのに対し，(B)においては不一致が見られても，わずか１日の違いにすぎないと，差異よりもむしろ近似に力点が置かれる。(C)のル・ボーは異説を紹介しながらも，どちらかというとそれに距離を保っている。これらの三つの引用を並べたとき，ル・ボーが異説の併置をおこなう理由は何かという疑念，そして史料の不一致に向かう角度の変化はなぜかという疑念を覚えざるをえない。第１の疑念については，たとえば「修史官」たるル・ボーが，史料の検討にささげた努力を誇示するためだと考えることもできなくはない。しかし印象だけでいうのだが，ル・ボーは自分の史書を著すにあたって，必ずしも権威依存型の記述をしているわけではないし，ブルゴーニュ公宮廷の修辞学派「修史官」たち――わたしたちはそれらの人々のごく一部の著作しか読んでいないけれど――が頼った表層的な修辞技術〔後段第１部第３章参照〕とは無縁な文体を見ても，かれの側に格別な自己顕示癖があるようにもおもわれない。努力の痕跡を残さなければアンヌ・ド・ブルターニュの寵を失う，との不安があったような気配もない。わたしたちは，ル・ボーはやはり異説の併置によって「歴史考証」作業の第１歩と取り組んでいたのだとおもう。ただ歴史には考証を加えることで，いっそう説得力をともなって実像に迫れることがらと，あらゆる考証を拒否し闇の彼方からおぼろげな輪郭のみを差し出すたぐいとが存在する。歴史家が無批判に一定の説に加担したくなければ，古代英国国王戴冠にまつわる大事でさえ，ありうれば相互に整合性をもたらしたであろう史料が絶対的に不足するままに，異見を唱えるわずかな文章を晒す以外，かれに何が可能なのか。わたしたちの引用で史料の併置をおこなうル・ボーの視覚は少しずつずれを示していた。けれども本当に大切なのはそうしたずれではなくて，１日の違いだから大したことはないと注釈を挟み，あるいはまた異なる説を譲歩節で導入しながらも，それらの異説の内容まで写し続けたことではないか。ル・ボーの「歴史考証」の検討に入る前に，いますこし，ときに《無批判的》と非難されかねない史料の援用例を取り出してみる。

　わたしたちは年代や日付に関する史料併置の文章をあげた。もちろん問題と

なるのは年代とはかぎらない。さまざまなパターンでの併置例を，できるだけ重ならないように引いてみると，英国のブリテン人救援を目的とする英国遠征を，ロンドン大司教グイテリヌスに依頼されたブルターニュ・アルモリカ国王アルドロエヌスが拒んださいの台詞を，ジェフリー・オヴ・モンマスと『アーサー王の事績』とから，拒否の理由がやや異なるとはいえ，それぞれ20行ほどにわたり引き写すとき〔BH. 51-52〕，6世紀のブルターニュはコンモネンスの暴君コモルスの死が，王国を簒奪された王の息による復讐戦においてであったのか，破門され呪われて内臓を肛門から押し出した有様で，であったかを，一方で大司教バルドリクス，他方で《ある著者》をもとに並列するとき〔HB. 75〕，英国国王カドワロとノーサンブリア国王オズワルドとの戦いでの勝利者をめぐりまっこうから対立するジェフリーとベダの見解を，さらにシジュベールとヴァンサンをからめて報告するとき〔HB. 85〕，ブルターニュ公コナンの人柄についてギヨーム・ド・ジュミエージュとその他（ほか）の記述者との正反対の評価を記するとき〔HB. 158〕，『フィリップ王年代記』やその他複数の史書を用いて，シャルル・ド・ブロワの勢力に敗北し英国に逃れて，1344年に失意の内に没したモンフォール伯の埋葬地の特定（というより不特定）を試みるとき〔HB. 297〕，ル・ボーは異説のどちらに賛成するとも告げず，ただ両者を並べてみせた。

けれどもひとつの出来事をめぐる複数のことなる記述がつねに対立するものでもなく，場合により相互に補い合って，より完成された情景をえがき出すこともある。

　　（引用—8）〔HB. 305〕
《そのときブルトン人と英国人は陣幕や陣屋，兵舎を壊し始め，人々を殺し，首をはね始めた。かれらを急襲したのである。なぜならかれらは見張りをたてていなかったからである。『国王フィリップ・ド・フランス年代記』とジャン・フロワサール殿との，この二つの史書は一致していて，その場でシャルル殿が招集していたブルターニュとノルマンディーの多くの豪族が殺され

た，というのである。すなわち，ローアン子爵，ラヴァル殿とその息はとらえられ，デルヴァル殿〔……〕，シャトーブリアン殿〔……〕，その他多くの豪族や貴人がそこで死んだり，つかまったりした。しかしつかまるよりも殺された者が多かった。また，上記サン゠タンドレの『年代記』によれば，ここで名前をあげている人々のほかに，モンフォール殿とラ・ロシュ殿が亡くなった》

　ここでル・ボーは叙述の流れに新たな文献をさし挟みながら，1345年にロシュデリアンを攻囲したシャルル・ド・ブロワ率いるフランス軍に，モンフォール伯に味方する英国軍が奇襲攻撃をおこない，大勝を収めた戦闘の模様をいっそう精密に報告しようとくわだてている。そしてそのおりに，あるいは多くの先行者がそうしたであろうように，史料の提供者——付加部分の著者であるギヨーム・ド・サン゠タンドレはいうに及ばず，『フィリップ王年代記』の筆者やフロワサールも含め——の存在に口をつぐむこともできたのに，それをはぶきはしなかった。ル・ボーが参照した文献のほとんどはわたしたちには手の届かない代物だし，稀に馴染みの名前があっても，かれの用いた写本や版本とわたしたちが使える版との異本文がどの程度なのか，見当もつかないくらいだから，かれが利用した史料をすべて，しかも正確に提出したなどと臆断しうるいかなる立場にもない。想像できるのはル・ボーが，ひとつの事件に多面的な光を当てるために，おそらく可能なかぎりのその事件に関する文献を列挙したらしい，ということだ。かれはそれらの情報が相互に矛盾しようと構わなかった。しかし先行する中世の年代記作者が（わたしたちの乏しい知識の範囲では）往々そうした矛盾に無自覚であるのに反し，それらが互いに抵触するのを充分承知しながら，そのような情報として読み手に提供した。ル・ボーにあるのは「混乱」ではなく——「混乱」とはたとえばオルドリク・ヴィタルの『年代記』のことだ——「多面性」なのだ。

　ル・ボーは多面的な史料が相互に補完し合えば，それらを用いてより全体的な事件像を描き，対立し合えばときにおうじて歴史家の「私性」を介入させず

に，その事実を報告するにとどめた。わたしたちはこうした記述態度も充分「考証」の名にあたいすると考える。けれども『ブルターニュ史』にあって，複数の史料を差し出しながら中立に徹するのではなく，一定の判断を根拠に（もしくはあまり判断らしい判断は下さず）ある史料の価値を否定する場合もあるし，錯綜する記述の糸を論理的・実証的に解きほぐして，それまでは陰に隠れていた「過去」の像を新たに語ってみせる場合もある。まず第2のケースを眺めてみる。

　（引用―9）〔HB. 138〕
《アラン・ル・グランの家系におけるサロモンの正統な血筋は上記ドロゴで失われた。それというのも，『ナント教会年代記』の著者が，このアランにはオエルとゲレク（かれらについては後述する）と呼ばれるその他（ほか）の息がのこったといい，上記の著者がかれらが私生児である，とことさら言わないにもかかわらず，このことは充分に明らかだからである。なぜならかれ自身，私生児だとうちあけているからだ。上記の著者によると，アランがかれらをえた母ジュディクは，かれがブロワ伯の妹を妻にとったときには，まだ生きていたのである。信ずるにあたいすることだが，ブロワ伯の妹とは，初婚の掟に反して結婚できなかったろう。そしてまたもし上記オエルとゲレクが正統な息であったら，まだ乳母の乳を吸っていた幼児のドロゴをかれらよりも優遇して，ブルターニュの継承をかれらに却下したりしなかったろう。アランはまだ生きているうちに，ドロゴに対して，さきに述べたとおり，土地の司祭，伯爵，豪族みなに宣誓と臣従をさせたのである》

ブルターニュ公爵位継承からはずされたアラン公の二人の息が，史料ではそうと明言していないものの，じつのところ私生児だったことを，問題の史料自体を入念に読み当時の情況を再現しながら論証してゆく。それをつうじて「過去」の実像を掘り起こす点では，『ブルターニュ史』にたびたび出現した「推測」の作業も，かかる「論証」と似通う側面をもってはいるだろう。わたした

ちが「推測」の概念でまとめたいのは，たとえば古代ブルトン人の船の帆に毛皮が使用されていたのは亜麻布の不足，もしくは亜麻布の利用を知らなかったから，《あるいはいっそうありそうなことだが，ブルトン人は亜麻布を海上の嵐に有効に耐えうるとはみなしていなかったためであろう》とする一節〔HB. 13〕，英国ブリテン人に２度にわたり敗北を喫したカエサルが自著で沈黙を守る理由を，ライムンドゥス・マルリアヌス（の『カエサル著「ガリア戦記」注解』〔？〕）の意見を借りて，《カエサルは自分に都合の悪い出来事には沈黙したり，弁明したりした》と述べる箇所〔HB. 30〕，９世紀のブルターニュ王サロモンの二人の息，リヴァロンとギゴンも《父と同様殺されたと推測すべきである。なぜなら二人が父親のあとまで生き延びたとか，なんらかの領地を受け継いだとか，まったくしるされていないからだ》〔HB. 123〕と論ずる言葉などである。これらの「推測」においてル・ボーは，フランスでの亜麻糸の利用が古代でも普及していたのかどうか，カエサルが本当に英国に遠征したのかどうか，かぎられた史料に名や事績がのこされないからといって，その人間が存在をやめてしまったものかどうか疑うふうでもなく，ときに現在の知識を過去に当てはめて，ときにひとの心理を推しはかって，ときに残存する文献を絶対視して，《ありそうな〔vray-semblable〕》とか《推測すべき〔il est à conjecturer〕》とかの表現とともに，あるいはそうした表現さえ用いず，闇に閉ざされた「過去」の不思議を，あるレヴェルで整合的に解き明かそうとした。しかし同じく整合的な歴史像の提出に向けられた努力であっても，こうした「人の常」とか「もっともらしさ」とかのみにもとづく「推測」と（引用―９）に示した「論証」操作とは厳密度と客観度において大きく異なっている。前者は足掛かりのないままに飛躍によって過去に辿りつこうとし，後者は他者にも役立ちそうな足場を教えながらそうしようとする。この差はあるいは「程度」の問題にすぎないのかも知れない。また史料が絶対的に不足する古代史，中世史を論ずるとき，史料の中に矛盾や疑問を認めたら，「現在」をもとに飛躍を試みたくなるのもよくわかる。ただそうした「推測」は，あえていえばだれにでも可能な「考証」の真似事であるのに対し，「論証」をおこなうには史料の精緻な分析と綜合の

ための能力と学識と、そして批判精神とが必要とされるだろう。ル・ボーは『ブルターニュ史』で、一貫してとはいわぬまでも、ときおりは、（引用―9）でのごとく近代的な歴史家の貌をわたしたちに見せた。

（引用―9）での文章はさしあたり「考証」の過程そのものを示した。換言すると「史実」へのいっそうの接近が何よりも問われている。だがつぎにとりあげる、「史実」の解明を試みると同時に史料批判もともなう「考証」でも、そうしたことがらのみが焦点に置かれているのだろうか。

　（引用―10）〔HB.134〕
《このように、上記の諸『年代記』によれば、ブルトン人は当時ノルマン人に対抗していた。いかにそれらのノルマン人の『年代記』において、かれらがギヨーム＝ロング＝エペ〔ギヨーム長剣公〕とその息リシャールに臣従している、といわれているにもかかわらず、また、レンヌ伯ベランジェとドール伯アランが、942年に、フランス国王ルイ・トランスマラン〔ルイ・ドゥートルメール〕に対しておこなわれたリシャールとデンマーク国王アルグロードの遠征戦において、ギヨーム公が殺されたとき、ピキニーにいた、といわれているにもかかわらずそうなのである。なぜならベランジェ伯はその当時この世のひとではなく、かれに代わって息のジュアエルが統治していたからである》

この引用文では、10世紀のある時期ブルトン人がノルマンディー公に服従していたとのノルマンディー側の記録に反論を試みる[28]。しかしこのル・ボーの反論にどの程度説得力があるかは、はなはだ疑わしい。ラヴィッス篇の『フランス史（Ⅱ―1）』においてさえ、《警戒すべし》の言葉とともにではあるが[29]、ブルターニュがロロン（ギヨーム長剣公の父）にあたえられたと主張する歴史家の存在を指摘せざるをえないほどの、「史実」の確定の困難さを訴えたいわけではない。そうではなくてル・ボーの用いた反論の方法が気にかかるのだ。すなわちひとつに（引用―9）の場合と違い、ル・ボーは『ノルマン

ディー年代記』の内部に矛盾を発見したのではなく，それに対立する記述を有する史料を提出しているだけであって，このような時に系統の異なる二つの史料のどちらに信を置くかはもっぱら確信の問題でしかない。ひとつにまた，史料の対立として呈示された「史実」は，フランドル伯とノルマンディー公アルヌーの間で交わされた942年のピカルディー＝ペキニーの戦闘時の情況にのみかかわるものであり，その前文が語るノルマン人とブルトン人の関係にはおよばしない。つまりこの一節で判断するかぎりル・ボーがくわだてるのは「考証」であるよりもむしろ，ノルマンディー側史料の信用失墜であり，ブルトン人の威信の弁護，もしくは回復である。

　ノルマンディー側の史料とそれを否定する史料との対比はこれ以外でもあらわれた。11世紀前半に生じたブルターニュ公アランとその弟ウードの兄弟戦争をおさめたのが，ロベールとギヨームの二人のノルマンディー公の内，どちらであるかが議論される。『ノルマン人年代記』では英国にエドワード懺悔王を訪問していたギヨーム〔ウイリアム征服王〕がその地からもどり仲介に立ったとするが，そうした記述は《当時の年代記とも，他の著者とも一致し得ない。というのも，ギヨーム・ド・マルベリエンス〔おそらくウィルレルムス・マルメベリエンシス Willelmus Malmeberiensis と同一人物か〕とロベール・デュ・モン〔モン＝サン＝ミシェル修道院長ロベール〕に従えば，アランが没した1041年までエドワードが英国に君臨することはなかった。そしてアランは死にいたるまで，ギヨームの後見をし続けたのである》〔HB. 151〕。現代の成果から見るとル・ボーの言い分に軍配が上がりそうなのだが，やはり問われるべきは「現在」の解釈との一致や接近ではなく，かれの「考証」の恣意性だとおもう。「方法」のレヴェルで考えればここでのそれも（引用—10）におけるものと変化がない。批判される史料の内部からではなく，外部に存在する叙述との関係で整合性を否定しようとする。ただル・ボーの参照する二人の歴史家の同定不能のままいうのだが，（引用—10）との違いがあるとすれば，それはもちろん批判に用いる外部からの史料が複数である点だろう。（引用—10）では，それだけを取り出すと二者択一の，最終的には記述者の信念が基準となる選択

にすぎなかったところが，今度は反証をとなえる声を集め，いくらかでも事態を客観化している。(引用—10)とのいまひとつの相違点は，あるいはこの「考証」は純粋に学問的な関心からおこなわれたのかも知れない，ということだ。仲裁に入ったのがロベールであろうとその息ギヨームであろうと，ノルマンディー公とブルターニュ公の位置関係が変わるわけではなく，ブルターニュの矜持が揺らいだり回復したりするわけでも（おそらく）ない。「史実」への学問的関心以外に付加される何ものかがあるなら，それはノルマンディー側史料の信用をおとしめようとの，無意識（とわたしたちはおもう）の願望であろうか。というよりル・ボーがそうした眼でノルマンディー側の文献を見ていたから，錯綜した叙述の狭間に異論点を発見したとも考えられる。そしてル・ボーの文章の流れに同調する読み手には，ノルマンディー側史料の正確さへの不信感がいくらかずつ植え付けられた。

　（引用—10）に認められた「ブルトン人の威信の回復」という結果，もしくは目的をになう「考証」をもうひとつあげる。シジュベールによれば，859年ブルターニュ国王エリスポエが，ときの皇帝シャルル・ル・ショーヴと同盟を結び，あまつさえ贈与を受けてシャルルの支配下に入ったことがあった。しかし，とル・ボーは続けていう，《ドール大司教バルドリクスの年代記は逆の事態を報告する。つまり国王エリスポエは完璧にかのシャルルの裁判権下から抜け出したのだ，と》〔HB. 112〕。じつのところこの一文でなされているのは「考証」ではなく，対立する史料の単なる併置にすぎない。(引用—10)でのごとく，たとえ他文書間であろうと，「史実」の整合性を追求する素振りも見せない。併置の作業も言葉としては接続詞《しかし〔mais〕》により対立する記述を導入するだけで，心情的な価値判断も薄められている。とはいえこの時ル・ボーが，まったく中立の視点で二つの異見を紹介するつもりだったのか，いささか疑念がのこる。つまりまさにその記載の順序によって，二つの正反対の記事の中でバルドリクスの見解が，誤認をただす反論の位置に据えられ，事実そのような価値を有するとの錯覚を読み手にもたらしてしまう。そして結果として「ブルトン人の自立」という「神話」を支える叙述が脳裏にとどまるの

だ。印象でいえばここでも，ル・ボーが意図的であったというより，無意識に刻みこまれた「神話」に則して史料を閲覧し，まとめたとみなしたい気がする。ル・ボーはここでは「考証」の素材となり得る何ごとも見出せなかったから，異なる報告を併置し，判断も感想もひかえようとしたのだとおもう。ただそうした意志をこえてかれは「神話」の中で生きていた。

　『ブルターニュ史』の歴史記述に影響をおよぼしたのは「ブルトン人の自立」の「神話」ばかりではなかった。わたしたちには以下の「考証」には，また異なる「神話」の影が落ちているようにおもえる。

　　（引用—11）〔HB. 272-273〕
《さきに名前をあげた著者，ジャン・フロワサール殿はその『年代記』の中で，このモンフォール伯はそうしながら，上述のエドワールに，かれから公爵領をえたら臣従しようと約束し，上記エドワールはそれを受けた，と述べている。しかしこうしたことがらはフロワサール以外，他のいかなる歴史記述者も報告していない。むしろこの伯爵はそののちパリで尋問されたおり，逆のことを上記のフィリップに言明したのである。これはフロワサール自身が証言しているところである》

　14世紀の半ば，嫡子のないまま公爵位を姪のジャンヌの夫シャルル・ド・ブロワに譲り没したブルターニュ公ジャン3世の弟，ジャン・ド・モンフォールがこれに不満を覚え公国内で内乱を起こし，兵を集めに英国国王のもとに渡ったさいの出来事である。ル・ボーの「考証」は二つのレヴェルでおこなわれる。ひとつはフロワサールの言葉を支持する，外的史料の調査，ひとつはフロワサールの文献内部での整合性の検討である。後者の「考証」はしかしながら，もちろんフロワサールの証言を否定するものではない。『ブルターニュ史』にも前言をひるがえしたり，その場その場で自分に有利な発言をする者はなんにんとなく描かれた。また，ひとつの文献に記載される事件がほかの史料に見当たらないことも，「歴史」の領域では稀ではないし，『ブルターニュ史』全編にわ

たり，つねに複数の史料をもとに記述がなされたとも信じがたい。証言を裏づける文献も，反論となるたぐいも外部に存在しないのだから，あとは蓋然性を頼りに判断を下す以外に道はない。わたしたちにはあっても不思議ないと見えるフロワサールの報告を，ル・ボーがそうではないと主張するのは，蓋然性の根拠の採り方が違っているからだと考える。ル・ボーにとって，一方ではブルトン人がブルターニュの属領化を条件に英国から好意を得ようとするなど，あってはならないし，あるはずもないとおもえた。加えてまた，そのブルトン人が，アンヌ・ド・ブルターニュの出自の家系であるモンフォール家の祖だったということも，およそありそうになくおもえた。「ブルトン人の自立」と並んで「モンフォール家の名誉」も多分，ル・ボーにとって侵しがたい「神話」だった。この点で「考証」にからむもうひとつの例をあげる。（引用―11）のジャン4世の息，ジャン5世率いるモンフォール軍がシャルル・ド・ブロワ軍を破り，長期の戦争に終止符を打ったオーレの戦闘での逸話である。

　　（引用―12）〔HB. 329〕
《しかしそのとき，ジャン・シャンドス殿はかれ〔ジャン・ド・モンフォール〕をうしろに呼んで，そこから出発し，かれにふりかかった危難を神に感謝するように，といった。なぜなら上記のシャルル〔・ド・ブロワ〕殿が死ななければ，ブルターニュの相続にいたらなかったからだ。またこの伯は自分の亡骸をガンガンに運ぶように命じた。そうしたことはすぐさま，うやうやしくとりおこなわれた。かれは優れた，勇猛な君主だったので，それにふさわしく，名誉をもって埋葬された。このようにジャン・フロワサール殿は上記のオーロワの戦闘の結末を，そしてシャルル殿の逝去を報告している。どれほどベルトラン・デュ・ゲクラン殿の書物の著者がそれを別様に，すなわち上記の戦闘ののち，シャルル殿はとらえられて，モンフォール伯がかれを殺させたと述べていても，である。その著者はその他もろもろを述べているが，いずれも本当のことでも，もっともらしいことでもない。だからその著者以外だれも語っていない。そうではなく伯は上記のシャルル殿をたいへん

やうやしく扱い，そのからだが死んで発見されたまさにその場所に，かれはそののち教会を創設した〔……〕。この教会に修道僧長と，一定数の世俗聖堂参事会員を置き，上記のシャルル殿と，かれといっしょに死んだ豪族や領主の霊魂のためにとわに祈るようにさせた》

（引用―11）よりこちらの方が「考証」的になっているとしたら，それは対立する証言を『ベルトラン・デュ・ゲクラン伝』に差し向けたためだろう。そしてシャルルの埋葬地に建立されたという僧会教会の存在もル・ボーに有利な状況証拠を構成してはいる。しかし基本的には，わたしたちにいままで疑念をいだかせてきた「考証」の欠陥がここにもあらわれてしまう。さらにいうと『ベルトラン・ド・ゲクラン伝』は記述の流れの中では，必ずしも言及するにはあたいしなかった。にもかかわらずその報告を引き合いに出したのはなぜなのか。一方では確かに客観的な「歴史記述」の前提となる，網羅的な史料収集と史料批判の精神がその動機ではあったろう。けれども他方，厳密さに欠ける「考証」，そして騎士道的で敬神の念にあつい モンフォールの姿を描くフロワサールからの少なからぬ引用（もしくはそれをもとにした脚色）と，要約に終わる『ゲクラン伝』からの情報との対照などを考慮すると，とくに後者からなんら積極的な付加情報がもたらされない以上，ル・ボーの筆はもっぱらモンフォールの人格を傷つける記載を否定する目的で動かされていたようにおもわれる（ル・ボーが，ギヨーム・ド・サン゠タンドレからの引用をつうじて，ブルターニュ出身でありながらフランス大元帥に抜擢されブルターニュ公に往々敵対したゲクランやオリヴィエ・ド・クリソンが，欲に駆られてフランス王にブルターニュを売り渡そうとしたとの記事を留めたのを覚えておこう〔HB. 363〕。――ただし自分の文章の内部ではゲクランやクリソンの行動に，ほとんど一切の価値判断を下さなかったル・ボーではあるけれど）。

「歴史考証」には学識や分析能力と同時にさまざまなレヴェルでの綜合能力が要求される。その中でおそらくもっとも必要なものは「真実」とか「真実ら

しさ」にかかわる判断力であろう。それでは，歴史的事象の調査で「真実」とか「真実らしさ」とかは一体何を基準に判断されるのか。一定の情況に置かれた人間の営為が「歴史」を構成するとするなら，その基準は人間の活動における「常態」や「蓋然性」であろう。けれど，「蓋然性」や「常態」などの概念はあくまでも人間の経験や理解力の範囲内で通用するたぐいであり，それらがひとたび相対化されてしまえば，何が「ありうべき」なのかさだめがたくなる。「蓋然性」を相対化するものには，歴史的もしくは地理的な「彼方」がある。歴史的な「彼方」からの相対化の波に曝されて，たとえばジャン・ルメールは古代人が巨人であったことは「ありうべき」と考えた（後段243ページ参照）。地理的な「彼方」の存在は中世でも大航海時代でも，想像のかぎりを尽くした形態や棲息情況を地平線の向こう側の人間にあたえた。『ブルターニュ史』はケレルヴェの言とはやや異なり[30]，ブルターニュを離れた世界的な事件に全然関心を寄せないわけではないし，そのおりの採録基準は多分「異常性」，「非日常性」に存するのだろうが，それでもそれらの出来事がル・ボーの判断基準である人間世界の「蓋然性」を突きくずすようには見えない。またジェフリー・オヴ・モンマスを主としてなぞる古代史の部分でも，いささか極端な人々やその行為が描写されるとはいえ，「蓋然性」の枠をまったくはずれるとはいいきれないようにおもえる。——だが歴史的，そして地理的な「彼方」のみが「蓋然性」を突き破るものではなかった。神がまだ死んでいなかった時代，「自然」の背後に「超自然」が蠢いている時代に，文献や証言の判断基準としての「真実らしさ」はどう成立するのか。ル・ボーにおける「歴史考証」のありかたを尋ねる最後に，かれの「超自然」への態度を簡単に眺めておくべきであろう。

　歴史の背後には神の手が働いている——『ブルターニュ史』の「序文」で，さまざまな王国に降りかかった災厄を《われわれのよこしまさをその鞭により，われわれの罪をその打撃により罰される》〔HB. ôⅱv°〕神の意志に帰したル・ボーの言葉は，けっして常套句を援用したものではなかった。結婚相手の不足を嘆くブルターニュのブルトン人に向けて英国のブリテン人の間から選ば

れ海を渡り、難船のあげくフン族やピクトゥス族の手に落ちて全員あえない最期を遂げた、かの「11000人の乙女」の伝承の結果に、ブルトン人が同種族内での結婚をあきらめるにいたった要因を認め、ル・ボーはこう書き加えた。

　　（引用―13）〔HB. 43〕
《すなわち全能で平和の創造者である神が、ブルトン人とガリア人の絶えざる争乱と往々生ずるそれぞれの郷土の壊滅、やむことのない残酷な戦闘、多くの者の霊魂が緊張と憎悪によって滅びてゆくのをごらんになって、かれらをあわれにおぼしめし、こののちは相互の民族をよろこばしい結婚というきずなによって賢明に結びつかせた。こうした結婚によってかれらのあいだに平和と連合がなされたし、永遠に愛情と愛着がとどまることだろう》

　あるいはまた、篡奪したコルヌアーユ伯爵位を守るため、正統な継承者である兄の息を虐殺したリノディウス伯とその息、およびリノディウスの協力者を襲った突然の死について、《これらのことがらは一点の疑いもなく、神の復讐により生じたものである》〔HB. 72〕と語ったりもした。このように明確に「神の手」の存在を告げる言葉は、わたしたちが通読したかぎりではそうたびたびはあらわれないけれど、当時の世界了解のただなかに棲み、しかも僧職にあって、『ブルターニュ史』でもこの地の修道院の出来事をくどいまでに書き残したル・ボーが、歴史の背後に神の配慮を察知しなかった理由はないだろう。それでは人智を超えた神の業がいかなる不思議も「ありうべき」としてしまうのか。
　いわゆる「不思議譚」に分類される逸話も『ブルターニュ史』にはいく度か登場する。その中には「自然の異常」の単なる記録――たとえば伊勢蝦の異常発生〔HB. 120〕とか厳寒〔HB. 481〕など――も含まれるし、神の裁きにかかわるであろう「死の彼方の世界」からおこなわれた現世への介入の報告――たとえば英国のジョン欠地王の没後、遺体を埋葬した修道院に、聖地に埋められるかぎり自分は悪逆の報いたる劫罰を避けられない、と訴えるジョンの声があ

られ，遺骸が修道院の外に移された話（ついでながら，このロベール・ブロンデルからの援用では，「欠地王」の異名はここに由来するとされる）〔HB. 221〕，弟のジルの幽閉と暗殺に責任があったブルターニュ公フランソワ１世に，ジルがあの世の法廷にかれを召喚していると打ち明けた，正体の知れぬ僧の話〔HB. 518-519〕——も見られ，またとりわけ敬虔な聖職者であるル・ボーの信仰をしのばせるかずかずの奇蹟譚——ノルウェー軍に襲われた修道院の僧が神に祈ると，嵐が起こり異教徒の心を撓めた伝説〔HB. 114-115〕，ブルターニュ公アラン・バルブトルトの埋葬されたはずの遺体が地面にあらわれ，生前信仰していた聖母マリアをたてまつる教会に埋めなおした伝説〔HB. 136〕，殉教したレオネンス司教の死後日蝕が起きた伝説〔HB. 192〕その他——も忘れがたいであろう。そしてそれらの傍らに，歴史解釈の中で一定の位置，すなわち「予兆」としての役割を託された少なからぬ「不思議譚」が存在した。

　（引用—12）の背景となったジャン・ド・モンフォールとシャルル・ド・ブロワの合戦で，「噂〔la Renomee〕」が告げるには，両軍が陣を進めているとき，それまでシャルルの傍を離れなかった愛犬が急にモンフォールのあとを追うようになった。《そのことでその場にいた者はみなたいそう驚き，めいめいが好みのままに考えた》〔HB. 327〕。６世紀末，フランス軍の侵略に対抗しヴァンヌの地でヴァンヌ伯ゲルシュが戦い，勝利を収める７年前，ある年代記は《ヴァンヌ市近郊の，魚に溢れる大きな沼が血の沼に変わった》としるした〔HB. 79〕。12世紀中葉のわずか２年のあいだに，やはり将来の災厄を教える「不思議」が続いて生じたこともあった。

　（引用—14）〔HB. 187-188；190〕
(A)《また，このロベール〔・デュ・モン〕がいうには，1161年６月，ドールの領地にあるレテルで血の雨が降った。この同じ場所でパンと泉の土が降った。かかる奇蹟は，推測されうるごとく，戦争や飢餓，死病，その他の疫病のしるしであって，のちにブルターニュに起こったことである》

(B)《翌年，つまり1163年，『編年年代記』によれば山形の松明が落ちてくるのが，ブルターニュのあらゆる城々から見られた。きたるべき大戦争と疫病のしるしである》

　歴史の流れは人間の理解を超越するとはかぎらないのかも知れない。人がよくよく眼を見張り，耳を澄ませば「未来」の事変の徴候は，それとわかるほどの「異常」な姿で人の傍らに出現している。ただ人の知恵はいつも遅く，事変のあとで「予兆」があったと気づくだけだ。——この種の「予兆」は長い歴史のところどころに点在し，比較的短期の，一回的な，そして，ことに災いを告げるものとしてあつかわれた。それではかかる「予兆」以外に，より長期的な歴史の流れを人に教える，いわば「歴史の法則」といったものは存在しないのか。現象としては，そしてそれを受けとめる心性の点でも「予兆」と同列にはあつかいがたいけれど，わたしたちの印象では『ブルターニュ史』において「マーリンの予言」は，あえていえば「歴史＝物語」の主調低音を形成し，またひとつの「歴史の理解のための枠組み」を差し出している。「マーリンの予言」は，9世紀後半にブルターニュ王サロモン3世が眼をつぶされたときも《確証されたとおもわれた》〔HB. 122〕し，フランス王フィリップがジョン欠地王からノルマンディーを奪い，三百余年ぶりに王領としたときも，予言が《成就した》〔HB. 211〕と考えられた（これがル・ボー自身の見地かどうかは不明）。ただ「マーリンの予言」は解釈を必要とした。13世紀初頭，英国とフランスの戦闘後ジャン欠地王が，捕虜となった弟との人質交換を拒否した経緯があった（以下の引用での予言は，上記〔HB. 211〕に言及されるものと同一かも知れない）。

　　（引用—15）〔HB. 220〕
《これについてそののちアルモニカのギヨーム〔ギヨーム・ル・ブルトン〕が告げるには，確かにそれはマーリンの前兆となるオオヤマネコで，マーリンは自分の父親にかんしライオンに譬えながら，こういった。「わたしの父か

98　第Ⅰ部　境界の歴史家たち

らあらゆるものごとを見とおすオオヤマネコがうまれるだろう。オオヤマネコは自らの民族の破滅をもたらすものであろう。なぜならそのためにヌーストリアはそれぞれの島嶼を失い，その第1の威厳をけがされるだろう」》

　(引用—14) も含め，わたしたちが触れてきた「予言」のあつかい方は事変の生じた後で，それを歴史家たちがマーリンの言葉に当てはめたものだ。つまり「過去」の解釈に予言が枠組みを提出した。しかし『ブルターニュ史』に見られる「マーリンの予言」への関心は，歴史家や「過去」解釈の領分をはるかに越えるまでに広まっていた。英仏百年戦争前期，フランス軍の将ボームノワールと英軍の将ブレンブロは，大規模な戦闘のもたらす農民の窮状を避けるべく，両軍から30名の戦士を選び，その者たちだけで合戦をおこなおうと取り決めた。合戦の当日，二人の将はそれぞれに訓示をしたが，《リチャード殿〔ブレンブロ〕は他方で英国兵を鼓舞し，自分はマーリンの予言を朗読させたが，その中には自分たちが今日，ブルトン兵どもに勝利を治めるであろうとあった，といった》〔HB. 310〕。しかし激戦のさなか，ブレンブロその人が戦死したので《もうマーリンの予言を当てにしない方がよい》との声が出，英軍の逃走にいたったという。以上はフロワサールに依拠した一節だが，注目したいのは「マーリンの予言」が，フロワサールの歴史解釈として引き合いに出されるのではなく，未来を拘束する言葉として英軍の指揮官が利用した（と書かれている）点である。別の例もある。1415年，かのアザンクールの戦いにおいて英軍はブルターニュ公弟，後のフランス大元帥にしてブルターニュ公，リシュモン伯アルチュールに重傷を負わせ捕虜とした。英国国王は，ほかのだれにも増してかれを捕らえたことをよろこんだ。

　(引用—16)〔HB. 451〕
《それというのもかれはすでにその噂を耳にしており，あらゆる英国人と同じく，マーリンの予言だと信じていたからだった。その予言が告げるには，これは文書になっていることでもあるのだが，上述のリシュモン伯がそうして

いるように，旗印にイノシシをかかげ，アルモニカ・ブルターニュで生まれた，アルチュールと名のる君主が英国を征服するはずで，英国人の血筋をたやしたあと，英国をブルトン人の系譜で満たすだろう，ということだった》

さらに三十余年後，百年戦争の最終局面でフランス王シャルル7世はノルマンディーのシェルブール市を奪取し，その地方から英国勢力をほぼ払拭した。この時，ル・ボーは，豹はフジェールに入り込むがそこから追い払われ，傷つけられるだろう，との《マーリンの予言が成就した》〔HB. 520〕と記した。ル・ボーに従えば，豹とは英国国王を指し，王はフジェール市攻略を契機にノルマンディー公爵領と，掌中にしていたフランス内の領土すべてを失ったのだ。これは〈過去〉の解釈に「マーリンの予言」を持ち込むケースであるけれど，問題となる事変がル・ボーもすでにある程度の年齢に達していた「近過去」に属する点，またこれが多分ル・ボー自身の文章で（というのも出典が述べられないからだが）書かれた点で，触れておきたかった。わたしたちが「マーリンの予言」を『ブルターニュ史』の主調低音と語った理由を，いくぶんかは説明できただろうか。

「マーリンの予言」は「過去」の歴史の位置づけに有用であるのみならず，「現在」起こりつつある出来事をまえに，ひとの行動方針を示唆しうる，1000年の昔に設定された歴史の枠組みといえた。人間の営みを超越し，それをはるかな過去から決定するかかる不可避的な「歴史の法則」の存在が知られるとき，歴史記述者にできるのはただ「法則」と「史実」を対応させることだけなのか。歴史家はもはや，「歴史」の「真実（らしさ）」を判断する力量を要求されないのか。──「マーリンの予言」は，かりにル・ボーがそれを決定論的に認めていたとしても，「歴史家」の主体的判断の余地を残さぬたぐいではなかった。ひとつに当然のことながら，歴史の基層を法則化するのではなく，個々の事象を予測する「予言」の絶対数には限界があり，『ブルターニュ史』で「予言」への言及が断じて頻繁でない事実が示すように，そこから漏れる無数の事変があるはずだった。そしてもうひとつ，『ブルターニュ史』でマーリンの出自や

予言がなされた情況を十数行にまとめたあと，ル・ボーが付け加えた言葉にも，絶対的な「予言」が相対化されるいわれが透けていた。

　　（引用─17）〔HB. 54〕
《この件にかんしヴァンサン〔・ド・ボーヴェ〕は第21巻30章でこう語っている。マーリンはこれらのことども，およびその他多くのことを予言したが，それらは出来(しゅったい)し始めるまで，ほとんど理解されえない。なぜなら神の聖霊はその秘密を，たとえばシビラ，バラーム，その他のように，お望みになるように語り，告げるからだ》

　「マーリンの予言」はいつも後知恵でしか理解されない。「予言」をつうじ未来をまえもって知ろうとする者は，ちょうど英国軍人ブレンブロのように（もっともブレンブロが兵を鼓舞する目的でのみ「予言」に言い及んだ可能性は高い），己れの知恵に裏切られるだろう。「予言」は人知を超えている。そしてそれは神がそのように望まれたからだ。であれば「予言」は「予言」として傍らに置き，時間の中での人間の営為を人間のものとして人間の立場から考証し記述する以外，歴史家には何ができるというのか。超越的な神の業はかくて歴史家の主体性を，ある限度内で保証するものともなる。超越性への断念ゆえに，歴史家は事象の背後の「法則」には沈黙せざるを得まい。しかしその沈黙によりかれは事象そのものと向き合うことが可能となる。──実際にル・ボーがこうした内省をおこなっていたとは，じつのところ考えがたい。ただかれが「神の報い」に代表されるきわめて大雑把な「歴史の法則」を，そして歴史を支配する「神の手」や歴史の基本路線を支持する「マーリンの予言」を信じていたにせよ，かれはまずもってそれらを証明するために歴史を記述したのではなかった。結果的に「歴史」をつうじ「神の栄光」が讃えられることになるとしても，それは別の話だった。かかる教条性の欠如，もしくは薄さが『ブルターニュ史』の事件の記述に等身大の大きさをもたらした。

　『ブルターニュ史』には「マーリンの予言」と並んでもうひとつの主調低音

が響いている。いうまでもなく「ブルトゥス伝承」である。わたしたちはこの章の冒頭で,「フランク族」なる呼称の語源に関し, かれらの「残虐さ」ゆえの命名だとの説と「フランクス」起源説とが併記されるのを見た。この併記はル・ボーの史料操作の特徴を教えはしたけれど, それ以上のものではない。ル・ボーには「ブルトゥス伝承」を相対化することなど到底できはしなかった。多分それはこの伝承がジェフリー・オヴ・モンマスをはじめ, ル・ボーが下敷きに選んだなんにんもの歴史家たちに, 古代史の土台をあたえていたからだろう。そしてそうした歴史家たちの記載の蓄積が「ブルトゥス伝承」の幅広い受容を可能にした。『ブルトン人の聖務日課書』における「ブルトゥス伝承」をなぞったかなり長めの詩行や『ヴィトレ年代記』「序文」での言及が当時の受容情況を暗示するし,『ブルターニュ史』で古代史の叙述を離れても, 時折はこの伝承を顧みることもあった。13世紀初め, ブレンヌ伯ピエールが公爵位継承者アリスと結婚しブルターニュ公となったとき, ル・ボーはこの事情を書くにあたって,《このピエールからあいついで, 父から息へと男子嫡男直系によって, 現在のフランス王妃にしてブルターニュ女公, アンヌの父君フランソワ公爵にいたるまで, ブルターニュの公爵や王侯が生まれ, 血を引いてゆくことになる》〔HB. 215〕事態を鑑み,《この方に関する古代の系譜をよりよく理解するため》, フォリオ判2ページにわたり, トロイア王プリアモスにさかのぼる系図を辿ってみせた。わたしたちは16世紀の終盤, たとえばラ・ポプリニエールによる組織だった「トロイア伝承」批判を目の当たりにするだろう[31]。しかしそれらの批判者とル・ボーの間には100年の懸隔があり, ル・ボーの「ブルトゥス伝承」採録を「現在」の視点から咎めても, あまり意味があるとはおもえない。わたしたちがおもうのはむしろ逆に, かれの置かれた知的情況の中で,「ブルトゥス伝承」のもつ「物語への誘惑」の力にル・ボーがよく耐え, 可能なかぎりそれを学術化しようとしたということだ。モンマスの『ブリテン列王伝』で, 伝承の始まりからブルトゥスの死まではほぼ全体の1割弱のページをあたえられるのに対し,『ブルターニュ史』にあっては4ページ弱の紙幅しか占めない。その中でもたとえばモンマスに在る, トトネス島でのブル

トゥスの仲間と巨人ゴグマゴグ一族のかなり詳細な戦いの描写が[32]，ル・ボーでは《その島には巨人しか住んでおらず，ブルトゥスはかれらを殺した》〔HB. 22〕のわずかな一文に略述される。他方ブルトゥスの行動や英国の地形を語るのに地の文をもってするモンマスに対し，ル・ボーは4ページの少なからぬ行数を，モンマス以外にエウトロピウス，ヴァンサン，プリニウス，バルトロメウス，オロッショ，ギルダスへの言及に捧げた。

　ル・ボーが「物語」を簡略化するのは「ブルトゥス伝承」においてばかりではない。ひとつの例をとると，『ブルターニュ史』の古代史部分には「巨人」が出現することがある。しかし「巨人征伐」（巨人は大抵悪役である）の描写はモンマスや他の2，3の年代記と比較すると，非常に味気なく，物語性を脱色されて映る。モンマスに従えばアーサーは一度はパリ攻囲にさいし，一度はノルマンディーで巨人を相手に死闘を演じた[33]。『ブルターニュ史』では第1の相手に関しては，「巨人」とすら規定せずにその職名〔ローマ護民官〕と名前〔フロロ〕と，アーサーが《ふたりだけの決闘で勝利を収め，かれを殺した》〔HB. 57〕との文章を残し，第2の相手については，4行ほどでその巨大さと悪事と，《アーサーがこの巨人と戦い，殺した》〔HB. 60〕ことをまとめた。あるいはまた，後述のブシャールの『ブルターニュ年代記』では丸々2ページを費やし，ドラマチックに語られるロランの巨人退治にはル・ボーは一言も触れない。そもそもロランの名が引かれるのは，ロンスヴォーで討ち死にした騎士名の列挙においてだけなのだ〔HB. 94〕。わたしたちにはこうした略述が「序文」で述べられた「簡略化の原則」にのみ原因を有するとはおもわない。シャルルマーニュの事績を語る2ページのあいだで，史料としてかれが用いるのは，シジュベール，エインハルドゥス，『シャルルマーニュ年代記』，ランス大司教テュルパンであり，当時としてははなはだ学術的な文献と考えてよい。そしてどうやら民間伝承以外にロランの名が記録され，その実在を伝える信憑性の高い文献といえば，このエインハルドゥスの，しかもル・ボーと同様ランスヴォーの戦いの戦死者にようやく《ブリタニア辺境伯フルオドランドゥス》を加えた，『カルロス大帝伝』にかぎられるらしいのだ[34]。もちろんル・

ボーが人口に膾炙したロラン伝説を知らなかったはずがない。とするとル・ボーは文芸的な資料と学術的な史料とを判別し，「物語」と「歴史」との相違を察知して，ロランへの記述をひかえたことになる。当時の嗜好では多分文学性が高いとみなされたであろう『ブルトン人の聖務日課書』と『ブルターニュ史』とを対照すると，前者の詩句の3分の2（冒頭から「アーサーの死」までで全1760行中1208行）を占める「トロイア戦史」，「ブルトゥス伝承」，「ブリテン列王伝」，「マーリン伝説」，「アーサー伝説」のある部分はまったく捨てられ——たとえば「マーリン伝説」は韻文史の方がくわしいほどである——，ある部分はかろうじて同程度の言葉で拾われた。そしてそのかわりにはるかに学術的な記述や「考証」が挟まれた。わたしたちには何が根拠であるのか，厳密には判断できないけれど，ル・ボーはやはり己れのうちに「歴史」における「真実（らしさ）」と「記述にあたいすること」との基準を抱えていたのだとおもう。この点で『ブルターニュ史』のル・ボーは，かれの後に来るアラン・ブシャールの「歴史記述観」とは，いわば対極をなしていた。

3．アラン・ブシャールの場合

　アラン・ブシャールの足跡もなかなかに辿りがたい。ケレルヴェとミショーの前掲書，およびプレヴォ゠ダマ共編の『フランス人名辞典』を参照し[35)]，まとめてみる。ブシャールの出身はゲランド半島はバ〔Batz〕村の小貴族の家系で，生年は不明，父親はゲランド市の収税吏との推定がある。法学を学んだのち，1471年，ゲランド市で公証人の職に就いた。事情は不明だが，この頃海賊行為（？）を働いてもいたようだ。レンヌ市の法院弁護士だったのも同じ時代であろうか。1484年にブルターニュ公フランソワ2世の秘書に抱えられ，公の移動や行軍に随行した。身分的には公爵側近のレジスト集団に所属，公の晩年には請願書審理官のひとりにも数えられた。またこの頃，兄ジャックと一緒に『ブルターニュ慣習法〔*Très Ancienne Coustume de Bretaigne*〕』（1485年）の出版にも従事したと伝えられる。フランソワ2世の死後，当初は「ブルターニュ

独立」を主張，アンヌの宮廷にとどまり，1489年，フランス国王に対するアンヌ側の使節の一員ともなった。しかし翌年には態度を改め，シャルル8世とアンヌの結婚政策の推進派となる。1491年の二人の結婚後，シャルルはブシャールのかかる姿勢に感謝し，少なからぬ金額を贈ったうえ，評定官ならびに請願書審理官の職務をあたえこれに報いた。そのため1492年頃パリに移り，その地で1496年に再婚をしている。シャルルの急死にさいし，ブルターニュに帰国したアンヌに同行した可能性もあるようだ。アンヌがルイ12世と再婚したのち，ブシャールは再度パリに戻るが，しかしシャルルのもとでえた「総評議会評定官」の地位を手放し，ルイ12世時代には「高等法院弁護士」の肩書しかもたなかったらしい[36]。1505年，フランソワ・ダングレームとクロード・ド・フランスの結婚をつうじブルターニュ併合を計画，これに反対するアンヌを，ルイの重病を契機に拘束した，ジエ元帥ピエール・ド・ローアンの裁判に巻き込まれかけたともいう。1514年，わたしたちの関心の対象である『ブルターニュ大年代記』を刊行した後，ブシャールの姿は見失われる。『ブルターニュ大年代記』第3版が出版された1531年には，すでに没していたようだ。

　ブシャールの作品でわたしたちが読み得たのは1514年刊の『ブルターニュ大年代記』初版を底本とした批評版，および1886年にブルターニュ愛書家協会から刊行された『ブルターニュ大年代記』のみである。後者は美しい4冊子からなり，アルチュール・ド・ラ・ボルドリーによる補遺や異本文（抜粋）の紹介もあるが，いかんせん近代の書誌学的関心を埋めるにはほどとおく，ために前者の批評版を採用せざるをえなかった。『ブルターニュ慣習法』はもちろん，ブシャールの作品と推定されるばあいがある。著者名なしに発行された『徳高き御婦人方の鑑』（*Le mirouer des femmes vertueuses*；1546）も[37]，そして『ブルターニュ大年代記』の写本や1518年，1531年，1532年に発行されたという16世紀版も，さらに1915年の近代版のテキストも残念ながら参照できなかった[38]。したがってわたしたちには直接『ブルターニュ大年代記』の言葉に耳を傾けることから始める以外，ブシャールの歴史記述の特色をさぐる方途はな

い。

　『ブルターニュ大年代記』の「序文」はこの史書の成立起源をいくぶんか教えてくれる。「序文」はおよそ以下の内容を語っている。――冒頭でまずブシャールは「歴史」の意義について語る。一方で「歴史」には教化的な役割があり、歴史を読むことで過去の優れた人々の行為とその到達点が知られるであろう。他方で、これは教化的役割の前提でもあるが、物理的に「記録」という面から見たとき、「歴史」はそうした過去の事績の収蔵庫でもある。知識は王国の統治にも、神の愛を得るためにも必要なのだ〔GB. I 75-76〕。さて、ブシャールは無為を避けるべく、暇を見つけては種々の史書を読み漁ったけれど、《気高き国ブルターニュをめぐって端から端まで書かれた考察は一冊として見当たらなかった》。蓋しひとは両親のみならず、生まれた国にも生まれながらに恩義を受けており、《自分の国の栄光と名誉を広める》者には天上の座が約束されているから、《ブルターニュの国の生粋のブルトン人》たるブシャールは史料を調べ、《簡潔に――なぜなら簡潔さは記憶の友人である――》最初のブルトン人からブルターニュ最後の公爵、フランソワ２世の治世にいたる歴史を起草したのだ〔ibid., 76-77〕。加えて《読者ならびに聴衆の知的な気晴らしを考え、文書の形で読んだことも見たこともないことがらをとどめたり付加したりせずに》ほかの国々での出来事を書きそえた。

　続いてブシャールは「年代記〔cronique〕」と「歴史〔histoire〕」の相違の解説に取り掛かる。ブシャールが自著を『年代記』と名付けたのを咎める向きがあるかも知れない。そもそも「クロニック」とはギリシア語の「クロノン〔cronon〕」に由来し、この言葉は《その任務を託された者により――というのも任命され指定されなければ何者も年代記の作成を許されていないからだが――作成された、さまざまな時代の出来事や事績を含む書物に載った時間》を指した。確かにこの本の執筆開始時点では、かかる任命はブシャールに与えられてはいなかった。けれども筆が進んで、ブルターニュ公ジャン１世の時代に差しかかったとき、アンヌ・ド・ブルターニュが《それまでに書かれた部分を

ご覧になり，眼の前で読ませられ，口頭で，また公式書簡で，この書物を大急ぎで完成するように，ことさらお申し付けになり，お命じになられた》。突然のかのじょの死でかなわなかったけれど，『ブルターニュ大年代記』はアンヌに捧げられるはずだったのだ。それはともあれこうした任務があったのだから，この本は「クロニック」と命名され得るであろう。逆にこれを「イストワール」と呼ぶつもりはない。「イストワール」は「見る」とか「知る」を意味するギリシア語「ヒストリン〔historin：ママ〕」を語源とする。したがってこれは同時代史，《作者と同時代の出来事の，文書による集成であり，それらの出来事はそののち歳月を経過したり，古くなったりすると，人間の記憶から疎遠になる可能性があるものなのだ》〔ibid., 78〕。ブシャールはついで《読者ならびに聴衆すべてに**有益なことがら**を記すことと述べることができるよう》神に祈りを捧げ，『ブルターニュ大年代記』の，二つの視点から眺めた構成──全『ブルターニュ大年代記』を四つの時代に区切るか，六つの時代に区切るか，の違いがかかわる──を予告して「序論」を終える。

　アンヌ・ド・ブルターニュが没した1514年の1月9日（現行暦）から，出版允許状の日付である同年5月6日までの間に書かれたこの「序文」で，ル・ボーとはまた異なる「歴史」と「年代記」の理念把握なども大いに興味を惹くけれど，中でも特筆すべきは執筆開始から完成にいたる過程の報告であろう。すなわち（これはわたしたちが結末からこの一節を強引に解釈しているのかも知れないのだが），ブシャールの言を信ずるなら，まずかれは個人的な関心により歴史記述に手をそめた。そしてその時点で，古代慣習法をまとめた経験がブシャールに歴史の「面白さ」や史料操作の方法を教えたことはあろうとも，それ以外の形で本格的・綜合的な史書の製作にたずさわった覚えはおそらくなかった。つまりル・ボーとブシャールの史書を対照すると，「考証」の厳密さの点でどう見ても落差を意識せざるをえないのだ。

　『ブルターニュ史』「第1章」にあたる部分を『ブルターニュ大年代記』は有しておらず，それ以後の叙述とおよそどうつながるのかわからない，世界の4大王国──東方のバビロニア，南方のカルタゴ，北方のマケドニア，西方のロ

ーマ——の成立年代と継続年数を30行弱でしるす「第１巻〔I〕」に続いてすぐに、トロイア伝承にもとづく歴史が語られてゆく。そのトロイア伝承以降、カエサルの第２次英国遠征失敗まで、冒頭40ページほどから、ブシャールが告げる先人を拾い出してみる。——エウセビオス（『年代記〔もちろん『教会史』のこと〕』）、ヴァンサン（『歴史の鑑』）、マルティリアヌス〔マルティヌス〕、ウォラテラヌス、アゲリウス、イシドルス（『語源』）、『聖書』、アウルス・ゲリウス、聖ヒエロニュムス（『聖書解説』）、ティトゥス＝リウィウス（『年代記〔もちろん『建国以来のローマ史』のこと〕』）、オロッショ、聖アンブロシウス（『試論』）、ウァレリウス、ユスティニアヌス、ベダ〔尊者〕、聖アウグスティヌス、ルカヌス、スエトニウス、サルストゥス、その他。わたしたちの印象ではこれらの名前は、当時の教養人が古代史に関心を寄せたら、ほぼ必ず参考にする文献ではないかとおもう。つまり16世紀初期の歴史書ではけっして稀な名前ではないのだ。対して『ブルターニュ史』ではどうか。同じ期間を対象とする10ページ（版型の違いを勘定に入れても『ブルターニュ大年代記』の記述量が圧倒する）に引かれる典拠名は、ジェフリー・オヴ・モンマス、エウトロピウス、ヴァンサン、プリニウス、バルトロメウス、ボッカッチョ、ユリウス・ソリヌス（『世界の驚異』）、オロッショ、ギルダス、カエサル、『聖書』、ユスティヌス（『摘要』）、ポリクラテス、カンタベリー大司教ヘンリー（『ワリヌス宛書簡』）、ライムンドゥス・マルリアヌス、その他、となる。先入観があるのかも知れないが、これらの名前には、時代の「教養」のレヴェルを超えた、かなり高度に学術的な書物が含まれるように思える。こうした対照を２冊の歴史書全体でおこなうことはできないけれど、『ブルターニュ史』での史料にも見られたたぐいの、さまざまな地方史関連の文献は『ブルターニュ大年代記』ではまず言及されない（むろん、古代英国史の典拠にジェフリー・オヴ・モンマスの名が落ちていたように、そしてまた「序文」でも本論でも、どう考えても下敷きにしていたはずのル・ボーの名がそうであるように、利用しても故意に沈黙する場合は多いとはおもうが）。完成年度だけで比較してもル・ボーはブシャールに10年先行した。『ブルターニュ史』第１稿をつづり終えたのが

1480年だとすると，その年差はいっそう広がる。にもかかわらずブシャールは，少なくとも史料操作の面ではその10年，もしくはそれ以上の歳月——アンヌの地位の確立，印刷術の浸透，そしてブシャールのパリ居住という利点（もっともパリ在住は，ブルターニュの古文書調査には不便だったろう）をともなった歳月——を有効に活用したふうでもない。かれの発言を信用すれば（後述するように，この点にかんしては，およそ信用できないが），ル・ボーすら読んでいないようなのだから。

それではブシャールはそれらの文献をどのように用いているのか。さしあたってまず「歴史」の「学術」性にあずかる用例では，一応は「考証」の形式を整える素材として史料を使う場合も皆無ではない。フランス王ロベールがランス大司教ラウールを更迭した事件をしるすさい，更迭をおこなったのはロベールではなくその父，ユーグ・カペであるとの説を併置した。けれどもカペ説の主張者を《ある歴史家たち》と指示するのに対し[39]，己れが比重を置いたロベール説を唱える人々の固有名は《シジュベール，マルティヌスそれにヴァンサン〔・ド・ボーヴェ〕》と，丁寧にあげる〔GB. I 386〕。ル・ボーにもたびたび認められたケースだが，一方の説に加担する根拠は，史料自体の分析に起因する内在的なたぐいではなく，「多数」の「権威」であった——本稿の註36)で言及したヴィタルやエルゴの写本がどう伝わっていたか不明だが，シジュベールやヴァンサンたちと比べると，確かに「その他大勢」の範疇にくくられても仕方なし，との感はある——。とはいえブシャールが試みるわずかな「考証」の中で，これは典拠名を明示し，検討の対象に少しは内容があり，さらに自らの賛意をあらわした点では，いくらかは「学術」的になっているのかも知れない。もうひとつ，わたしたちのメモでは多分『ブルターニュ大年代記』においてもっとも「考証」度の高そうな例を引いてみる。

　　（引用—18）〔GB. I 151〕
《お聞き及びになられたことから，フランス人の国王クロテール１世——およそ西暦580年頃のことだ——について述べるかたわらで，司祭マテュランが

自身作製した最近の年代記で次のように語っている箇所をどのように理解すべきかおわかりいただけると思う。すなわち，そこで述べられているのは，当時異教徒であったギルバートと名のる英国国王と，当時キリスト教徒であったフランス国王の息女の結婚をつうじて，〔キリスト教〕信仰が英国にもたらされた，ということであり，ここから理解さるべきなのは，当時ブルトン人は英国を離れ，わがブルターニュにずいぶんまえから移住していた，ということである。なぜなら，かれらが出発したとき，かれらはキリスト教徒であって，その出発以後，英国はいずれも異教徒である英国人とサクソン人で満ちていたが，その国王のうちのひとりが上記のフランス国王のキリスト教徒である息女と結婚したのである。さもなければさまざまな歴史書をすっきりと一致させられないであろう。それというのも真実は，英国と呼ばれていた大ブルターニュ〔大ブリテン島〕の国王ルキウスが，西暦185年にその家臣ともども洗礼をさずかった，というようなことだからである。西暦300年ごろ，ディオクレティアヌスの時代，大ブルターニュのほとんどすべてのキリスト教徒は，これから述べるように，殺され，殉教を受けたにしてもそうなのである》

　これももちろん「考証」の真似事にすぎない。対立する史料名も明示されず，史料批判をおこなうでもなく，ただ相互に矛盾しそうな文献のあいだに，その矛盾を解消する有りうべき「史実」を垣間見ようとする。しかしじつのところ『ブルターニュ大年代記』をつうじ，この程度の「考証」でさえ最上のものといわざるをえない。先のランス大司教更迭問題でも，この（引用―18）でも，さしあたりブシャールは史料を対照し，外見上の不整合をとりあげてみせた。繰り返すことだが，『ブルターニュ大年代記』をつうじてブシャールがこうした史料の対照に取り掛かるケースは，ほかにはまず滅多にない。しかもかりにそうした対照がおこなわれても，たとえばブルトゥス伝承の時代にガリアの地には《ヴァンサンによれば10の王国，マルティニアヌスによれば12の王国が存在した》〔GB. I 85〕とか，オリヴィエ・ド・ブロワとブルターニュ軍のあいだ

の和議成立が《ある歴史書で見つけたところでは5月であり，別の歴史書ではそれは1420年7月だと書いてあった》〔GB. II 269〕という程度の，ほとんど内容のない併記に終わってしまう（第2の例に関しては（引用―7）(C)も参照）。あるいはまた，フーゴ〔・フロリアケンシス〕の『年代記』中に存する，コンスタンティヌス帝との戦闘で一度戦死したはずのルキニウスが，別の戦いで今度は帝に捕らえられ刑死したとの，二重の記載の指摘〔GB. I 190〕があっても，単にいぶかしむばかりで，その併記や矛盾の指摘が「歴史」の難しさを暗示したり，なんらかの「考証」や考察につながるわけではない。しかしそれではブシャールの引く先人の書はなんの役割を託されているのか。

　ブシャールが多様な文献に頼るのは歴史の「真実（らしさ）」を求めてではなく，文献を撚り合わせ「歴史＝物語」の絵巻を織るためである。その第1に原典をおそらく尊重しながら，叙述をおこなうケースがある。概して『ブルターニュ大年代記』はル・ボーの『ブルターニュ史』よりも「世界事情」に多くの関心を寄せているが，なかんずく「第3巻〔XCIC〕」〔GB. I 442〕に始まる10ページ余では，世界史の舞台へのジンギス・カンの登場に関連して，中世蒙古人の歴史や風俗をかなり丹念に紹介する。その記事の半ば，教皇インノケンティウス3世の命により韃靼を訪れたフランチェスコ派修道士とドミニコ派修道士の二人の報告にもとづく旨を，ブシャールは挟んだ〔*ibid.*, 448〕。適当な文章を借りにくいままにいわざるをえないのだが，プレートル・ジャン（！）の息ダヴィドの韃靼統治に韃靼人が反乱を起こした事情，かれらの政体，ジンギス・カンの指導者選出，韃靼人の《非常に醜く醜悪な》〔GB. I 444〕外見，宗教，法と制度，民族的矜持，食人習慣，結婚形態，戦闘方法等々と，物珍しさにあふれる筆の運びはかなり記述的であり，これはまがりなりにもブシャールが出典をまとめた結果と思われる。この点で原典を確認できないままにまったくの想像が許されれば，多分かれの筆は修道士たちの報告を大きくはずれてはいないのではあるまいか。

　史料を叙述の典拠とする場合をもうひとつあげる。先に触れたフランス王ロベール2世によるランス大司教更迭ののち，その地位を得たジェルベールの数

奇な運命を『ブルターニュ大年代記』はまる3ページにわたり伝えた。ブシャールの「物語」では，少年時代を修道院で送ったジェルベールは，やがてそこを抜け出し，スペインはトレドの魔法大学で学んだ。その地のある大哲学者のもとから貴重な魔術＝占星術をしるした書物を盗み逃亡，追跡する哲学者と魔法比べをおこない，かれを出し抜くのに成功する。フランスに帰国したジェルベールは学校を開き，ロベール2世や神聖ローマ帝国皇帝オットー3世の力添えでランス大司教，次いでラヴェンナ大司教の座に就き，あまつさえ教皇にまで出世するが〔シルウェステル2世〕，悪魔との契約でだまされ，死期の近づいたのを悟ると改悛し，おおやけに懺悔をし，死後には奇蹟を起こした。

　こうした「物語」を綴りながら，ブシャールはシジュベールの名を途中で一度引くほか，さらに「物語」の結末でもシジュベール，ヴァンサン，マルティヌスに読み手を返すことを忘れない。韃靼報告と同じくシジュベール以下の史書はわたしたちの参照可能範囲を超えている。ただ，オルドリク・ヴィタルも《ジェルベールが悪魔と対話を交わし，自分にこれから起こることがらを尋ねた》[40]との情報をとどめているし，ランス大司教の更迭記事以降，3度も出典に注意をうながしているから，ジェルベール関連の「物語」も原典をほぼ辿り，必要に応じて縫い合わせたものとみなしておく。

　出典を一応忠実に——ということにする——なぞるこの用法に準ずるのが，『ブルターニュ大年代記』のところどころに散在する，フランス語やラテン語の史料の直接的な挿入であろう。史料全文の掲載も（たとえばフランス王太子シャルル〔のちのシャルル7世〕とブルターニュ公ジャン5世との間の1421年の協定〔GB. II 274およびそれ以降〕），部分的な引用も（たとえばシャルル7世とブルゴーニュ公との和議〔*ibid*., 313およびそれ以降〕），あるいは概要の案内も（たとえば，典拠は不明だが，ブルターニュ公フランソワ1世のレンヌ市入城式次第をあげてもよいだろう〔*ibid*., 323およびそれ以降〕）あるが，だいたいのところ，史料の歴史的背景と史料名がしるされる。というよりむしろ，史料の援用により「歴史記述」の幅を膨らませた。さて以上はわたしたちの想像では，ブシャールがある程度忠実に史料に従った『ブルターニュ大年代

記』の記述だった。しかし，これもわたしたちの印象でしかないけれど，こうしたケースよりもはるかに頻繁にブシャールは，存在する史料をもとに想像力を働かせ，自由な「物語」を書き込んでおこなったような気がする。ジェフリー・オヴ・モンマスによると，カエサルの2回目の英国侵略を撃退したブリテン人の王カシウェラウヌスは《この第2の勝利を勝ちうると，大いに意気を高めた。かれは勅令を発布して〔……〕》[41]とあるところを，ブシャールは，

(引用―19)〔GB. I 119〕
《国王カシベラヌス〔カシウェラウヌス〕は，ユリウス・カエサルに対して，2度にわたって獲得した見事な勝利ゆえに歓喜と喜びで心をいっぱいにしていた。カエサルは，いってみれば，襲撃に赴こうという噂があるだけで，あらゆる地方が恐怖でふるえあがるほどの名声のある将軍であった〔……〕。この幸運によってカシベラヌスはその神々に感謝と賞讚を捧げることを決意した。この目的でかれは勅令を発布した》

と拡大した。ル・ボーと違って，ここではカエサルの英国遠征に関する原典はまったく名指されないし，ジェフリーを直接用いたとの確証もないありさまだから（ただし，たとえばそののち蛮族を追い払おうとブルターニュに援軍を求めに来た使節，ロンドン大司教グイテリヌスとこれに応じたブルターニュ王アルドロエヌスとの対話を，ブシャールとジェフリー双方の書物で比較してみると，表現の差異はあっても，『ブルターニュ大年代記』の底本のひとつに『ブリテン列王伝』が存したのは疑いえない），この拡大がブシャール自身にどの程度起因するのかわからない。とはいえかれと同じ史料を使いえたル・ボーが――ブシャールが古代史を展開するさい往々名前をあげるヴァンサン，エウセビオス，イシドルス，オロッショ等は『ブルターニュ史』でも指示される――ジェフリーに頼ったこと，そしてこの箇所ではジェフリーの全体の文章を簡略にし，祝宴（勅令はブリテン貴族をロンドンに集合させ，勝利を神に感謝しつつ宴を張る，との命であった）の最中ブリテン人の間に発生した対立について

のみ数行を費やして，カシウェラウヌスの悦びや勅令発布を一語たりとも載せなかった事実〔HB. 30〕を考慮すると，ブシャールの「物語」指向は明らかだとおもう。

　「物語」化の過程でブシャールは「直接話法」の利用を大変好んだ。用いる言葉はほとんど変わらないつぎの二つの引用を比較していただきたい。時は1374年，英仏百年戦争の直中で親英的なブルターニュ公ジャン4世に，親仏派ブルターニュ貴族が反乱を起こし英国に戦争を挑んでいた。フランス軍はこれを機にブルターニュに進軍，ジャン4世派の軍勢は圧倒され，公は英国に逃れる。その間に英国とフランスの和平交渉が始められ，しかし和議の実効範囲からブルターニュ公ははずされている。――第2の引用はブシャールのもので，最初のそれはル・ボーの『ブルターニュ史』の文章である。原文とともに比較されたい。

　（引用―20）〔HB. 353 ; GB. II 125〕
　(A)《英国にとどまっていたブルターニュ公は，自分の国をすべて敵にまわしていた。妻である公爵夫人はまだオーロワの城にいた。公は義父である英国国王に，公とその国が，英国国王とフランス国王との和平によって回復されるよう，入念に頼んだ。公を非常に可愛がっており，公を自分の息子と呼んでいた上記の英国国王は，自分のせいで公が公国から追放されたのを知って，公に公国を回復してやろう，公の相続権が復活しないうちはフランス軍と和平も協定もおこなわないつもりだ，といって，公を安心させた。

　〔le Duc de Bretagne, qui estoit demouré en Angleterre, lequel avoit tout son pais tourné contre luy, et estoit encores la Duchesse sa femme demouree au chastel d'Aulroy ; prioit ententivement le Roy d'Angleterre son beau pere, que luy et son pais fussent comprins en la paix d'entre luy et le Roy de France : lequel Roy d'Angleterre, qui moult l'aimoit, et qui l'appelloit son fils, sçachant qu'il avoit esté debouté de son Duché pour cause de luy, l'asseuroit, disant ; qu'il le luy recouvreroit, et qu'il ne feroit paix ne accord aux François, que son heritaige ne luy fust restitué]》

(B)《英国にいたブルターニュ公は自分の国が苦しんでおり，ほとんどすべてが敵にまわっているのを知った。そして妻もまだオーロワの城にいた。そこで公は英国国王のもとに赴いた。公を非常に可愛がっていた英国国王は公にいった。「息子よ，余への愛情ゆえにおまえが立派で見事な相続権を勘案考慮し，おまえの領主権外にしたのはよくわかっている。だが余はおまえに公国を回復してやるし，おまえが戻り，相続権を手にしないうちはフランス軍と和平はおこなわないつもりだから，充分に安心するがよい」。公は国王に丁寧に謝意を表した。

〔le duc de Bretaigne, qui estoit en Angleterre, sceut que son pays estoit en tribulacion et estoit ja presque tout contre luy ; et si estoit encores sa femme au chasteau d'Aulroy. Si se tenoit le duc lez le roy d'Angleterre, qui l'aymoit moult et luy disoit : "Beau filz, je sçay bien que pour l'amour de moy vous avez mis en ballance et hors de vostre seigneurie grant et bel heritaige, mais bien soyez asseuré que je le vous recouveray, ne ja ne feray paix aux Françoys que vous ne soyez dedans, et aurez vostre heritaige." Le duc le remercya humblement〕》

ル・ボーとブシャールが共通の史料にもとづいた可能性もないではないが（もっともその時の史料はなんなのか。少なくともル・ボーがたびたび引くフロワサールではなさそうだ）[42]，それよりも素朴にブシャールが黙って『ブルターニュ史』から借用した，と考える方が実際的であると思われるほど，両者の語彙も文章も似通っている。共通の史料の存在を仮定した場合，それをル・ボーは間接話法を，そしてブシャールは直接話法を使いながらそれぞれに写した。『ブルターニュ史』がブシャールの元来の出典であった場合，かれはその

話法を変えたばかりでなく，地の文章を英国国王の言葉に繰り込み，さらに修飾を増やし，最後に《公は国王に丁寧に謝意を表した》なる一文まで付け加えた。

　くどくなるけれど，ブシャールの「直接話法」への偏愛と歴史記述にさいしてのその使用技術を示すために，さらに引用を続ける。「直接話法」の使用は，その語り口で切ると，いくつかの形式に分類される。まずかなり長文の「演説」がある。ここで「演説」というのは，ひとりもしくは複数の人間をまえに，そのひと（人々）の情動，もしくは理性に訴えて，自分の行動を弁明したり，相手に一定の行動を要請する目的を託された，さしあたり一方的な，相対的に長い「台詞」である。古代史にもいくつもの例があり，原典（？）との関連でいえば，モンマス——ブシャールが用いたモンマスの写本がわたしたちの依拠する版とおおむね同一であるとの，かなり危険な前提に立っていることは承知している——の文をほぼ忠実に写すもの（たとえば，ブリテン人国王アウレリウス・アンブロシウスに慈悲を請うサクソン人王子オクタの弁やそれを許可するよう願いでる司教エダルドゥスの言葉〔GB. I 236-237；Monmouth, p. 193-194〕），あるいはモンマスへの依拠が推定されるが，それを消化し，己れの表現として語らせるもの（たとえば，誓いにそむき英国に再度上陸したサクソン人を前にした，アーサー王による《自分の王国の王侯たちに向けた》復讐と戦いの決意表明〔GB. I 252；Monmouth, p. 216〕），さらにモンマスのみを出典とみなすと，刈り込みや変形がいささか気にかかるもの（たとえば，ローマ帝国から服従要求の書簡を送られたアーサーが，諸侯を集め開いた会議の席で，数名から発せられた対ローマ戦争の主張〔GB. I 262-264；Monmouth, pp. 231-235〕——この部分ではモンマスにある「直接話法」を用いた4名の「演説」を，ル・ボー〔HB. 58-59〕もブシャールも共に2人ずつ選んでいるが，重なるのはひとりだけである。対照するには面白い箇所かも知れないけれど，圧倒的な文章量がそれを躊躇させた——）があるが，ここではまず，おそらく推定出典とわたしたちの歴史家の間にあまりたくさんの史書が介在しないであろう，そしてまたル・ボーとの比較も念頭に置きうる，ブシャールたちにとっての近世史から例

を選びたい。以下の引用では，すでにいく度か触れた，母親のすすめに従い公爵位簒奪を図るパンティエーヴル伯オリヴィエ・ド・ブロワの裏切りで，ブルターニュ公ジャン 5 世が監禁された騒動が背景となる。息子があざむかれ，とらわれたとの報を受けたジャンの母は，家臣をナントの城に集め，前後策を検討すべく会議を開いた。その場で公太后はさまざまにオリヴィエの非道な仕打ちを訴え，家臣の協力を求める。この公太后の言葉の内容全体をブシャールは見事な「演説」に変えてしまう。ブシャールの「演説」化の例には，あまり適切ではないかも知れないけれど，長さの関係もあり，ル・ボーと対比しやすい面もあって，以下の箇所を選んでみた。公太后の言葉をル・ボーは，《上記パンティエーヴル伯の不実を，そしてどんな具合で，誠実さと友情の仮面の下で己れの主なる公爵を裏切ったか，あらゆるやり方をご自身の口から明らかにされ，公を解放するための助力を家臣に頼み，またそのためにかれらが何も惜しまぬよう願いながら公太后は，公が幼い頃家臣が山のように集めてくれた宝物や指輪類，宝石を自分がまだみな所持しており，それらを自分は何ひとつ惜しまず，取り措くことなく家臣に分けるつもりである，と言った》〔HB. 454〕と紹介した。『ブルターニュ大年代記』の叙述から冒頭と結末を選んでみる。修辞的な文章なので原文もあげておく。

　　（引用—21）〔GB. II 261 ; 262-263〕
《いと親愛なるいとこよ，血縁の者たちよ，友人よ，あなたがたはまだ覚えていらっしゃるでしょう，最近逝去された（神がその罪をお許しになるように），殿のご尊父，よき公爵ジャンがブルターニュの国と公爵領を，その敵に対して，武力と軍事力を用いて，征服され，守られたかを。そのおかげで殿はいまブルターニュの領主にして争いようのない所有者でいらっしゃるのです。《〔……〕したがってあなたがたにいと親愛なる心をもってお願いするのですが，ここにおかされたような事件があなたがたを不快なお気持ちにさせたということを，みなさんがただしい，真実のおこないをつうじ，お示しくださるように。そしてそのために武器をとり，一刻もはやく殿がとらわれている

場所を奪還し，殿を解放してくださるように。そのようにして家臣や郎党，臣下が，殿に対しておかしたあやまちや侮辱を復讐してくだされるように。そして費用も出費も不足しないように，あなたがたがおもいつかれる方の手にただちに，20万ロワイヤル金貨と指輪と宝石をおわたししましょう。

〔Treschers cousins, parans et amis, vous povez avoir encore souvenance comme le bon duc Jehan dernier trespassé que Dieu absolle, pere de Monseigneur, a conquis et deffendu son païs et duché de Bretaigne à l'encontre de ses adversaires par force d'armes, en maniere qu'il en est demouré seigneur et paisible possesseur.

〔…〕Pour quoy vous prie trescherement que vous veillez tous monstrer par bon et vroy effect que le cas tel qu'il a esté commis vous desplaist et à ceste fin vous mectre en armes et tirer en toute diligence la part où il detiennent Monseigneur, afin de le delivrer et venger l'excez et l'oultrage que ses vasseaulx, hommes et subgectz ont perpetré contre sa majesté. Et affin qu'il ne tiene à fraiz ne mises, je delivreray promptement entre les mains de celluy que vous adviserez pour deulx cens mil royaulx d'or, de bagues et joyaulx que vous emploirez en cest affaire〕》

公太后が最後に申し出た貴金属類の装飾に関しては，やや『ブルターニュ史』の語彙がまさるとはいいながら，上記二つの引用箇所に挟まれた55行の台詞（つまり上記の引用では省略した〔……〕の部分）の存在を斟酌すれば，ブシャールの「演説」指向の度合いも容易に想像されうるだろう。加えてブシャールは公太后の「演説」を受け，臣下を代表してブルターニュ大法官兼ナント司教に，これに答える30行弱の「演説」をおこなわせた。そしてル・ボーはこれを説明文で置き換えた。両者の出典が異なる可能性は確かに存するし，原典が共通だとしてもル・ボーの方が，時に「簡略化」の原則におうじ，己れの文体に合わせて原文を変形しているのかも知れない。フロワサールとの比較が可能な2，3の箇所でブシャールはほぼ忠実に，この親英的といわれる大年代記作

家——フロワサールもまた直接話法を好んだようにおもわれるけれど——の「演説」を写し（たとえば，カスティリア国王ペドロ・エル・クルエル救援に向かおうとするウェールズ公への家臣の諫言とウェールズ公の返答〔GB. II 103-104；Froissart I 509 (d)-510(g)〕，フランス国王シャルル5世の，死を覚悟しての弟たちへの忠言〔GB. II 136-137；Froissart II 110 (d)-111(g)〕），一方でそれらの記述をル・ボーは省略したことが知られているのだ〔HB. 336；371〕。もちろん先に触れたように，ル・ボーとてまったく「直接話法」を歴史記述から除外したわけではない[43]。たとえば（引用—12）の背景となるオーレの戦闘の直前，シャルル・ド・ブロワの妻ジャンヌが夫を送り出す言葉〔HB. 323〕，あるいはその戦闘で討ち死にしたシャルルを嘆くジャン・ド・モンフォールの言葉〔HB. 329〕は，それぞれフロワサールを写しながらであろうと[44]，ル・ボーが簡略化，もしくは説明化の操作だけに気を配っていたのではないと教える。そしてまた，ブシャールよりもル・ボーが直接話法をたっぷりと展開する場合すらある。ただ一般的な傾向としていえば，原典が元来そうであるにせよ，原典に加筆修正するにせよ，ブシャールはある人物に肉声をあたえられる機会があれば，それを逃すまいとした。

「直接話法」は登場人物に「演説」をさせる目的でのみ使われるわけではない。もうひとつ，わたしたちは「ドラマ化」における用例をあげたいとおもう[45]。このさい「直接話法」は複数の人物に振り当てられた「対話」の形態をとる。「対話」は相対的に短く，話者の抱く一定の意志や思考，情念を伝えながら，かつ「対話」の成立する「場」と「時」，「情況」の印象度を高め，より明確な輪郭をあたえる。これに関しても興味ぶかい断片がいくつもあるのだが（たとえば，クリソン大元帥暗殺未遂事件をブルターニュ公の差し金とおもいこんだフランス国王シャルル6世が，対ブルターニュ戦争を決意，他方ブルターニュ公に好意を寄せるベリー公爵がそれをおもいとどまらせようと努力する場面〔GB. II 185-186〕，クリソン大元帥を誘き寄せ，つかまえ，処刑せんとするブルターニュ公にラヴァル伯や忠臣バヴァランが諫言する場面〔*id.*, 154-158〕），無制限な援用はためらわれる。ここではクリソン大元帥とブルタ

ーニュ公ジャン4世の対立を描く「対話」をあげることにする。この「対話」はやはりフロワサールをなぞっており，出典との対照の意味も含めて，二つのテキストを引いてみる。

　　（引用―22）〔Froissart II 546 (g)〕
《かれらがともにいだいているこのうえない愛情のうちに，つぎのように告げ，示したことがあった。「殿，あなたのお従兄弟のジャン・ド・ブルターニュが英国国王の牢獄の外に出られるよう，なぜ努力されないのですか。あなたは誓言と宣誓で義務づけられていらっしゃる。ブルターニュの国がナント市で，あなたや司祭，貴族や忠実なる都市と協定を結んだとき，そしてランス大司教やジャン・ド・クラオン殿，いまはフランス軍元帥であるブシコー殿たちがあなたとカンペルコラタンで協定を結ばれたとき，あなたはご従兄弟のジャン殿とギー殿を解放するため全力を尽くす，と誓われました。しかしいまあなたは何もなさっておられない。したがって，ブルターニュの国はいまではあなたをまえほど愛していないのです」。

　公爵は返答するにあたって，平静をよそおい，こういった。「おだまりなさい，オリヴィエ殿。要求されている30万フラン，40万フランをどこで手に入れればいいというのですか？」――大元帥はこう答えた。「殿，ブルターニュの国が，あなたがそうされるにあたって誠意をもっていらっしゃるとわかれば，お子たちを解放するために人頭税も戸別賦課税も支払うのに不満などまずもらさないでしょう。お子たちは，神の助けがなければ獄死してしまうでしょう」。――公爵は答えた。「オリヴィエ殿，わがブルターニュの国はこの件で苦しむことも税を課せられることもないでしょう。わたしの従兄弟たちは血縁に優れた君主をもっています。フランス国王とアンジュー公がそれで，かれらは従兄弟たちを助けるはずです。かれらはいつもわたしに対して戦争を援助してきたのです。わたしが実際解放のためにかれらを助けると誓ったとき，わたしの意図は，フランス国王やその縁者がお金を支払い，わたしは言葉で助けよう，というつもりだったのです」。大元帥はそれ以上の

120　第Ⅰ部　境界の歴史家たち

ことを公爵から引き出せなかった。

〔En la greigneur amour que ils eurent oncques ensemble, il lui avoit dit et montré ainsi : "Monseigneur, que ne mettez-vous peine que votre cousin Jean de Bretaigne soit hors de la prison au roy d'Angleterre ? Vous y êtes tenu par foi et par serment. Et quand le pays de Bretagne fut en traité devers vous, les prélats et les nobles et les bonnes villes en la cité de Nantes, et l'archevêque de Reims, messire Jean de Craon, et messire Boucicaut, pour le temps maréchal de France, traitèrent devers vous la paix devant Kempercorentin, vous jurâtes que vous feriez votre pleine puissance de délivrer vos cousins Jean et Guy, et vous n'en faites rien. Donc sachez que le pays de Bretagne vous en ayme moins.

　Le duc à ses réponses se dissimuloit et disoit : "Taisez vous, messire Olivier. Où prendrois-je troys cent mille francs ou quatre cent mille que on leur demande ?"——"Monseigneur, répondit le connétable, si le pays de Bretagne veoit que vous eussiez bonne volonté pour cela faire, ils plaindroient peu à payer une taille ni ung fouage pour délivrer les enfans, qui mourront en prison, si Dieu ne les aide."——"Messire Olivier, avoit répondu le duc, mon pays de Bretagne n'en sera jà grevé ni taillé. Mes cousins ont de grands princes en leur lignage, le roi de France et le duc d'Anjou, qui les devroient aider, car ils ont toujours à l'encontre de moi soutenu la guerre ; et quand je jurai voirement à eux ayder à leur délivrance, mon intention étoit telle que, le roi de France ou leurs prochains paieroient les deniers et je y aiderois de ma parole." Oncques le connétable n'avoit pu autre chose estraire du duc〕》

　　（引用—23）〔GB. II 148-149〕
《そしてたびたび大元帥は公爵に話しかけながら，こういったものだ。「殿，あなたのご従兄弟のジャン・ド・ブルターニュとギー・ド・ブルターニュが英国国王の牢獄の外に出られるよう努力なさらないのですか。あなたはゲラ

ンドであなたとご母堂とのあいだで交わされた和平協定によって，誓言と宣誓により義務づけられていらっしゃる。あなたはその時，ご従兄弟を解放するのに全力を尽くすと誓われた。しかしいまあなたは何もなさっていない。そのことでお国のすべてがいまではあなたをまえよりも愛していないのです」。公爵はかれの質問に平静をよそおい，こういった。「おだまりなさい，オリヴィエ殿。要求されている30万フラン，40万フランをどこで手に入れればいいというのですか」。──大元帥は答えた。「もしブルターニュの国が，あなたが誠意をもたれているとわかれば，ご従兄弟を解放するためなら人頭税も戸別賦課税もそれほど不満におもわないでしょうに。神の助けがなければご従兄弟は獄死してしまうでしょう」。公爵はかれに答えた。「オリヴィエ殿，わがブルターニュの国はかれらのために人頭税を課せられないでしょう。従兄弟たちは血縁に優れた君主たちをもっています。たとえばフランス国王やアンジュー公，その他のひとたちで，従兄弟たちを助けるはずです。なぜならかれらは従兄弟たちがわたしに対して戦争をするのをいつも援助してきたからです。わたしがかれらの解放に手を貸すと，実際に誓ったとき，わたしの意図は，国王やその親族がお金を支払い，わたしは言葉で助けようというつもりだったのです」。そして大元帥はほかの言葉を引き出せなかった。

〔Et souvent le connestable, en parlant au duc, disoit : "Monseigneur, que ne mectez vous paine que voz cousins Jehan et Guy de Bretaigne soient hors des prisons du roy d'Angleterre ? Vous y estes tenu par foy et par serment selon le traicté de paix qui fut fait entre vous et leur mere en Guerrande. Vous jurastes lors que vous feriez vostre plaine puissance de les delivrer et vous n'en faictes riens, dont sachez que tout le pays vous en ayme moins." Le duc à ses demandes dissimuloit et disoit : "Taisez vous, messire Olivier. Où prendrai ge troys ou quatre cens mil francs que on leur demande ?"──"Monseigneur, respondit le connestable, si le pays de Bretaigne veoit que vous en eussez bonne volunté, pour le faire il plaindroient peu une taille ou ung fouage, pour les tirer hors de prison où ilz mourront si Dieu ne leur faict grace." Le duc luy respondit : "Messire Olivier, mon pays de Bretaigne ne sera ja taillé pour eulx : ilz ont de grans princes en leur lignage, comme le roy de France, le duc d'Anjou et autres qui leur devroient ayder, car ilz les ont soustenuz tousjours à faire la guerre contre moy. Et quant je juray voirement ayder à leur delivrance, mon intencion estoit que le roy et leurs prochains parans poieroient les deniers et je ayderaye de ma parolle." Et n'en peult le connestable avoir aultre chose]》

　ことは三十余年まえ，ブルターニュ公の仇敵シャルル・ド・ブロワが英国軍に捕まったさい，自分の替わりに人質としてあたえた二人の息ギーとジャンの釈放要請にかかわる。ベルトラン・ド・ゲクランを継いでフランス軍大元帥に任命されたオリヴィエ・ド・クリソンは，シャルル6世のあつい信頼をえてその利害を己れのものとし，主筋であるブルターニュ公と激しく対立，ブルターニュ領内でさらに勢力を拡大すべく，フランス王家の血を引き，ブルターニュ公爵位継承をモンフォール家と争ったブロワ家の子孫との結びつきを謀る。一方オーレの戦いでシャルル・ド・ブロワを破ったブルターニュ公は，フランス国王やシャルル・ド・ブロワの妻パンティエーヴル女伯と交わした和議で，ギーとジャンの解放への助力を謳っていたが，この兄弟のもつ政治的意味やその後のフランスとの確執もあって，その約束もその場かぎりとなってしまう。こうした二人の対立が，ブルターニュに重税を課しても兄弟たちの解放資金を調達すべきだ，とするクリソンと，仇敵の血筋に，またそれに味方するフランス国王やクリソン自身に反感を抱くジャン4世の口論の背景となっている。やがてギーは獄死するも，クリソンはブルターニュ公と英国とのあいだに生じた反目に乗じ，ジャンと自分の娘との結婚を条件に，身代金を用立てジャンを釈放させ，ブルターニュの新たな争乱の火種を点すことになるだろう。それはともあれ，上記の「対話」はかかる両者の思惑と反感とを台詞にある程度託しえているとおもう。──もちろんそれはフロワサールの功績であろう。ブシャールがいくぶんかは原典（ここでもフロワサールに大きな異文がないと仮定しての

話であるが）を刈り込み，付加したとしても，それが明瞭な，何ほどかの効果を有するとは考えがたい。ただここでもフロワサールとではなくル・ボーと比べると，かれの「直接話法」への傾斜ははっきりとする。同じ口論に触れてル・ボーは，《それどころか公はなんども，この件について自分に話す者に，クリソン殿にさえこう答えたものだった，自分はそのために自分の民に課税はすまい，自分の従兄弟たちは親族に，フランス国王や上述のアンジュー公のごとき立派な王侯がいるのだし，その人々がかれらを援助すべきなのだ，と。さらに言葉を続けて，自分がかれらを援助する約束をしたとき，自分の意図では国王やその他の近親が身代金を支払い，自分は言葉で助けようとおもっていた，といわれた》〔HB. 391-392〕と書いた。つまりブルターニュ公の発言（とみなされる文章）の骨組みは汲み取っている。しかしクリソンの見解や，フロワサールに，そしてブシャールにも認められる両者の息づかいのたぐいは切り捨てられた。ブシャールはル・ボーのように語ることもできたろう。ただかれはあえて「対話」をそのまま「対話」として『ブルターニュ大年代記』の中に採録した。そしてそのおりに，これは偶然かも知れないが，和議を結んだ場所や列席者の記載は簡略化しても，《おだまりなさい，オリヴィエ殿》，《殿》といった，内容的には意義がない，けれどその場の雰囲気や人間の表情をしのばせる表現は削らなかった。

　わたしたちは「直接話法」の用例として，「演説」と「対話」とをとりあげてみた。「台詞」が叙述の形式に採用されるのはこの二つのケースにおいてばかりではなく，たとえばサクソン人に英国を追われ，アルモリカに亡命するブリテン人国王カドウァラドルスが，船中で声高に訴える悔恨のおもいのごとき「独白」もこれに属する〔GB. I 293-295〕。これはブシャールの説明ではギルダスに出典を仰いだらしく，それかあらぬかモンマスに存する「独白」よりはいささか複雑である[46]。「独白」はある程度の長文である点で「演説」と似通うが，しかし具体的な聴衆を前提にせず，それをつうじて語り手が外部への意識なしに考えやおもいを表出してゆく。己れの意見表明である場合もあるが，内

面の動きを伝えるものでもある。「直接話法」を用いた「独白」の,『ブルターニュ大年代記』での出現頻度ははなはだ低いし, カドウァラドルスのそれも, 必ずしもモンマスより巧みに語り手の心の乱れを教えるとはおもえない。むしろここでは, 当初の「直接話法」との限定を若干離れてしまうけれど, クリソン大元帥を監禁し, 暗殺を命じたその夜のジャン4世の, 美文調の描写を拾い上げる。フロワサールにもル・ボーにも対応箇所をもたないので[47], あえて長い引用を, ここでも原文とともにおこなう。

(引用—24)〔GB. II 158-159〕

《その夜, 公爵が最初の眠りについたあと, 精神が動揺し始めた。なみはずれた五感の働きが理性とたたかい, 理性が五感とたたかうのである。かれはラヴァル殿がいったことをおもい出す。かれは妄想のうちに10万もの机上の空論やスペインの城を造り, 構築する。時にかれ〔クリソン大元帥〕は死ななければならないとおもい, それから死ぬことはないのだ, とおもう。公爵はこの戦場にいて, 一方で, 大元帥を死なせた場合に起こりうる災いを考える。かれは輾転反側する。また一方で公爵は, ジャン・ド・ブルターニュを公爵にし, 自分を公国から追放するために, どのようにして大元帥がその娘とジャンとの結婚をとりしきり, すすめてきたかを考え, 決着をつけ, このくわだてを阻止するにあたり, いま以上の好機は2度とみつからないだろうと考える。また逆に, フランスの大元帥を死なせたときに起こる大騒ぎをおもい, そうなったら国王と全王国をして自分を公国から追い出すようにさせるに充分だろう, とおもう。そしてかれは英国軍をよくはもてなさなかったし, それであれば英国人から援助も支援も受ける希望はもうないのだ, とおもう。こうした煩悶のうちにかれのからだから大粒の汗が噴き出してきた。

〔Après que le duc eut dormy celle nuyt le premier somme, les esperilz se commencerent à luy esmouvoir. La sensualité desordonnee bataille contre la raison et la raison contre la sensualité. Il reduit à memoire ce que luy a dit le sire de Laval. Il fait et compose en sa fantasie cent mil silogismes et chasteaulx en

Espaigne. Tantost il fault qu'il meure, puis aprés il ne mourra point. Et est le duc en ceste bataille, considerant d'une part les maulx qui pevent venir s'il fait mourir le connestable ; il se retourne sur ung costé, puis sur l'autre ; il considere aussi d'autre part comment le connestable a fait et poursuivi le mariage de sa fille avec Jehan de Bretaigne sur intention de le faire duc et de chacer le duc hors de son duché, et voit le duc que jamais ne trouvera meileur moyen d'en avoir la fin et d'empescher ceste entreprinse que maintenant. Il veoit aussi au contraire les grans scandalles qui seroient s'il faisoit mourir ung connestable de France et que ce seroit assez pour esmouvoir le roy et tout le royaulme à le getter hors de sa duché. Et voit que les Angloys n'ont pas esté bien recueillis de luy, par quoy il n'a plus d'esperance d'en avoir aide ne secour. Et en cest angoisse luy sortoit du corps la sueur à grosses gouttes]》

暗殺してしまった（と『ブルターニュ大年代記』のブルターニュ公は信じている）あとで，取り返しがつかぬことながら，それまでの経緯と将来の危惧，命令を是認する気持ちと後悔とが交互し，眠られぬまま輾転反側し，寝汗にまみれる公爵の様子が大変具体的な相で描かれた。「直接話法」が何を目指して偏用されたのか，あるいはたとえ作為的でなくとも，結果としていかなる印象を読み手の側にもたらしたかを考えてみると，この一節も「直接話法」こそ用いないけれど，それと共通する目的意識に支えられ，もしくは効果を産み出しているとおもわれる。つまり語られたことがらを表記するために「台詞」の形式をとるか，地の文と同じ統辞レヴェルに置くかは，語られた内容にかかわるのではなく，そのことがらの「語り手」への意識の相違にあずかるものと考えられる。読み手の前に出現するのが歴史記述者なのか，歴史上の人物なのか，ということだ。「間接話法」の文体では，言葉は歴史記述者による「報告」として扱われ，歴史記述者が「歴史」を，必ずしもつねにとはいわないまでも少なくとも一定程度は，そして建前としては俯瞰的・超越的・客観的に眺める分だけ，「歴史」の現場が抽象化される。対して情況を生きる人間に仮託された

「台詞」は「歴史」の現場を眼前に引き戻す。後者の読み手は「歴史」を対象ではなく，追体験の場と感じるだろう。この時「歴史」は学的であるよりも，「物語」となる。

わたしたちは先に「序文」の解析において，当初は個人的な営為であった『ブルターニュ大年代記』が，アンヌ・ド・ブルターニュの注意を惹くことで公的な作品となった事情を知った。アンヌはブシャールの史書のどこが気に入ったのか。――わたしたちは『ブルターニュ大年代記』がかのじょの興味を繋ぎ止めたとしたら，それは何よりもその「物語性」ではなかったか，と想像する。もちろん「ブルターニュ」という理念にしだいしだいに高い価値を認めていったアンヌが，その価値を世に知らしめるすべてに保護をあたえようと，おそらく決意したこともあろう。しかしその他にアンヌが『ブルターニュ大年代記』に，「歴史＝物語」の「面白さ」を発見したせいもあるような気がする。逆にいうと，時代の中ではかなり高度な「考証」を横糸とするル・ボーの『ブルターニュ史』を楽しめるだけの素養がアンヌの側に存在したか，との疑問があるのだ。アンヌの教養の高さは，人々の驚嘆するところであったらしい。けれどもアンヌの宮廷で積極的に迎えられたのは，美術家や彫刻家，建築家や装飾家といった，具象芸術にたずさわる人間だった。アンヌの蔵書には印刷本は少なく，ほとんどが豪華な写本だったという。写本は極彩色の華麗な挿絵で飾られたものもあり，ル・ボーの『ブルターニュ史』（第 1 稿〔？〕）の写本にもそのたぐいがあったようだ[48]。要するにわたしたちの臆断では，アンヌは抽象――「象徴」といっているのではない――よりも具体的な美しさを悦び，「言葉」のように抽象がかかわる領域では，イメージの喚起力をもつ文章にもとづいて強い展開性を示す作品を好んだ。ジャン・ルメール・ド・ベルジュがアンヌに接近しえた原因のひとつに，アンヌが『緑の恋人の書簡』を愛読していたことがあるともいわれる。であるなら歴史記述の経験もなく，学僧や学者でもないブシャールの取り立てが，もっぱらその史書の「物語」性に存したとしても不思議ではあるまい。そしてブシャールは，むしろかれが歴史記述への「学」的反省を欠き，己れの興味に従って「歴史」に接し始めたためにかえっ

て,「物語」としての歴史の側面を十二分に展開し得た。

　『ブルターニュ大年代記』はさまざまな「物語」を織り込んで，ブルトゥス以来のこの地の歴史を辿った。わたしたちが触れた「物語」以外にも，「ロラン伝説」，サロモンやアランなどの「ブルターニュ君主の事績」，「聖イヴ伝」，「ジャンヌ・ダルク伝」(『ブルターニュ大年代記』最長の章を占める)，「ジル・ド・レ裁判」，「ビヤン・ピュブリック〔公益〕同盟戦争」その他の，ル・ボーが語らない事件や，語るにしてもかすめる程度の出来事を，ブシャールは熱心に，しかも「物語」性が維持される程度に詳しく書き綴った。加えてかれは比較的大きな——といっても「ジル・ド・レ裁判」などは2ページにすぎない——それらの「物語」をつなぐ，記述的・報告的な文章のあいだにも，奇譚（たとえば361歳の騎士の死去〔GB. I 423〕）や逸話（たとえばコンスタンティヌス帝がおこなったキリスト教徒の徳のためし〔GB. I 178〕やこの帝の慈悲深さ〔*id*., 192〕，シャルル5世の治療にあたった名医〔GB. II 135〕），奇蹟譚（たとえば亡霊の説教〔GB. I 408〕），ゴシップ（たとえば教皇ケレスティヌス5世の教会改革の敗北〔GB. II 8-9〕，ふたりとも馬も運べないほど肥満したため，子作りが不可能となったギー・ド・ブロワ夫妻〔GB. II 179〕）を散りばめ，そしてこの時代の「物語」にふさわしく「教訓」を説くのも忘れなかった。コンピエーニュ市守備軍士官ギヨーム・ド・フラヴィの裏切りによって，ジャンヌ・ダルクはブルゴーニュ軍の手に落ちた。このフラヴィのその後の運命をブシャールはこう教える。

　(引用—25)〔GB. II 308〕
《人間の裁きによってはフラヴィという男がこのばあい罰せられなかったので，創造者たる神は，かかる事例を罰されぬまま放置することを望まれず，そののちブランシュ・ドーヴルブルックと名のる（たいへん美しい奥方だった），くだんのフラヴィの妻がその手で，かれがタルドノワにあるネールの館の寝台で寝ているとき，床屋の助けを借りて，窒息させ，絞め殺すことをお許しになった。この件でかのじょはそののち国王シャルル7世から恩赦と

許しをもらった。それはかのじょの上記の夫がかのじょを溺れさせようとしたことがあるのを証明したからである》

さて、ル・ボーの『ブルターニュ史』には不足していたこのような「物語」の重視が、ブシャールに新たな史書を書かせ、あまつさえ「修史官」の地位をもたらしたとして、それではル・ボーの作品とブシャールのそれとの差異は、「歴史」を見、切り取る角度の違いに終始するのか。ここにそれぞれが対象とする年代の差が絡んでくる。ル・ボーの『ブルターニュ史』においてあつかわれるのはブルターニュ公爵アルチュール2世時代を実質的な最後とし、それに続くフランソワ2世公の治世はわずか20行ほどで大雑把に紹介されるのみだ。対して『ブルターニュ大年代記』はフランソワ2世時代に120ページを割いている。これは単に後者が広い対象領域を有する、といった問題ではない。

フランソワ2世時代、ブルターニュはいかなる道を辿ったのか。確認の意味も含めて、主に『ブルターニュ大年代記』を頼りながら簡単な年譜を作ってみる。(以下の年代も記事もおおむね『ブルターニュ大年代記』にもとづき、あるいは若干言葉をおぎなったものだが、『ブルターニュ大年代記』にまったく記載されない事件やその他必要とおもえた事項は〔 〕を用いて付加した)

1458年――ブルターニュ公アルチュール没。アルチュールはフランス軍元帥にしてリシュモン伯である。アルチュールに子供がいないため、甥のエタンプ伯フランソワがフランソワ2世として公爵位を継承する。
1461年――フランス国王シャルル7世没。ルイ11世即位。
1462年――ルイ・ドルレアン誕生。後のルイ12世である。
1464年――ルイ11世、ブルターニュ公に使者を派遣、①公爵の称号に《神の恩寵により》との言葉を用いることの禁止、②フランス国王の許可なしに金貨を鋳造することの禁止、③国王は己れの利益のためにブルターニュで税を取り立てうること、④ブルターニュの聖職者は国王の仲介なく、またそっくりそのまま収入を保持し得ること、⑤以上に同意

しない場合，ブルターニュと戦争をおこなうこと，の5点を公に伝えた。公は返答を引き延ばしつつ，ルイ11世に反感をもつ大貴族たちと連絡をとり，「ビヤン・ピュブリック〔公益〕同盟」を結成する。

1465年——「ビヤン・ピュブリック同盟」軍とフランス軍，戦争状態に入る。不利を悟ったルイ，「ビヤン・ピュブリック同盟」と和議を結ぶ。「ビヤン・ピュブリック同盟」の大貴族たちはそれぞれに利をえるも，ブシャールによれば，ブルターニュ公は別であった。というのも公は《王弟シャルル殿が立派な親王采地を与えられ，利益を受けられるように，また，王国が平和で穏やかであるようにとのみ考え，国王個人にはなんの怨みも抱かず，不都合を望みもしなかった。そうではなく，国王が自分の王国の王侯や貴族を，かれらの権威におうじて待遇し，さらに民衆を素晴らしい平和と共存の内に置き，とはいっても国王は変わることなく君臨し，忠実に服従され続けることを欲していたのである》〔GB. II 396〕。こののち，ブルターニュ公は王弟シャルルと友好関係を，そしてそれゆえにルイ11世とは緊張関係を保つ。

1467年——王弟の処置をめぐり，ブルターニュ軍，ノルマンディー侵攻。フランス軍もこれに対抗，戦争となる。ブルゴーニュ公シャルル・ル・テメレールもブルターニュ側で参戦。

1468年——和議成立。王弟，ギュイエンヌ公爵となる。

この頃，ブルターニュ公宮廷では，公の愛人ヴィルキエが勢力を振るう。ただしブシャールの評価ではかのじょは《優しく賢明である》〔BG. II 410〕。

1469年——ブルターニュ公妃マルグリット没。

ルイ11世，聖ミカエル騎士団を創設，ブルターニュ公に加盟資格をあたえるが，公，加盟時におこなう誓約儀式のゆえにこれを辞退する。王，ブルターニュ公がブルゴーニュ公創設の黄金羊毛騎士団，ならびに英国国王創設の青ガーター騎士団に加盟しているとの虚報を信じて，大いに怒り，両者のあいだに緊張高まる。

1470年——のちのシャルル8世誕生。

　　この頃，ブルターニュ公，フランスとの連合と英国との連合の両面政策を画策。この頃，英国国王ヘンリー6世が王座を再度獲得，前王エドワード4世はフランスに亡命，ブルゴーニュ公の支援を得る。ブルターニュ公の連合政策の相手もエドワードである。他方ヘンリーにはフランス王が味方する。

1471年——エドワード，王権を奪回，ヘンリーを暗殺する。

　　ブルターニュ公，マルグリット・ド・フォワと再婚。

1472年——アルマニャック伯領をめぐり，ルイ11世，王弟ギュイエンヌ公と対立，軍事的緊張が高まる。

　　ギュイエンヌ公，病死〔現在では1474年が没年にあてられる〕。

　　フランス軍，ギュイエンヌ各地を占拠，ブルターニュに進撃しようとする。ブルターニュ軍，これに対抗。ブルゴーニュ公もフランス軍の動きを阻止すべく，進軍。休戦の成立。

1473年——ルイ11世の長女アンヌ・ド・フランス〔アンヌ・ド・ボージュー〕の結婚。

1474年——高等法院により，アランソン公，死罪の判決（実施されず）を受け，これを機にフランス国王，アンジュー公爵領を手に入れる。

1475年——ロシヨン伯爵領，フランス王の領土になる。

　　ルイ11世と英国国王のあいだに和議が成立。

1477年——アンヌ・ド・ブルターニュ誕生。

　　ナンシーの戦いで，ブルゴーニュ公戦死。ルイ11世，さらにブルターニュ侵攻の意図あり。ピカルディー各地，フランス国王に服従する。

　　ルイ11世，ブルターニュ公がひそかに英国とも連絡を取っていた事実を，ブルターニュからの使節に突き付け，恫喝する。

　　ヌムール公，高等法院の判決により，刑死。

　　忠誠の誓いをめぐり対立していたナント司教とブルターニュ公のあいだに和解成立。

1479年——この頃，ブルターニュ宮廷内で，大法官ギヨーム・ショーヴァンと財務官ピエール・ランデの対立激化。ブシャールの見解では，ショーヴァンは義人，ランデは公の悪しき寵臣で成り上がり者〔しかし後述するとおり，ショーヴァンは親フランス派，ランデは反フランス派という対立の図式もあったらしい〕。

1480年——ブルターニュを敵視するフランス国王，ブルターニュ領内へのワインの輸出を禁止する。

厳冬のため，フランス各地で不作，飢饉となるが，ブルターニュは豊作。しかしワイン輸出禁止令に対抗し，公，ブルターニュからの小麦輸出を禁ずる。

ランデの奸計により，レンヌ司教，解任され獄死。廉直で賢明，血筋の良い人物との評価がある〔GB. II 444〕。

1481年——ランデの奸計により，ショーヴァンが囚われ，財産を没収される。

小麦輸出禁止令を解除。

ブルターニュ公がミラノで購入させた大量の武具が，運搬途上でフランス側に発見され，没収される。

1482年——フランドルとフランスの和議が成立，マルガレーテ・フォン・エスターライヒと王太子シャルルの結婚の締結。

1483年——マルガレーテ・フォン・エスターライヒ，パリに移る。

ルイ11世没。

1484年——ショーヴァン，困窮の内に死す。これを機に，反ランデ貴族，反乱を起こし，ナントの公の居城に乱入するも，ランデを取り逃がす。反乱貴族たち，公領外に脱出。ランデ，公からいっそうの寵をえる。

領内政治でのブルターニュ公の窮地を見て，オルレアン公ルイとアランソン公，ブルターニュ公に接近。デュノワ伯，オルレアン公とアンヌの結婚を画策〔ただしルイ・ドルレアンはルイ11世の意向ですでにジャンヌ・ド・フランスと結婚している〕。

　　　　　この頃，公，正常な判断力を維持できず。ランデ，ブルターニュの政
　　　　　治を恣にする。
　　　　　シャルル8世即位。オルレアン公とブルボン公，摂政権をめぐり争
　　　　　う。
　　　　　トゥールでの身分会（三部会）により，アンヌ・ド・ボージューが摂
　　　　　政に任命される。
　　　　　逃亡していた反ランデ貴族，アンヌ・ド・ボージューのもとに身を寄
　　　　　せる。
　　　　　ボージュー派，宮廷で勢力伸長を企てるオルレアン公を捕らえようと
　　　　　する。双方ともに軍を整えるが，和議が成立。
1485年——公を無視して権力を乱用するランデに対し，再び貴族が反乱，公
　　　　　の居城に押し掛け，ランデを捕らえる。公とブルターニュ貴族のあい
　　　　　だで和解成立。
　　　　　ランデ裁判。公に知らせぬまま処刑。公，これを知り激怒，復讐を図
　　　　　る。
　　　　　オルレアン公，王の命令に反し王のもとに出頭せず，ブルターニュ公
　　　　　のもとに身を寄せる〔いわゆる「狂った戦争（la guerre folle）」の発
　　　　　端〕。
　　　　　ブルターニュ貴族，オルレアン派のフランス貴族を公から引き離し，
　　　　　フランスに追い返す計画を練る。
1486年——公妃マルグリット・ド・フォワ没。
　　　　　ブルターニュ貴族，フランス王と同盟を結び，オルレアン派排除を強
　　　　　行しようとする。同盟軍，ブルターニュに侵攻。ブルターニュ公，ア
　　　　　ンヌ・ド・ブルターニュとの結婚を条件に，アラン・ダルブレから援
　　　　　軍の約束をえる。
1487年——フランス軍，プロエルメ市を，次いでヴァンヌ市を落とす。これ
　　　　　はブルターニュには限定された兵しか入れない，とのブルターニュ貴
　　　　　族との同盟協定に違反して多数の兵を投入した結果である（といわれ

る)。フランス軍，ブルターニュ村落を略奪，同盟協定を結んだ貴族たち，はなはだ後悔す。

フランス軍，ナント市攻囲開始。内部にはブルターニュ公，オルレアン公，アンヌ・ド・ブルターニュなど。

ブルターニュの民衆，公に味方して軍を起こす。フランス軍，攻囲を解き，ドール市攻囲に移る。ドール市，落ちる。

ブルターニュ貴族，王の破約のため，ブルターニュ公側につく。

1488年——ブルターニュ公軍，ヴァンヌ市を奪回。

フランス軍，アンソー，シャトーブリアン等の要地を攻略。さらにフジェールの砦を攻囲。

アラン・ダルブレ，ナント市に援軍を率いて到着。ただしアンヌ・ド・ブルターニュは《ダルブレとの結婚の取り決めを認めることを望まず，父である公爵に，自分は絶対にその件に同意しない，と答えた》〔GB. II 490〕。

オランジュ村近郊で，フランス軍と激突したブルターニュ軍，敗北を喫す。オラニエ公，オルレアン公捕虜となる。

フランス軍によるレンヌ市攻囲。レンヌ市，降伏勧告に対し，フランス国王はブルターニュにいかなる特権も有さず，と断固たる回答をおこなう。

フランス軍内部でも，制圧論より和議論に傾き，①ブルターニュ公爵領の主権者の確定を今後論ずる，②国王軍の手に渡ったブルターニュ要地（フジェール等）はそのまま支配下に置かれる，その他の条件で和議成立。

ブルターニュ公，落馬の結果，回復が思わしくなく，死去（9月7日）。

主観的（ブシャールの記述に沿った，という意味で）で雑な年表だが，それでもフランソワ2世公の時代に，ルイ11世が精力的に王権の強化に励み，軍事

的手段や政治的術策のかぎりを尽くして，大貴族の力を殺いでは領地をフランス王冠に併合してゆく過程が，またかかる王の権力に圧迫され，領内で生じた歪みに苦しみながら，これももちうるカードをすべて用いて——大貴族間の連合，英国との密約，そして何よりもアンヌ・ド・ブルターニュとの婚約の乱発——己れの権力を守ろうとするブルターニュ公や，外敵の侵略により「ブルターニュの自立」なる「神話」を呼び醒まされた民衆の姿が，わずかなりとも浮き出て来るかも知れない。そしてまたこの年表には，アンヌ・ド・ブルターニュの将来に深くかかわるシャルル8世やルイ12世，その他の人々も顔をのぞかせている。とりわけ名前をあげたふたりのフランス国王は，アラン・ブシャールの世俗的な命運を握ってもいたはずだ。わたしたちはル・ボーの「歴史記述」にあずかる理念を紹介したさい，かれが「歴史記述」の「中立性」を保つために，同時代史の叙述をあえて拒否したと語った。すなわちフランソワ2世公の時代をあつかうか否かは，さしあたってまず『ブルターニュ史』と『ブルターニュ大年代記』の，それぞれの構成に関与する表面的な差異であるが，その表面的な差異が「歴史記述」観の相違も明らかにする。問題の時代が実質的にきわめて間近な「近現代」であり，その時代を経て「ブルターニュ」が敗者となり，勝者となったフランス君主が「現代」を支配し続けている。ブシャールはそうした時代や，そこに生きる人間をどのように描いたのだろうか。

　第1に，のちのルイ12世にしてアンヌ・ド・ブルターニュの再婚相手，ルイ・ドルレアンがいる。ルイ・ドルレアンは一方で，フランス国王である兄ルイ11世や甥のシャルル8世から抑圧され，ブルターニュ公と連携して強力な王権に対抗する同盟を結成した，封建領主のひとりとして呈示される。けれども他方，かれは王位に野心を抱く者としても出現する。《もし新王〔シャルル8世〕が逝去すれば，王冠を継承するにもっとも近い立場にある》〔GB. II 451〕オルレアン公は，未成年のシャルルの保護方をめぐり，まずブルボン公と対立，次いでブルボン公と和解しては，摂政位を得たボージュー夫妻と対立，《当時王国第2の人物であったので，こうしたことがら〔摂政位争いでの敗北〕にもかかわらず，王国の緊急事態に耳を澄ませ，眼をみはる決意をした》〔ibid.,

458〕。王の側近はオルレアン公が《自分たちにかかわりなく王国の重大事の情報を得，そうすることにより，権威ある座にいる大人物たちの心を獲得し，己れに引き付けている》〔ibid., 461〕のを知る。権力の座を争い，やがてブルターニュに逃亡，「狂った戦争」の直接の動因となるルイ・ドルレアンの姿はどう見ても，好意的な印象にもとづいて描かれたとはおもわれない。『ブルターニュ大年代記』上梓時のフランス国王の，かかる像を結んでみせるとは，これは「歴史記述」の「客観性」から発生した描き方なのか。──しかしルイ・ドルレアンは必ずしも権勢欲にのみ駆られた姿を呈するわけではない。ひとつに「狂った戦争」の最中，アンヌ・ド・ブルターニュが危うくアラン・ダルブレと結婚させられそうになったときのこと，ブシャールは《ここで，オルレアン公はこの結婚の同意を，どのようにしてもあたえようとはしなかったことを理解する必要がある》〔ibid., 478〕と書き添えた。つまりここでルイは，アンヌ自身が拒否したダルブレとの結婚を妨げようとした。動機はともあれ（つまり，1484年の項にしるしたように，ルイもまたアンヌの結婚候補と擬せられるケースがあったらしいので），アンヌの保護者としての一面をルイが示したといえる。またひとつにこれも同じ頃，ブルターニュ領内に進軍するフランス王に，オルレアン公自身，そして国王の不興をかったその他(ほか)の貴族たちの，ブルターニュ国外退去を条件に，国王軍の撤兵を要請したこともあった〔ibid., 485-486〕。時宜を逸したとはいえ，いくぶんかは潔い態度に映る。さらにひとつに，ルイが摂政の位を争って破れたシャルルの側近たちも，ルイと同程度に野心家とみなされた。側近たちにかんする寸評はこうである──《若い国王を保護下に置くおかげで，この者たちは国王の名のもとに王国のあらゆる事態をあやつっていたのだ》〔ibid., 473〕。要するにブシャールは，現在君臨するフランス国王の過去の姿を書くにあたって，おもねるにはほど遠く，かといって野心家振りをことさら難ずるでもない。これは「事実」を「事実」として認める，「歴史記述」の「中立性」への配慮ゆえなのだろうか。それとも先君シャルル8世と比べ，ブシャールに恩恵をほどこすことが少なくなったルイへの，距離の措き方のなせる業なのか。あるいはブシャールの感覚よりも，かれが「修史官」の身

分で仕えたアンヌ・ド・ブルターニュの，ルイに対するやや冷静な（と評されることもある）関係を反映するものなのか。

　だが，実をいえば，もうひとりのフランス国王，シャルルの姿はルイよりもはるかに薄く，「影」のごとくにしかあらわれない。1470年に生まれたシャルルは13歳で即位したものの，政治の実権は《故王の命により》〔GB. II 457〕かれの姉で，父ルイ11世のお気に入り（だったらしい）アンヌ・ド・ボージューとその夫が握っていた。ルイ・ドルレアンにかんしては上にしるしたたぐいの「政治」的活動をつうじ人柄や心の動きがうかがえたし，稀ではあるけれど「個人」の相貌に触れる文章すら存在した（たとえば王の側近が企てたオルレアン公逮捕を，事前に察した公の味方が公に注進に及んだとき，公は《パリで，二つの広間の間でジュー・ド・ポームをしていた》〔ibid., 461〕，という具合に）。これに反して『ブルターニュ大年代記』において「個人」シャルルはもちろん，その「政治的人格」さえ顔をのぞかせない。1483年のパリ入城式典にあって，その華やかな中心である新王の様子をいくらでも描写できたはずなのに，ブシャールはただ，《シャルル8世ははなはだ盛大に入城式をおこなった。そこにはオルレアン公，アランソン公，ブルボン公，ボージュー殿と国王の姉君であるその奥方，ならびにその他おおぜいの王国内の王侯と領主たちがいた》〔ibid., 457〕と，むしろ関心は式典参加者に向くかのごとき文章で済ませた。宮廷での意志決定をおこなうのはシャルルではなく，《王を保護下に置く者》〔ibid., 461〕であり，《王の周辺の者》〔ibid., 475〕であり，あるいはもっとはっきりと，《ボージューの奥方》とか《枢密会議》とか名乗った。ブシャールが「王」と名指す場合はあっても，それはこうした意志の形式的なよりどころとしての「象徴」や「抽象」にすぎなかった。さらにいえばこの「象徴」は「フランス」軍が「王の軍隊」，「王の部下」と呼ばれるように，「ブルターニュ」への侵略者を代表しさえした。シャルル8世はブシャールの世俗的な成功に大いに力となった。そしてシャルル8世が，もし本当に，アンヌ・ド・ブルターニュが真摯な愛情をそそいだ対象でもあったとしたら，叙述にさいしての「物語」の技法を知っていたブシャールであるから，いくらでもシャルルの

勇姿を飾れたであろうに，かれはシャルルの「個人」的な顔や「政治的人格」をあらわすのを控えた。シャルルとその昔確執があったルイ12世への心配りだろうか。あるいは——こちらの見解に多くの伝記作家やブルターニュ史家の見解は傾いているようだが——政略結婚の犠牲となったアンヌの心情に配慮してのことだろうか。それともかえって「抽象」化によって，「ブルターニュ」の「敵」たる色合いを薄めるつもりだったのか。いずれにしても結果から見ると，〈中立性〉の要請にここでも応じたブシャールがいることになる。

それではフランスに対抗するブルターニュ公国の統治者，アンヌの父，フランソワ2世の像はどのようなものであろうか。フランソワ公の治世は繁栄の内に始まった。シャルル7世はフランスから英国軍をほぼ一掃し，新しい公爵にとって《この頃は重要なことといえば，愉快に楽しみ，御馳走をたらふく食べることだけだった》〔GB. II 380〕。けれどもこの繁栄にも，ルイ11世の即位とともに影が射すようになる。1464年，5箇条の要求を突き付けられたフランソワ公は，かつてのシャルル7世の侍従長で，いまは故国ブルターニュに引退するタヌギ・デュ・シャテルのもとに駆けつける。公は自分が置かれた窮地をよく自覚していた。つまり《ブルターニュ公国の主権を失うか，さもなくば戦争の重荷を引き受けるかであり，戦争にさいしては公は対抗する力をもっていなかった》〔ibid., 389〕のだ。シャテルは回答の引き延ばしと「ビヤン・ピュブリック同盟」結成の秘策を授けるのだが，その策はともあれ，ここでフランソワはすでに，生涯をつうじてかれを苦しめる，ブルターニュの自立を賭したフランスとの確執の難問に悩みうろたえ，しかもその解決案を自身では見出せない，やや優柔不断で思考力や決断力に欠ける君主像を提出する。

「ビヤン・ピュブリック同盟戦争」終結後，フランソワはまた別の欠点を示し始める。公は寵臣に引き回され，秘策によってブルターニュを救ったシャテルの言葉にもはや耳を傾けようとはせず，会見すら拒むにいたる。さらに地方領主の妻であった，ヴィルキエ夫人を愛人とし，宮廷に公然と住まわせもする。ブシャールは《公爵と上記アントワネット〔ヴィルキエ夫人〕とのこうした親密な関係から，ブルターニュの家系の男系子孫にとって，非常に有害な結果が

生じた》〔GB. II 400〕という。ヴィルキエ夫人の長所をブシャールは認めはするが，しかしかのじょとの対立の結果，シャテルはルイ11世のもとに逃亡してしまうのだ。こうした寵臣（もしくは愛人）を忠臣より重んじる欠点は，その後大法官ショーヴァンと財務官ピエール・ランデの対立を生じさせ，ブルターニュ領内の混乱にいっそうの拍車をかけてゆく。ことに《公はランデの望みのまま，かれを厚遇し，とても良くかれの言葉に従った》〔ibid., 442〕。混乱が続く過程で，フランソワはそれまでのしっかりした判断力〔entendement〕を失い，《言葉にも立派な内容がなくな》〔ibid., 457〕り，それにつれてランデはますます意のままにブルターニュの政治を操るようになった。

　——フランソワ像はがいしてこうした，むしろ否定的な色調で綴られる。ブシャールが公の人格を讃える言葉を残さないわけではない。ブルターニュへのワイン輸出禁止令に対抗して発布した国外小麦輸出禁止令を，困るのは貧しい民だとして取り消させたのは，実のところ寵臣に遠因があったのだから〔GB. II 447-448〕，評価は定まらぬとしても，「ビヤン・ピュブリック同盟戦争」終了時，同盟側の大貴族たちがそれぞれ領土を獲得したのに，ブルターニュ公のみは，先に述べたように，自分の利害を離れ，王弟の利益や王国の平安しか考えなかった，というし，追従のつもりでフランソワがルイ11世を倒し，国王と成りえた可能性を示唆した供の者を打ち懲らしめた逸話もある〔ibid., 396〕。しかしフランソワ2世公の全体像は，必ずしもブシャールが公の娘，アンヌ・ド・ブルターニュにおもねろうとしてはいなかった，と告げるような感触をもたらすのだ。やはりここでもわたしたちが認めるのは，単なる御用年代記作者とはいささか異なるブシャールの姿である。「歴史」の「物語化」は，少なくも人物描写の面では，「中立性」の概念と背反するものではない——時代区分の中ではもっとも「中立性」を侵害しそうな（ほぼ）同時代史の領域で，同じくもっとも危険な，現在権力を握る人々，もしくはそれらと連体関係にある（あった）人々にかかわるブシャールの記事は，「考証」の面ではル・ボーにははるかに及ばぬものの，しかしル・ボーが「中立性」を維持するために避けた「同時代史」をあえて引き受け，なおかつ「中立性」を守りえた歴史家がいる

ことをわたしたちに教える。わたしたちはブシャールの中立的な記述がかれの決意だけにかかわるのか,それともアンヌやルイ12世の寛容にも由来するのか,判断できない。ともあれ主筋の「任命」を「年代記」作成の条件と考えたブシャールが,主筋に対し全面的に筆を曲げなかったことは確かだとおもう。だがしかし,「中立性」の理念ははたしてどこまで『ブルターニュ大年代記』を貫いていたのか。わたしたちの気にかかるのは「ブルターニュ」であり,また「ピエール・ランデ」の存在である。

4．ピエール・ランデ問題

　フランソワ2世公の治世は「ブルターニュの自立」なる「神話」が長い眠りから覚めて,人々の意識に上った時代だという[49]。ル・ボーにしてもブシャールにしても,この「神話」を中心にブルターニュの対フランス外交が練られた30年間を自己形成の時期にもった。そしてまた,わたしたちの二人の歴史家がそれぞれの史書の多くのページを綴ったのは,保護者アンヌ・ド・ブルターニュが「ブルターニュ」の価値を再確認して以降の,ルイ12世時代においてであった。わたしたちは先に,『ブルターニュ史』での「考証」の様相を略述しながら,「考証」を偏向させ得るもののひとつに「ブルターニュ」に託した価値の大きさをあげた。ル・ボーはおそらくブルターニュの地に生活の拠点を置き,調査のためブルターニュ各地を経巡りつつ,この公国やその一部を舞台にした歴史書の著述に生涯の大部分を捧げた。ブシャールは生粋のブルトン人であり,おそらくそれゆえにアンヌの庇護を受けやすかったかも知れない。ブシャールがたとえある時点でブルターニュ内部での「親フランス派」に転向し,フランス王の許で地位を獲得し,さらにパリを生活の場としたにしても,かれの母語はブルトン語であり,その出自まで否定はできなかった。「親フランス派」とは「ブルターニュ」の価値を拒む立場ではなく,その価値を永続させるためにフランスとの敵対関係を避けようとするものともいえた。

　わたしたちはル・ボーの作品にせよ,ブシャールの作品にせよ,「ブルター

ニュの自立」や「ブルターニュの正統性」を説く言葉をいく度となく見かけた。ブシャールに例をとると，かれはブルターニュの政治的「自立」を説くにさいし，たとえばモンマスを下敷きに選びながらも，古代アルモリカ国王アルドロエヌスに，《神以外，ローマ人にも，地上のいかなる君主にも領主にも》〔GB. I 214〕恩恵をこうむっていないと語らせた（政治的な語彙では「君主」こそが「国家」を代表したことを，いまさら確認する必要があろうか）。事実（むろんブシャールによると）アーサー王の時代，ガリアの12の王国の内，ローマに従属していないのは，ゆいいつアルモリカのみだった〔*ibid.*, 256-257〕。ブシャールは類似の文章を古代史から始めて近現代史にいたるまで，おりあらば書きとどめるのを忘れなかった〔たとえば，*ibid.*, 406〕。つまり古代以来，ブルターニュの統治者はつねに《神の恩寵により》その地位に就くのであり，ルイ11世が要求したごとく《王の恩恵により》そうなるのではなかった。この点でブルターニュ公爵位は他の地方領主のそれと違って，国王の座と同等といえた。実際ブシャールはフランソワ1世公の即位儀礼の記述に当たり，聖油式をのぞけば《一国の国王の戴冠式の秘蹟とまったく同じ》〔GB. II 325〕だとの感慨をもった。

　かかる「自立」の認識はブルトン人たちに，ブルターニュへの愛着と誇りとをもたらしたろう。それは「自立」が偶然の，短期的な所産でなく，「正統的」な根拠にもとづくものならばなおさらである。ブルターニュの「正統性」はいくつかのレヴェルで確認される。民族史の観点からも，ブルターニュは正統的な国家である（誤解のないようにいっておくが，ここではブシャールやル・ボーの判断基準と想定されるところをわたしたちの言葉に翻訳しているだけで，「民族」という「神話」にかんして何ごとかを語ろうとしているわけではない）。ブリテン人＝ブルトン人の祖先はトロイアの血を引くブルトゥスであり，かかる血筋を代表する人物がアンヌ・ド・ブルターニュやギー・ド・ヴィトレということになる。この血統に匹敵しうるのはアエネアスを祖に有する大ローマ帝国の末裔だけだ。そしてブルトゥスの子孫はいまやブルターニュにしか残されていない。サクソン人に追われ英国を逃亡，アルモリカに赴くブリテン王カド

ウァラドルスの《アルモリカこそは、こののち、真のブルターニュと呼ばれるであろう》〔GB. I 295〕との予言が告げたとおりである。トロイアとの連続性は貴人の家系だけに残っているわけではない。何よりも共同的な資産である言語、すなわちブルターニュの元来の言葉であるブルトン語とは、そもそもトロイア語ではなかったか〔ibid., 204〕。また精神的な「正統性」もブルターニュに欠けることはない。よこしまな教皇がフランスと結託しブルターニュを弾圧した場合はあっても〔GB. I 330〕、教会史を尋ねれば、わたしたちはブルターニュの「正統性」を充分に知ることができる。なぜならこの国は《もっとも古いキリスト教王国のひとつ》〔GB. I 327〕だからだ。こうした古代性に支えられた宗教的正統性の自覚は、14世紀末、ブルターニュ討伐に出発したシャルル6世の許につかわされた使者をして、

　（引用—26）〔GB. II 192〕
《神はつねにブルターニュの国を、キリスト教君主が最初にそこで統治したときから、守ろうとされてきた。それはテオドシウス帝の時代で、西暦381年であった。それ以後、他者の手で簒奪されたことはあっても、正統なる領主権に戻らなかったことはほとんどなかったし、つねに戻ることだろう。これは人間の営為ではなく、全能の神の業である》

と忠告せしめた。シャルル6世はこの遠征の途上精神に異常をきたし、企ても中止される。ブシャールはある者の見解として、《いわれもなく理由もなく、王がブルターニュにおこなおうと決心した破壊と荒廃を妨げるために、神が王に送られた笞にして懲罰である》〔GB. II 199〕と述べた。ブルターニュの宗教的「正統性」は単に歴史の古さが告げるばかりではなく、「事実」が立証するところでもある。すなわちブルターニュは、政治的のみならず、民族的・宗教的にも、歴史と神に支えられた、自己同一性をそれ自体の内に有する「正統」的な国家なのだ。

　ブルターニュは独立した公国であるけれど、隣接する国々と無縁にとどまる

ことはできなかった。とりわけ公国は地理的にフランスと英国という，二つの強大な勢力の間に位置し，それらの存在は絶えずブルターニュに棲む人々の意識に上っていた。ブルトゥス伝承からすれば英国もブルターニュも同じ系図に属したが，英国のブリテン人はその後サクソン人に追放され，海峡の彼方でのこの由緒正しい血筋は跡絶えてしまった。しかしノルマンディー公ギヨームの英国遠征に参加したブルトン人貴族には，その地で封土が与えられた。また，英国内で政争が生ずるごとに，敗北した王侯はフランスやブルターニュに逃れ，そこで勢力をたくわえ，援軍をえては英国に戻った。逆にフランスからの侵略に抗しきれなくなったブルターニュ貴族は英国に渡り，兵を借りた。とくにアンヌ・ド・ブルターニュの出身家系であるモンフォール家は代々英国国王との関係が深く，フランスの苛立ちを誘っていた。

とはいいながら，ブルターニュ公爵と理解し合っていても，それが即ブルターニュ公国全体の英国への共感を呼び起こしたわけではない。むしろ一般のブルターニュ領主や民衆のレヴェルでは，英国への反感がブルターニュ公への忠誠心にまさる場合も少なくなかった。前期百年戦争終盤のこと，英国国王の援助で公爵位を獲得し，王女を妻にしたブルターニュ公ジャン4世は英国の敗勢をいたく嘆いた。これを見てローアン子爵やラヴァル，クリソン等，ブルターニュに勢力をもつ領主たちは，《殿，あなたがフランス国王に対抗し，英国国王の味方に立たれるとわれわれが見て取った暁には，われわれはみなあなたをお見捨て申し，フランスの味方となりますぞ》〔GB. II 120〕と脅迫した。そして事実，ブルターニュに渡った英国軍を迎え撃つべくフランス軍がこの地に侵攻したとき，ブルターニュ公は英国に逃れる一方，貴族たちは続々とフランス王に服従を誓ったのだ〔*ibid.*, 122-123〕。

やや余談になるけれど，こうした領主たちの行動はいかなる動機にもとづくものなのか。かかる行動は合法性を有しうるものなのか。わたしたちには地方貴族とその宗主との関係を整理して語る，わずかな準備にも能力にも欠けるが，ただ『ブルターニュ大年代記』や『ブルターニュ史』から，かかる行動をかれらにとらせる要因をいくつか拾い上げ，想定することは可能である。ひとつに

ブルターニュ公国内には，フランスと利害を共通にする立場の人々が少なからずいた。上記の例で名前が出たクリソンは，いうまでもなくやがてフランス軍大元帥の地位を与えられ，その公的身分とブルターニュ内に保持する私的勢力をもってブルターニュ公と全面的に対決することになる。ローアンやラヴァルもやはり個人として，また家柄として——もっとも「家柄」（「家風」とでもいうべきか）がどの程度個人の行動や心的傾斜を規定するか，この時代にあってさえはなはだ疑わしいけれど——モンフォール家に対立し「親フランス派」の立場から権力を掌中に収めようとつとめるだろう。ついでひとつに，権力争いや利害にはさほど縁のない地方小貴族や民衆のレヴェルで見ても，英国軍のたびかさなるフランス侵入の足場となったブルターニュには，かれらによりもたらされた荒廃の記憶があったとおもわれる。そして英国に対する不信感を集団的な記憶に植えつける，忘れがたい出来事もあった。たとえば12世紀後半，ブルターニュ公ジョフロワの死後，その妻コンスタンスは幼い長子アルチュールを守り，ブルターニュ統治を試みる。これに対し英国国王リチャードはブルターニュを己れのものにすべくコンスタンスを捕らえ，アルチュールを擁立したブルターニュ貴族がコンスタンスの解放を求め，約束に応じて交換要員の人質を渡しても，約束を実行しなかった〔HB. 202〕。このリチャードに替わり英国国王座に就いたジョン欠地王もフランスとの戦争の最中，フランス軍に加わり，功を焦って虜囚となったアルチュールを暗殺するという蛮行に走る。ル・ボーに従えばこれは《権利としてアルチュールに属する英国，ノルマンディー，アキテーヌ，その他の伯爵領や領地を奪われるのを恐れて》〔*ibid.*, 209〕の仕業だという。ブシャールはその理由にははっきりと触れないが，殺害の模様を《ジョンはアルチュールを殺したあと，脚をもって海に投げ込んだ。海はそのとき満ち潮で，おそろしい風が吹き荒れ，波がいっぱいに高まっていた。そののち，若いアルチュール公の遺体は発見されなかった》〔GB. I 438〕と，かなり具体的に記した。ブシャールはまた，アルチュールの妹も，フランスの領地権をおびやかす子供が産まれないように，ジョンの命令で獄死させられたと書き加えた〔*ibid.*, 439〕[50]。1249年，公爵ピエールがフランスと対立し，英国

に援軍を求めるのを見て，《英国国王の過去のおこないや邪まさのゆえに，英国人をおそれ憎んでいた》〔HB. 231〕ブルターニュの領主たちがピエール軍への参加を取りやめた背景には，多分こうした出来事を認めるべきだろう。この時期のブルターニュ貴族の行動を説明するル・ボーの文章には《ブルトン人は生まれながらに〔naturellement〕英国人を好きではないのだ》〔ibid., 342〕とさえあるほどである。ブルターニュの貴族たちが公爵を見かぎりうると考えた理由の最後に，公国の内部で公爵が絶対的な主君ではなかったことがあげられよう。『ブルターニュ史』や『ブルターニュ大年代記』をつうじてあらわれる封建的主従関係は，ある意味でかなりゆるやかと思える。臣下は公爵が自分たちの「自由と自立」を守らなければ反抗しうると考えた。そして自分たちの利害と理念におうじ，かれらは忠誠を誓ったはずの公爵に公然と反抗し，武力を用い，ときとして虜囚とさえした。かかる関係性の了解にもとづき，かれらはあまりにも英国と接近しすぎる主君に反旗をひるがえした。いってみれば「反英国」なる理念，もしくはその理念の下部にひそむ個々の利害が「主君」なる理念をしのいだのだ。それではその時「ブルターニュ」という理念はどこにあったのか。

　わたしたちはクリソンやローアン，ラヴァルなどの（ブルターニュ内部での）大貴族をきわめて大雑把に「親フランス派」と命名した。英国が古代ブルトン人のひとつの故国として，歴史的に親近感をかもしだす国家であるとすると，一方フランスはブルターニュと地続きであり，公用語化していたフランス語も，この国に対する違和感を薄めていた。『ブルターニュ大年代記』においてブルターニュ公はたびたびフランス王の苦境を救った。神聖ローマ帝国皇帝オットーにパリを攻囲されたフランス国王ロテールは，ブルターニュ公爵アラン・バルブトルトに《自分を助け，救援してくれるよう大いに請うた》〔GB. I 379〕。アラン4世公は皇帝ハインリッヒとの戦いに臨む国王ルイ・ル・グロに味方し，皇帝軍をフランスから追い払った〔ibid., 418〕。フランス王の側でもこうした公爵たちの功績を評価し，それに報いた。14歳で即位したフィリップ・オーギュストはジョフロワ公をはなはだ愛し，摂政に任命した〔ibid., 429〕。後

期百年戦争にあって，1418年，英国軍とブルゴーニュ軍の勢力下にあるパリから王太子妃を救出したのはジャン4世である〔HB. 452〕。またその3年後の1421年，危機に瀕したシャルル7世はブルターニュ公の存在の重さを知り，《何を犠牲にしようとも公の友情と同盟とを》〔GB. II 273〕獲得する決心を固める。シャルル7世とジャン5世公の同盟は，紆余曲折を経ながらも結ばれ，フランス領土解放へと向かうことになろう。——そう，ル・ボーやブシャールの「現在」（つまりフランス王妃にしてブルターニュ女公に仕えるという）が影響してか，それともかれらのうちにある「親フランス派」的傾向，少なくとも「親英国派」的ではない傾向のゆえか（ブシャールについては述べたとおりだし，ル・ボーもラヴァル家の禄を食んだことをおもいだしておこう），わたしたちの歴史家は，フランス国王に連帯し，フランス王冠の維持に努める歴代のブルターニュ公の姿，さらにそれをよろこぶ貴族や民衆の様子を後世に残した。そしてブルターニュ公がフランス王から遠ざかるとき，往々非はむしろフランス側にあり，とされた。たとえばシャルル7世への加勢が延び延びになったのは，ジャン5世をあざむいて虜にしたパンティエーヴル伯とつうじた側近を，約定にもかかわらずシャルルが追放しなかったためだ。30年ほどさかのぼり，ブルターニュ遠征途中のシャルル6世が精神錯乱におちいったあと，ブルゴーニュ公妃は夫に，かつてフィリップ・ル・ベルがシャルル・ド・ブロワの肩をもたなかったら，《わたしの従兄弟〔ブルターニュ公〕は英国人との同盟も支持も求めなかったでしょうし，フランス王冠の立派な支えで在り続け，それ以外の立場を捜さなかったでしょうに》〔GB. II 202〕と弁明した。つまりフランス側が誠意を尽くせば，ブルターニュ公爵は「親フランス派」であったはずなのだ。

　とはいえ「親フランス派」的傾向とブルターニュの「フランス属領化」の是認とはまったく別の次元に属した。1330（1334）年，《フランス王冠をたいへん愛し，讃えていた》ブルターニュ公爵ジャン3世は自分に子供がなく，弟〔ジャン・ド・モンフォール〕と姪のあいだに継承戦争が生ずるのを危惧し，フランスにブルターニュ公国を贈与しようとした。けれどもその時《司祭や豪族，

この国の身分会〔三部会〕の役人たちが同意しようとせず》〔GB. II 33; HB. 265-266 も参照〕，この贈与の計画は廃止された。すでになんどか触れたところだが，シャルル5世が英国軍を迎え撃つためにブルターニュに兵を進めると，ジャン4世は英国に逃亡し，ブルターニュ貴族はフランス王に恭順の姿勢を示した。しかしフランス軍に占領されたブルターニュではジャン4世公の帰国を待ち望む声が聞かれ始める。ブシャールは心変わりの原因をほとんど教えないが――かろうじてクリソン大元帥指揮下の《フランス兵のことを大いに嘆いた》〔GB. II 131〕とあるくらいが直接的な原因の指摘だろうか――，ル・ボーによればブルターニュ貴族がジャン4世側の立場をとるには，もっとはっきりとしたきっかけがあった。《考え，おもいつきうるすべての手段を用いて，ジャン公からその相続領地を奪い，追い払い，それをわがものとすべく努めていた》シャルル5世は，反逆罪で公をパリに召還し，ジャン公不在のまま《あらゆる権利，名誉，貴族の資格，官職を剥奪され〔……〕かれの所有になるあらゆる財産，土地，領地は，フランス王国内でもブルターニュにおいても，没収される》〔HB. 360-361〕との判決を下した。かかる判決はジャン公の仇敵，パンティエーヴル伯爵夫人も認めるものではなかった。

（引用—27）〔HB. 361〕
《〔パンティエーヴル伯爵夫人は〕国王はそうできないし，そうすべきでもないと建言させた。そして同様に〔……〕かつて王国であったブルターニュの国の高貴性が示された。ブルターニュの君主が国王という名前を公爵に変えたからといって，国王としての権利，栄誉，特典を失ったわけではなく，以前とかわらずそれらを享持していた。フランス王国に対しブルターニュの側から臣従が初めになされたとしても，単なる服従にすぎず，忠誠の誓いも誓言もなかった。だからかれはこの国を没収できないのだ》

ブルターニュ貴族の懸命の懇願にもかかわらず，シャルルは判決を撤回せず，ために長年欲して来たものを一挙に失う羽目になる。ブルターニュ側ではフラ

ンス王が,《ブルターニュの法とは一致しない自分の法で》裁くのを知って《他国の人間のために自分たちの生まれながらの主人を追放したのを後悔した》〔ibid.〕。つまり「親フランス派」といえどブルターニュのフランスへの併合は承認しがたく,個々人の公爵に対する反抗はあっても,ブルターニュ公国やその「自立」の理念は断固として侵されるべきではなかった。フランス国王はブルターニュの貴族たちを《贈与により腐敗させ》〔HB. 351〕,ベルトラン・デュ・ゲクランやオリヴィエ・ド・クリソンは《欲に駆られ》〔HB. 363〕支配下の都市をフランス側に引き渡そうとするかも知れない。フランスへの併合を決定した1532年のブルターニュ身分会(三部会)で効果をおさめるそうした手段も,けれどもこの段階では公国全体の意見を変えたわけではなかった。

　先の(引用—27)にも言及があったが,ブルターニュ公が代替わりしたり,フランスで新しい国王が即位した場合,ブルターニュ公が封建儀礼にのっとってフランス国王におこなう「臣下の誓い」も「ブルターニュの自立」の理念と深く関与し,その誓い方はフランス側とブルターニュ側でつねに論争の対象となっていた。ブルターニュ側の視点からすれば,同じブルターニュ公の統治下にあろうとも,公国とそれ以外のフランス王国内の封地とは,異なる次元でフランス王と関係する。問われるのはフランス国王に対するブルターニュ公爵の主従関係の密度の違いであり,当該領地にフランス王が最終的・絶対的な主権を有するか否か,であった。たとえば1381年,ジャン5世公はシャルル6世に「臣下の誓い」を以下のような形式でおこなった。

　(引用—28)〔HB. 380〕
《ブルターニュ公は国王に近づき,口と手をさしだして〔つまり対等な者同士による,口づけと抱擁をしようとして〕,かつてこの国王の父であるシャルル5世になしたと同じように,ブルターニュ公爵領の件で,全面的な,かかる具合の臣従〔obeissance〕のしるしをみせた。このようにしてかれは参列者のまえで,上記のブルターニュ公爵領の件で,国王に対し誓言〔serment〕も,忠誠の誓い〔feaulté〕も,宣誓〔ligence〕も負っていないことを明らか

にしたのである。公が上記のブルターニュの国のためにこれらすべてをおこなったとき，公は国王にモンフォール伯爵領，およびフランスやブルゴーニュ，シャンパーニュの地で，エーグルやレテル，およびヌヴェールの都市で，国王によっているすべてについて誓約〔foy〕と忠臣の誓い〔hommaige lige〕を捧げ，その明け渡しを求めた。国王は上記の臣従の誓い〔hommaige〕を受けいれ，公に上記の土地を享受させるよう約束した》

この引用からも若干の異議が唱えられた気配がうかがえるけれど，前期百年戦争が終局を迎えつつある当時，フランス側で強硬な姿勢をとる道理もなく，「臣従の誓い」を果たしたジャン公は盛大な式典でもてなされた。しかしフランス王権が強化の道を辿るにつれ，「臣従の誓い」の儀礼をつうじブルターニュの属領化を形式的に確定しようとするフランス側の意志がしだいしだいに大きな摩擦を作ってゆく。1450年，この儀式のためパリに上京したブルターニュ公ピエールの前でフランス大法官は《上述の公爵領のゆえに，国王に忠臣の誓いをしなければならぬ，と主張した。けれどブルターニュ公爵は，国王や列席者への恭順〔reverence〕は別として，自分は忠臣でもなければ郎党でもなく，王に誓約などまったく負っていない，ただ王に手と口を差し出すだけだ〔……〕，先人のだれもがそうしたやり方ではおこなわなかった》〔HB. 522〕と返答，このたびもシャルル7世が《ブルターニュの公爵がこれまでにフランスの国王になしてきた慣例と慣習に従い，かれを迎える》ことで決着をみた。ピエールの儀礼から6年後，公爵位を継承したアルチュールが同じシャルル7世のもとに赴いたさい，先例にならって「臣従の誓い」を果たそうとするアルチュールに国王はさらに強硬な態度を示し，《もし公が自分に，あらゆることがらにおける至上にして本来の主に対するごとくに，忠臣の誓いと忠誠の誓言〔hommaige lyge et serment de fidelité〕をおこなわねば，いかなる具合にも公をその場で受けいれない》〔GB. II 372〕といった。アルチュールは帰国して身分会〔三部会〕の見解を確認すると回答し，内心《二人のあいだでこの条項の決着が見られぬうちは，王のもとに2度と戻るまい》〔ibid., 373〕と決意を固め帰

国する。しかし，事情が許さず公は甥のアランソン公の裁判がおこなわれたヴァンドームの裁判所に出廷，ブルターニュ側大法官とフランス側大法官とによる長時間の折衝〔*id.*, 374-379〕の結果，旧来の儀式が遵守された。アルチュール公を継いだフランソワ2世公が新王ルイ11世におこなった「臣従の誓い」にかんしては，わたしたちの手もとにはブシャールの簡略な記述があるのみで，詳細はわからない。そこでは旧来の慣例どおり，「ブルターニュの自立」が認められたもようで，現代の歴史書でも《いかなるいざこざも起こさな》[51]かった，としるされる。けれどもその歴史書も暗示するように，それはルイが「ブルターニュの自立」を尊重したからどころか，かえって形式等にいっさい構わず，軍事力にものをいわせた実質的な属領化を狙っていたから，と解釈する方が妥当であろう。

　それはともあれ「臣従の誓い」の歴史は，ブルターニュ公国と文化的・政治的・社会的にはなはだ近しい関係にあり，民衆レヴェルでも親近感の対象でありながら，折りあらば自国への併合にあらゆる方策を尽くす大国におびやかされる「ブルターニュの自立」維持のための，抵抗の歴史であったようにおもわれる。

　わたしたちは先に，いくつかのレヴェルでブルターニュの「正統性」を訴えるル・ボーやブシャールの文章をあげた。そしてまた「臣従の誓い」をめぐる議論の中にも，「先例」とか「慣習」，「慣例」といった言葉や概念があらわれるのを見た。ル・ボーやブシャールの史書に描かれた，ことに中世後期のブルターニュ社会ではこうした概念が重要な意味を託されていた。ブルトン人はトロイアの血を引き，ブルトン語はトロイア語にさかのぼる。アルモリカ王のキリスト教改宗はフランク王クロテール（クロヴィス〔？〕）のそれに先立った。歴史の過程でブルターニュが王国から公国に変わったとしても，ブルターニュは英国やフランスの各王国にまさるともおとらぬ伝統をもち，対等な関係でそれらと結ばれてきた。──わたしたちはかかる「正統性」や「先例」の視点は，ルイ12世の妃となり，「ブルターニュ」という価値の復活を目指すアンヌ・

ド・ブルターニュの意向を，意識的にせよ無意識的にせよ，よく汲み入れたところではないかと考える。シャルル8世の軍事力による準属領的な状態を脱するため，アンヌはブルターニュ公国の内部機構を整備し，外交面でもフランスの影響を軽減すべく，たとえば長女クロード・ド・フランスの夫に神聖ローマ帝国皇帝マクシミリアンの継承者，のちのカロルス5世を指定するなど，「自立」回復への努力をおこたらなかった。過去のブルターニュに「自立」が存在した，との確信を抱く「修史官」が著述した史書は，それが本格的であればあるだけ「自立」の理念的支柱となりえた。

　しかし「正統性」や「先例」，「伝統」といった言葉が何ごとかを立証すると考えるのは，すでにこれらに価値を認める，あるイデオロギーが社会的に受容されているゆえだ。ではその「伝統」というイデオロギーははたしてつねに，「ブルターニュの自立」というもうひとつのイデオロギーと両立し，あるいは補完するのであろうか。――ひとつに「伝統」はブルターニュ公の行動に制限を加える場合があった。1222年，公爵ピエール・モクレールは《長いあいだ遵守されてきた昔からの慣習にさからって，新たないくつかの法令や徴税を導入しようとした。〔……〕けれども司祭や領主はそれを拒否した。なぜならそれは教会に損害をもたらし，上述の領主や貴族たちのもろもろの権利と自由に反していたからである》〔HB. 223〕。つまりそれまで保証されてきた「権利と自由」が主君により侵害されたときには，「伝統」は抵抗権の根拠とみなされた。「伝統」や「先例」は必ずしもブルターニュ公爵に絶対的に加担するわけではなく，同じくピエール公が1229年に教会税の軽減を含む改革をおこなった時点で，かれは教皇から破門され，かれの家臣は公と交わした忠誠の誓いを免除されて，当時ブルターニュが敵対していたフランス国王ルイ9世のもとに走った。厳密に読めばピエールの「改革」にかんしてわたしたちの二人の歴史家の，文章の背後にうかがえる評価は異なるようで，それはル・ボーが教会人でブシャールが法書家であるからかも知れない〔HB. 231-232；GB. I. 457-458 も参照〕。しかし記述のニュアンスは違っても，「伝統」がそれ自体でなかなかに侵しがたい価値を有するとの共通理解は一定程度，13世紀を描くル・ボーたちの時代

第2章　境界にたたずむふたりのブルターニュ史家　151

に広まっていた，もしくはル・ボーたちの見た13世紀に広まっていたと考えてもよいとおもう。「ブルターニュ」や「ブルターニュの自立」は，「伝統」や「先例」を保証しかつそれらと重なってこそいっそう価値を増すのであって，後者と分離された「ブルターニュ」がどれほどの価値基準となりうるのか，若干疑念が残った。ブシャールの「近現代」に生じた「ピエール・ランデ」という事件はこの点にいますこしの照明をあたえる[52]。

　ピエール・ランデ像を後世に伝えるに『ブルターニュ大年代記』の影響ははかり知れないものがあったようだ。ブシャールから読み取れるかぎりでは，フランソワ2世公時代のブルターニュに降りかかった災厄の大部分はピエール・ランデに原因がある。1470年，公式にフランスとの同盟を結んだフランソワ公は，ブルゴーニュ公シャルル・ル・テメレールの差し金で英国との密約を画策するピエール・ランデの言葉に耳を貸し，ランデ以外の何ものにも打ち明けることなく，かれに密約の実行方をまかせた。しかしランデが選んだ英国への密使はブルターニュ公と英国国王との往復書簡を複写し，ルイ11世の手に渡していた。ルイは数年後，外交問題解決のためフランスを訪れたブルターニュ大法官ショーヴァンにそれらの書簡を示し，ブルターニュ公を窮地におとしいれる。やがてショーヴァンとランデの対立は激化してゆく。というのも《どのような望みであろうと公はランデを厚遇し，その望みのままに服し，一方大法官は誠実で正しい人物としてとおっており，公の宮廷で目の当たりにするさまざまな過ちを非常に不快におもっていたからだ》〔GB. II 442〕。ランデはこれに対抗し，《法官がフランス国王とひそかに連絡を取っている》と公に告げ，その証拠にショーヴァンの長男がフランスに引き籠もった事実を数えた〔ibid., 442-443〕。公爵は《ショーヴァンがフランス国王と内通し，公爵とその国に害を及ぼしている》とのランデの言にまどわされ，かれを逮捕，収監する。ランデはこの処置に飽き足らず，財産を没収，その家族は物乞いをするまでに落ちぶれ，かれの妻は貧窮のうちに死去する〔ibid., 445-446〕。ランデはまた，自分の甥をレンヌ司教にすべく，当時その地位にあった《誠実かつはなはだ賢明な》ジャック・デピネを異端者だと公に吹き込む。デピネは《血筋と家系が立

派で，フランス国内で大いに権勢を誇る 4, 5 人の甥をもっていた》〔ibid., 444〕。いずれの事件にさいしても，人々はランデの勢力を恐れるばかりであった。しかし1483年，ランデの意向を受けたジャン・ド・ラヴァル〔ヴィトレ〕の虐待もあり，ショーヴァンが獄死するとリュー元帥やオラニエ大公を中心とするブルターニュ貴族が団結，ナントの公の居城にランデを捜して押しかける。ランデは《これにおびえ，食卓を立って庭園に逃げ，〔……〕健脚にものをいわせ，一晩中，一人で逃げ続け，ある農夫に出会うまで歩き続けた。農夫はかれをアンジューはプアンセ城に連れていった》〔ibid., 455〕。首謀者の貴族たちはブルターニュを去り，無事逃げ延びたランデにフランソワ 2 世公はいっそうの寵愛を注いだ。そうこうする内にフランソワの知力は次第に衰え，ランデはブルターニュの政治を思いのままに操り，公爵のフランス身分会（三部会）への出席を中止させ，満足な裁判もおこなわぬまま，そしてフランソワ公の了解なしに反乱貴族の屋敷を取り壊す。反乱貴族がフランスにいき，アンヌ・ド・ボージューの庇護を受けているのを知り，ランデはリシュモン伯爵を混乱の続く英国の国王にしようと，軍勢を集め送り出すが，これが失敗したと見るや態度をかえ英国国王リチャードに伯爵の売り渡しを図った。リシュモンはフランスに逃亡，その地で兵を借り英国征服に成功する（リッチモンド公にしてのちの英国王ヘンリー 7 世）。1485年，ブルターニュ公の名で軍を起こしたランデは，反ランデ派の指導者リュー元帥の封地に進軍させる。反乱貴族も軍を招集，やがてランデ軍の兵と合意し，フランソワ公のいるナント市に向かった。ランデはこれらの軍勢参加者の処罰を企てるが，大法官はその命令に印璽を押すのを拒否，逆に反乱軍がランデ逮捕と裁判を大法官に要求する。ランデは公の部屋に隠れるが，フランソワ公はそこに乱入した貴族たちに，正式の裁判を条件にランデを引き渡す。この結末に《民衆はみなよろこび》〔ibid., 467〕，貴族と公爵の和解が成立する。裁判の過程で拷問に《立派に耐えられなかった》〔ibid., 468〕ランデはショーヴァンを憎悪と羨望から逮捕し，ラヴァルに命じ虐待させたと告白，ラヴァルが絞首されたのち[53]，ランデも同じ形で処刑された〔ibid., 470〕。

第 2 章 境界にたたずむふたりのブルターニュ史家 153

　ランデ処刑の記事に導かれ，ブシャールは長文の考察をおこなった。その要諦は多分次の一節につきる。

　（引用—29）〔GB. II 470-471〕
《この処刑とこれまでに述べてきた追及とふるまいによって，すべての君主は，ランデがそうであったように，かくも学問がなく，かくも身分が低い者を，自らの親族，自国の豪族や領主にまして自分の周囲に引き上げたり，許したりすべきではない，ということを理解し，学ぶことができるだろう。なぜならそうした豪族や領主は，君主が頭(かしら)である公けのことがら〔la chose publique〕の支柱にして柱であり，またそうあるべきであって，このような学問もなく配慮にも欠ける者によって，君主国全土が引きまわされたり，誘導されたり，引率されたりするということはふさわしいことでも，許されることでもないからだ》

　《学問がなく，身分が低い者》との表現を用いてブシャールが主張するのは，成り上がり者を登用するな，ということだとおもう。そうした者が寵愛を受けるのを見て，国家の支えである由緒正しい貴族のあいだに混乱や抵抗が生ずる。登用された者は己れを取り巻く敵意のただなかで己れの立場を守るため，君主におもねり，《味方を獲得し，かかる権力にとどまり続けられるように，国庫から引き出した巨額の手当てと巨額の資金を》〔ibid., 473〕分けあたえる。かかる者を寵愛した君主は臣下の忠誠も——フランソワ 2 世公からランデを奪い去ったのは《英国人でもスペイン人でも，〔その他(ほか)の〕外国人でもなく，公自身の家臣であり，それ以外の何ものでもない》——，国外の王侯の支援もえられないのだ。
　ブシャールはかくて「伝統」的社会秩序の維持を訴えた。けれどもピエール・ランデは本当にブシャールの説くように単なる「成り上がり者」だったのか。もちろんここで《本当に》などといってみてもどれほど意味があるのかわからない。現在の研究ではランデはヴィトレ出身の富裕な織物商人の息子であ

り，父の商売をさらなる成功に導き，ヴィトレ゠ラヴァル家の縁故をつうじて（まったくの想像だが，ル・ボーがフランソワ２世の時代を『ブルターニュ史』の対象範囲からはずしたのは，ランデ事件にこの家系が大きく関与していたからかも知れない）[54)]エタンプ伯爵家に，そして公爵位に就く以前のフランソワにすでに接近していた，とされる[55)]。そうした「史実」はブシャールには関知するところではなかったかも知れないし，知っていても《卑しい身分》という「異本文」を採用したかったのかも知れない。加えてブシャールが，一定の条件がそろえば《大貴族や民衆の尊敬に値する宰相》[56)]だったろう，と近代の歴史家により形容されたランデの政治的手腕を評価しうる，いかなる視点も持ち合わせなかったことも確かである。「伝統」の擁護が他の理念を消し去っていた。そして他の理念には「ブルターニュの自立」も含まれた。

　わたしたちが『ブルターニュ大年代記』から抽出したランデの活動のあちこちに，たとえ口実にすぎなくとも，政敵を「親フランス派」と名指すかれの言葉がのぞいていた。『ブルターニュ大年代記』だけを見ても結果的にはランデの指摘は正しく，かれを襲ったブルターニュ貴族はアンヌ・ド・ボージューのもとに走り，「狂った戦争」ではブルターニュ公国内にフランス軍の侵入を許すきっかけを作った。ルゲの見解を参照すると，ショーヴァンが《その出自，形成，教養によってであろうと，利害によってであろうと，フランスとの断絶が気に入らず，ルイ11世との妥協に好意的な》大貴族や司祭の代表である一方，ランデは商人階層の利害に敏感に反応し，その市場を守る意味も籠めて，次第に圧迫するフランスの脅威から「ブルターニュの自立」を守るべき，反ルイ同盟の結成を模索していた[57)]。ブシャールの眼からすれば，けれども，ショーヴァンが「親フランス派」であろうと，反乱貴族がフランスと協定を結ぼうと，そうしたことがらはランデの難癖か，ランデの無法な行為に惹起された，やむなき結果と映った。この時肝要なのは「ブルターニュの自立」の是非ではなく，「伝統」的社会秩序の維持であった。ブシャールにとって「正統性」に裏付けられた「ブルターニュの自立」とはまさしく国家を支える貴族，伝統を有する支配階層の論ずるものであり，経済力を背景に社会の前面に姿をあらわ

し始めた商人の輩が云々できる事態ではなかった。アンヌの父，フランソワ2世公に失政があったとしたら，それは公自らの直接的な咎であるよりも，公国の政治を牛耳ろうと企てた，かかる非本来的な階層を重用したことであった。かれにはそれが多分「ブルターニュの自立」を危うくさせた最大の要因とおもえた。

5．ブルターニュの「自立」神話と併合

　この章では，16世紀初頭に書かれた2冊のブルターニュ史を，その記述上の特性をつうじ紹介してきた。ほぼ同一の期間を対象に選びながら，それぞれの記述方法は異なり，ル・ボーの史書は時代の中で力のかぎり「考証」性を追求し，対してブシャールのそれはまず以って，「読み物」としての歴史であろうと欲した。しかし共にアンヌ・ド・ブルターニュの「修史官」であるふたりは，この時期のアンヌの政治的理想を反映して，半ばフランスに併合されつつあるブルターニュに独自の歴史があることを示し，ブルターニュの人々がこの公国の「自立」に誇りをもつよう促した。そしてそれゆえに「ブルターニュの独自性・自立性」という「神話」にみちびかれ，かつその「神話」を証しようとした。かかる「神話」が，ふたりの歴史家の「現在」から見た「過去」であり，またありうべき「将来」である以上，その「神話」の説き方に「現在」の夢だけでなく，「現在」の心性的基盤も影響を及ぼした。ただわたしたちの印象では，ふたりの歴史家はそれぞれに，無意識のレヴェル，あるいは信念のレヴェルでは「夢」や「心性的基盤」の枠組みを抜け出ることはなかったが，それでもその時代においては能うかぎり「歴史」の「真性」や「中立性」を目指し，かなりの程度で実現した（「ブルトゥス伝承」や「奇蹟譚」の収録が即，「真性」や「中立性」に抵触するわけではないのはむろんである）。

　ル・ボーやブシャールの歴史書にかんし，いつの頃からかけっして好意的でない固定評価が下されるようになった。最後の最後まで引用となってしまうが，18世紀初頭，ラングレ・デュ・フレノワはこう語った。

（引用—30）[58]

(A)《この著者〔ル・ボー〕は卑屈な筆耕にすぎず，かれが拾い集めたのは，ジェフリー・オヴ・モンマスや，アーサー王物語，シャルルマーニュ伝，ランドヴナックの年代記，ブルターニュ王年代記，さらに司祭インゴマールの名前をもつ年代記，加えてサン＝ブリュー年代記，およびたくさんの古代伝説集の中に見つけたあらゆるおとぎばなし〔fables〕であり，どれもみな等しく空想的なはなしであるが，その内のあるものは，現在では存在しないか，この著者の抜粋中でしかお目にかかれない》

(B)《この壮大な題名〔『ブルターニュ大年代記』〕のもとに著者〔ブシャール〕が収録するのは，おおむねジェフリー・オヴ・モンマスや，アーサー王の物語，大司教テュルパン作とされるロマンから採り出した，粗野なおとぎばなしでしかない》

ブシャールにかんしていえば，ミショーによると[59]，18世紀のレンヌ出身のブルターニュ史家ギー＝アレクシス・ロビノーが，『ブルターニュ大年代記』には優れた点も史実に合致する点もきわめてわずかだ，と断じたらしい。その数十年後，版を新たにしたラ・クロワ・デュ・メーヌの『フランス文庫』に注釈をほどこしたラ・モノワは，《当時歴史家たちは》，と一般化しながらも，《もっとも馬鹿げたおとぎばなし》を書き込んだ，と述べたし，ラ・クロワ・デュ・メーヌの書誌とともにまとめられたアントワーヌ・デュ・ヴェルディエの『フランス文庫』の解説者は《この著者の時代にはやっていたあらゆるおとぎばなし》の存在を非難，ラングレ・デュ・フレノワが『ブルターニュ大年代記』を歴史書とせず，『物語書誌』に事項を設けた，と指摘した[60]。（引用—30）の文章がいずれも『歴史研究の方法』に存在するにもかかわらず，ラングレ・デュ・フレノワがブシャールの書物を歴史書と認めなかった，という「伝説」は，そののちも人々に語り継がれてゆく。こうした一面的・一方的な評価は，時代を下るにつれ徐々に修正されるようになったが，しかしそれでも

19世紀の大書誌学者ブリュネの『古書店主の手引』は,『ブルターニュ大年代記』には《もっとも悪名高い年代記作家たちや中世の物語作家によってとどめられてきたおとぎばなしふうの伝承》[61]が許容されるとしるし,ミショーの『世界人名辞典』も先に述べたロビノーの意見を,広く認められたものとして紹介した。また現代のある代表的な「フランス」文学史(「ブルターニュ」文学史ではなく)の当該項目にはいまだなお,《その『年代記』の中に虚構の言述を散りばめる》[62]ブシャール,といったイメージがとどめられている。否,一面的な講評とはいえ,語られるだけブシャールはまだ幸運なのかも知れない。「物語性」に劣るル・ボーについては,一般的な書誌や文学史の解説に略述されることさえほとんどなく,ミショーの『世界人名辞典』が《ルボー〔ママ〕の著作は,昔のものであるけれど,いまなお研究者の評価にあたいする。そこにはアラン・ブシャールの年代記の場合にまして探究と分析が眼を引く》[63]と書くのはむしろ例外なのだ。

　実際にわたしたちの歴史家の作品に眼をとおしての発言か,いささか疑わしさを覚えさせないでもない,こうした批評傾向に反し,そしてまた過去の同郷人を否定する前世紀のブルターニュ史家に抵抗して,19世紀以降のブルターニュの,とくにこの時代をあつかう地方史家たちは,ル・ボーやブシャールの著作の重要さを充分すぎるほど認識していたようだ。わたしたちには,大部分が地方誌の掲載論文であるかれらの意見を尋ねるだけの力が欠けているけれど,参照できた数少ない現代の文献の中でいえば,これまでにもいくどか援用したケレルヴェの文章が,そうした郷土史家の貢献の上に立って,「フランス」というグローバルな視点からでは見えがたいブシャールやル・ボーの歴史記述の,正確な,しかも優れた分析と時代把握に裏打ちされた全体像を提出した。断片的ではあるが,ふたりの歴史家の「歴史記述」をめぐる,ケレルヴェの説得力のある文章を引いてみる。

　　(引用—31)[64]
《ル・ボーとブシャールは,口承資料の限界と口頭証言の弱点に気づき,真正

の史料に頼ることによりそれらを補おうと努めた。古文書館の調査は〔……〕中世末期の作家たちにおいて系統的になった。かれらは公国の古文書史料に接する許可を王妃アンヌにより公式にあたえられ，重要資料，勅令や協定の刊行がもたらす後世への利益を確信していた。〔……〕『クロニコン』の無名作者は「編纂者」という資格しか望まなかったが，ル・ボーとブシャールはエピステモロジックな考察をいっそう遠方まで押し進めた》

　本当はアナクロニスムに陥らず，先入観も排して，それぞれの作家に内側からの視点と，外部からの視点をもって臨む優れた文章なのだが，切れ切れの引用でそれがどれだけ伝わるものか。学位論文のたぐいを除けば[65]，このケレルヴェの見解はル・ボー研究，ブシャール研究の，現段階での到達点ではないかとおもわれる。18世紀以来の評価が定説として受けいれられかねない現在の状況にあって，個々のテキストの忠実な読みと，テキストの置かれた社会的・文化的文脈の分析はわたしたちの史家にこれだけの深みを返してくれた。個人的な感想をいえば，本当はわたしたちの解説など，こうした言葉を前にして，学術的・文化的にはまったく意味がないのだろう。ただ弁明すれば，わたしたちにはまず第1にル・ボーやブシャールが存在し，ケレルヴェではなかった。そしてわたしたちは素朴な読後感を，極東の地で生まれるかもしれない本格的なブルターニュ史家の露払いとして記録しておこうと考えた。——わたしたちの文章の意味はそれ以外にはない。

　後日譚を述べる。——ブシャールの史書は1514年に刊行されたあと，1541年にいたるまでになんどか版を重ねた。ル・ボーのそれは写本のままで1世紀の余，保管され，不完全な近代版を除けば，1638年に1度だけ出版された。ル・ボーの写本を知っていたかれの末裔，浩瀚な法律文書を残したベルトラン・ダルジャントレは[66]，1582年，16世紀の歴史理論の成果を取り込みながらも，わたしたちの歴史家の作品を延長し，フランス国王フランソワ1世までの『ブルターニュ史』を公刊した。しかし，先行者の議論を辿るとはいえ，法律学から学んだ弁証技術を生かして《民族の独自性，その国王や公爵の偉大さ，独立

していた頃の栄光》を説き，《ブルターニュの独自性の正当化を目的とする》この本は「フランス王国」の全体性・統一性の観点からは，危険に満ちるとみなされ，高等法院の命令で改訂を余儀なくされた。ル・ボーの作品が写本のままに眠り，ブシャールの書物が1541年以降印刷されなかったのも，「おとぎばなし」にあふれる本，というほかに，同様の政治的理由が考えられるのかも知れない。

　アンヌ亡きあと，ルイ12世は英国王女を妻に迎えたが，子供をもうけることなく，1515年に死去，王位はアンヌの娘クロード・ド・フランスを妻とし，アンヌの政敵ルイーズ・ド・サヴォワを母にもつフランソワ1世の手に渡った。ブルターニュの公爵位はクロードに存したけれど，母親ほどの意志に欠けるクロードは夫の意向に屈し，まず最初は「その存命中」という条件で，やがて「永久に」と期間を変え，フランソワが公国を自由にする権利をあたえた。フランス側は1532年のブルターニュ身分会〔三部会〕の場で，出席者にさまざまな圧力を加え，籠絡し，ついにフランスとの併合を合意させた。フランソワ1世はまだ，「フランス国王にしてブルターニュ公爵」と，王位と並んで公爵位の肩書を名のっていたが，フランソワを継いだアンリ2世は公爵位を名のることすらしようとはしなかった。

（1991年4月—2007年6月）

1) アンヌ・ド・ブルターニュにかんしてまとまった文献のうち参照しえたものには，ル・ルー・ド・ランシ，『アンヌ・ド・ブルターニュ伝』（Le Roux de Lincy, *Vie de la Reine Anne de Bretagne, femme des Rois de France Charles VIII et Louis XII*, 4 vols., Curmer, 1860)，オーギュスト・バイイ，『アンヌ・ド・ブルターニュ，シャルル8世とルイ12世の妻—1476年-1514年—』（Auguste Bailly, *Anne de Bretagne femme de Charles VIII et de Louis XII*, Les Editions de France, 1940)，エミール・ガボリ『フランスによるブルターニュの併合　アンヌ・ド・ブルターニュ　女公にして王妃』（Emile Gabory, *L'Union de la Bretagne à la France Anne de Bretagne Duchesse et Reine*, Plon, 1941)，ジョルジュ・トゥドゥーズ『アンヌ・ド・ブルターニュ』（Georges G. Toudouze, *Anne de Bretagne*, Froury, 1950)，エルヴェ・ル・ボテルフ『アンヌ・ド・ブルターニュ』（Hervé Le Boterf, *Anne de Bretagne*, Editions France-

Empire, 1976)，フィリップ・トゥロー，『アンヌ・ド・ブルターニュ』(Philippe Tourault, *Anne de Bretagne*, Perrin, 1990)，ジョルジュ・ミノワ，『アンヌ・ド・ブルターニュ』(Georges Minois, *Anne de Bretagne*, Fayard, 1999)，ディディエ・ル・フュール，『アンヌ・ド・ブルターニュ』(Didier Le Fur, *Anne de Bretagne*, Librairie Edition Guénégaud, 2000) がある。簡潔ではあるが，ブラントーム，『名婦伝』「アンヌ・ド・ブルターニュ」(Branthôme, Recueil des Dames, Discours I, Sur la Royne Anne de Bretaigne, in *Œuvres Complètes*, éd. Mérimée, t. 10, Plon, 1890, pp. 3-30) は，16世紀人の見た「アンヌ像」という点で興味深かった。

　なお，アンヌ・ド・ブルターニュ関連の文献に触れた以上，後出のアンヌ・ド・ボージューやルイーズ・ド・サヴォワ，その他の貴顕・貴婦人についての参考書にも言及すべきであったろうが，あまりに煩瑣におよぶため，はぶかせていただくこととした。ご海容をお願いする。

2) 　シャルル8世とアンヌとが「一目惚れ」にもとづく相思相愛だった，との説があり，上記トゥドゥーズによる伝記もそうした「物語」で貫かれる。しかし，たとえばトゥローは，結婚にさいしパリ入城を果たしたアンヌへの歓迎式典が，はなはだ盛り上がりに欠けたことから，少なくともかれらの結婚生活初期においては政治的理由がまさったと考える〔前掲書，pp. 99-100〕。中世後期のブルターニュにかんする本格的な通史，ルゲ゠マルタンの『公爵家ブルターニュの幸運と不運 1213-1532』(Jean-Pierre Leguay et Hervé Martin, *Fastes et malheurs de la Bretagne ducal, 1213-1532*, Ouest-France, 1982) もフランス駐在ミラノ大使の書簡を援用し (この書簡は他の文献にもしばしば用いられる)，これを政略結婚だと断ずる〔pp. 415-416〕。古くは筆者不明の歴史小説 (『アンヌ・ド・ブルターニュ　歴史小説』〔*Anne de Bretagne　Roman Historique*, traduit de l'anglais, par M.＊＊＊, 2 vols. Cussac, 1814〕) からディディエ・ル・フュールまで，シャルルとの結婚について少なくともシャルルとの結婚生活が個人的な感情にも裏打ちされていた，と考える文章は少ない。ブラントームが，アンヌに向けられたルイ12世の愛情に随分とページを割くのに，シャルルとの夫婦生活にかんしては多くを語らないのも，逆の方向からの傍証となろうか。アンヌに対するシャルルの想いはさておき，ルイは確かに妻アンヌに愛情を抱いていたようだ。たとえばアンヌやシャルル，ルイを個人的に知っていたクロード・ド・セセルは《かれ〔ルイ12世〕の妻，王妃にしてブルターニュ女公，アンヌにかんしては，上述の国王シャルルが存命中は，その奥方，王女として敬意を払っていたが，かのじょと結婚してからは，つねにたいそう，そしていとうるわしく愛し，尊敬し，いとおしくおもっていたので，あらゆる悦び，あらゆる快楽をかのじょに注ぎ，託された。結婚を裏ぎったとの嫌疑をかけられたことは一度もなく，他の女性と肉体的な悦びや悦楽をもたれたこともなかった》(セセル゠ドトン，『ルイ12世史』(Claude de Seyssel et Jean d'Auton, *Histoire de Louys*

XII, Paris, 1615, p. 101）と語った。もちろんセセルが国王の「修史官」であった事実を忘れてはならないけれども，それでも何ごとかは告げる文章だとおもう。ポール・ラクロワの大著『ルイ12世とアンヌ・ド・ブルターニュ』（Paul Lacroix, *Louis XII et Anne de Bretagne Chronique de l'Histoire de France*, Georges Hurtrel, 1882）にもかかわらず，本当のところ アンヌがシャルルやルイをどうおもっていたかはよくわからない。ルイがまだオルレアン公であったころ，シャルルとのあいだの長男を病没させたばかりのアンヌが，つね以上に陽気なルイを宮廷から追い払った逸話がブラントームをつうじ伝わっている〔ブラントーム，前掲書，pp. 7-8〕。

3) 16世紀にいたるまでのブルターニュ綜合史や文化史については，ダリュ，『ブルターニュ史』（M. Daru, *Histoire de Bretagne*, 3 vols., Firmin Didot, 1826）；デュピュイ，『ブルターニュのフランスへの合併』（Ant. Dupuy, *Histoire de la Réunion de la Bretagne à la France*, 2 vols., Hachette, 1880）；ド・ラ・ボルドリー，『ブルターニュ史』（Arthur le Moyne de la Borderie, *Histoire de Bretagne*, 6 vols., Coop Breith, 1998〔1905〕）；レゾン・デュ・クルジウ，『起源から併合までのブルターニュ史』（Alain Raison du Cleuziou, *La Bretagne de l'Origine à la Réunion*, René Prud'homme, 1909）；アンドレ・タンギー，『アルモリカのフランスの運命』（André Tanguy, *Le Destin français de l'Armorique*, Paris, 1957）；チュウ（編），『神秘的ブルターニュの歴史と伝承』（Claude Tchou〔éd.〕, *Histoire et Légendes de la Bretagne Mystérieuse*, Tchou, 1968）；ヴァケ゠サン・ジュワン，『ブルターニュ史』（Henri Waquet et Régis de Saint-Jouan, *Histoire de la Bretagne*, P. U. F., 1975）；シェドヴィル゠ギヨテル，『聖人と国王のブルターニュ 5世紀—10世紀』（André Chédeville et Hubert Guillotel, *La Bretagne des saints et des rois, V^e-Xe siècle*, Ouest-France, 1984；シェドヴィル゠トネール，『封建時代のブルターニュ 11世紀—13世紀』André Chédeville et Noël-Yves Tonnerre, *La Bretagne féodale, XIe-XIIIe siècle*, Ouest-France, 1987）；フルリオ゠セガレン（編），『ブルターニュ文学・文化史』「第1巻 ケルトの遺産とフランスの籠絡」（Léon Fleuriot et Auguste-Pierre Ségalen〔éd.〕, *Histoire Littéraire et culturelle de la Bretagne, t.1, Héritage celtique et captation française*, Champion-Slatkine, 1987）；プリジャン，『低地ブルターニュにおける公爵の権力，宗教および芸術的制作 1350年—1575年』（Christiane Prigent, *Pouvoir ducal, religion et production artistique en Basse-Bretagne 1350-1575*, Maisonneuve & Larose, 1992）；コアティヴィ，『公爵家ブルターニュ 中世末期』，（Yves Coativy, *La Bretagne Ducal La fin du Moyen Age*, Jean-Paul Gisserot, 1999）；リオ，『ブルターニュの草創神話 ケルトマニアの起源』（Joseph Rio, *Mythes fondateurs de la Bretagne Aux Origines de la celtomanie*, Editions Ouest-France, 2000）；ル・パージュ゠ナッシエ，『フランスによるブルターニュの併合』（Dominique Le Page et Michel Nassiet, *l'Union de la Bretagne à la France*, Skol Vreizh, 2003）；原聖氏，『〈民族起源〉の精神史 ブルタ

ーニュとフランス近代』, 岩波書店, 2003, および上記ルゲ゠マルタンの史書を, 加えてあつかう時代は下るが, クロワ, 『16世紀と17世紀のブルターニュ』(Alain Croix, *La Bretagne aux 16ᵉ et 17ᵉ siècles, la vie-la mort-la foi*, 2 vols., Maloine, 1981); 同, 『16世紀と17世紀のブルターニュにおける文化と宗教』(*id. Cultures et Religion en Bretagne aux 16ᵉ et 17ᵉ siècles*, P. U. de Rennes, 1995) を主として参考にした。以下の一般的な記述はこれらの歴史書や, とくに名をあげないけれど, 簡単なフランス古代史・中世史関係(の翻訳)文献に依存している。

　本稿でとりあげるふたりの歴史家について, ピエール・ル・ボーにかんする専攻論文では, わずかにジャン゠クリストフ・カサール,「作業中の歴史家　ピエール・ル・ボー」,『ブルターニュ歴史・考古学協会紀要』所収 (Jean-Christophe Cassard, Un historien au travail : Pierre Le Baud, in *Mémoires de la Société d'Histoire et d'Archéologie de Bretagne*, t. LXII-1985), pp. 67-95 を参照したにすぎない。さらに, わたしたちが読み得たブシャールにかんするわずかなモノグラフィーとして, オージェ,「アラン・ブシャールとコワトマンの領主たち:『ブルターニュ大年代記』のある異本文解釈のこころみ」, ベルナール・グネ(編),『中世における歴史家の使命』所収 (Marie-Louise Auger, Alain Bouchart et les seigneurs de Coëtmen. Essai d'explication d'une variante des "Grandes Croniques de Bretaigne", in Bernard Guenée〔éd.〕 *Le Métier d'Historien au Moyen Age*, Publications de la Sorbonne, 1977), pp. 301-330 および, 同,「模擬裁判の予審　ロベール・ガガン対アラン・ブシャール」, オトラン゠ゴヴァール゠モワグラン(編),『サン゠ドニと王権　ベルナール・グネ記念論文集』所収 (*id.* Instruction d'un faux procès, Alain Bouchard contre Robert Gaguin, in F. Autrand, Cl. Gauvard et J.-M. Moeglin〔éd.〕, *Saint-Denis et la Royauté Etudes offertes à Bernard Guenée*, Publications de la Sorbonne, 1999), pp. 583-591 をあげておく。

4)　たとえば, ルゲ゠マルタン, 前掲書, pp. 421-426。
5)　トゥドゥーズ, 前掲書, p. 161。
6)　ここで述べているのは「宮廷文化人」にかぎってのことで, アンヌがブルトン人を登用しなかったわけではない。それどころか, かのじょは自分のために, 忠実なブルトン兵からなる宮中護衛隊をもっていた。ブラントーム, 前掲書, p. 11。
7)　シャルル・ギヨ,『沈める都イスの町伝説』, 有田忠郎氏訳, 鉱脈社, 1990 はそうした地方伝承の文学作品化である。ちなみにイス伝承は, ル・ボーもブシャールも簡単にとりあげている。
8)　ブルターニュにおけるブルトン語史にかんしては, わたしたちの時代以降を主対象とするが, 原聖氏,『周縁的文化の変貌』, 三元社, 1990 が大変参考になった。広範な調査にもとづく非常な労作であり, 日本ではほとんど知られていない分野での貴重な貢献であるとおもう。

第 2 章　境界にたたずむふたりのブルターニュ史家　163

9) 少なくともアラン・ブシャールは自分の文の不出来を，「フランス語での叙述を余儀なくされたブルトン語使用者」との自己規定から弁明し，こう語った。《これを書いた著者が，読まれる方，朗読を聞かれる方にお願いいたすのですが，優雅さとか快い文体が欠けていてうまく飾られていない文章をなにかと見つけられても，著者はブルターニュの生まれで，フランス語とブルトン語は，同じ口で流暢にしゃべるにはたいそう難しい二つの言葉ですので，どうかお許しいただきたい》(アラン・ブシャール，オージェ゠ジャノー編，『ブルターニュ大年代記』〔Alain Bouchart, *Grandes Croniques de Bretaigne*, éd. Marie-Louise Auger et Gustave Jeanneau, 3 vols., C. N. R. F., 1986-1998, t. II, p. 505〕)。この弁明が「謙譲のトポス」の変種だとしても，「異言語に拠る表現」という理由づけは注目してよい。この変種はときとして原フランス語を母語としない作家の序文にあらわれる。ただし，フルリオ゠セガレン(編)，前掲書所収のケレルヴェ (J. Kerhervé) による「ブルターニュの歴史記述 (L'Historiographie bretonne)」の章を見るかぎり，ブシャールのように，ブルトン語を母語とするフランス語歴史記述者は例外らしい。

なお，『ブルターニュ大年代記』にはブルターニュ愛書家協会編の版があるが (*Les Grandes Croniques de Bretaigne Composées en l'an 1514 par Maistre Alain Bouchart*, Nouvelle édition publiée sous les auspices de la Société des Bibliophiles Bretons, 4 fascicules, Rennes, 1886)，批評版として優れているのはオージェ゠ジャノー版であり，この後ブシャールの『ブルターニュ大年代記』に言及するときの底本は，すべてオージェ゠ジャノー版を用いる。略号は〔GB〕とする。援用箇所にかんしては，「はじめに」で述べたとおり，ローマ数字により巻数を，アラビア数字によりページ数を示すものとする。

10) ジャン・ルメール・ド・ベルジュ，『著作集』第 4 巻，p. 424。底本とした版については，後段第 1 部第 3 章註14)，本書 p. 322 を参照。

11) 本書第 1 部第 3 章「いわゆる「(大)修辞学派」による歴史書 3 篇」，p. 228 以降を参照。

12) コミーヌがものした史書については，本書第 1 部第 3 章註42)を参照 (p. 333)。ジャン・ドトンのそれは，『ルイ12世年代記』(Jean d'Auton, *Chroniques de Louis XII*, éd. R. De Maulde la Clavière, 4 vols., Librairie Renouard. 1889-1895)，クロード・ド・セセルのそれは，『フランス国王ルイ12世史』(Claude de Seyssel, Jean d'Auton et autres, *Histoire de Louys XII, Roy de France, Pere du Peuple. Et des choses memorables advenües de son Regne, depuis l'an MCCCCXCVIII, jusques à l'an MDXV*, mise en lumiere par Theodore Godefroy, 2 vols., Paris, 1615)，t. 1, pp. 1-336 を，それぞれ念頭に置いている。現代ではセセルは歴史家というより君主制の理論家として有名だが (『フランス王国論』〔*La Monarchie de France et deux autres fragments politiques*, éd. Jacques Poujol, D'Argence, 1961 ; *The Monarchy of France*, translated

by Hexter and Sherman, edited by Kelley, Yale U. P., 1981〕), 浩瀚なアレクサンドレイアのアッピアノスの重訳(『アレクサンドレイアのアッピアノス,ギリシア人の歴史家,ローマ人の戦争についての11書,すなわちリビア,シュリア,パルティア,イリリア,ケルト.および内乱記5書,および上記内乱記のうちプルタルコスから抜萃された第6書,すべて故クロード・ド・セセル殿によりフランス語に翻訳されたもの』〔Appien Alexandrin, historien grec, *des guerres des Romains, livre XI, assavoir le Libyque, le Syrien, le Parthique, le Illyrien, le Celtique, et cinq des guerres civiles ; puis le sixieme desditectes guerres civiles extraict de Plutarque* le tout traduict en Francoys par feu Monsieur Claude de Seyssel, Paris, 1552 (Lyon 1544)〕も含め,君主制理論の裏づけとして膨大な歴史書をのこしたことを覚えておいた方がよい(詳細は,たとえば,ブリュネ,『古書店主の手引き』〔J. -C. Brunet, *Manuel du Libraire et de l'Amateur de livres*, Slatkine, 1990 (1862)〕を参照)。ちなみにドトンの宮廷歴史家たる姿を知るには,フィリップ・コンタミーヌ,「ジャン・ドトン,ルイ12世の歴史家」(Philippe Contamine, Jean d'Auton, Historien de Louis XII, in Ph. Contamine et Jean Guillaume〔éd.〕, *Louis XII en Milanais*, Champion, 2003) を参照。

13) ミショー編,『世界人名事典』(底とした版については,本書第2部第1章 p. 425「**補遺(Ⅰ)言及文献**」①9)を参照)。

14) ケレルヴェ,前掲書, p. 266。

15) 『ブルトン人の聖務日課書』と邦題をつけたのは,Pierre Le Baud, *Le Breviaire des Bretons* である。ここでル・ボーの作品の底本についてまとめておく。まず主著である『ブルターニュ史』にかんしては,Pierre Le Baud, *Histoire de Bretagne*, Paris, 1638. in folio. を用いる。わたしたちの手もとにある刊本(exemplaire)は保存状態がきわめて劣悪で,縦横に虫に食い荒らされ,余白等が短冊状になったページも多く,本文でも綴りの解読に苦労するケースがままあった。扉も欠け,したがって本当は出版年も出版地もテキスト自体からは判明しない。ただル・ボーの著作が近世以前に印刷・発行されたのは,どうやら一度だけらしいので(ブリュネの『古書店主の手引き』は,1633年を出版年度に当てている。しかしこの刊本の存在を書き留めるのはブリュネ以外におらず,1633年版の実在に関しては一応疑問符を付しておく),上記のごとくみなすものとする。この書物は他にも複数のテキストを含み,全体の構成は以下のとおりである。

　①『ド・モラック侯爵殿による16区の紋章』(*Blasons des seize quartiers de M. le Marquis de Molac*〔ff. ê i r°-î iv v°〕).作者も制作年代も不明。ただし紋章の解説文中に「1613」,「1629」等の数字が認められる。本稿でこの解説文をとりあげることはない。

　②『ブルターニュ史』(*Histoire de Bretagne*〔ff. ô i r°-î ii v°(「著者による序文」,

「ブルターニュ史　目次」及び「ヴィトレ年代記　目次」）；pp. 1-537］）．　以下略号〔HB〕であらわし，アラビア数字を用いてページ数を指示する．『ブルターニュ史』の成立事情はかなり複雑な模様で，この版以前の刊本が存在しない一方，手稿は2種類あるといわれる．そのひとつは1480年頃のもので，フランス国立図書館（B.N.F.）所蔵，タイトルを『ブルトン人の年代記史編纂書』（*Compillation des croniques et ystoires des Bretons*）とする．この手稿を底本にとって，『ブルトン人の年代記史』（*Croniques et ystoires des Bretons*, édition critique du manuscrit de 1480, par C. de la Lande de Calan, 4 vols. 1907-1922）が出版された．しかしこの批評版は完結したものではなく，手稿の「第3の書」「137章〔117章（？）〕」（1305年）までで中断したようだ〔以上，ケレルヴェ，前掲書，p. 267 による〕．章立てを見てもわたしたちの版との差異は明確だが，この版は残念ながら参照できなかった．

③『ヴィトレ年代記』（*Les Chroniques de Vitré*〔pp. 1-81〕）．『ブルターニュ史』の後に，ページ付与を別にして置かれる．わたしたちの exemplaire にかぎられるのではないらしい．以下〔CV〕の略号を用いる．

④『ジャン・ジェラン師によりなされた前記年代記への補加』（*Addition à la cronique precedente, faite par Mre Jean Gesland*〔pp. 82-88〕）．　上記『ヴィトレ年代記』への補遺．ギー16世以後，1558年までをあつかう．きわめて雑な文書で，記録者の能力という点ではル・ボーの足元にも及ばない．同じく〔CV〕の略号を用いる．

⑤ *Le Breviaire des Bretons*〔pp. 91-135〕．　略号〔BB〕を用いる．

⑥『ディザルヴォワ・パンゲルンによる，アンヌ・ド・ブルターニュの系譜』（*La Genealogie d'Anne de Bretaigne, par Disarvoez Penguern*〔pp. 139-188〕）．　上記『ブルトン人の聖務日課書』と同様，韻文で書かれた創世記以来の世界史・ブルターニュ史である．本章ではとりあげないが，ひとつだけ，アンヌ・ド・ブルターニュとシャルル8世の結婚にかんする以下の一節を引用しておきたい．

《みやびと良識，
　華麗にあふれた女公は，
　戦争を鎮めるためフランスの
　強力な国王と結ばれるよう選ばれた
〔La Duchesse plaine de courtoisie,
　De tout bon sens, et de magnificence,
　Pour appaiser les guerres fut choisie
　D'estre espouse au puissant Roy de France〕》〔p. 185；強調はわたしたち〕

⑦『ブルターニュ史のための覚書』（*Memoires servant à l'histoire de Bretagne*〔pp. 189-202〕）．　若干の古史料．編纂者も制作年代も不明．本章ではとりあげない．

⑧『ブルターニュの紋章集成』（*Recueil armorial de Bretagne*〔pp. 203-212〕）．

166　第Ⅰ部　境界の歴史家たち

　　　紋章の様式を家名のアルファベ順に略述したもの。作者も制作年代も不明。本章ではとりあげない。
　　　⑨『ブルターニュ年代記』ならびに『ヴィトレ年代記』のそれぞれの索引，および「正誤表」。
16)　制作年代推定に与かるのはつぎの一節。
　　　《そしてリシャールの息フランソワをその甥が継いで
　　　　フランソワ公の長女を妻に迎えた
　　　　かのじょはナントで没した。イエス・キリストが霊魂を受けとられますように。
　　　　かれはいま君臨している。神がかれを繁栄させますように。
　　　　そしてその子孫が永遠に続きますように。
　　　〔Et Franczois filz Richart son nepveu succeda.
　　　　Et eut la fille ainsnee du Duc Franczois à femme,
　　　　Qui trespassa à Nantes, Jesus-Christ en ait l'ame :
　　　　Il regne à present, Dieu luy doint prosperer,
　　　　Et sa posterité à tousjours mais durer〕》〔BB. 135〕
17)　ケレルヴェ，前掲書，p. 267。
18)　たとえばそれには，ギヨーム・ル・ブルトン，別名ギヨーム・ラルモリカの活躍があずかったかも知れない。ギヨーム・ル・ブルトン，『フィリップ・オーギュスト伝』(Guillaume Le Breton, *Vie de Philippe-Auguste*)，コレクション・ギゾー，1825，第11巻，pp. 183-351.　特に p. 184. 以降）を参照。
　　　さて，それはさて措き，ジャン・ルメールにおける「トロイア伝承」の政治的役割については本書第1部第3章で述べるとおりだが，『ブルターニュ史』にもこの問題を確認させる一文がある。ルメールは，トルコ人に簒奪された祖先の地を奪回するため，トロイアの末裔たる欧州君主が団結して対トルコ戦争を遂行せよ，と勧めた。かかる説得の過程でルメールは，トルコが自らをトロイアの子孫だと称しても，それは欺瞞であると決めつけた。ルメールに先行するブルトン人歴史家(たち)につぎの言葉がある。《そしてギヨーム・ル・ブルトンがいうには，かれらは二つの民族に分かれた。そのうち一方はヘクトルの息フランクスを国王に選び，他方はトロイロスの息トゥルクスを選んだ。そこからかれらはトルコ人と呼ばれた》〔HB. 216〕。
19)　たとえば，『ノルマンディー年代記史』(*L'Histoire et chronique de Normandie*, Rouen, 1581)，110 v° 紙葉には《ヴィトレ領主〔Le seigneur de Vitrey〕》の名が見える。なおこの本を《15世紀後半のノルマンディー年代記〔正確には *Chroniques de Normandie*, Rouen, 1487〕》の改訂版（の流れを汲む版）であるとする推定にかんしては，ブリュネ，前掲書，t. 1, col. 1876 を参照。

第 2 章　境界にたたずむふたりのブルターニュ史家　167

20)　『ブルターニュ史』においては *Chronicques des Barons et Seigneurs de Vitré* なる文献が利用されることになる。補遺（Ⅱ），No. 90 を参照。

21)　もちろんかれらのアイデンティティの確認はさまざまな面でなされた。一例として，結婚協定にたびたび条項化される，己れの一門の「紋章」や「鬨の声〔cri〕」への固執があげられるだろう。たとえば15世紀初頭，ギー・ド・ラヴァルの一人娘とジャン・ド・モンフォールとの結婚を取り決めるにあたり，それらは重要な要素となった。《上記のラヴァル領主にしてヴィトレ領主ギー殿はしばしば回想し，物憂く思いにふけっては，いと親しく，いと愛しい，いまは亡き息ガヴル領主ギー・ド・ラヴァルを奪われ，失ったことを思い出した。ギー・ド・ラヴァルは，お話ししたように，そのラヴァル領主の旗と名，**鬨の声と紋章**を永遠のものにしようと欲して，最近この世を去られたのである。そのためには上記の息女を，以後，上記のラヴァルの旗，名，**鬨の声，紋章**をまとい，手に取る者と結婚させる以上の近道はなかった。〔……〕上記のジャン・ド・モンフォールの方では，上記のラヴァル領主ギー殿の意志を完遂しようと思われ，父君と兄弟，その他の親族の同意のもと，ご自分の名，**鬨の声，紋章**，父君のそれらを放棄し，上記のシャルル・ド・モンフォールにそれらを渡し，授け，委ねることを約束した。シャルルはそれらをいただき，受けとることを義務づけられた。ただし以下のような条件において，である。つまり，もし上記のアンヌ・ド・ラヴァルの奥方がかれの子供をさずからずにみまかった場合，上記のジャン・ド・モンフォールは，「ギー・ド・ラヴァル，ガヴル領主」という，ラヴァルの名，**鬨の声，紋章**に戻ることができるものとする，かれらの結婚によって生まれた子供たちも同様とする，ということである》〔CV. 67；強調はわたしたち〕。

22)　たとえばわたしたちにそう想像させるのは，『ブルターニュ史』に散らばる以下のような記事である。《上記のコンダヌスは非常に熱心に求めたので福多きマグロワールの遺骸は神の思し召しによりサルジア島からブルターニュのレオン修道院に移管された。その修道院は国王ネメノイウスが神と聖マグロワーヌを讃えるため建立し，大いなる所有地を授けたものである》〔HB. 111〕。あるいはまた，《また同様にこの年〔1137年〕8月13日から数えて7日目の日，ドールのアモンの息ゲルドワンは自身の霊魂と妻アデリール，およびふたりの息ジャンとアモンの霊魂の救済のため，サヴィニェの聖三位一体教会に，修道院を建立するため永代の施物としてドールの司教区にある，都市から遠くないヴィユーヴィルの土地すべてを寄進した》〔HB. 179〕。

23)　たとえばつぎの二人の中世年代記作家の言葉（いずれも現代フランス語訳とそこからの重訳）を参照。前者は時代の権力者（の近くにいる者）に対し，後者は自分に恩恵を施してくれた者に対し，筆の力を抑えようとする。《わたしはこの著書で，もしその容赦ない憎悪から逃れる配慮をしようとしないのであれば，その名前をあ

げてかれらを特定もするであろう。しかしながら，わたしのまわりのあなたがたに，耳元でいうのだが，かれらはまさしくいま，もっとも忠実であるとの意志表明をし，公爵がもっとも大きな栄誉を授けているあの例の男たちなのである》（ギヨーム・ド・ジュミエージュ，『ノルマン人の歴史』）（〔Guillaume de Jumiège, *Histoire des Normands*, collection Guizot, t. 29〕, p. 172）；《かれは聖職者のお勤めにかんしては怠け者で無頓着であったが，鳥を狩り，つかまえることにかんしてはとても熱心かつ活発であった。全生涯にわたってかれは現世の催しや出来事に執着しており，老年になるまでそのようにして暮らした。かれの多くの行動を語ることはできる。しかしわたしは筆をとめることにしよう。なぜならわたしはかれのおかげで副助祭に取り立てられたのであるから》（オルドリク・ヴィタル，『ノルマンディー史』〔Orderic Vital, *Histoire de Normandie*, collection Guizot, t. 26〕, p. 303）。しかし逆にいえば，これはかれらが「真性」の問題の所在を認識していたゆえの発言かも知れない。オルドリク・ヴィタルは，《わたしはこれらの事件の目撃者ではなかった。わたしはあやしげなことがらを報告してわたしの書物を膨らませたくない》〔前掲書, t. 28, p. 454〕と語ったりもした。

24) この段落のわたしたちの解釈は，「年代記記述」と「歴史記述」のあいだに存するのは本質的な差異ではなく，《充全に》叙述するか《簡潔に》そうするかの，程度の違いをあらわすものだとするケレルヴェ〔前掲書, p. 252〕とは若干異なる。わたしたちにはむしろ，ル・ボーはここで，記述者が己れの主観をどこまで相対化しえたか，己れの記述行為をどこまで歴史化しえたかの，かなり本質的な点で年代記作者たちを批判しているとおもえる。ル・ボーが試みた，『ブルターニュ史』における多様な史料の多義的な提出もそうした歴史記述への反省に絡んでくるのではないか，との印象がある。

25) しかし「序文」の最後に付された「送り」の言葉が《この『ブルターニュ年代記』の目次が続く（……）〔Ensuit la Table de ce present livre des *Croniques de Bretaigne* (...)〕》であるのに対し，ページを改めた目次そのものは《この『ブルターニュ史に含まれる章の目次〔Table des chapitres contenus en cette *Histoire de Bretagne*〕》と題される（共に強調はわたしたち）。むろんこれはル・ボーの判断ではなく，17世紀の出版者の責任ではあろうが。

26) ケレルヴェ，前掲書，p. 266。

27) 参照したジェフリー・オヴ・モンマスの版は，ルイス・ソープ英訳，『ブリテン列王伝』（Geoffrey of Monmouth, *The History of the Kings of Britain*, translated with an introduction by Lewis Thorpe, Penguin Books, 1976〔1966〕）である。以下，本文中でも〔Monmouth〕の表記を用い，この文献を指示する場合がある。

28) ル・ボーの持ち出す文献とは別の可能性が大きいけれど，わたしたちが先に，註18) で引いた『ノルマンディー公年代記』には，フランス王シャルル・ル・サンプ

第 2 章　境界にたたずむふたりのブルターニュ史家　169

ルの許しを得てノルマンディー公ロロン〔ギヨーム・ロング・エペの父〕がブルターニュの領主権を掌中に収め，かれに対し忠誠の誓いをおこなうべく，ブルターニュ伯のアランとベランジェがそのもとを訪れた，とある〔f. 19 v°〕。

29) エルネスト・ラヴィス（編），『フランス史』，バイエ゠フィステル゠クランクロース，『キリスト教，蛮人：メロヴィング朝人，カロリング朝人』（Ernest Lavisse〔éd.〕, Histoire de France, t. II-1, Bayet, Pfister et Kleinclausz, Le Christianisme, les Barbares : Mérovingiens et Carolingiens, Hachette, 1911）, p. 401, note 2。

30) ケレルヴェ，前掲書，p. 249。

31) La Popelinière, L'Histoire des histoires, t. II, Fayard, 1989, p. 303 et suiv. を参照。ラ・ポプリニエールについて，わたしたちはかつて「ラ・ポプリニエールと歴史（記述）の中立性」（『フランス16世紀読書報告（1992）』所収）を書いた。

32) ジェフリー・オヴ・モンマス，前掲書，pp. 72-73 を参照。

33) 同書，pp. 224-225 ; 237-241。

34) エインハルドゥス，『カルロス大帝伝』，國原吉之助氏訳，筑摩書房，1988，p. 19。本文での訳文はこの國原氏のものをお借りしたが，アレクサンドル・トゥレ仏訳，『エインハルドゥス著作集』（Les Œuvres d'Eginard, traduites en français par Alexandre Teulet, Firmin Didot, 1856）, p. 14 および，コレクシオン・ギゾー，t. 3. に収録された，同じく現代フランス語訳，『カロルス〔カルロス〕大帝伝』，p. 133 でははっきりと《ロラン，ブルターニュ辺境知事〔Roland, préfet des Marches de Bretagne〕》，もしくは《ロラン，ブルターニュ国境指揮官〔Roland, commandant des frontières de Bretagne〕》と，ロランの名を出している。なお，ロランの名を引くのがエインハルドゥスのこの著書に限定されるとの説は，トゥレの訳書の註，および上記ラヴィッス（編），『フランス史』，t. II-1, p. 294 の註を参照。ちなみにエインハルドゥスの『年代記』にはロランへの言及は見当たらない。

35) プレヴォ゠ダマ（編）『フランス人名辞典』（M. Prevost et Roman d'Amat〔éd.〕, Dictionnaire de Biographie française, t. 6, Letouzey, 1954）。

36) シャルル 8 世時代の《総評議会》が有していた実権の大きさにかんしてはボダンのつぎの言葉が傍証となろうか。《シャルル 8 世の御世，総評議会が国事をあやつっていたので，特別な勅令によって国王は，高等法院と総評議会について言及されている勅令や王令すべてにおいて，高等法院がつねに容認されるように，と命じた》〔ジャン・ボダン，『国家論全 6 巻』（Jean Bodin, Les Six Livres de la République, t. 3, Fayard, 1986）, p. 161〕。

37) ブリュネ，前掲書，t. 3, col. 1752 を参照。

38) ただし，わたしたちが底本とした批評版の「序論」を信ずれば〔GB. 8〕，存命中の出版とおもわれる，1518年版の『ブルターニュ大年代記』にもブシャール本人の手が加えられた形跡がないらしい。

39) わたしたちにはごくわずかな名前しかあげられないけれど、たとえば『国王ロベール伝』の作者、修道士エルゴ（エルゴ、『国王ロベール伝』、コレクシオン・ギゾー, t. 6, p. 366 を参照）や、オルドリク・ヴィタル（前掲書、コレクシオン・ギゾー, t. 25, p. 162 ; t. 27, p. 132 を参照）はその仲間だとおもう。ただし、ブシャールがエルゴやヴィタルの著書を知っていた、というつもりは毛頭ない。
40) オルドリク・ヴィタル、前掲書、コレクシオン・ギゾー, t. 25, p. 163。
41) ジェフリー・オヴ・モンマス、前掲書, p. 113。
42) わたしたちが以下の引用で底としたしたフロワサールの『年代記』の版は、ビュション編、『ジャン・フロワサール殿の年代記』、コレクシオン・パンテオン・リテレール、全3巻 (Les Chroniques de Sire Jean Froissart, éd. Buchon, Panthéon Littéraire, 3 vols, 1840) である。以下、本文中で〔Froissart〕の表記を用いて言及する場合もある。コレクシオン・ビュション版も参照した。
43) 本論で触れた以外で「直接話法」を用いた例を 2, 3 あげれば、たとえば13世紀、十字軍に参加、聖王ルイとともに虜囚となったブルターニュ公ピエール1世がサルタンとおこなった解放交渉時のもの〔HB. 241〕、病に臥すフランソワ1世公が弟のピエールや、妻にあたえる遺言〔HB. 518 ; 519〕、その他がある。この内、ル・ボーが読者にあたえた教訓の可能性もあるので、フランソワ1世がピエールに語る言葉を引いてみる。

《弟よ、わたしはおまえに、妻と娘たちの面倒をみてくれるよう頼むものだ。加えて奉公人みなもお願いする。かれらのうち多くの者がわたし以前になつかしい父君（神がお許しくださるように）に仕えていたのだ。だから、おまえはその者たちには他の者たちより、より責任がある。家臣を可愛がり、やさしくあつかえ。そうすればおまえが望んでいるものをかれらからえるだろう。きびしくあつかっても、法外に苦労してなら別だが、何もえられないだろう。かれらがいるところでは顔を見せよ。おまえの性格からそうなりがちだとはおもうが、ひとりでいないようにしなさい。ブルトン人は主君を見たがり、主君がいることでかれらは大いになぐさめられるものなのだ》。

44) フロワサール、前掲書, t. I, pp. 490(g) および 497(d) を参照。
45) ここでは「直接話法」による「ドラマ化」しかとりあげないが、「直接話法」をもたない「ドラマ」も存在する。要するに、凝縮された時間が展開するひとつの情景が、読み手の想像力を刺激し、その脳裏に鮮やかにとどまればいいのだ。わたしたちはブシャールに絡んで「歴史＝物語」の側面を語っているけれど、時代の児としてル・ボーも「ドラマ化」を含む物語的手法に無縁ではなかった。英国に亡命していたジャン公が、家臣の要請を受けて帰国、かれらと涙の対面をする。史書に頼りつつもこの情景を、ル・ボーはこう書いてみせた。

《その場所〔ジャン公の船が着いたサン゠マロの港〕に、ギヨーム・ド・サン゠

タンドレと非常に多くのブルトン人の騎士が，かれに会いたいとせつに願って，砂浜でかれを待っていた。かれが下船するとかれらはひざまずいた。かれはかれらをたいそう優しく迎え，どちらの側も哀切と愛情の思い出から，ほろほろと涙した》〔HB. 364〕。

46) ジェフリー・オヴ・モンマス，前掲書，p. 281 を参照。
47) フロワサール，前掲書，t. II, pp. 582-585 および〔HB. pp. 393-394〕を参照。余談になるが，全体的な枠組みとか記述方法とかの相違のほかに，ル・ボーとブシャールに描かれる「史実」が，細部で異なる場合がままある。わたしたちの興味を引いたケースを二つ，あげる。ひとつはいま話柄に上っている事件だが，クリソン大元帥を暗殺しようとしたジャン公を，諫めたのがだれであったか，フロワサールもル・ボーもラヴァルの名を当て，「忠臣バヴァラン」の影も形も，したがって100年後にエチエンヌ・パスキエもとりあげる「諫言」と「真の忠義」のドラマも描かれることはない。もうひとつ，オリヴィエ・ド・クリソンを襲撃したピエール・ド・クラオンとブルターニュ公爵の関係がある。ル・ボーによるとクラオンは，クリソン襲撃の後パリから逃走，ブルターニュ公のもとにかくまわれた〔HB. 412〕。しかしブシャールが説くところでは，アンジューの己れの領地に隠れ〔GB. II 184〕，ブルターニュ公のもとにいる，というのは国王やその側近のいいがかりにすぎない。——本当はこうした細部の差異が積み重なって，それぞれの独自性を形成するのだろうが，いまのわたしたちにそうした細部を総合的に検討する力はない。
48) フルリオ゠セガレン，前掲書，illustrations, pp. 66 et 67。
49) ルゲ゠マルタン，前掲書，p. 397。《ブルターニュは，ほぼ30年間，独立した強力な勢力をもって政治をおこなっている。あまりためらうことなく，この形容詞〔「独立した」〕が用いられるのは，高中世以来，初めてのことだろう》。
50) ジョンがアルチュールを殺害したのは確からしい。けれども参照しえた『ノルマンディー年代記』は，その殺害理由にかんして《アルチュス〔アルチュール〕が伯父ジョン王の牢獄にいたとき，かれは傲慢で，なおも王を脅迫していた。そのためジョン王はかれを溺れさせた》（前掲書，160 r°）と弁明した。
51) ルゲ゠マルタン，前掲書，p. 393。
52) ピエール・ランデにかんしては，ルイ・ド・カルネ，「ピエール・ランデとブルターニュの国民性」（Louis de Carné, Pierre Landais et la nationalité bretonne, in *Revue des Deux Mondes*, t.30〔1860〕），pp. 454-484 が参考になった。なおこの事件には，ジャック・ショフェル，『ブルターニュ最後の公爵，フランソワ2世公』（Jacques Choffel, *Le dernier Duc de Bretagne François II*, F. Lanore, 1977）が一章をもうけて，解説している。近年の著作にもかかわらず，通俗的な敵役としてのランデ像しか提出していないのが残念ではある（もともとそういうたぐいの本ではあるけれど）。
53) ルゲ゠マルタン，前掲書，p. 396。

54) わたしたちとは見方の角度が異なるけれど，ルイ・ド・カルネも，ル・ボーの中にランデ事件が落とした影を想定しているとおもう。《もしこの善良にして誠実なヴィトレの参事会員，財務長官〔ランデ〕と同じ町の出身でほとんど同年齢のピエール・ル・ボーが，フランソワ２世公の死で，公の娘アンヌ女公の命により企画されたブルターニュ史をやめなかったら，その首相の生涯について，おそらく永遠に見つけられない，文書化された真相をえることができたろうに》〔ルイ・ド・カルネ，前掲書，pp. 481-482〕。また別の方面からいえば，「狂った戦争」の最中，ラヴァル子爵が反乱貴族の代表のひとりとして活動した事実も，ル・ボーがこの時代をあつかうのを難しくしただろう。
55) ルゲ，p. 396 を参照。
56) ドン・ロビノー〔Dom Lobineau〕，ルイ・ド・カルネ，前掲書，p. 438 による。
57) ルゲ，pp. 396-397。
58) ラングレ・デュ・フレノワ，『歴史研究の方法』(Lenglet Du Fresnoy, *Méthode pour étudier l'histoire*, Pierre Gandouin, 1729)，t. 4, p. 205。
59) ミショー，前掲書，t. 5，p. 159 を参照。
60) ラ・クロワ・デュ・メーヌ//アントワーヌ・デュ・ヴェルディエ，『フランス文庫』(La Croix du Maine//Antoine du Verdier, *Les Bibliothèques Françoises*, nouvelle édition par Rigoley de Juvigny, 6 vols., Akademische Druck-u. Verlagsanstalt, 1969 〔1772-1773〕)，t. 1, p. 11 および t. 3, p. 30。
61) ブリュネ，前掲書，t. 1, col. 1147。
62) ジロー＝ユング，『フランス文学；ルネサンス：Ⅰ』(Yves Giraud et Marc-René Jung, *Littérature française, La Renaissance*, I, Arthaud, 1972)，p. 296。
63) ミショー，前掲書，t. 23，p. 452。
64) ケレルヴェ，前掲書，p. 251. ちなみに引用文中に出てくる『クロニコン』とは，『サン＝ブリュー年代記』(*Chronicon Briocense/Chronique de Saint-Brieuc*, éd. Le Duc et Sterkx, t. I, Klincksieck, 1972) のこと。ル・ボーやブシャールに好意的な意見をもうひとりの現代のブルターニュ史家から引いておく。《ピエール・ル・ボーは年代記作者であるばかりか，ほとんど歴史家である。かれには批評的なセンスがあり，かれは出典をさがし，指示する。初めて，かれはジョワンヴィルの『回想録』(*mémoires*) を引用している。「わたしはかれらを適切な箇所で名指した。――と，かれは先行する歴史家たちについて述べている――，確たる文書にあると認めなかったもの，わたしが真実を含んでいないと判断したいかなるものも書きとめなかったし，付け加えなかった」〔……〕アラン・ブシャールの『大年代記』は印刷された最初のブルターニュ史である。それは1514年，アンヌ王妃の没後数ヶ月して，著者自身の手によって，パリのガリオ・デュ・プレ書店で刊行された。それは大好評で迎えられた。あいつぐ五つの版でも流行はおさまらなかった。ベネディ

クト派修道士には過度に軽んじられているが,ブシャールの著作には否定しようのない魅力がある。〔……〕なるほどブシャールはあらゆる伝承を受けいれ,批評精神に欠けている。かれはまじめにもっともありそうもないおとぎばなしを語る。しかし,かれが確信していることがら,自分の目で見た事件については,どれほど模倣しがたい魅力が,その擬古的でナイーヴな舌のもとに見られるだろう。どれほどの逞しさ,どれほどの色彩がこの昔日のフランス語に見られるだろう。今日では忘れさられたり,失われてしまったそうしたフランス語の言葉が,まだ,われわれの〔ブルターニュの〕農民の言語の中に見出されるのだが!》〔ル・モワヌ・ド・ラ・ボルドリー,前掲書,第4巻,pp. 622-623〕。

65) ジロー゠ユング,前掲書,p. 296 によれば,アラン・ブシャールにかんするつぎの学位論文がある,という。ジャノー,『アラン・ブシャール』(G. Jeanneau, *Alain Bouchard*, Thèse Paris, 1961, dactyl.)

66) ベルトラン・ダルジャントレ(Bertrand d'Argentré:1519-1590)はピエール・ル・ボーの甥(姪)の息子。ヴィトレに生まれ,ブルジュ大学で法学をおさめた。同窓生には『ユートラペル物語』で著名なノエル・デュ・ファーユがいた。学生時代に詩作に手をそめた。1540年頃,ル・ボーの草稿の一部をラテン語訳した(『アルモニカ・ブルターニュの国王,公爵,王族の起源と事績について』)(*De origine ac rebus gestis Armoricae Britanniae regum, ducum ac principum*)。1547年父のあとを継いで,レンヌ市の代官となり辣腕をふるい,大法学者シャルル・デュ・ムーランから「この人物以上に学識ある者をわたしは知らない」と評される。1568年に『古代慣習法4巻注解』(*Commentaires sur les quatre premiers livres de l'ancienne coutume*)を刊行。1584年の『ブルターニュ地方とブルターニュ公領の慣習法総論』(*Coustumes generales du pays et duché de Bretagne*) は有名。(以上の文献にはいずれも直接あたることがかなわなかった。また史実については,バルトー゠バルー゠プレヴォ(編),『フランス人名事典』によった)。しかしかれの名をとりわけ高からしめたのは,ここにあげた『ブルターニュ,およびかの地の国王,公爵,伯爵ならびに王侯の歴史』(*L'histoire de Bretaigne, des roys, ducs, comtes et princes d'icelle*) であろうピエール・ル・ボーの草稿を引き写したとの説明が往々なされるが,わたしたちが参照しえた1588年版(したがって大幅な改訂を余儀なくされたはずの刊本:フォリオ判850紙葉)でも,死後出版となった1618年増補改訂版(フォリオ判,1100ページ)でも,ル・ボーの著作に倍するページ数をもち(時代がフランス国王フランソワ1世までをあつかうとしても),オリジナリティを完璧に否定し去るのは気の毒であろう。1618年増補改訂版が出版されるやただちに,ニコラ・ヴィニエ(Nicolas Vignier)が反論を試みた(『故ベルトラン・ダルジャントレ殿が執筆した2冊のブルターニュ史の欺瞞と中傷に抗して,小ブルターニュの古代の状態と,小ブルターニュに対するフランス王冠の権利を論ず』(*Traicté de l'ancien estat de la*

petite Bretagne et du droict de la couronne de France sur icelle, contre les faussetez et calumnies de deux Histoires de Bretagne, composees par feu le Sieur de Bertrand d'Argentré）を発表したが，これは判形が四折判で，しかもわずか500ページ（その活字のなんと大きいことか）の，いわば課題の争点のみをとりあげて論を進める，反論のための反論にすぎなかった。

補　遺

（I）『ブルターニュ史』の章題

　以下にピエール・ル・ボーの『ブルターニュ史』の章題を訳出する。『ブルターニュ史』には，註15)②で触れたように近代版も存在するけれど，近代版が底とした1480年草稿と，1638年刊本の底となった1505年草稿とは章立てが大きく異なる。また近代版が1305年の事項記載までしか刊行し得なかった（らしい）点も含め，極東の地ではおそらくあまり馴染みがない，『ブルターニュ史』の内容紹介の役割を果そうと考えた。ブシャールの『ブルターニュ大年代記』にかんしても同様の紹介をおこなわなければ片手落ちかとも思えたが，こちらは最近の優れた批評版が存在するし，また章分けが細分化され，章数も圧倒的に多いので控えることとした。とくに古代の固有名詞の読み方についてはジェフリー・オヴ・モンマスの『ブリテン列王伝』（英訳本）巻末の事項解説，シェドヴィル゠ギヨテル著『聖人と国王たちのブルターニュ』，シェドヴィル゠トネール著『封建時代のブルターニュ』等を参照した。アーサー王以前は最初の文献に，以降は後の2冊に主として拠っている。したがって同様に《 Conan 》と表記される人名でも，「コナヌス」と読むばあいと「コナン」と読むばあいがある。本文中の章題と巻頭に置かれた目次の章題とで字句が異なる場合は〔　〕内に異文，もしくは欠けている語句を拾った。どちらに対する異文かは，あまり問題にならないとおもう。さらに和訳の後に，これも〔　〕を用い，『ブルターニュ史』でのその章が含まれるページ数を記した。

「著者による序文」
「以下の『ブルターニュ史』に含まれる各章の一覧」
　「第1章」《〔したがって，以下ただちに続いてしるされる，この書物の最初の章が述べるのは〕アルプスを挟んだガリア本土に棲む多様な人々につい

て。およびアルモリカ・ブルターニュの描写と位置について〔である〕》〔pp. 1-20〕

「第2章」《ブルトン人の起源について。かれらは当初英国に棲んでいた。ならびに，皇帝マクシミアヌスにいたるまでのブルトン人の国王の系譜と名前を一覧ふうに述べる》〔pp. 20-33〕

「第3章」《いかにして皇帝マクシミアヌスとコナヌス・メリディアドクスがアルモリカ・ブルターニュを征服し，コナヌスがその初代国王となったか。およびかれらの事績》〔pp. 33-45〕

「第4章」《グラロンについて。かれは初めはコルヌアーユ伯であったが，アルモリカ・ブルターニュの地でコナヌスを継承し，ブルトン人王朝の第2の国王となった》〔pp. 45-47〕

「第5章」《アルモリカ・ブルターニュの第3代国王サロモンについて。グラロン王の死後にかれはその地であとを継いだ。サロモンはブルターニュにおいてこの名を名乗る初代の国王であった》〔pp. 47-50〕

「第6章」《サロモンの後，ブルターニュを統治したアルドロエヌスとコンスタンティンの兄弟について。アルドロエヌスはブルターニュの王にとどまり，コンスタンティンは英国に渡り，その地を得た》〔pp. 50-53〕

「第7章」《国王アルドロエヌスの息ブディキウスについて。かれはアルドロエヌスを継承し，伯父のコンスタンティンの息で自分の二人の従兄弟であるアウレリウスとウテルを養った。ウテルはブディキウスの援助で英王国を奪回した》〔pp. 53-56〕

「第8章」《ブディキウスの息にして勇猛なる英国国王アーサーの甥，ホエルについて。ホエルはいつもアーサーと行動を共にした。ならびにこの二人の国王による戦闘，征服および勝利について》〔pp. 56-63〕

「第9章」《ホエル1世の息，国王ホエル2世について。その治世に，アルモリカの一地方であるドンノネがフリーシイ族によって侵略された。およびサクソン人により英国から追い出され，ブルターニュに安住の地を求めやって来た，多数の高貴な人々について》〔pp. 63-66〕

「第10章」《国王アラン1世について。アルモリカでのアランを名乗る最初の王である。ならびにかれの治世にフランス人とブルトン人のあいだで交わされたさまざまな戦闘について。同じくブルトン人相互でおこなわれた戦闘について。そして，いかにして暴君コモルスがドンノネ君主ジョナを殺したか。コモルスはその後ジョナの兄弟ジュデュアルの手で殺された》〔pp. 67-79〕

「第11章」《アラン1世の息，国王ホエル3世について。かれの治世にブルトン人とフランス人のあいだで再び戦闘がおこなわれた。ならびにドンノネ君主ジュデュアル，ジュエル，およびジュディカエルについて》〔pp. 79-82〕

「第12章」《〔上記アラン王の息，〕ブルターニュ国王サロモン2世について。このサロモンは英国国王カドワロに2000人のアルモリカ・ブルトン人をあたえた。カドワロはこれらの兵によりマーシア人の国王ペアンダを破った。フランス国王ダゴベールとドンノネ国王ジュディカエルとのあいだの和平について》〔pp. 83-89〕

「第13章」《サロモン2世の甥，ル・ロンの異名をもつアラン2世について。ダニエル・ドレムルス。および，690年頃に没した上記アラン以降，シャルルマーニュの息，皇帝ルイにいたるまでにブルターニュを統治したその他の多くの国王や君主について》〔pp. 89-96〕

「第14章」《ブルターニュの司教たちを更迭し，ブルターニュ王となったノメノエについて。ならびに上記ルイの息にして，同様に皇帝かつフランス国王であるシャルル・ル・ショーヴに対して，またノルウェー人に対しておこなったノメノエのさまざまな戦闘について》〔pp. 96-111〕

「第15章」《ノメノエの息エリスポエ王について。かれは皇帝シャルル・ル・ショーヴと和平を結んだ。およびかれがノルウェー人に対し，また従兄弟のサロモンに対しておこなった戦闘について。エリスポエはサロモンにより殺された》〔pp. 112-116〕

「第16章」《サロモン3世について。かれはエリスポエ没後王冠を手に入れた。

ならびにいかにしてサロモンがシャルル・ル・ショーヴとともにアンジェ市でノルウェー人を攻囲したか。そしてサロモンの死について》〔pp. 116-123〕

「第17章」《サロモンの甥，アラン・ル・グランについて。かれはブルターニュを荒らしていたノルウェー人を，ならびに同じくかれの伯父を殺し，その死後ブルターニュを我がものにしようとしたこの地の暴君たちを狩り立て，追い払った。このアラン・ル・グランはブルターニュにおいて公爵の肩書をもった最初の人物だった》〔pp. 123-128〕

「第18章」《ブルターニュでアラン・ル・グランが没した後，ノルウェー人，別名ノルマン人がおこなった侵略について。いかにしてかれらはベランジェの息，レンヌ伯ジュエルにより，またポエル伯マチュエドイとアラン・ル・グランの娘との息，アラン・バルブトルトにより追い払われたか。このアラン・バルブトルトはかれの祖父〔甥〕である上記のアランのあとを継いで公爵となった》〔pp. 128-136〕

「第19章」《アラン・バルブトルトの息ドロゴ公について。このドロゴ公はまだ幼く，かれの母と結婚したフーク・ダンジューが乳母を使って風呂の中で熱湯に漬からせた。およびドロゴの死後ブルターニュを奪ったレンヌ伯コナン，そしてコナンと，上記ドロゴの腹違いの兄弟であるオエルならびにゲレシュたちとのさまざまな戦争と戦闘について》〔pp. 137-142〕

「第20章」《コナンの息，レンヌ伯ジョフロワについて。かれはゲレシュの息，ナント伯ジュディカエルを従え，全ブルターニュを平穏に占有する公爵となった。ならびにかれの事績とその死について》〔pp. 143-146〕

「第21章」《ジョフロワ公の息，アランとウードンについて。かれらはブルターニュの公爵にして君主であると名乗った。およびこれら二人の兄弟間の戦争について。そしていかにしてこのアラン公がノルマン人によって毒殺されたか》〔pp. 146-152〕

「第22章」《アランの息，〔別名ゲレと呼ばれる〕コナン公について。コナン公とその伯父ウードンのあいだでおこなわれた戦闘について。そしてコナ

ン公がマイエンヌ河とロワール河にいたるブルターニュ公領を奪回した後で，かれを恐れるノルマンディー公ギヨーム・ル・バタールがいかにしてかれを毒殺させたか》〔pp. 152-158〕

「第23章」《コルヌアーユ伯にしてナント伯のオエルについて。かれはコナン公の妹アヴォワーズを妻とし，公の死後ブルターニュ公国を手に入れた。およびノルマンディー公の英国征服について。この征服にはオエルとアヴォワーズの息，異名をフェルジャンというアランが，大勢のブルトン人を率いて参加した》〔pp. 159-166〕

「第24章」《オエルとアヴォワーズの息，フェルジャンと異名を持つアラン公について。かれは十字軍に参加し，他のキリスト教君主とともにシリアに赴き，その地を征服した。そしてそのほかのさまざまなアランの事績について》〔pp. 167-176〕

「第25章」《アラン・フェルジャン公の息，別名ル・ジューヌ，もしくはル・グロと呼ばれるコナン・エルマンガールについて。このコナンの事績について。およびかれの治世に，かれの血縁や家臣でもあるいくにんかのブルターニュの王侯のあいだに生じた多くの戦争と不和について》〔pp. 176-183〕

「第26章」《いかにしてコナン・エルマンガールが死に臨んで，その時までかれの息と考えられていたナント伯オエルを嫡子にあらずと否認したか。そのためにコナンの娘にして上記オエルの妹であるベルトと結婚していたポルエ子爵ウードンがブルターニュを掌中におさめた。このことが原因で起きた戦争について。そしてウードンとベルトの息で，その母を受けて公国を継承したコナン・ル・プティについて》〔pp. 183-192〕

「第27章」《英国国王ヘンリーの息ジョフレイについて。かれはル・プティと異名をもつコナンの娘コンスタンスと結婚し，この結婚からコンスタンスはアルチュールという名の息を得た。コナンの死後ジョフレイは，その妻コンスタンスのために，ブルターニュ公爵となった》〔pp. 192-199〕

「第28章」《ブルターニュ公妃コンスタンスについて。かのじょは再婚してチ

ェスター伯ラヌルフの妻となり，次いでギー・ド・トゥアールの妻となった。ギーによってかのじょはアリスという娘を得た》〔pp. 199-207〕

「第29章」《英国のジョフレイとコンスタンスの息，アルチュール公について。ゴエロ伯アランの息，アンリについて。アンリはかれが妻とした，アルチュールの妹アリスをつうじブルターニュ公となった》〔pp. 207-214〕

「第30章」《ピエールについて。かれも，アンリの死後妻にめとった上記アリスをつうじ，同じく公爵となった。ならびにフランス国王に対して，また司祭や己れの臣下であるブルターニュの領主たちに対してかれがおこなった戦争や係争について》〔pp. 215-234〕

「第31章」《ピエールとアリスの息，異名をル・ルーとするジャン公について。ピエールと，ジャン公，ならびにその息，リシュモン伯ジャンのさまざまな事績について》〔pp. 234-250〕

「第32章」《ジャン1世公の息，ジャン2世公について。かれとかれの息，アルチュールのいくつかの事績について。およびジャンの死について》〔pp. 250-255〕

「第33章」《ジャン2世の息，アルチュールについて。アルチュールはジャンから公国を受け継いだ。および9分の1税に関してアルチュールとブルターニュの聖職者のあいだで交わされた協約について》〔pp. 255-258〕

「第34章」《アルチュールの息，ジャン3世公について。かれの事績と結婚について。またいかにしてシャルル・ド・ブロワ殿が，その兄弟であるパンティエーヴル伯ギー・ド・ブルターニュ殿の娘にしてかれの姪，ジャンヌと結婚したか》〔pp. 258-270〕

「第35章」《ジャン公とギーの弟であるモンフォール伯ジャン・ド・ブルターニュ殿について。かれは兄のジャンの死後ブルターニュ公国を手に入れた。かれとシャルル・ド・ブロワ殿のあいだの戦争について。そして国王フィリップの長子，ノルマンディー公がナント市でかれを捕らえたこと》〔pp. 270-285〕

「第36章」《国王フィリップについて。ならびにモンフォール伯爵夫人につい

て。かのじょはモンフォール伯が虜囚となった後，息子のジャンを連れて英国に渡った。自ら伯爵の救援に赴いた英国国王について。そしてモンフォール伯の死について》〔pp. 285-297〕

「第37章」《いかにして，前章で言及がなされた，ブルターニュ貴族のパリ市での斬首をきっかけに，クレシーの戦闘がおこなわれたか。およびラ・ロシュデリアンの戦闘について。この戦闘でシャルル・ド・ブロワ殿が捕らえられた》〔pp. 298-307〕

「第38章」《若きモンフォール伯について。かれはシャルル殿に対する戦争を続けた。30人の英国兵と30人のブルトン兵とのあいだの戦闘について。およびモーロン〔モーロワ〕とポワチエの戦闘について》〔pp. 308-322〕

「第39章」《オーレの戦いについて。この戦いでシャルル・ド・ブロワ殿が戦死した。ならびにいかにして，シャルルの死後，モンフォール伯がブルターニュを平穏に占有する公爵となったか》〔pp. 322-334〕

「第40章」《いかにして，ジャン公が英国人の味方をしたために，フランス国王がかれと戦争をおこない，ジャン公の家臣がかれにそむいたか。そのために公は英国に再度渡った》〔pp. 334-348〕

「第41章」《いかにして公爵がフランス国王に戦いを挑み，大軍とともに上陸したカレー市からボルドー市まで，王国を縦断したか。および公にかんするその他(ほか)のいくつもの事績》〔pp. 348-363〕

「第42章」《いかにして臣下の領主たちが，公爵を呼び戻すために使者を派遣したか。英国からかれのもとにやって来た援軍について。およびいかにして，公がフランス国王と和解したか》〔pp. 363-380〕

「第43章」《いかにしてジャン公が，英国軍に対し，かれの従兄弟であるフランドル伯の救援のため兵を送り，続いてフランス国王とともに自らフランドルに赴いたか》〔pp. 381-390〕

「第44章」《公爵と，パンティエーヴル伯とクリソン殿両名とのあいだの不和について。ならびにフランス国王と公のあいだの多くの確執について》〔pp. 391-405〕

「第45章」《フランス国王シャルルとブルターニュ公ジャンによりトゥール市で交わされた協定について。これは公の息，モンフォール伯と国王の長女との結婚をつうじてなされた。および，ピエール・ド・クラオン殿がパリ市でクリソン殿を襲撃したことから起こったさまざまな災いについて》〔pp. 405-425〕

「第46章」《公爵ジャン・ド・ブルターニュとクリソン殿との和議について。いくつかのその他の事績について。および公爵の死について》〔pp. 426-435〕

「第47章」《上記ジャン・ヴァイヤンの息，ブルターニュ公爵ジャンについて。かれのいくつかの事績について。ならびにかれの治世にフランスに生じた数々の紛争について》〔pp. 436-452〕

「第48章」《いかにしてパンティエーヴル伯が，ジャン公を裏切って捕らえ，虜囚としたか。および，その後に起こったことがら》〔pp. 453-467〕

「第49章」《ブルターニュ公ジャンの事績について。およびかれの治世に生じたことがらについて。かれの大法官をアランソン公が捕らえたこと。そのためにジャン公はプアンセを攻囲した。ならびに公の死について》〔pp. 468-489〕

「第50章」《ジャン公の長子フランソワ公について。かれの時代に英国軍がラ・ゲルシュとフジェール市を占拠した。そのために公はノルマンディーで英国軍と戦争をおこなった》〔pp. 489-504〕

「第51章」《いかにしてフランソワ公がノルマンディーに進軍し，いくつかの地を占拠したか。公によるフジェール市とアヴランシュ市の奪取について。また，かれの死について》〔pp. 504-520〕

「第52章」《フランソワの弟，公爵ピエール・ド・ブルターニュについて。ピエールはフランソワの没後公国を継承した。かれの事績について。およびかれの死について》〔pp. 521-534〕

「第53章」《フランソワとピエール両公の伯父アルチュールについて。かれはピエールの死後公爵となった。ならびにアルチュールの死について》〔pp.

534-536〕

「第54章」《前エタンプ伯にして，アルチュールの甥であり，アルチュールの弟の息であるフランソワ・ド・ブルターニュ殿について。かれはアルチュールのあとで公爵となった。および，いかなる具合にかれがレンヌ市に迎えられ，己れの領主たちから臣下の誓いを受けたか》〔pp. 536-537〕

(Ⅱ) 『ブルターニュ史』中の言及文献

以下に『ブルターニュ史』で言及される人名および文献名を言及順に，原綴とともにあげる。ただし文献名にかんしては，文脈の中から題名をまとめたものもある。複数回言及される人名や文献名も多いが，初出分にかぎり取り出した。同一人物の複数の著作が言及されるときは，ひとつの項目に収めた。王令や教皇勅書等の公式文書，および書簡のたぐいは原則として略した。また，明らかに直接の言及ではないもの(つまりひとつの文献中に収められた他の文献)の抽出は控えた。さらに人名にせよ文献名にせよ，固有名により限定されないものもこれをはぶいた（たとえば，「ある歴史家たち〔aucuns historiens〕」，『編年年代記（*Chronicques Annaux*）』等〔とくに後者の略題はたびたび登場する。具体的に特定の史書を指示するのかも知れないけれど，同定できなかった。遠い想像としてニコル・ジル Nicole Gilles の名前をあげておく〕）。ひとつの文献が複数の題名で言及されることも少なくないが，ばあいにおうじてそれらの名前も列挙した（すべてのヴァリアントを書き抜いたわけではない）。近似する名称の作品でも，判断に迷うものは別の項目を立てた。ただし単純な綴りのヴァリアントは拾っていない。作者名，作品名が記されていない文献で，わたしたちにも想像がつくものもあったが，あえてル・ボーの記載のままにとどめた。〔　〕内は初出のページ数である。きわめて雑な調査であることを承知しており，網羅性や精確さはまったく保証できない。傍注に作品名でもあげられていればまだましだったろうが，そうした版型の書物ではないし，『ブルターニュ史』の「学識度」にかんする一応の目安があたえられれば，現段階では，

よし，としなければなるまい．それ以上は本格的な研究を待ちたいとおもう．

1) エウトロピウス，『年代記〔＝ローマ史概観〕』（Eutrope, *Chronicques*〔p. 1〕）
2) ユリウス・カエサル，『〔ガリア〕戦記』（Jules Cesar, *Commentaires*〔p. 1〕）
3) スエトニウス（Suetone）〔p. 1〕
4) プルタルコス（Plutarque）〔p. 1〕
5) ゲルマニアのニクラウス，『クラウディオス・プトレマイオスの「地理学」注解』（Nicolas de Germanie, *Sur la Cosmographie de Claude Tholomée*〔p. 1〕：以下たびたびプトレマイオスが引かれるが，出典はいずれもこの注解書であろう）
6) シゲベルトゥス（＝シジュベール：Sigebert）〔p. 2〕
7) ストラボン，『地理書』；『注解』（Strabo, *Geographie*〔p. 2〕；*Commentaires*〔p. 14〕）
8) プロスペル（Prosper〔p. 2〕）
9) ヴァンサン・ド・ボーヴェ，『歴史の鏡』（Vincent de Beauvais, *Miroir Historial*〔p. 2〕）
10) プリニウス，『博物誌』（Pline, *Histoire Naturelle*）〔p. 3〕
11) ウェルギリウス（Virgile）〔p. 3〕
12) ソリヌス，『世界の驚異〔注目すべき事物の集成〕』（Solin〔p. 3〕, *Merveilles du Monde*〔p. 23〕：〔p. 3〕で言及されるのは作家名のみ）
13) バルトロメウス・アングリクス，『事物の本性について』（Bartholomée Langlois, *Nature des choses*〔p. 3〕）
14) ポンポニウス・メラ（Pomponius Mella〔p. 4〕）
15) ──『9聖人史』（*Histoire de Neuf saincts*〔p. 5〕）
16) ──『ナント教会年代記』（*Chronicque de l'Eglise de Nantes*〔p. 11〕：『ナント司教座聖堂年代記』〔*Chronique de l'Eglise Cathedralle de Nantes*〕,

『ナント年代記』〔Chronicque de Nantes〕,『ナントの年代記』〔Chronicques Nantoises〕,『ナント教会編年記』〔Annaux de l'Eglise de Nantes〕とも呼ばれる)

17) ──『聖書』(Ecriture saincte〔p. 12〕: 以下『聖書』中の個別の「記」や「書」等は取りあげない)

18) ──『聖コランタン伝』(Histoire de S. Corentin〔p. 15〕:『聖コランタンの伝承』〔Legende de S.Corentin〕とも呼ばれる)

19) ──『聖女ゴワズノン伝』(Histoire saincte Goueznon〔p. 16〕:『聖女ゴワズノンの伝承』〔Legende de saincte Goueznon〕なる名でも言及される。ブルターニュの司教,もしくは修道士でゴワスヌー〔Gouesnou〕と呼ばれる聖人〔男〕のことか)

20) ──『聖テュドガル〔＝テュデュアル,もしくはテュグデュアル〕移管史』(Histoire de la Translation sainct Tudgual〔p. 18〕)

21) ──『聖トヌヴァン伝』(Histoire sainct Teneven〔p. 19〕. トヌヴァンとはブルターニュ司教トヌナン〔Tenenan〕と呼ばれる聖人と同一人物か)

22) ルカヌス (Lucan〔p. 19〕)

23) ──『聖イルチュト伝』(Histoire de sainct Iltuth〔p. 19〕. ラントウィット・メジャー〔Llantwit Major〕司教イルタード〔Illtud〕と呼ばれる聖人のことか)

24) ヒエロニュムス,『年代記』(Heroyme〔p. 19〕, Chronicques〔p. 49〕)

25) グレゴリウス〔1世〕『道徳論〔ヨブ記講解〕』(Gregoire, Morales〔p. 20〕)

26) ジェフリー・オヴ・モンマス,『ブリテン列王伝』(Geffroy de Monemitense, Histoire des Roys de la Grande Bretagne〔p. 20〕)

27) ホメロス (Omer〔p. 22〕)

28) ボッカッチョ (Boccace〔p. 23〕, Cas des nobles〔p. 38〕)

29) オロッショ (Orose〔p. 23〕)

30) ギルダス (Gildas〔p. 23〕)

31) ユスティヌス,『摘要』(Justin, *Episthomathes* 〔p. 27〕：ユスティヌス・フロンティブスとその『ポンペイウス・トログス　世界史摘要』のことか)

32) ポリクラテス (Pollicrates 〔p. 28〕)

33) カンタベリーのヘンリー,『ウァリヌス宛書簡』(Henry de Cantorbie, *Epistole ad Warinum* 〔p. 29〕：不詳)

34) ライムンドゥス・マルリアヌス (Raymond Marlian 〔p. 30〕)

35) ──『勇猛なるアーサー王の事績の書』(*Livre des faits d'Artur le Preux* 〔p. 34〕：『アーサー大王の事績の書』〔*Livre des faits d'Artur le Grand*〕，もしくは『アーサー王の事績の書』〔*Livre des faits d'Artur*〕なる名前でも言及される。ちなみにフランス語表記〔Artur〕アルチュールとアーサー王は同一人物)

36) パウルス,『エウトロピウス補加』(Paulus, *Addition à Eutrope* 〔p. 35〕)

37) スルピキウス・セウェルス (Sulpice Severe 〔p. 35〕)

38) フィレンツェのアントニヌス,『歴史大全』(Antoine de Florence, *Somme Historiale* 〔p. 35〕)

39) トゥールのグレゴリウス,『年代記』(Gregoire de Tours 〔p. 39〕, *Chronicques* 〔p. 62〕：いうまでもなく『歴史十巻』のこと)

40) ──『コナン事績史提要』(*Briefve Chronique des faits de Conan* 〔p. 40〕)

41) ──『11000人の乙女の伝承』(*Legende de unze mille Vierges* 〔p. 42〕)

42) ヤコプス・デ・ウォラギネ,『ロンバルディア史』もしくは『聖人伝承』(Jacques de Vozage, *Histoire Lombardique* もしくは *Legende des Saincts* 〔p. 43〕：わたしたちの想像がただしければ，ル・ボーはここで2冊の本を混同しているような気がする。後者はいうまでもなく『黄金伝説』のことだが，前者はパウルス・ウァルネフリディ〔Paulus Warnefridi もしくは Paulus Diaconus〕の著作〔*Historia Langobardorum*〕を指すのではないか)

43) ──『聖ロナン伝』(*Histoire S. Ronan* 〔p. 45〕：ブルターニュの隠者ル

ナン〔Renan〕のこと）

44) ──『ランドヴネック大修道院の年代記と伝承』（*Chroniques et Legendes de l'Abbaye Landevenec*〔p. 46〕:『ランドヴネック年代記』〔*Chronique de Landevenec*〕の名称でも言及される）

45) ──『アルモリカのブルトン人国王年代記』（*Chronicque des Rois Bretons Armoricains*〔p. 47〕:『アルモリカ・ブルターニュ国王年代記』〔*Chronique des Roys de la Bretagne Armoricaine*〕,『アルモリカの国王年代記』〔*Chronicques des Rois d'Armoricque*〕もしくは『アルモリカ年代記』〔*Chronicque d'Armoricque*〕とも呼ばれる）

46) パウリヌス・レギオネンシス,『聖マタイ殿遺骸移管記』（Paulinus Legionense, *Histoire de la Translation du corps de Monseigneur sainct Mathieu*〔p. 47〕）

47) マチウ・パルミエ,『年代記』（Mathieu Palmier, *Chronique*〔p. 47〕）

48) ユーグ・ド・フラヴィニー（Hugues de Fleurigne〔p. 50〕）

49) インゴマルス,『ドノネンス国王聖ジュディカエル伝』（Ingomarus, *Histoire sainct Judichaël Roy de Donnonense*〔p. 63〕）

50) アイモニウス,『年代記』（Aimonius, *Chronicques*〔p. 64〕:エモンのこと）

51) ──『聖モレール伝』（*Histoire sainct Molaire*〔p. 65〕:『聖モレールの伝承』〔*Legende de sainct Molaire*〕とも呼ばれる。アイルランド司教モリオス〔Molios〕のことか）

52) ──『聖アルメル伝』（*Histoire sainct Armel*〔p. 65〕）

53) ──『聖グインガォワ伝』（*Histoire sainct Guingaloeus*〔p. 66〕）

54) ──『聖パテルヌの伝承』（*Legende sainct Patern*〔p. 66〕:パテルヌ〔Paterne〕と綴られる聖人だとおもうが、この綴りの「聖パテルヌ」は少なくとも三人おり、同定不可能であった）

55) バルドリク,『伝記』,『聖サンソン〔サムソン〕伝』,『編年記史』,『ドール教会編年年代記』,『ドールの聖サンソン教会編年年代記』（Baldric

〔p. 70〕, *Histoire*〔p. 74〕, *Histoire de sainct Sanson*〔p. 108〕, *Chronicques Annaux*〔p. 112〕, *Chronicques Annaux de l'Eglise de Dol*〔p. 115〕, *Chronicques Annaux de l'Eglise sainct Sanson de Dol*〔p. 119〕：以上すべて同一の文献か）；『キリスト教徒によりなされたエルサレム征服史』（*Histoire de la conqueste de Jerusalem faite par les Chrestians*〔p. 175〕）

56) ――『聖ギルダス伝』（*Histoire de Sainct Gildas*〔p. 73〕）

57) ――『聖エルヴェ伝』（*Histoire de S. Hervé*〔p. 73〕）

58) 聖フォルトゥナトゥス（*S. Fortunat*〔p. 75〕）

59) ――『聖ギルダス移管史』（*Histoire de la Translation sainct Gildas*〔p. 78〕（上記55) と同一か）

60) ベダ〔尊者〕,『英国人史』（Bede, *Histoire des Anglois*〔p. 85〕）

61) ――『聖マクルーの伝承』（*Legende de S. Maclou*〔p. 87〕）

62) ――『ジュドック伝』（*Legende de Judoch*〔p. 88〕）

63) ――『聖メアン教会年代記』（*Chronicque de l'Eglise sainct Meen*〔p. 89〕：『聖メアン年代記』〔*Chronicque de sainct Meen*〕とも呼ばれる）

64) マルティヌス,『年代記』（Martin, *Chronicque*〔p. 90〕）

65) エインハルドゥス,『カロルス大帝伝』（Enardus, *Faits de Charlemagne*〔p. 93〕）

66) ――『カロルス大帝年代記』（*Chronicques de Charlemagne*〔p. 93〕：上記65) のエインハルドゥスの史書とは別の文献だとおもう）

67) テュルパン,『年代記』（Turpin, *Chronicques*〔p. 93〕）

68) ――『ルイ・ル・デボネールの事績の書』（*Livre des faits de Loys le Debonnaire*〔p. 94〕）

69) ――『聖コンヴォワイヨン伝』（*Histoire sainct Convoyon*〔p. 95〕）

70) ――『ルドン教会年代記』（*Chronicque de l'Eglise de Redon*〔p. 96〕：『ルドン聖救世主教会編年年代記』〔*Chronicques annaux de l'Eglise S. Sauveur de Redon*〕とも呼ばれる）

71) ――『列王編年年代記』（*Chronicques annaux des Rois*〔p. 100〕：『フラ

ンス列王年代記』〔Chronicques des Rois de France〕,『フランス年代記』〔Chronicques Françoises〕と呼ばれるものと同一か)

72) ——『グロンナ修道院年代記』(Chronicques du Monastere de Glonna〔p. 101〕)

73) ——『ドール教会の伝承と歴史』(Legendes et Histoires de l'Eglise de Dol〔p. 108〕：上記55)と同一か)

74) ——『聖マグロワール移管史』(Histoire de la Translation de sainct Magloire〔p. 110〕)

75) ——『聖ブリウー遺骸移管史』(Histoire de la Translation du corps S. Brieuc〔p. 112〕)

76) ——『サロモン王の伝承』(Legende du Roi Salomon〔p. 117〕)

77) ——『アンジェ教会編年年代記』(Chronicques annaux de l'Eglise d'Angers〔p. 119〕)

78) ——『ガエル修道院年代記』(Chronicque du Monastere de Gaël〔p. 124〕：『ガエル大修道院年代記』〔Chronicque de l'Abbaye de Gaël〕,『ガエル年代記』〔Chronicque de Gaël〕とも呼ばれる)

79) ギヨーム・ド・マルベリエンス,『年代記』(Guillaume de Malberiense, Chronicque〔p. 128〕：ウィルレルムス・マルメベリエンシス〔Willelmus Malmeberiensis〕のことか)

80) ——『聖オーバンの伝承』(Legende Sainct Aubin〔p. 129〕)

81) ギヨーム・ド・ジュミエージュ,『年代記』(Guillaume de Jumeges ; Chronicques〔p. 130〕)

82) ——『ノルマン人年代記』(Chronicques des Normans〔p. 131〕：『ノルマンディー公年代記』〔Chronicques des Ducs de Normandie〕,『ノルマンディーの年代記』〔Chroniques de Normandie〕,『ノルマンディー年代記』〔Chronicques Normandes〕とも呼ばれる)

83) ——『アンジュー年代記』(Chronicques d'Anjou〔p. 135〕：『アンジュー伯年代記』〔Chronicques des Comtes d'Anjou〕,『アンジェの年代記』

〔*Chronicque d'Angers*〕,『アンジェ伯年代記』〔*Chronicques des Comtes d'Angers*〕とも呼ばれる。77)とは別の文献か)

84) ――『サン゠フルーラン教会年代記』(*Chronicques de l'Eglise sainct Fleurent*〔p. 142〕:『サン゠フルーラン年代記』〔*Chronicque de sainct Fleurent*〕とも呼ばれる)

85) ロベール・ド・トリニー,『シジュベールの「年代記」補加』(Robert de Thorigné, *Addition au Livre des Temps de Sigebert*〔p. 143〕)

86) ――『サン゠コランタン教会の奇蹟の書』(*Livre des miracles de l'Eglise sainct Corentin*〔p. 147〕:『サン゠コランタン教会の編年記史』〔*Chronicques Annaux de l'Eglise sainct Corentin*〕と呼ばれる文献と同一か。18)とは同一か,あるいは別の文献か)

87) ――『カンペルレのサント゠クロワ修道院年代記』(*Chronicques du Monastere de saincte Croix de Kemperle*〔p. 148〕)

88) ロベール・デュ・モン〔モン・サン゠ミシェルのロベール〕,『年代記』(Robert du Mont〔p. 151〕, *Chronicque*〔p. 162〕)

89) ――『聖メレール伝』(*Histoire S. Melaire*〔p. 159〕:ブルターニュの殉教者,聖メロールのこと)

90) ――『ヴィトレの豪族と領主の年代記』(*Chronicques des Barons et Seigneurs de Vitré*〔p. 163〕:『ヴィトレ領主の年代記』〔*Chronicques des Seigneurs de Vitré*〕とも呼ばれる)

91) ――『聖ジェルドワン伝』(*Histoire sainct Gelduyn*〔p. 165〕:ドールの参事会員ジルドワン〔Gildouin〕と同一人物か)

92) ギヨーム・ド・シュール,『海外年代記』(Guillaume de Sur, *Chronicques d'outre mer*〔p. 171〕:自らの実証能力の欠如をたなにあげていうのだが,これはギヨーム・ド・ティール〔Guillaume de Tyr〕の誤記,もしくは誤解ではないかとおもう。「シュールの大司教〔archevêque〕」ではなく「ティールの大司教」だと,著作ともほぼ合致するのだが)

93) シュジェール,『国王ルイ・ル・グロの事績の歴史』(Sugger, *Histoire*

des faits du Roy Loys le Gros〔p. 174〕）

94）　ギヨーム・ラルモリカン（ギヨーム・ル・ブルトン），『年代記』（Guillaume l'Armoricain, *Chronicque*〔p. 186〕：ギヨーム・ダルモリク〔Guillaume d'Armoricque〕とも呼ばれる）

95）　――『聖母の奇蹟の書』（*Livre des miracles de N. Dame*〔p. 196〕）

96）　――『国王フィリップ・ド・フランス年代記』（*Chronicque du Roy Philippe de France*〔p. 198〕：『国王フィリップ・ド・フランス伝』〔*Histoire du Roy Philippe de France*〕，『国王フィリップの事績の年代記』〔*Chronicques des faits du Roy Philippe*〕とも呼ばれる）

97）　リシャール・ド・サン゠ヴィクトール（Richard de sainct Victor〔p. 206〕）

98）　ロベール・ブロンデル，『フランス王冠の権利』（Robert Blondel, *Droicts de la coronne de France*〔p. 206〕）

99）　――『聖ギヨーム伝』（*Histoire de sainct Guillaume*〔p. 226〕：サン゠ブリウーの司教のことか）

100）　ジャン・ド・ジョワンヴィル，『フランス国王ルイの事績の歴史』（Jean de Jonville, *Histoire des Faits de Loys Roy de France*〔p. 227〕）

101）　ジャン・フロワサール，『年代記』（Jean Froissart, *Chronicque*〔p. 268〕）

102）　――『国王フィリップの事績の年代記』（*Cronicque des faits du Roy Philippes*〔p. 274〕：『国王フィリップ・ド・フランス年代記』〔*Chronicque du Roy Philippes de France*〕とも呼ばれる。上記96)のフィリップはオーギュスト〔のはず〕であり，この102)はフィリップ・ド・ヴァロワを語る史書〔のはず〕なので，異なる文献と思われる）

103）　――『果樹園の夢』（*Songe du Verger*）〔p. 275〕

104）　――ギヨーム・ド・サン゠タンドレ，『モンフォール伯ジャン・ド・ブルターニュ殿，およびその息ジャン公の事績の年代記』（Guillaume de sainct André, *Cronicque des faits de Monsieur Jean de Bretagne Comte de Montfort et du Duc Jean son fils*〔p. 276〕）

105）――『国王ジャン・ド・フランス年代記』(*Chronicques du Roy Jean de France* 〔p. 312〕)
106）――『ベルトラン・デュ・ゲクラン殿の事績史』(*Livre des faits Missire Bertran du Gueaquin* 〔p. 315〕：『ベルトラン・デュ・ゲクラン殿の書』〔*Livre de Monsieur Bertran du Gueaquin*〕とも呼ばれる)
107）――『国王シャルル5世の事蹟の年代記』(*Chronicque des faits du Roy Charles le quint* 〔p. 333〕：『国王シャルル・ド・フランス伝』〔*Histoire du Roy Charles de France*〕，『国王シャルル5世の事績の書』〔*Livre des faits du Roy Charles le Quint*〕と同一)
108）――『フランス国王シャルル6世年代記』(*Chroniques du Roy Charles le Sixte de France* 〔p. 403〕)
109）――『国王シャルル7世年代記』(*Cronicque du Roy Charles septiesme* 〔p. 465〕)

（*）『ブルターニュ史』本論に先立つ「序文」で借用された歴史家や史書の中に，上記109項目に含まれていない，以下の2著の名前が引かれたことも付言しておく。

110）レオナルド・アレティーノ，『ゴート族とのイタリア戦役の書』(Leonard Aretin, *Livre de la bataille Italicque avec les Goths* 〔ô i r°〕：アレティーノとはレオナルド・ブルーニ〔Leonardo Bruni〕のこと)
111）ペトラルカ (Petrarche 〔ô ii r°；本稿（引用―4）参照〕)

第 3 章

いわゆる「(大)修辞学派」による歴史書3篇

1. 宮廷詩人と修史官

　「(大)修辞学派」別称「(大)押韻学派」という，フランス中世末期からルネサンス前期にかけての知的上層に属する著述家たちを分類する概念が，はるか後世の研究者により当時の文学的傾向を説明する原理として作り出されたものであるかぎり，その「学派」にどのような韻文作家たちが属するのか，新たな文学史の提出を企てるわけでもないわたしたちが，そうした同定に時間をかけることにそれほど意味があるとはおもえないし，また能力を超える作業でもある[1]。ただ15世紀後半から16世紀前半にかけて，ことにブルゴーニュやフランドルの地で，あるいはフランス王領内で，主として表層的な（「表層」という語に，プラスにせよマイナスにせよ，価値的共意はこめていない）修辞技法に支えられた作品を発表し続けたなんにんかの人々に，先人から受け継いだ伝統への意識，さらに同じ影響を受けた同時代人との連体感が存在したのは事実とおもえる。こうした「学派」の求心力は多分，修辞上の方法論の一致はもとより，棲息環境の類似，世界観の相似といったことがらにもとづいている。たとえば，これはすでに識者によって指摘されているところではあるけれど，棲息環境についていえば，これらの人々はほとんど例外なく王侯貴族のもとに仕えており，もしくは少なくも一度はそうした経験を有した，あるいはそうしようと欲した。宮廷内での地位を維持するために，かれらはさまざまな機会を捉えて己れの雇い主を讃え，慰め，笑わせ，時には代弁する情況詩を書いた。ただ，

韻文を著し朗読することがかれらに一定の報酬をもたらす根拠となったであろうとは想像がついても，宮廷内に「詩人」といった役職名は存在しなかった。そこで王侯は，かれらのある者には「施物分配僧」の肩書を授け，ある者には「書記」の資格をあたえ，ある者には「修史官」の役目をまかせた。

　その人物が実際に「修史官」として禄を食んでいたか否かは別にして，「修辞学派」詩人の多くは〈歴史〉にかかわる記述をおこなうように要請され，そしてかれらはその任務を果たそうと努めた。この「学派」から師と仰がれるジョルジュ・シャトラン[2]，その後任に当たるジャン・モリネ，さらにその後を継いだジャン・ルメールはそれぞれに大部の史書を著し，アンドレ・ド・ラ・ヴィーニュは，明らかに同時代の記録たる目的を託された，韻文散文混合体の『ナポリ遠征記』のほかにも，未完の『フランソワ１世年代記』に筆をそめたことが知られている[3]。ジャン・マロに混合体の『ヴェネチア遠征記』，『ジェノヴァ遠征記』があるのはあらためて告げる必要もあるまいし[4]，ギヨーム・クレタンにも，これは草稿のままに眠る『年代記』のタイトルを冠された韻文作品があるという[5]。そしておそらく最後の「修辞学派」であるジャン・ブーシェがもっとも心血を注いだ著作は『アキタニア年代記』であった。宮廷に棲息する詩人たちはだれにもまして言葉をあやつるのに巧みだとみなされ，また事実かれらの表現能力は他を圧したので，王侯は己れの治世の記録，戦場での功績を後世に伝えるためにもかれらに筆をとらせた。一方，暴君の汚名を避けるにはその領地における自分の君主権の正統性を証明し，喧伝するのが一番であったから，王侯は修史官たちにその地の領有関係の系譜を古代にさかのぼって調べさせた。さらに加えて王侯の企てる政策，ことに戦争を，たとえいかにそれが《物議をかもす》[6]ものであろうと，民衆に《理有り》と納得させ，かれらの不満を抑える務めも託された。

　だがこれは一体いかなる事態であるのか。〈詩〉と〈政治〉が「大修辞学派」の〈歴史〉記述に先立って存在する。つまりかれらが歴史を意識した作品をしるしえたのは，かれらが〈詩人〉としてすでに名を成していたからであり，また作品にはきわめて政治的な（「政治学的な」ではない）目的が，少なくも暗黙裡，

もしくは無意識のうちに想定されていた。この「学派」の人々は歴史の記述にかんしどのような理念を有し，それを表現していったのか。一般に「歴史」という言葉でおそらくは想像されるであろう文体の非情動性，立場の中立性などの概念は，そうした歴史書とは相容れないものなのか否か。このような疑念から出発してわたしたちは，ユマニスムに始まる「新たな（と通常いわれる）歴史の方法論」以前に属するこれらの人々が著した作品をとりあげ，具体的な相のもとで〈表現〉と〈政治〉と〈歴史記述〉の結びつきにかんし，いささか検討を加えようと思う。対象に選んだのは，モリネの『年代記』，ジャン・ルメールの『ガリアの顕揚ならびにトロイアの偉傑』，そしてブーシェの『アキタニア年代記』の3篇である。これらはいずれも長期にわたって構想され書かれた，それゆえに，全体として見ると一過的な主題を託された・政治的情況性の産物ではなく，いわばパンフレ的な性格をそのかぎりでは薄められている，本格的な歴史書であり，散文ではあるが多分当人によってもまた同時代人によっても，その作家の生涯の代表作と考えられていた（ただしモリネの『年代記』は長いあいだ草稿のままとどまり，かぎられた数の人間の眼にしか触れなかったが）。

2．ブルゴーニュ公国史：ジャン・モリネ

　わたしたちは「修辞学派」のよい読者ではまったくないし，この人々の詩作法の特徴について理論的・体系的な何ごとも語る力はもたないのだが，それでもこれからとりあげる3人の中でこの「学派」をもっとも代表しうる者がいるとすれば，それはおそらくジャン・モリネだといってもさほど咎められないとおもう。
　――ここからモリネの『年代記』へと直截に話を進めるまえに，ひとこと迂回しておこう。「修辞学派」作家の最大の特徴とは何か。印象だけでいってしまうと，それは音的なレヴェル，文字的なレヴェルでのシニフィアンへの着目であり，そこから導き出されるシニフィアンのたわむれにもとづく，修辞的な技法の開拓である。修辞学派の韻文からひとつ例を引いてみる。原文の読みに

196　第Ⅰ部　境界の歴史家たち

注目していただきたい。

　　　（引用―1）
　　《耐え忍ぼうとするむなしい誘いよ，去るがよい，
　　　しかし，もしわずかなあいだ，自制し，我慢して，
　　　快活さを満喫すべく落ち着いているなら，和議が
　　　酒神とエペ聖人とを結びつけてくれるかもしれない。
　　〔*Exite* vains appetiz d'endurer,
　　　　エシト　ヴァン　アペティ　ダンデュレ
　　　Et si te vaincz a petit temps durer,
　　　　エシト　ヴァンツァ　アペティ　タン　デュレ
　　　Pour ralyer bas culz a santé, paix
　　　　プール　ラリエ　バ　キュ　ア　サンテ　ペ
　　　Pourra lyer Bachuz a Sainct Espes〕》[7]
　　　　プール　ラリエ　バ　キュ　ア　サン　テ　ペ

　「（大）修辞学派」を代表する文人のひとり，「押韻の巨匠」ギヨーム・クレタンからとったこの例では，対をなす二行詩にあってほとんどの音が対応し反復されている。ただしこうした対応を，正確に同じ発音によるものとみなすと誤りに陥るかも知れない。付け加えれば，むしろつぎのような情景を想像するのもあながち誤りともいえまい。――王侯貴族の気がおけない集いの場で，「修辞学派」の詩人たちは己れの作品を，正確な音の対応をもつ箇所では朗々と，無理のある箇所ではぼかしつつ読みあげた。そして周囲の人間にそれぞれの詩句がどのように対照関係にあるか，そしてそれがどのような意味につながるか，へりくだりながらもわけしり顔に解説してみせた。詩人を囲む宮廷の者たちはただかれの神的な，言葉を操る能力に感嘆するばかりだった。――わたしたちの妄想ではこうした情景が「修辞学派」詩人の宮廷生活の原点にあったような気がする。音よりも文字に根拠を据えた（たとえ発音の時代差・地方差を斟酌しても）少なからぬ韻や，当時の貴族一般の教養程度を大きくうわまわるであろう古代文学への言及を含む労作が，なんの説明もなしに一回的に朗唱されて終わりになったとは，なかなかにおもいがたいのだ。

　さてそれはともあれ，この種の意味や論理を犠牲にした言葉のたわむれ――

第 3 章　いわゆる「(大)修辞学派」による歴史書 3 篇　197

　上記の 4 行に一体どれほどの伝達すべき内容が存するのだろう――散文作品として書かれた『年代記』[8]のあちこちにも顔を覗かせる。そのいくつかを紹介しておく。

　　（引用―2）〔I. 526 ; I. 212 ; I. 534〕
　(A)《上述の照明は 6, 7 夜継続して広場でともり続けた。その間(かん)どんどん大きくなっていったのが，はしゃがんばかりの楽しみ，愉快な大はしゃぎ，目新しい愉快なこと，このうえない目新しさ，このうえない饗宴，そして楽器の競演だった。
　　〔Lesdittes alumeries se continuerènt sur le marchiét. VI. ou. VII. nuitz routières, pendant lequel tempz se multiplioyent plaisans esbas, esbatemens joyeulx, joyeusetéz nouvellez, nouvelletéz haultaines, haultains festoyemens et festes d'instrumens〕》

　(B)《ある者は飢えにたおれ，ある者は虫けらのただなかで腐れていた。ある者の四肢はくだかれ，逆にひん曲げられ，ある者のそれはいためつけられ，ウジに喰われていた。
　　〔Les ungs perissoyent de famine, les aultres pourissoyent en vermine ; les ungs avoyent les membres brisiéz et tournéz au revers, les aultres les avoyent navréz et mengiéz de vers〕》

　(C)《住民たちは勇気を復讐に，名誉を恐怖に，寛容を狂気に，献身を愚弄に，至福を残虐に変えてしまい，いまとなってはこの土地は神のものであるというより戦慄にあふれているありさまなのだ。
　　〔(...) et ont changiét les habitans d'icelle vaillance en vengance, honneur en horreur, clemence en demence, devotion en derision, felicité en ferocité et est maintenant celle terre plus terrificque que deificque〕》

これらの言語のたわむれは，ギヨーム・クレタンの一節におけるほどシニフィエを抑圧してはいないけれど，それでも論述されている事件や事項そのものにこうした表現がどれほど必要とされているのか，判断に苦しむところだ。たしかにつぎの一文での言葉遊びはまったくの無償ではなかったかも知れない。地名，さらに一般的にいって固有名は，その名を引き受ける〈もの〉の性格や運命に少なからぬ影響を及ぼすとの考え方が存在したからである。

（引用— 3 ）〔I. 40〕
《ケルンはおののき，マインツは不安を覚え，トリールは震え，サクソンは
動揺し，武器を手にして，ハンニバルがアルプスを越えたときのローマにおけると同じくらい，ドイツには騒擾が見られる。
〔Coloigne fremist, Mayence s'esmaye, Trèves tramble, Saxonne s'esmoeut, courant aux armes, et n'y a mendre tumulte en Alemaigne que il y avoit en Romme quant Hanibal avoit passé les Alpes〕》

しかし上記の例も含め，わたしたちの感想では，そうした言葉のたわむれは概して表現の表層にのみ根拠をもち，読み手を楽しませることを最大の目的とした。あるいはモリネ自身も，〈事実性〉に拘束される史的記述への意識や，『年代記』に収録するを余儀なくされる，種々の政治的条約を筆頭とするあまたの史料群の無味乾燥な文体に悩まされる中で，言葉にかんする己れの知識や才能を時には披瀝したくおもったとも想像しうる。さらにまたモリネにとって，作品を完成させるとは，このような形での文章への配慮なくして考えられなかったのかも知れない。ともあれそうした言葉のたわむれにより，モリネは『年代記』のただなかにもっとも「修辞学派」らしい刻印を押してみせた。

この「学派」の修辞的な技法は，とはいえ，言葉遊びのみに限定されるわけではない。これらの言葉のたわむれもそのような機能を果たしていたが，モリネは往々対照法や列挙，重畳語法を用いて，語の集合である文章に一定のリズム感をもたらそうとした。こうした方法はもちろん，読み手の側での事件や事

第3章　いわゆる「(大)修辞学派」による歴史書3篇　199

項の想像や理解に，よりいっそうの強度や深度をあたえようとの，いわば言語の意味的レヴェルにおける歴史家の努力にもかかわっていたが，他方でこの「学派」の根幹に与る，シニフィアンに対する探究意欲にも突き動かされていたともおもえる。たとえばつぎの文章には言葉のたわむれを越えて，たたみかけるような律動がうかがえる。

　（引用—4）〔I. 212〕
《そして当時，牢獄のために母親から子供が，娘から母親が，父親から娘が，叔父から父親が，姉妹から叔父が，兄弟から姉妹がひきはなされ，憐れみも慈悲もなく，敵の手に囚人として捕らわれた者は，その罪のつぐないを大きくするために苦痛をともなってあつかわれ，責められ，拷問された。急ぎ足に訪れる死を，この者たちは看守に願ったのだったが，こうした絶え間なく，むごく，ひどい殉教の中で苦しむよりも死の方がやさしい受難だったからだ。
〔Et lors estoyent separéz par prisons les enfans des mères, les mères des filles, les filles des pères, les pères des oncles, les oncles des soeurs et les soeurs des frères et tous ceulx qui estoyent detenus prisonniers en leurs mains, sans pitié et misericorde, estoyent angoisseusement traittiéz, tourmentéz et tourturéz pour augmenter leur redemption. Hastive mort, dont ilz prioyent leurs detenteurs, leur estoit moindre passion que de languir en tel continu, fel et cruel martire〕》

これらの修辞的技法が語の音的側面や所記的側面，あるいは文法的構造にかかわるものであるとすると，喩の使用は語や文章のうかびあがらせる，共同的なイメージや意味をいかに組織するか，ということであろうか。修史官として仕えたシャルル・ル・テメレールがナンシー攻囲戦に没したさい，モリネはつぎのごとく表現した。

（引用—5）〔I. 207〕

《その時正義の真実の太陽は闇の中に隠れた。その時いと芳しい名誉の花がするどい刺につまずき，いと高価なるダイヤモンドが性悪の鉄屑によりこわされ，いと力強く高貴な獅子がいやしいけだものどもにより倒された。

〔Lors s'esconsa le vray soleil de justice en tenèbres : là, tresbucha la très redolente fleur d'honneur ès poindans espines, le très precieux dyamant fut cassé de meschans ferailles et le très fort et noble lyon aterré des vilaines bestes〕》

わたしたちに言葉の〈美〉を批評するいかなる見識もないが，ただモリネの喩，さらにいえば「修辞学派」の人々の喩は，かれ（ら）の文体と同様，かなり大仰であり，構えているような気がする。喩の中心にある人物が直接の主人であることも手伝ったのだろうが，《真実の〔vray〕》とか《とても（いと）〔très〕》とかの，ありふれた，しかし本格的な「学識」の手前にたたずむ者にはそれに頼る以外ない，「程度の絶対性」を示す副詞をわずかな行の内部にふりまいて，喩を強調する。譬えに引かれる名辞も日常的なイメージ世界の中で精いっぱい対立的なもの，極北に位置するものを選んでいる。つまり，ひとつには，喩を用いるならめいっぱい用いなければならない。この時代はそうした大きな表現の美点を，わたしたちよりもはるかに良く理解したのだろうし，逆に微細な陰影を評価するには言葉も文化も適していなかった。もうひとつ，ここで喩の項目に言及される要素や，喩の結合の仕方は，共有される文化・教養に支配されており，わたしたちには突飛と見えても当時の，少なくとも文化的上層に棲む者には許容範囲内に収まった。反対にわたしたちにとって定型的であり，陳腐と映る譬えも，かれらにはきわめて修辞的であったかも知れない。何といっても，定型表現は咎められるべき何ものでもないのだ。

とはいっても喩の内部に時代の文化や教養がからむと，考え及ばないことが多い。文学史の常識は，15世紀末の文化は次世紀（非常にざっぱくな物言いだが）のいわゆるルネサンスのそれと比較し，古代世界にかんする表面的な知識しか有していなかったと教えるはずだ。確かにモリネの場合，古典古代への言

及が見られても，16世紀中葉以降を活躍の場とする天才詩人ピエール・ド・ロンサールはもちろん，弟子のジャン・ルメールと比べてさえ断片的な記載であるとは，研究者も認めるところである[9]。驚くのはむしろ，総合的・体系的な理解なしに（とおもわれる）使われる喩をまえにしたときだ。つぎの「三位一体」を軸にする喩は，はたして教義上危うさをはらんではいなかったのだろうか。

　（引用―6）〔I. 536〕
《なぜなら，ゆいいつの神しか存在せず，星を照し出すゆいいつの太陽しかなく，空中には1羽の不死鳥しかおらず，肉体にはひとつの霊魂しかなく，天にはゆいいつの神しかおられないように，地上には3人の人物に分かちあたえられたゆいいつの権力しかなく，またあってはならないのである。すなわち皇帝フリードリッヒにあたえられた皇帝冠，国王マクシミリアンにあたえられた王杖，大公フェリペにあたえられた大司教冠がそれである。
〔car, ainsy qu'il n'est que ung seul Dieu, ung soleil illuminant les estoilles, ung seul fenix en l'aer, une seule ame en ung corpz et ung seul Dieu ou ciel, il n'est et ne doibt estre que une seule seignourie en terre, atribuée en. III. personnes, c'est asscavoir la coronne imperiale à l'empereur Frederic, le sceptre royal au roy Maximilian et le chapeau archiducal au duc Philippe〕》

多分この譬(たと)えは，この作者の意図においては，キリスト教教義に対するいかなる挑発的な意味合いも託されていない。モリネはこの喩を発見して自分の能力を再確認しただろうし，読み手もまた，喩の巧みさに驚いたかもしれない。だがそれ以上ではないようにおもわれる。当時にあっても厳密な聖書釈義・教会解釈学の領域ではどうかわからないが，少なくとも世俗の『年代記』における程度では，聖書的なことがらを表現するために人間世界から喩を引いても構わないし，この世のことがらを表現するのに神的な教理から喩を借りてもよかった。ことは古典古代をめぐっても同様であり，そこにはゆるやかで伝承的で，

層の薄い世界解釈の基底がある。修辞をおこなう者がそうでない者より，もう少しその世界解釈のレヴェルで総合的な知識を有し，もう少し世界にダイナミックな像をあたえられれば，かれは優れた修辞家とみなされた。

　さてわたしたちは（引用―4）でモリネの律動的な文の流れを紹介した。ふりかえると，こうした文章が教えるのは，おそらく，モリネが言葉の表層でたわむれる一方で，言葉の有する，人の情動に訴える力を余すところなく開発しようとした，ということだとおもえる。文章内のリズムにより読み手の心の流れにうねりを作り出す。そのリズムは音的レヴェルと意味的レヴェルの二つの位相で相乗化され，（相対的に）深みのあるイメージ世界を構成する要素となる。モリネは少なからぬ場合に己れの習得した修辞技術を駆使して，読み手の心に鮮烈な像を結ばせ，あるいは自らの主張を根づかせようとした。そしてそれらの技術はわたしたちがいままでに触れてきたたぐいに尽きるものではない。わたしたちには古典的な，もしくは現代の修辞学にまつわる知識がないので，モリネの用いた多様な手法をここで詳細に分類し，解説することなど，とてもできはしない。ただ『年代記』をつうじてなんどもなんども使われたゆえに，通読したあとまで残像のごとくこころにとどまる修辞技術はいくつかある。使用頻度が高く，印象度も高い，そうした情動に訴える目的を託された技法例をあげてみる。まず頓呼法がある。

　（引用―7）〔I. 310-311〕
《おお，いと気高きフランス王家よ，なんじはこの世の七つの気候帯をつうじていとキリスト教的なると評判が高く，他のどの国よりもなんじのうちに輝くであろう慈悲の優しさと心地良さをつうじ，また黄金の百合の花を授けられたのに，なんじは度を越えた罪に走った。なんじはかつてサラセン人とたたかったが，いま哀れな孤児を殺戮している。なんじは教会とその牧者を高みに置いたが，いまはそれに仕える哀れな者を打ち倒している。暴君や残酷な人々を打ちひしぐのがならいだったが，いまは哀れな無垢の民を打ち破っている。フランスよ，フランスよ，なんじは無力な者を大いに苦しめ，瀕死

の者や癩者やレプラ病者を殺し，いたましい侮辱をおかした。そのうえかかる治世にいまだかつて発生したことがない，もっとも恥ずべき傷をひらいたのだ！

〔O très noble maison de France, renommée très cristienne par les sept climatz de ce monde, qui, par la doulceur et suavité de misericorde qui en toy doibt resplendir plus qu'en nulle aultre, et doée des fleurs de lis dorées, tu as fait criminel excès. Tu combatois jadis les Sarrasins et tu ochis les povres orphenins, tu exaulcois l'eglise et ses pasteurs et tu destruis ses povres serviteurs, dompter sollois tirans et felles gens et tu deffais les povres innocens. France, France, tu as fait grant souffrance aux impotens, tu as ochis les mors, ladres, meseaulx et commis grief oultrage, voire et la plus honteuse playe qui jamais advint en tel règne！〕》

『年代記』の近代的な批評版を上梓し，その第3巻に，知るかぎり現在にいたるまでもっとも密度の濃いこの作品の研究論文である，長文の「序論」を充てたジョルジュ・ドゥートルポンとオメール・ジョドーニュの言によれば，《モリネの〔『年代記』における〕頓呼法の正確な〔出現〕数値をあげることはほとんど不可能であろう。それらはあまりにも数が多いし，あらゆるジャンルに及んでいる。つまり称讃的なものもあり，呪咀的なものもあり，復讐的なものもある》〔III. 170〕。別様にいえば，そうした文章は歴史における〈私〉的なものの出没である。もちろんわたしたちは頓呼法がすべて，モリネの生の心の動きに対応しているなどと主張するつもりはない。多くの場合かれの見解とは，自分の〈立場〉の要求する見解であり，しかも表現の定型性の枠の内部であらわされるものだ。そうした見解や感情がいかに〈公〉的であろうとも，にもかかわらず，それらがある歴史上の事象にかんする，ひとつの判断の直截な表明である以上，〈私〉に属することがらに間違いない。そしてモリネは事実，頓呼法によらずとも，事件や出来事の（相対的に）客観的な記述のあとに，いくども〈私〉的な感想を書きそえた。それらは〈公〉的な性格の強い（というより

〈公〉そのものでもある)「讚辞」や「哀悼」に始まり,「教訓」や「思想」,さらにはよりいっそう〈私〉性の強い「批判」や「慨嘆」まであった。

(引用―8)〔II. 567 ; I. 639〕
(A)《カスティリヤの国王と王妃についてこれいじょう何をいえばよいのだろうか。神がかれらを認め,自然が飾り,幸運が後押しし,世界が名誉をあたえ,民衆が祝福し,大地がやしない,けれども火や水や風がちからのかぎりを尽くして,かれらを破滅へとみちびいたのだ。
〔Que diray je plus du roy et de la royne de Castille ? Dieu les consigne, nature les decore, fortune leur favorise, le monde les honneure, le peuple les beneit, la terre les nourrit et, toutevoyes, le feu, l'eaue et le vent ont employét toutes leurs forces pour les mener à totale desertion〕》

(B)《かくして明瞭に認められるのは,大衆の欲望のうえに立ち,基盤を置く人々が待っている切迫した危難と危険な不都合である。それというのも大衆は運命の車輪のように変わりやすく,移り気だからだ。
〔Et ainsy void on clèrement le eminent peril et dangereux inconvenient que ceulx sont attendant qui prendent pied et fondement supz la volenté du commun, car il est variable et inconstant comme la roe de fortune〕》

頓呼法は,けれども,そうした〈私〉の修辞度の大きい表現形態とのみとらえらるべきではない。この修辞的手法は〈呼び掛け〉という,肉声を装った虚構の行為により,またその調子の高さにより,『年代記』の読み手にモリネの文章への参加を要請し,かれの情動に強く働きかけようとする。つまり言葉それ自体を目指し,言葉の内部で完結する言葉の運動であるよりも,言葉が交わされる場に一定の効果を生み出すことを目的としている。「修辞学派」の人々は自分の製作活動を,時として《修辞学（レトリック）》と称したが,かれらの営みは確かに《修辞学》という語のはらむ共意の幅いっぱいに広がっていた。読み手にどれだけ

第3章　いわゆる「(大)修辞学派」による歴史書3篇　205

の感銘をあたえうるか，自己完結的な言葉の美の開発の傍らで，外部に向かう言葉の力を可能なかぎり実現すること，それもまた「修辞学派」に課された重要な使命であった。そしてこの面での言葉の探究は，韻文作品におけるよりもはるかに（詩作でメッセージの伝播が企てられないなどと妄言を吐くつもりは毛頭ない），語られることがらの伝達に重点が置かれる『年代記』にあって試みられるにふさわしかった。頓呼法はそうした面での語り口の一例であるが，モリネはその他（ほか）にもさまざまな方法を用いている。たとえば《雄弁術（エロカンス）》の典型となりそうな，きわめて修辞度の高い演説を史的人物におこなわせる（ノイス攻囲戦でのブルゴーニュ公シャルル・ル・テメレールによる，《おお，余の最愛なる兄弟にして友人よ》に始まる口上〔I. 92〕，その他）。あるいは細部を描写し，ことさら筋立てを物語風にまとめ，読み手の好奇心を誘う逸話を書き記したりもする（些細な例だが，1477年の項〔I. 239〕で語られる農夫の武勇伝にはそうした傾向があるとおもわれるし，フィリップ・ド・ヴィニュールが好奇心をかきたてられたと同じスキャンダル，《この頃ミラノ市で起こった，ガレアッツォマリーア公に対する暗殺のおそるべき陰謀》〔I. 155 et suiv.〕の出典は確かに不明であるが，ある程度モリネが書き込んだ気配がうかがえる——これはモリネではないが，その後継者ジャン・ルメールの逸話記述における原典拡大作業にかんしてはすでに克明な研究が存在するとおりだ——）[10]。これらの技法のひとつひとつの例示は控えるとして，いまひとつ，ここでかりに「ドラマ化」と呼ぶ，読み手の情動への働きかけの操作を紹介しておこうとおもう。この操作においてモリネは一定の舞台＝枠組みを設定し，その中で人物を行動させ，時に台詞をあたえ，読み手につねならぬ感銘を覚えさせようとした。以下は比較的短い，台詞付与もなされない「ドラマ化」の例である。1485年，ネーデルラント議会を招集するためブルゴーニュを発った大公マクシミリアン（のちの神聖ローマ帝国皇帝マクシミリアン１世）はひさかたぶり（８年ぶり）に父の皇帝フリードリッヒ３世と再会した。

（引用— 9 ）〔I. 473〕

《父が息子をみわけたとき，息子は父に近づいた。息子は，下馬するのに困難を覚えたので，馬に乗ったまま，父親の権威にはらうのがふさわしいとおもわれる息子の服従そのままの敬意と礼節を表明した。父はいくらかの言葉をいって，愛情いっぱいに息子を抱擁した。その時かれらのこころは大きなよろこびに捉えられ，ふたりの者に多くの涙が流れた。この邂逅にさいし，大公の従者は捧げもっていた剣を地面に置き，槌もちはその槌をもとに戻した。息子から父に向けられた敬意はかつてなかったほどの手本であり，大公はケルンの大司教に挨拶を送りにちかよった。その場を動かなかった皇帝は，息子の手の者たちがはなはだ整然ととおりすぎてゆくのを目のあたりにし，おおくの貴族たちの手をとった。

〔Quand le père apperchcut le filz, le filz s'approcha du père ; et le filz, sans descendre de son cheval, qui lui fut chose dure, lui fit reverence et honneur telle que filiale obeyssance est tenue de faire à seignourie paternelle, en soy enclinant le plus que possible lui fust ; et le père, en disant aucuns motz, embracha le filz amyablement ; et lors y eubt moult de lermes plourées d'ung costé et d'austre par la grant leesse dont leurs coers furent espris. A cest abordement, l'escuyer d'escuirie de l'archiduc mist jus l'espée qu'il portoit devant lui et les machiers retournèrent leurs maches. La reverence du filz au père la plus recommandée de jamais, l'archiduc vint saluer l'archevesque de Coulongne ; et l'empereur, qui ne se bougoit du champ, veoit passer les gens de son filz en notable ordonnance et prendoit par la main la pluspart des nobles〕》

かかる「涙の会見」は，あるいは歴史上実際に生じた出来事の精確な再現描写であるかもしれない。この当時，人々の感情の起伏が激しかったとは周知のことがらである。ただシャルル・ル・テメレール亡きあとハプスブルク家に仕えたモリネが，その主筋の感動の情景を——事実であるにせよ——己れの力を

第 3 章　いわゆる「(大)修辞学派」による歴史書 3 篇　207

ふるって読み手に伝えんと試みたのも確かだと考える。事実としての「感動の場面」を感情に呼びかけるように表現するには，単に読み書きができるだけでは不充分であり，高度な言語使用能力が要求される。多数の「修辞学派」詩人と同様，モリネもまた「神秘劇」を書き，制作にたずさわった覚えがあった。文章での描写や台詞を媒介にひとの感情に訴えるという操作を，かれがどれほど技巧として意識化していたかどうか，皆目見当がつかないけれど，不特定の観衆を論理に従ってではなく，感情を刺激しながら教導しようとする宗教劇への参加と，「ドラマ化」の手法とのあいだに，どちらが先行するとはいわないまでも，対応を見出すことは無理ではないとおもう。そして『年代記』でそうした技巧が目指す地点は，己れの能力の誇示であると同時に，読み手に己れの視点を共有させること，そのことであった。

『年代記』とは何か。1475年（現在の暦法による）2月に没した《大ジョルジュ》，ジョルジュ・シャトランの修史官の身分をブルゴーニュ公シャルル・ル・テメレールがモリネに授けたのは，『年代記』の序文を信ずれば，その年のノイス市攻囲戦にかれを同行し，《一方の陣によっても他方の陣によっても，またこの公爵家においてもその周囲においても，以後に見られるであろう名誉あるいさおし，讃えるべき武勲，そしていと気高き事績を起草し文字に遺》〔I. 28〕させる目的で，であった。1477年，シャルルがナンシー市をまえにして戦死すると，モリネはその娘マリー・ド・ブルゴーニュの嫁ぎ先であるオーストリア公マクシミリアンに，さらに1494年，マクシミリアンがその息，大公フェリペ・エル・エルモッソにネーデルラントの統治権を譲ると1506年にフェリペが没するまで，否，没してなお自分自身が死を迎える翌年まで，そのもとで修史官の官職を続けた。つまりいってしまえばモリネはブルゴーニュ家，ハプスブルク家に仕える身として，この時代の（主筋から見た）正史を三十余年間書き綴った（『年代記』の最後の記事はフェリペの葬儀である）。しかしモリネが残したのはかれらの治世の記録＝史料そのものではなく，史的記述としての『年代記』である（繰り返すが『年代記』には数多くの史料が挟みこまれて

はいる)。モリネは資料を読み，選び，構成し，歴史に向けて記述していった。それでは『年代記』には何が，どのように書きとどめられたのか。

『年代記』はその主筋に当たる人々の，いわば表舞台の活動の記録である。換言すればそこにはブルゴーニュやネーデルラント，フランスを中心とする欧州世界での，かれらの活躍した戦闘史，政治史，催事史が著されている。ノイス市攻囲，ナンシー市攻囲，ヘント市鎮圧，ルイ11世のブルゴーニュ（およびピカルディーやアルトワ）侵略，フランドルを荒廃させたブルゴーニュ軍とフランス軍のたびかさなる戦い，そしてモリネの筆はシャルル8世やルイ12世によるイタリア遠征もしるすことになるであろう。それらの戦闘話は修辞的には概して（比べれば）簡潔であり，けれど要をえ，かつ往々生彩に富んでいる。シャルル・ル・テメレールが討ち死にしたナンシーでの戦闘記録から，数行を取り出す。

（引用―10）〔I. 166〕
《そして，スイス兵が公爵シャルルのわきに出現すると，かれに正面から向かい，手にしていた火縄銃やカルバリン銃を発砲しながら，たいそう激しく進軍したので，歩兵たちは逃走し始めた。川のあたりにいた別のスイス兵の一団はジャック・ガリオ〔シャルルに仕えていたナポリ軍人＝貴族〕とその配下に向かって進軍してきた。かれらはしばらくはふみとどまっていたのだが，最後には打ち破られてしまった》

紙数の制約もあり，論のバランスも考えざるをえないので，『年代記』の主たる柱のひとつを形成するこれらの戦闘話をこれ以上具体的に引くことは控えたい。ただこの系列の記述がどのようなウェイトを占めるか，1486年の事項の総表題（『年代記』冒頭の目次による）を判断の素材に掲げてみたい。

（引用―11）〔I. 4-5〕
《モラックの会戦。

《ブルゴーニュ軍に対してレニエ公爵によりなされた，ロレーヌ地方の奪回。
《力勝負で勝利をえようとした公爵シャルル・ド・ブルゴーニュをまえに，ロレーヌ公爵レニエが逃走したこと。
《この頃ミラノ市で起こった，ガレアッツォマリーア公に対する暗殺のおそるべき陰謀。
《ナンシーの会戦。
《騎士にして修史官，ジョルジュ・シャトラン殿により収集された公爵シャルのすばらしい戦功。
《〔シャルル・ル・テメレールの〕ナンシーの敗北後，すばやくフランス国王ルイがブルゴーニュ公領および伯領の攻撃にとりかかったこと。
《フランス軍に対してなされたブルゴーニュ伯領の割譲。
《ブルゴーニュ伯領でギヨーム・ド・ヴォードリおよびクロード殿によってフランス軍になされた戦功。
《シャルル公（神がその罪をおゆるしになるように）が，生前維持していたいくつかの都市と要地をとりもどすため，国王ルイがピカルディー，アルトワ，ブーローニュに侵攻したこと》

　モリネは戦闘話を克明に語る一方で，平和時におけるさまざまな催しにも心からの関心を示した。勢力を誇る王侯貴族の即位，婚礼，出産，洗礼，凱旋，入城にあたって，その統治を受ける都市当局や住民は華麗な祝祭を催し，盛大な宴を開いた。あるいはまた死去にさいしては荘厳に葬儀をおこなった。こうした催しはもちろん，その契機となる出来事が政治事件であるからだけではなく，それ自体充分な政治的意義をもっていた。王侯は華やかに民衆の前に姿をあらわし，自身の圧倒的な価値と，かれらの主君たる身分とを明らかにした。また日常から切断された時間と空間の中で，民衆のひとりひとりに深い帰属感を確認させた。そしてこれらは戦争と重税，あるいは群盗の跋扈に悩まされる民衆にはかけがえのない，解放の場でもあった。モリネが催しの奥深い政治性にかんしてどれほどの認識を抱いていたかは疑念が残るが，宮廷文化人として

こうした文化的行事に無関心ではいられなかった。というよりももっと素朴に，都市や宮廷を舞台にとった大規模な催しはかれの心をいつも踊らせていたのかも知れない。わたしたちの感触ではこれらの記載は多分，『年代記』の中で戦闘話に次ぐスペースをあたえられているとおもう。時により数ページ，もしくは十数ページにわたって，参加する人名，市内の様子，式次第，付帯的な催しの種類（槍試合，舞踏会，芝居その他），贈答品，宴会の料理の品々をモリネが写した文章を引き写すことにはやはりためらいを覚える。そのかわり，先の場合と同様，今度は1498年の項目の全表題をあげておこう。

　　（引用—12）〔I. 20〕
《オルレアン公，国王ルイの聖別。
《7月2日の国王ルイのパリ入城，および当時さまざまな地方で認められた奇怪な不思議現象と怪物。
《パリ条約。
《オーストリア大公フェリペ殿下とカスティリヤ国王の子女，ファナ王女の第1子，レオノールの奥方の洗礼。
《主〔イエス・キリスト〕の生誕の夜と昼に起きたおそろしい寒さと異様な氷。
《故国王シャルルの未亡人，奥方アンヌ・ド・ブルターニュとフランス国王ルイの結婚，ならびに上述の国王ルイと奥方ジャンヌ・ド・フランスの婚姻の解消》

『年代記』において史料の写しが相当のページ数を占めることはすでに述べた。それらはさまざまな戦争にまつわる和平条約であり，休戦協定であり，諸国家間（等）の連盟協定であり，時に領土の譲渡条約であったりもする。条約のたぐい以外にも，国家元首や大領主間で交換された書簡やその返書，教皇による証言命令書等の外交文書も数多く，それらの中には現在になっては『年代記』に残された，その形でしか残存していない文献もある。モリネはそうした書類

第3章　いわゆる「(大)修辞学派」による歴史書3篇　211

を根気よく——あるものは参照した版で数十ページに及ぶ——筆写し続けた。これらは『年代記』を構成する重要な素材であり，また『年代記』作製にかかわるモリネの意識を想像するうえでも無視しえないであろうが，ここでも本稿の性質上これ以上の言葉は控える。

　戦闘話，催しの記事，史料の写し——この3者が『年代記』の基盤を形作ることは確かだが，ほかにも関心を引く細かい項目が存在しないわけではない。わたしたちのきわめて貧しい知識からどれだけ一般化しうるかこころもとないけれど，従来「年代記」の名を冠する書物は往々，記事の合間に天候状態を書きとめる傾向をもっていたような気がする。この気象状態への興味の点でモリネの筆は，たとえばフィリップ・ド・ヴィニュールの『年代記』におけるほど熱心でなく，民衆レヴェルでの生活感が薄いのだが（むろんフィリップとモリネの社会的立場の相違がそうさせる大きな原因だ），それでも何箇所かでおもい出したように，そのときどきの天候に触れることがある。ただその記述は単に出来事を記録するという，伝統的な「年代記」の精神を受けてではなく，むしろモリネの眼にその折りの天候が〈異常〉と映じたからのようだ。1479年（現在の暦法）から翌年にかけての冬はこの40年来なかったほどの〔I. 324；I. 354では《30年来》〕厳寒であり，《空の鳥も死んで地面に落ちた》くらいだった。モリネはこの記事を，ほとんど内容を変えずに，ページをおいてくりかえした（上記割註参照）。同様の，あるいはこれを上回る寒さが1498年のクリスマスに人々をおそった。モリネはその模様を描くのだけに，1ページ半ほどではあるが，ひとつの章をまるまる割いている。その最後の数行はこうである。

　（引用—13）〔II. 454〕
《この過酷で異様な寒さはエノー伯領で12日，もしくは13日続いた。鐘楼の風
　見鶏が十字架にとても強くくっついてしまったので，動かすことができない
　ほどだった。氷が溶け始めると，大きく，長く，分厚い氷塊が教会の身廊の
　うえに落ちてきて，ひどい損害を受けた。それとともに多くの礼拝堂が，こ
　のはなはだ異様で見慣れないきびしい嵐におそわれた》

最後の数語を見るかぎり，やはり記述の根拠は〈物珍しさ〉に存すると判断せざるをえない。フィリップ・ド・ヴィニュールの気象記述の少なからぬ部分が葡萄栽培の現場からの関心によったのとは対照的である。気づいた範囲でそのほか，「第268章（1495年）〔II. 424〕」；「第269章（1496年）〔II. 427〕」；「第283章（1498年）〔II. 453〕」；「第305章（1503年）〔II. 528〕」；「第311章（1504年）〔II. 544-545〕」に天候の記載が認められるけれど，いずれも非日常的な——往々《不思議な》とか《不思議に》の語をともなう——たぐいを扱った。そして日常を超えた〈物珍しさ〉への興味とは気象情況に終わるものではなく，『年代記』の記載項目のあいだで，正史的な意味合いをもつ「戦闘話」，「催し」および「史料」の3者の分類に漏れたなお多くの文章を貫く視点であるようにおもわれる。

〈物珍しさ〉に駆られてモリネが記述対象に選択した出来事は，ひとつに不思議譚系のもの，ひとつに逸話系のものに分けられる。前者にはロドス島をおそうトルコ軍の眼に映った，宙に浮かぶ十字架や武装した乙女，聖人（キリスト？）の幻影〔I. 346〕，血の雨〔I. 354〕，死したのち悪魔によって地獄に連れさられたルイ11世の寵臣〔I. 354〕，息子のまえに出現した煉獄で苦しむ母の霊〔II. 201-202〕，修道女にとりついた悪霊〔II. 217-221〕，地震のまえの小鳥の騒ぎ〔II. 545〕，その他がある。わたしたちがあげたケースでは宗教的な不思議譚に偏愛が見られるようだが，これは日常と異常の差異線が自然＝此岸と超自然＝彼岸の差異線とかなりの程度でかさなっていたからだろう。人知や経験を絶した事件に遭遇した人々は，その背後にまず神や悪魔のわざを覚えた。しかしそれでもモリネの撰択には，宗教的な物語となる手前に位置する異常譚の相対的な少なさにより，やや宗教的な心性が働いているようにおもえる。人々が興奮したであろう自然界の異常事件——血の雨，人間や動物の奇形など——，それらは皆無とはいわないまでも（たとえば「第280章（1498年）〔II. 447〕」には2件の「牛の奇形」，1件の「石の雨」が語られる），いく篇かの同種の史書と比較するとき，モリネの『年代記』での相対的な稀少さに立ちどまらざるをえない。実証不可能な想像にすぎないけれど，モリネにもし宗教的な不思議

譚へのいささかの傾斜があるとすれば，それはひとつに，後述することになろうが，「修辞学派」にある程度共通する宗教的・倫理的な生活観に影響され，ひとつに，これもモリネにかぎらない，物語＝伝承的叙述への愛着に動かされているのではないかとおもう。具体的に例をあげると「第222章」があてられた，悪魔憑きの修道女の記事では，悪魔に憑かれた修道女たちの様子，悪魔払いの詳細（悪魔と修道院長との直接話法を用いた問答），悪魔に憑かれた理由，結末が，順を追って書かれている。つまりそこにあるのは，いってしまえば，15世紀版『エクソシスト』の物語なのだ。当時の人々はどれほどおののき，けれども深い関心を抱いてこの話を聞き，語ったことか。修道女の様子と，このような事態に陥った原因，モリネの最後の言葉を抜き出しておく。原因の指摘と最後の言葉は，モリネの宗教的な心性を告げるであろう。

（引用—14）〔II. 217-218 ; II. 220 ; II. 221〕

(A) 《中でも，サヴーズの私生児ロベールの，11，2歳の娘は最初にとり憑かれた者のひとりであり，かのじょを尋問した人々に驚愕にあたいする，信じがたい，びっくりするようなことどもを告げ，からだの四肢をよじり，宙にとびあがって，眼と顔をすっかりうしろむきにし，その粗野で醜悪，かつおそろしい声で，かのじょに耳を傾けている人々みなを仰天させた。これは悪霊に悩まされていなければすることができないことである》

(B) 《人類の敵がこの修道院にもぐりこんだ原因と起源は，ある者たちがいっているように，ひとりの修道尼がおかした放縦な大罪ゆえだった》

(C) 《そしてようやく，神のおかげで，この不思議な傷はおさまったが，この讃辞はわたしたちの創造主に帰さるべきである》

〈物珍しさ〉に支えられる世俗の事件もモリネの筆のもとで，主として物語や

ドラマの形式をとる。わたしたちはこれを一応「逸話」と呼ぶわけだが，その中には復讐譚〔I. 360；I. 430〕もあれば出世譚〔I. 470〕もあり，裁きの話もあれば〔II. 183；II. 306〕戦時下の挿話〔I. 142；I. 599〕もある。以下の逸話は短話集に収められても違和感がない（史実というよりむしろ口承の，もしくは書きとめられた短話に典拠があるのかも知れない），「コント」とも命名し得るたぐいで，『年代記』の逸話の典型とはなりにくいが，長さの都合もあって紹介してみる。フランス＝ブルゴーニュ戦争の一挿話である。

　　（引用—15）〔I. 187〕
《上述の村に水車小屋のミノンと呼ばれる年老いた代母がいて，何にもおとらないほどブルゴーニュ軍の戦争にこころを奪われていて，死ぬほどフランス軍を憎んでいた。フランス軍のある者がそれを知り，鞘から抜きはらった剣をもって，かのじょに近づき，困らせようとこういった。「ばあさん，王様ばんざい，と叫ぶんだ」。かのじょは，そんなことはするものか，といったが，フランス兵たちは喉をかききる仕草をした。砦につくとかのじょはいった。「そうしなけりゃいかんのだから，王様ばんざい，悪魔の代わりにいっとくよ！」》

『年代記』がそうであることを欲したであろう，いわゆる「正史」とは縁もゆかりもない挿話にすぎないが，ブルゴーニュ派であるモリネも，その読み手たちも大笑いをし，快哉を叫んだに違いなかった。逸話記述の原則に，ひとつに，おそらくモリネ自身が有した，語ることのよろこびがあったとおもわれる。上記のコントはフランス＝ブルゴーニュ戦争に側面から照明をあててはいる。逸話は一般にそうした効果を「正史」に対しもってはいるが，モリネがその事態を客観的に認識していたとはなかなかに信じがたい。「正史」となった歴史のこちら側で，モリネは膨大な出来事のあいだから物語性にあふれた事件を拾いあげ，読み手とともに楽しもうとしただけのような気がする。こうした「物語の誘惑」とならんで，もうひとつ存在する逸話記述の動因は「非日常性」と

おもえる。1476年，シャルル・ル・テメレール麾下の兵士が敵軍に包囲された砦から見事に脱出したことがあった。その逸話のまとめにモリネはこうしるす。《かれらに最後の苦しみをあたえようと処刑人を連れて来させたスイス兵たちは，もぬけの殻のありさまにすっかり仰天し，お互いにこれを**ほとんど奇蹟的な出来事**だと噂しあった》〔I. 142；強調はわたしたち〕。つまり不思議譚の領域には組みこまれないものの，日常からは突出する人間の営為や事件を知らせたいとの願望が巨大な歴史の流れの傍らに，そうした小さな歴史を書かせもした。わたしたちはこれら二つの基準のみがモリネに逸話を書きとめさせていたと断ずるつもりはない。たとえば「歴史の鑑」の思想も当然そこには絡んでくるはずだ。ただそれにかんしては，理念の問題としてあとで簡単に触れようとおもう。

　先に『年代記』の背景をブルゴーニュやネーデルラント周辺だと述べた。モリネがブルゴーニュ公やハプスブルグ家の修史官の立場で，比較的限定された地域を舞台にとった『年代記』を書き続けたのは確かであり[11]，そこにはこの地方の当時の日常を伝える貴重な報告も残されてはいる〔たとえば，「第211章（1489年）」《貨幣のきりさげ》〔II. 173〕での生活費〕。とはいえこの歴史書に外部世界への配慮が皆無であるわけではない。すでに簡単に言い及んだミラノ公暗殺事件やシャルル8世のイタリア遠征に代表される，遠方の人々の口の端にさえのぼるスキャンダラスな出来事，もしくは西欧全域，ことにフランスやブルゴーニュ周域に影を投げかけずにはおかない行動などがこれに含まれる。前者にはフィレンツェでの，メディチ家に対してパッツィ家とサルヴィアティ家の企てた陰謀〔I. 287 et suiv.〕，パリでの，ユダヤ人にたぶらかされた司祭による瀆聖行為〔II. 372 et suiv.〕が属するであろう。スキャンダラスな事件ではあっても，兄エドワード4世の息を殺害し自分が王位に就いたリチャード3世にかんしては〔I. 433〕，英国とフランス，およびブルゴーニュ，ネーデルラントとの政治的関係を斟酌すると，これは後者に分類さるべきかも知れない。ロドス島侵攻を筆頭とするトルコの動向〔I. 333 その他〕，ローマでの教皇選挙〔II. 525 その他〕も全欧州的な関心事であった。『年代記』に外部世界

への関心があるとするなら，それはまずもって対象となる外部の事件がブルゴーニュを中心とする地域に影響力をもつかぎりにおいてであり，次いでその出来事がそれ自体のうちに興味深さを宿らせるかぎりにおいてである，といえるとおもう。モリネは最遠方の外部世界，「新大陸」についても1ページほどの記載を残した。予言者でも思想家でもないモリネには，「新大陸」がどれほどの経済的価値・政治的意味をはらむかなどは考えも及ばぬことがらだった。ただかれはもっぱら好奇心に押されて記述した。「新大陸」に費やされる三十数行から，3分の1ほどを引いておく。

　（引用—16）〔II. 545-546〕
《すでに述べたように，これらの島のひとつは，海に囲まれ，川も井戸も泉ももたず陸地から淡水をえることもできなかった。なぜならかれらには舟も船もなかったからだ。しかし一本のとても高く，たいへん大きくて元気のある，枝葉がしげり，りっぱな若枝に覆われた木があって，1年間に続けて3ヶ月のあいだ，1日にいちど，一定の時間に，降りてきた大きく厚い雲におどろくほど湿り気をあたえられ，ただちに水分を含み，地上にたいそうたっぷりと撒き散らすので，ひともけものもからだを冷やすのに充分なほど水をえることができ，おまけにこの木のまわりに溝を掘って水をたくわえるほどだった》

　モリネは『年代記』においてさまざまな出来事について語った。ただ，すでに若干触れたとおり，かれは必ずしも〈事実（と想定されるもの）〉のみを，主観を排して記述したわけではなかった。モリネの「思想」とか「理念」とか呼びうるもの，それもまた『年代記』を構成する貴重な要素だった。モリネの〈私〉が何ごとかを告げる文章の中で単なる「感情」の表明に終わらない，比較的抽象度の高いものをさぐってみる。
　第1にモリネは『年代記』をあらわすということ，そのことにかんしどう考えていたのか。モリネの歴史記述の性格をめぐってはノエル・デュピールの学

位論文やドゥートルポン゠ジョドーニュの「序論」に基本的にはまかせたい[12]。それでもあえていく点か確認しておくと，わたしたちは先にシャルル・ル・テメレールがノイス包囲戦に〈修史官〉ジャン・モリネをともなった理由を教える「序文」の一部を引いたが，『年代記』にはじつはもうひとつの「序文」が存在する〔II. 589-595〕。第1の「序文」が主として『年代記』の第1原因たるブルゴーニュ公爵（家）の讚辞であるのに対し，このもうひとつの「序文」には歴史記述に関連する考察がやや多めに含まれている。モリネはそこでまず，悪魔を天から追放した大天使の業を《最初の騎士道的な闘いにしていさおし》と呼び，視線を地上に移しては，現世の王侯が「おおやけのことがら〔chose publique〕」のために心身を捧げる《騎士道的な武功》をつうじ，《この世での栄光に満ちた名声と永遠の記憶にとどまる称讚》を獲得する，と述べる。モリネが《我々の歴史の主たる題材》とするのは，《こうした地上での軍事行動と人間のおこなう騎士的ふるまい》なのだ。一方，地上の国家や地域はそれぞれの君主が統治する。ひとつひとつの国家にはいろいろな運命の転変が見えるが，ブルゴーニュ公国においては4代の公爵がほとんど奇蹟的ともいうべき，優れた治世を敷いてきた。かれらが死後なお，人々のあいだで生きうるように，また将来において手本となるように，さらに子孫が讚えるように，かれらの《驚くべき事績と賛嘆すべき歴史》を文字にしよう。ここでモリネは文章をあつかう者の自負を漏らし始める。これも修辞学派の散文での文体をよくあらわしているとおもわれるので，原文とともに引用しておく。

（引用—17）〔II. 592 ; II. 593〕
(A) 《征服者の武具は色あせるし，兜はこわれる。かれらの槍は折れるが，その名前は栄光あるいさおしとともに黄金の文字にてしるされ，永遠にとどまる。

〔Les armes des conquerans sont ternies, leurs heaulmes sont casséz et leurs lances brisées, mais leurs noms ensemble leurs glorieux faictz sont escriptz en lettres d'or et demeurent à perpetuité〕》

(B)《高い評価を受ける多くの栄誉ある武勲，いと強くたくましい腕による軍功は，もしその知らせがなくなれば，暗い影にかくれてしまう。それというのもどのような筆づかいも，いさおしの鑑で輝かせるべく，それらを豊かな素材で飾らないだろうからだ。

〔Maintz glorieux faictz d'armes de haulte estime, exploictiés de très forte et vigoreuse main, sont esconses en caligineux umbraige, si que jamais n'en sera nouvelle, pour ce que nul traict de plume ne les a enluminés de riche estoffe, pour resplendir au miroir de prouesse〕》

ブルゴーニュ家の栄光もそれを刻むものがいないとしたら何になろうか。モリネはそのために選ばれたシャトランの事績や自分がその後任となった経緯を語り，ほぼ「序文」を終えるのだが，なおいささか注意を引くのは，その末尾にモリネの歴史記述への考えを示す文——一種のマニフェスト——が置かれている点である。

(引用—18)〔II. 595〕
《しかしながら，わたしが眼で見ることができ，信頼できる人々によってか，真正の記述によってわたしが聞くであろう，記録にあたいするものの中で，ふさわしいことがらを讃えるべく，ここちよくはっきりした雄弁で，罪人と対決すべく，きびしくするどい罵詈で，永遠の神の称讚と，わが主君の名誉，わが霊魂の救済のため，わたしの真実の筆をインクにひたすことにしよう》

問題は三点ある。ひとつは史的事象の真性判断の基準にかんしてだ。モリネはその基準を，自分が文献を参照すること，信頼できる人物からの情報であること，真正の文書に載っていること，とする。もうひとつは歴史の倫理性であり，しかもモリネの筆があたかも一定の効果を有するかのごとく考えられている。最後に歴史記述の究極の目的に《永遠の神への称讚，わが主君の名誉，わが霊魂の救済》をあげる点である。これは必ずしも定型表現とばかりみなせな

いとおもう。

　歴史記述をする者にとって〈真性〉の要求は多分つねに存在した。過去に生じた，そして地上の各地に発生するすべての事件に立ち会うことなどありえないのだから，己れが見聞しなかった出来事をめぐりそれが事実か否か，一定の偏見にゆがめられていないかどうか，記述にあたいするか否か，歴史家は判断を下すを余儀なくされる。モリネにおける史料収集や史料批判については，それを論ずるなんの資格も用意もないし，実証的なドゥートルポン゠ジョドーニュ，デュピールの考察に譲りたい。ただモリネの〈真性〉の確認の仕方について，本人の言葉を拾ってみる。息子の前にあらわれた，煉獄で苦しむ母の霊の逸話の最後に，モリネは自分がどのようにしてこの不思議譚の真性を確信したか，その過程をこう話す。

　（引用—19）〔II. 204〕
《わたしの考えでは他愛ない，この亡霊さわぎの真相を知るために，聖ベネディクト派の有名な修道士，ヴァランシエンヌのノートル゠ダム・ラ・グランド聖堂の宝物庫管理人，ドン・ジャン・ド・フォンテーヌがわたしを上述のエランのもとに連れていってくれたが，その場所で先に書いたようなしるしをつけた若い息子に会った。かれは起こったことを詳細に話してくれた。同様に，司祭も神学生も，その他の信頼にあたいする人々も事件のいきさつがまったく真実であると断言した》

　近代的な世界把握に即して，こうした〈真性〉判断を否定してみても多分それほど意味はない。モリネは〈真性〉をさぐるため懸命に努力した。ただ探究の方法も前提も時代の知の枠組みに捕らわれていた。神や悪魔が実在した世界ではあらゆることが可能であったはずだし，超自然的な，あるいは非日常的な事象の測定に，自然界の，あるいは日常的な秤が間にあう道理もない。歴史の闇は〈もっともらしさ〉をバネに飛び越えるより方法はなく，そのかぎりにおいて「噂」の一部でも裏打ちするたぐいの事実があり，また「噂」の〈真性〉を保証

する「権威」があれば「噂」全体が事実と考えられた。《信頼にあたいする〔digne de foy〕》と形容される報告や人物をたよりに，モリネは歴史の闇を進んだ〔I. 301も参照〕。

　モリネにとって歴史記述は倫理の命ずるものでもあった。倫理とは世界に向かうひとつの立場だから，個々の対象への見解をぬきに語りがたいが，その点にかんしては後にまわすとしよう。『年代記』本体で，歴史の倫理性は二つの方向であらわれる。ひとつは記述すべき事項の選択基準として働く。ノイス攻囲戦の描写にとりかかるにあたり，そのさまざまな戦闘局面の詳述は控え，《讚辞と大いなる称讚にあたいするいくらかのすばらしい活躍について簡単に触れるだけでわたしには充分なのだ》〔I. 63〕と述べる。ここで歴史は過去のある事績の価値をはかり，それに応じた報いをもたらす（良い報酬とは史書に名前を刻まれることだ），いわば裁判官の権威を仮託される。もうひとつに，《歴史の鑑＝鏡〔miroer〕》なる概念がある。ヘント市民の反乱をまえに屈辱を味わうマクシミリアンの姿を，世の高位にある者への《鑑にして生きた見本》〔I. 591-592〕と指摘する。権勢を誇ったフランス大元帥サン＝ポール伯ルイ・ド・リュクサンブールが罪を暴かれ処刑されるにあたって，モリネはこう教訓をあたえもする。

　　（引用—20）〔I. 134〕
《これが，かくも多くの名誉や報酬，勝利や褒美をあたえられ，手にしたあとで，人間をあざむくこの偽りに満ちた現世においてかれが受けとったいたましい報いと哀れな支払いであって，君主たちの支配者にはなはだ見事な鑑となるものである》

　前者は民衆のあつかいにかんし統治者に，後者は権力の濫用にかんし統治者を補佐する者に，と内容も相手も異なるが，モリネは己れの史書が読み手の（一部の）教訓となることを願った。歴史はここでは具体的に手本を見せ，行動基準を示す，いわば教育者の役割を仮託される。審判と教師と，必ずしも重

ならないが共に高度に倫理的な機能を,『年代記』は潜在的に負わされていたようにおもう。

　16世紀に「歴史」が「年代記」から解放されていく過程で,〈真性〉と並んで歴史記述の原則とみなされるようになったのが〈中立性〉の理念だった。モリネはこの理念について一般的な考察をおこなってはいないけれど,具体例をとおして客観性への志向がのぞく場合もある。たとえば1481年,フランス軍とブルゴーニュ軍のあいだで休戦が成立したときのこと,モリネは《フランス側もブルゴーニュ側も互いに略奪をおこない,侵略し合った》〔I. 366〕と,両軍の協約違反を咎めた。すぐと述べることだが『年代記』は親ブルゴーニュ的立場で貫かれ,正義はおおむねブルゴーニュ側に存するが,つねに全面的にブルゴーニュの行動を是認するとはかぎらない。1486年に結ばれた和平をフランス軍と,当時のモリネの主筋,マクシミリアン軍の双方が破ったとの記載もある〔I. 520〕。あるいはまた,『年代記』の前半でわたしたちは,モリネがおよそシャルル・ル・テメレールの位置から物事を記録するとの印象を抱いてしまうが,それでも修史官として仕えた最初の主人の戦死報告でひとしきり讃辞を送ったあと,モリネがこう付け加えたのを忘れるわけにはいかない。

　　（引用—21）〔I. 169〕
《もえさかる貪欲さに火をつけられた,いくたりかの悪しきやからを信頼することほど,シャルル公の評判をおとしめたことはない。このやからは公をそそのかし,その耳に吹き込んで,ご自身の仕事のため,慈善金や礼拝堂,償還されていない聖歌隊の報酬から,3年分の収入を召し上げさせたのだ。この期間,あらゆる場所で,創設者の意志に反し,神への勤めが中断し,明晰な判断力をもった人々は,今後何も繁栄することはないだろうし,この罪を罰するため,どれほど大きかろうとこの邦全土にわたって,ヘントにおける以外は,その君主にして生まれながらの主人になすべきと考えられているような,公の霊魂のための荘厳な勤めをおこなうことが見られも聞かれもしなかった,と述べている》

しかしこうしたブルゴーニュ軍やシャルルへの批判（「批判」というより「客観的記述」と呼ぶべきか）は『年代記』全編をつうじての〈中立性〉を保証するものではない。それどころかモリネには，〈中立性〉と抵触するような，一定の対象に向かう強い感情的，もしくは理念的なかたよりが存在した。こうしたかたよりの筆頭は，すでに述べもしたが，「親ブルゴーニュ的立場」であろう。わたしたちは2種類の「序文」の中で，「ブルゴーニュ（公爵）（家）」がどれほどモリネの意識に（そしておそらく無意識に）深く根を下ろしていたか見たはずだ。『年代記』の本文中でもシャルルやマリー・ド・ブルゴーニュ等，公爵家の人々に讃辞を惜しまないし，ブルゴーニュ兵の勇猛さは敵にさえ評価される〔II. 106〕。ただモリネの「親ブルゴーニュ」ぶりがいっそうきわだつのは，「反フランス」的言辞と組み合わさったときだ。1477年のアヴェンヌ攻囲戦でブルゴーニュ人を欺き，城門を開かせたフランス軍は蛮行のかぎりを尽くした。《考えたり語ったりできるあらゆる非人間的な仕業や暴虐行為がその地で，忌まわしいフランスの屠殺人の手で犯された。この者たちがいとキリスト教的なる者〔très cristiiens〕と呼ばれているのだ》〔I. 200〕。フランス軍は呪わるべきである。けれど本当によこしまなのは一般的なフランス軍，あるいは個々の顔をもったフランス兵なのだろうか。かれらの非人間的な行為は戦場での偶発事でもなければ，フランスとブルゴーニュとの長い対立の時間のみが原因しているのでもなかった。それらの悪逆非道な仕業をくりかえすフランス兵の背後にはルイ11世がいた。

　（引用—22）〔I. 212；I. 219〕
(A)《上述の都市で許可をえて，もしくは許可をえないまま，その自由射手に，征服した場所で，〔フランス〕国王が許した掠奪，翻弄，汚点，狼藉，殺人，暴政，泥棒，窃盗，非道の数々》

(B)《このいと神聖にしていと聖なる系譜につらなる，いとキリスト教的なる国王ルイのうちには憐憫と寛仁がいかなる性癖にもまして光り輝くべき

であるのに，敗れたキリスト教徒を苦しめるために，かくも甚大でおおやけの善に反する一種の暴政を敷きひろげたのである》〔引用—7〕も参照〕

　モリネが「フランス」自体を呪っていたとは考えがたい。『年代記』にはマクシミリアンのブリュッセル市入城を機にモリネの手で書かれ，『地上の楽園』と銘打たれた，ていよくいえば一種の寓意的（？）・占星術的（？）国家比較論（？）が収録されている。もちろんかれの意図はハプスブルグ家の賞讃に存するが，そこでモリネは若き日に学業を修めたパリをひとしきり讃え，《パリはもうほとんど楽園といえる》〔I. 534〕とさえ形容する。つまりかれが憎悪したのは綜体的な「フランス」というよりも，その統括者にしてブルゴーニュ家やハプスブルグ家の仇敵，ルイ11世だったとおもえる。主筋の変化につれてブルゴーニュ家からハプスブルグ家へとモリネの共感の対象はうつるが，対してルイの後継者であるシャルル8世やルイ12世へ，ルイ11世への憎しみが転移するわけではない。もちろんそこにはシャルル8世の治下，1493年のサンリスの和議以降，ブルゴーニュとフランスの関係が好転した事情も反映しただろう。モリネの感情も変化したかも知れず，さらに公式の記録にあまりに否定的な表現はためらわれたのかも知れない。いずれにせよ，ルイ12世が病に臥した折り，その敬神の念が王を救ったとモリネはあらわした〔II. 554〕。

　シャルル・ル・テメレールやマクシミリアンへの忠誠心はどこに由来するのか。かれらがモリネ（をはじめとする宮廷詩人）に生活の基盤や社会的なステイタスをあたえるからだろうか。それとも身体に染み込んだ，直接的な関係にある君主への当然の感情のなせるところなのか。わたしたちは先に（引用—6）で，神や太陽の唯一性になぞらえて地上（「国家」の意味だろう）にはゆいいつの領主権しかあるべきでない，とする見解を見た。それでは君主への忠誠は神に対する程絶対的なのだろうか。わたしたちは『年代記』のいたるところにモリネの主家への偏愛を見出しても，それを説明する理念やまとまった君主論のごときものを発見することはかなわなかった。たとえば，人が郷里に抱く愛

着を訴える文章はある。1479年，アラス市をわがものにしたルイ11世は，住民をそのままに放置した場合の将来を恐れて，かれらを追放し，代わりにフランス人を入れようとした。

　（引用―23）〔I. 298〕
《ある者もまた別の者も同様に，遺産や家屋，農園や愛する場所を打ちすてて，その郷土とは異なった未知の大地を目指して，自分たちが生まれた土地から不安を抱えながら出発することで，どれほどの悲しみを心にやどしていたか，考えていただきたい》

　君主への忠誠とは好意的に見るとこの程度の，つまりひとが慣れ親しむ土地や家に有する愛着の念に類似した，あるいはそれらの傍らに時としてわずらわしくもたたずむ，しかし多くの人間にとってその存在ぬきには「国家」（「共同体」ではない）なる存在を想像できない――もし想像する必要があるとすれば――何ものかの尊重であったのかも知れない。モリネがその修史官たる身分を越えて（「身分を越えた」人格を想像することが可能かどうかも問題だろうが），どこまで「君主」に対し強い支持の感情や理念を抱いていたか，わからない。神聖ローマ帝国における選挙侯制度にかんしては，当然のことながら，充分な知識をもっていたから〔I. 487〕，王権の血筋による継承が普遍的・絶対的だとおもうこともなかったろうし，英国で父の不行跡ゆえに継承権を奪われた王子がいたのも知っていた〔I. 436〕。そしてそれらの記事になんらかの否定的な註釈がほどこされることもなかった。加えて敵国の君主ルイ11世への激しい非難，そして直接の主シャルル・ル・テメレールに向けられた，死後の言葉にしてはけっして弱いとはいえない批判をおもい起こすと，一般的な君主制にかんしても，個々の具体的な君主に対しても，モリネは忠実でこそあったけれど，必ずしも絶対的な存在と認知しはしなかったし，さらにいえば「君主」を越え，批評しうる視座があったともおもえる。

　それではそうした視座の根拠とは何か。そこに地上の宗教的権威は無縁であ

第3章　いわゆる「(大)修辞学派」による歴史書3篇　225

る。つまり一定の宗教的権威を絶対化することで「君主」を批判する土台を獲得したわけではなかった。モリネは伝統的なカトリックの教義や儀式にそむく異端者には厳しい姿勢を貫いたが〔II. 441-443；II. 526-527〕，一方ナポリ遠征時，シャルル8世にすりよる教皇アレキサンデル6世の姿は〔II. 406〕いかに「ドラマ化」されようと「神の代理人」の面影にはとぼしいようだし，その愛想のよさは直後の背信行為――シャルルに対抗しマクシミリアンらと手を握る――と読みあわせると，明言は避けながらも暗示される人物批評であるようにさえ見える。ペテロの後継者にかんする批判が紙背に隠れるとしても，もっと手近に存在する修道院の堕落〔II. 568-569〕や，教会の腐敗には，はるかに直截で辛辣な描写や叱責の言葉を残した。教会の例をあげてみる。

　（引用―24）〔I. 298〕
《アラスのサン゠ヴァ教会は，近隣のあらゆる境界地域の中でもっとも荘厳で著名な修道院であり，以前は，誠実でしかも大勢の尊敬すべき人々によって仕えられ，飾られ，富んでいたのだが，一時は1回のミサさえ唱えられる聖職者がいないほど低きにおちていた。それどころか修道院院長も立願修道士も散らばり，逃亡し，諸国を放浪し，物乞いをしていたし，その修道院の回廊も寝室も尊い礼拝堂も修道士や兵士や戦士でいっぱいになり，この者たちはたくさんのよく知られた歌の代わりに，賽やすごろくで賭け事をし，聖なる書を読む代わりに，神をひどく罵っていた》

わたしたちはモリネに，教会の腐敗も異端も同時に否定し去る格別の教義理解があったとはおもわない。多分かれの批判は時代の知識人が共有したであろう，一定の宗教上の教養にもとづいた一種の「正義感」とか「良識」と名付けられる，おぼろげな世界に向かう姿勢――すなわち別様にいえば「倫理」とか「世界観」――のなせるわざであり[13]，精緻な議論に追い込まれれば動きの取れなくなるたぐいに違いなかった。そうであっても，かれらの学識は時代の中で相対的に体系的であり，依拠すべき権威にも欠けることなく，平均的な水位

からは随分と高みにあったはずだから，人々はかれらの言葉に一応の敬意をあらわしたであろう。モリネは己れの思考が伝統にのっとり，正統でもあり，みながこれに従えば現世はもっとよくなると信じていたとおもう。ただモリネはそれを声を大にして説教せずに，未刊のままに残された『年代記』の草稿に書き付け，そしてわたしたちのまったくの想像ではあるが，自分の周辺の者に漏らす程度にとどめた。

　かれがシャルル・ル・テメレールへの批判的文章を残しえたこと，そのことはかなり意外におもわれる。単純にモリネが大胆で，〈真性〉への義務を宮廷詩人の立場に優先させたのか，それとも『年代記』が草稿のまま，広くブルゴーニュ家関係者の眼に触れぬ事態を前提にしていたのか，さもなければシャルルへの批判がかなり後期，マリー・ド・ブルゴーニュも没し，ハプスブルク家のもとで旧主への物言いに自粛する必要が薄れた時期に書き加えられた箇所であったのか，あるいはこの時代，市井の年代記作者が己れの信念に従って為政者や宗教者への批判を綴ったのにならって，宮廷の知識人にも亡き主君の批評が許される空気が存したのか——推測は可能でも，本当の理由はわたしたちの手の届く範囲にはない。ただわたしたちはこうした文章の一節を捉えて，モリネの批判精神を過大評価したり，モリネに時代や環境において突出したオリジナリティを認めるのは避けた方がよいとおもう。ひとつに『年代記』をつうじてモリネのほとんど絶対的なシャルル支持の立場は途切れることがなかったし，またひとつに大胆な発言であったにしても，それがかれを失脚させることも，追放させることもなかった。つまりかれの発言はさほど目立たなかったのだと考える。公式の修史官がわずかながら君主の行為をあげつらっても，結果的には咎められはしなかった。あえていえばその程度の自由は認められていたのかも知れない（というより晩年のモリネへの俸給支払いのとどこおりをかえりみると，主筋の王侯が「修史官」の役目に注意を払わなかった可能性の方が大きいけれど）。ともあれ十数行の厳しい旧主批評にもかかわらず，かれの宮廷知識人のあいだでの指導的立場に変化は見られなかった。『年代記』を見る機会のなかった人々が相変わらずモリネを称讃し続けたのはもちろん，モリネの草

稿を充分に知っていたはずのジャン・ルメールも，かれを讃え，その職務を継ぐのを名誉と考えた。

3．物語と歴史：ジャン・ルメール

　1511年にその第1巻，1512年に第2巻，1513年に第3巻が刊行されたジャン・ルメール・ド・ベルジュの『ガリアの顕揚ならびにトロイアの偉傑』[14]をこの時代のいく冊かの歴史書，ことにいままで見てきた，地方宮廷の公式記録たることを念頭に据えたモリネの『年代記』と対照すると，その歴史記述にかんする，理念や方法の違いの大きさに驚かざるをえない。『旧約聖書』「創世記」のノアに端を発し，ルメールの生きる現在につながる人類の系譜を辿る，はなはだ単調な散文と，その錯綜した系図のあいだに置かれた神話的・牧歌的な数々の挿話——とりわけ「パリスとオイノネの物語」を中心に据えるトロイア戦記——とで成立する『ガリアの顕揚ならびにトロイアの偉傑』の史書たる価値を同時代人はどう判断したのだろうか。わたしたちはマンやアベラールの丹念な調査研究の結果[15]，この作品が出版当時から多くの版を重ねた事情を了解するにいたっている。けれどもかかる成功は『ガリアの顕揚ならびにトロイアの偉傑』が厳格な史書と認定されたことを告げるものだろうか。ひとつの例として，ルメールが1507年に没したモリネの後を継ぎ，マルガレーテ・フォン・エスターライヒのもとで正式に任命された「修史官」の職務をおもい起こしても，それが『ガリアの顕揚ならびにトロイアの偉傑』の執筆や内容とどう関連していたのか，あまり肯定的な解答は想像できない。任命のさいマルガレーテやジャン・ルメール自身の脳裏にやどっていた「修史官」が果たすべき著作活動とは，おそらく何よりもモリネのそれに直結すべき『年代記』の作製だったのではあるまいか[16]。事実ルメールはその方向でも活動し，かれの手に成る，1507年にさかのぼる同時代の記録やそれ以前の歴史をめぐる覚書が，完成しえなかった大『年代記』の断片として残存する。一方『ガリアの顕揚ならびにトロイアの偉傑』の序文を信ずれば，ルメールがこの畢生の大著に取りか

かったのはおよそ1500年頃であるという〔I. 4〕。非公式に修史官の俸給をあたえられ始めた1505年にはもちろん，1507年にも『ガリアの顕揚ならびにトロイアの偉傑』は風評やルメール自身の吹聴，そして多分，断片的な草稿の回覧といった形で，その存在をある程度世に知らしめていたに違いない。そうした完全な実体のないままの評価も宮廷に職を得る重要な契機にはしばしばなったろうし，身分をあたえたあとでマルガレーテがこの書の第1巻の刊行に積極的だったのも間違いではなかろうが〔I. 10〕，かのじょはその完成を最大の目標にルメールを雇ったのではなかった。もしルメールの主人たちがかれの未完の構想を，16世紀中葉のピエール・ド・パスカルのわずかな断章しか残されない同時代史やロンサールの『フランシヤード』程度にも尊重していたら，ルメールは『年代記』用の資料集めに奔走などしはしなかったかも知れないのだ。そしてまたこれは後年，『ガリアの顕揚ならびにトロイアの偉傑』が上梓され始めた1512年においてさえ，かれの第2の主人となるアンヌ・ド・ブルターニュはルメールに，ピエール・ル・ボーとアラン・ブシャール（このふたりのブルターニュ史家については，第1部第2章「境界にたたずむふたりのブルターニュ史家」を参照）のそれぞれの『ブルターニュ史』，『ブルターニュ大年代記』[17]を補足，もしくは完結させるであろう（というのはわたしたちの想像だが）同名の史的記録の作成を依頼した〔IV. 424〕。すなわちマルガレーテと同じくアンヌにとっても，『ガリアの顕揚ならびにトロイアの偉傑』の完成（ルメールはその第4巻の執筆も企てていた）よりも己れの領地＝国家の記録の方が優先した。つまりこの著作の完成と「修史官」の想定任務とは直結しなかったようにおもわれる（マルガレーテたちが『ガリアの顕揚ならびにトロイアの偉傑』を無視したのではなく，一切の配慮なしに，あれもこれもと要求した可能性も，本当は，大きいけれども）。「修史官」は公式の立場で主筋やその領地の記録をとり，領主たる王侯の存在や行為の正当性を同時代，もしくは後世に伝える。その意味で『ガリアの顕揚ならびにトロイアの偉傑』の表面的な構想や叙述方法は，地域的な宮廷の方針とただちに重なるものとは見えなかった。人々は『ガリアの顕揚ならびにトロイアの偉傑』に喝采を送ったが，それがこの作品

第3章　いわゆる「(大)修辞学派」による歴史書3篇　229

全体に対してであるかどうか，またこの作品を真正の歴史書とみなしてであるかどうか，いささか疑わしい。騎士道物語を子供の読み物とする判断は，この世紀の前半の社会的上層にはすでに広まっていた。わたしたちにはこの驚くべき「歴史書」を前にとまどっている，当時の知識人・教養人の相貌が眼に浮かぶような気がする。そのとまどいは19世紀以降の諸研究者と同様，わたしたちのものでもある。以下にそうしたとまどいの原因を表現のレヴェル，史的考証のレヴェル，政治性のレヴェルで尋ねることにしたい。

わたしたちは『ガリアの顕揚ならびにトロイアの偉傑』を，系譜と物語との二つの面をもつと紹介した。ノアに始まる系譜の線的記述が時に大きく，時に小さくとどこおって物語を形作る。しかし物語の中にも時間は流れ，線的記述の過程でもある程度まとまった考証や感想，教訓等が挟まれる場合もあり，流れの速度は単一ではない。線的記述に用いられる文章を，ひとつの基準として示してみる。

（引用―25）〔I. 71〕

《引き続き，ガリア国王，ロンゴ6世と称する上記バルドゥスの息が統治した。わたしたちにはこの人物の名前以外，わかっていない。推測できるのはただ，かれがラテン語でリンゴネンシス市と呼ばれるラングル市を創設したかも知れない，ということだけだ。リンゴネンシスはランゴネンシスという名前から遠くはないし，上記の国王ロンゴの名前に充分に近いものだ。ロンゴはバルドゥス2世と呼ばれた息をひとりもち，その者がガリアの第7代国王になった。

〔Consequemment regna le filz dudit Bardus, nommé Longho, VI. Roy de Gaule, duquel nous navons autre chose que le nom. Se ce nest quon peult conjecturer, quil eust fondé la cité de Langres, quon dit en Latin civitas Lingonensis, qui nest pas loing de Langhonensis, et approche assez du nom dudit Roy Longho, Lequel eut un filz, nommé Bardus le jeune, qui fut septieme Roy de Gaule〕》

単純過去を基本的な時制にとり，先の文章から後のものへと，ほとんど直線的に時間が流れていく。ルメールが「修辞学派」の一員たるを明らかにするのはかかる線的記述にあってもなしとはしないが——わたしたちが考えているのは上記の引用にも見られた語源や語義の説明であり，これは後述するものとする——，まずたいていは歴史記述の流れがとどこおる箇所においてである。見落としも多いであろうが，印象では，モリネが『年代記』で頼った「修辞学派」的手法は，『ガリアの顕揚ならびにトロイアの偉傑』では前者におけるほど多用されはしない。しかも語源等の解釈部分を除いて一般的文章表現の内部では，ひとつの単語の音や綴りを起点に語の表層を滑ってゆくたぐいの，いわゆる言葉のたわむれが出現することはほとんどないといってよい。「修辞学派」の影響は単語の配置や文体の問題としてあらわれる。パリスの第1の妻オイノネはヘレネの出現に嘆き悲しむ。

　(引用—26)〔II. 119〕
《なぜなら日の光はかのじょにとってもの悲しく，太陽の輝きはかのじょの視界をさえぎり，なぐさめようもなく沈んだ人々がそうするように，ひととの交わりから離れて，ひとりになれる場所だけをさがすのだった。ひとりになったとわかると，あらゆることで溜め息におそわれ，無念さに攻めたてられ，なみだにくれてはうめき，うめいては涙にくれたのだった。
〔Car la lumiere du jour luy estoit ennuyeuse, la clarté du Soleil luy offusquoit la veüe, et ne queroit que lieux solitaires, et separez de frequentation humaine, comme font gens contrits inconsolablement. Et quand elle se veoit esseulee, lors souspirs laggressoient, regrets lassailloient de toutes pars, en plourant gemissoit, et en gemissant plouroit〕》

　むろん注意を引くのは最後の1行であるが，それに先立つ文章にも修辞への努力は看取される。たとえば《日の光り》，《太陽の輝き》，あるいは《溜め息》，《無念さ》といった具合に同系の表現をかさねる。こうした必ずしも「修

辞学派」のしるしではない,対照法や重疊語法,頓呼法等などの,より一般的な修辞的技法がむしろルメールの『ガリアの顕揚ならびにトロイアの偉傑』の文学性の中央に存する。さらに二つほど例を引く。ひとつはラケダイモン市を訪問したパリスたちトロイアの一行が,歓待の掟を裏切ってヘレネを奪うついでにおかした略奪や蛮行の結末,もうひとつは上記(引用―26)にほぼつながる,オイノネの嘆きの一部である。

(引用―27)〔II. 76 ; II. 120〕

(A)《女たちの悲鳴,子供たちの泣き声,年寄りの嘆息,殴る者がたてる音,征服者の叩く音,武具の物音,逃亡した者の哀惜の声,死にゆく者の嘆きと叫び,そして混乱した全都市のさわがしい呻きを耳にするのはあわれでもあり,おそろしくもあった。

〔Si estoit pitié et horreur douyr les cris feminins, les pleurs des enfans, les souspirs des vieillards, les chapplis des frappans, le charpentement des vainqueurs, le bruit des harnois, les regretz des fuyans, les plaints et lurlement des mourans : et le tumultueux gemissement de toute la cité confuse〕》

(B)《おお,わが心のかつてのやすらぎよ,わたしのあらゆる想念の住まいよ,この世で比べるものなきパリスよ,あなたとわたしのあいだにどのような障害が置かれたというのでしょう。どのような不運がわたしに起こったのでしょう。なぜ,こんなにも荒々しくあなたはわたしの心を傷つけるのですか。なぜ,もうわたしのものではない男として,あなたのことを嘆かなければならないのですか。どんな罪でわたしを咎めることができるのでしょう。永遠にあなたのものとしてとどまれるはずもない,そうした罪があるとして。

〔O le repos jadis de mon cœur, le sejour de toutes mes pensees, Paris le nompareil du monde, quel obstacle sest mis entre toy et moy ? quel meschef mest advenu ? Pourquoy blesses tu si rudement mon cœur, quil faut que je me plaingne de toy, comme de celuy qui nest plus mien ? Lesquelz des Dieux sont ce qui contrarient au comble de mes desirs ? Quel crime me saurois tu reprocher, obstant lequel ne doive demourer tienne à perpetuité ?]》

　これらの修辞的技法以上のものをルメールが『ガリアの顕揚ならびにトロイアの偉傑』で——韻文作品では別だが——誇示するわけではないし，また，使用頻度の差こそあれ，多用したわけでもない。（引用—25）で見た系譜記述に使われた文体と，（引用—26）および（引用—27）での修辞的な文体との差は歴然としているが，しかしこうした2種類の文体の混在はモリネの『年代記』を眺めてきた者には異様なたぐいではない。わたしたちがこの歴史書を通読して困惑を覚えるのは，そうした文体の不統一とか，形態的な修辞技術のレヴェルにおいてではなく，表現された空間，もしくは行為をわたしたちの視線が横切るときにである。そしてかかる違和的な空間や行為の発生は，前出の二つの引用もその枠の中から選ばれたものであったが，何よりも「パリスとオイノネの物語」を頂点とする。
　この「物語」の何が違和感を醸し出すのか。『ガリアの顕揚ならびにトロイアの偉傑』「第1巻第21章」から，不吉な運命の予言を受け，危うく死を免れて牧者のもとで育てられたパリスの少年時代の描写を，書き写してみる。

　　（引用—28）〔I. 134-135〕
《両親とおもっていたひとたちの許しをえることができても，あいかわらずかれは牧童の仕事について，何かしら新しい工夫をし続けていた。兄弟や仲間をさそって，あるいはさまざまな色彩の羽根で飾られた小鳥の群れを捕らえるモチを作るために，森で棘のあるモチの木を集めにいったり，あるいは歌いながら小鳥をあざむいたり，飼ったり育てたりするために籠を作ったりするために網を編んだりしていた。時としてかれはかれらと一緒に高い木々に

のぼって，カサギやフクロウ，カケスやカッコウを巣から取り出したりしていた。ある時はみすぼらしい灌木のあいだをこっそりとヒワやムネアカヒワをさがしにいっていた。またある時は鋭く，とがった岩山にのぼって，可愛らしいリスや美しいテン，ムナジロテン，ジャコウネコ，ハリネズミやシロテンの居場所や隠れ家をさがし，その子をつれかえったりしていた。〔……〕ある時は身軽に実をつける季節の木々にのぼり，仲間に赤いサクランボウ，メープル，ソルビエの実，コルニエの実，接木をされたミュールの実，栗，イチゴマメの実，マツの実，クルミ，そしてこの地方にあふれているその他の種類の数多くのおいしい果実を投げ落としたのだった》

　このような描写をどう考えればよいのか。いわゆる「年代記」の多くは特定の地域を舞台にした出来事の通史であり，その理解を深めるために問題となる地域の地形，風土，気候といった，自然にかかわる叙述を導入部に置くこともある。しかしそれらの叙述をかりに「地誌的」と形容すれば，わたしたちが引いた文章の自然観はまったく異なる視点から発し，「牧歌的」と呼ぶべきたぐいと思われる。そしてまたかかる描写は，その風景の中で歴史的・現実的に生起する諸事件の理解を助けるためではなく，パリスやオイノネの人物像にくっきりとした輪郭をあたえ，かれらの周囲に生ずる出来事を物語化，もしくは文学化するためにこそ役立つ。多分ルメールの喚起する「自然」はパリスが少年時代を過ごしたと設定される，トロイアに近い小アジアの一地方の地理と必然的な関連をもってはいない。ブルゴーニュ，ネーデルラント，フランス，さらにイタリアの諸都市と，ルメールの見聞はかなりの広範囲に伸びたはずだが，さすがに小アジアに赴いた記録はなく，むしろそれはルメールが頼ったありうべき出典，もっと広く取れば文学的なトポスに支配されている。
　文学的なトポス——わたしたちはそれをこの「物語」中へのギリシア（ローマ）神話の導入によっても確認する。トロイア戦争自体，神話的要素と深くからみ合いつつ伝承されてきた過程をいまさら喋々する必要はまったくないが，それでも戦争史と神話とを分離しようとする傾向はつねに存在した。しかしル

メールは，後で見るとおり一定の神話解釈をともなってではあるが，異教の神々をおおむねそのままの姿で『ガリアの顕揚ならびにトロイアの偉傑』の中心部分に出現させる。(引用―28)の数ページ先では，野山を駆けめぐるパリスの《非常な美しさ》〔I. 142〕を眺めに川や森からニンフや妖精が集まって来る有様が記されるだろう。オイノネは登場時から死にいたるまで《ニンフ》と形容され続けるだろう。天上の神々，あるいは女神たちの会話や行動も知らされるだろう。神々の世界と人間の世界は並行するのではなく，交差する。三人の女神たちが「不和」にそそのかされ，パリスの審判を仰ごうと地上に降り立つ場面である。

(引用―29)〔I. 229〕
《このように澄んで晴れやかな大気のあいだを三女神たちは華麗に進んでいった。序列を守って飛ぶツルたちのようであった。神々の伝令〔メルクリウス〕は洞穴で涼んでいる牧童パリスを認めるとただちに，高貴な女神たちにかれを指し示し，女神たちはパリスがこのような姿であることを見てたいへんよろこんだ。それからメルクリウスはユピテルのつよい手から投げかけられた雷(いかずち)よりもはげしく地上に向かい，とつぜんパリスのまえに立った》

これ以上引用を避けるが，この箇所でのルメールの描写ははなはだ綿密で，ユノ，パラス・アテナ，ウェヌスの三女神のまとう豪華な服装や装飾品をひとつひとつ数えあげる程なのだ[18]。いうまでもなく，ギリシア（ローマ）神話の文学作品への援用はロンサールに始まるわけではなかった。中世をつうじて神話の知識は認められたし，「修辞学派」の詩人たちもたびたび韻文や散文の中で神々の名や特性を引き合いに出した。しかしそれらの言及はあくまでも虚構性を前提にした作品群においてであり，また概してつつましい範囲内での紹介だった。対してルメールの異教神たちはかれらが棲まう空間もろとも，現実（と想定される）世界の中央に転移して来る。わたしたちはモリネの『年代記』で悪魔に憑かれた人間に出会った。ブーシェの『アキタニア年代記』でもいく

つもの聖人伝を読むことだろう。けれどそうした，人々の日常の根底にある世界観の体系を支える諸神話さえ，少なくとも「歴史書」の中ではこれほど正面から，圧倒的な文章量をささげられ，語られることはなかった。牧歌的な自然描写と異教神話の積極的な導入とで，ルメールはノアから開始した時間的な記述とは異質の文章を読み手のまえに呈示した。

　こうした牧歌的・神話的描写は，その非日常性・異教性のゆえに，またその網羅的・列挙的な，さまざまな感覚に呼びかける擬似具体的なイメージゆえに，さらに（引用—25）で見た系譜的・時間的な文体とは対照的な，感覚的・空間的な文体ゆえに，アルカディアがそうであるごとく，描かれる世界を読み手が現在棲まう時間と空間の彼方においやり，読み手にそれが，確たる実体感をともないながらも己れの世界に非ざるものと判断させる働きをする。そしてその閉ざされた空間で異教の神々や精霊，ギリシアやトロイアの英雄たちが己れの，より細かい物語を紡いでゆくのを読み手は，夢の中でのように見守ることとなる。つまりそこで〈現在〉との連続性は絶たれてしまう。これは〈絶対的現在〉の否定，つまり歴史の相対性の認識，といった事態ではない。むしろ逆に〈現在〉と〈過去〉を相互に完全に独立したものとみなし，二つの時点の相互の相対化をはばんでしまう。歴史が本来〈現在〉の中の〈過去〉の発見であり，〈過去〉の蓄積による〈現在〉の出現の認識であるとすると，ルメールが一方でいかにトロイア王家と現在の欧州各国の王家の系譜的連続性を主張しようとも，かかる描写——しかもイメージの喚起力には富んでいる——はまず記述のレヴェルで，歴史の原点，あるいは『ガリアの顕揚ならびにトロイアの偉傑』を流れる時間全体でいえば中間点に，非歴史的世界を据えることになる。

　発端に，かかる「牧歌的自然」の支配する非歴史的世界をあたえられた「パリスとオイノネの物語」は，その後どのように展開してゆくのか。この「物語」の『ガリアの顕揚ならびにトロイアの偉傑』全編に占める位置を示すために，ルメールの史書の，それぞれの「序文」を除く内容の概略を，各巻ごとに書き出してみる。

(1) 〈ノアの系譜〉「第1巻第1章—同第18章」〔I. 9-117〕：この本の成立事情。目的。ガリアとトロイアの関連（「第1章・第2章」）。ノアとその妻の活動。各地に国を造り（ガリアはそのひとつ），知識をあたえる（「第3章—第5章」）。オシリス，世界を巡歴。リビアのヘラクレス，そのあとを継ぎ，欧州各地を平定。ガリアの王にもなる（「第6章—第11章」）。その後の欧州諸王の活動と系譜（「第12章—第13章」）。ガリアの王位継承の争いに敗れたダルダヌス，逃亡しトロイアの前身となる都市を建てる。それ以後のガリアとトロイアの系譜（トロイア王プリアモスの出現まで）（「第14章—第18章」）。

(2) 〈「パリスとオイノネの物語」＝トロイア戦争〉「第1巻第19章—同最終章」および全「第2巻」〔I. 118-343；II. 9-245〕：プリアモスによるトロイア復興。王妃ヘカベの不吉な夢。王の殺害命令にもかかわらず，パリス，秘密裡にイダ山の牧者に預けられる（「第19章・第20章」）。パリスの少年時代（「第21章—第23章」）。ニンフのオイノネとパリスの恋。オイノネの身の上。オイノネとパリスの結婚（「第24章—第27章」）。テッサリア王ペレウスとテティスの結婚の模様（「第28章—第29章」）。ユノ，パラス・アテナ，ウェヌスの争い。パリスの審判（「第30章—第33章」）。神々の不和。寓意的解釈（「第34章—第35章」）。アキレウスの誕生（「第36章」）。トラキア王とプリアモスの娘の結婚。その祝典。記念の武芸試合の開催。パリス，これに参加，王子ヘクトルを破る。パリスの出自が明らかになる。パリスとオイノネ，宮廷に迎えられる（「第36章—第43章」）。プリアモス，囚われの姉ヘシオネの身柄を要求して，ギリシアに使節を派遣（「第44章」）。

使節，任務に失敗。トロイア，報復のため遠征軍を送る（「第2巻第1章」）。ヘレネの身の上。その夫ラケダエモン王メネラオスやかのじょの兄弟，および娘について（「第2章—第4章」）。トロイア遠征軍，ヘレネ誘拐を決定。ラケダイモン市の略奪とヘレネの誘拐（「第5章—第8章」）。留守を守るオイノネ（「第9章」）。メネラオス，使節をトロイアに派遣（「第10章」）。パリス，海上を放浪，寄港地を略奪しながら，ヘレネとともにトロイアに帰国。オイノネ，大いに嘆きトロイアを去る。パリスとヘレネの結婚（「第11章—第12章」）。オ

イノネの嘆き（「第13章」）。メネラオスの使節，追い返される。ギリシア軍，トロイアに遠征。戦争開始（「第14章」）。トロイア，ギリシア各軍内部での対立。パリスとメネラオスの決闘。パリス，女神ウェヌスに救われる。ヘクトル，アキレウスのまえに戦死。アキレウスの戦死（「第15章―第20章」）。パリス，ピロクテテスのまえに戦死。その遺体はオイノネのもとに運ばれる。オイノネの嘆き。オイノネ，遺体に身を投げかけたまま息を引き取る。パリスとオイノネ，一緒に埋葬される（「第21章」）。トロイアの木馬。トロイア陥落。プリアモスの死。ヘカベやその子等の最期，もしくは虜囚の姿。メネラオス，ヘレネを取り戻す。ヘレネの死。ヘレネが女神として奉られる事情（「第22章―第24章」）。以上の歴史の真性について（「第25章」）。

(3) 〈トロイアの子孫の系譜〉「第3巻」すべて〔II. 255-467〕（この巻は前二巻とことなり章分けがなされず，ナンバーの付されない細かい「項」から成立する。紹介にはやや不便であるので，この巻のほぼ冒頭のルメール自身の解説――それがどの程度客観的なものか，やや不安は残るが――を引くにとどめる。ただし冒頭の解説にはあらわれないけれど，系譜を追う単調な散文の中にも有名な「白鳥の騎士」の挿話が含まれることをおぎなっておく〔II. 338-353〕）[19]。

(引用―30)〔II. 259-260〕
《『東方フランスおよび西方フランスの顕揚』の，この第3巻は三つの部分，もしくは論題に分かれるであろう。第1部においては，トロイアの壊滅ののちトロイアの昔の貴族たちが，どのようにしてヨーロッパに住まいを求めに来たかが見られる。そこから東方フランス人および西方フランス人の民族が生み出されたのだが，かれらはシカンブリア人，ゲルマン人，キンブリア人，チュートン人，アンブロワ人，アウストラシア人，その他の，ヘクトルの息，フランクスの末裔の民族である。アウストラシア王国，もしくは低地オーストリア王国に最初に名前を残した，アウストラシウス公にいたるまでの，かれらの武勲について〔述べられるであろう〕。第2の論題で語られるのは，

フランスとブルゴーニュ，および低地オーストリアの血縁の系譜となろう。そしてローマの元老院議員アンセルベルトゥスと，国王クロテールの娘，聖ブリティルドの結婚にいたるまで，どのように血縁が最初にもたらされ，交じり合ったかが語られるであろう。アンセルベルトゥスとブリティルドの聖なる系譜からつらなるのが，いと威厳ある皇帝，カロルス大帝〔シャルルマーニュ〕の先々代，先代，および父君であるペパン一族である。第3の論題においてはひきつづき，史的系譜，上述の家柄の結びつきと結合が，ヨーロッパと上記西方全民族の国王である皇帝カロルス大帝にいたるまで，語られる》

「第1巻」と「第3巻」の系譜的な記述のあいだに「第2巻」の〈パリスとオイノネの物語＝トロイア戦争〉の空間が浮かび上がっている。そして「パリスとオイノネの物語」は「トロイア戦争の歴史」の一挿話ではなく，主たる展開をになっており，むしろトロイア戦争史が前者の背景に追いやられるかとの印象を抱かせるほどだ。(引用―30)での説明とも関連するが，『ガリアの顕揚ならびにトロイアの偉傑』のひとつの政治的目的がキリスト教欧州世界の団結のための，各国共通の父祖(グループ)の指摘だったとしたら，1500年以上まえのウェルギリウスや60年後のロンサールのように，トロイア陥落からこの高貴な血筋の系譜を辿ってもよかった。ウェルギリウスという卓越した先駆者がいるとはいえ，どちらかといえばあまり評判のかんばしくないトロイア方の英雄たちを世に喧伝する(タイトルの『トロイアの偉傑』とはその意味だとおもう)意図にのっとり，トロイアを中心にした戦史を綴ったものかも知れない。しかしそれでも戦争史のただなかで「パリスとオイノネの物語」にあたえられた重要性はわたしたちの理解力を越えている。なぜルメールはこの牧歌的世界とその終焉を書かなければならなかったのか。不道徳な女(ルメールのヘレネへの評価はまったく否定的である)がひとつの恋物語，ひとつの牧歌的世界に介入することで，物語や世界の構成要因である，昔はみなに讃えられた男も，優しく清げなその恋人も，さらには名にし負うトロイアの町も滅ぼしてしまった

との教えを，何よりも明確にしたかったのか。それとももっと単純にルメールはこの「物語」を史実とみなしていたのか，否，かれのうちの「詩人」がルメールをしてそう信じさせ，異教的な神話世界を物語らせたのか。

『ガリアの顕揚ならびにトロイアの偉傑』の表現面における違和感の正体は，印象ではかかる広大な牧歌的・神話的な詩的空間・物語的空間の，歴史書内部への移入に尽きるとおもわれる。ルメールはこの大きな「パリスとオイノネの物語」の内部で，あるいはそれ以外の箇所で，より小さな「物語化」の技法や，「ドラマ化」の手法を用いた。また『ガリアの顕揚ならびにトロイアの偉傑』にあって系譜表現の文体にさからい，物語が織り成されるのもこの「物語」の部分だけではなかった（わたしたちはたとえば，「白鳥の騎士」の名を引いた）。けれどもモリネの『年代記』でも使用されたそれらの技法や，どう見ても「パリスとオイノネの物語」に完成度ではるかに及ばない，挿話的な物語に，ここでこれ以上筆を割くのは控えておこう。ただいえるのは，『ガリアの顕揚ならびにトロイアの偉傑』に「修辞学派」の刻印が刻まれたとしたら，それはいかなる言葉のたわむれ，いかなる断片的な修辞技術によるものでもなく，詩的空間の創造によってであったし，まさにその点で『ガリアの顕揚ならびにトロイアの偉傑』は同時代の他の歴史記述者の作品とことなっていた，ということだ（ここでは韻文散文混合体の『遠征記』のたぐいに認められるような，「都市」の寓意化等にもとづく「詩的（むしろ韻文的，というべきか）空間化」は除外するものとする）。そしてかかる詩的空間の創設は『ガリアの顕揚ならびにトロイアの偉傑』を他の歴史書から隔てるのみならず，ジャン・ルメール自身のいくつかの歴史記述——『年代記』の草稿，『教会分裂と公会議における違いについての考察』，『ヴェネチア人たちの伝説』その他——からも隔ててしまった。これにいささかでも類似した詩的空間はその種の歴史書ではなく，明らかに虚構的な詩作，もしくは韻文散文混合体の作品，たとえば『マルグリット〔マルガレーテ〕の王冠』とか『二言語の調和』とかに求められるだけであろう。つまり同時代の水準から見ても，ルメールの作品群においても，それほどこれは特異な「歴史書」だった。

『ガリアの顕揚ならびにトロイアの偉傑』で〈歴史〉はどのように出現するのか。換言すると、ルメールはどのようにして、この書物が客観的な事実をあつかっていると読み手に納得させるのか。かれはそのためにいくつかの方法をもっていた。ひとつに、語源や語義の指摘がある。先の（引用—25）においては、ラングル市の名が第 6 代ガリア王ロンゴにもとづくのではないか、との推測が語られた。ルメールはノアの子孫に世界を遍歴させ、またトロイア王家の末裔に主として欧州各地を彷徨させた。それらの人々は行く先々で国家や都市を建設し、己れにかかわり深い名をあたえた。逆にいうとノアの子孫やトロイアの末裔中、問題となる都市名に接近しそうな名をもつ者がいれば、あとはその者を系譜的に、もしくは巡歴の物語の中でどう位置づけるかが問われるだけだった。こうした作業がいかに混乱に満ち——一例としてシカンブリアの語源はひととおりではない〔II. 301 および 320 などを参照〕——、事実史から掛け離れようと、少なくとも当時の人々にとって、それは過去を呼び醒ます重要な手掛かりのひとつだったし、説得力を有していた。そして多くの都市名がかかる具合に説明されるとき、それらの起源を束ねる「物語」も真実味を帯びた。

　わたしたちは「修辞学派」詩人ジャン・ルメールに存した言葉、とくにその音や綴りに対する感受性が、こうした固有名詞にひそむ過去の探究に少なからず役立ったかも知れないと想像してしまうが、それはともあれ、「トロイア起源の呈示」という『ガリアの顕揚ならびにトロイアの偉傑』の最大の目的に直接関係は見られない場合でも、往々ルメールは言葉を媒介に〈現在〉と〈過去〉を結びつけた。おおやけの祝いの場で上げる叫び声「ノエ(ル)」は大祖ノエ〔ノア〕に発した〔I. 42〕。ノアの別名ヤヌスは暦の最初の月、ヤヌアリウスに残っている〔I. 37〕。ピレネー山脈の名はギリシア語のピュル、すなわち「火」を起源とするが、それはかつてここで大規模な山火事があったゆえだ〔I. 58〕。時にルメールはある言葉のあまり知られていない由来を説いて、その言葉やあらわされる概念を親しみやすいものにした。太陽神ポイボス・アポロンにソルという別名があるのは、それが《輝きの特性においてゆいいつ》〔I. 261〕だからだった。——かかる「語源」という方法をルメールがどれほど精密に使用し

第3章　いわゆる「(大)修辞学派」による歴史書3篇　241

ていたか，よくわからない。たとえば《ガルス〔ガリア〕》なる言葉のギリシア語，フリギア語，フランス語，ヘブライ語でのそれぞれの意味をクセノフォン，イシドルス，聖ヒエロニュムスに依拠しつつ併記した〔I. 16〕と同じ操作を，さまざまな語にほどこしたとは到底おもえない。ノアやトロイアの「神話」にからむ都市や国家の名前と同様，「神話」外の名辞のいわれにかんしても最終的に鍵となるのはルメールの有する言語感覚だったような気がする。

『ガリアの顕揚ならびにトロイアの偉傑』ではまた，常識的了解が過去の推測を成立させる場合もある。スペインを治めたノアはその地を離れ，大洪水暦268年にイタリアに到着した。スペインからイタリアへと，ノアはどの経路を赴いたのか。

（引用—31）〔I. 32〕
《著者〔ベロスス・バビロニクス〕はかれ〔ノア〕がどのような道をとおったか，海路であったか陸路であったか，まったく語っていない。しかしながらこの良き父が，上記スペイン国王ジュバルの弟である，ジャフェトの5番目の息子，ノアの甥にあたる，いと賢明なる君主サモトゥスに会わずにとおりすぎなかったということは，充分ありうることである》

ルメールの推測の根拠は，旅の途中に，しばらく（120年！）会っていない己れの肉親の住まいがあったら，人情としてその地を訪れたはずだ，という程度にすぎない。いってしまえば〈人の常〉，〈世の常〉からの演繹である。ルメールは時として人の内面の動きや外部にあらわれた行為を〈世の常〉から描写して見せた。パリスたちトロイア遠征軍がラケダイモン市におこなった蛮行を《戦争の解放感と闘争の激情がかかるケースで慣習的におこなわせていた》と形容し，のみならずこの視点を延長して《おもうに，かれらは各所に火をかけることさえためらわなかった》〔II. 76〕と自分の想像を付け加えるにいたる。かかる推測にどれほどの人々が納得したのだろうか。これらと比べるとたとえば，パリスが自分の遺体をオイノネのもとに運ばせた件で，ルメールの出典の著者

であるクレタのディクテュスの手では明らかにされないその理由を想像し，《権利と正義とに反してオイノネを棄てたこと》〔II. 203〕を後悔したゆえだとルメールが論ずるとき，それがある既知の〈事実〉（カッコつきで〈事実〉といっておく）を成立させた動機の推量である以上，読み手に受け入れやすくなっていることは確かであろう。前二者においては〈世の常〉にもとづいて〈事実〉を作り出してしまう。ただルメールにとってパリスの心理もノアやトロイア軍の外的な行動も，対象の立場を想定し，そこに己れの生活感覚を流し込むという点では，ひとつの推測方法の延長に位置したのかも知れない。そしてルメールのいわば日常性に根ざす，こうした感覚を共有できた当時の多くの人々にとって，ノアの行程の推理も不自然ではなかったともおもえる。物理的な条件を埋めてゆかず，それらを跳び越えて何よりもノアになりきること，否，むしろ自分の感触にノアを引き込むこと——資料の絶対的な欠如（ノアの時代をあつかうのであれば当然だけれど）をまえに，こうした〈過去〉との接触方法はいたしかたのないものだったともいえよう。しかしまた，それはルメールの歴史記述の本質にからむ方法であったのかも知れない。

とはいえルメールに歴史の相対性にかかわる意識がまったく欠けていたわけでもない。「黄金時代」では《あらゆるものが共有で争いがなかった》〔I. 34〕と語るにしても，これは歴史考証というより文学的な，もしくは思想的なトポスの受け売りと考えることも充分可能だとおもう。けれどもこの種の定型表現の網が届かぬ，暗く細かな歴史のある時点を取った場合はどうであろう。かれは興が乗れば（調べがつけば〔？〕）その時代の事物の名称や社会の制度が〈現在〉のものとは大きく異なりうることを読み手に教えた。

（引用—32）〔I. 58〕

《いまはフランスと呼ばれる，このガリア王国では，その当時，わたしたちが
　先に触れたルクス王の息，ユピテル・ケルトと名乗る国王が統治していた。
　この王国は家畜にも牧草地にも，非常に富んでおり，非常に勢いがあった。
　こうしたことは当時の君主たちの資産であった。なぜなら現在のように，税

金や年貢をめしあげることはまだまったく問題になっていなかったし，貨幣の使用も同様だったからだ》

　その昔は貨幣の代わりに家畜が権力の度合いを示す目安だったとは，ルメールが古代生活を想い浮かべる折りに気に懸かる点であったらしく，誕生した直後のパリスをヘカベが牧者にゆだねる箇所でも，その旨を『旧約聖書』の諸族長の名をあげながら書きとめており〔I. 131〕，またイリオンが滅びるとの予言を耳にしたトロイア地方のある都市の支配者が，都市を棄て野山で牧羊にいそしんだのに触れて，牧羊が《いにしえの高貴な人々の仕事》〔I. 110〕だったとも告げる。

　〈現代〉と〈過去〉の違いを指示する現象でいまひとつルメールが好むのは，古代人の長命や身体の大いなる点である。後者にかんしていえば「第１巻第36章」でルメールは１ページの余を費やし，アポロニウスに冥界から呼び出されたアキレウスの亡霊が７クーデ〔１クーデは約50センチメートル〕から11クーデあったと物の本に書かれていること，ルメール自身若い頃《なんにんかの信頼にあたいする立派な人から聞いた》話として，魔術に造詣の深い学者によってシャルル・ル・テメレールの眼前に呼び出されたアキレウスとヘクトルの姿がはなはだ巨大であったこと，その他ユウェナリス，ホメロス，ヘロドトス，マルティヌス・ポロヌスの証言を基に《〔トロイア戦争の時代〕以後人々は確かに縮んできたはずだ》〔I. 282〕と言明する。ルメールはすでに「第１巻第８章」でもシチリア島で巨人の遺骨が発掘されたとの《ボッカッチョの権威》に頼り，巨人伝説を《おとぎばなし》と考える者たちに対し，《〔古代から現代にいたるあいだに人の背丈が縮んだのであるから〕わたしは世界が終末になるまえには人間は小人となっているだろうとおもう》〔I. 51-52〕と反論していた。同様に「第２巻第８章」でもこの話柄をとりあげ，なかんずくヘレネの背丈が現在の女性の５人分だったらしい，との説を読み手のまえに展開する。このためにルメールの持ち出す傍証のひとつは《ニコラス・ペロッティなる名の，ある優れた人物〔un grand homme〕》の言である。

(引用—33)〔II. 82〕
《〔かれが語るには〕ふたりの恋人が房事のたわむれから起き上がったとき，麗しのヘレネはたいそうせつなげに泣き始め，その涙の川が晴れやかな顔(かんばせ)を大量に流れ落ちて，周囲の大地をぬらしてしまった》

　自分自身驚き，また読み手にもその驚嘆のおもいを伝えたいと願うルメールの姿を髣髴させる。ルメールはこのように，ある部分では〈過去〉の異様な相貌に眼を見張り，〈現代〉を相対化させたし，また歴史の動性にも注意を払った（これ以上例をかさねるのは控えたいがひとつだけあげると，ガリアにおける王座の選挙制から継承制への移行の簡単な指摘〔I. 94〕を参照）[20]。しかし『ガリアの顕揚ならびにトロイアの偉傑』をつうじていうと，かかる差異の強調は少数であって，ルメールは概して〈現在〉もしくは〈現代風〉の書き割りのまえで「歴史」を進ませてしまう。ルメールのおかしたアナクロニスムにかんしてはティボーを始めとしその後の研究者（ことにドゥートルポン）が具体的に数え上げ，ある者は非難し，ある者は弁護してきた[21]。したがってアナクロニスムの実体はそれらの文献に任せたいし，またわたしたちの関心は，少なくともその意図においては，『ガリアの顕揚ならびにトロイアの偉傑』を〈現代〉という特権的な立場から批評することではないから，非難を目的としようと弁護を目的としようと，できるだけ口をつつしもうとおもう。『ガリアの顕揚ならびにトロイアの偉傑』で表現された範囲では，ルメールは確かに〈過去〉をそれ自体として確定する歴史意識にも方法にも，さらにそれを可能にする条件にも恵まれず，あるいはそれ以外の理由によって（たとえば意図的に）「歴史」に〈現在〉を染み込ませた。ただ時として〈過去〉の異様な面にただならぬ関心をもち〈現在〉との差異におもいを新たにした。もっともその関心は「歴史家」の有する〈過去〉へのそれではなく，〈異常〉に敏感な「民衆」，あるいは「詩人」の好奇心であったかも知れなかった。
　さて，わたしたちは《ボッカッチョの権威》を盾に巨人伝説を事実と認めるルメールの像を紹介した。このことはわたしたちをして，『ガリアの顕揚なら

第3章　いわゆる「(大)修辞学派」による歴史書3篇　245

びにトロイアの偉傑』における「真性」への意識や史料批判におもいを馳せさせる。ルメールは『ガリアの顕揚ならびにトロイアの偉傑』の各巻の冒頭や末尾に，それぞれの巻の執筆のために利用した文献の一覧表を載せている。ドゥートルポンの研究やそれを整理，補足したピエール・ジョドーニュの論文にもとづいて話を進めるものとすると，三つの一覧表には重複する名前があるからそれらを統一すれば98名，それに本文中に言及はあっても一覧表からは漏れた7名を加えると，105名の先行する史的叙述を残した人々の名前が並ぶことになる。正しく《史料の海》なる表現を想起させるこの最終的なリストは，けれども，わたしたちを圧倒するだけとはかぎらず，二つの点でルメールの歴史記述への意識の特性を明らかにしもする。そのひとつは，とくにドゥートルポン以来着目されてきたことがらだが，ルメールがこれら105名の原著作そのものに必ずしも当たらなかったらしい，ということであり，いまひとつは『ガリアの顕揚ならびにトロイアの偉傑』の3巻いずれにも参照された文献に，「文学」的なテキストが少なくないということだ（この点にかんしては，本書第1部第2章「境界にたたずむふたりのブルターニュ史家」の補遺を参照していただきたい）。

　第1の問題について一応最新の調査を提出したジョドーニュは，《暫定的に》と留保しつつも《直接的な》参照にもとづく言及を30名にとどめた[22]。ジョドーニュによれば残余の多くはアンニウス・ウィテルブス，ボッカッチョ（『神々の系譜』），ジャック・ド・ギーズからの孫引きであるという。『ガリアの顕揚ならびにトロイアの偉傑』のリストには，たとえば《「第1巻」で言及される作者名》などの記載があるだけで弁明の余地は充分に認められようが，とはいえ誇大広告の印象は免れない。人々は，そしてドゥートルポンにいたるまでの研究者も，リストに載った文献をルメールがことごとく渉猟したと信じ，その学識を絶讃した。そしてルメールも人々からその種の反応が起こるであろうと予測していたとおもう。大学や修道院に蟄居する学者ではないから，いわば高度の「学識」は必要なくとも，己れの考察の客観性・真性を納得させるには自分がどれほど広範囲に史料や現地を調査したか，たとえその調査が表面的

かつ断片的，伝聞的であろうと，十二分に知らしめた方がよかった。こうした「誇大広告」はルメールが史料を整理するさい，時におうじ「権威」を目安に論じようとする傾向とも関係があるとおもう。先のボッカッチョ援用時の言葉（《ボッカッチョの権威》）もそのひとつだが，パリスの死をめぐる先人の論争を裁くルメールの言葉を引いてみる。

　　（引用—34）〔II. 200-201：強調はわたしたち〕
《ここではさまざまな著作家の大きな不一致が明らかになっている。かれらはパリスの死をさまざまに説いているのだ。〔……〕こうした〔フリュギアのダレスの〕叙述は，クレタのディクテュスやウェルギリウスの**権威**とまったく対立している。〔……〕他方ボッカッチョは『神々の系譜』で，パリスがアキレウスの息ピュロスによって殺されたと述べて，その死についての異なる見解を表明している。しかしわたしは，かれがこの点についていかなる著作家に依拠しているのか，知らない。したがってわたしは著作家クレタのディクテュスの**権威**に，もっとも与するものだが，それはかれの叙述がもっとも本当らしくおもえるからだ》

先の言及ではボッカッチョに「権威」を認めていたが，（引用—34）ではこの詩人と対立するクレタのディクテュスやウェルギリウスに「権威」があたえられた。つまりどうやら「権威」とは，ある一定の歴史記述者が全面的に誇りうるものではなく，その場その場でルメールが賛同したい見解の持ち主にあり，とされるように見える。ルメールは「権威」を尊重するというより，読み手に「権威」を尊重させるかのごとくである。ルメールがつねにこうした姿勢で先行する歴史家に接したり，読み手を意識していたと主張するつもりは毛頭ない。日常的にさまざまなレヴェルで「権威」の体系が浸透しきった時代に，確かにしたたかな顔ものぞかせはしたようだが，一介の宮廷詩人ルメールがその体系を利用すべきものとしてのみ常に認識していたとは考えがたい。ただ時におうじてそうであった可能性はあるし，そのように判断されても致し方ない部分は

第3章　いわゆる「(大)修辞学派」による歴史書3篇　247

見出せると考える。

　『ガリアの顕揚ならびにトロイアの偉傑』で言及された歴史家のリストにかかわる第2の問題に話を戻す。ジョドーニュの調査を信ずればリスト3篇に共通する人々の名はつぎのとおりである（カッコ内はルメールが本論で言及したと主張する作品名）。すなわち，ボッカッチョ（『神々の系譜』），カエサル（『ガリア戦記』），フリギアのダレス（『トロイア史』），クレタのディクテュス（『トロイア史』），ホメロス（ロレンツォ・ヴァッラ訳『イリヤード』），ベルガモのヤコブス（『年代記補遺』），オウィディウス（『祭事暦』，『パリスのヘレネ宛書簡』および『変身物語』），（大）プリニウス（『博物誌』），セルウィウス（『ウェルギリウス作「アエネイス」註解』），ストラボン（『地理書』），ウェルギリウス（『アエネイス』）。このうちジョドーニュによって，ルメールが直接参照したと判断された作家は，ボッカッチョ，カエサル，ダレス，ディクテュス，ホメロス，ヤコブス，オウィディウス，ウェルギリウスである。ジョドーニュの調査では出現頻度が不明だし，これらの人々がつねによく言及されたともおもえないので，充分な留保を覚悟すべきだろうが，残された8人に詩人が多い点が注目される。そしてホメロスにせよウェルギリウスにせよ，オウィディウスにせよボッカッチョにせよ，ルメールはかれらの作品を文学的な観点からではなく史料として援用し，あるいは反駁した。ルメールの考証過程を示す例を引いてみる。

　　（引用―35）〔I. 196-197〕
《ところがボッカッチョは『神々の系譜』第4巻で，いくらかの期間のうちに，植えつけられていた甘い果実と種子が成長して，優美なニンフのペガシス・オイノネはおなかを丸くし，ふくらませた，と告げている。このようにして子供をみごもっているとわかり，たいそう順調だったので，パリスは驚くほどのよろこびを受けとった。自然のさだめに従って赤ん坊をこの世に送り出す期日がくると，このニンフはすばらしい子供を産み，子供はダフニスと名づけられた。そのかわいい被造物のうちに，よろこびをもって眺めると，パ

リスの似姿と見事な美貌を容易に認めることができた。それに続いて年が改まると、さらにもうひとりの子供をはらみ、その子はイデウスと呼ばれた。だが、わたしの考えでは、子供たちは生きながらえなかったのだとおもう。なぜならかれらの行動について何も書かれていないからだ。あるいはしばし生きながらえたとしても、記憶にあたいするようなことなしに、牧人たちのあいだで無名のまま育てられたのである。それというのもどのような著作家であれ、この件についてそれ以上のことを綴っている者をひとりだに見たことがないからである。ただオウィディウスが『変身物語』の第4巻で、話のついでに一言触れているだけだ。かれがいうには、イデウス、すなわちイデ山脈のダフニスは、その地のあるニンフの悪意と嫉妬心のせいで、石に変えられたのである。にもかかわらず、かれがこの者について、パリスの息ダフニスのことをいいたかったかどうか、わたしにはわからない》

　まずパリスと「ニンフ」オイノネのあいだに産まれたかも知れぬ子供について真摯に論ずる点で、次いでボッカッチョもオウィディウスもその他の著作家に対しても等しく同じ角度から接近している点で、この引用文はルメールの「史書」の歴史構成の特徴をよくあらわしているとおもわれる。ニンフとはそもそも異教の精霊ではないのか。パリスとオイノネの「結婚」とは詩的な虚構ではないのか。ボッカッチョの作品もオウィディウスの作品もその中に書かれた事項がそのままの形で歴史的な〈事実〉に対応するなど、ありうることか。しかしルメールは（引用─35）に類した考証を『ガリアの顕揚ならびにトロイアの偉傑』の各所にとどめた。

　ルメールは〈ノアの系譜〉を辿る「第1巻」前半で旧約聖書系の伝承とギリシア神話を併置融合させようと努力したが、必ずしもつねに後者に対し無批判的にではなかった。かれはいくどか《おとぎばなし》と、『ガリアの顕揚ならびにトロイアの偉傑』がそうであろうとする「歴史記述」とを峻別した。巨人伝説の証明に《ボッカッチョの権威》を借りたのは《だれか猜疑心の強い者がこれを「おとぎばなし」と考える》〔I. 51〕のを危惧してのことだったし、「第3

巻」の序文冒頭も《あらゆるおとぎばなしふうの誤りを解明され，洗われ，清められた，悲痛極まりなく，大いに哀れむべき悲劇としての，大トロイアの滅亡》〔II. 247〕と書き始めた。さらに自身この種の詩作に長じたルメールは，当然ながら詩人が「史実」を《装う》ことも，またその過程も知っていた。トロイア（の前身の国家の）王トロスとクレタ王ユピテル3世とが戦っており，参戦したトロスの息ガニュメデスはユピテルの捕虜となった。ユピテルが甲冑に鷲を飾っていたため，《詩人たちはこれを見て，狩猟に行った少年ガニュメデスが鷲につかまって天に連れ去られ，ユピテル神により神々の酒杯の奉持者にさせられた，と装った》〔I. 108〕。「史実」と「おとぎばなし」の混同を恐れ，詩人による「史実」の「虚飾化」の操作も熟知していたルメールは，しかしそれではなぜ『ガリアの顕揚ならびにトロイアの偉傑』のただなかに神話的（キリスト教神話は問わないまでも）人物を登場させてしまうのか。かれの考証の大きな基準であった《本当らしさ》〔I. 61〕に抵触するとは思わなかったのか。

ルメールは『ガリアの顕揚ならびにトロイアの偉傑』の比較的初期に，その死後ノアが世界各地で神とあがめられたと告げ，それに絡めて自らの異教神話の援用をこう弁明した覚えがあった。

（引用—36）〔I. 38-39〕
《もし読者のどなたかが，かれ〔ノア〕がその死後，神と呼ばれたことに眉をひそめたとしたら，当時，ただしく優れた君主はみな，なんの偶像崇拝の意図もなく，神と呼ばれていたことを知るべきである。〔……〕同様の理由で，モーセやその他の優れた君主や長老は神と呼ばれたが，それは本質においてでなく，おこないにおいてであった。〔……〕わたしたちがこの本で神々や女神たちについてときおり言及するばあい，読者が驚かれないように，こうしたことがらをいささか詳述しておく。このように名指すことは，ちょうど現在，聖人や聖女についてそうであるように昔にあっては慣例であった。〔……〕そうした理由から，古代の人々が，偶像崇拝する以前からかれをその功績ゆえに，神と名づけたとしても，かれは非難されなかった。すこしも

偶像崇拝者ではないわたしたち自身も（もし教会が許可されるなら）聖ヨブ，あるいは聖アブラハムと同じく，かれが聖人として讃えられても，どのような批判もすべきでない》

　これに類した解説は「第1巻第27章」にもあり，ボッカッチョの『神々の系譜』での《陽の光りを遠ざけ，奥まった寝室や部屋でそっと育てられた，優しく繊細で，優れた気立ての持ち主であり，生き生きとして血色も良く瑞々しい，すべての高貴な乙女やご婦人》〔I. 197-198〕とする「ニンフ」の定義を紹介する（「深窓の令嬢」とでもいえようか）。かくて異教の神々は実体として人間と別に存在するのではなく，一定の視覚にそって変容された，優れた人々の喩的表現であることが明らかになった。かれらの超自然的活動や特性も同様に世俗化されうる。メネラオスと対決したおり，危機に瀕したパリスはウェヌスの手で救われ，姿を消したまま戦場からトロイア市内に戻った。ルメールはフリギアのダレスの注釈に，この神話の背後の《史実》を捜し，《ウェヌスの息とみなされていたアエネアスが問題のパリスを自分の盾で覆い隠し，戦場から引き出して無事に市中に連れ戻した》〔II. 169〕と考える。ほぼ同じページでこの戦争の間，トロイアの人々をウェヌスが味方したとの意味は，かれらが悦楽に溺れやすい民であり，一方ギリシア軍をユノやパラス・アテナが助けたとは，かれらがユノによって示される富と，アテナによって示される戦士の英知とを有していたことを示唆するとの見方をとどめた。アキレウスの死と不死性の伝承をめぐる諸説を述べた最後に，かれが不死性を獲得したステュクスの河とは肉体的な鍛錬を指し，弱点の踵とは恋情を指すとするボッカッチョを引用，《このようにしてかれの死にかんする上述のさまざまな説明がすべて同一のことがらに帰することが明らかとなる》〔II. 193〕とまとめた。ある文化的文脈の内部で書かれたテキストを一定の文法に従って異なる文脈で読み換える作業は，ルメールの無数の先行者が積みかさねてきたものだ。その一形態であるいわゆる《寓意化》の伝統に即しても，ルメールはあまたのページを割いたがここではこれ以上の言及は控えたい（とくにパリスの審判の前後ではさまざ

まなレヴェルでのアレゴリカルな解釈が述べられる)。ともあれルメールは単純に「史実」と「神話」とを併置したのではなく，文化的に広く容認された解釈学的方法を用い，異教神話の世界を歴史化する手順を読み手に教えつつそうしたのだった。

しかしかかる操作の存在によっても，わたしたちの困惑が氷解するわけではない。第1になぜルメールは『ガリアの顕揚ならびにトロイアの偉傑』の数箇所で「神話」の解釈法を指示しながら，その中央に〈パリスとオイノネの物語＝トロイア戦争〉を，つまり「神話」の語彙を存続させたのか。なぜ「神話」を解釈した結果を，「歴史」の語彙で統一して表現しなかったのか。第2になぜ主として宗教(学)的文脈で，あるいは哲学(？)的文脈で，すなわち絶対的な〈真理〉のかかわる分野で用いられる喩的解釈法を歴史記述の領域に使用したのか[23]。この方法はあらゆる学的領域に応用可能と判断されたのか。そして第3に喩的解釈法を前提にすれば，わたしたちの通念でいう文学作品と歴史記述は同等とみなしうるのか。第3の問いにかんしてはルメールは，少なくともある部分ではみなしうるとの観点に立って『ガリアの顕揚ならびにトロイアの偉傑』を構想したとおもう。「第2巻第16章」でパリスとメネラオスの決闘とその日の模様を語るさい，

(引用—37)〔II. 152〕
《ここで筆をとめて，上記の決闘を少しく描写したい。それというのもこの決闘は見栄えよく心地よく，昔風をよくにじませているからだ。そのためにわたしはこの段落にかんしてほぼ逐語的に，上記のホメロスを仏訳したい。だからといって，著作家クレタのディクテュスの史実〔歴史的真実性〕から過度に遠ざかろうとはおもわない》

と語った。ホメロスに完璧に信を置いてはいないけれど，ディクテュスを支えにとれば，かれの文章をそのまま歴史書の地の文に溶け込ますことができる。それではホメロスとディクテュスを〈真実度〉において分かつものは何か。それ

はホメロスが詩人であり，よりギリシア・サイドから叙述する〔II. 181〕ほかに，ホメロスの活動がトロイア戦争から100年ののちだったのに対し，ディクテュスがトロイア戦争におけるギリシア側の生き証人の資格で記録をのこした〔II. 242〕と考えられた点にある。逆にいうと文学的表現に喩的解釈を施し，偏見を還元し，なおかつそれがあつかわれる出来事に年代的に他の史料より近ければ，そしてそれが明らかに《本当らしさ》に違反しないなら，文学作品も立派な歴史的文献となった。であればこそルメールは，ホメロスの描く神々の仕業には喩的解釈で対応しながら，人間のいさおしはそのまま辿った。そしてかれは「第2巻」の最終章をすべて費やし，ホメロスの〈真性〉を誹謗するプルサのディオンに，全力をあげて反駁した。

　わたしたちは第1の点についても，第2の点についても積極的な解を得られない。「神話」の語彙で語られる「物語」が『ガリアの顕揚ならびにトロイアの偉傑』の中央に腰を据えるのは，それが捧げられた，学的文献の専門的な読み手ではないマルガレーテ・フォン・エスターライヒやアンヌ・ド・ブルターニュをはじめとする宮廷人がいっそう興味を抱きやすいようにだ，との考えがある。もし少年期のカロルス5世の教育書とする目的があったなら，これも同様の配慮が存しただろう。けれども大衆化とか教育的効果だけですべてを説明してよいのかどうか，いささかいぶかしいおもいがする。ルメールはどう見てもその詩作においてもっとも生彩を放っていた。「パリスとオイノネの物語」を乾いた，時間的な散文に書き直すより，詩人たちの原典を生かし，己れの詩想を融合させてひとつの詩的空間を創造する方が性に合っていた。ルメール本人がどういおうと，かれの詩人としての才能が，ホメロスやオウィディウスの書物を歴史書と同等にあつかわせたり，直観以外にあまり根拠のない神話解釈書を尊重させたりしたこともあったとおもう。歴史書と詩作品の差をルメールが認識していなかったはずはないが，通常の歴史批評の方法が届かない古代史の記述に臨んで，詩人としての意識と歴史家のそれとを分離しえない状態が生じたかも知れない。そしてかりにいくぶんかでも「詩人」ルメールが，表現の面だけでなく歴史考証の面にも介入していたのなら，喩的解釈法の歴史学への

第3章　いわゆる「(大)修辞学派」による歴史書3篇　253

応用にあたってもわずかな影響はあたえたとおもう。もちろんこうした妄想はまったく解答になっていない。わたしたちは多くの『ガリアの顕揚ならびにトロイアの偉傑』の読者の傍らで，もっぱらとまどうばかりなのだ。

　さてしかし，『ガリアの顕揚ならびにトロイアの偉傑』は本当に「歴史書」なのか。ジャン・ルメールは『ガリアの顕揚ならびにトロイアの偉傑』のそれぞれの巻の序文や跋文で，若干混乱した表現は混じるけれども，この史書に託された理念をわたしたちに告げている。ジョドーニュはそれらを，《わたしたちの考えでは〔notre avis〕》と断った上で，《真実のトロイア史の再建，フランス語での大規模な著作の執筆，文学的価値の高いロマネスクな作品の制作，トロイアの英雄たちの歴史の寓意的解釈〔interprétation morale〕および十字軍を目的とする欧州諸侯団結の必要性の立証》にまとめ，最初の3点（「ロマネスクな作品の制作」まで）を基本構想に属し，最後のもの（「寓意的解釈」および「欧州諸侯団結」）を《おそらくマルガレーテ・フォン・エスターライヒに由来する》と考えた。1500年に『ガリアの顕揚ならびにトロイアの偉傑』の着想をえたとのルメールの言葉〔I. 4〕が正しいという前提で，わたしたちも基本的にはジョドーニュの要約を受け入れたいとおもう。わたしたちが依拠するステッシェル版『ジャン・ルメール・ド・ベルジュ著作集』はルメールの推定死亡年代を大きく下った時期の出版物を底にしており，構想の変化がうかがえる可能性のある異本文も一切再録されていない以上，ジョドーニュの権威と学識（かれの『ジャン・ルメール論』を読めば一目瞭然だ）に従うしかない（ここでも「権威原理」だ）。ただ，ステッシェル版所載の『ガリアの顕揚ならびにトロイアの偉傑』を一篇の完成された作品として眺めるとき，ジョドーニュのいう基本構想から存した目的が，いずれも最後のもの，とりわけ政治的なそれの陰に隠れてゆく印象を覚える。わたしたちはこの本の有する，とくに宮廷女性のための娯楽性，フランス語による叙述，ベルギー・ガリアならびにケルト・ガリア諸侯の系譜そしてトロイア史の解明，ガリアとトロイアの関係の説明〔I. 11-14〕といった目的をしるした後の，「第1章」の末尾に置かれたル

メールのつぎのような文章に注意を惹かれる。

　　（引用—38）〔I. 14-15〕
《以上がこの巻でわたしたちが示そうと考えている結論である。しかしそれが
　論証されたとしても，最終的な目的を果たさなければ，大したことはない。
《いままで述べてきたことから帰結する目的は二重である。すなわち，いと気
　高きわたしたちの君主の家臣が，自分たちがこんにち住んでいるいと高貴な
　る都市のかつての創設者である，祖先たる君主の驚くべき，またいと歴史あ
　る寛大さと高名とを理解するとき，そのためにかれらが現在の君主に対する
　崇敬の念や愛情，奉仕の心や臣従のおもいを確固たるものにするようにであ
　る。そして他方では，フランス語とガリア語の高貴な使い手がめいめいに，
　なまの声によってでも書かれたものによってでも，当代のいと名高き君主た
　ちを立派に讃えて，ご自身が世界でもっとも高貴な民族である，真のガリア
　人にして真のトロイア人であり，今後はトルコ人にご自身の名誉を踏みにじ
　られまいと悟られるようにである。トルコ人はただ単に高貴なるトロイアの
　名前のみならず，かつてトロイアの国王プリアモスのあらゆる統治，国土，
　および領主権をいつわって，また不正に簒奪しているのである》

　この本に含まれる娯楽性，フランス語擁護の性格，歴史的関心——それらは
これがひとつに臣下のうちに主君への忠誠心を呼び，ひとつにはフランス語使
用諸国家の同祖認識およびトロイア（トルコ占領地）奪回の望みを目覚めさせ
るようにとの，政治的含意のまえでは取るに足りないものだ，とルメールは主
張する。序文が初版発行のめどが立ってから書き加えられたのは明らかである
けれど，「第１章」の末尾の執筆がいつなのかは不明にとどまる。欧州諸国家
の連体ではなくフランス語使用国家の連体であるところに，早い年代をあてて
もよいかも知れない。それはともあれルメールが『ガリアの顕揚ならびにトロ
イアの偉傑』の政治的役割に，他の文化的目的にまさる重点を置いたのは記憶
さるべきとおもわれる。

（引用—38）でルメールが注意を促した政治性には二つあった。しかしわたしたちの印象では，君主に対する崇敬の念の強化は，『ガリアの顕揚ならびにトロイアの偉傑』を読みつぐあいだに，あるいは人々の胸に湧き出すたぐいでありうるとしても，上記の引用文の言葉の形でなんども繰り返されはしない。反して『ガリアの顕揚ならびにトロイアの偉傑』での論述の，ありうべき結果としてのトロイアの末裔の諸国家の連体と対トルコ十字軍結成の願望は，後述するように若干ニュアンスを変えながらも，この本の節目を作る序文や跋文の各所——「第1巻」跋文〔I. 351〕，「第3巻」序文〔II. 251-252〕，同〔ギヨーム・クレタンへの〕献辞〔II. 257〕，同跋文〔II. 473〕——，さらには本論中に混じる考察のところどころ〔I. 95（充分な展開ではないが）；II. 312-313〕で明言されたし，予告のみで書かれなかった『ガリアの顕揚ならびにトロイアの偉傑』「第4巻」の主題とは，壊滅の後のトロイアがトルコ領となるにいたった過程や古代以来のトルコの系譜，トルコやギリシアの地誌であるはずだった。

　15世紀前半からその脅威は人々の口の端にのぼっていたけれど，ことに1453年のコンスタンティノープルの陥落以来，「トルコ」はきわめてアクチュアルで世界的な問題となった。そしてこの「外教徒国家」はルメールの時代の「よきキリスト教徒たち」の脳裏に消えることのない影を落とすことになる。先に触れたごとくモリネの『年代記』にも，その主要な舞台がじつのところかなり限定された地域であるにもかかわらず，いくたびも行数を割いて地中海や東欧国家を脅かすトルコの軍事行動が描かれた。モリネはまた情況詩ではあるがなかなかに興味深い，韻文散文混合体の『ギリシアの嘆き』なる作品を綴った[24]。デュピールの推定ではトルコのトランシルヴァニア侵略直後の1464年を執筆年とする（異説はある）この作品で，モリネは《外教徒のトルコ〔le Turc infidelle〕》の侵略を受けた「ギリシア」を擬人化し，フランス，ブルゴーニュ，ピカルディー，英国，そしてとりわけシャルル・ル・テメレールに救援を求めさせた。1480年のロドス島攻囲，1493年のクロアチア侵略，1500年前後のイタリア周辺でのヴェネチア軍やフランス軍との度重なる戦闘……。1501年トルコ軍がモドン市を占拠しその司教を虐殺してから危機感はいっそう高まり，教皇

アレキサンデル6世の十字軍の訴えにポルトガル王，ヴェネチア市，ロドス島の騎士団そしてルイ12世は積極的な姿勢を示したという。こうした汎欧州的に存在する危機意識の背景に，『ガリアの顕揚ならびにトロイアの偉傑』での，そしてそれ以外のさまざまな著作に，いく度も繰り返されるルメールの「対トルコ十字軍」結成の呼び掛けは，見事に溶け込んでいるように見える。しかし事態は必ずしもそうではなく，印象ではルメールの主張には独特の色彩があった。

わたしたちは序文や跋文からルメールが『ガリアの顕揚ならびにトロイアの偉傑』に託した目的を拾い上げた。歴史書の内部ではなく，外部からその理念を照らし出す文章があるとしたら，それは何よりも『国王〔ルイ12世〕よりトロイアのヘクトルにあたえる書簡』だと思う。「修辞学派」の一員といわれ，フランス宮廷の修史官であったジャン・ドトンの『国王ルイ12世に送る勇猛なるヘクトルからの書簡』[25]への返信になぞらえられた，1511年の執筆で1513年に「第3巻」の発表をみる『ガリアの顕揚ならびにトロイアの偉傑』とともに出版された，この韻文書簡『国王よりトロイアのヘクトルにあたえる書簡』で，「余＝ルイ」はヘクトルとのあいだの宗教の違いの指摘〔III. 70〕や，軍事を好む教皇を非難〔III. 71〕した後，《汝が生を受けたる土地を取り戻す》〔III. 72〕決意を述べる。トルコ人がトロイアの系譜だと自称したり，ギリシア人がトロイア戦争を己れに有利に物語ってもそれはいつわりである。以前は隠されていた《真の歴史》（もちろん『ガリアの顕揚ならびにトロイアの偉傑』）がようやく明らかになったのだ〔III. 73〕。余はトロイアの地の奪取のため，まずトルコに味方するヴェネチアやギリシアを火器の力もあって打ち破った〔IV. 75〕。神も余の勝利を愛でるしるしをもたらした〔III. 77〕。しかるに神の代理人であるべき教皇は恩知らずにもフランスを害そうと企てた〔III. 79〕。余は教皇もその連合軍も容赦しない。しかし余の本当の願いは《大いなる勝利により//トルコの手からトロイアの領土を回復すること》である。なぜなら《余以上に汝に近しい者はだれもいない》〔III. 82〕からだ。ルイは次いでトロイアの末裔の欧州での足跡に簡単に触れ〔III. 82-83〕，トロイアの地やヘクトルの墓に詣でる

ことを願い〔III. 84〕，ヘクトルの霊を魔術で呼び出そうとしたシャルル・ル・テメレールを（名前は明言しないままに）批判し〔III. 85〕，神にすべてをゆだねヘクトルに別れの挨拶を告げる〔III. 86〕。──傍系のテーマを除いて主たる理念を確認すると，不徳なギリシア人（ヘレネ，アキレウス等）の奸智に敗れたトロイア人の名誉回復，トロイア王家の子孫としての欧州人（ことにフランス〔およびブルゴーニュ〕王家）の立証，トルコによるトロイア王国の不当占拠の指摘，正当な後継者のもとへの領土回復を目的とする対トルコ十字軍の結成と同祖にさかのぼる欧州各国の連帯への訴え，十字軍の企図をはばむ教皇やヴェネチアの断罪，となろうか。最後のものを一応カッコに入れれば，これらの理念は見事に『ガリアの顕揚ならびにトロイアの偉傑』の語られた部分の骨組みと，序文系の文章ではいくども説かれたが本論はその前提を説明するにすぎなかった政治的な意図を，説明しているとおもう。そしてまたこれらの理念の特殊な視角も『ガリアの顕揚ならびにトロイアの偉傑』の特殊な政治性を反映しているとおもう。

　何が特殊なのか。かさねてそれは「トルコ」のあつかい方である。特殊性は2点に分かれる。第1に『国王よりトロイアのヘクトルにあたえる書簡』や序文系の文章においては「トルコ」は主としてトロイア領を不正に己れの所有に帰すると非難され，十字軍の相手に名指される。外教徒国家としてのトルコ，脅威の的としてのトルコのイメージはほとんど取り沙汰されない。わたしたちはかかる「トルコ」像の専一的な提出は当時の平均的な意識から見てかなり異様なケースではないかと想像する。第2に，十字軍の目的に「聖地」ではなく「トロイアの地」の奪回があてられる。コンスタンティノープルの陥落は『ガリアの顕揚ならびにトロイアの偉傑』に先立つわずか数十年以前であった（この頃のインパクトの大きな出来事をめぐる集団的・個人的な記憶の持続力の長さについては指摘するまでもあるまい）。ルメールも宗教的・歴史的見地から「トルコ」のイメージと「聖地」奪還の理想とが不可分であることを重々承知していたはずで，『教会分裂と公会議における違いについての考察』には教皇ウルバヌス2世の「聖地」解放，すなわち十字軍へとつながる訴えをフランス

語に訳し，再録して見せた〔III. 280 以降〕。

　何が『国王よりトロイアのヘクトルにあたえる書簡』や『ガリアの顕揚ならびにトロイアの偉傑』での独特なトルコ像，十字軍の理念を成立させたのか。『ガリアの顕揚ならびにトロイアの偉傑』の刊本にかんしてはジャック・アベラールの非常に精密な（あまりに専門的すぎて，初見では考証過程を辿ることすら難しい）研究があり，詳細はそれに任せるとして粗雑な物言いをすると，1513年に『ガリアの顕揚ならびにトロイアの偉傑』が初めて現行の「第3巻」を含む形で刊行されたとき，この史書には『教会分裂と公会議における違いについての考察』，『シャイフ・イスマイル王，通称サフィーの真実にしていつわりなき歴史』，『聖地巡礼のためにサルタンがフランス人にあたえる通行証』，『ヴェネチア人たちの伝説』，『最愛の君を惜しむ』，『不運な奥方の嘆き』，『国王よりトロイアのヘクトルにあたえる書簡』等が合冊されていたらしい（正確にいえばこの版での『ガリアの顕揚ならびにトロイアの偉傑』も単独に印刷された「第1巻」「第2巻」および「第3巻」の合冊であったようだ）。これらの付随的な作品群から状況詩を除くと，残りはいずれもアクチュアルなテーマを歴史記述の手法を用いて一定の党派的な視点から論じたパンフレのたぐいとみなすことができる。パンフレとしてはかなり大部の『教会分裂と公会議における違いについての考察』（ジョドーニュの推定では1510年秋—1511年春に執筆，1511年5月刊行）は，大部分の教会分裂の責任は教皇にあり，公会議は諸侯の力によるものだとし，ヴェネチア人批判，教会腐敗の原因（野心，公会議の省略，聖職者の結婚の禁止），上記教皇ウルバヌスの十字軍の呼び掛けの引用，プラグマティック・サンクシオン（国事詔書）礼讃その他を論ずる。同時代史をあつかう『シャイフ・イスマイル王，通称サフィーの真実にしていつわりなき歴史』（1508年—1511年に執筆，1511年5月刊行）は，このペルシアのサファヴィ王朝の祖がいかにトルコ軍と戦い上首尾を収めてきたか，いかにその人物が優れているか，いかにかれがキリスト教徒に友好的であるかを語り，《サフィーはあらゆる術を尽くして，外教徒〔トルコ人〕を滅ぼすべく，キリスト教君主たちを調停しようと努め，試みている。反して我々の教えの長たる司教

〔教皇〕は聞く耳を貸そうとしない》〔III. 219〕と結論する。また『聖地巡礼のためにサルタンがフランス人にあたえる通行証』によれば，時のサルタンがキリスト教徒に対し和平を求め，フランス人に聖地へ向かうための通行証さえあたえるのに，ヴェネチアと組んだ教皇は戦いしか望まず，トルコへの十字軍を計画するキリスト教諸侯と対立している。最後に『ヴェネチア人たちの伝説』（1509年5月—6月執筆，同年のおそらく秋に刊行）でルメールは《民衆的な》政体をもつこの国家に敷かれてきた暴政，そして対外的な欺瞞と簒奪の歴史，非キリスト教徒的な態度，君主国家の評価を述べ，フランスよりもトルコに隷従する方がましだ，といったヴェネチア人に怒りを抑ええない。このように見ると『ガリアの顕揚ならびにトロイアの偉傑』はその最初の完成された姿を，数篇の状況詩とページ数的にはそれらを圧倒するパンフレとを従えて人々のまえにあらわした。そして『国王よりトロイアのヘクトルにあたえる書簡』を加えたこれら5篇の歴史的な素材にもとづくパンフレは皆，フランス国王ルイ12世の対外政策を端的に代弁していた。

あえてルイ12世の『ルイ12世年代記』をしるした修史官ジャン・ドトンの記述を避け，エルネスト・ラヴィッス編の『フランス史』を頼りながらこの時期のルイ12世の外交活動を追いたい（わたしたちの読み間違いも原著執筆者の主観の介入も可能であるとことわっておく）。1508年暮れ，神聖ローマ帝国皇帝マクシミリアンとルイとを中心に，教皇ユリウス2世やアラゴン王＝スペイン王フェルナンド2世，英国王ヘンリー7世等をまじえ，カンブレ協定が結ばれた。内容はひとつにマクシミリアンとルイとの終身和平であり，ひとつにトルコの脅威を念頭に置いたキリスト教守護で，ことに二人の君主は各国キリスト教君主への訴えにともなう東方遠征を約した。しかし『フランス史』の表現を借りれば《トルコはそこでは口実でしかない》。十字軍以前にキリスト教の保全のためには，教皇座の権利を簒奪しているヴェネチアの処置が問題となる。教皇はヴェネチアに対し祭式挙行禁止宣告をおこない，協定に参加した各国は己れに権利がある（と主張する）ヴェネチア共和国内の領土を回復すべくこの国に戦いを挑むこととなろう。こうした協定を踏まえルイは翌1509年4月，ヴ

ェネチアに攻め入り，5月にはアグナデロの戦闘で大勝を収めた。しかし各国の思惑は一様ではなく，マクシミリアンも軍事行動に積極的な姿勢を示さず，また軍事よりも外交を得手とするヴェネチアはその間に教皇との妥協の道を見出し，祭式挙行禁止宣告の解消を獲得した（1510年）。以後カンブレの協定は意味を失い，スイス諸州，スペイン，英国，ヴェネチアおよび大部分のイタリア国家がユリウスを中心に結束し，ルイとマクシミリアンのふたりと対立し始める。これを見てルイは1510年フランス国内の聖職者をトゥールに召集，君主が教皇に対し国家の安全のために戦争を遂行しうることを確認，公会議の開催を全キリスト教諸国に訴えさせた。一方フランス軍との戦闘で敗れた教皇は1511年6月，対立者に破門を宣告，さらに自分の側からも公会議開催を要請する。同年10月，ユリウスは「神聖連合」の名で知られる，実質上はフランス軍をイタリアから排除する目的の軍事同盟である，スペインとヴェネチアとの協定を結び，この「連合」には間もなく英国王ヘンリー8世も加盟，その影響を受けマクシミリアンもルイと袂を分かつにいたった。フランス軍はボローニャ，ミラノ，パンペルーナ各地で敗北を重ね，マクシミリアンも遂に1512年11月，「神聖連合」に加わる。そして1513年2月ユリウス2世が没し，1ヶ月後レオ10世が新教皇に選出された。ルイ12世が，イタリアにおける教皇やマクシミリアン，フェルナンドの勢力を恐れ出したヴェネチアと同盟状態に入ったのは新教皇選出とほぼ同時期であった。以上が『ガリアの顕揚ならびにトロイアの偉傑』およびその他いく篇かのパンフレ出版前後の，ルイ12世を取り巻く国際政治の情勢である。

　パンフレはこうした政治情勢を，そしてルメール自身の宮廷での立場をも敏感に反映すると考えられる。5篇の中で相対的に執筆時期が早い『ヴェネチア人たちの伝説』では，ルメールの批判はもっぱらこの共和国の体制や，その内部および対外的な場での数々の忘恩や裏切り，教皇座に対する不敬，トルコとの関係に向かった。つまりこの時，当時のルメールの主筋であったマルガレーテの後援するマクシミリアンとルイのあいだでカンブレの協定が結ばれた直後であり，その協定の真意が対ヴェネチア政策にあったからルメールはヴェネチ

第3章　いわゆる「(大)修辞学派」による歴史書3篇　261

アだけに的をしぼればよかった。その後に書かれた4篇においてはヴェネチアのみならず，フランス包囲網を画策する教皇も呪わしい敵となった。ジョドーニュのいうとおりこれらのパンフレでルメールはマクシミリアンよりもルイの立場に身を置いて語った。徐々に冷えつつあるとはいいながら，マクシミリアンは未だルイの側にいたから，少なくとも公式的には咎められる筋合いではなかったかも知れない。他方マルガレーテの宮廷で煩わしさを覚えていたルメールは，ブラバン地方に略奪に来たフランス騎士の，農民による撃退を讃えた1507年暮れの『ナミュールの唄』の製作にもかかわらず，『緑の恋人の書簡』が好評を博したフランス宮廷への接近も望んでいたともおもわれる。『ガリアの顕揚ならびにトロイアの偉傑』の「第1巻」がマルガレーテに，「第2巻」がアンヌに，「第3巻」がアンヌの娘クロード・ド・フランスに捧げられたのは二つの宮廷のあいだのルメールの位置の変化を象徴していはしまいか。

　わたしたちは『ガリアの顕揚ならびにトロイアの偉傑』全3巻がまとまって出版されたさい，5篇のパンフレをともなっていたと述べた。「第3巻」の冒頭，ギヨーム・クレタン宛の書簡にはそれらのパンフレへの言及が認められる。

　　（引用—39）〔II. 256〕
《わたしがフランスの出身者でないことはさておいて，フランスの人間に恨みを抱いたことはけっしてございません。わたしのこれまでの作品は，わたしがフランス国民の公益につねに抱いてきた愛着を充分に明らかにしております。わたしが著しました2冊の本，『ガリアの顕揚ならびにトロイアの偉傑』と『ヴェネチア人たちの伝説』は上述の暴君的な民族に対して国王〔ルイ12世〕が立派な対決をしていることを示すと同様，『教会分裂と公会議における違いについての考察』は，教皇が戦争をするのは間違っていることを知らしめるためのものでございます》

　この言葉はかつてブルゴーニュの立場から党派的な情況詩を書いたルメール

の，フランス宮廷への弁明なのだろうが，この文に続けて『ガリアの顕揚ならびにトロイアの偉傑』の主要テーマ，トロイアの末裔の団結によるトルコ遠征が説かれるのを見ると，パンフレと『ガリアの顕揚ならびにトロイアの偉傑』の連続性を示唆するようでもある。わたしたちの印象では，『ガリアの顕揚ならびにトロイアの偉傑』の着想がルメールに浮かんだ1500年当時，ルメールの意図は西欧の，とくにブルゴーニュの宮廷で流行していた欧州人のトロイア起源説を聖書系の神話と抵触しないように，そしてまたできれば学者ならぬ宮廷人（その代表が公妃・王妃だ）の興味を失わぬ形であらわすことであり，当時からマクシミリアンやルイがひとつの固定観念として有していた東方遠征の根拠を，欧州世界に普遍的に見られたトルコへの危機意識や聖地回復願望に加えて新たに立証することであった，あるいはそうした体裁が取れればもっとよかった。これらの意図は最終的な加筆・調整がおこなわれていたであろう1508年以降にあっても，ことにカンブレの協定を受けて，かれの置かれた状況にそれまで以上に合致するとおもわれた。カンブレの協定の実質的な崩壊後はどうであろうか。東方遠征とは，いつでもかざしうる「大義」であった。問題はその実行にいたるまえに，それを妨げる障害を取り除くことだった。トルコ遠征を計画するフランスに敵対し，各国の君主に不和をもたらす教皇やヴェネチア人への批判は他のパンフレが担うとして，『ガリアの顕揚ならびにトロイアの偉傑』が批判の前提を構成する「大義」の存在を明確にするなら，批判はいっそう説得力をもつはずだった。そして「大義」が聖地の奪回ではなく祖先の地の回復にあるとしたら，トロイアの系譜の長に（ルメールによって）あてられたルイの権威はだれからも尊重されてしかるべきだと暗示した。外教徒との闘いを最終理念にかかげながらなおかつ教皇と対決しなければならないとき，宗教制度の考察で土台を固める一方で，こうしたまったく異なるレヴェルでの「大義」の根拠づけはそれなりに武器となりえたかも知れなかった。またそれは喩として，フランス王がイタリアにもつ（と主張する）相続的な領土権要求のための，イタリア遠征の正当性をも想像させたかも知れなかった。その意味で『ガリアの顕揚ならびにトロイアの偉傑』は，ルメールの当初の意図はともあ

れ，全3巻がまとめられた1513年には結果的に党派性を読み込まれても仕方なかったろう。同系の伝承（否むしろルメールの作品そのものか）に想を受けた60年後のロンサールの『フランシアード』よりもはるかにアクチュアリティに富み，しかも学的相貌を備え，これは壮大なパンフレとも呼べた。

　ジャン・ルメールが『ガリアの顕揚ならびにトロイアの偉傑』をまず断片的な物語として書き始めた後に，その構想をふくらませて歴史書の形態に展開し，調査や探究をおこなっていたことに間違いはないとおもう[26]。ただルメールは宮廷人であり，必然的に読み手の存在を考慮せざるをえなかったし，おもねるつもりはなくとも棲息する環境の力で一定の党派性を獲得し，それが無意識裡に歴史の〈真性〉への努力に影響を及ぼす可能性も存した。また「修辞学派」につらなるルメールは時代に抜きん出た詩才をもち，その詩才は言葉のたわむれよりも物語の叙述や立体感のある詩的宇宙の創造に向いていたようだ。そうした理由で『ガリアの顕揚ならびにトロイアの偉傑』はパンフレとしても読め，物語でもある，奇妙な「史書」になってしまったと思われる。

4．地方史から中央の歴史へ：ジャン・ブーシェ

　『アキタニア年代記』[27]の修辞法について特筆すべきことがらがあるだろうか。わたしたちの印象では，モリネの『年代記』に散見される言葉のたわむれや，ジャン・ルメールの『ガリアの顕揚ならびにトロイアの偉傑』の中核をなした詩的空間の創設はほとんど認められない。前者でいえばたとえば1534年，フランソワ1世の長男の訃報が王と王妃の滞在地リヨンに伝わったとき，この町は《大宴会を大きな悲嘆に，楽しい笑いを苦しみの涙に変えてしまった》〔180 r°〕という程度の修辞に出会う機会はあるだろう。あるいはまた，聖ヒラリウスの徳を讃える以下の文章に修辞的な列挙を見出すこともあろう。

　　（引用—40）〔15 v°-16 r°〕
《かれ〔聖ヒラリウス〕は長期の追放も，長きにわたる飢餓も，極度の渇きも，

疲弊させる暑さも，厳しい寒さも，高くそびえたつ山々の驕りも，皇帝の権威も，外教徒の軽信も，異端者の毒ある偽善も，背教者の司教の羨望も，世俗の人間の幻想も，裏切り者の誘惑も，驕れる者の雑言も，傲慢な人間の蔑視と軽蔑も，宮廷の貴族たちの愚弄と嘲笑も，さらにこの手に負えない世界の貧しさも恐れなかった。

〔(il) ne doubta le loingtain exil, la longue faim, l'extreme soif, les extuantes chaleurs, et rigoreuses froidures, l'orgueil des hauls montez et eslevez, l'auctorité des Empereurs, la crudelité des infideles, l'hypocrisie veneneuse des heretiques, l'envie des evesques apostatz, l'illusion des mondains, les blandices des deceveurs, les injures des arrogans, le contemps et mespris des presumptueux, la mocquerie et irrision des seigneurs de Court, ne la paovreté de ce fascheux monde〕》[28]

けれどもここまでなのだ。修辞度でもこれらがほぼ上限だし，頻度的にいって，わたしたちの見落としを勘定に入れても，ブーシェ本人の文中にこの種の修辞がなんども採用されることはないだろう[29]。もっともこうした形以外にも「詩人」ジャン・ブーシェが『アキタニア年代記』に姿をあらわさないではない。かえってかれは己れの歴史書の中でいくども，重要とおもわれる出来事の最後に，人々が事件と年代をより良く記憶するようにと自作の四行詩を書きとめた。

(引用—41)〔187 r°〕
《そしてナポリを取り戻し，失ったことを覚えておくために，わたしは以下の四行詩を作った。
《フランス人は，1502年に，
武力によってナポリを奪った。
しかし狡猾なスペイン人は
2年後にその地を奪いかえした。

〔Et pour la memoire du recouvrement et perte de Naples, j'en ay fait quatre vers qui s'ensuyvent.

　Les Francois, l'an mil cinq cents deux,

　Par force Naples retirerent :

　Mais les Espagnols cauteleux,

　Deux ans apres la regaignerent〕》

　しかしかかる4行詩やその延長にある時事詩，そしてまれに挿入される自作の詩篇──「第4巻第12章」全体が四百数十行からなる《いとキリスト教的なるフランス国王ルイ12世の崩御にかんし，フランス王太后，マリー妃より，その兄君ヘンリー英国国王に宛てたる書簡詩》〔194 r°-197 r°；のちに『道徳書簡詩ならびに日常書簡詩』に再録（xvii r°-xix r°参照）〕[30]，および若干の墓碑銘詩──においてさえ，かれを「修辞学派」に所属させる徴候はなかなかに見つからない。わたしたちが参照することがかなったのはいく篇かの初期詩篇と後期の韻文作品『道徳書簡詩ならびに日常書簡詩』にすぎないけれど，後者の中でもこの世紀の比較的早い年代に製作されたものには，たとえば「折り返し詩」や「多重韻〔équivoque〕詩」といった「修辞学派」の技法が用いられるばあいがある。『アキタニア年代記』の初版刊行が1524年だから初版執筆中はもちろん，その後もしばらくは歴史書に向かう傍ら「修辞学派」的な詩作をおこなう時期があったはずだ。「ドラマ化」とか「物語化」，あるいは「雄弁」などの技法をひとまず措くと，同時期の韻文が試みていた語の表層でのたわむれが『アキタニア年代記』の本論に影響をあたえた形跡はおおむねない。これは韻文と散文の相違なのか。答えは否である。

　ここで『アキタニア年代記』と並ぶブーシェの代表作にいささか眼を向けてみる。ブーシェは「修辞学派」詩人ではかなり例外的に宮廷詩人ではなかったが（そうあろうと欲したときはあったにせよ），1510年頃から名門貴族ラ・トレムイユ家で代訴人の職分を勤めた。その経緯もあって，ルイ11世，シャルル8世，ルイ12世およびフランソワ1世の4代のフランス国王に優れた軍人とし

て仕えたルイ・ド・ラ・トレムイユ２世の戦死を機に『非のうちどころなき騎士の讃辞』を1527年に刊行する[31]。これはブーシェのまとまった作品では，1991年に批評版が上梓された『地上の教会の嘆き』，1992年の同じく『名声の寺院』，リプリント版の前出『道徳書簡詩ならびに日常書簡詩』，および刊行されたばかりの批評版『全集』第１巻（初期詩篇集）の，４篇の韻文作品を除いてもっとも参照しやすい散文の伝記で，18世紀後期のキュシェ，19世紀のプティ，ビュション（『パンテオン・リテレール版』），ミショーのそれぞれの『コレクシオン』にも収められている。しかしそれらもそしてそれ以前の刊本も，初版以外のものはみな程度の差こそあれ省略箇所を有するという。いちばん辛辣とおもえるビュションの解説から引くと，それらの省略箇所とは《衒学への愚かしい好みに満ちた〔……〕修辞的な章句》であり，さらに《厭うべき，また余談以外の何ものでもない詩句》〔XL〕である。つまり『非のうちどころなき騎士の讃辞』はある部分ではきわめて修辞性の高い伝記文学であった。この修辞性の高さはわたしたちが参照できる抜粋本からも充分にうかがえる。２，３短い例をあげる。二つは時間の描写，３番目は台詞である。

　　　（引用—42）〔Pan. 353 ; 354 ; 355〕
《曙光がその白いカーテンをひろげて澄んだ陽光を受けとめるとき〔……〕//「眠り」がその重たげな翼をもって人間の脳髄に降り立ち，あらゆる被造物をやすらぎのうちに抱擁する真夜中頃，かれをさがしていたので〔……〕//『わが友，シャズラックよ，きみはわたしの心の秘密であり，わたしの秘められた考えの密書の内容なのだ』
〔a l'heure que aurore avoit tendu ses blanches courtines pour recepvoir le cler jour〔...〕//Comme on le serchoit, environ la mynuit que *Sommus* avec ses pesantes helles descend on cerveau de l'homme et ambrasse toutes les creatures en leur repos〔...〕//"Chazerac, mon amy, tu es le secret de mon cueur, et la teneur des lettres clouses de ma secrete pensée"〕》

ラ・トレムイユの誕生にあたってはユノやミネルウァ，マルスが祝福をあたえた模様だし（近代版では省略される），少年期のかれを眺めに《ベリー地方の半神，半女神たちがそれぞれの館や城をあとにしてやってきた》〔350〕ものでもあった。騎士道物語風のロマンスや，これも概略しかわからないがそれに関連した書簡詩も挿まれたらしい。「ドラマ化」や「雄弁」の例は枚挙にいとまがない。『非のうちどころなき騎士の讃辞』はかくてラ・トレムイユの事実に即した伝記であるよりも，これらのページにおいてはこの騎士を主人公に選んだ，当時の了解での「文学」作品となる。他方『非のうちどころなき騎士の讃辞』には当時の貴族生活の優れた描写（たとえば「第20章」の子女教育）も，史料的価値も薄くないとおもわれる戦闘記述もある。フランソワ１世が虜囚となり，ルイ・ド・ラ・トレムイユが壮烈な最期を遂げたパヴィアでの合戦を描くにあたり，ブーシェは〈真の歴史〉を目指し細心の注意をはらった。

（引用—43）〔Pan. 550〕
《わたしは，この合戦から名誉とともに戻ってきたいくたりかの人間によって，その順序と形態とを苦労して知るにいたった。しかしわたしが照合した15, 6人の中で２名が，合戦のはじめと中盤，終結のもようの形態について一致しなかった。したがってわたしは，史実よりも情感的な言葉が多いのだから，スペイン人がスペイン語でおこなった描写によっては判断を下すまいとおもった》

こうした厳しい記述への配慮を見ると，修辞的な文章はともかく異教神の登場やロマンス的な設定は承知の上でのことだとおもいたくなる。であるならばそれらはルメールの，それなりの考証とか解釈とかにもとづく神話世界の接続とはいささか種類を異にする「虚構」の扱いであろう。すなわち大雑把にいって若き日の，つまりブーシェと出会う以前，歴史の表舞台に姿をいまだあらわさないラ・トレムイユに充てられた『非のうちどころなき騎士の讃辞』の前半に「文学」的なページが多く，後半は歴史性が豊かとなる傾向があるとおもう。

これは「歴史」の方法の届かない地点を「文学」で補っているのかも知れない。とすると『非のうちどころなき騎士の讚辞』の存在は,「修辞」と「歴史」が併存しないのは『アキタニア年代記』が散文であらわされたからではないと教えるのみならず,ブーシェが『非のうちどころなき騎士の讚辞』では採用した歴史の闇の埋め方を,『アキタニア年代記』の古代史に選択しなかったのも改めて確認させる。譬えば『非のうちどころなき騎士の讚辞』が個人の伝記なら『アキタニア年代記』はひとつの地方と国家の伝記なのだから,同じ方法を用いてもよさそうだった。違いがあるとすればそれは『非のうちどころなき騎士の讚辞』が伝記「文学」であり,また一定の目的に沿って語られるのに対し,『アキタニア年代記』が「歴史」――何よりもその題名がそれと教える――であり,『アキタニア年代記』に先立つ表現が指示するところではあるが(引用―42)での言葉が告げるように,客観性を要求されていることであろう。多分ブーシェはこうした相違を充分自覚していた。『アキタニア年代記』の序文でブーシェは,高貴な女性に寓意化された「アキタニア」に自分の栄光を世に広める人物がいままで出現しなかったと嘆かせ,メルクリウスの仲介でブーシェがその役割を引き受けたのだ,と韻文を用い語った[32]。『非のうちどころなき騎士の讚辞』では「歴史」に切断なくつながった修辞的虚構を,『アキタニア年代記』では韻文の序文に封じ籠めた。これも「文学」と「歴史」の差異の認識がなせるわざだったとおもう。

　『アキタニア年代記』において,それでは古代史はどのように叙述されるのか。「第1巻第2章」と「第3章」が,2紙葉弱でフランスとアキタニアの地形を描く「第1章」を受け,3紙葉半,ページに換算すると7ページの範囲でノアの洪水以後,ほぼローマはカエサル軍のガリア遠征にいたる時代をあつかっている。洪水直後の人々の生活はこうである。

　　(引用―44)〔2v°-3r°〕
《この時代,人々は父親たちを除いて(父親が最初の裁判官であった)掟ももたず,君主も上に立つ者ももたず暮らしており,ただ子孫をふやし,子供を

育てることに配慮と注意をし，けもののようになんの道徳もなく野原をあゆんでいた。そしてはげしい寒さと夏の暑さ，雨，雹，嵐から身を守るため，避難所として洞窟や木の洞しかなかった。〔(中略) 人々はやがて共同体を形成するが，首長の欠けた共同体ほど無謀で愚劣なものはないと気づく〕このために，自然にもとづいて，あるいはもっと信頼にあたいするが，必要にもとづいて，まず自分たちのうえに同僚や共同体から，自分たちを統べ，みちびき，治め，教え，率いるのにもっとも有徳であると考えた王を制定した》

しかし《領土拡張への飽くことない渇望と世俗の栄光という甘言》がひとを誘惑し戦争が勃発する。歴史上最初の戦争はエジプト人とスキタイ人のあいだに生じ，後者の勝利に終わった。スキタイ人はアジアをも征服したが，この人肉を食し毛皮をまとった人々のひとつの部族，アガテュルソス族がポワトゥ人の祖先である。ブーシェはここでヘロドトスを援用し[33]，アガテュルソス族の出自神話を語る。それによると，アガテュルソスとはユピテルの息ヘラクレスがスキタイ地方を旅したおり，半人半蛇の乙女と交わり産まれた三つ子の内ヘラクレスの弓と肩帯を相続した者だったという〔3 v°-4 r°〕。ブーシェはこの神話の後再び歴史的（わたしたちの感覚での）な記述に戻りアガテュルソス族の生態や，かれらが英国やアキタニアに勢力を伸ばした次第をしるし，神話自体の考証はおこなわない。神話を虚構と断定もしない代わりに，ことさら考証をつうじて歴史化しようともしない。ただこうした説がある，と紹介しているように見える。ポワチエの創設者についての諸説と古代ポワトゥ人の風俗を述べて「第2章」を閉じたブーシェは，「第3章」をジェフリー・オヴ・モンマスやその他(ほか)の史書から引き出した傍系トロイア伝承に捧げ，アキタニア各地に英雄たちの足跡をとどめさせる。ヘラクレス神話と同様ここでも伝承に注釈をほどこさないし，むしろそのまま史実として受けいれる感がいっそう強まるのは，トロイア始祖説が教養人の層にある程度（だれもが諸手を上げて，とはいわないにせよ，とくに『ガリアの顕揚ならびにトロイアの偉傑』以後しばらくは）浸透していたからであろうか。であるなら原史料が求められぬ〈歴史〉の

彼方をトロイア伝承で補おうとしても不自然ではない。不明なことがらを不明のままに残さないこと，なんらかの手段で不明を少なくすることが知識の完全性の証と判断されていたのかも知れない。かえって異教の神話や伝承への言及をこれ以上差し控えた点に，ブーシェの禁欲を見るべきともいえる。たとえば以下の一節は，先行する史書や伝承の存在が展開にやや影響しているけれど，それでも禁欲的でない，もしくは想像力の旺盛な作家ならもっと別の大きな「物語」を紡ぐことも可能だったろう。

（引用―45）〔5 v°-6 r°〕
《それから間もなくトロイア人はガリアの地がすべて自分たちに反旗をひるがえしており，かれらに抵抗するのは不可能だと警告されて，その土地を放棄した。そしてブルターニュの海路をとおって，当時巨人たちと森の民が住んでいたアルビオン島を攻囲しにゆき，らくらくとその島を征服した。次いでその征服者である上記ブルトゥスにちなんで，そこをブルターニュと名づけた。この島は現在では，そしてもう長いあいだ，英国と呼ばれている》

わたしたちが参照した『アキタニア年代記』の版は超古代からブーシェの最晩年に当たる1557年までを覆っているが，けっして数多くない「物語化」，「ドラマ化」，「雄弁化」などの技法がそれでも眼を引くのはやはりその中世史をあつかう部分においてとおもわれる。「物語化」（等）には二つの系列が存し，ひとつは史料として選んだ文献にすでに「物語化」（等）が含まれている場合，ひとつにブーシェの想像力により簡素な史料に肉づけがなされる場合である。ブーシェの使用した出典に手が届かない現状では両者の識別を試みるのは大変難しいけれど，前者にはたとえば，シャルルマーニュの家臣，かの辺境伯ロランの活躍があろう。サラセン側の巨人フェラグ――これも名高きオジエ・ル・ダノワを含め5，6人のフランス人騎士を《鶏をあつかうかのごとく脇の下に抱え》〔53 v°〕虜にしてしまう――との二日にわたる闘いや，名剣デュランデルを傍らにしての最期〔54 r°〕にはどうも文学作品の直接的，少なくとも間接

的な利用が匂うような気がする。聖人伝のたぐいも元来その内部に「物語」や「ドラマ」,「雄弁」をはらんだ,虚構と史料の狭間に立つジャンルであり,かといって宗教の面でも保守的な,かつ後述するとおり民間伝承の〈真性〉をある角度で肯定するブーシェだったから,それらの「物語」をそのまま写しても不思議はない。とくに「第１巻」の軸はポワトゥの守護聖人聖ヒラリウスの生涯であり,若き日の逸話,アリウス派や皇帝との闘い,追放,復帰,奇蹟,娘の説得,死,死後の奇蹟まで,ひとつひとつの局面での「物語化」の密度はさほど濃くないけれど,全体をとおすと歴史的叙述という地に「物語」の時間と空間がそれとなく浮き彫りの図を形成する触感が残る。またアキタニア公ギヨーム10世の,公式記録では死後に属する年代での求道生活──つまりかれは通常1137年に没したとみなされているが,それは見せかけにすぎず,実は聖性を求め,ふたりの家臣をともない荒野を遍歴して信仰一筋の余生を送ったのだ──も,さすがに修道院の古記録からの発掘だけに,聖ヒラリウス伝以上に「物語性」や「ドラマ性」が豊かである〔ことに 73 v°-76 r°〕。

　一方,ブーシェ自らの手になる「物語化」(等) の作業にはどのような例があるだろうか。上記のアキタニア公ギヨームが世俗世界を捨てる決心をかため,三人の家臣に打ち明ける箇所で (つまり三人の腹心に計画を漏らし,その内の二人を供とした),ギヨームの説得も家臣の反論もブーシェが参考にした古記録どおりであるのか,わたしたちにはいささか信じがたい。ともに長文の弁舌だが,それぞれの一部を拾い上げる。やや修辞的な前者がギヨームの,やや論理的な後者が家臣の一人の言葉である。

　(引用─46)〔74 r°; 74 v°〕
　(A)《わが子よ,おまえたちはよくわかり承知しているだろうが,義人には「天国」があり,悪人には「地獄」があって,あたいするものであろうとあたいしないものであろうと (わたしはイエス・キリストにあたいする,という意味で語っているのだが) この「世」がある。そして真の信仰や希望,慈愛のうちに暮らす者たちは「天国」をうるであろうし,暮

らしぶりがよこしまで不誠実な者たちは，永遠ではてしない苦痛の場所である「地獄」にゆくであろう。

〔Mes enfans, vous scavez et entendez tresbien, que nous avons Paradis pour les bons, Enfer pour les maulvais, et ce Monde pour meriter ou demeriter, j'entens on merite de JESUSCHRIST, et que ceux qui vivront en vraie foy, esperance, et charité, auront Paradis : et ceux dont la vie sera meschante et deshonneste, auront Enfer, lieu de peine pardurable, et infinie〕》

(B)《あなたが3，4のことがらを熟考してくださるようお願いします。第1に，あなたは年老いていらっしゃいますし，老齢は寒さや暑さが極端な荒野の厳しさに耐えることができないでしょう。第2に，あなたはつねにおいしい食事をされてきました。あなたの安楽な境遇を手放して，あえて厳格な生活を送りつつ生きてゆくのは難しいでしょう。

〔Je vous prie que vous considerez trois ou quatre choses. La premiere que vous estes vieil, et que vieillesse ne scauroit porter les rigueurs des desers, ou le froit et le chaut sont excessifz. La seconde que vous avez tousjours esté delicatement nourry, et que peu vivrez a laisser vos ayses, et a prendre austerité de vie〕》

こうした情景のほかに信仰生活を送った後のギヨームの臨終の場を加えてもよいだろう〔75 v°-76 r°〕。それらの文体を見るとどうも修道院で発見された伝承の原本を《上述のごとく簡略にわたしがここに書き起こした》〔76 r°〕過程でブーシェの「物語化」，「ドラマ化」の指向がその，ある部分には影響したのではないかとの印象をぬぐいさりがたい[34]。印象だけで言葉を費やすのははなはだ無念なのだが，作家の手によらない古記録にしては文章が整いすぎているとしか，現状ではいいようがない。ただブーシェは出典を明記した場合でもその出典から離れて自己流に，あるいは題名をあげぬ他の文書を頼りに項目

第3章　いわゆる「(大)修辞学派」による歴史書3篇　273

を綴る場合があったようだ。わたしたちは後でそうした例を紹介しよう。ここでは印象を述べるにとどめる。

　さてもしブーシェが『アキタニア年代記』のところどころで「物語化」(等)の技法を用いたにせよ、たいていはむしろ「物語」の誘惑を抑えて、中性的に歴史記述に取り組んだ。わたしたちは先にロランの活躍に「文学」的なテキストの下敷きを想定した。8世紀の末にさかのぼりながらかろうじてシャルルマーニュの騎士たちの名前のみをしるす歴史書も確かに存在するけれど[35]、ほぼ同時代の修史官アラン・ブシャールの、この英雄をめぐる「文学」的テキストの利用と比較するとブーシェははるかに禁欲的と判明する。版型の異なる本で対照し難いが、巨人の登場からロランの死までほぼ同一の項目に『アキタニア年代記』は四折本1ページ60行、ブシャールは八折本8ページ300行をあたえた。繰り返すがこうした「物語」や「ドラマ」の抑制は、『アキタニア年代記』の後半、フランソワ1世時代以降の記録にはいっそうきびしく働いたようだ。1536年アブヴィル市近くのサン゠リキエの町をカロルス5世軍が包囲したことがあった。これを論ずるに臨みブーシェは《書き漏らしたくない》とわざわざ断るのだが、かれの記事の眼目は以下の女たちの活躍にあった。修辞を試みればいくらでも言葉を重ねられたであろうそれらの叙述に充てたブーシェの淡白な散文が、『アキタニア年代記』を流れる歴史記述の文体の基本ではないかとおもう。これも原文とともに引用してみる。

　(引用—47)〔278 v°〕
《サン゠リキエには、ペロンヌにいた者のうち、セスヴァル殿の指揮のもと、
　防衛に努めるわずか100人かそこらの歩兵しかいなかった。町の女たちが、
　少なくとも加勢できるものはみな、市壁に集まってきて、大量の熱湯や熱い
　灰、その他考えうる、また使いうるあらゆるものをもちいて、内部に押し入
　ろうと努めていた敵の頭上に投げ落とさなければ、間違いなくかれらはあま
　りにも弱体であったろう。かくして敵は見事に押し返されたのだった。
〔Dedans soint Riquier y avoit seulement cent hommes de pied, ou environ, de

ceux qui avoyent esté dedans Peronne, soubs la charge du seigneur de Saisseval, qui prindrent peine d'eux defendre. Mais sans doubte, ils eussent esté trop feubles, n'eust esté que toutes les femmes de la ville, au moins celles qui se pouvoient ayder, se vindrent presenter a la muraille, avec force d'eaue bouillant, cendres chaudes, et toutes autres choses dont elles se pouvoient ayder et adviser, qu'elles jectoyent sur les ennemis, lesquels s'efforcoyent entrer dedans : mais ils furent tresbien repoulsés〕》

（引用—43）でも見られたようにブーシェは「歴史の真実」と「飾られた言葉」を切断し、『アキタニア年代記』からはできるかぎり後者を排除しようと試みたかのごとくであった。しかしそれでは「歴史の真実」とはどのように検証可能なのか、史書の中でどのように記述さるべきなのか。これらは『年代記』や『ガリアの顕揚ならびにトロイアの偉傑』に関連し（あるいはその他の章で），すでにいくぶんかは触れた問題でもあった。時代を共有する，平均的な教養人に属する人々が一定の問題に対し程度の差はあれ一定の枠内に収まる見解しか提出しえないとは，充分すぎるほどありうることだ。ただ『アキタニア年代記』は『年代記』や『ガリアの顕揚ならびにトロイアの偉傑』以上に，（とくに現在の極東では）だれもが眼を走らせた覚えをもつたぐいの作品では，おそらくないと思われるし（僭越な物言いだが），この史書を形成する記事の紹介も兼ねて反復を恐れず取りあつかいたいと考える。

　奇蹟の話から始めよう。同時代史以前を語る『アキタニア年代記』のページ，ことに聖ヒラリウス伝を核に抱く「第１巻」には奇蹟への言述があまた認められる。奇蹟にはその事実だけをしるす場合も少なくないが——一例として西暦341年，コンスタンティウス帝が異端者アリウスをアレクサンドレイア司教の座につけたおり，腹痛を起こしたアリウスは厠で臓物をみな体外にさらし《神罰によりみじめに死んだ》話（「奇蹟」という言葉は用いないがこの内容は当然奇蹟譚だとおもう）〔14 r°〕，あるいは，裏切り者が市長からポワチエ市の鍵を盗み英国軍に渡そうとしたが，鍵が通常の置き場所でなくいかなる

理由かマリア像のもとにあり，ために町が救われた話〔90 r°-v°〕——，他方問題の奇蹟に関連し，ブーシェが己れの考察を披瀝することもある。聖ヒラリウスの女弟子聖女フロランスの遺体は，《晴天をうるためや，あるいはあまりにもはなはだしい乾期に雨をうるために》，聖体行列を組んで荘厳に運ばれることがあり，ブーシェ自身行列の当日，もしくは翌日に天候が回復したり，雨が降ったりするのを目撃した経験があった〔18 v°〕。ブーシェはさらに続けて，神のみが奇蹟を起こし給うのだと目くじらを立てる者を想定，《あらゆる奇蹟は神の力と善意から生ずる。しかし神はまた奇蹟を，ご自身の栄光を明らかにするために，聖人や聖女をつうじて起こさせもする》，と主張するのだが，改革派とカトリックの争点のひとつとなるこの問題にかんしてはさて措いて，明言しないながらもブーシェが奇蹟と自らの目撃体験を併置し，奇蹟の〈真性〉を念頭に置いた（とおもわれる）神学談義に脱線してゆくのは〈真性〉のひとつの判断基準を暗示するものであろう。

〈真性〉の認定に役立つ第2は，信頼の置ける証言である。ポワチエの聖ヒラリウス教会ではこの聖人のとりなしで，精神に変調をきたした人々——その数には異端の誘惑に駆られた者や理解力の鈍重な学生も含まれる——が《奇蹟的に》正常な精神や感覚を取り戻した。かれらのいくにんかがそれを《わたしに誓約をもって確言した》〔30 v°〕のだ。かかる信頼性をもとにした〈真性〉論議には誓約とか証言者の人間性といささか別の，「権威」への追従による判断も加えらるべきであろう。シャルルマーニュがサラセン人と戦うためにスペイン遠征を企画したのは，ゼベデアの聖ヤコブが王に顕れるという《神の啓示》を契機にしてだった，との『シャルルマーニュ年代記』の作者テュルパンの記述をブーシェが受け入れるのは，この著者が当の遠征に随行したとの理由に加えて《ランス大司教にして聖なる方であり，信ずるにあたいする》〔52 v°〕からでもあった。

わたしたちは実体験や証言による，異常事態の〈真性〉の保証にかんしては16世紀の中でたびたび出会ってきた。けれどもブーシェのいうもうひとつの根拠が以上の二つほどなんども述べられたかどうか，記憶が定かではない。これも

聖ヒラリウスの弟子，聖ジョヴァンが近郊の自宅からポワチエのヒラリウスのもとにかよっていた時期，途上眠気をもよおし，目覚めては財布の金の紛失に気づくといった事件が続いた。ヒラリウスはこれを聞いて悪魔の為業と考え，ある日帰宅するジョヴァンを騾馬で尾行，眠りこけたジョヴァンに近づいたとき，騾馬が忌まわしい何ものかにおののくかのごとく後ずさりし，その足跡が固い石に刻みこまれるほどだった。ヒラリウスが悪魔を祓うと，悪魔は２度とそこに戻らなかった。ブーシェはこの不思議譚にすぐ続けてこうしるした。

　（引用─48）〔23 v°〕
《わたしはこの奇蹟を書かれたものによって知ったのではない。そうではなくこの地方に広まった評判によって知ったのだ。加えてすでに述べたように，騾馬の蹄鉄が刻まれた石が上記の道，ニレの若木のそばにある。そしてそこにはこの奇蹟を記念して十字架が立てられている。お望みのようにお考えになってくださって結構だが，往々にして，書かれたものによって知られることよりも，広まった評判により信じ続けられたものが真実であるようなことは，起こりうるのである。なぜなら紙とか羊皮紙はすっかり損なわれるが，広まった評判で知られることは，もしそれが真実でないなら，評判はそれほど長く続かないからだろうからだ》

　一定の文化的・社会的階層に特権的に属し，真理や真実を象徴するとおもわれがちな文字表現に疑念を差し挟み，口承の記録に積極的な意義をあたえたブーシェのこの文章は評価さるべきであろう。ただこうしたきわめて一般的な文化批評が具体的に限定された歴史事象の〈真性〉の根拠をもたらすものでないことも確かである。何がブーシェに最終的な〈真性〉を納得させるのか，わたしたちにはなかなかに想像しがたい場合が少なくない。これも聖ヒラリウスの弟子聖マルタンが，ヒラリウスがそうと知らずに使っていた料理人を悪魔と見破り追いはらったとのフランス語聖マルタン伝の記事を《楽しみのために書かれた話で実話ではない。なぜなら聖マルタンの生涯を，かれのおこなった奇蹟の

数々も含め，たいそう優雅にかつ克明にあらわした有名なスルピティウス・セウェルスがそれについてひとことも語っていないからだ》〔23 r°〕とし，この逸話の実際はセウェルスの伝記に書かれた，イタリアはアリウス派司教の家での悪魔祓いなのだと否定するとき，それはあるいは聖ヒラリウスの高名をいささかおとしめかねない奇蹟譚にくみすまいと考えてのことなのか，それとも俗語作品に対しラテン語でしるされたセウェルスの著作を高く評価してのゆえか。もっともブーシェが初めから懐疑的に奇蹟に接したという感触は『アキタニア年代記』からはあまり生じてこない。自分の見聞にもとづいてにせよ他者の誓約を信頼してにせよ，ブーシェは合理性をぎりぎりの地点まで押し進め，なおかつ不思議の業(わざ)を認めざるをえなくなったがためにそれらの根拠を提供するのではなく，信じたい人々をよりいっそう信じやすくさせるがためにそうしたような印象をわたしたちは抱いてしまう。そしてブーシェ自らもそうしたたぐいの人ではなかったか。かれの奇蹟譚の記述に〈真性〉の考察が添えられることはむしろ稀で，かれは多くの聖なる業を，人智を越えるものとして解説をほどこさず敬虔に読み手に伝えた。『アキタニア年代記』の記事が，聖人伝の感のある「第1巻」からより本格的な歴史の領域に移ってからも，事情は同じで，先のポワチエ市の危機や，ジャンヌ・ダルクの出現にさいしても〔139 r°-141 r°〕，かれはポワチエやフランスを守護する神の手を感じた。そしていかに不思議な出来事でもそこに神の名を引かず，むしろ沈黙によって神の力の偉大さをあらわすときさえ存したようだ。1384年《フランスにおいてかくも多くの災いをなした》シャルル・ド・ナヴァールが悲惨な事故死をした。この時ブーシェはあえて自ら「奇蹟」の言葉を抑え，《歴史家たちはこれを神の罰だと話す。かかる推測は充分ありうることだが，神のみが真相をご存知なのだ》〔129 r°〕としるした。神の行為をおもんばかるのにためらいを覚えたのだろうか。だがこうした奇蹟のあつかいについてはここではもう触れるのを控えておこう。

　話柄を広げてみると，神や聖人が関与しないひとつの事件が事実か否か，先行する歴史書の記述が正しいか否かを考察する上で，奇蹟を判断した基準はある程度妥当したはずだ。同時代史の部分でブーシェは当事者として，もしくは

観察者として立ち会ったポワチエ内外の事件を，自分の位置を確認しながらいくども書きとめた。それはたとえばアンリ 2 世の時代，あらたな塩税制度の導入に反対してポワチエ市が国王への陳情団を派遣したおり，そのメンバーを決定する市の要人の中にブーシェがいた件〔356 r°〕のごとく，事件への参加の度合いがきわめて高い場合もある。シャルル 8 世の葬儀やルイ 12 世のパリ入城をこの頃パリにいて見物したブーシェは〔181 v°-182 r°〕，いわば純粋な観察者の立場にあったろう。逆にフランソワ 1 世捕囚の結果であるマドリー和平条約のポワチエでの公布をブーシェが見聞した〔223 r°〕ときのように，出来事との関係がまったく間接的であることもあった。しかし最後の例でもブーシェが，ある世界的な事件の惹起した波紋の末端にいていくらかは，いや和平条約の内容から見て多分大いに心動かされ，その事件の中心におもいを馳せたのであれば，事件と細い糸でつながっていたのかも知れない。であればまだ幼き日，古老から，白い武具に身を固めオルレアンへと向かうジャンヌ・ダルクが騎乗するため踏み石に用いた石を指し示された〔139 v°〕ブーシェも，ある意味でこの奇蹟的な事件にはるか彼方から立ち会っていたともいえよう。おそらくブーシェ自身にはそのつもりがあって記録を残したように思える。

けれどもいかに想像力がたくましくとも過去の出来事，自分が実見しない事件にかんしては証言，つまり記録や伝聞に頼らざるをえない。ブーシェは過去を探るのに墓碑銘〔59 v°〕や公示記録〔pancarte；68 r°〕，遺言の写し〔39 v°〕などの非文学（他の言葉と同様この「文学」という語も多様な意味で用いているが了解していただけるとおもう）的史料（文書史料）をも往々参照したけれど，圧倒的に依存したのは公文書やとりわけ歴史書（叙述史料）であった。外交文書や政令から成る前者についてはブーシェは時代をともにする多くの歴史家と同様，己れの文章の補遺註釈のつもりか，客観性の証明のつもりか，自分の歴史記述のただなかで数ページ，時に数十ページにわたり写し続けた（代表的な例として，これは後述するところだが，カロルス 5 世とフランソワ 1 世の「決闘」にかんする外交文書）。しかしたとえ公式記録が信頼にあたいしても，過去の事件すべてに公式の記録が残存するわけではなく，むしろそれらは少数

第3章　いわゆる「(大)修辞学派」による歴史書3篇　279

なのだから，歴史を編み上げるにはどうしても先人の史書が必要になる。

　ブーシェの歴史批判の根拠はある程度〈奇蹟〉批判のそれと重なり，信頼性がまず史料の採択の基準となる。『アキタニア年代記』にはロベール・ガガンの名がたびたび登場する。ガガンはこの時代最大の歴史家であったし，ブーシェが意識するのも道理とはいえる。けれどブーシェの言及にあってガガンはつねに無条件な権威とあつかわれるとはかぎらず，考証過程で否定されるのも稀ではない。クロテール1世時代のアキタニアのある人物にガガンが「アキタニア王」の形容をあたえたのに対し，ブーシェはかれを一貴族だとする《この時代にいた，トゥールのグレゴリウス》に《いっそうの信頼を措く》〔39 r°〕。またダゴベールの治世，ガガンはポワチエが反乱を起こしたので罰として王は市の城壁を壊し，聖ヒラリウスの遺骸をパリのサン゠ドニ修道院に移させたと書いた。ブーシェはこれにまっこうから反論する。第1にガガンは最近の歴史家であり，この事件を論ずるに昔日のいかなる証言もあげていない。ブーシェが頼る古代の歴史家，アンノニウスもシジュベールもその他も，ダゴベールは聖ヒラリウス教会の扉や洗礼盤をパリに運ばせたとしるすのみである。第2にガガンが従うのは，『フランス大年代記〔les grans Croniques de France〕』だが，これは《俗語〔非ラテン語＝フランス語〕で書かれており，沢山の偽りや，空想的なことがらを含むが，なかんずく上記の聖ヒラリウスの遺体の転送とポワチエの破壊である》〔45 v°〕。ブーシェはこのあと1ページにわたりまず『フランス大年代記』の著者が《いつわりで嘘つきだ》と実証しようと努め，次いでポワトゥ人に何ごとか含む者の反論を想定，再反論を加える。わたしたちにはかなり興味深いこれらの論争文を追う余裕がないけれど，以上の概略からも注意すべき数点がうかがえるとおもう。ひとつにブーシェは，問題の事件への時間的接近の度合いを信頼性の根拠にあげる。ひとつに俗語作品への不信感があるようにおもえる。かれは再反論の中でこれも名高い『歴史の海』に言及，《俗語によるもう1冊の本》〔46 r°〕と修飾し，結果的に『歴史の海』の叙述を否認している。そしてまた『フランス大年代記』批判の《なかんずく》の語が暗示するとおり，ポワチエの反抗および罰としての破壊とか聖ヒラ

リウスの遺骸のパリへの移転が問われればこそ，ブーシェがつね以上に真剣な相貌を見せている気がしないでもない。わたしたちはブーシェの史書のひとつの目的が，アキタニアやその中心地ポワチエの（ブーシェの視点からする）称揚にあったような印象を覚える。『アキタニア年代記』のイデオロギーにかんしては後述しなければならないけれど，とりあえずブーシェが与しない史料ではアキタニア地方の名誉がおとしめられていた（！），と注意しておく。もう1点，この一節にはブーシェの史料批判における大きな特徴が姿を呈した。『フランス大年代記』を否定した段落でブーシェはある無名の年代記に，ダゴベールが怨み重なる家庭教師への怒りのため家庭教師が住む旧ポワチエ市を破壊させた，との記事を眼にしたと告白，こう続ける。

　　（引用—49）〔46 r°〕
《それゆえ国王ダゴベールは，ほかの都市でおこなったように，いくにんかの富裕なポワチエ市の金持ちに金銭を要求したかもしれない。また自分に反対したり反抗的であったりした者の家屋に火をつけさせたり，破壊させたりしたかもしれない。けれどもこの件についてわたしは結論をみちびいたり受け入れたりできるいかなる証言も見出せない》

自らあれほど断固たる口調でガガンや『フランス大年代記』の記載を排斥し続けてきたにもかかわらず，批判の段落の最後になって《いかなる証言も見出せない》ままにポワチエ市の名誉を保ち，かつガガンたちの説に一抹の真実味をほどこす形で歩み寄る。つまりブーシェの史料の検討は往々調停的なのだ。こうした例はいくつもあげられる。ブーシェはある古地図から，ポワチエの城壁に接する聖キュプリアヌス修道院の建立者が当時のアキタニア王ペパンであることを知る。他方当の聖キュプリアヌス修道院の公示文書では，それにポワチエ司教フロテリウスの名をあげる。ブーシェはこれらの記録を《一致させることが可能だ》とし，まず現在修道院がある場所にペパンが教会を建て，その後フロテリウスが修道院を造ったのが真相と考える（この問題にかぎらないが

わたしたちは考証過程をかなり簡略にしている）〔60 r°〕。ブーシェはまた12世紀末，オットーというアキタニア公の名を昔の公示文書に発見し《たいへん困惑》する。なぜならどの年代記を参照してもこの名をもつアキタニア公やポワトゥ伯への言及がないからだ。ブーシェは熟考した後で，神聖ローマ帝国皇帝オットー4世が若き日にアキタニア公・ポワトゥ伯だったことがあるのだろうと推測する〔88 v°〕。さらにルイ11世の時代，教皇パウロ2世がプラグマティック・サンクシオンの廃止を働きかけ，高等法院で阻止された件につき，ガガンは教皇にパウロではなくその前任者ピウス2世を充てた。《この点に関し，ガガンは間違えている。〔……〕けれど教皇ピウスの生前から当該プラグマティック〔の実効〕がいくぶんか中断されていたのは事実である》〔154 v°〕。

　これらの例にあらわれるブーシェの歴史考証の態度は何に由来するのだろう。わたしたちは複数理由を考えることができる。ひとつにかれは元来，原則として厳しい対立の渦中に身を置くよりも中立の場所，もしくは調停的な立場を自らの位置に選択する傾向があったようにおもう。かのマロとサゴンの「喧嘩」において両陣営ともに，当時としては著名な最後の修辞学派詩人にして「賢人」〔＝ブーシェ〕を味方につけようと願った。『道徳書簡詩ならびに日常書簡詩』の1篇でそれらの依頼をブーシェはこうことわった。

　　（引用—50）〔EpFam.lxxiii v°(d)〕
　　《わたしにかんしていえば，わたしは党派を離れ，
　　　友情においてみなの友人である，
　　　つまり真実に従う者たちのことだ。
　　〔……〕
　　《あなたたちのいずれもが技術によっても天賦の才によっても
　　　それぞれにご自身の書かれたもので賞讃にあたいする，
　　　しかし言葉においてもおこないにおいても
　　《あらゆる人類に何も完璧なものはないのだ。
　　〔Quant est de moy j'en quitte la partie,

Je suis amy de tous en charité,

J'entends de ceulx qui suyvent verité.

〔...〕

Chascun de vous par art et par nature

Merite loz de sa propre escripture

Diversement, mais on dire, et on faict

De tous humains il n'y a rien parfaict〕》

　またひとつに，これは奇蹟の〈真性〉にまつわる考察中にも認められたけれども，ブーシェによる「権威」の尊重が無縁ではないとおもう。10世紀の終わり頃いくつかの修道院を建てたリモージュ司教エブルの父が，アキタニア公ギョーム3世(?)であると，それらの修道院のひとつに保存される文書は告げる。しかし説教修道会のベルナルドゥス・グイドニスはその『フランス年代記』の中でリモージュ司教エブルはアキタニア公エブルの息だとする。《このベルナルドゥス・グイドニスは優れた歴史家なのだから，他の者にまして信ずるべきである》〔68 r°〕。わたしたちが眼をとおした作品をつうじてあらわれるブーシェの像は，いくつかの，ことにあるひとつの側面を除いて，どちらかというと伝統的・保守的な思想や生活態度の所有者であるようにおもえる。己れの信念の根幹に抵触しないかぎり，ブーシェは「権威」とか「先人」とかに敬意をもって接した。『道徳書簡詩ならびに日常書簡詩』のリプリント版に序文を載せたベアールの言葉を借りれば，《かれは伝統や既成の制度をめったに批判しない》〔iv〕のだ。先行意見の検討にさいして，他の歴史書ではなかなかに開陳されがたい考証に出会うのもあるいはかかる権威の尊重と無縁ではないとおもわれる。

　1356年9月，ポワチエ市の城門のまえでフランス国王ジャン2世の軍勢とウェールズ公率いる英国軍が激突，フランス軍は大敗し，ジャンも捕囚となった。ブーシェはこの戦闘をめぐるフロワサールの記事に誤りを発見する。

第 3 章　いわゆる「(大)修辞学派」による歴史書 3 篇　283

（引用—51）〔116 rº〕
《フロワサールは上記の戦闘は1347年 9 月22日におこなわれた，と書きとめた。しかし真実のことを書いている上記の抜粋から，それが1356年 9 月29日月曜日であったことが明らかになる。おもうにフロワサールのこうした間違いはかれ自身によるものではなく，印刷工によるものだろう》

　本当はポワチエのフランチェスコ派修道院——そこに多くの戦死者が埋葬された——の記録抜粋が何故《真実のことを書いている〔veritables〕》のか，客観的な論証や註釈もないままにそう形容するのも大きな問題なのだが，ブーシェの史書にたびたび出現するかかるたぐいの断言について，かれが古文書（らしきもの）に対し，多分それが古いという理由に少なからず因って，批評精神よりも崇敬の念をもって臨んでいたようだとの印象を述べるにとどめる。あるいはさらに現代の歴史書が「ポワチエの戦闘」にブーシェと同じ日付をあたえ，また年代の誤解もブーシェの想像どおりフロワサールの責任ではない可能性が高いとしても，それゆえにブーシェの史的考証の正確さを讃えるつもりも毛頭ない。そうした評価はブーシェ死後四百数十年を経た結果——しかも「現段階」での——からの発言にすぎまい。わたしたちが注目したいのはむしろ最後の一文である。年代の誤りについてフロワサールに責を負わせず印刷業者を非難する。そうした責任の転嫁がこれも証拠を示さず，ブーシェの判断（《おもうに》）だけでなされる。『アキタニア年代記』には史書の誤りを印刷業者のせいにする複数の発言が認められる。1259年，聖ルイ王はフランスのいくつかの地方の領有権を英国のヘンリー 4 世に譲渡する条約を交わした。《師匠》ニコル・ジルの『年代記』は，この時ヘンリーがフランス王位継承権を放棄したと，あたかも以前はその権利を主張したかのごとき文章を書いた。しかしブーシェによれば，かつて英国王がそのような権利を要求したことなど一度もなかった。《こうした誤りは山といる印刷業者から生じたものだ。かれらは真正の作品に自分たちが望むものを付け加えるのである》〔98 rº〕。ブーシェはまた，ギュイエンヌ公爵領を英国が治めていた期間についてロベール・ガガンの説を

しりぞけた後,《多分ガガンが間違ったのではなく, かかる誤りは印刷業者に由来するのだろう》〔148 r°〕ともしるした。ブーシェの出版業者や印刷業者への不信は作品を上梓し始めたかなり若い頃からの体験に根ざす模様で[36]，『道徳書簡詩ならびに日常書簡詩』「第2巻」を閉じるのも「印刷業者および書肆にあたうる書簡詩」であって，そこでは《〔印刷業者に呼び掛けて〕あなたたちはあなたたちの気まぐれ//話柄にうまく合致しない悪しきことがらを付け加える〔adjoustez a vostre fantasie//Chose maulvaise au propos mal choisie〕》をはじめとする，かれらの悪癖を難ずる詩句が見られる（わたしたちの用いた刊本の誤字脱字はブーシェの言葉にリアリティを与える）。けれども『アキタニア年代記』での上記のいくつかの例は, 印刷業者の不信にのみ原因するのではなく, ガガンやジル, フロワサールといった史学界の権威を正面から否定するのを避けた結果でもあろうかと考えられる。ただその時のブーシェの「権威」への接し方は, かれらに積極的に媚び, 擦り寄ろうとしたり, あるいは栄光の暈に包まれるままにとどめようとするのではなく, ブーシェなりに心からの敬意に動かされ, これらの優れた歴史家たちが初歩的な過ちをおかすはずはない, といった確信のなせる業ではなかったかとおもわれる。でなければ, 一方でたびかさなる先人批判, ことにガガンへのそれが『アキタニア年代記』各所に点在しはしなかったろう。つまりかれの現代の社会や宗教への苦渋にあふれた言葉を知るわたしたちには, ブーシェがたとえ伝統的・保守的な心情・理念の所有者であっても, そうした心情や理念はおそらく情況に流されてのものではなく, それなりに誠意に支えられていたような感触があるのだ。

　さてブーシェが示した調停的な態度はかれの性格や「権威」を尊重する姿勢のほかに, ブーシェなりの歴史記述における正確さの把握の仕方も関係してくるかも知れない。ブーシェはあまたの史料・古文書を丹念に検討し, 時には援用する歴史書の題名や巻・章数を告げ, 時には《ある書簡によれば》とか《ある公示文書を見ると》とかの言葉でまにあわせながらも, 「調査をおこなった」という事実を突きつけた。そして史実を組み立てるに充分な資料を発見できなかったさいには, 往々率直にその旨を打ち明けた（たとえばアキタニア公ギー

1世についての告白，《つぎのことを除いてわたしはかれについて何ごとも発見しなかった》〔69 v°〕や，11世紀後期にかかわるつぎの文を参照。《けれども問題のブルターニュ戦争にかんして，フランスの年代記の中には何ごとも見つけられなかった》〔70 r°〕）。あるいはまた記述の途中やその後で，《書き忘れたことだが》と補足する箇所もあった〔たとえば，277 v°; 278 r°〕し，『アキタニア年代記』の版を改めた時点で新史料にもとづいた付加をおこなう例もあった〔69 r°〕。つまり印象では，ブーシェはまだ依然として「新しい歴史」の手前にたたずみ，「歴史学」が将来辿る方法論的成果への道程の端緒にもいたらなかったかも知れないけれど，細部に及ぶまで誤りを避け正確さを獲得せんとの意志だけは所有していたようだ。かかる正確への意志が先行者の対立する見解のただなかで，決定的な証拠がないままに未決断を維持したり，あるいは己れの信念をもちながら，なおかつそれを相対化する留保を示したりした可能性もあるとおもう。もちろん判断保留がみな「歴史」の要請だとはいえず，後述するとおり，表面での中立性に本意を隠し，それゆえに党派的見解をいっそう強く打ち出すケースもある。しかし結果的にいえば，ある意味で「歴史」の有する相対性の原理は，細部の正確さにもこだわりつつ歴史記述にあたろうとするブーシェの眼前に出現して，かれをずいぶんと縛っていたのではないかともおもわれる。いささか場違いな援用ともみなされようが，わたしたちは『アキタニア年代記』でいくどか，暦法の地域差を指摘する文章に出会った。以下は「第3巻」を締め括る一節である。

　（引用―52）〔95 r°〕
《かれ〔フランソワ1世〕は1514年1月に統治を始めた。この暦法は復活祭にパリで始まるフランスの計算にもとづいており，他の司教区ではわが主イエス・キリストの受肉である，聖母の受胎告知の祭日に始まっている。ローマ人はクリスマスに始めており，その暦法が歴史記述の真の計算になっている。このように暦法がさまざまであるので，歴史の日付や証書，地図，真性の文書のあいだに大きな誤りが発生するのである》

職種による使用暦法の違いの指摘まで含めると——《占星術師たち》は1月1日を年始とする〔213 r°〕——わたしたちが用いた刊本で，しかもたまたま気づいたかぎりでしかいえないけれど，年始日の多様性への注意は『アキタニア年代記』に都合7度書きとめられた〔以上のほかに，159 v°；181 v°；220 v°；222 v°；319 v°〕。乏しい読書経験では断言しがたいが，『アキタニア年代記』におけるほど頻繁に暦法の相違が取り沙汰される史書も，またブーシェほどそれを好む歴史記述者も〔『非のうちどころなき騎士の讃辞』p. 429 も参照〕あまりいないのではないかとおもう。こうした神経の使い方は，上記の引用でブーシェ自身も語るように，精密な歴史の構築への意志につながるものであろうし，読み手に対してもひとつの事象の歴史的把握とは何か，再確認を要請するものでもあろう。歴史的事象への精密な接近は人々の有する生活感覚があらゆる空間世界に普遍的に妥当しはしないと教えるし，それはまたあらゆる歴史的世界にかんしても同様だ。たとえばいまは妻帯を禁じられる聖職者も初期教会内部ではそうでなかった〔13 v°〕とか，一般に「背教者」のイメージと切り離せぬ皇帝ユリアヌスも，ある時期までは敬虔な（もしくはそう装った）キリスト者であった〔18 r°〕と，世の通念を解体するブーシェは，史的考証の場で自分の確信が絶対的に正しく，それと矛盾する見解が絶対的に間違っているとは，必ずしもつねにおもいがたかったのではあるまいか。時として考証過程に見られる及び腰の論難，後ずさりしながらの批判には，正確な叙述に向けられた歴史家の「良心」も作用しているとおもわれるのだ。だがブーシェは本当に，かれの意志と意識のレヴェルにおいて，物事を正確に，〈私〉の絶対性を排除して語っていたのか。

　ブーシェは歴史家の良心に従って正確な歴史を構築しようとした。「歴史家の良心」とは何か。それは「史実」の真の姿を正確に映し出そうとする意志，と換言してもよいかも知れない。それでは「史実」とは何か。『アキタニア年代記』の作成にあたって，ブーシェは当然のことながら，無限の史的事件の中から特定の項目を選び出した。つまりその時点で無数の要素が選ばれたことが

らと取り残されたことがらに分割される。かかる選択の基準はどこに存するのだろうか。

　ブーシェは『アキタニア年代記』でなんども，ある出来事の記述・詳述を控える理由を漏らした。史実が不明である場合を除くともっとも多い理由づけは，問題の事件がすでに他の史書や文書に記録済みである，というものであろう。1530年フランソワ1世の妃エレオノールが戴冠ののちパリに入城した。『アキタニア年代記』にもかなり細かい描写がとどめられてはいるのだがすべてではなく，ブーシェはそれらの略したことがらに関し《その他(ほか)の出来事をわたしは書きとめなかったが，それは国王の公証人にして書記であり，財政問題に特筆されているギヨーム・ブシュテル師が，入城式の論述に加えて，また別の，非常に優雅にあらわされた論述をそれについてものされたからであり，わたしはその論述に読者を任せるものだ》と述べた〔262 v°. 類似の弁明はたとえば，261 v°；273 r°；324 v°；344 v°；345 r°；355 r°. さらに微妙な違いがあるが，258 r° 紙葉には「別の書に書かれるにあたいする」，として省略を宣する文もある〕。わたしたちのノートに漏れも多いだろうが，他の記録に補助を仰ぐ頻度がどちらかといえば『アキタニア年代記』の後半に高い点に，なんらかの意味をさぐるべきかも知れない。伝聞以外でブーシェの個人史や『アキタニア年代記』執筆史についてなんの知識もないのでもっぱら印象でしか語れないけれど，『アキタニア年代記』を流れる時間が押し詰まるにつれ慌ただしさが増し，1557年版での最終部分は充分に整理されない記事の羅列の感を与えることはあるのだ。しかしそれはともあれ，記載には物理的な制約が付きまとうから，なんの価値評価もともなわない客観的な——その種の叙述があるとして——，しかも別に記録を有する，事実の報告を避けて，それらに任せようとのこうした理由は納得できないたぐいではない。けれどもブーシェがあげるその他(ほか)の理由も同じように説得力をもつのだろうか。

　1548年，新たな塩税システムへの不満からフランス各地で勃発していた騒擾を鎮圧した新王アンリ2世は厳しい処分をもって反乱者に臨んだ。主だった罰を列挙したあとでブーシェは《それ以外の罰をわたしはしるそうとはおもわな

かった。その理由は国王が寛大な恩恵によってかれらのその罪を猶予されたからである》〔324 r°〕と付け加える。1547年のフランソワ1世と英国王ヘンリー8世のあいだに締結された和平条約も持続期間の短さゆえに記載をはぶかれた〔318 v°〕。ブーシェのこの種の弁明は，それ自体では本当はよく理解できない。ひとつの事件が発生し，のちにその事件が消滅する。かかる事件の痕跡が〈現在〉に残ってはいなくとも〈時間〉の内部でのその存在をだれも否定できないし，むしろ〈現在〉の背後にそうした痕跡を尋ねることこそ「歴史」の使命ではないか。とはいいながらかえりみるに，「簡略」を重んじて記録者には些事と判断される叙述をはぶくのは，ブーシェに先行する歴史記述にたびたび見られる過程であり，その作業を告げるためのほとんど定型化したいくつかの表現さえ存在した（たとえばブーシェも使う «que j'ay laissé(es) pour cause de briefveté»〔302 v°：この本の第1部第1章註25）を参照〕）。そうした「簡略」の方針が歴史記述の原則のひとつとみなされていたなら，ブーシェの弁明もその原則の，ある表明形態であったのかも知れない。ブーシェは記述のエコノミーを配慮し，己れの主筋の活動の報告をはぶきさえした〔182 v°〕。ただその場合でも，わたしたちの能力を超える行為とはいえ，何が「簡略」化されたのか，なぜ「簡略」化されたのかを尋ねなければ，ブーシェの歴史記述へのかかわり方は完全に明瞭にはならないとおもう。もっとも事は単純で，ブーシェにそれ以上列挙を続ける根気がなかったとか，「あわただしさ」に駆られたとかの原因による可能性は大きいけれど。

　ブーシェが記載をはぶく若干の事件は，ひとつの共通する要素をはらんでいる。すなわち異端問題である。そしてわたしたちにはかかる問題に絡んだ記載省略は，ブーシェの歴史記述観の，ある特性の直接的な結果のように見える。1521年4月15日，パリ大学神学部でルターの提言をめぐる討論がおこなわれ，その教理は異端として退けられた。ブーシェはそれらの提言を記述しない理由に，素朴な民衆〔les simples gens〕が《提言が読まれるのを聞いて利益よりも害を受ける可能性があるからだ》〔207 r°〕，とする危険性を申し立てる。ほぼ同様の判断は1530年のアウクスブルク国会におけるルター派の陳述に関連し

てもおこなわれた〔259 v°〕。これらは一定の宗教的・社会的な党派性（つまり改革派に対しての・民衆に対しての）の意志からの言述の拒否と考えられる。ややニュアンスを異とするのが《このほかの，物語るにはあまりにもおぞましく，書き付けることがわたしには不可能であり，また望みもしないほどのおぞましい過ち》〔271 r°〕なる言葉で，これも煽動的効果を示すとはいえ，ブーシェの感覚の忠実な表現かも知れない。この言葉は1534年のいわゆる「檄文事件」の項目の中にあらわれた。檄文事件にさいして多数の改革派の人々が弾圧され処刑されたが，この時ブーシェには，《わたしはいくにんかの名前を記すべきかも知れないが，それを控えた。それにあたいしない輩であるからでもあり，またかかる犯罪には咎のないかれらの肉親の名誉がそれによっておとしめられないためにである》〔id.〕，という考えがあった。ここでも「簡略」化に対すると同じ疑念が湧く。なんの基準に照らして《かれらがそれにあたいしない》のか。かれらが忌まわしい改革派であるゆえか，それともかれらの名も活動も小さなものであったためか。前者のケースなら歴史記述の党派性が，後者ならいわば「大項目主義」が関与する。カロルス5世が虚しくマルセイユを攻囲したとき，《このことは省略さるべきではない，それがなみなみならぬ出来事〔la grandeur du fait〕であったためにも，また皇帝がこうむったはなはだしい損害のためにも》〔317 v°〕，としるしたことから見るとブーシェに「大項目主義」の傾向があったのは確かだろう。しかしそれでも「大項目」の基準は何か，歴史における正確とか精密とはいかなる概念か，も問われるべきだろう。かかる具合に《それにあたいしない》との言明には不明な点が付きまとう。これに対しブーシェがあげるもうひとつの理由は明確である。ブーシェはここで多分歴史記述の社会的責任について，党派性とは別のレヴェルで発言しているのだとおもう。あるいはその党派性とは，少なくとも閉ざされた共同体（つまり改革派の肉親の棲む）の排斥の論理に敵対する側に与している。改革派に向かう党派性がそれを中和する道徳観と出会い，「党派性」の本来有する排斥の論理が宥められたこうした文章は記憶されてよい，とおもわれる。ブーシェに時代の「賢者」（突出した「賢者」ではなく凡庸なそれであるけれど）の風貌

をあたえたのはこのような自己制御だったかも知れない。

　以上が異端にからむ記述の省略の説明内容となる。これらはブーシェの歴史記述にひそむ曖昧さを告げもするけれど，それ以上に『アキタニア年代記』を支える，対象によっては強烈な党派性に満ちた道徳観・社会観を明らかにした。かかる道徳観が逆に積極的に改革派の行動を記録させた例をあげておく。アウクスブルク国会の前後のルター派の活動を概略して，ブーシェはこうまとめた。

　　（引用—53）〔261 r°〕
《わたしがこの『〔アキタニア〕年代記』でこれらのことがらを書きとめるのは，現在フランス国王が統治されているアキタニアに関連がないとはいえ，ルター派のあやまちに（神のおかげで）けがされていないアキタニア人がそうしたあやまちを恐れ，また，かれらがそうしたあやまちにも，そしていまほとんどすべてのドイツがそうであるような，たいそういたましい悲惨な情況にも陥らないよう恩寵をあたえてくださる神にいのるためである。その結果，それが非難さるべき党派であって，神への愛にも隣人への愛にもそむく，不公正，動乱，掠奪，淫乱，暴力，狼藉，そしてあらゆる悪しきことがらを生み出すのだということを知ることができよう》

　ブーシェすなわち伝統主義者，という印象を先に語った。かれはいくつかの面で歴史の変化におののき，嫌悪の表情を浮かべた。たとえば『非のうちどころなき騎士の讃辞』の 1 ページ 1 ページが示すように昔ながらの騎士道にもとづく戦いを懐かしんだブーシェは，火縄銃の発明で勇猛な騎士が兵卒に打ち倒されるのを無念におもった〔間接的な表現ながらバイヤールの戦死にかんして，211 v° を参照；またルイ・ド・ラ・トレムイユも火縄銃の一撃に倒れたことが想起される。『非のうちどころなき騎士の讃辞』，p. 552 を参照〕。とはいいながら，ブーシェは既成の制度の現状を必ずしもそのまま肯定していたわけでもない。例をカトリックの頂点に立つ教皇にしぼれば，ブーシェは理念的な教皇

の地位には崇敬の念を覚えていた〔207 r°〕が，免罪符の発行には批判的だった〔187 r°；201 r°〕し，ルイ12世に対し「神聖同盟」を結成した教皇ユリウスを忘恩者あつかいもした〔189 r°〕。神聖ローマ帝国皇帝カロルス5世とフランソワ1世の果てしない対立の狭間で教皇の演じた役割も満足させるたぐいではなかった〔287 r°〕。『アキタニア年代記』は表面上はパンフレでも警世の書でもないから，『道徳書簡詩ならびに日常書簡詩』ほどに直接的な忠言や叱責は稀であるけれど，しかし過去の事例に託されたと想像される同時代の聖職者，もしくは聖職者一般への批判や王侯批判は少なくない。ブーシェはその根底に保守的なモラリストの魂を抱えていたのだとおもう。そして『アキタニア年代記』においてそのモラリストの魂が「歴史家」ブーシェに影響し，史的事項の選択基準や叙述角度の原点を左右したケースもわずかとはいえまい。歴史とは著者と過去の対話である，といった議論はさて措いて，この点でまず『アキタニア年代記』はブーシェの〈私〉を還元し尽くしてはいなかった。

　ここまでのページで，正確さと精密さをもって歴史にせまろうとするブーシェ像の一面を紹介してきたとおもう。だがかれの正確さとはどの程度の代物なのか。わたしたちはいままでいわば外側から，ブーシェの正確さを目指した探究過程・批判過程を見てきたわけだが，ここにひとつ気にかかる例がある。ブーシェがフロワサールに出典を仰いだと言明した，14世紀を代表する騎士ベルトラン・デュ・ゲクランの逸話である。ブーシェとフロワサールのそれぞれの文章を以下に書き写す。

　　（引用―54）〔120 v°；Froissart, I. 545(d)-546(g)〕[37)]
　(A)《フロワサールはその『年代記』でベルトラン・ド〔ママ〕・ゲクラン殿
　　がどのような形で解放されたかを叙述している。すなわちゲクラン殿が
　　ウェールズ公の虜囚であったころ，ある日ボルドーで食事をとっていた
　　ウェールズ公が，仲間の人々――その中にはダルブレ公もいたのだが
　　――に，キリスト教国家で自分がこわがったり，恐れたりする君主はい
　　ない，といった。ダルブレ公はかれに答えて，ベルトラン・ド・ゲクラ

ン殿を恐れているように見える，なぜなら虜囚にとっていながら，死な
せる勇気もないし，身代金をとろうという勇気もない，といった。ただ
ちにウェールズ公はベルトラン殿を呼びに遣わせて，どれだけ身代金を
支払いたいか，尋ねた。公がよろこばれるだけ，とベルトラン殿はいっ
た。だが望まれるままに，とウェールズ公はいった。ベルトラン殿は，
10万ドゥブル金貨をお支払いしましょう，といった。ウェールズ公は仰
天して，どこからそんなにたくさんのお金を調達するのか，尋ねた。わ
たしの友人から，とベルトラン殿はいった。わたしを信頼して急いで行
ってこさせていただければ，そのことで自慢したりなどしない者が支払
ってくれるでしょう，と。かれはウェールズ公のことを話しているつも
りだったのだが，ウェールズ公はそうは考えなかった。なぜならベルト
ラン殿が一介の騎士だったからだ。そこでベルトラン殿を解放し，身代
金を調達しにいかせ，6万ドゥブル金貨を受けとろうとした。ベルトラ
ン殿は約束を守り，約束したように，上記の身代金を支払った。その身
代金は，もっともなことだが，かれをたいへん愛していた国王シャルル
〔7世〕と，それからアンジュー公ルイ，ブルターニュの豪族たちから
都合した。その後まもなく，ウェールズ公から償還してもらったのだが，
それはこれからお話しすることにしよう。

〔Froissart recite en sa Cronique la forme de la delivrance dudict messire
Bertrand de〔sic〕Gueaquin, qui est : que luy estant prisonnier dudict
Prince de Galles, comme il disnoit ung jour a Bourdeaulx, dist a ceulx de
sa compagnie, en laquelle estoyt le Prince d'Alebret, qu'il n'y avoyt Prince
en la Chrestienté dont il eust paour et craincte. Le Prince d'Alebret luy fist
responce, qu'il sembloit qu'il se doubtast de messire Bertrand de
Gueaquin, parce qu'il le tenoit prisonnier, et n'osoit le faire mourir, ne
prendre a rancon : incontinent ledict Prince de Galles envoya querir mes-
sire Bertrand, et luy demanda quelle rancon il vouloit paier : telle qui vous
plaira, dist messire Bertrand : mais telle que vouldrés, dist le Prince de

第3章　いわゆる「(大)修辞学派」による歴史書3篇　293

Galles: je vous paieray, dist messire Bertrand, cent mil doubles d'or: dont ledict Prince fut esbahy: et luy demanda ou il prendroit tant d'argent: avec mes amys, dist messire Bertrand, si vous plaist soubs ma foy me donner congé de faire diligence, et telle paiera qui ne s'en vente pas. Il entendoit parler dudict Prince de Galles, mais le Prince de Galles n'y pensoit: parce que c'estoyt ung simple Chevalier: a ceste cause donna liberté audict messire Bertrand d'aller querir sa rancon, qui luy remist a soixante mil doubles d'or: ledict messire Bertrand luy tinst promesse, et luy paya la rancon telle que dessus, ainsi qu'il avoyt promis, laquelle il trouva avec le Roy Charles, qui l'aimoit tresfort, et non sans cause, et aussi avec Loys duc d'Anjou, et les Barons de Bretaigne: depuis et peu de temps apres, il s'en remboursa aux despens dudict Prince de Galles, comme on verra cy apres]》

(B)《ところで，もしわたしが当時，そしてそれ以後知らされたとおりだったら，つぎのような出来事があった。ある日のことウェールズ公はだれかをからかいたい気分になっていた。そこで目の前にベルトラン・デュ・ゲクラン殿がいるのを見て，これを呼び，機嫌はどうか，尋ねた。ベルトラン殿は答えていった。『殿，神さまのおかげで，これ以上よかったことはございません。機嫌がよいのはもっともなのでございます。なぜなら，殿の牢獄に閉じこめられておりましても，わたしは世界でいちばん名誉ある騎士だからでございます。どのようにしてか，またなぜか，わけをお聞かせしましょう。フランス王国内でもその他の地でも，殿がわたしをたいへん恐れ，気を配っておられて，牢獄のそとに出す勇気がおありにならない，といわれているからでございます』。公はこの言葉を聞いて，ベルトラン殿が機知でそういっているのだとおもった。事実公の側近は国王ドン・ピエトロが公やその家臣に負っているものをみな，公に支払うまでは，かれが解放されることなど少しも望んでいなか

ったのである。そこでこう返された。『さて、ベルトラン殿、貴殿の騎士道精神ゆえにわれわれがあなたを捕えているとお考えか。聖ジョージにかけて、そんなことはない。貴殿が10万フランを支払いなされよ。そうすれば解放しよう』。解放を切望されていたベルトラン殿は、いかほどで出立できるか耳にして、その言葉を捉え、いった。『殿、神かけて、それだけの金額をお支払いしましょう』。かれがそういうのを聞くやいなや、公は後悔した。側近の人々は公のまえにいって、こう述べたそうである。『殿、こんなに簡単に身代金をつけられるとは、あまりにまずいことをなさいましたな』。そのとき公の家臣たちは公が後悔して、その約束を破られることを望んだのである。しかし賢明で忠実な騎士であった公は、立派にただしく答えて、こういった。『同意したのだから、守ることにしよう。後退しないようにしよう。太っ腹にも10万フランを支払おうとしているとき、身代金でかれをあがなうことをのぞんでいないと咎められたら、われわれにとって非難と恥辱となるだろう』。この取り決めがあってから、資金を求め、友人に頼むこと、入念かつ迅速であった。そしてたいへんよく行動し、フランス国王と、かれをたいそう愛していたアンジュー公の助けで、ひと月とたたないうちに10万フランを支払い、2000名の兵士とともにプロヴァンス地方にアンジュー公に仕えに赴いた。その地でアンジュー公は、ナポリ王妃に味方していたタラスコン市を攻囲していたのである。

〔Or en avint ainsi, si comme je fus adonc et depuis informé, que un jour le prince de Galles étoit en gogues : si vit devant lui ester messire Bertran du Guesclin ; si l'appela et lui demanda comment il lui étoit : "Monseigneur, répondit messire Bertran, il ne me fut, Dieu merci ! oncques mais mieux ; et c'est droit qu'il me soit bien ; car je suis le plus honoré chevalier du monde, quoique je demeure en vos prisons, et vous saurez comment et pourquoi. On dit parmi le royaume de France et ailleurs que vous me doutez tant et ressoignez, que vous ne m'osez mettre hors de votre prison." Le prince entendit cette parole et cuida bien que messire Bertran le dit à bon sens ; car voirement ses consaux ne vouloient nullement qu'il eût encore sa délivrance, jusques adonc que le roi Dan Piétre auroit payé le prince en tout ce qu'il étoit tenu envers lui et ses gens. Si répondit : "Voire, messire Bertran, pensez-vous doncques que pour votre chevalerie nous vous retenons. Par Saint George, nennil. Et, beau sire, payez cent mille francs et vous serez délivré." Messire Bertran qui désiroit sa délivrance et à ouïr sur quelle fin il pouvoit partir, hapa ce mot et dit : "Monseigneur, à Dieu le veut, je n'en paierai jà moins." Et tantôt que le prince l'ouït ainsi parler, il se repentit, et dit-on que ceux de son conseil lui allèrent au-devant et lui dirent : "Monseigneur, vous avez trop mal fait quand si légèrement l'avez rançonné." Et voulsissent bien lors les gens du prince qu'il se fût repenti et eût brisé cette convenance ; mais le prince, qui fut sage et loyal chevalier, en répondit bien et à point, et dit : "Puisque accordé lui avons, nous lui tiendrons, ni jà n'en irons arrière : blâme et vergogne nous seroit, si reproché nous étoit que nous ne le voulsissions mettre à finance, quand il se veut mettre si grossement que payer cent mille francs." Depuis cette ordonnance fut soigneux et diligent de querre finance et de prier ses amis ; et exploita si bien que, par l'aide qu'il eut du roi de France et du duc d'Anjou, qui moult l'aimoit, il paya en moins d'un mois les cent mille francs, et s'en vint servir le duc d'Anjou à bien deux mille combattans, en Provence, où le dit duc étoit à siége devant la ville de Tarascon, qui se tenoit pour la roine de Naples]》

ひとつにわたしたちの参照したフロワサールの『年代記』が16世紀前半のフランスで読みえた版とどれほど相似しているのか，またひとつにそれがブーシェの主張どおり『アキタニア年代記』の出典であるのか，じつのところいささ

か疑念なしとはしないが，そうした疑念の解明は本格的な研究者に任せるとして，とりあえずブーシェの言明を信じて二つの引用文が主たる原典と援用の関係にあり，前者を補うためにブーシェは他の史料も用いたと仮定してみる。であるとすれば，ウェールズ公が虜囚のベルトランを大変な金額の身代金で釈放する，との逸話の概略は両者に同一でありながら，その細部の展開はなぜここまで違ってしまったのか。単純に考えて最大の違いはウェールズ公の描き方に存するとおもう。フロワサールの文ではベルトランが人望の厚い，機略あふれる豪胆な武将として描かれる一方，ウェールズ公も政治的配慮よりは信義を重んじ，勇者を知る勇者の姿を託される。これに対し『アキタニア年代記』でのウェールズ公は自愛が強く傲慢で，ベルトランに対する価値判断をあやまち，かれの言葉を信用できない凡庸な将である。ウェールズ公とベルトラン，そしてウェールズ公と側近（そこにもベルトランの影がある）の対話をつなぎ，一篇のドラマを見るがごとき『年代記』の展開に比して，『アキタニア年代記』は直接話法をけずり，むしろ逸話を構成し，そこにウェールズ公を犠牲にした「落ち＝モラリテ」までつけた。ブーシェによるこのウェールズ公の凡庸化は，とりわけベルトランの美化がおこなわれるだけにわたしたちにはきわめて作為的――それが意識的な作為であれ，無意識による作為であれ――と思える。ベルトランの美化とはこういうことだ。つまり『アキタニア年代記』ではかれの身代金が10万フランから6万フランにいつのまにか変更され，その理由が語られない。ブーシェのこの変更がどこに出典を有するかわからないけれど，14世紀の作製とされる，ある『ベルトラン・デュ・ゲクラン伝』には，10万フランの値を自らにあたえたベルトランも，あまりに高価な値段に驚いたウェールズ公が周囲の者たちに《この男は余を馬鹿にしておる》と話すのを聞き，《公が怒るのを恐れて》6万フランに修正する許可を公に願い出，この額に落ち着いたとの記録が存在する〔525 (d)〕[38)]。ベルトラン・デュ・ゲクランの韻文や散文による「伝記」はかなり初期から数多く書かれていた模様で，異なる伝承が存在する可能性もあろうが，ブーシェの下敷きとなった文献にも変更の次第が上記の形で伝えられていたとしたら，ブーシェが変更の経緯を省略した原因は，

ウェールズ公の顔色をうかがうベルトラン，ひとたび宣言した金額に自ら修正を求めるベルトランの姿を語りたくなかったからではないかとおもわれる。またブーシェが頼った伝承が上記以外の変更理由を伝え，それがベルトランの英雄像に瑕瑾を付けぬたぐいであれば，ことさら省略するいわれはなかったであろう。──もっともわたしたちの推測もあまり整合的ではなくて，ベルトランを傷つけず故意の沈黙にも陥るまいと望むなら，フロワサールにならって当初の10万フランの額をそのまま用いれば都合がよかったはずなのに，なぜ2種類の金額をしるしてしまったか，「ブーシェの不注意」くらいの説明しかおもいつかない有様なのだ。それはともあれ『アキタニア年代記』版の逸話にあってベルトランが美化されればされるほど，ウェールズ公は凡庸化される。フロワサールの文章ではウェールズ公もベルトランも，ともに優れた武人としてふるまった。ブーシェは，あえてその言を信ずるなら，フロワサールのかかる文章を基盤にしながらも，ほかの文献にかなり依存してウェールズ公の凡庸な相貌を描き上げた。否むしろ，それがどこまで意志的な操作だったかは別にして，ウェールズ公に否定的な相を付与するために，明記した出典に眼をつむり，時におうじてあれほど固執した歴史の正確さ・精密さをかえりみなかったようにもおもえる。

　なぜウェールズ公に凡庸なイメージをあたえたかったのか。結論からいうと，わたしたちは公がフランス国王に敵対し，フランスに侵入した人物であったからではないかと考える。この結論をわたしたちの独断以上のものにするには，『アキタニア年代記』が何についての歴史書であるのか，ふりかえる必要がある。

　ブーシェは『アキタニア年代記』の序文のあとに置かれた「エピローグ〔ママ：Epilogue〕」で，各巻の内容をあまり強弱をつけずに語った[39]。それによれば，

　「第1巻」は古代ガリア・アキタニアの地勢，兄弟皇帝ウァレンスとウァレンティニアヌス1世時代までのローマ皇帝によるアキタニア支配期，ポワトゥ人の起源，ポワチエ市の昔の有様，アリウス派の起源，そして聖ヒラリウスの

生涯と奇蹟，

　「第2巻」は歴代のアキタニア王，ゴート族の侵入，シャルル・マルテルによるアキタニア征服と，以後シャルル・ル・ショーヴにいたるまでのフランス人による統治，および初代ファラモンにさかのぼるフランス王の事績，

　「第3巻」はアキタニア王国の廃止と公爵領への格下げ（「格下げ」という言葉をブーシェは使わないが内実はそうだとおもう），聖ルイ王までの歴代のアキタニア公，アキタニアを舞台にしたフランスと英国の活動と戦争，

　「第4巻」は《他の3巻をあわせたと同じくらい膨大であり》，フランス王にして第14代アキタニア公聖ルイによるアキタニア公爵領の廃止と，トゥルーズ伯爵領・アルマニャック伯爵領・ポワトゥ伯爵領・トゥレーヌ伯爵領からのギュイエンヌ公爵領の分離，およびギュイエンヌ公爵領の英国への譲渡，英国支配下のギュイエンヌ公爵領およびポワトゥ伯爵領，そして現代（1557年）にいたるまでのフランス王と英国王の事績，

を各巻がそれぞれに物語るとされている。

　これらの項目はそれぞれに確かに各巻であつかわれているが，印象でいえばひとつひとつの項目は並列的なブーシェの説明よりもはるかに遠近感に富んでいる。たとえば「第1巻」は主として聖ヒラリウス伝と考えてよいとおもうし，「第4巻」への自註は少なくもわたしたちの底である1557年本の印象とおよそかけはなれる。ただブーシェの解説が伝えるのは，『アキタニア年代記』がポワチエを中心とした，いわゆるアキタニア地方とその統治者の歴史書であることだ。この点は『アキタニア年代記』の本体でもなんどか反復して宣言された。「第1巻第6章」の冒頭に従えば，ブーシェの《意図》は《アキタニアでの皇帝，国王，君主》の動向と《ポワチエの司教》についての記述である〔12 r°〕。「第4巻第2章」でも《わたしの主たる意図はアキタニアのことがらを話すことだ》〔102 v°〕とある。上記（引用—51）でルター派の活動に言及したさいも《こうしたことはアキタニアの出来事に関係ないけれど》，とことわった。これらの言葉はまさしく『アキタニア年代記』のタイトルと合致するかとおもわれる。しかし一読すればわかることだが，『アキタニア年代記』はじつのと

ころ「アキタニア」地方の年代記とはほどとおい歴史書なのだ。少なくともその中心は，たとえば《『アキタニア年代記』(1524)は——そこでは愛郷心が著者をしてしばしば，あまりにも見事な伝説を受け入れさせるのであるが——，それにもかかわらず古文書や地方伝承から抜き出された沢山の情報を収集している》[40]，等の要約から想起されるたぐいの，郷土に根をおろした歴史ではない。

　先のブーシェ自身の解題が『アキタニア年代記』の二重の構成を明らかにした。一方でこの史書は，古代から現代にいたるアキタニア王国の分割と属領化の不可逆的な過程を語る。また一方でその過程に連動する，アキタニア（ポワトゥ）領主の地位の変化と，その地位に就いた領主について語る。つまり混沌としてアキタニアがいまだ統一された行政単位の態をなさなかった時代と，欠落した政治的中心の代わりにその地域の理念的・精神的・心性的（しかしくどくどしいかぎりかも知れないが，司教は，ある時代には司法・行政の核でもあったことを忘れないようにしよう）な支柱となった郷土の聖人とをあつかう「第1巻」はさて措いて，「第2巻」でのアキタニアは王国であり国王をいただいていたのに対し，「第3巻」ではフランスの軍事力のまえにフランス国王に忠誠を誓う公爵の統治する公国となる。そして「第4巻」にいたってはアキタニア領自体が細分化され，やがてフランス国王の数ある直轄地のひとつになってしまう。これに対応して『アキタニア年代記』がアキタニア地方の歴史だけでなくその統治者の行為の歴史でもある以上，統治者の位階が上昇するにつれ，当初はアキタニア地方に限定された歴史の舞台も，鳥瞰図のごとくに世界性を帯び始める。初期史での「アキタニア」の背景か，「アキタニア史」を物語るさいの挿話だったアキタニア外世界・フランス外世界が，やがてアキタニアをも織り込んだ一枚の巨大な綴れ織となる。そして歴史の現代への接近，領主の位階の上昇，世界性の獲得に比例して，歴史の密度が高まってゆく。具体的にはそれはそれぞれの巻に費やされる紙葉数に象徴されるだろう。1557年版をもとにすると，『アキタニア年代記』「第1巻」は 1 r°紙葉から30 v°紙葉まで，「第2巻」は31 r°紙葉から61 r°紙葉まで，「第3巻」は61 v°紙葉から95 r°紙葉

まで,「第4巻」は《他の3巻をあわせたと同じくらい膨大である》どころか,それらに3倍する,95 v°紙葉から378 v°紙葉までを占める。また「第4巻」での近代のフランス国王の即位記事が載る紙葉ナンバーは,ルイ11世が150 v°紙葉,シャルル8世が165 v°紙葉,ルイ12世が182 r°紙葉,フランソワ1世が197 r°紙葉,アンリ2世が320 r°紙葉である。すなわち1557年版の『アキタニア年代記』のほとんど半分の紙葉がフランソワ1世即位以降の同時代史にあてられる(ちなみにブーシェの誕生は1476年〔新暦〕1月30日で159 v°紙葉に記録がある)。要するに『アキタニア年代記』とは,確かに古代史の領域では充分に,近代史に転じてもある程度,アキタニア地方の記事にウェイトが掛かってはいるものの,全体としてはむしろフランス史,ことに16世紀前半のフランソワ1世の活動をつうじてのフランス史なのだ。一見すると『アキタニア年代記』がその地方と統治者の歴史を主題とする以上,広くフランス史をあつかうにいたった事情は納得できるかとおもわれる。しかし本当は前提と結果とのあいだに飛躍がある。たとえばアキタニアとの関係にしぼってフランソワ1世やその時代の歴史を書くことも可能だったのに,ブーシェは反対に「アキタニア領主＝フランソワ1世」という扉を開けてフランス,さらにはその近隣諸国へと飛び出した。なぜこうした飛躍が生じたのだろうか。

　わたしたちはその理由をブーシェの思考における「君主」の位置づけに求められるとおもう。ポワチエ市はアキタニアの統治権の変遷につれてフランス国王と密接なつながりを有するようになった。9世紀中葉,甥との権力闘争に勝利したフランス国王シャルル・ル・ショーヴは甥の拠点であったアキタニア王国を公爵領とし,フランスの王冠に臣下の誓いを立てる義務を負わせた〔61 v°〕。以後,ブーシェの筆で描かれるアキタニアとその中心たるポワチエ市は,歴史の中でさまざまな国家や君主を領主に仰ぎながらも,つねにフランスへの忠誠を忘れなかった。国王ジャン2世がポワチエの戦闘で英国軍の捕虜となった直後,エチエンヌ・マルセル率いるパリの動乱についてブーシェはこう書きとめた。

(引用—55)〔116 r°〕

《かの地〔パリ〕で国王にたいする非常に大規模な反乱と反抗が始まり，そのせいで全王国が危機に陥った。その時フランス人の名前と名誉はアキタニア地方に移されてしまい，そこでは国王の家臣はみな（ラングドック地方においてさえ），国王が解放されるまで，指輪やその他の金銀のアクセサリーを身につけることを控え，あらゆる〔贅沢な〕衣装，娯楽，陽気な気晴らし，あらゆる饗宴やご馳走も控えた》

　シャルル7世が英国派の占拠するパリから高等法院をポワチエに移した理由のひとつは《この都市がもてる能力のかぎり，フランスの国王に対しつねに忠実であった》〔137 v°〕ことだった。ジャンヌ・ダルクの活躍もあって，シャルルがパリを取り戻し，法院を首都に再移転したとき，シャルルは《この点にかんし〔ポワチエに14年ほど高等法院が置かれたこと〕，またポワチエの住人たちが，たえず英国人に対立し国王の味方だと明言して，国王に大いに仕えてきたことにかんし，かれらに報いるべく》〔142 v°〕ポワチエに新たな特権を認めた。ルイ11世のもとでポワチエの陳情を受けて，ポワチエ市民の陪臣招集免除の特典が認可されたのも《当該ポワチエ市の住人が，過去も，そしていままでも国王の立場に立ってきた》〔158 v°〕からだとされる。それでは一体，どこにもましてアキタニア地方やポワチエ市がフランス国王に忠誠である，なんらかの原因が存在したのか。

　現段階では残念ながら，ブーシェの著作の彼方に，アキタニア地方やポワチエ市に内在する原因を実証的に調査することなど，およそ不可能である。ただアキタニア人たちの「事実」上の心性は別にして，かれらの心性をそのように眺めたり，あらわしたりするブーシェの意識や無意識を問うことはできるとおもう。上述のとおりフランス国王に対するアキタニア地方の忠誠を確認する言葉は繰り返されたけれど，『アキタニア年代記』の記載によるだけでも，この地方が必ずしもつねにフランスに友好的で従順であったわけではないと知れるはずである。先に述べたフランス王ルイ・ル・デボネールにその息，アキタニ

ア王ペパンが戦いを挑んでおり，アキタニア地方の大貴族の多くは後者に味方した〔56 v°〕。しかしブーシェはルイの勝利に終わるこの戦争を主要人物，すなわちルイとその妻や子供たちの行為にしぼって概略を語るのみで，アキタニア諸貴族についてはまず触れない。12世紀の前半，アキタニア公にしてフランス王ルイ7世の治世第3年，《アキタニアの人々が王に反乱を起こした。けれど王はただちに制圧し己れの意に服させた》〔77 r°〕。この時もブーシェはこうしたわずか1行の報告で済ませている。後者にかぎっていえばルイ7世の治世初期は確かに史料に乏しいようだが，その30年後ルイの最初の妻エレオノールの英国王との再婚により英国領となったアキタニアが，英国に反抗した模様はある程度の行数をもって叙述される〔84 r°〕のを知るとき，ブーシェの姿勢が完全に透明であるかどうか疑念をおさえられない。少なくもそうおもわせる傾向が『アキタニア年代記』に通底している。もうひとつ例を引くと，ブーシェはフランス国王が他の君主にましてさいわいであると評し，その6点の根拠をあげるさい，歴代の国王がカトリック教会を守護してきたこと，フランスの地が異端から浄められていること，この国が生活物資や礼儀，娯楽に恵まれていること，外国人が往来するに自由かつ安全たることに，さらに君主と臣下の関係にからむつぎの2点を加えた。

　　（引用—56）〔262 v°〕
《第2はその臣下からかくもよく臣従され，よく愛され，よく崇敬されている国王も，その他の君主もいない，ということだ。第3は暴政をふるうことなく，充分にまた領主として，望むものをすべて臣下から受けとっている，ということだ。しかも他の多くの王国で起こっているように，民衆が反抗することなく，である。そうしたことの結末は往々にして決起する人々にとって悲惨なものであり苦しみに満ちたものとなるのだ》

『非のうちどころなき騎士の讚辞』〔357-358；359；384〕や『アキタニア年代記』〔161 r°；163 v°；264 v°〕でのたびかさなるルイ11世への厳しい評価が

示すごとく，ブーシェは必ずしもつねに歴代のフランス国王に無批判であるわけではなかったが，しかしフランソワ１世（そしてフランソワに続くアンリ２世）にかんしてはかれは完璧なまでに絶対支持の態度を貫いた。わたしたちはこうした親フランソワ的表現をいくつかのレヴェルで『アキタニア年代記』に認める。ひとつにブーシェはフランソワの個人的伝説を作る。おりおりにフランソワの善政の逸話を語っては《国王は憐憫と寛容，慈愛に満ち，正義がおこなわれることを望まれている》〔たとえば 213 v°〕ことを示そうとした。ひとつにかれは歴史的知識をつうじてフランソワの政治の代弁者となった。ミラノやナヴァールの地が皇帝カロルス５世やナヴァール王アンリ・ダルブレよりもフランソワによってこそ継承さるべきことを過去の系図を辿り証明，もしくは暗示しようともした〔275 v°；297 r°〕。ひとつにまた，これは第２の方法とも重なるけれど，客観性を装いながら史料の操作によって読み手をフランソワの立場に同調させた。たとえば《これら二人の強大な君主のどちらに過ちが存するか，しばしば疑問におもう者が（先にしるされたことがらに加えて）真相を知るように》〔300 v°〕，フランソワとカロルス５世がそれぞれ相互に教皇パウロ３世に相手の不法を訴えて送った書簡の概要を書き抜くが，カロルス５世の書簡は１ページにまとめられ，フランソワのそれは３ページにわたりはるかに詳細となる。かかる判断停止はわたしたちが先に述べた以外のケースと考えられる。またドイツ改革派の非難に抗するフランソワの弁明——ことにトルコとの親密な関係をめぐって——の紹介も，前者に数倍するその行数ゆえに史料操作に該当するだろう〔273 r°-274 r°〕。『アキタニア年代記』における親フランソワ的表現の最後には対立者批判があげられる。これも先に触れた，反教皇的言辞はその一例だが，批判の矢の赴く最大の的はいうまでもなくカロルス５世である。

　カロルス５世——『アキタニア年代記』の同時代史の部分にはこの神聖ローマ帝国皇帝の存在が端から端まで浸透している。わたしたちのわずかな知識ではフランス16世紀前半，とくにフランソワ１世の治世と呼ばれる三十数年間は，ギヨーム・ビュデやラブレー，クレマン・マロ，ルフェーヴルやベルカン，カ

ルヴァンがおり，一方では宗教論争や檄文事件を経て，改革派の弾圧にいたる，他方ではイタリアの影響や印刷術の発展を受けて中世の闇を追い払う（？）華やいだ人間主体の文化に注目が集まった，ユマニスムと宗教改革の時代であった。しかしブーシェを参考とするかぎり，フランソワ１世の治世とはそのような何ものでもなく──もちろんそうした人物や事件への言及が皆無であるわけではなく，控え目な分だけ重要だったのかも知れないけれど──，わたしたちが文学史や精神史，マクロな経済史や政治史の背後にふと追いやってしまう，フランソワとカロルスとの果てしない抗争の時代なのだ。きわめて大雑把にいってもこれはローマ皇帝位継承争いから始まり──否，シャルル８世に離縁されたマルガレーテ・フォン・エスターライヒの怨念にさかのぼるべきか──，相互の領土侵犯，シャルル・ド・ブルボンの皇帝側への寝返り，フランソワのミラノ遠征，パヴィア虜囚，マドリー条約，その不履行と戦争再開，非難の応酬である決闘状事件（現代の歴史書ではごく簡単になぞられるにすぎない「挑戦状〔défi〕」のやりとりが『アキタニア年代記』では15紙葉にわたる重要事件となる。この時代を生きたブーシェの視座を象徴する記録だと考える），カンブレ和議，戦争再開，ニース条約およびエグ・モルト会見，戦争再開と，時として緊張をなごませる出来事はあったものの（カロルスの妹エレオノールとフランソワの結婚，フランドル遠征に向かうカロルス軍のフランス国内通過とその歓待），たえざる戦争状態を和議が区切り，和議の不履行がいっそうの不信と憎悪を生み出してゆく過程であった。ブーシェの記事を読むと歴史を動かすものがはたして経済原則や政治理念なのか，疑わしささえ覚えてしまう。以下の1542年の，ミラノ領有権をめぐるフランソワによる戦争公示文冒頭にはそうした「個人の顔」がよくあらわされている。

　　（引用─57）〔290 v°〕
《神の恩寵により〔……〕フランソワ〔から挨拶を送る〕。スペイン国王にして皇帝〔カロルス５世〕がどれほどのあやまちを余におこなっているか，また余に加えている大きな屈辱と中傷は各人に充分知られているとおりであ

る。キリスト教国家が陥っている明白な危険のため，また余が余の個人的な利害よりも，キリスト教国家の世界的な利益を好むことを望んでいるとはっきりと示すため，戦争状態に突入しようとも，余がそうであるような品格ある君主として剣により，不正にも上述の皇帝が余から奪い，占領してきたものを追及しようともおもわず，長いあいだ我慢し，隠してきた。それは最終的には皇帝が理性をとりもどし，（かれがとっている立場を考え）キリスト教をあわれにおもうだろうと考えてのことである。にもかかわらず事態は悪化する一方であり，余に最近（みなが承知しているとおり）たいそう激しく，たいそう忌まわしく，人間に対して，また君主の称号と資格を有する人々に対して，たいそう風変わりな侮辱を加えてきた。かかる侮辱はいささかも忘れられたり，許されたり，黙認されたりしうるものではないのである》

ブーシェはこの個人の感情を己れのものとしてよく引き受けた。カンブレ和議の破約の責任をカロルスにすべて負わせたのも〔206 r°〕，かれのマルセイユ攻囲を失敗させたフランス軍士官の活躍を描き，《皇帝がこうむったはなはだしい損害》〔317 v°（前出）〕のためにもこれは省略さるべきではない，と語るのもそのひとつの例であろう。カロルスとの対立はフランソワ亡きあとアンリ2世に受け継がれ，ブーシェはこの王のもとでもカロルスへの敵意とフランス国王への忠誠を明言し続けた。1546年カロルスがドイツの改革派諸公制圧のため軍を出兵させたとき，ブーシェは宗教的な理由は口実にすぎず，じつは《全キリスト教国の君主》〔351 v°〕たらんとしての行動だ，と断定する。わたしたちは，かかる言葉や先のトルコとの外交関係の是認（ブーシェ自身の発言ではないけれど実質上はそうだとおもう）をまえに，ブーシェを支えるさまざまな理念の中であれほど優位を占めるとおもわれた伝統的キリスト教擁護の姿勢のさらに上位に，カロルス批判と国王の絶対的支持が置かれる，と判断せざるをえない。ブーシェの忠誠の念は，（フランソワ以降の）フランス国王に対立するおおむねすべての人物や事件の，まったき否定や反感に辿りついた。1516年，教皇とフランソワとの政教協定（いわゆる「コンコルダ」）に対し，

ガリカニスム信奉者からの反発が目立つようになった。ブーシェはこのさい，おおやけの場に貼られた攻撃文書について，《これはスキャンダラスな出来事であり許さるべきではない》〔203 r°〕と判断し，かかる行為を《謀叛にして騒擾》と決めつけた。つまりこの時点でガリカニスムさえ国王の下位に位置することになる。『非のうちどころなき騎士の讃辞』の序文の表現を借りれば，王国のためにもっとも必要かつ有用なのは国王であるということなのか〔339〕。ともあれブーシェはカロルスとフランソワおよびアンリの，人格的な対立を枠に『アキタニア年代記』のなかばちかくの歴史を織り上げた。その枠組みがかれの歴史記述をどう限定したか，もうひとつだけ例をあげる。1556年フランス国王，スペイン国王，英国王および神聖ローマ帝国皇帝のあいだで締結された休戦条約の失効の責任をめぐる文章である。

　　（引用—58）〔378 v°〕
《上述のことがらをかんがみると，休戦が破られたのはいとキリスト教的なる国王〔フランス国王〕の側からではなく，敵方からであり，かれらはひそかにあらゆる方法を用いて上記の国王の都市を急襲しようと望んでいたのである。そこから水に毒を入れようとすることが発生したのだ。
《〔フランス〕国王には軍勢を起こし，武器をとって国王やフランスの王冠の同盟国にたくらんでいた侮辱をはねつけるもっともな機会がある，と考えない人間はいない。
《皇帝がかれらの至上の君主でわれらが聖なる父，教皇に対抗して，ケルン人を保護する権利があるのだといっているとしたら，おもうに，よりはっきりとした理由で，教会の長子たるいとキリスト教的なる国王には，使徒伝来の聖庁の敵に対抗して，おまけにそうするよう依頼されたのだから，武器をとるただしい以上の理由がある。
《かれが神聖ローマ帝国の副司祭として，皇帝の圧政からドイツ人を守ったのだとしたら，いま，子としてわが聖父を守るはるかに立派な理由をもっているのだし，（あらゆるその他の侮辱はさておいても）敵方が最初に陰謀を企

んで休戦を侵害したのだから，かれとしてもその件だけであろうと，休戦を破るに充分な議論の理由がある》

これが1557年版の『アキタニア年代記』の幕を閉じる言葉だった[41]。

5．君主の認識と「歴史」の使命

以上，わずか3篇ではあるけれど「(大)修辞学派」と後世呼ばれる人々の歴史書に，わがままな読み方で眼を通してきた。歴史家ならぬわたしたちにはそれらの歴史書に含まれる史料の価値も分析しえず，そこに読みとるべき歴史的心性を検討することもかなわなかった。しかも楽しみつつページをめくったというのに，それらの通時的な，あるいは逸話的な「歴史=物語」の面白さを伝えることもできなかったかも知れない。そうした無力さを嚙みしめながら，これらの歴史書の通読からえられた印象と妄想とを，あえてもうひとこと述べておきたい。

わたしたちはこの文章をモリネの『年代記』における表現の特色への着目から開始した。モリネにあらわれるたぐいの言語の表層でのたわむれは，ルメールやブーシェにあってはその極端な形を失った。かれらはモリネの多用した語の音声や表記形態にもとづく修辞は捨てたが，統辞を媒介に成立する文章の音と意味のうねりが構築する修辞は手元にとどめた。またモリネに存在した，歴史の細部や断片をドラマ化しあるいは物語化する手法は，詩的想像力の豊かさと相俟ってだれよりもルメールにより全面的に採用され，系譜学的な名前の羅列のただなかに歴史から切断された空間を創設するにいたった。ブーシェはルメールのような詩的空間を史書に移入することはあえて控え，けれどもドラマ化や物語化の手法は維持した。むしろモリネと比べても，祝祭や入城式，葬儀等の，歴史の時間，日常の時間を切断する（歴史を構成しないとか政治性がないとかの意味ではない）宇宙の描写や，戦闘の細部へのこだわりを避け，相対的に歴史の遠近法を押しとおした点では大きな物語を獲得したといえるかも知

れない。また現代史を描くためにカロルス５世とフランソワ１世の対立を軸に据えた点でも，中期的な歴史の物語化をおこなったといえるかも知れない。もし時代をへだてて執筆されたこれらのわずか３篇の歴史書の差異に何ごとかの暗示や象徴を求めてもかまわないとしたら，表層に向かう意識（または無意識）から意味に向かう意識（または無意識）への移行があらわれていると見ることもできよう。わたしたちが「意味」というとき，ルメールも部分的に用いた寓意的解釈法を想像してはいない。《寓意化》の手法は表層の世界をゆいいつの理念の種々のあらわれと把握し，既成の体系に還元する。しかしゆいいつの理念に収束する既成の体系とは，この時期，まさに崩壊しつつあるものではないか。「（大）修辞学派」に属するかれらは（ブーシェも含め）政治の現場への接近をつうじ，既成の体系の頂点に立つ教皇と激しく対立する主人のために（モリネの場合，教皇批判は顕在化していないけれど）宗教以外の理念，すなわち政治性に支えられた歴史に手をそめざるをえなくなった。政治が歴史記述における新たな物語や神話の原理であり，歴史の中に看取すべき意味であった。

　もちろんかれら以前のあらゆる歴史家が政治を忘却し，宗教に仕えていたわけではない。修道院に蟄居する年代記作家も多かったが，世俗の歴史家も稀ではなく，後者の人々は往々，ここにとりあげた歴史家よりも丹念に，歴史にあらわれる政治の力学を描いた（たとえばモリネのほぼ同時代人であるコミーヌを見よ）[42]。だがひとつにかれらが歴史記述者よりも韻文作家である点，つまり教養人とはいいながら，コミーヌに代表されるたぐいの，時代を超えた知性ではなく，むしろ芸術的才能（？）を除くと平均的宮廷人である点で，またひとつにかれらが歴史の中に政治哲学をさがすのではなく，具体的な主君の活動を歴史記述をつうじて称讃し，是認し，代弁した点で，そうした歴史家とは異なった。ただわたしたちの三人の歴史家もそれぞれに政治の独自の引き受け方をした。モリネは『年代記』において時代の表面をなぞり（さまざまな行事や戦闘），君主の行動に讃辞を贈り，言葉の表層でたわむれた。しかし他方，君主の瑕瑾を暴くことも忘れなかった。対してルメールは歴史の彼方にさかのぼり，当代の君主の政治の背景を説明し，意義づけ，絶対的に正当化した。モリネに

第3章　いわゆる「(大)修辞学派」による歴史書3篇　309

とって歴史が記述すべきことがらだとしたら，ルメールにとっては探究の対象だった。『年代記』がシャルル・ル・テメレールの事績を後世に伝える目的をもたない，逆にそれゆえ「未来」からの視線でこのブルゴーニュ公の裁きを些少なりともおこないえたとしたら（この点を強調しすぎるとわたしたちもまた「事実」を歪めるとの非難に曝されるだろうけれど），『ガリアの顕揚ならびにトロイアの偉傑』は「現在」の党派的理念に根拠をもたらす「過去」を発掘し，客観性の装いをさせて新たな物語や神話，もしくはその前提を提出した。「未来」という場も「過去」という場も本当は「真理」とか「絶対」と同じくフィクションなのに，なぜモリネはシャルル・ル・テメレールを相対化しえ，ルメールはルイ12世を絶対化したのか。わたしたちにはわからない。モリネの方が歴史記述に対し，より真摯に臨もうとしたのか。孫引きの文献をそうといわずに列挙し己れを権威づけようとしたルメールにとって，歴史記述は用具的な存在だったのか。あるいはことはそうした歴史家としての自己認識にかかわるのではなく，はるかに外部的な要因によるものか。つまりそれぞれの時点でシャルルはすでに没し，ルイはまさにルメールが接近し始めたばかりだったということか。ルメールがよりいっそう宮廷事情を配慮しなければならない立場にあったのか。しかしそれではブーシェのケースはどうなのか。

　最後の「(大)修辞学派」詩人，ジャン・ブーシェは経歴からしてこの「学派」では異例に属した。ある時期宮廷に出仕する希望は抱いた模様だが，かなわず，終生ポワチエ市で代訴人の職にあった。ブーシェは『道徳書簡詩ならびに日常書簡詩』でいく度もいく度も代訴人の仕事と「レトリック（の女神）」の呼び声を両立させられないと嘆いた。しかしその代訴人の職務がブーシェを高名な騎士の家柄であるラ・トレムイユ家に結びつけた。ラ・トレムイユ家は数代のフランス国王のあつい信頼をえていたが，それはあくまでも軍人の地位によってであり，大きな政治に関与した経験はどうもなかったようだ[43]。ブーシェの政治的・社会的上層との接触がラ・トレムイユ家をつうじてのものに限定されるとすれば，ブーシェは『アキタニア年代記』で明確にした親フランソワ的姿勢を，どこで獲得したのだろう。

宮廷人ではなかったブーシェは, 直接フランソワやアンリの政策を讃えたり弁じたりして禄を食んでいなかったわけだから, 「君主」と「ブーシェ」のあいだになんらかの媒介項を置くべきだろう。媒介項にはいくつかの取り方がある。ひとつはラ・トレムイユ家であり, ブーシェはラ・トレムイユ家への忠誠により, この貴族がいだいていたであろう主君への臣従の念を自分のものにしたと考えるもの。あるいはラ・トレムイユ家への奉公がそれ以前から存在した君主への共感に明確な輪郭をあたえたと考えるもの。事実このあとブーシェと宮廷の接触（もちろん表面的な）の機会が増えたようだ。『アキタニア年代記』でのルイ12世の印象は, フランソワには及ばないが, それでもミラノの継承権を論じたり〔183 r°〕, ルイに対抗する教皇やマルガレーテ・フォン・エスターライヒの陰謀を難じたり〔188 v°-189 r°〕したし, 『道徳書簡詩ならびに日常書簡詩』中の「ヘンリー7世より現英国王ヘンリー8世に宛てたる冥土からの書簡詩」は1000行を越える長文のパンフレであり, 1510年にラ・トレムイユ家に出仕し始めたブーシェが早期からフランス国王を政治的に擁護する視座に立っていたことを示すとおもう。

　媒介項の第2はアキタニアやポワチエの領主としてのフランス国王の位置である。これについてはすでに指摘した。ポワチエという, ブーシェにもっとも親しい場所を媒介に君主につながる。かかる結びつきのイメージは, はなはだ伝統的, あえていえば封建制度的であるといってよい。ひとつひとつの領地が独立してひとりの領主にかかわりをもつ。それらの領地はひとりの権利に帰着しても綜合的な全体を形成するのではなく, 部分の集合となる。であればこそ領主の判断によって, 第3者への分与が可能なのだ。わたしたちは『アキタニア年代記』において, ブーシェの棲む地方のみならずさまざまな地方や封建領——現在のフランス内のものでもナヴァール〔100 v°〕, ドーフィネ〔110 r°〕, ブルゴーニュ〔119 r°〕, ブルターニュ〔171 r°〕など——が王領となり, 分割され, 再王領化される過程になんども出会った。そしてたとえばマドリー条約でブルゴーニュの移譲が問題となるこの時代にあって, フランスとは綜合的な機構ではなくフランス国王の領有する領地の集合と解されても無理はなかっ

た。『アキタニア年代記』の文章でこの地方とフランス国王（そしてカロルス5世）の印象は強いのに，どこか機構としての「国家」像がおぼろげなのは多分そうした国家理解が反映されているのだ。かくて抽象的・理念的な「国家」概念に頼らぬままポワチエへの愛着が，フランス国王のアキタニア以外の地にもかかわる行動の支持へと展開してゆく。16世紀前半のフランス史を描くにさいし，あくまでもカロルスと，フランソワおよびアンリとの個人の怨恨を軸に選んだのも，かかる抽象や理念の欠落のなせる業ではなかったか。

わたしたちはラ・トレムイユ家とポワチエ市という2点に，非宮廷詩人ブーシェとフランス国王を結ぶ媒介項を求めた。しかしこれでブーシェの親フランソワ的姿勢の充分な説明になるのか，よくわからない。ブーシェのラ・トレムイユ家やポワチエ市との同一化――触知的な関係性や生活基盤がそこにあったのは確かだし，ブーシェの保守的な心的傾向を考えあわせれば，このことは想像できる。だが同一化がそれらの媒介項より上位のレベルに達するには本当は，触知的な関係性とか生活基盤とか保守的な心的傾向とはいささか異なる，いってしまえば世界観，世界了解のたぐいが必要ではないかと妄想する。つまり出会いうるかぎりでの世界から世界一般へと飛躍するには後者を理解するための枠組みがなければなるまい。わたしたちは（これも妄想に次ぐ妄想だが）ブーシェには上記の媒介項に加えて，「君主」というイデオロギーを引き受ける姿勢が少しく存したのではないかとおもう。『道徳書簡詩ならびに日常書簡詩』「第2巻」に「諸皇帝，国王，王侯および領主の，あらゆる部下および臣下にあたえる書簡詩」と題された作品が含まれる〔II EpM. 30 r°(g) およびそれ以降〕。全7(6)章，都合1000行強の中編詩の，各章のタイトルを紹介し，行論に必要な範囲で簡単な抜粋を試みる。

12行の序説に続き第1章の題名は《領主権〔seigneurie〕とは何か，およびどのようにそれは神より由来するか》であり，歴史の彼方の，共同体維持の目的での「君主」の選出，そのさいの基準（有徳・勇敢・敬神），君主の権威（人体喩・天体喩・神の像から類推される）を語る。

第2章:《臣下は自分の領主にして統治者を尊び敬わねばならない》

第3章:欠(第2章から直接第4章に跳ぶ。『道徳書簡詩ならびに日常書簡詩』冒頭の目次にも第3章が欠けている)

第4章:《臣下はその上司を恐れ,かれらに従うべきこと。および民衆の不平からいかなる災いが生ずるか》。ここではブーシェの《この不和と,国内の暴力ゆえの//フランスにおける,いとはなはだしき破滅〔tresgrand ruyne en france//Pour ce discord, et intestine oultrance〕》への懸念も忘れられないが,それ以上に引いておきたい一節がある。

(引用―59)〔II EpM. 31 v°(d)〕
《それゆえわたしたちはより位が高い殿に
　その家臣の方々よりもよく仕えるべきで,
　伯爵にも,公爵にも,男爵にも,城主にも,
　子爵にも,国王の権利に反することがらにかんして,
　またかれらが国王に不忠なときには
　従う義務はないのだ。
〔Aussi devons aux sieurs superieurs
　Mieulx obeir qu'a leurs inferieurs,
　On n'est tenu d'obeyr a ung comte,
　Duc, ou baron, cahstellain, ou vicomte
　En ce qui est contre les droiz royaulx
　Ne quant ilz sont a leurs roys desloyaulx〕》

第5章:《何ゆえにまたいかにして,臣下は王侯や領主に対し従属し,かつ義務を負うか》

第6章:《民衆のあやまてる考えについて》。ブーシェは君主に対し不平を漏らす者は神を罵る者だとする。

第7章:《疫病や不作にかんして民衆が口にするその他の嘆きについて》。ア

クチュアルな話柄を材料にする。民衆は災いを神の罰とみなし耐えねばならない。

(引用—60)〔II EpM. 34 v°(d)〕
《もしあなたがたが警邏から暴力を受けて
　乱暴にも資産をくいあらされても，
　神にも国王にも不満をもらさず，
　狼藉を我慢づよく辛抱しなさい〔……〕
　それゆえかれらを，神が強きも弱きも罰せられる
　戦争の軍隊だと考えなさい，
　国王は必要におうじて
　子供も家族も，女たちも九柱戯のピンにいたるまで
　とりあげることができるのだ。わたしがいっているのは国王の，と呼ばれる
　みな正統的な家臣に対して，であるが。
〔Quant vous aurez des gensdarmes la presse
　Et que vous biens mangeront par aspresse,
　Ne murmurez contre Dieu, ne le Roy,
　Patiemment supportez leur derroy〔...〕
　Aussi pensez que ce sont des effors
　De guerre, ou Dieu pugnist feubles, et fors,
　Et qu'un Roy peult prendre enfans et famille
　Femmes aussi, et tout jusque a la quille
　A son besoing, j'entens sur ses vassaulx,
　Qui sont tous droiz, qu'on appelle Royaulx〕》

　わたしたちが「君主」のイデオロギー，といった言葉をいくらかでもご理解いただけたろうか。ブーシェの君主観は多分けっして独創的でも体系的でもな

かった。ただかれは「君主」を理念的に把握しようとしていた。史料の届きえない闇に閉ざされた時間の源に，推測と理論によって「君主」の成立を見たのはそういうことだとおもう。そしてブーシェは臣下に「君主」への絶対的な服従をいいわたした。ここでもブーシェは理念的に思考し，(引用―59)の詩句が示すように，触知度が相対的に高いすぐ上位の領主にまして，その領主よりも接触のとぼしい「君主」への従属に価値をあたえた。また大貴族や民衆の反乱があいつぐ時代に，臣下の口も行動も封じた。ブーシェがかかる思想を獲得した過程は不明にとどまるけれど，わたしたちにはかれが「君主」のイデオロギーを，ある時点で自らに引き受けたような気がする。

　「君主」というイデオロギーは時代の中でどの程度の重みと説得力を有したのだろう。ブーシェの場合，かれを16世紀末や17世紀の絶対君主制の先覚者にまつり上げるつもりは毛頭ないが，同時代のうち続く反乱や，やがて訪れるであろう宗教戦争を支えた，君主選出制度論や反君主制論の思想におもいをいたすと，同時代においては必ずしも凡庸な思想ではなかったともおもえる。妄想を重ねれば，こうした君主観が少しずつ世に問いかけられ，一歩ずつ地歩を固めて行くあいだに，社会史や経済史との連動も相俟って，広範囲な場で絶対的な「君主」を受容する心性的土壌が形成されたのかも知れない。モリネは後年，主家の関係の変化に応じてフランスを認めるにいたるものの，終生熱烈なブルゴーニュ派の立場を捨てなかった。ルメールは主筋を変える前後で徹底した反フランス的な詩句も書き，全面的なフランス王の代弁者ともなった。ブーシェは宮廷人として直接つかえる君主を持たないのにフランス「君主」の絶対的な理念を説いた。3人の「(大)修辞学派」詩人のこうした違いはもちろんかれらの個性の差であり，かれらが棲んだ地方に見られる政治的傾向のなせる業でもあるはずなのだが，またかれらのあいだを流れた16世紀前半の時間の密度にわたしたちのおもいを馳せさせるものでもあるようにもおもわれる。

（1990年10月―2006年3月）

第3章　いわゆる「(大)修辞学派」による歴史書3篇　315

1)　「(大)修辞学派」についてのわたしたちの知識は主として，ギー，『16世紀フランス詩史』「第1巻　修辞学派」(H. Guy, *Histoire de la poésie française au XVIe siècle, t. I, L'Ecole des Rhétoriqueurs*, Champion, 1968)；ズムトール，『仮面と光』(P. Zumthor, *Le masque et la lumière*, Seuil, 1978) に拠っている。これら2冊の研究書とその問題点にかんしては，バデル，「大修辞学派の修辞学」(P. Y. Badel, La Rhétorique des Grands Rhétoriqueurs, in *R. H. R.*, No 18, pp. 3-11) がよくまとめる。学位論文で，ために特殊な領域をあつかうが，基盤にどっしりとした学識をうかがわせる，フランソワ・コーニリアの大著，『なんじ，いつわるなかれ』(François Cornilliat, *"Or ne mens" Couleurs de l'Eloge et du Blâme chez les "Grands Rhétoriqueurs"*, H. Champion, 1994) は，その難解さにもかかわらず，近年の収穫であろう。やや特殊な視点からではあるが，シンシア・ブラウン，『詩人，後援者および出版社』(Cynthia J. Brown, *Poets, Patrons, and Printers*, Cornell U.P., 1995) や，イヴォンヌ・ルブラン，『ゆけ，手紙よ，ゆくがよい』(Yvonne Leblanc, *Va Lettre Va, The French Verse Epistle*, Summa Publications, 1995) も名前を出しておくべきであろう。文学史通史のたぐいにも往々，鋭い指摘をともなった紹介記事が見られるが，ここではそれらの名をあげるのは控える。専攻論文をあげれば，ジョドーニュ，「《修辞学派》とユマニスム」(Pierre Jodogne, Les "Rhétoriqueurs" et l'Humanisme, in *Humanisme in France*, éd. Levi, Manchester U.P., 1970), pp. 150-175. や，ズムトール（編），『大修辞学派アンソロジー』(Paul Zumthor 〔éd.〕, *Anthologie des grands Rhétoriqueurs*, 10/18, 1978) の序文は参考になった。本稿の対象領域をあつかうものには，ジョドーニュ，「ブルゴーニュ派歴史記述における修辞学」(P. Jodogne, La rhétorique dans l'historiographie bourguignonne, in *Culture et pouvoir au temps de l'Humanisme et de la Renaissance*, éd. L. Terreaux, Slatkine, 1978) があった。個別的なこれらの考察の外に，「修辞学派」の特集を組んだ，『大修辞学派　中代フランス語国際学会議事録』(*Les Grands Rhétoriqueurs, Actes du Ve Colloque International sur le Moyen Français, Milan, 6-8 mai 1985*, vol. I, Vita e Pensiero, 1985), 『15世紀文学研究　中代フランス語国際学会議事録』(*Recherches sur la littérature du XVe siècle, Actes du VIe Colloque Internationale sur le Moyen Français, Milan, 4-6 mais 1988* vol. III, Vita e Pensiero, 1991), 『言葉からテキストへ　中代フランス語国際学会議事録』(*Du Mot au Texte, Actes du IIIème Colloque International sur le Moyen Français, Actes du IIIème Colloque International sur le Moyen Français, Düsseldorf, 17-19 septembre 1980*, Gunter Narr, 1982), および『カイエ・ソーニエ誌　第14号　大修辞学派』(*Cahiers V. L. Saulnier, No. 14, Grands Rhétoriqueurs*), P. E. N. S., 1997, 『カイエ・ソーニエ誌　第22号　ルネサンスにおける散文韻文混交体』(*Cahiers V. L. Saulnier, No. 22, Le Prosimètre à la Renaissance*), P. E. N. S., 2005. は優れた貢献を含んでいる。またこれは未見であるが，ディ・ステファノ＝ビドラー

（編），『ポール・ズムトール記念論文集　大修辞学』（G. Di Stefano et R. M. Bidler〔éd.〕, *Hommage à la mémoire de Paul Zumthor — La Grande Rhétorique*, C. E. R. E. S., 1994）にも貴重な論文が収められているらしい。

2) 本稿で底にしたのは，ジョルジュ・シャトラン，『年代記』（Georges Chastellain〔George Chastelain, その他の異綴あり〕, *Chroniques*, J.-A. Buchon〔éd.〕, Panthéon Littéraire）である。コレクシオン・ビュション版の『年代記』（同コレクシオン第41巻-第43巻）も参照した。Chastellain の歴史記述の一面を伝える論考には，ヴォルフ，「15世紀における歴史と君主教育：ジョルジュ・シャトラン」（Hélène Wolff, Histoire et Pédagogie princière au XVe siècle : Georges Chastelain, in *Culture et pouvoir au temps de l'Humanisme et de la Renaissance*, pp. 37-49）があった。

3) 底とした版は，アンドレ・ド・ラ・ヴィーニュ，『ナポリ遠征記』（André de la Vigne, *Le Voyage de Naples*, éd. Anna Slerca, Vita e Pensiero, 1981）である。『フランソワ1世年代記』については，ギー，前掲書，p. 219 によって知るのみ。。

4) 底としたのは，ジャン・マロ，『ヴェネチア遠征記』（Jean Marot, *Le Voyage de Venise*, éd. G. Trisolini, Droz, 1977）；および同，『ジェノヴァ遠征記』（*id., Le Voyage de Gênes*, éd. G. Trisolini, Droz, 1974）である。

5) わたしたちの手には届かなかったが，クレタンの『年代記』については，ギー，前掲書，p. 229 を参照した。なおクレタンの韻文作品に言及するさいの底本としては，ギヨーム・クレタン，シェネイ（編），『ギヨーム・クレタン詩作集』（Guillaume Cretin, *Œuvres poétiques*, éd. K. Chesney, Slatkine, 1977〔1932〕）をとった。

6) たとえば本章後段でも取りあつかうジャン・ルメール・ド・ベルジュは，「修史官」の仕事をこう定義してみせた。《あらゆるすぐれた修史官，年代記作家，歴史記述者のただしい仕事と義務は，著作と明白な議論によって民衆に，君主の真実にしておもねらない讃辞と功績，および君主の善良かつ正義の戦争を示し，注意を喚起するものである。同じく戦争の状態がおもわしくなく，異常にして，よくみなれたものでなく，危機的な結末の危険が切迫しているとき，その大多数が粗暴で無知である家臣が仰天したり，不平をこぼしたり，相互に眉をひそめあったりする原因とならないよう，それどころか，あらゆる神の法と人間の法によって臣従すべき君主の，ただしい権利を支持し味方するように，また君主を援助し救援し，その勝利のため神にいのるように気持ちを傾けたり，意図したりするようにさせる目的をもっている》〔III. 232-233．ジャン・ルメールの版と略号にかんしては，以下の註14)を参照〕。

7) ギヨーム・クレタン，前掲書，p. 277．なお多重韻詩にかんしては，フランソワ・コーニリア，「多重韻のいくつかの争点」（François Cornilliat, Quelques enjeux de la rime équivoque, in *R. H. R.*, No. 53, 1991, pp. 5-30）を参照。

8) 底となる『年代記』の版は，ジャン・モリネ，ドゥートルポン＝ジョドーニュ編，

第3章　いわゆる「(大)修辞学派」による歴史書3篇　317

『年代記』全3巻（Jean Molinet, *Chroniques*, éd. G. Doutrepont et Omer Jodogne, 3 vols., Palais des Académies, 1935-1937）である。以下，本書「はしがき」でおことわりしたように，ローマ数字で巻数を，アラビア数字でページ数を示す。ジャン・モリネの『年代記』本文は最初の2巻に収められ，第3巻は「序論」と語彙説明，索引を担当する。またコレクシオン・ビュション版の『年代記』（同コレクシオン，第43巻―第47巻）も部分的に参照した。

9)　《しかしながらモリネとジャン・ルメールを対比したとき，デュピール氏が『年代記』の著者はユマニスムと無縁であると言明するのももっともである，と考えてしまう》〔III. 48〕。

10)　マリアン・ロススタインの Ph. D. 論文，『「ガリアの顕揚とトロイアの偉傑」：歴史の形成』（Marian Rothstein, *"Les Illustrations de Gaule et Singularitez de Troie": The Making of History*, The University of Wisconsin, Ph. D., 1974）を参照。とくにたとえば pp. 109-116。

11)　ピエール・シャンピオンは，《しかしシャトランが，詩的とはいわないまでも，真の歴史の記念建造物をうちたてたのに対し，ジャン・モリネはとりわけ国内の，地方的な，けれども興味と才能にあふれた年代記を綴った》（Pierre Champion, *Histoire poétique du Quinzième Siècle*, t. II, H. Champion, 1966, p. 392）と語った。

12)　ドゥートルポン゠ジョドーニュの「序文」については上記，註8)を参照。わたしたちが読み得たわずかな文献の中では，これがもっとも詳細な『年代記』研究であった。デュピールの学位論文，『ジャン・モリネ　生涯と作品』（Noël Dupire, *Jean Molinet, La Vie — Les Œuvres*, Droz, 1932），および，特殊な領域をあつかう学位副論文『ジャン・モリネの詩作の草稿と刊本にかんする批評的研究』（*Etude Critique des Manuscrits et Editions des Poésies de Jean Molinet*, Droz, 1932）のモリネ研究への貢献は大きい。上述のズムトール，『仮面と光』を筆頭にして，モリネの詩法をめぐる考察にはいく篇かの研究論文が存するようだが（わたしたちの眼に止まった興味深い論考で，いままでにあげた論文集に収められたものを除くと，ゴードン，『「民衆の救済」（1481年）：十全なる修辞学についての試論』〔A. L. Gordon, *La ressource de petit peuple* (1481): Essai de pleine rhétorique, in *Travaux de Littérature*, publié par l'ADIREL, Les Belles Lettres, 1989, pp. 55-67〕があった），『年代記』についてのそれはいままでに触れたもの以外わたしたちの手には入らなかった。

13)　「(大)修辞学派」における「修辞」と「英知（sagesse）」の結びつきにかんしては，たとえば，バデル，前掲書を参照。わたしたちの貧しい読書の範囲内でも，一般に前近代の宮廷詩人にいえることだが，（とくに「**大修辞学派**」の特徴として）詩人たちは「賢者」の風貌をにじませて，作品の中に「世間知」をたびたび振り撒いていた。本論でモリネの韻文を紹介できなかったので，やや長めではあるが，ス

トロフの最後を必ず格言で終わらせる1篇を引いておく。

《わたしたちのまえをとおり過ぎる者よ，立ちどまれ。
　そしてこの世から旅立った人間のからだの
　あわれな物語について考えよ。
　わたしたちのやかましく，値打ちのない精神は
　煉獄の火に罰せられている。
　明らかな欺瞞，誹謗の誘惑，
　むなしい栄光がわたしたちの霊魂の名誉を傷つけた。
　罰せられない罪人はいない。

《あざ笑っている者よ，おまえたちはさまざまな衣装をもっている，
　白，茶，青，緑，そしてネックレスや大いなる宝物，
　わたしたちは骨をみなあらわにして
　蛆にくわれ，たいそう臭く，とても汚い
　腹を裂き，手足をうらがえしにした。
　わたしたちは醜悪にして不快でしかない
　おまえたちのようにたくましく美しかったのに。
　白い帽子は黒い頭をかくすもの。

《おまえたちは飾られた寝台でやすんでいる。
　わたしたちは苦しみのなか焼かれ，あぶられている。
　おまえたちは楽器の音にあわせてたいそうおだやかに
　眠っている，そしてわたしたちは激しい苦痛によって
　目覚めさせられている。
　わたしたちはすべて身ぐるみはがされ，おまえたちは素敵に着飾っている。
　わたしたちは拷問に苦しみ，おまえたちは笑い，わたしたちは涙にくれる。
　いまという時間には幸と不幸しかない。

《宮廷のご婦人がたよ，ここでご自身の姿をうつしてみなさい，わたしたちの
　おそろしい顔をみなさい，驚きとともにみてみなさい。
　あなたがたの髪はよく櫛とかれ，よく飾られている。
　とどのつまり，どんな名誉をあたえられようと
　四肢は変形し，世話もゆきとどかない。
　死は艶婦も美女も抱擁し，
　高きも低きもたずね，あとをつける。

宮廷でのおつとめは真の遺産にはならない。

《低きにおちないよう，ふるまいをあらためよ。
　快楽も華美も贅沢も棄てよ。
　時はすぎゆく，眠らない死は
　着実に接近して，人々を山と打ちたおす。
　豪奢も地位も，食事も宴も食卓も，
　ルビーもリボンも大きな裾のドレスも
　孔雀よりも輝かしいが，ふるぼけたドレスにすぎない。
　死に対しては，いかなる警報もない。

《あなたたちの戸口には，腹をすかせたまずしい人々が
　パンと脂肉を求めながら，干し草のうえに横たわっている。
　わたしたちは今日も明日も，兄弟にもいとこたちにも
　手をさしのばすことができない。
　わたしたちが焼かれる情け容赦のない炭火のためだ。
　わたしたちは慈悲と恩寵と免罪をまっている。
　そしてあなたたちの恩恵により真のやすらぎにおかれることを。
　窮状にあってこそよき友人がわかる。

《わたしたちのミサと祈禱をおこなうために
　わたしたちの資産も所有物も手にしているあなたたち，
　わたしたちをあざむくことなく，いそいで獲得するがよい。
　つとめをおこなわないなら，見ることをまびなさい
　わたしたちの牢獄の奥底をみることになるだろう。
　わたしたちはわたしたちの救済のため，年金や家財，家屋，
　森や灌木をあなたたちに残そう，しかし
　遅くなっても，行かないよりはましだ。

《わたしたちのために祈りなさい，『ワレ深キ淵ヨリ』と，
　七つの詩篇，詩，死者のための夜課をとなえなさい。
　あなたがたの善行によりわたしたちは天国にいけるだろう，
　平安のうちにあなたがたがつどって，健康で祝福され，
　ひどい苦しみを味わわないよう，つねに祈るがよい。
　わたしたちの慰めのため，すべからく慈悲ぶかい神は
　あなたがたに霊魂と肉体の対価をくださるだろう。

神の恵み以上にすばらしいおくりものはない。

　〔Arrestés vous, qui devant nous passés,
　　Et compassés la pitoiable histoire,
　　Des corps humains du siecle trespassés ;
　　Nos indignes esperis hutinés
　　Sont condennés au feu de purgatoire.
　　Fraude notoire, envie detractoire
　　Et vaine gloire ont nos ames honny :
　　Il n'est mesfaict qui demeure impuny.

　　Vous, gaudisseurs, avés habis divers,
　　Blancs, bruns, bleux, vers, chaines et grandz tresors,
　　Et nous avons tous les os descouvers
　　Ventres ouvers, pieds et mains a revers,
　　Rongiés de vers fort puans et tres ors ;
　　Si n'avons fors laidure et desconfors
　　Nous fusmes fors et beaux comme vous estes :
　　Les blans chappeaux couvrent les noires testes.

　　Vous reposés en lit de parement,
　　Nous en tourment brullés et rotillés ;
　　On vous endort au son de l'instrument,
　　Tres doucement, et nous tres durement
　　D'espantement sommes fort resveilliés,
　　Tous despoulliés et vous bien habilliés,
　　Nous traveilliés ; vous en ris, nous en pleur :
　　Au temps present n'y a que heur et malheur.

　　Dames de court, mirés vous cy, mirés
　　Et amirés nostre terrible face ;
　　Sont vos cheveux bien pignés, bien parés
　　Enfin arés membres desfigurés
　　Et mal curés, quelque honneur qu'on vous face ;
　　La mort embrasse et gorrier et gorrace
　　Et quiert et trace en hault et bas estage :

Service a court n'est point vrai heritage.

Changiés vos moeurs, que ne tumbés en bas,
Laissiés esbas, triumphes et bebans ;
Le temps s'en va, la mort qui ne dort pas
Vient pas a pas, pour rompre gens a tas ;
Pompes, estas, tables, bancqués et bancs,
Rubis, rubans, robbes a larges pans,
Luisans que pans, ne sont que vieux juppeaux :
Contre la mort il n'y a nulz appeaux.

Devant vos huis, povres gens aians faim
Couchent sus fain, querans pain et lardons ;
Nous ne poons ne meshuy ne demain
Tendre la main ne a frere ne a germain,
Pour l'inhumain brasier ou nous ardons ;
Nous attendons mercy, grace et pardons
Et par vos dons estre en vray repos mis :
Au grand besoing voit on ses bons amis.

Vous qui avés nos biens et nostre avoir,
Pour nous avoir messes et oroisons,
Acquittiés vous brief, sans nous decepvoir ;
Sachiés de voir, se ne faictes debvoir,
Vous verrés voir le fons de nos prisons ;
Nous vous laissons rentes, moeubles, maisons,
Bois et buissons pour nous secourir, mes
C'est sus le tard, si vault mieux que jamés.

Priés pour nous, dictes De Profundis,
Sept psalmes, dictz et vigiles des mors ;
Par vos biensfaictz serons en paradis,
Prians toudis qu'en paix soiés unis,
Sains et benis, sans gouter mauvais mors ;
Par nos recors, Dieu tout misericors
D'ame et de corps vous donra bon guerdon :

Il n'est si belle acqueste que de don〕

（ジャン・モリネ，デュピール編，『事績と言葉』第 2 巻〔Jean Molinet, *Les Faictz et Dictz*, éd. Dupire, S. A. T. F., t. II, 1937〕pp. 433-435：原文・訳文とも強調はわたしたち）

14）底とした版は，ジャン・ルメール・ド・ベルジュ，『ガリアの顕揚ならびにトロイアの偉傑』，ステッシェル編，『ジャン・ルメール・ド・ベルジュ著作集』所収（Jean Lemaire de Belges, *Les Illustrations de Gaule, et Singularitez de Troye*, in *Œuvres*, éd. J. Stecher, 4 vols., Slatkine, 1969〔1882-1885〕）である。そのうち，第 1 巻と第 2 巻が『ガリアの顕揚ならびにトロイアの偉傑』にあてられている。この版の欠点はさまざまに指摘されているが，『ガリアの顕揚ならびにトロイアの偉傑』には周知のごとくこれ以外近代版が存在しない。ルメールのいく点かの詩作にはステッシェル版の他にも優れた批評版が作られているし，大いに参考になったが，本文および註でのルメールの著作への言及はすべてステッシェル版にもとづくものとする。ローマ数字で ステッシェル版の巻数を，アラビア数字でページ数をあらわす，という原則は前註 8）で述べたとおり。

15）キャスリーン・ミリアム・マン，『ジャン・ルメール・ド・ベルジュ研究序説』（Kathleen Miriam Munn, *A contribution to the study of Jean Lemaire de Belges*, Slatkine, 1975〔1936〕）；ジャック・アベラール，『ジャン・ルメール・ド・ベルジュの「ガリアの顕揚とトロイアの偉傑」』（Jacques Abelard, *Les Illustrations de Gaule et Singularitez de Troye de Jean Lemaire de Belges*, Droz, 1976）を参照。ルメールに捧げられた文献は，いかなる他の「修辞学派」詩人に捧げられたそれをも圧倒する。参照し得た研究文献には，フランシスク・チボー，『マルガレーテ・フォン・エスターライヒとジャン・ルメール・ド・ベルジュ』（Francisque Thibaut, *Marguerite d'Autriche et Jean Lemaire de Belges*, Slatkine,1970〔1888〕）；ステッシェル，『ジャン・ルメール・ド・ベルジュ』（J. Stecher, *Jean Lemaire de Belges*, Lefever, 1891：『ルメール著作集』第 4 巻にもページ付与を違えて収録）；コーシャン゠ブリュッシェ，『ミシェル・コロンブの 1 通の手紙：およびジャン・ペレアルとジャン・ルメール・ド・ベルジュにかんする新史料』（Cl. Cochin et M. Bruchet, *Une Lettre inédite de Michel Colombe, suivie de nouveaux documents sur Jean Perréal et Jean Lemaire de Belges*, H. Champion, 1914）；アルフレッド・ハンパーズ，『ジャン・ルメール・ド・ベルジュの言語研究』（Alfred Humpers, *Etude sur la langue de Jean Lemaire de Belges*, H. Champion, 1921）；ポール・スパーク，『ジャン・ルメール・ド・ベルジュ』（Paul Spaak, *Jean Lemaire de Belges*, H. Champion, 1926）；ジョルジュ・ドゥートルポン，『ジャン・ルメールド・ベルジュとルネサンス』（Georges Doutrepont, *Jean Lemaire de Belges et la Renaissance*, Slatkine, 1974〔1934.

ただしこのリプリント版は p. 48. が欠如し，代わりに p. 348. が二度印刷されている〕）；ピエール・ジョドーニュ，『ジャン・ルメール・ド・ベルジュ』（Pierre Jodogne, *Jean Lemaire de Belges*, Palais des Académies, 1971）；ジェンキンズ，『技巧的雄弁　ジャン・ルメール・ド・ベルジュと修辞学的伝統』（M. F. O. Jenkins, *Artful Eloquence, Jean Lemaire de Belges and the Rhetorical Tradition*, Chapel Hill, 1980）；ジュディ・ケム，『ジャン・ルメール・ド・ベルジュの作品における魔術と予言』（J. K. Kem, *Magic and Prophecy in the Works of Jean Lemaire de Belges*, The University of North Carolina, Ph. D., 1985）；同，『ジャン・ルメール・ド・ベルジュの「ガリアの顕揚とトロイアの偉傑」』（id., *Jean Lemaire de Belges's Les Illustrations de Gaule et singularitez de Troye The Trojan Legend in the Late Middle Age and Early Renaissance*, Peter Lang, 1994）；バカーディ，『ジャン・ルメール・ド・ベルジュと美術』（D. G. Bacardi, *Jean Lemaire de Belges et les beaux-arts*, State University of New York, Ph. D., 1987）があった（既出の論考を除く）。特殊な専攻論文で専門知識をもたない者にとっては難解な，スティーヴンス，『ベロッス・カルダエウス：16世紀初期の詐欺師にして虚構の編集者』（W. E. Stephens, *Berosus Chaldaeus : Counterfeit and Fictive Editors of the Early Sixteenth Century*, Cornelle University, Ph. D., 1979）と，言葉の問題でわたしたちはごく部分的にしか活用できなかったけれど，古典的な研究文献に指折られる，ベッカー，『ジャン・ルメール　フランス王国の初期ユマニスム詩人』（Ph. A. Becker, *Jean Lemaire, Der Erste Humanistische Dichter Frankreichs*, Slatkine, 1970〔1893〕）をあげておくべきだろう。前出・後出の研究を除いて参照した『ガリアの顕揚ならびにトロイアの偉傑』をテーマとする雑誌論文等の研究には，ジャン・フラピエ「ジャン・ルメール・ド・ベルジュのユマニスム」（Jean Frappier, L'Humanisme de Jean Lemaire de Belges, in *B. H. R.*, t. 25〔1963〕, pp. 289-306）；ジャック・アベラール，「ジャン・ルメール・ド・ベルジュの『ガリアの顕揚』の構成（J. Abélard, La Composition des *Illustrations de Gaule* de Jean Lemaire de Belges, in *L'Humanisme Lyonnais au XVIe siècle*, P. U. de Grenoble, 1974, pp. 233-244）；同，「ジャン・ルメール・ド・ベルジュの『ガリアの顕揚』（*id., Les Illustrations de Gaule* de Jean Lemaire de Belges, in *C. A. I. E. F.*, No. 33 (1981), pp. 111-128）；同，「ジャン・ルメール・ド・ベルジュの『ガリアの顕揚』：どのようなガリアか？　どのようなフランスか？　どのような民族か？」（*id., Les Illustrations de Gaule* de Jean Lemaire de Belges　Quelle Gaule? Quelle France? Quelle nation?, in *Nouvelle Revue du XVIe siècle*, 13/1, 1995, pp. 7-27）；M・ロススタイン，「ジャン・ルメール・ド・ベルジュの『ガリアの顕揚ならびにトロイアの偉傑』：政治と統一性（M. Rothstein, Jean Lemaire de Belges' *Illustrations de Gaule et singularitez de Troye* : Politic and Unity, in *B. H. R*, t. 52-3, 1990, pp. 593-608；R・ヴァレ，「ジャン・ルメール・ド・ベルジュの『ガリアの顕揚とトロイアの偉傑』に

おける"賢者"の語彙的網」(R. Vallet, Le Réseau lexical de "sage" dans *les Illustrations de Gaule et Singularitez de Troye* de Jean Lemaire de Belges, in *Le Français préclassique*, No 1, pp. 7-39);同,「ジャン・ルメール・ド・ベルジュの『ガリアの顕揚とトロイアの偉傑』における国民と民衆と民族」:("Gent", "Peuple" et "Nation" dans les *Illustrations de Gaule et Singularitez de Troye* de Jean Lemaire de Belges, in *Le Français préclassique*, No 2, pp. 5-22);バーロング,「『ガリアの顕揚とトロイアの偉傑』:ジャン・ルメール・ド・ベルジュの"雄弁"にかんする相反する観点」(R. M. Berrong, *Les Illustrations de Gaule et singularitez de Troye*: Jean Lemaire de Belges' Ambivalent View of "Eloquence", in *Studi Francesi*, vol. 78〔1982〕, pp. 399-407)があった。またこれも本論でいささか言及する『ヘクトルにあたえる書簡』をめぐっては,ベアール,「エリシアの野原からの手紙:ルイ12世宛の詩群」(J. J. Béard, Letters from the Elysian Fields: a group of poems for Louis XII, in *B. H. R.*, t. 31〔1969〕, pp. 27-38)が,同じく『教会分裂と公会議における違いについての考察』をめぐっては批評版として,ジャン・ルメール・ド・ベルジュ,ジェニファー・ブリトネル(編),『教会分裂と公会議における違いについての考察,およびシャイフ・イスマイル王,通称サフィーの真実にしていつわりなき歴史,その他の作品』(Jean Lemaire de Belges, *Traicté de la différence dans des Schismes et des Conciles de L'Eglise*, avec *l'Histoire du Prince Sophy* et autres œuvres, éd. Jennifer Britnell, Droz, 1977)が,特殊な研究になるが,ジェニファー・ブリトネル,「ジャン・ルメール・ド・ベルジュの死:1517年版『教会分裂と公会議における違いについての考察』と編纂者の横暴」(Jennifer Britnell, La Mort de Jean Lemaire de Belges, L'Edition de 1517 du *Traité des Schismes et des Conciles*, et les impertinences d'un éditeur, in *B. H. R.*, t. LVI/1, 1994, pp. 127-133)があった。その他わたしたちが眼をとおしていないルメールの個別的な詩作の研究論文や,参照できた詩作批評版の「序文」のたぐい,あるいは『ガリアの顕揚ならびにトロイアの偉傑』が関連する,この時代についての通史的・テーマ的研究書にも興味深いものが近年とみに書かれているようにおもわれるが,註としてはあまりに煩瑣になるので,ここでは略す。

16) 孫引きになるが,1512年,ジャン・ルメールの後を継いでマルガレーテの「修史官」となったルミ・デュ・ピュイに,皇帝マクシミリアンが授与した任命証の文面では,ルミの職務として,《これ以降,上記の職務において余に仕え,余の王国や地方,君主国に起こるであろう歴史や事態,戦闘,勝利,条約,同盟,その他の事情の記録を収集し,文書によって書きとめ起草すること〔nous servir doresnavant oudict office, recueillir, mettre et rediger par escript toutes memoires d'istoires, faiz et actes belliceuz, victoires, traictez, alliances et autres affaires qui surviendront en noz royaulmes, provinces et monarchies〕》〔マン,前掲書, p. 76〕と記されていたらしい。ルメールの『年代記』の断片はステッシェル版の『著作集』にも収められてい

第 3 章　いわゆる「(大)修辞学派」による歴史書 3 篇　325

るが，アンヌ・ショワスマンが近年批評版を刊行した。Jean Lemaire de Belges, *Chronique de 1507*, éd. Anne Schoysman, Académie Royale de Belgique, 2001 を参照。ショワスマンによるルメールの批評版には知るかぎり，その他にも 1 篇，『ヴェネチア人たちの伝説』がある。Jean Lemaire de Belges, *La légende des Vénitiens*, éd. Anne Schoysman, Académie Royale de Belgique, 1999 を参照。

17) Pierre Le Baud, *Histoire de Bretagne*, s. d. n. l. ; Alain Bouchart, *Grandes Croniques de Bretaigne*, éd. M.-L. Auger et G. Jeanneau, C. N. R. S., 2 vol., 1986 を参照。これらの文献について，より詳細には，本書第 1 部第 2 章「境界にたたずむふたりのブルターニュ史家」の註 9) および 15) を参照。

18) 中世以来の伝統とはいえ，パリスが判断を下すため 3 女神を全裸にさせてしまう，なかなかに大胆な描写も含むこの「パリスの審判」については，ジャンドル，「ジャン・ルメール・ド・ベルジュとそのパリスの審判の明白なモデル」(A. Gendre, Jean Lemaire de Belges et les modèles déclarés de son Jugement de Pâris, in *Mélanges à la mémoire de V.-L. Saulnier*, Droz, 1984, pp. 697-705)，およびフロイド・グレイ，「ジャン・ルメール・ド・ベルジュとパリスの審判の再検討」(Floyd Gray, Jean Lemaire de Belges et la révision du jugement de Pâris, in *Sans autre Guide : Mélanges de littérature française offerts à Marcel Tetel*, Klincksieck, 1999, pp. 15-24) という考察があった。なお アン・モス『詩と寓話』(Ann Moss, *Poetry and Fable*, Cambridge U. P., 1984) もルメールの「パリスの審判」に一章を割いている。

19) 「白鳥の騎士」の物語のこの時代の受容情況をめぐっては，ドゥートルポンがつぎの 2 篇の小論文を発表した。「16 世紀における『白鳥の騎士』の伝説」(La Légende du *Chevalier au Cygne* pendant le XVIe siècle, in *Mélanges Abel Lefranc*, Slatkine, 1973 〔1936〕, pp. 26-36)；「年代記作家ジャン・ド・ブリュスタンと白鳥の騎士の未完のヴァージョン」(Le Chroniqueur Jean de Brusthem et sa version inédite de la légende du Chevalier au Cygne, in *Revue belge de Philologie et d'Histoire*, t. 18 〔1939〕, pp. 19-42)。

20) もうひとつ例を重ねると，《昔は騎士〔chevaliers〕は戦車に乗って戦った》なる文章で始まる一節を参照〔I. 304〕。そこでルメールは 20 行弱を費やし，古代の戦車戦の有り様を紹介する。

21) ルメールのアナクロニスムについてもっともまとまった調査は，ドゥートルポン，『ジャン・ルメール・ド・ベルジュとルネサンス』, p. 253 以降ではないかと思う。

22) ジョドーニュ，『ジャン・ルメール・ド・ベルジュ』, p. 428 を参照。

23) 喩的解釈法とモラル的〈真理〉とのつながりの歴史をドゥートルポンはこう表現した《いく世紀もまえから，異教のおとぎばなしのヴェールの下に深く優れた道徳的真理が身を隠しているという考えが広まっている》(ドゥートルポン，『ジャン・ルメール・ド・ベルジュとルネサンス』, p. 183)。

24) ジャン・モリネ,『ギリシアの嘆き』,『事績と言葉』第1巻, pp. 9-26 を参照。
25) ジャン・ドトン,『国王ルイ12世に送る勇猛なるヘクトルからの書簡』, アームストロング=ブリトネル（編）,『ジャン・ルメール・ド・ベルジュ　国王よりトロイアのヘクトルにあてたる書簡, ならびに情況詩（1511年—1513年）//ジャン・ドトン　ヘクトルから国王への書簡』(Jean Lemaire de Belges, *Epitre du roy à Hector et autres pièces de circonstances (1511-1513)*//Jean d'Auton, *Epistre d'Hector au roy*, éd. A. Armstrong et J. Britnell, S. T. F. M. 2000) を参照。
26) わたしたちはこの点でアベラールがたとえば,「ジャン・ルメール・ド・ベルジュの『ガリアの顕揚』の構成」p. 236. で展開する説を受け入れている。
27) 使用した版は, ジャン・ブーシェ,『アキタニア年代記　フランス国王と英国王, ナポリ王国とミラノ共和国の事績と武勲　1557年にいたるまで改訂増補された』(Jean Bouchet, *Les Annales d'Aquitaines, Faicts et gestes en sommaires des roys de France et d'Angleterre, et païs de Naples et de Milan : reveues et corrigées jusques en l'an 1557*, E. de Marnef, Poictiers, 1557) である。このわたしたちの手もとの刊本には, ①扉, ②序文すべて, ③ ff. 145, 146, 149, 150 が欠落している。また, f. 189 と f. 190 とが入れ違いになっている。さいわいなことにこれらの欠落箇所は, 中央大学図書館所蔵の「大英図書館所蔵　前-1601年フランス印刷本マイクロフィルム・シリーズ」所収の『アキタニア年代記』1557年版と対照することによって, 補うことができた（この本の巻頭にあげた扉の写真版はこのマイクロフィルムにもとづいている）。またその過程でわたしたちの版が1557年版にまちがいがないことも判明した。なお, ジャン・ブーシェにかんする研究文献では後註32)にあげた2冊がずばぬけているが, その他, 近年刊行された以下の国際学会議事録をあげるべきであろう。ブリトネル=ドーヴォワ（編）,『ジャン・ブーシェ　危険な道をゆく者』(Jennifer Britnell et Nathalie Dauvois〔éd.〕, *Jean Bouchet Traverseur des voies périlleuses〔1476-1557〕*, Honoré Champion, 2003)。
28) 同じく死後に贈る讚辞ではあるが, フランソワ1世へのそれはヒラリウスへのものとは修辞レヴェルで格段の相違を示す。《この優れた国王フランソワにかんしてはその武勲や事績, さらにその人物をよく考察すべきである。かれは賞讚にあたいする。なぜならかれは, 王国の人間として, あるいはそれ以上に, 完成された身体や四肢をもち, うつくしいからだ。かれはさらにもっとも大きくもっとも完璧な精神を有し, それにもまして記憶力をもっている。かれの宮廷にはかれよりも巧みに面白い話をする人間はいない。かれはよきキリスト教徒であり異端者の敵である。また大胆でたくましい。かれは寛大で憐れみぶかく, 憤怒や激怒にまかせてひとを殺させたことはいちどもなく, 高等法院やその他の場所で被告人がただしく受け入れられるよう, つねに望まれていた。かれはおだやかで平和を欲していられた。かれは文芸や学者を愛し, いつも保護し, むくいてきた》〔219 v°-220 r°〕。

第3章　いわゆる「(大)修辞学派」による歴史書3篇　327

29) ただし『アキタニア年代記』に引用される文章（時としてブーシェの手が加わらないとはかぎらないが）には修辞度の高いものもある。たとえば，16 v°紙葉のヒラリウスの書簡，後出（引用—46）でその一部を引いた74 r°紙葉のギヨームの説得，80 r°紙葉での，ルイ・ル・ジューヌに離婚を迫られた王妃アリエノールの嘆きを参照。

30) 底とした版は，ジャン・ブーシェ，スクリーチ（監修），『道徳書簡詩ならびに日常書簡詩』(Jean Bouchet, *Epistres Morales et Familieres du Traverseur*, introduction par J. Béard, Johnson Reprint, 1969) である。この書簡詩集は二巻の『道徳書簡詩』と一巻の『日常書簡』から成りそれぞれページ付与が異なっている。そこで『道徳書簡詩』第1巻には〔I EpM.〕，同第2巻には〔II EpM.〕，『日常書簡』には〔EpFam〕の略号を用いることとする。わたしたちの版は1545年版のリプリントだが，残念ながら〔I EpM.〕の f. 13 v°紙葉が欠け，代わりに f. 14 r°紙葉が2度あらわれる。スクリーチ監修本らしからぬミスなのか，（余りありそうにないが）元本のミス・プリントなのか判らない。ブリトネルは，特殊なケースではあるが，『道徳書簡詩ならびに日常書簡詩』をあらわしたブーシェの，文学的立場に照明を当てた。「ジャン・ブーシェとルーアンの詩人たち」(J. Britnell, Jean Bouchet et les poètes rouennais, in Jean-Claude Arnould et alii (éd.), *Première poésie française de la Renaissance*, Champion, 2003) を参照。またブリトネルは「ジャン・ブーシェの著作における宗教的教訓」(Jennifer Britnell, Religious instruction in the work of Jean Bouchet, in Andrew Pettegree, Paul Nelles and Philip Conner〔ed.〕, *The Sixteenth-Century French Religious Book*, Ashgate, 2001, pp. 83-95) でも簡単に『道徳書簡詩ならびに日常書簡詩』に触れている。ブーシェの作品はなかなか入手しがたいが，『地上の教会の嘆き』の批評版 (Jean Bouchet, *La Déploration de l'église Militante*, éd. Jennifer Britnell, Droz, 1991) と『名声の寺院』のそれ (Jean Bouchet, *Le Temple de Bonne Renommee*, ed. Giovanna Bellati, Vita e Pensiero, 1992) が20世紀の暮れ方に上梓されたのはうれしい。また現在アドリアン・アームストロングが主幹となり，ジャン・ブーシェの『全集』が刊行され始めた。おそらく息の長い仕事となるであろうが，率直によろこびたい。Jean Bouchet, *Œuvres complètes*, Edition critiques par Adrian Armstrong, Champion, 2006-.

31) 底とした版は，ジャン・ブーシェ，プティト（編），『非のうちどころなき騎士の讃辞，もしくはラ・トレミユの覚書（コレクシオン・プティト所収）』(Jean Bouchet, *Le Panegyric du chevallier sans reproche, ou Memoires de La Tremoille*, in Collection Petitot, 1ère série, t. 14, 1820, pp. 335-556) である。その他，コレクシオン・キュシェ (t. 14, 1786, pp. 101-302)，コレクシオン・ミショー゠プジュラ版 (1ère série, t. 4, 1866, pp. 407-478)，コレクシオン・パンテオン・リテレール版 (Phlippe de Commines, etc., 1836, pp. 726-807) の解説も参考にした。本文で述べ

たとおり，16世紀の初版本以外はすべて省略箇所を有するようだが，上記3者にかんしては，いずれも大差ない，との印象がある。プティト版を底としたのは偏にその使いやすさのためである。略号は〔Pan.〕を用いる。

32)　《この素晴らしい法院におられた
　　　アキタニアの奥方の国を除いて〔各国の奥方は歴史を書かせた〕。
　　　奥方は大きな声で訴え始めた，
　　　かのじょの気高きいさおしをまったく無視して
　　　その歴史を綴ろうとしない者たちのことを。
　　　そして溜め息とむなしく響く叫びをもらし，
　　　その場にいあわせた現代のもの書きである
　　　弁舌家に，仕事にとりかかるよう懇願した，
　　　そしてかれらのだれかが仕事にとりかかって
　　　ご自身の子供たちがうまく責務を果たさなかった，
　　　その見事な歴史を蒐集することを。
　　　〔……〕
　　　突然わたしは空中に目に美しいさまざまな色彩に
　　　いろどられた羽根がはえた
　　　ひとが飛んでいるのを目の当たりにした。
　　　あたまには兜をかぶり，
　　　手には鞭，人々から遠く離れた
　　　わたしのまえに立ったのだ。わたしがいたのは何か強いられるのを
　　　懸念し，恐れから，引っ込んでいたところだった。
　　　わたしはかれの名前がメルクリウスだとよくわかった。
　　　〔……〕
　　　それからメルクリウスがわたしにいうことには「今後，
　　　至高なる能力によってわたしがなんじを助け，その手で
　　　ささやかな論文を書かせ，多くの場所で読まれるように
　　　するのが確かなことだと知らないのか。
　　　〔……〕
　　　そんなわけでわたしはどのような筆〔＝言語〕を使えばいいかわからなかった。
　　　失敗したり間違えたりするのをとても強く恐れていたのだ。
　　　でも非常に巧みに観察したので，
　　　ひとつ〔の言語〕をとって廷臣風に書くために
　　　整えた。かくしてわが筆はラテン語のものではない。
　　　そんな具合にメルクリウス神に約束し，

第3章　いわゆる「(大)修辞学派」による歴史書3篇　329

宮廷の言葉ではなく粗野な言葉で
『アキタニアの年代記』を
記すことにした。そして重要なことを
世に受け入れられている書物と，
それ以後わたしが発見した古文書によって見出すだろうと約束したのだ。
それらの本のためわたしは長年にわたり苦労し，
いく晩も寝ることを禁じられ，おもうに
印刷工に由来する歳月日時の
間違いや誤りを計算した。それらの間違いは
往々にして，演説者のものでもある。かれらは崇高なことがらに
美しい文体を用い，真理よりもそちらに
知恵を傾ける。そのため往々咎められるのだ。
そのような次第で古の地図によって
また，いくつかの修道院の古文書や
町々の，同じくいろいろな大学の
古文書庫によって真理をたずねたのだ。

〔Fort des païs de madame Aquitaine,
　Laquelle estoit a ce beau parlement :
　Et commenca se complaindre haultement
　De ceux lesquels ne tindrent jamais compte
　De ses haux faicts, faire histoire ne compte :
　En suppliant, en souspirs et cris vains,
　Aux orateurs modernes escrivains,
　Illec presens, mettre la main a l'œuvre
　Et que quelcun d'iceux besoigne et œuvre
　A recuiellir ses grants antiquites,
　Ou ses enfans se sont mal acquites.
〔...〕
　Et tout soubdain je vy voler par lair
　Un personage, aiant aux pieds des ailes,
　Pour leurs couleurs diverses, à moy belles.
　Dessus sa teste il portoit un armet,
　La verge au poings, et devant moy se met
　Fors loing de gens, en coing ou pour craincte
　Je m'estois mis, doubtant quelque contraincte.
　Je cogneu bien que Mercure avoit nom :

〔...〕
Puis il me dist, Scais tu pas pour certain,
Que despieca, par pouvoir souverain,
Je t'ay conduict, et ta main pour escrire
Petis traictés, qu'en plusieur lieux faicts lire :
〔...〕
Parquoy ne sceu desquelles plumes prendre,
Doubtant tresfort de faillir ou mesprendre :
Et toutes fois si tresbien y veilleray,
Qu'une j'en prins laquelle je tailleray,
Pour en escrire en forme palatine,
Aussi n'estoit la plume pas Latine,
Et si promis au Dieu Mercurial
Qu'en gros langaige, et non pas curial,
Redigerois par escript les Annales
De l'Aquitaine, et choses masgistrales
Que trouverois par Livres approuvés,
Et vieils Papiers, que j'ay depuis trouvés,
Où j'ay prins peine en diverses années,
Et plusieurs nuicts, du dormir condamnées,
Pour calculer les faultes et erreurs
Des ans et jours, venans des Imprimeurs,
Comme je croy, et souvent par la faulte
Des Orateurs, lesquels en chose haulte
Et style beau, mettent plus leurs esprits
Qu'en verité, dont souvent sont repris.
Et si ay quis par anciennes cartes
Le verité, voire par les pancartes
D'aulcuns monstiers, et tresors des Cités,
Semblablement des Univesités〕》

このくだりは Auguste Hamon, *Un grand Rhétoriqueur poitevin, Jean Bouchet*, Slatkine, 1970 (1901), pp. 190-191 ; Jennifer Britnell, *Jean Bouchet*, Edinburgh U. P., 1986, p. 51 でも引かれている。なお、ブーシェにかんする雑誌論文等で入手できたものはごくわずかであり、しかも『アキタニア年代記』をまとめて論じた文献はその中になかったので、後出の註で触れる研究以外の言及はさけさせていただく。

33) ただし、翻訳で見るかぎりヘロドトス自身はこの伝承を怪しんでいた模様だ。ヘ

第 3 章　いわゆる「(大)修辞学派」による歴史書 3 篇　331

ラクレス伝説を紹介したあとでかれは，《が，さらにこれらのほかに次のような伝説もあり，私自身はこの物語を最も信じたい気持がする》(ヘロドトス，『歴史』(中)，青木巌氏訳，創元文庫，1953, p. 121) といった。ちなみにピエール・サリアが 1575 年に仏訳した，ヘロドトスの『歴史』の現代語アレンジ本では，当該個所は《 Mais il y a un autre propos, auquel j'accorde grandement 》〔*Histoires d'Hérodote*, traduction de Pierre Saliat revue sur l'édition de 1575, avec corrections (...) par Eugène Talbot, Henri Plon, 1864, p. 288〕とある。

34)　「ドラマ化」の例として，ルイ・ル・デボネールが息たちの軍門に下る箇所をあげても宜いだろう。全文を引用できないのが残念だが，物語のあいだに挿入されたブーシェの修辞的な感想を引くにとどめる。《涙で紙をぬらさずにこうした憐れなできごとを書きとめることは，わたしには難しい。なぜなら父は腰を低くして子供のところに赴き，その意志のままに身をまかせた。その大いなる信仰と善行のかずかずをおもい起こせばそうと信じられるが，かれは神から愛されていた。かれの子供たちといえば，傲岸で，野心的，独立心がつよく，自らを高め，民衆のみならず，教皇や大多数の司教から支持されている。これについて，ダビデとアブサロムの対立に相似しているということ以外，わたしたちには何がいえよう。神はかれの従順さや謙虚さを，ダビデをためされたように，ためされようとしたのである。神がそうと知らなかったわけではなく，皇帝ルイとその救済という利益それ自体のためであり，かれの後にくる国王や君主，皇帝たちの例となるようにである》。

35)　ル・ボー，前掲書，p. 94 を参照。後述のブシャールの文章については，ブシャール，前掲書，第 1 巻，p. 314 以降を参照。

36)　この間の事情にかんしては，アモン，前掲書，p. 23 以降；ピコ＝ピアジェ，「アントワーヌ・ヴェラールのペテン」(E. Picot et A. Piaget, Une Supercherie d'Antoine Vérard, in *Romania*, t. 22〔1893〕, pp. 244-260)；ベラティ，「ジャン・ブーシェの《道ゆく狐》研究」(G. Bellati, Etude sur les "Regnars traversant" de Jean Bouchet, in *Les Grands Rhétoriqueurs, Actes du Ve colloque*, pp. 125-152) を参照。

37)　底とした版については，本書第 1 部第 2 章註 42) を参照。

38)　コレクシオン・ミショー＝プジュラ，『名高きベルトラン・デュ・ゲクランの生涯についての〔……〕14 世紀の古記録』(*Anciens Mémoires du XIVe siècle 〔...〕de la vie du fameux Bertrand du Guesclin*, nouvellement traduits par le sieur Le Febvre, in Collection Michaud, 1ère série, t. I), p. 437 以降を参照。

39)　参考のため，以下に「エピローグ」の全文を写しておく。

《 Epilogue de la Premiere partie.
En la Premiere partie, verrons la description de toute la Gaule d'Aquitaine. Comme elle fut conquise et possedée par les Empereurs Romains, jusques au temps de Valentinian et Valens. L'origine des Poictevins. L'antiquité de la cité de Poictiers.

332　第Ⅰ部　境界の歴史家たち

L'origine de l'erreur Ariane, La vie et miracles de monsieur sainct Hilaire, autresfois Evesque dudict Poictiers.

« De la Seconde partie.

En la Seconde verrons le nombre des Roys d'Aquitaine : et comme les Visigots la conquirent sur les Romains, et les Francois sur les Visigots. Aussi comme aucuns Roys de France, par pusilanimité, la laisserent posseder aux Gascons, et autres : et depuis fut conquise par Charles Martel, et tenue par les Francois, jusques a Charles le Chaulve vingt sixiesme Roy de France : et des faicts et gestes de ses predecesseurs, depuis Pharamond.

« De la Tierce partie.

En la Tierce partie verrons comme le Royaume d'Aquitaine fut supprimé et mis en Duché : et qui en ont esté les Ducs jusques au Roy sainct Loys. Ensemble des faicts et gestes des Francois et Anglois : et des guerres qu'ils eurent ensemble pour ledict païs d'Aquitaine, jusques au temps dudict Roy sainct Loys.

« De la Quarte partie.

En la quarte et derniere partie (qui est aussi grande que toutes les trois autre ensemble) verrons comme le Roy sainct Loys, quatorziesme duc d'Aquitaine, supprima ledict duché, et separa le duché de Guienne qu'il bailla aux Anglois, des comtés de Tholoze, d'Armignac, de Poictou, et de Touraine. Combien de temps lesdicts Anglois ont tenu ledict duché de Guienne, et aussi ledict comté de Poictou : et de tous les faicts et gestes des Roys de France et d'Angleterre, jusques en l'an Mil cinq cens cinquante et sept. »

40)　ジロー゠ユング,『フランス文学　第3巻　ルネサンスⅠ』(Yves Giraud et Marc-René Jung, *Littérature française, t. 3, La Renaissance I*, Arthaud, 1972) p. 297 (g).

41)　余り意味のないことかも知れないけれど，エルネスト・ラヴィッス(編)，ルモニエ,『フランス史』「第5巻　オーストリア家に対する闘い//アンリ2世治下のフランス」(Ernest Lavisse〔éd.〕, *Histoire de France*, t. 5, H. Lemonnier, *La Lutte contre la maison d'Autriche//La France sous Henri II*, Hachette, 1911) から二人の君主の評価を引いておく。ブーシェのそれをいささか相対化しうるだろう。《カロルス5世はヨーロッパの舞台から姿を消した。フランソワ1世が部分的にせよカロルス5世に対して成功をおさめた一方で，カロルス5世はそのすべての企てにおいて失敗した。けれどもフランソワの政策がほころび，一貫してさえいないように見えるのと同じくらいかれの政策はひとつであり，同じくらい論理的であるようにおもわれる。//オーストリアとフランドルの君主にして，スペインの国王，皇帝にして真摯なカトリック教徒であるカロルス5世が，フランスに対してブルゴーニュ問題をとりあげ，

イタリアでフランソワ1世と戦闘を交わし，トルコ人と，ドイツ諸侯と，ルター派とたたかったのは当然であった。逆にフランソワ1世はカトリック教徒であるのに改革派を支持し，トルコ人と同盟した。絶対君主として〔高橋註：この点には大いに異論がある〕皇帝の権威に対するドイツ人の抵抗を厚遇し，イタリアにおいては，フランスにかんしては主張している国民の独立の原則を攻撃する。//しかしカロルス5世は，共通の危機がフランソワ1世の周囲に集めていたあらゆる種類の利益をおびやかしていた。そしてかれの思想は，時代遅れであり国家と個人の権利を侵害していたため，おそらく実現不可能なものであった。フランソワ1世は，逆に，ほとんど意に反して，近代的な理念の代弁者であった。カロルス5世において偉大であったのは，その知性の価値であり，その確信の誠実さであった。かれは勝利を収めるにほとんどあたいした。しかしかれが成功していたら嘆くべきことになっていたろう》〔160〕。もちろんルモニエの見解自体も歴史的文脈に戻されるべきではあろうが。

42) 長いあいだ，フィリップ・ド・コミーヌ，カルメット゠デュルヴィル（編），『回想録』(Philippe de Commynes, *Mémoires*, éd J. Calmette et G. Durville, 3 vols., Champion, 1924-1925) が基本的な底本とみなされてきたが，近年それに匹敵するかもしれない版がときをへだてず，2篇上梓された。Philippe de Commynes, *Mémoires*, présenté par Philippe de Contamine, Imprimerie Nationale, 1994 ; Philippe de Commynes, *Mémoires*, éd. Joël Blanchard, Le Livre de Poche, 2001.

43) ラ・トレムイユ家にかんしては種々の調査があるようだが，わたしたちは，ウェリー，「ルネサンス期におけるラ・トレムイユ家」(W. A. Weary, La maison de la Trémoille pendant la Renaissance, in *La France de la fin du XVe siècle*, éd. Chevalier et Contamine, C. N. R. S., 1985, pp. 197-212) しか知らない。専門家のご教示を仰ぎたい。

第 II 部
首都の説教者

第 1 章

忘れられた宗教者
ドレをめぐる断章

1．ラブレーの異本文

　渡辺一夫氏訳『パンタグリュエル物語』の第22章「パニュルジュが少しも靡(なび)いてくれないパリの貴婦人に悪戯(いたずら)をしたこと」のほぼ末尾に，つぎの一文がある。

　《例の婦人が我が家にはいり，すぐに扉を閉めると，半里も先からありとあらゆる犬が馳せつけてきて，戸口にじゃあじゃあ尿を垂れ流し，とうとうそのために家鴨も悠々と泳げそうな尿(いばり)の川ができてしまったが，この川が現在サン・ヴィクトール寺院内を流れているのであり，ゴブラン殿は，この犬尿(いばり)の独特な力のお蔭で，この川水で臙脂布を染めあげているのであって，これは昔我が雲虎先生〔ケルキュ先生〕が満天下に御説教になった通りである》[1]（〔　〕は渡辺氏訳）

　この文章の後半は1534年発行の，リヨンはフランソワ・ジュスト版以降の付加であることが渡辺一夫氏の研究から知られており，この版と1537年の同じ出版社，フランソワ・ジュスト版では，《ケルキュ先生〔Maistre Quercu〕》とあるものが，刊行年度を同じくする1537年の，推定ドニ・ジャノ（Denys Janot）版（パリ）では，《オリブス先生〔Maistre d'Oribus〕》に変更されている。なぜこのような変更がなされたのだろうか。この問いを自らに課した渡辺一夫氏

338 第Ⅱ部 首都の説教者

はその学位論文でこう語っている。

《H版〔すなわち1534年本〕の de Quercu はそれ自體 cul を思はせる名前であるが，既に *Chapitre VII* の Saint-Victor 圖書館の架空書目録中の著書名として用ひられた Quebecu と同一人物であり，別名を Duchesne といふ Sorbonne 神學部の神學者を指す。この Quercu（Quebecu）（Duchesne）は，有名な反ユマニスム陣營の闘將 Noël Béda（Bédier）の部下として，活躍しただけに，"犬の尿の川の功徳" に關する著書の作者として，Rabelais がこの Quercu の名を用ひ，これを愚弄した理由は極めてよく判る。またH版に於けるかくの如き補加も當然と言つてよい。しかし，所謂形勢が險惡になつてきた1537年後期にあつては，この名前は，いかにも目觸りになるし，危險なものにもなる。そこで，K版〔すなわち1537年の Denys Janot（？）本〕では Maistre d'Oribus としたのであらうが，Oribus は Rabelais が度々用ひる poudre *d'oribus*（黄色糞藥）といふ語を直接想起せしめ，ただ戲笑的な無害な名稱になつてしまふことになる。しかし，S・E・R協會の學者は，實はこの汚ならしい名稱の下に，1536年頃活躍した異端告發者のドミニコ派の僧 Mathieu Ory（Orry）を諷してゐるのではないかとも説いてゐる。この説の當否は別に探究されねばならぬが，もしかくの如き暗喩があるとすれば，刻々と韜晦的になつてゆく Rabelais の傾向とも合致する異本文例として注目してよいと信ずる》[2]（割註〔 〕はわたしたち）

「ド・ケルキュ」から「ドリブス」への変更には，かくて2種類の原因が考えられる。ひとつに，「ケルキュ」は歴史的・現実的に指示対象を有する（つまりデュシェーヌのこと）が，「オリブス」は民衆的な想像力の世界にそれを有する（つまり「黄色糞藥」，もしくは後で触れる「中世茶番劇中の人物」）と考え，「ケルキュ」の名前を挑発的にしるしたために，「ケルキュ」が代表する側から注がれた眼差しを，ずらせる目的をゆだねられたと想定するもの。そしてひとつに，「オリブス」は民衆的な想像力の世界と重複して，歴史的・現実

的な指示対象をももち，元来の指示対象（つまりデュシェーヌ）からの威嚇的な視線をそらせつつ，新たな対象に，不確定的に向けなおすというもの。この時，新たな指示対象（すなわち渡辺氏によれば，マチウ・オリー）は，己れに生ずる事態——風刺の的となっているという——に半信半疑でありながら，二重に，すなわち現実的存在から想像的存在へ，また権威者から最下位の存在へとおとしめられるのを黙認せざるをえなくなる。渡辺氏は，1973年版の翻訳（岩波文庫）の注で，ソーニエの批評版にもとづき，学位論文での同定に加えて，さらに《中世茶番劇中の人物》たる可能性も説いている[3]。

「中世茶番劇」，すなわちソチ〔soties〕の登場人物というのは，1935年に『トレプレル滑稽演劇集・ソチ篇』を編纂・上梓したウジェニー・ドローが言及しているピエール・オリブス師〔Maistre Pierre Oribus〕のことで，この在野の研究者は，ピエール・オリブスの名を冠されたソチの制作年代を16世紀初頭に推定し，ラブレーのドリブス師にはいかなる現存する人物の影も見出してはならず，文学史的な，もしくは民衆文化史的な——わたしたちの言葉では「表現史」的な——背景を見るべきである，とソルボンヌの学者たちの時代錯誤を厳しく批判した[4]。ウジェニー・ドローの中世文学への造詣の深さと舌鋒の鋭さにもかかわらず，ソチの『ピエール・オリブス師』と『パンタグリュエル』の一挿話との影響関係を求めようとの傾向は，なぜかラブレー研究者にはあまり認められない。出典にまつわる説のひとつとして言及するヴェルダン・ソーニエや渡辺一夫氏は，むしろ例外といってよい。ファクシミレ版『トレプレル滑稽演劇集』（1966年）でソチやファルスを楽しんだ若き日をなつかしむラブレーの姿を描いてみせたドローの考証[5]には惹かれるものがあるが，そうじてラブレーの作品にユマニスムの屈折した思想を見ようとする傾向（渡辺氏のいう《韜晦》をおもい出そう）がありすぎるためか，ラブレー学者からの眼差しは冷ややかだ。今後の動向を見守りたい。

さて，はなしを戻すと，渡辺氏は，引用文中で，ラブレーの《韜晦》の点で，第3説に軍配を上げそうな素振りを示しているが，《韜晦》が事実であったなら，ラブレーの戦略は成功したといってよく，オリブスの名は以後一度も変更

されずに『ガルガンチュワ・サーガ』の中に生き残った。

　だが，じつは問題はここから始まる。オリブスが歴史的実在を指すと仮定した場合，それが上述の，マチウ・オリーであることに，現在ではなんの疑念も挟まれていない気配がある。わたしたちが確認した，この件にかんするもっとも新しい言及は，宮下志朗氏の新訳『パンタグリュエル』（ちくま文庫）にあるが，そこでも宮下氏は《わが法学博士ドリブス先生》に註をほどこして《ドミニコ会士で，1536年に「宗教裁判所長官」に任命されたマチュー・オリー Mathieu Ory のことか。オリーはエチエンヌ・ドレの取調べにあたったり，出版の締め付けをおこなったりと，さまざまな局面で名前が出てくる異端審問の元締め》，と語っている[6]。けれどもこれらの現代の注釈は，18世紀から19世紀をつうじ，いや，20世紀のある時期まで，ドリブスの名のもとに，まったく異なるもうひとりの人物が想定される場合が少なくなかった事実を忘れているようにおもえる。その人物こそこの稿で紹介したいピエール・ドレ（Pierre Doré）である。

2．ドリブス同定史

　周知のごとくラブレーの著作の注釈史はすでに16世紀，自註である「第四之書」に付された「難語略解」から始まっていたが，本格的な注解をともなった版は，といえば，18世紀初頭の碩学，ジャコブ・ル・デュシャの出現まで待たねばならなかった[7]。そしてこのル・デュシャ版がドリブスの背後に，マチウ・オリーと並んでピエール・ドレの姿を指摘したのである。ピエール・ドレの略歴については後述するとして，ル・デュシャ以降のドリブス同定史を，判明したかぎりで簡単に追った結果が，この章の補遺に収めた「ドリブス同定表」である。ラブレー学者には笑止とおもわれるような，お寒い調査になってしまったが，以下の総論とともに，参照いただきたい。

　ル・デュシャが「ドリブス＝オリー」より多くの行数を割いた「ドリブス＝ドレ」説は同時代人にかなり広く受け入れられたようだ。ラ・クロワ・デュ・

メーヌおよびアントワーヌ・デュ・ヴェルディエの，それぞれの『フランス文庫』（*Bibliothèque Françoise*）がひとつに合冊され，注を施されて刊行されたのは，ル・デュシャによる『ラブレー著作集』初版出版から60年を経た1772-73年のことだが，ラ・クロワ・デュ・メーヌのドレをめぐる記事に，編集者はル・デュシャのオリー説を捨て，ドレ説のみを受容した解説を付している。

　19世紀初め，エスマンガールとジョアンノーによる，いわゆる『ヴァリオールム版』が世に出た（1823-1826）。この「記念碑的」と形容される版本にもオリーの名前とドレのそれが併記されている。この版と前後しポール・ラクロワ，別名「愛書家ジャコブ」による注釈本も登場したはずだが（1825-1827），この注釈版は，わたしたちの努力不足で，手の届く範囲には見出せなかった。この点にかんしては率直にお詫びしたい。ただしその後，1841年（および1843年，1856年，1857年）にラクロワの名で編集・出版された『ラブレー著作集』では，なんの理由も示さないながら，ドリブスをオリーと断定しているので，おそらく最初のラクロワ版でも，ドレ説は排除されていたのではないかとおもわれる（専門家のご教示をいただければうれしい）。

　しかし，ラクロワの見解も19世紀においてはドレ説の勢いを食い止めることはできなかった。19世紀の代表的な二つの『ラブレー著作集』，つまりエルゼヴィル叢書中の，ジャネ編のものと，マルティ＝ラヴォー編のものとには，ドリブスに関する異本文（要するにケルキュのことだ）の指摘以外の言及は見られないが，一方，ミショー編の『世界人名辞典』やウフェールの『新編世界人名辞典』，そしていわゆる『19世紀ラルース』，あるいはリュドヴィック・ラランヌの『フランス歴史辞典』の，「ピエール・ドレ」の項では，この人物をラブレーの「ドリブス師」のモデルとして紹介している。

　けれども，19世紀末から，ドリブス＝ドレ説に陰りが見え始める。かさねて網羅的な調査には程遠いことを自覚しつついうのだが，1886年にパリで翻訳出版された，コプレー・クリスティの好著『エチエンヌ・ドレ』には，この出版屋の審問にあたったドミニコ会士オリーをラブレーがドリブスの名で呼んだと

の注が認められる。また，20世紀初頭，ドゥメルグも，まさに大著というほか形容しがたい『ジャン・カルヴァン』の第2巻でクリスティの著書を援用して，オリー説の側に立った。

　オリー説に決定的な認知をあたえたのが，多分ラブレー協会（S・E・R）編の『ラブレー著作集』の脚注であったかと思われる。1920（？）年刊のモラン編の『ラブレー著作集』では《語彙と注解》の「ドリブス」の項に，《ある者によれば，ジャコバン会士のP・ドレ，別の者によれば，ドミニコ会士のマチウ・オリー》[8]とあったものが，1922年発行のラブレー協会版『ラブレー著作集』でのプラタールによる注ではドレ説が無視され，オリーと同定する推測だけがしるされた。これ以後ドレとドリブスを重ね合わせる言葉がまったく姿を消したというわけではないにしろ[9]，ラブレー研究の，少なくとも，表舞台に登場することはなくなった。ラブレー協会版からあとの，参照しえたいくつかの版──プラタール，ジュルダ，ブーランジェ，ギルボー，ミシェルその他による──や，この問題に触れた若干の研究書──モロー，ベルリオーズ──にもドレ説はとりあげられていない。ただひとり，ソーニエには奇妙な意見の揺れが見うけられる。上述のとおり，かれは1946年に『パンタグリュエル』の批評版を上梓したが，そこではもっぱらオリー説に従っている。しかし1948年，『ユマニスムとルネサンス文庫』（*Bibliothèque d'Humanisme et Renaissance*）第10巻に掲載した「16世紀における葬送演説」と題する論文では，《多分》と，断定を避けながらも，ドレとドリブスを重ねてしまった[10]。『パンタグリュエル』批評版の増補版ではドレ説に触れていないから，最終的にはこの見解を放棄した模様だが，そこにおちつくにいたった理由は述べなかった。

　それでは，このように20世紀に入って有力になったオリー説への転回は，一体なぜ生じたのだろうか。繰り返しになるが，すべて，あるいは主だった版や注解書を網羅的に調査しえなかったことを前提にして（ひらきなおって，と率直にいった方がよいかも知れない），この転回の原因を考えてみる。するとそこには，オリーを推す肯定的・積極的な理由と，ドレを排する否定的・消極的な理由とがあるようにおもわれる。

第 1 章　忘れられた宗教者ドレをめぐる断章　343

　ドレを排するにあたり，断言以外に明確な理由を告げるのは，近年のダマ＝リムザン・ラモット監修による，『フランス人名辞典』である。手始めにこの辞書や，ミショーの『世界人名辞典』，ウフェールの『新編世界人名辞典』，その他を頼りに，ドレの略歴を紹介してみる。あわせて補遺の「ドレ年表」を参照していただきたい。
　ジャコブ・ドレもしくはピエール・ドレは，15世紀の終わり頃——もっと限定して1500年頃とする本もあるが——オルレアン——これも一説ではブロワ，あるいはアルトワのサン＝ポール（Saint-Pol）——に生まれた。1514年，ドミニコ派修道会に入会，これを機会にジャコブの名前をピエールに改めた。ブロワの修道院で修練期を経たのち，パリに赴き，パリ大学神学部に学び，1532年に学士の資格を獲得，その後神学博士号を授与された。ミショーを信ずるなら（その根拠がどこにあるかわからないが），パリではかれの《気立ての良さが友人の数を増やした》という。学業を終了したドレは，パリのドミニコ会の拠点であるサン＝ジャックの修道院で数年間教授職に就き，さらにシャロン＝シュル＝マルヌのドミニコ派修道会学寮でも教鞭を取り，おそらく1545年にブロワ小修道院院長（prieur），そののちに修道会総会議員となった。ミショーはその活動を，《神の言葉をフランスのさまざまな主要都市で説いた》と説明している。その間に説教師として名をなしたドレは，ギーズ家，なかんずく枢機卿にしてランス大司教クロード・ド・ロレーヌ，その弟でトロワ司教ルイの評価を獲得，これがアンリ2世やその家族に接近する糸口になったらしい。ド・ラ・モノワによると，かれは1550年代，アンリ2世の治世に活躍した。1557年，おそらく一時的聖職禄と思われるが，自分が教団長でもあるラングル司教区の，ヴァル＝デ＝シューの，シトー派修道会修道院院長の地位をえた。しかし晩年にはその職を辞し，パリのサン＝ジャック修道院に隠棲，1569年5月19日に没したという（ただし没年にかんしては，たとえばラランヌやソーニエなどは，1559年を充てている。真偽がわからないので，少数意見ではあるが，一応報告しておく）。
　さて上述の『フランス人名辞典』は，ドリブスをドレと同定しえない理由に，

ラブレーが『パンタグリュエル』をあらわしたころ、ドレがまだ学業を終えていなかったことを指摘している。ラ・クロワ・デュ・メーヌの18世紀の編集者が、《多分、このジャコバン僧の、これほどまでに数多い滑稽な著作が、「我がオリブス先生」の名のもとに、ラブレーがドレを指し示すのを可能にさせたのである》と語るとき、『フランス人名辞典』の著者の言葉は正しいかにおもえる。ドレの著作は、現在知られているかぎり、すべて1537年以降のものであり、ラブレーが1537年に、初めて「オリブス先生」にかかわる異本文を『パンタグリュエル』にとどめた時点で、ただ1冊、リヨンで出版された『天国への道』を読みえた可能性はあるにしても、それ以外の作品を参照することは不可能だったはずである。けれども、この事実は、18世紀以来繰り返されてきた、ドリブス＝ドレ説の**ひとつの根拠**を覆すには充分であっても、それだけでドリブス＝ドレ説を、**完璧**に否定しさるものだろうか。

　ドレが学士号を得たのは1532年だった。そして神学の学士号を有する者はパリ大学神学部から《世界のどこであろうと、神学を教える許可》[11]をあたえられていた。また、神学に限定しなければ、当時一般的に、説教をするために、聖職にあること以外なんの資格制限もなかったらしいことは、研究書（たとえばドゥーセ）[12]によらずとも、数々の記録や短話からうかがえる。ジェイムズ・ファージの力作、『フランス初期宗教改革における正統と革新　パリ大学神学部　1500-1543』を参考にすると、托鉢修道会から派遣されたパリ大学神学部の学生たちは、その宗派が、原則的に金銭の授受を禁止したにもかかわらず、フランドルや英国にさえ赴いて説教をし、学費を稼いでいたらしい[13]。つまり、ドレが著作を刊行する以前に、説教活動をおこなっていなかったとは、断定できないし、またそれがいささか風変わりな、教養ある人々には揶揄したくなるたぐいであり、風の便りであれラブレーの耳にそのことが届いていなかったとも断定できないのだ[14]。

　それでは、ドレ説を追いやったマチウ・オリーとはどのような人物だったのだろうか。ドレの姿を捜すのに役立ったミショーやウフェールには、どういうわけか、該当する項目が見当たらず、さらに残念にも『フランス人名辞典』の

この部分は未完にとどまっている。しかしその異端審問官という特殊な立場から，宗教改革運動や宗教改革者を描いた論考で言及されることもままあり，そうした断片から，この当時の「オリー像」を簡単に作成してみる。

　1492年，ブルターニュに生まれたマチウ・オリーは，ドミニコ派修道会士となった後，パリ大学神学部で博士号を獲得した。オリーの学識は神学部で評価されていたようで，博士号を得て間もなく——かれが博士号を授与されたのが何年であるか，はっきりわからないが，この当時順調に学業を遂行したとして，35歳が，博士の資格のいわば法定最少年限と考えられていたようだ[15]——，1530年，英国王ヘンリー8世が，自分の離婚の是非をこのなだたる神学部に問い質したおり（フランソワ1世は，自身がスペインの虜囚であったとき，ヘンリー8世が多額の身代金を用立ててくれたことでこの英国王の，またスペインに自身の身代わりの形で王子が囚われていることでヘンリー8世が離婚したがっている妻キャサリーン・オヴ・アラゴン〔Catherine of Aragon〕の実家であるスペイン王家の，それぞれ顔を立てねばならず，結局おおやけにしないながらも，ヘンリーに好意的な見解を開陳するよう，神学部に要請したらしい〔Farge, 136〕），この微妙かつ重要な問題の処理を担当する105名の委員の一員に選ばれ，キャサリーンに味方したといわれている〔Farge, 147〕。さらに1534年，《ドイツの宗教的混乱から政治的利益を引き出すべく》ドイツ改革派とフランス・カトリック教会の団結を後援しようと企てたフランソワ1世は，メランヒトンとブッツァーをフランスに招き，パリ大学神学部と討論させようとした〔Farge, 150〕。ファージによるとこの当時，パリ大学神学部とフランス改革派の双方にとって非常に重大な意味を有していたかかる討論の提案をめぐって，パリ大学神学部は，当初12名から成る特別委員会を設置したが，そのメンバーのひとりがオリーだったという。オリーはこの後1536年（一説には1539年）に宗教裁判所長官に，また1538年に教皇赦免司教代理になっている。つまりオリーは，『パンタグリュエル』の問題の異本文が書かれた年代においては，福音主義も含めた改革派運動にとって，若きドレとは比較にならないほど強力な対立者だったということができる。時代は大分くだるが，ヒグマンによると，

1545年のパリ大学神学部の禁書目録の作製にも大きな役割を演じたともされている[16]〔61〕(ただし, オリーがどの程度忌まわしい敵であったか, 正確な評価は難しいところだとおもう。一例として, 酒好きのこの男が, 1534年に, サンセールの町で酒を奢った新教徒を寛大にあつかったとの逸話に触れて, 往々テオドール・ド・ベーズに執筆が帰せられる『改革派教会史』(*Histoire des Eglises réformées*)[17], あるいはドゥメルグの前掲書は, それをオリーの卑しさの例とし, 他方フランス語訳のド・トゥの『世界史』(*Histoire Universelle*) の注釈者たちはむしろゴーロワ的なニュアンスで受け止めているかのごとくである[18]。『グラン・ラルース』の記事はそれ以上にかれに好意的で,《全体として見れば, オリーは穏健な性格を示し, その死後勃発した宗教戦争は, この宗教裁判所長官の, 比べればよりおとなしい方法を懐かしく思わせた》[19]と, しるすほどである。またオリーの名前は16世紀をつうじてよく知られていたようで, 没後35年を経過した1602年発行のエチエンヌ・パスキエ作『イエズス会士の教理問答』にも2度ほど, その名が認められる)[20]。

　ところで問題の異本文にはもうひとりの名前が見え隠れしていた。「オリブス先生」が取って替わった「ケルキュ先生」のことである。通常この「先生」は,《ノエル・ベダの腹心であった〔ギヨーム・〕デュシェーヌ》を指すとみなされている。かれは, 1517年にジャック・ルフェーヴル・デタープルがウルガタ訳『聖書』の改訂に手をつけて以来, 異端追求を開始したといわれているし[21], 1520年に, 修道院の規律改革をめぐる, パリ大学への審査要請にあたって, 大学神学部側での, ある役割を神学博士の資格で果たしている〔Farge, 125〕。1522年にはシトー派修道会学寮の教壇に立ったことも知られている〔*ibid*., 16〕。パリ高等法院と王太后ルイーズ・ド・サヴォワ, および教皇クレメンス7世の合意によって, 1525年に新設された異端審問裁判所の構成メンバー, 特別判事であり, かのルイ・ド・ベルカンの対立者でもあった[22]。とすれば, 「ケルキュ先生」から「オリブス先生」への変更は, もしそこに現実世界への働きかけを認めうるとし, かつドレ説を否定する積極的な根拠が見出せないとすると, 宗教改革運動のおそるべき, けれどもやや歳老いた敵から,

同様に強大な,しかも権力の頂点に昇ったばかりの敵,すなわちオリーに的を移し,これを,民衆的で,スカトロジックな笑いを用いて撃ったのか,それとも未だ新進の,風変わりな説教をする神学者,ドレを撃ったのか,そうしたどちらかの意図を示していそうにおもえる。つまりラブレーは,この時,よりいっそう中心に近く焦点を絞り直したのか,それともあえてやや周辺へと的をずらせたのか,どちらであるか,ということではあるまいか。ラブレーの哄笑の対象にオリーをあたえるか,ドレをあたえるかは,16世紀初期のソチに出典を求める可能性をさしあたり棚上げにしたとして,どうやら,それぞれのラブレー研究者が有するラブレー像にかかっていそうである。しかし,研究者のポリシーはともあれ,ラブレー自身のこれに関する言葉が残されていない以上,可能性としては,〈ドリブス゠ドレ〉の組み合わせもいささかは検討すべきではなかろうかと思われるし,ドレ説を否定するにせよ,頭ごなしにではなく,その根拠をより明確にするのが,この,ベーズの『ブノワ・パサヴァンの手紙』や,デュ・ベレーの諧謔詩にも顔をのぞかせる[23],時代の中ではけっして無名ではなかった説教師への礼儀であるともおもわれる。わたしたちは以下に,ドレの文章をつうじて,この人物のものの考え方や,表現の仕方を少しく紹介しておくべきかと考えた。

3．ドレ：「親しみやすさ」

ドレの著作のタイトルがユニークであるとは往々指摘されるところである。それはわたしたち現代人にとってもそうだし,ドレの同時代人にとってもそうだった。それではそうしたユニークなタイトルの許に書かれたドレの著作の内容は,どのようなものだったのだろうか。原著がわたしたちの手を離れた場所にあり――大英美術館（大英図書館）のカタログやナショナル・ユニオン・カタログには,それぞれ4点から5点しかしるされていないし,地元であるフランス国立図書館も全著書を収めるには程遠い状態だ――,まとまったドレ論がほとんどない中で[24],実際にドレの原文を読んだとおもえる人々の意見を聞

いてみる。先に名前をあげたファージは，ドレの書物の多くを《敬神的な著作》〔Farge, 102〕とか，《宗教心にもとづく著作》〔id. 103〕と呼んでいる。一方，ドレの初期作品2点およびその他に眼を通したらしいジェニファー・ブリトネルは，その中に，改革派への《カウンター・プロパガンダ》[25]の性格を見出す。けれど，ファージやブリトネルがあげるドレの著作の特徴は，必ずしも対立するものではなく，きわめて論争的であったろう『反カルヴァン論』のたぐいを別にすれば，ルニアンの言のごとく，こうした——つまりファージの告げるような——《神秘的で純粋な信仰心の簡単な手引書》が《おそらく〔カルヴァンの〕『キリスト教綱要』や『聖遺物論』，〔ベーズの〕『ブノワ・パサヴァンの手紙』，〔ヴィレの〕『教皇の魔術』に対するささやかな予防手段だった》[26]ともおもわれる。そしてこの二つの特徴を並立させえたのが，ドレのもっていた啓蒙意識であったとおもわれる。

　G・グラントが編集した『フランス文芸辞典　16世紀篇 (*Dictionnaire des Lettres françaises : Le 16e siècle*)』は，《ドレは，効果的にカルヴィニストと闘うには，フランス語で書く必要があることを理解し，また，執筆した最初のひとりであった》[27]と語っている。ブリトネルの知人らしいヒグマンも，世俗の人間のために，フランス語で改革派と対決しようとした，カトリック・サイドの宗教文学者の例にドレを引いている[28]。単にフランス語を用いればすむ，とはドレは考えなかった。ラテン語を知らぬ非知識人の，底辺のより深い地点まで，己れの言葉を伝えるにはどうすればよいか。すでになんどもわたしたちが頼った『フランス人名辞典』は，三十数編に達するかれの著作の成功を，《その親しみやすさと精神性》に求めている。しかし，それでは，その「親しみやすさ」や「精神性」とは，実際の作品の中で，具体的にどのような形であらわれるのか。「カウンター・プロパガンダ」の役割はどう果たされるのか。わたしたちは，読むことができた——ただしラテン語の部分を除いて，だが——ゆいいつのドレの書物に，そうした問い——「精神性」の微妙な問題は手に余りそうなので，とくに「親しみやすさ」を中心に据えて——への答えを捜してみたいと考える。神学的な，あるいは，宗教改革をはじめとする歴史

にかかわる知識がおよそ欠落しているものの，この1冊の著作だけを素材としたはなはだ散漫な読後感にもとづく発言であると，お断りしておき，前もってお許しをねがいながら，ではあるが。

4．『新しい遺言』の執筆年代

さてわたしたちがこれから紹介しようと思うのは，『愛についての，我等が父なるイエス・キリストの，新しい遺言』（*Le Nouveau Testament d'Amour, de nostre Pere Jesuchrist*）である。口絵に扉を複写したのでご覧いただきたい。タイトルを全訳してみると，『愛についての，我等が父なるイエス・キリストの，その血で署名された新しい遺言　あるいは，聖餐の後でなされた，キリストの最後の説教と受難，その中でいくつもの異端の説が反駁される』とでもなろうか。以後，簡単に『新しい遺言』と呼ぶことにする。初版は1550年の刊行のようだが，わたしたちの手もとのものは，1557年の再版であり[29]，異本文の調査はおこなえなかった。多くの16世紀の作家が，版を改めるたびに文章を書き換え，書き継ぎしたわけだが，ドレがこの本にどれだけ手を加えたかには疑念が残る。初版本とさほど変更がないのではないか，という印象がある。本論とはあまり関係のないことがらになるが，いわゆる「史実」の確認の難しさを痛感した点でもあり，まずここから始めたい。

『新しい遺言』の巻頭に，「允許状」に続いて――この「允許状」に日付は見られない――時の王妃カトリーヌ・ド・メディシスに宛てた一種の「序文」が載っている。この中に，この「序文」の執筆年度を推測させる箇所が二つある。まずドレは，「序文」での中心的な話題のひとつとして，《過ぎし年》の，アンリ2世による，ブーローニュ゠シュル゠メール（Boulogne-sur-Mer）でのイギリス軍との戦闘および勝利に言及している。確かに1549年から1550年にかけて起こったこの戦闘は，君臨し始めたアンリの武勲を示す大事な要素であるし，「アンリ2世史」を語るうえで見過ごせない史実なのだが，もし再版時に，「序文」に加筆を施していたら，1557年までには，同じく讃えるべき，しかもより

新しい事績があったわけだから，そちらの方に筆を割いた，少なくとも沈黙はしなかったとおもえる。もうひとつ，ドレは王家の繁栄を祈りながら，《王太子殿下，オルレアン公閣下，アングレーム公閣下》の名をあげている。1550年の時点で，それぞれ対応するのは，王太子に，後のフランソワ2世，オルレアン公に，ルイ・ドルレアン（ラブレーが『模擬戦記』(la Sciomachie) を誕生記念に作製した，あのルイのことだ），そして，アングレーム公に，後のシャルル9世が対応する。これに対し，1557年での対応を探ってみると，王太子はかわりなくフランソワだが，ルイはすでに亡く，シャルルが，オルレアン公爵位を継ぎ，同様に1551年生まれの，つまり1550年には言及しようがなかった，のちのアンリ3世がアングレーム公となっている。これだけでは，この箇所の執筆年代を限定しえないように見えるかも知れない。けれども，1557年を「序文」の作成・加筆年代に想定してみると，欠けている人物がひとりいることに気がつくだろう。のちのフランソワ・ダランソン（もしくはダンジュー）は1554年の出生だから，かりにドレが1557年にカトリーヌの息たちにいい及んでいるとすれば，当然この5番目の男の子にも触れるはずではあるまいか。この点でも再版出版時で「序文」に手は加えられていない，という判断が成立しそうにおもえる。そして，1550年の「序文」に加筆がなく，また別の，異なる「序文」が新たに添えられたのでもないことを考えあわせると，ドレの側に，自分の著述を改訂するという意識が薄かったのではないか，との印象がえられることになる。もちろんこれは推測，いやそれ以上の想像であって，「序文」と本論とは別物であり，「序文」でさえ，本来はきちんと1550年本との対照をして，結論づけるものであろう。ただ現在のわたしたちに，そうした作業をおこなう余力がなく，暫定的に以上のような印象を前提に，論を進めていきたいと考える。

　「序文」が1550年に書かれたとして，その時期をもう少し限定してみよう。ブーローニュ゠シュル゠メールでのアンリ2世の勝利の結果，イギリス軍とのあいだに和平条約が締結されたのは，1550年3月だった。またこの年の復活祭は4月6日であった。いうまでもなく，1564年のルシヨン勅令で，1年の始ま

りが公式に 1 月 1 日と定められるまでは，フランス各地でさまざまな日付を年度の開始にあてており，パリのそれは多くの地方と同じく復活祭だったから，「序文」の起草を 4 月 6 日以降とすると，先の《過ぎし年》という表現とも合致する。起草の日時をさらに遅らせることもできる。なぜなら文中で《アングレーム公》と呼ばれるシャルル 9 世が誕生したのが 6 月 27 日だからである。したがって「序文」の起草はもっとも早くてこの日以後となるはずだ。これに対し，もっとも遅い日付を求めるためには，ルイ・ドルレアンがいつ死んだかが焦点になる。ところがこれが難問で，ルイの死亡日時が手もとの資料からではよくわからない。ジャン・オリウーの評伝『カトリーヌ・ド・メディシス』(*Catherine de Médicis*) は，ルイの誕生を 1549 年 2 月 3 日，死亡を同年の 10 月とする[30]。この生誕の日付は大抵の文献で一致し，たとえば，ゴドフロワ父子の『フランス礼式典』(*Le Ceremonial françois*) (1649 年版) に引用される公式記録でも確認できる[31]——先ほど述べた事情で 2 月 3 日は 1548 年あつかいとなっていることを前提として，ではあるが——。

　ここで余談になるが，わたしたちがラブレーの引用からこの章を始めたことでもあり，『模擬戦記』の冒頭の文章に触れることをお許しいただきたい。ラブレーはそこで《1549 年 2 月 3 日午前 3 時から 4 時にかけて，サン゠ジェルマン゠アン゠レーのお城にて，キリスト教の信仰篤きフランス国王アンリ・ド・ヴァロワ 2 世と，その貞淑な奥方，名高きカトリーヌ・ド・メディシスの次男君，オルレアン公が誕生された》と記している。しかしこの時点で，先に述べたルシヨン勅令はもちろん発布されておらず，この年の復活祭は 4 月 21 日だったから，ラブレーが，1 年を復活祭から数える習慣をもっていたなら，ルイ・ドルレアンの誕生は 1550 年の 2 月になる。そしてその点を考慮して旧版プレイヤード叢書『ラブレー著作集』の編者は，わざわざルイの誕生をこの年にあてる注をほどこしている[32]。しかしこれはまずありえない。なぜなら，1549 年リヨンでの『模擬戦記』の出版が知られているからだ。つまりラブレーは，この文章を書いた時点で，復活祭を年始とする暦法を採用していなかったことになる。ルシヨン勅令以前でもみながみな，古い暦法を採用していたのではない，

ひとつの例と考えるべきであろうか。それともラブレーが滞在していたローマの地（クリスマスを年始としていたようだ）や，出版されたリヨンの地が関係しているのだろうか。あるいはその執筆時期や執筆方法の影響があるのだろうか。ちなみにルイの洗礼は5月21日とされ，『模擬戦記』ではその洗礼名を空白にして出版されたらしい。またこの本には種本が存するとも指摘されている。調べがおぼつかない，ささやかな疑念として書きとめておく。

　さて，話を戻そう。ルイの生誕の日付はほぼ承認されるとして，死亡日についてのオリウーの記述にはかなりの数の反論が見うけられる。イヴァン・クルーラス著の『アンリ2世』は死亡日時を1550年10月24日，マントにて，と定めているし〔294〕[33]，マイケル・スクリーチの『ラブレー』の年譜も死亡日を同じ日にとっている。昔の資料では，ド・トゥの『世界史』が《3歳に達するまえに亡くなった》〔t. I, 494〕とし，ジャン・デュ・ティエ（二人の同名の兄弟のうち次男）の『フランス国王簡略史』（1580年版）では，1550年の《11月にサン＝ジェルマン＝アン＝レーで亡くなられた》〔113 r°〕[34]としている。またブラントームも1550年をそれにあてている〔t. V, 292〕。

　脱線ばかりで恐縮だが，ことのついでにまたひとつ余談を挟むと，ラランヌ編，『ブラントーム全集』の注はルイを1548年2月3日に誕生させ，メリメ編，『ブラントーム全集』の注はルイが長男だとしている。ルイがいかに影の薄い存在であるかの例示とおもえる。

　それはともあれわたしたちが，『新しい遺言』の「序文」が1550年に書かれたとの前提に立つと，この時三人の王子は健在であったわけだから，オリウー説は捨てざるをえなくなる。オリウー説を受け入れれば，1550年の時点で，王子が二人だけとなるからだ。わたしたちの側では，ルイ・ドルレアンの死がその年の10月，もしくは11月に突然訪れたものと考えたい。つまり「序文」の執筆時期は遅くともそれ以前となる。およそ役に立たない，考証の真似ごとにすぎないだろうが，作品と時代との渡りをつけたくて，綴ってみた。古文書館で調べればすぐとわかる（かも知れない——と留保するのは，オリウーは別として，本格的な歴史家であるメリメやラランヌがあたらなかったはずはない，と

第1章　忘れられた宗教者ドレをめぐる断章　353

おもうからだ）はなはだもろい考証だが，一応『新しい遺言』の製作年代を1550年以前としておきたいとおもう。

　もう少し「序文」から拾ってみたい文章がある。というのもその中に，ドレがはっきりと『新しい遺言』製作の動機を語る箇所があるからだ。ドレは二つの理由をあげる。ひとつには，《宮廷でもそれ以外でも，たくさんの人々が，聖なる書物を打ち棄て，手のこんだ偽りに満ちた，物語や世俗の歴史本のたぐいの，内容がなく，作りごとである，あるいはまた，煽情的な本を読みふける》のを見て，《高貴な精神がみな，しっかりしたことがらを読むために，その最良の時間を用いられるように，さらに，神の真実の子供たちすべてが，その父の遺言を知るように》という目的があった。

　いまひとつの理由は，『聖書』が秘匿化され，教会人にのみゆだねられている現状への不平不満をいかに解消するか，という問いに由来する。ドレは『聖書』の大衆化の是非をめぐる論争を簡単に紹介し，自身は，『聖書』には神秘や秘密があり，《虚弱で経験のない精神》にとって『聖書』を読むことはかえって害となるという説を支持するのだが，にもかかわらず，《あなたがたがこれ以上争わぬように，以下にあるのが，あなたがたに開かれ，おおやけにされた，あなたがたの父なる方の新しい遺言なのです》と，自らの書を指し示す。つまりドレの執筆の動機とは，広い意味では宗教的な教化，そしてより限定的な意味では，カトリック聖職者の手を経た『聖書』知識の普及だということになる。先にいくにんかの研究者の言葉を借りて，ドレの著作の一般的な性格とされる点をあげてみたが，この『新しい遺言』も，「序文」を見るかぎり，宗教改革派による『聖書』の大衆化への，カトリック・サイドからのカウンター・アタックの一例といえるだろう。直接敵を相手に論争を挑むのではなく，間接的に改革派の行動に対抗しようとしている。「序文」にあらわれた一般的な意識が，それでは，『新しい遺言』においてどのような具体的な結果を産み出しているのか。ことに「親しみやすさ」という概念を軸に，この啓蒙書の中に分け入ってみたいとおもう。

5．『新しい遺言』「第18章」

　しかし，そのまえに『新しい遺言』がどんな書物か，もう少し紹介しておいた方がよいかも知れない。この本は『新約聖書』「ヨハネ伝」第13章以降を対象におこなわれる釈義であり，説教である。あらゆる章の基本的な構成は同一で，まず導入部があり，次いでその章であつかう数節のウルガータ訳，続いてそのフランス語訳，そして，それらの節を作る各文章の釈義へと移ってゆく。ひとつの章では，数行から数十行の聖句が解釈され，十二折判2,30ページがあてられる。それぞれの章は，それがあつかっている聖句と，ドレの言葉のみで成り立つわけではなく，『新・旧約聖書』のほかの「書」や「伝」，書簡，教父の著作，あるいは稀にではあるが，古代哲学者からの援用も含んでいる。そうした外部から引いた文章には，フランス語訳をともなわない，ラテン語だけのものも存在する。『新しい遺言』では，それらの引用や言及箇所に，出典を指す傍注が付いている。この傍注はけっして網羅的ではないが，『新しい遺言』の全体像を捉える一助となることもあろうかと，引かれる著者，あるいは書物を出現頻度の高いものからまとめて，補遺に収めた。無知を告白すると，非常によく引かれるキュリロスも，これをアレクサンドレイアのキュリロスと勝手に想像しているけれど，確証はない。ただこの教父の「ヨハネ伝」注解ラテン語訳は1521年に出版されているし，それを含む3巻本著作集も1528年に陽の目を見ているという事実だけがわたしたちの根拠だ。

　さて，以下に「第18章」を素材にして，具体的な構成の有り方を見てみたい。

　〔導入部〕あらゆるものは「ひとつ」に収束すると語る。たとえばそれは，ひとつの神，ひとつの世界，ひとつの光，ひとつの頭，ひとつの身体のひとつの魂，ひとつの信仰，ひとつの掟，ひとつの洗礼，そして《汝らは互いに愛せよ》という《愛であるところの，ひとつの戒律》。神も愛されることを望んでいる。キケロは，だれも愛さず，だれからも愛されず，そして財産に囲まれて

暮らす者は暴君だ，と語った。イエスは地上に友人を作りに来た。

〔テキスト〕(「ヨハネ伝」第15章14—16節)《②あなたがたにわたしが命じることを行うならば，①あなたがたはわたしの友である。③わたしはもう，あなたがたを僕とは呼ばない。僕は主人のしていることを知らないからである。④わたしはあなたがたを友と呼んだ。わたしの父から聞いたことを皆，あなたがたに知らせたからである。⑤あなたがたがわたしを選んだのではない。わたしがあなたがたを選んだのである。そしてあなたがたを立てた。それはあなたがたが行って実をむすび，その実がいつまでも残るためであり，⑥また，あなたがたがわたしの名によって父に求めるものはなんでも，父が与えて下さるためである》

〔聖句釈義〕①について。キリストの友である以上に貴く偉大なことはない。人とキリストとのあいだには《忠実な友人の，ふしだらな妻に対する愛情》ほどの距離がある。ドレは喩えを用いる。《貧しく，身分の卑しい男を例にとってみよう。この男は6人の娘をもっている。娘たちは性格や美貌，勤勉さ，身分の低さの点でまったく等しく，類似している。そのひとりの娘は農夫に嫁ぎ，もうひとりは町人に，3番めは騎士に，4番めは公爵に，5番めは国王に，6番めは，全世界の皇帝である君侯に嫁いだ。これらの娘が皆同じ家の出身であり，等しく貧しくとも，嫁いだ夫の存在ゆえに，ある者は他の者より高貴で，豊かで，栄光に包まれる》。したがって霊魂は，世俗の者でなく，イエスを夫としなければならない。また，夫を愛するからには，その親族すべてを愛さねばならない。さらにドレは，《娘が，善良で豊かな，しかも頑健で，高貴，用心深く賢明な夫をもつとき，かのじょは，平安と安心と，栄光と喜びと，安全と，そしてあらゆる種類の潤沢かつ豊富な財産のうちにとどまる》と述べる。

キケロの言葉のように，友情は貴いものだ。イエスの友情ゆえにわたしたちは，神の欲されるところを欲さねばならない。神がわたしたちに要求する，完璧な愛には四つの種類がある。1）：自然の愛。良い者も悪い者も，みなこの愛によって神を愛している（多分これは，自覚されない，本性に潜む愛のことであろう）。2）：ある者は，神が自分に必要であると知っているために，神を

愛する。3）：神のうちに至福を見出すゆえに，神を愛することがある。4）：神が愛されるにあたいするがゆえに，神を愛する。この時神以外のものを求めてはいない。以上の四つの愛は，魂の段階であって，下位の愛から上位の愛へと神によって導かれる。たとえば2）から3）への移行はこう示される。《この方法によって，魂は愛の第3の段階へと昇り，それ以後，己れへの愛のためばかりでなく，神への愛のために神を愛するようになる。というのも，日々，倦むことを知らず襲い来る緊急の難事にあたって，神への祈禱や祈りをたびたびおこなう必要に迫られるからであり，このたびかさなる行為により，救いと助けを求めに神のもとに来る困難に陥っている人々に対し，神が優しく，恩恵に満ち，好意的であることを実感し，実感しつつ確認するからである》。

　神はわたしの喜びである。ドレは神に呼びかけてこう語る。《わたしが飢えているとき，あなたはわたしのパンであり，渇いているときは飲み物なのです。〔……〕わたしが闇にあるとき，あなたは光であり，裸であるときはわたしの不死の衣類，貧しいときは富，病むときは医者にして薬，わたしが死んだとき，あなたはわたしの生命であり，囚われたときはわたしの身代金にして解放の代価なのです》。

　二つの声が神を愛するように誘う。被造物の声，すなわち「自然」の声と，創造者の声，すなわち恩寵の声である。「自然」の声についてドレは問う。《もし自然の理(ことわり)として，息子がじぶんを生んだ父を愛するものなら，人間が，己れを創造して下さった神をいかにして愛さぬものでしょうか》。《自然のみならず，あらゆる被造物が，わたしたちが神を愛するように促します。天も地も，その中にいるすべてのものも，あらゆる側から，わたしたちが神を愛するように叫んでいます》。被造物の声は，神の善意ゆえに神は愛されるにあたいするから，そしてまた，神が人を地上の主(あるじ)にして下さったから，神を愛せよ，と訴える。これに加えて恩寵の声は，人のために十字架にかかったイエスが，神が人を愛しているのだから人も神を愛すべきだ，といわれたゆえに，人間が神を愛するように告げるのだ。

　人が神を愛するとき，それは《完璧に心の底から，魂の底から，思考の底か

ら》でなければならない。被造物が汝に仕えるごとく，汝は神に仕えよ，とドレは命ずる。被造物は《あなたに仕え，それがもつすべてをあなたにあたえます。もっとも美しいもの，最善のものを選びとるのはあなたです。というのも，被造物はあなたにすべてをあたえるからです。太陽はそのあらゆる光を，火はあらゆる暖かさを，大地はあらゆる食物を，水はあらゆる湿りけを，獣はその肉と力を，そしてその他(ほか)のものも同様にであります。だからそれらにならって，あなたの神にあなたのうちにある最良のものをあたえなさい，つまりあなたの愛を》。

②について。ここでドレはテキストに戻る。神を愛するからには神の命令を守らねばならない。ルター派のいうように，信仰や神を愛するだけでは充分ではなく，神が命ずるところの，〈慈愛〉をもたねばならない。あらかじめ言葉を挟んでおくと，慈愛のモチーフは『新しい遺言』を貫く最大のものである。

③について。ドレは聖句の釈義を続ける。使徒は世間を捨て，神の英知に従ったがために，僕(しもべ)ではなく友人と呼ばれた。ドレはこれをめぐるありうべき反論を設定し，それに回答してみせる。まず，使徒たちも僕(しもべ)のように《笞打たれ，叩かれ，殴られ〔……〕，千もの痛みや，飢え，渇き，罵倒を耐えた》ではないか，との反論には，僕(しもべ)は主人の利益のためにそうされるが，使徒たちは自分の利益のためにそうされたのだ，と答えてみせる。つぎに，パウロやアブラハムは，自らを神の僕(しもべ)と名乗ったではないか，との反論には，彼らは本当は友人なのだが，謙遜して僕(しもべ)といっているのである，とおうずる。そして，これに関連して，以下に2ページにわたり，友人（もしくは，子供）と，僕(しもべ)の違いを論ずるが，ここでは略す。

④について。このあとドレは，再びテキストに戻り，解説を続ける。友人は互いに秘密を分かち合うものだ。諺にあるとおり，「友人は心の番人」なのである。イエスは父なる神から聞いたことがらを，友人として，使徒や信者に打ち明けた。ここでドレは己れの過去を悔いる文章をしるしている。

（引用―1）

《願わくば，わたしがもう僕(しもべ)の名でなく，友人の名で呼ばれるように。しかもありきたりの友でなく，真実の，そして忠実な友人の名で。というのも，わたしが罪の下に身を売り渡し，もっぱら快楽の後を追い，気違いじみた妄想やよこしまな愛着の念をまっとうしようとし続けたかぎりで，わたしは自分が僕(しもべ)であり，滅びの子供，聖者の仲間からはずされ，天使の数に加えられない者であったと承知しているからです。わたしは神を知らず，復讐の炎を恐れず，自分の憐れむべき隷属状態を嫌ったりしませんでした。わたしを支配する暴君の恣意のまま，虜囚として引き回され，平和によっても，懇願によっても，わが身を贖(あがな)うことができませんでした。恩寵という朝の澄んだ光が，その輝きによって，わたしの魂の黒い闇を清めるまで，わたしはわが身を贖(あがな)おうと空しく努めていました。（その輝きを受けて）その時，わたしは自分が何者であるか，自分がどこにいるか，自分がどこに連れられてきているか，どこに押し込まれ，あるいは引きずり込まれているか，充分に理解しました。それを見てとって，わたしの思考は搔き乱され，わたしの骨はみな，大いにおののいて震え，わたしを悲惨の湖と，泥と塵の場所から外に出して下さった主なる神に大声で叫んだのです。〔……〕ああ，大いなる苦しみと後悔のおもいをもって，闘い勝利する教会〔地上と天上の教会〕の全会衆のまえで，わたしは自分が受けた恩寵を大切にしなかったと，告白するものです。わたしは誓約を破り，わたしの内に抱いていた神の姿を汚してしまいました。わたしは不変にして至高の財産をなげうち，被造物の甘さに引きつけられ，そのことでわたしの魂は動揺しましたが，それはわたしが，主よ，あなたを怒らせ，あなたの前で悪をなしたと，わかったからです》

かくのごときわたしでも，イエスに秘密を打ち明けられ，友としてあつかわれるとは，なんという悦びなのだろうか。

⑤について。この箇所を説明するにさいし，ドレは葡萄の喩(たと)え——この譬えにかんしてはのちほど，別の節をもうけ，もっと網羅的なイメージの展開を示

したい——を借りたあと、イエスに言葉を仮託した。《あなたはわたしを、友人としても〔……〕、主人としても〔……〕選ばなかった。あなたはわたしを、公爵にも士官にも選ばなかった〔……〕。あなたはわたしを、あなたの牧者に選ばなかった〔……〕。あなたはわたしを贖い主に選ばなかった〔……〕。あなたはわたしを、あなたの神に選ばなかった〔……〕けれども、人間の血族に何が利益があるかを知っていたわたしは、あなたの側にあらゆる利益に優先するいかなる価値もないのに、あなたを選んだのだ》。イエスはだれを選んだのか。地位の高い者、富める者、権力を握る者、弁舌の立つ者、知恵のある者ではない。ドレは、「コリント前書」第1章27節を引いて、選ばれたのは、「この世の愚かな者」、「この世の弱い者」、「この世で身分の低い者や軽んじられている者」、「無きに等しい者」だとさとす。

　イエスが使徒を選んだのは《地のあらゆる場所に赴き、福音の言葉を蒔き、果実を実らせ、その果実がとどまるように》であった。ドレはこの点にかんし、キュリロスを援用する。使徒は福音が記憶に残るように殉教した。ドレの表現では、それはあたかも、《世俗の言葉〔非古典語〕を学ぶ学校で、幼い子供が、ノートに取ったり記憶するにあたいするなんらかの立派な言葉に出会い、それを赤い色で印付け、読む者がそこに立ち止まり、読んだことを記憶にとどめるようにするのとまさに同じことなのです。福音書は、暴君の手で流された使徒の赤い血で印をほどこされ、書きつけられましたが、それは、わたしたちの精神にいっそう深くとどまり、そうしたあとで、いかなる暴君や異端者によっても、消され得ないためにです》。

　⑥について。最後のキリストの聖句をめぐる解釈は、おそらくドレがいうように、《この約束はキリストがすでに2度も3度もおこなっている》からだろうか、簡単に終わってしまう。「第18章」の紹介のまとめに、最終数行を引用しておく。

　（引用―2）
《これらの神の良き友は、ほかの仲介者なしに、イエス・キリストに接し、キ

リストをつうじ、願いがかなえられるように、父なる神に接したのです。わたしたちもまた、キリストによって和解し、キリストの名において、父なる神に祈ることができるのだし、また、そうすべきなのです。キリストの名においてとは、わたしたちの義のためにでは断じてなく、神の約束と慈悲のためにであり、すなわち、わたしたちの贖(あがな)い主イエス・キリストによってであります。なぜならイエスは神の言葉であり、約束であり、慈悲だからです。あらゆる時代をつうじ、父なる神と、聖霊とともに、イエス・キリストに栄光がありますように。アーメン》

6．「親しみやすさ」の構造

「第18章」に、ひとつひとつの章の構成を代表させてみた。「ヨハネ伝」のいくつかの文章をひとまとまりの結節点として、それをつないで「第1章」から終章までの縦軸ができ、今度はそれぞれの結節点を中心に、ドレの、あえていえば、思考が出発し、横への広がりを作ってゆく。そうしてさらに、それらの縦軸と横軸のおりなす面が、読み手に呼びかけ、読み手とともに立体的な信仰の世界を形成し直そうとする——そのようにして描かれたのが『新しい遺言』の空間だといってよいだろう。『新しい遺言』にあって、読み手、あるいは聞き手の存在は非常に重要なものとなっている。いや、少しばかり先走りすぎているかも知れない。読み手の存在の重要性を確認するためにも、『新しい遺言』全体をひとつのフィールドにして、「親しみやすさ」がこの本の中でどうわたしたちのまえに出現するか、述べてみたい。

「親しみやすさ」はいくつかのレヴェルでわたしたちに触れてくる。まず第1に、この作品はわたしたちに語り掛けるにあたって〈話体〉を用いている。用語や表現が日常性を帯び、相対的に簡略な文体で著されている。

　　（引用—3）〔4 r°〕
《おお、善なる神よ〔bon Dieu〕、ここでわたしの精神はなんらかのもっとも

な理由〔bonne raison〕を見出し，あたえようと，汗を流し苦しんでおります。わたしは理由を語るのに，あなたのお傍近くで御意見をうかがったことはありませんでした。したがって，わたしは個人的にひとつの理由をあたえようとおもいますが，それはおそらく，あまりにも風変わりとはみなされないものだとおもわれます。そこで，おお，善き父イエスよ〔bon pere Jesus〕，あなたは遺言をなさろうとし，あなたの子供たちを相続人に指定しようとなさいました。その中には，滅びの子であるユダは含まれておりませんでした》

たとえばこの一節でも 3 度使われた « bon » という形容詞は，多くの場合，その宗教的な，あるいは倫理的な語義がかなり薄れ，比較的軽い，日常的な用法の範囲にあるように思われる。キリストは，《善き主〔bon maistre)〕》〔63 r°；83 r°〕，《わたしたちの善き父イエス・キリスト〔nostre bon pere Jesus Christ〕》，《善き後見人〔bon tuteur〕》〔共に 89 r°〕，《善きイエス〔bon Jesus〕》〔257 v°；299 r°〕と呼ばれているし，神が《善き神〔bon Dieu〕》とされるのも，先の引用だけではない。ペテロは《善き狩猟犬〔bon chien de chasse〕》〔37 r°〕であり，ドレが助けを借りる聖ヒエロニュムスの書簡の相手は，《マルセルという名の，善き奥方〔bonne Dame nommée Marcelle〕》〔60 r°〕であり，ドレの同胞は《善きカトリック教徒〔bon catholique〕》〔244 r°〕とされる。もちろんこれらの « bon » の用法がドレ独自のものであったというつもりは毛頭ない。かれの対立者であるカルヴァンの『キリスト教綱要』[35]でも，神を呼んで《わたしたちのこの上なく善良な父〔nostre tres bon Pere〕》〔III. 145；182〕，そしてイエスを指して《わたしたちの善き主イエス・キリスト〔nostre bon maistre Jesus-Christ〕》〔*id*., 192〕といったりもしている。カルヴァンにかんして喋々するつもりはないが，ドレのこの語の用法は聴衆の側に日常的な親密感をかもしだす役割をも果たしたのではないか，という印象をもつ次第である。

また，わたしたちの引用にあったように，2 人称を用いたり，その相手に呼

び掛けるのもドレの手法であり，間投詞の多用も指摘しうるだろう。さらにもう一節を引いてみる。

（引用—４）〔53 v°-54 r°〕（第 6 章）
《あるいはあなた〔キリスト教徒たる読者〕は，「父〔なる神〕からすべてをあたえられたのはイエス・キリストであって，わたしにではない」，というかもしれない。この使徒〔聖トマス〕の言葉に耳を傾けなさい。「絶望」に欺かれぬよう，かれの言葉に耳を傾けなさい。愛を受け入れるにあたいするなにものかがあなたの内に存在する前に，いかにあなたが愛されていたか，耳を傾けなさい。あなたはまず最初に愛されていたのだ。〔……〕おお，人生の巡礼たちよ，眼を高くあげ，救済の徴である，カルヴァリオの小高い丘の，十字架に掛けられたイエスを見なさい。この十字架の道を歩みなさい。なぜならそれが天国への道だからだ。おお，悪魔の学校で「虚偽」を学んだ学生たちよ，この新しき学校の教師のもとに来なさい。かれはあなたたちに「真実」を教えて下さるだろう。〔……〕おお，永遠の真実よ，あなたの誕生と普及はなんと素晴らしいものか！　というのも，永遠なる真実の王の，父としての理解のもとに，あなたは，初めなき初め，終わりなき生を得ているのだし，あらゆることがらがあなたに開かれ，知られているのだから。

〔Par adventure que tu diras. C'est à Jesus Christ que tout est baillé du Pere, mais non pas a moy. Escoute l'Apostre, escoute le, à fin que ne te trompes par desespoir, escoute comme tu as esté aymé, devant qu'en toy il y eust chose digne d'estre aymée. Tu as esté premierement aymé. 〔. . .〕 O pelerins de la vie humaine, eslevez voz yeux en haut, voyez le signe de salut Jesus en croix en la haulte montaigne de Calvaire. Tenez le chemin de ceste croix, car c'est la voye de paradis. O escoliers qui à l'escole du diable avez apprins mensonge, venez a ce nouveau maistre d'escole, il vous aprendra la verité. 〔. . .〕 O verité eternelle, que excellente est ta naissance et generation！　car au paternel entendement du vray Roy eternel as commencement sans commencement, et vie sans fin, et toutes choses te sont ouvertes et congneues]》

　このような〈話体〉の浸透は，じつのところ，この書物が，口頭の説教，もしくは平易な講義の文書化であった可能性と対応するものかも知れない。気づいたかぎり『新しい遺言』全31章の中で２度，語られるテキスト内での時間とはレヴェルを異にする時間を指す，とおもわれる言葉が見うけられる。ひとつは《昨日》，ひとつは《今日》である。前後の文章とともに見ておこう（強調はわたしたち）。

　（引用―５）〔89 v°；99 v°〕（第10章：第11章）
(A)《〔……〕**昨日**，わたしたちの主〔キリスト〕が，「わたしは父にお願いしよう。そうすれば，父は別に助け主を送ってくださるであろう」といわれたように〔……〕》

(B)《わたしたちはすでに，このわたしたちの父〔なるイエス・キリスト〕の遺言にかんして，弟子たちがイエスに問うた三つの質問を耳にしました。キリストはそれらの質問をりっぱに満たされました。さらに**今日**，わたしたちは第４の，そして最後の質問を聞くことになります》

　いずれにしてもキリストの最後の晩餐の内部の出来事だから，《昨日》とか，《今日》というのは，物語の時間には当てはまらず，テキスト外の時間を指すと思われる。わたしたちの印象をいうと，これらの言葉は，この『新しい遺言』が，実際に連続しておこなわれた説教や講義の文章化，もしくはそれを想定して作られた文章であるために，残されてしまったもののように受けとめられる。説教という枠が，ドレの日常を反映したものであるのか，それともフィクシオンであるのか，判断の下しようがないけれど，それはともあれ，『新しい遺言』を書くドレには，日常生活を生きる聴衆，もしくは特定（あるいは不特定）の読者（聞き手）への強い意識が存したと思われる。

日常性への配慮は，かれが用いた表現の生活誌的な匂いからも知ることができる。たとえば思考の表明にあたって，諺という定型的な日常の思考表現に頼ることも皆無ではなく（まったく脈絡のない言及を許していただければ，たとえばピエール・ヴィレの『対話による猶予期間論』におけるほど多くないとはいえ），「新しきは悦び〔Les choses nouvelles plaisent〕」〔21 r°〕や「悪い奴には，そいつが一番恐れることが降りかかる〔Il advient au mechant ce que plus il crain〕」〔318 r°〕，あるいは「同窓生同士のものに勝る友情はない〔il n'est point plus grand'amour, que entre compagnons d'escole〕」〔25 v°〕のように，《俚諺によれば〔selon le dict commun〕》とか，《といわれる〔on dit que〕》が導き入れる例は稀ではない。また，簡単な形容表現を例にとれば，聖餐の夜の寒さは，石さえ身震いするほどであった〔3 v°〕とするもの，愛の火を石から発する火花に譬えるもの〔173 v°〕，ローマを去らんとし，途上キリストに会いローマに殉教に引き返すペテロを，《充分に頑健な肩》をしていたと描写するもの〔37 v°〕などは，いかにも卑近であり，また具体的であるといえよう。けれどもそれ以上に興味を引くのは，そうした定型的な発想や表現の枠組みにまずは縛られず，言葉に精彩をあたえるだけにとどまらない，時代の日常生活から汲み上げられた複合的な，そして意味や物語をもつイメージ，もしくは時代に共有されるそうしたイメージから汲み上げられたたぐいである。

本当をいえば，それがどれほど，時代の日常性と対応しているか，確信をもって語りがたいところではあるけれど，たとえばわたしたちは以下のごとき文章が伝えるイメージを，さしあたりその範疇に含めたい。まず，キリストと使徒たちの別離のつらさをドレは以下のように想像力に訴えている。

　（引用―6）〔15 r°-v°〕（第2章）
《ちょうどそれは，わたしたちの大変親しい友人のだれかが，わたしたちのところを立ち去り，わたしたちに別れの言葉を告げ，その者と言葉を交わすことがもはやほとんどありそうにないとき，わたしたちはかれに対する愛情と

愛着とでまったくもって燃え上がり，かれを捕まえ，抱き締め，接吻するまでに心動かされ，その者へのわたしたちの愛着をいわずして教えるのです》

また，聖ピリポがキリストに，神を見せよと要求した情景での解説はつぎのようなものとされた。

　　（引用―7）〔58 r°-v°〕（第7章）
《子供にとって父の，ことに沢山の財産と恩恵とをあたえてくれた父親の顔を見るのはまったく当たり前のことです。であればこそ，まだ幼い頃父が死に襲われ，父の顔をけっして見ることができない子供に，ひとは同情するのであります》

この二つの例では，いわば〈人の常〉を引いて，『聖書』の詩句に実在感を付与しているといえる。つまり『聖書』の世界を16世紀の世界に引き寄せている。こうした，遠い世界に肉付けをし，卑近化するために，例示に用いられるイメージは，日常生活に生ずる人間の営為のみをその源とするわけではない。ドレはいく度かノアの方舟の，鴉と鳩に例を借りて語った。鴉の場合を引いてみる。

　　（引用―8）〔87 r°；119 v°〕）（第9章；第13章）
(A)《ノアの方舟には鴉と鳩がいました。腐肉に戯れる鴉は世俗の愛情を意味しています。純粋な穀物を選びとる鳩は神聖な愛情と聖霊を示しています。聖霊とは愛情のことです。この鴉は魂の眼をつぶすので，魂は，精神的な物事がなんであるか，見えもしませんし，知覚もしません。けれどもわたしたちはひどく呪われた存在であるので，優しく白い鳩よりも，かくも黒く，忌まわしく，汚れた鴉を好むほどなのです》

(B)《ノアの方舟からは鴉が飛び立ち，水に息を詰まらせ〔溺れて〕，再び姿

をあらわすことはありませんでした。教会という方舟からは，まさしく陰気な黒い鴉である悪魔が，洗礼の水に息を詰まらせ，追い出されるのです。

〔De l'arche de Noé s'en vola le corbeau, et plus n'est comparu, suffoqué es eaues : de l'arche de l'eglise, est chassé le diable, qui est vrayement noir corbeau et tenebreux, suffoqué es eaues de baptesme〕》

　もちろんこれらの鴉のイメージが，16世紀の日常の中から汲み上げられたと考えることも充分に可能だ。わたしたちはアグリッパ・ドービニェの『世界史』の中に，アンリ4世の回想として，聖バルテルミーの虐殺の1週間後，ルーヴル宮殿の屋根に夥しい鴉の群れが集まった，との報告を見出した〔III. 356〕。戦場や処刑台で死者の肉をつつく鴉の姿はけっして稀ではなく，確かに16世紀人の眼に不吉に映じたであろう。しかし，じつは事態は逆で，16世紀の人々が，鴉を禍々しい徴の下に眺めていたから，そのような鴉の生態に接して身震いしたのかも知れない。つまり，「鴉」という言葉にまつわるイメージの体系がすでに存在していて，そのイメージに，現実の鴉の姿を重ねていたのかも知れないのだ。ドレの話す鳩や鴉の有り様が，どの程度生活誌に根拠をもつのか，かなり疑わしいところでもある。腐肉につどう鴉はしばしば，人の眼に止まったとしても，水に溺れる鴉はどうだったろうか。ドレはキリスト者を苦しめる肉欲や悪魔を，熊やライオンに譬えた〔169 r°〕。この時，16世紀の人間が，熊はさておき，ライオンと，実生活の上で出会うどれほどの機会があったものか，考えあわせると，ドレの喩の「親しみやすさ」とは，触知的な日常世界との関係において発生するとはかぎらず，事実としての日常生活の，それぞれの断片をつなぎ止めているイメージの綜体にむしろ根を下ろすのではないか，とおもえる。かかる点でドレの頼るイメージは，そのひとつひとつに着目すれば，聴衆のイメージ世界から離れたものでは断じてなく，まさに民衆的，大衆的であり，それゆえに，多くの場合，非文学的であり，凡庸なレヴェルを越えることがないのかも知れない。ただドレは，時として，あるひとつのそうした凡庸な

イメージに執着し，凡庸なイメージ世界の内部で，それを可能なかぎり展開しようとする傾向をもっていた。また時として，凡庸なテーマと凡庸なイメージを交差させ，両者の常識的には存在しえない結合にもとづいて，突飛な印象や衝撃を人々にもたらすこともあったようだ。イメージの展開については，のちほど，「第14章」を統べる〈葡萄〉の喩と，この書物の表題にもかかわる，〈遺言〉の喩に依拠しつつ，できるかぎり細かく紹介することにしよう。そのまえにいささかつねならぬイメージの結合や介入に関連して触れておくと，つぎに引用する，〈キリスト教徒＝魚〉のいわれを教える文章や，キリストの死を眠りであるとするものでの例示の仕方は，少なくともわたしたちにとっては，巧みというより異様の感をあたえる。

　（引用―9）〔242 r°-v°；313 r°〕（第24章；第30章）
　(A)《善きキリスト教徒の本当の特質は，この世においては泣き嘆くことであります。というのも魚が，水中で育つゆえに，水中で保存されるのと同様，ちょうどそうしたことがキリスト教徒にもいえるのです。キリスト教徒は洗礼の水で新たな生に生まれ変わったので，生涯，泪と涙滴の水の内に，己れを維持するのです》

　(B)《このように叫び終えると，イエスは頭（こうべ）を垂れ，息を引き取られました。まさに死なんとするときに頭（こうべ）を傾けた点にかんし，徴（しるし）としてつぎのことが充分理解されます。つまりそのあとに復活が続くがゆえに，イエスの死は死ではなく，眠りであるということであります。なぜならあたかもこれから床で眠りに就くように，イエスは頭（こうべ）を傾けられたのですから》

さらに，もうひとつ，なかなかに常識的とはみなしがたい箇所をあげてみる。

(引用—10)〔227 r°〕(第23章)
《ある人物が長いあいだ病で弱ってしまい,すっかり痩せ細り,けれども優れた見解や理性を保っているとき,「かれにはもうかわいそうな精神〔esprit〕と,言葉しかない」と評します。死が間近に迫ったわたしたちの主が話をなさるのを聴くと,この方は同様に精神と言葉しかもっておられないようにおもわれます。イエスが聖霊〔l'Esprit〕のことしか語られないからです》

7．「第14章」と「葡萄」の喩

　さてここで,ドレの文体や思考の流れを知るために,二つの原点的なイメージの展開と反復の様相を,可能なかぎり具体的に追いかけてみたい。まず最初に「第14章」全体を覆う〈葡萄〉の譬えを見ることにする。
　〈葡萄〉の譬えは「ヨハネ伝」第15章のキリストの言葉に端を発する。そこでイエスはこう語っている。

(引用—11)〔第15章1節-8節〕
《わたしはまことのぶどうの木,わたしの父は農夫である。わたしにつながっている枝で実を結ばないものは,父がすべてこれをとりのぞき,実を結ぶものは,もっと豊かに実らせるために,手入れしてこれをきれいになさるのである。あなたがたは,わたしが語った言葉によってすでにきよくされている。わたしにつながっていなさい。そうすれば,わたしはあなたがたとつながっていよう。枝がぶどうの木につながっていなければ,じぶんだけでは実を結ぶことができないように,あなたがたもわたしにつながっていなければ実を結ぶことができない。わたしはぶどうの木,あなたがたはその枝である。もし人がわたしにつながっており,またわたしがその人とつながっておれば,その人は実を豊かに結ぶようになる。わたしから離れては,あなたがたは何ひとつできないからである。人がわたしにつながっていないならば,枝のように外に投げすてられ枯れる。人々はそれをかき集め,火に投げ入れて,焼

いてしまうのである。あなたがたがわたしにつながっており，わたしの言葉があなたがたにとどまっているならば，なんでも望むものを求めるがよい。そうすれば，与えられるであろう。あなたがたが実を豊かに結び，そしてわたしの弟子となるならば，それによって，わたしの父は栄光をお受けになるだろう》

以下に適当にドレの言葉を区切りながら，喩の展開を紹介してみよう。
　①　まずドレは，〈イエス＝葡萄〉の喩の取り方を《大変道理にかなっている》とし，その理由を，第1に，

　　（引用―12）〔132 v°-133 r°〕
《というのも葡萄は，ただ大いに苦しめられてしか，実を結ばないからです。その周囲の土を鉄器具を使って取り除き，葡萄を切断し，添え木に縛りつけます。葡萄は冬には風に打たれ，ときとして雪に覆われ，そして堆肥を浴びるにまかせるのです。収穫期にあっては，葡萄は醸造桶に入れられ，つぶされ，ついで圧搾機にかけられます。わたしたちの主の受難もそのような有り様でありました。なぜなら，釘で掌を穿たれ，その高貴な肉体は鞭と殻竿で切り刻まれたからです。イエスは十字架の木に釘付けにされ，別様にいうと十字架に掛けられ，ユダヤびとの羨望の風に打たれ，肥料よりも臭い，かれらの卑しい唾に覆われ，この者たちに踏まれ，罵られ，罵倒され，葡萄の房のごとく，十字架という圧搾機でしぼり尽くされ，イエスの尊い血である，そのすべてのしぼり汁が外に出てしまい，かれの脇腹を槍が開いたときに，刻み込んだ痕跡の印だけしか残りませんでした。こんな具合に，わたしたちが飲むための上質のおいしいワインが用意されたのです。イエスはおん自らを，以前には，わたしたちのパンが作られる，小麦の混ざり物のない粒だとおっしゃいましたが，いまは，わたしたちがワインを得る，葡萄だとおっしゃるのです》

と語る。そしてまた、さらにすぐと続けて、葡萄に譬える第2の理由をこう教える。

　　（引用—13）
《これに加えて、イエスは、受難が近いので、ご自分を葡萄に比較されます。ちょうど葡萄の木が、なんの優れた特長ももたず、曲がりくねり、不快であり、卑しく、けれどもそこから生まれる果実は、ほかのどんな果実にもまして甘いものであるように、わたしたちの主は受難にあって、軽んじられ、貶められ、美しさも優雅さも表に認められず、打撃を受けて傷つき、しかしその受難の果実はいいあらわせないほどに甘美なのです。地のただなかで、人間の本性を救い、贖うものだからです》

　②　つぎに、ドレは「集会書」第24章から《わたしは葡萄のように甘い香りの実を結んだ》という一節を引いて、以下のように展開してみせる。

　　（引用—14）〔133 v°-134 r°〕
《その上、葡萄の木は他の木よりも頑丈ではないが、しっかりした髄をもっています。同じことがわたしたちの主にもいえ、みなの前では優しく謙虚であるが、うち側はだれよりも力に満ち、その力の大いさは信仰と献身的な情熱、父なる神への愛情であり、そうした思いにあらゆるキリスト教徒は学ばねばならないのであります。わたしたちの主と葡萄の木との、もうひとつの類似点、一致点は、成長のもととなる水分を引きつける他の木々とは、葡萄が、逆になっている点に存します。ほかの木々は、それをつうじて栄養物を摂取する水分を、木と表皮のあいだに引き寄せます。これは経験からも見てとれることであります。木の表皮をすっかり剝ぎ取ってしまうと、そのあと、木は枯れてしまいますが、それは水分に含まれる栄養がもう昇っていかないからです。葡萄においては事情は異なり、その水分と、髄での樹液は、中心によって吸い上げられ、外部にまで拡散され、広められたかかる水分が木を養

うのでありまして，これは葡萄の枝を切ればわかることです。枝には気孔や穴が髄まで伸びております。この性質と特質にもとづいて，イエス・キリストは，ご自身の贈り物と恩恵とを，その樹液や徳のように，わたしたちにもたらし，その液分を枝に広められますが，それはすなわち，イエスの全財産であり，その恩恵であり，わたしたちの無限の宝物であるその功徳であり，〔それに対し〕他の人間は，木々のごとく，かりに王侯のようにもっとも身分の高い者でも，自分たちに年貢を納め，忠誠を誓い，敬意を表する家臣から，生活の資や名誉，栄光を得ているのであります》

③　つぎにドレは，キュリロスに触れた後で，こう言葉を続ける。

（引用—15）〔134 r°〕
《イエスはまた，ご自身を葡萄であるとおっしゃいましたが，それはイエスが枝の母親であり，乳母であるからです。わたしたちはイエス・キリストにより生まれ変わり，かれをつうじて，古い生命ではなく，この新しい生命の果実を実らせるように心を燃え立たせられるからです。この生命はイエスへの信仰と慈愛とによって存在します》

④　神の戒律の遵守が，神の内にあるということは，《葡萄の株とか根が，枝にその性質を伝えるごとく，ゆいいつの神の子はあたえられた聖霊をつうじて，（いわば）その本性と似通った性質を，信仰と聖性でイエスに結ばれた聖人たちに広げ，葡萄の枝のように，わたしたちがイエスから得る精神的な宝である，あらゆる徳性，宗教的な生活と行動といった面でかれらを教化するということなのです》〔134 v°〕。

⑤　さらに話柄は神学上の議論にまでいたる。ここでもドレは葡萄の譬(たと)えを追い続ける。かれはイエスが，人として，また神として葡萄になぞらえうると証明すべく努力する。若干長くなるが，この議論で用いられる喩を辿ってみたい。まず，ドレはこう語り始める。

(引用—16)〔134 v°〕

《わたしたちの主は、ご自身が葡萄であるということを、どのようにお考えになっていられるのでしょうか。イエスの内にある神性に則してでしょうか、それとも人間性に則してでしょうか。

《〔……〕答えはこうであります。その両方の性質に則して、ということです。イエスが神であるゆえに〔……〕、かれはすべての源であり、したがって、わたしたちが、心からの慈愛によって、つながっている葡萄の株、あるいは根ということになります。けれども、そのうえ、わたしたちのために死を耐え忍びにゆかれる、人間としても、葡萄であるといわれるのであります》

ドレはここにいたって「創世記」第49章11節、《彼はそのろばの子をぶどうの木につなぎ、その雌ろばの子を良きぶどうの木につなぐ。彼はその衣服をぶどう酒で洗い、その着物をぶどうの汁で洗うであろう》、を引き合いに出し、そこにこれまでの喩を接合する。

(引用—17)〔135 r°〕

《葡萄と、株とはイエス・キリストの人間性であります。ユダヤびとと異教徒をご自身に合体し、信仰によって、かれらを結びつけ、ひとつになさったとき、イエスは葡萄と株にその雌ろばと小さな子ろばをつながれました。かれがワインでその衣服を、葡萄汁でそのマントを洗われたのは、十字架にあって、ただひとりで、取り入れた葡萄を踏み、ご自身の血で、生きた信仰をつうじてイエスと結ばれるであろう、その四肢すべてを洗われたときであります》

ドレは、「民数記」に見られる、モーセの送った偵察者が約束の地から葡萄をもち帰った逸話をめぐる、教父ペトルス・ダミアヌスの言葉を引用、問題の葡萄がイエスをあらわすと説明した（135 r°-v°）。そしてこれに関連し、「詩篇」第79(80)篇8節、《あなたはぶどうの木をエジプトから携え出し、もろ

ろの国民(くにたみ)を追(お)い出(だ)して，これを植えられました》，以下に言及し，誇らしげにいう。

　　（引用—18）〔135 v°-136 r°〕
《ヘロデ王の死後，神がエジプトからそのお子を呼ばれたとき，この葡萄をエジプトから移されました。神は，イエスの体を殴りつけて地に倒し，苦痛と拷問によってその命を奪う許しをユダヤびとにあたえられたとき，垣根と囲いとを破られ，壊されたのです。〔ユダヤびとの〕書記やパリサイびとが，掟を裏切り，イエスとその業(わざ)を否定し，十字架のイエスのまえをとおりかかって「神殿(シンデン)ヲ打(ウ)チコワシテ三日(カ)ノウチニ建(タ)テル者(モノ)ヨ，云々」〔「マタイ伝」第27章40節〕といったとき，〔それが意味するのは〕道をとおりかかった者が，葡萄を摘んだ〔ということな〕のであります。ローマ帝国から派遣された代官のピラトをつうじ，イエスに死刑を宣告したとき，森の猪と残酷な獣が葡萄を蝕んだことになります。しかし，苦痛に焼かれたイエスを死者の中から復活させられたとき，神の右手は万事を償い，イエスをあらゆる者のゆいいつの主にして救い主として認め，その地位に就けたのです。わたしたちの主が人間であるという点に則しても，かれが葡萄であることが，以上で充分に示されました》

つまりイエスはその神格においてと同様，人格においても葡萄に譬(たと)えうるのだ。

　⑥　ドレはつぎに，《イエスの肉体と人間性におうじて，この葡萄の真実の小枝や枝となるために，わたしたちはいかなる結びつきをイエスともちうるか》〔136 r°〕との問いに取りかかる。かれはここでもキュリロスを援用しながら，キリストの血や肉を，信者が自身に同化する過程を語り，そのまとめに，《結論としていうと，イエス・キリストの人間性は葡萄であり，本性が同じゆえに，わたしたちはその枝となります。というのも，株と枝は同じ性質の

ものだからです。かくて，精神的にも肉体的にも，わたしたちは枝であり，イエス・キリストは葡萄なのであります》〔136 v°-137 r°〕と言明する。

⑦　この言葉に続け，ドレはこうも問い掛けた。

　　（引用―19）〔137 r°〕
《しかし，どんな葡萄なのでしょうか。野性の葡萄でしょうか。否，であります。なぜならイエスは，ご自分が「マコトノブドウノ木」だとおっしゃられたからです。本物の葡萄の木とは，十字架にあるわたしたちの主に，飲み物としてあたえられた苦いワイン〔vin aigre すなわち酢（vinaigre）〕しかもたらさない，ユダヤびとの教会堂ではありません。その苦いワインは本物のワインでは断じてありません。イエス・キリストはまた，人間が栽培する葡萄のたぐいでもない。そうした葡萄は地中に根を張り，人の心を喜ばせるために，葡萄の房を実らせる。けれどもイエスは真実の葡萄であり，これは天上に根を張り，果実を地上に実らせるものです。なぜなら生者の地で，命の泉のかたわらに植えられているからであります。これは天国の植物であり，そのようなものとして，つねに潤いをあたえられ，実を結び続けます。けっして枯れることはないし，葉を落とすこともなく，果実もひからびず，香りは煩わしくなく，甘美さも失われはしません。つねに緑で，つねに花咲き，つねに心地好く，というのも，見た眼は楽しげで，実は甘く，木陰は安全，小枝は，大地の四方一面を覆って広がる枝をつけているからであります》

⑧　続いてドレは，対象を変えて，神と葡萄栽培人を結びつける喩に手を染める。

　　（引用―20）〔137 v°-138 r°〕
《葡萄を植えられるのは神であり，増やされるのも神であり，保存し保護するのも，潤すのも神であります。考えなければならないのは，葡萄栽培人は葡萄の株を手入れするために骨を折る場合があるのか，それとも葡萄の枝をそ

うするためにか，ということです。葡萄の株については，それを成長させるのに葡萄栽培人が骨を折る必要はありません。というのも株というのは，まったく完璧なイエス・キリストのことだからです。したがって葡萄栽培人のあらゆる配慮は枝を成長させ，良い実をならせる点にあります。葡萄とは，枝の面でいえば，教会の内部にいる信者のことです。葡萄栽培人にはさだまった仕事があり，自分がわきまえている順序に従って葡萄の世話をします。というのも，かれは一年中掘り返したり，鋤いたりしないし，絶えず葡萄を刈り込むこともなく，のべつその実を収穫しもしないからです。そうではなくて，適当なときに，好機におうじて，先に述べた仕事をおこなうのですが，それでも葡萄を栽培するための心配りを失っているわけではありません。なぜなら，かれが夜なべをしていようと，酒を飲んでいようと，その葡萄はいつも深くその精神に刻みこまれ，外見では，ことに冬場は，霜と寒さに葡萄を曝し，気にとめていないかと思えても，ちょうど良い時期になったら仕事に取りかかるよう，かれの記憶に残っているからです。同様に，この偉大な葡萄栽培人たる神は，十字架と拷問のときに姿を隠し，選ばれた人々である，苦しんでいる己れの家族に無関心であると見えても，断じてかれらを見捨てることがなく，かれらを気遣い，見捨てられたとおもうその時に，一番心配しておられるのであります》

⑨　ここでドレは，葡萄栽培人たる神というテーマを敷衍して，枝の間引きへと，話柄を転換する。

（引用—21）〔138 v°-139 v°〕
《さて，この葡萄には2種類の枝があります。あるものは実をつけず，あるものはたわわに実をつけます。〔……〕〔これらの枝はすべてキリスト教徒ではあるが，しかし〕信者のあいだにも，実のない枝のごとき者がおります。このような者はだれでしょうか。イエス・キリストとのわたしたちの癒合と結合は自発的なものであり，信仰と慈愛とによって完成するものだということ

を考えましょう。信仰はわたしたちの理性の内に存し，神の真の知識をわたしたちにあたえます。しかし，慈愛はわたしたちに神の戒律を守らせるのです。「わたしを愛する者は，と神はおっしゃっています，わたしの戒律を守るであろう」。だから，イエス・キリストと結ばれるにあたって，ただ信仰のみにより，あるいは言葉となった告白によるだけで，慈愛の絆によらない者は枝ではあるが，実をつけてはいないことになります。かかる枝に対し，葡萄栽培人はどうするでしょうか。かれは鉈鎌でそれらを切り落とし，葡萄の外に投げ出すでしょう。ここから明らかなのは，イエス・キリストから切り離され，打ち棄てられるのは，悪をなし，あしき実をつける者ばかりでなく，善をなさず，良き実を結ばぬ者もそうだ，ということです。このことを，無為で，怠惰で，怠慢な人々は心にとどめ，恐れなければなりません。〔カルヴァンのように救霊の（？）〕運命を予定されていると考える者よ，イエス・キリストの内にとどまり，イエスによって実を結ぶことで，そのことを示すがよい，そして，聖ペテロが語ったように，良き業(わざ)によって，汝が召されてあることと，選ばれてあることとを，確かなものとするがよい。というのも，おまえがどうおもおうと，もし実をつけて，イエス・キリストの内にとどまらなければ，おまえは切り落とされてしまうであろうからだ。〔……〕けれども，実を結ぶ良い枝については，かれ〔葡萄栽培人＝神〕はどうするでしょうか。答えはこうです。かれはそれらを清め，いっそう果実をつけるようにするでしょう。わたしたちは天然の葡萄でこのことがわかります。枝木が繁りすぎた葡萄は，樹液と水分がすべての枝に拡散し，活力が衰えてしまうので，実も少なくなります。しかし，優れた葡萄栽培人は，それをもっと実らせるために，（統一された力は拡散した力より強いものですから）余分な枝木を切り落とします。ひとについても同様なのです。なぜなら，神に対して誠実な愛着と愛情を抱いている者でも，その念をさまざまな被造物に転ずるなら，神との関係では己れを堕落させるのですし，徐々に善をなそうとの熱意や献身のおもいが減じていくようになるからです。そのために神が，かかるたぐいの障害を切断し，切除し，苦悩や誘惑を送り込まれて，その枝

を清められるのです。〔……〕苦悩は，この世での煉獄の火であり，というのも，黄金が坩堝で清められるごとく，苦悩はひとを清め，量においても，また，貴重さや価値においても，いっそうの実をひとが結ぶようにします。その者が清められれば清められるほど，実を豊かに結ぶようになるのです》

文章を一度切って補えば，喩の対象が混乱し始めることに注意すべきであろう。当初は悪しき枝は悪しき信者を指したが，上記の引用の後半では，信者の悪しき業(わざ)が問題にされることになる。以下は（引用―21）の続きである。

《葡萄栽培人が葡萄の枝におこなう切除は，葡萄の滅亡や破壊を図ってのことではなく，より多くの実をもたらすようおこないます。さもなければ，切断されない枝が高く伸びて，実をまったくつけなくなるのです。同じく，肉体が快楽のままに放置されて，苦悩により肉体を抑制することがなければ，肉体はあまりに高慢になり，そのかたくなさのゆえに，はなはだ清げとの評判を得ている人々においてさえ，もし可能なら，いってみれば，肉体は神を玉座から追い出そうとするでありましょう。〔……〕このように，十字架により，つまり拷問や苦痛，もしくは苦悩により切除され，切断されるのでなければ，神の恩恵を受けて太った肉体は，増長するのです。したがって，偉大で熟練した葡萄栽培人である天の父なる神は，葡萄の枝を清める，すなわち，用のない傲慢の木がその内部に成長することを恐れて，聖パウロになされたように，良きカトリック教徒を十字架と拷問に曝されるのです。〔……〕葡萄を切り落とす行為とのかかる類似は，苦悩の十字架の果実を知るためには，大変適切なものです。というのも，わたしたちの神がわたしたちを滅ぼすのではなく，わたしたちを癒す目的でわたしたちを苦しめるからであります。ちょうど，葡萄栽培人が葡萄の木を切るのは，すべてを取り除くためではなく，それを清めてもっと実をならせるためであるように》

⑩　「第14章」の結語をしるすにさいしても，ドレは葡萄の喩に則してまと

めようとする。これはこの章が葡萄の喩で統べられている点を斟酌すれば，意外とはいえないが，他方ドレの執念じみた喩の用い方，あるいはその徹底性の例証ともなるだろう。

　　（引用―22）〔139 v°-140 r°〕
《この章で語られたことすべての結びを申せば，わたしたちの父なるイエスはわたしたちに受難という宝を遺されましたが，わたしたちはそれを，葡萄における枝のように，イエスに結ばれているなら，受け取るものであります。家に泉をもつ者は，それをとても有り難くおもい，「これは宝だ」といいます。であればなおさらのこと，わたしたちの主の血であり，功徳である，えもいわれぬワインを手にし，わたしたちはそれを貴重におもい，大切にしなければなりません。というのも，それはまさしくわたしたちの宝だからです。そしてまた，ご自身を葡萄といわれるわたしたちの主は，神の言葉であるということもわきまえておきましょう。さてちょうど，葡萄が葡萄栽培人によって植えられ，栽培されたのちに果実をつけるように，永遠なる神の言葉は，時を得て，〔マリアの〕処女の腹に植えられ，天の葡萄栽培人の手で栽培され，その実を結びました。その実とは福音に含まれる，この上なく甘い知恵のワインであり，それは，その甘さによって魂を酔わせ，瞑想と，神のうちでの安らぎという眠りで眠らせるのです。それゆえに，化肉したわたしたちの主は，真実の葡萄であり，天の葡萄，神の葡萄，その実，そのワインであり，王国の福音，天の教理であります。その枝は，洗礼による生まれ変わりをつうじ，イエスのうちに合体する者全員のことです。実のなる枝とは，慈愛によって力をもつ，生きた信仰を有する枝であり，聖霊と光りが作る作品のことです。〔……〕わたしたちは真実の葡萄の生を生き，かつこの世の生を生きることはできません。なぜなら一方は肉のものであり，他方は精神のものだからです。〔……〕実をもたらさない枝は，果実のない葉しかつけぬ木々のように，取り除かれ，投げ捨てられることになりましょう。おお，善なる神よ〔bon Dieu〕，わたしをして，本物の葡萄であるあなたのうちなる，

実りある枝とさせてください。わたしをすべての汚らわしさと無駄なものから清め，わたしの果実がいっそう豊かで数多くなるようにしてください。枝がたわわに実をつければ，葡萄栽培人の誉れとなりましょうし，そのために〔その誉れは〕わたしから永遠に讃えられるものとなりましょう。アーメン》

　以上が「第14章」全体を貫徹する，葡萄の喩の具体的な表現であり，展開である。ドレが，イエスの用いた喩を，イメージや観念での付加や反復といった操作を経て，どれほど膨らませていったか，またどれほど執拗に追い続けたか，わたしたちの未整理なままの引例によっても，ある程度はご理解いただけたのではないだろうか。葡萄というフランスの日常生活に溶け込んだ植物＝食物の喩に，ドレは飛びつき，それから発する言葉の網の中に聖句を絡め取った。その喩への執着の強さは時として，喩の展開が非整合的ともなり，比較する言葉〔comparant〕と比較される対象〔comparé〕がずれてゆく結果をももたらした。くどくなるがわたしたちはもうひとつ，遺言の譬えをつうじて，ドレにおけるイメージ操作の仕方を紹介したい。

8．「遺言」のテーマ

　« testament » という単語は，『新しい遺言』の後半でわずかに数回，「契約」の意味で言及されることがあるが，その用法はむしろ例外であって，この書物全体をつうじ，まずもって「遺言」の語義でほぼ統一的に用いられている。さしあたり必要な箇所以外では，「遺言」という言葉で « testament » を指しておきたい。遺言のイメージは，この作品のほとんどすべての章に出現している。引用に終始することになりそうだが，16世紀中葉の（その時代の眼から見て）代表的な説教師である，ドレの文体をご紹介したいとの思いもあり，ある程度まとまったイメージを形成する文章をできるかぎり網羅的に各章から拾って，以下にあげてみたい。

① (第1章):『新しい遺言』の第1章,つまり序文を除いた本論のまさしく冒頭に,「遺言」という言葉が置かれている。

　　(引用—23)〔1 r°-2 r°〕
《遺言とは,いまそれについて語ろうと考えているものとしては,(法律家によると)相続人の指定をともなった,死後に遂行が望まれる,遺言者の意志の正しい文書のことです。ところで,『聖書』全編は(ラクタンティウスがその真の知恵の書で書いているとおり)二つの「遺言」に分かれます。つまり,〔ひとつに〕わたしたちの主の到来とその受難に先立ち,律法と預言者を含み,古い,もしくは昔の遺言〔Vieil ou ancien Testament〕と呼ばれるものがあります。一方,キリストの復活以後に書かれたものは,新しい遺言〔Nouveau Testament〕と名づけられます。〔『新約聖書』,すなわち新しい遺言が,キリストの復活後に著された,と言明していることを確認しておきたい〕〔……〕新しい,および古い遺言の作り手は同じ神であります。〔……〕古い遺言はわたしたちにイエス・キリストを約束しましたが,イエスは(同じ使徒〔聖パウロ〕が告げるように)新しい遺言のとりなしをする方であり,その死によってわたしたちをその永遠の王国の後継者に立て,ユダヤの民をかれらの落ち度とはなはだしい忘恩のために追放し廃嫡しました。〔……〕遺言者が,生命のあるあいだに,公証人の手で遺言を作り終えると,遺言は閉じられ,封をされ,遺言者の死後に開封されるまで,中に何があるか,だれにもわかりません。古い遺言にかんしても同様で,わたしたちの父であり遺言者であるイエスが,わたしたちのために架けられた十字架で死なれるまで,それはまったく開封されませんでしたし,その中に収められる不可思議な真理も,啓示されも理解されもしませんでした》

　この段階で遺言の作り手は神であり,イエスだった。イエスと神とが分離しがたいものであるのはさておいて,わたしたちの普通の感覚では,こうした渾然としたイメージは,なかなかに腑に落ちがたいところがある。ドレはあえて

このような錯綜したイメージを提出したのだろうか。わたしたちにはわからない当時の説教や講義の技術，もしくは神学の学問的レヴェルでの要請に拠るものだろうか。あるいはまた，混沌たるイメージ世界は，近代以前の精神の有する特質だろうか（もちろん優劣を論じているわけではない）。それとももっと単純に，個人ドレの固有性なのだろうか。しかしこうした未分化状態は，ドレの論理の展開において徐々に整理され，遺言の作り手たる神の像は，キリストのそれの影に隠れてゆく。

　　　（引用―24）〔2 v°〕
《この遺言は単に口頭のものにとどまらず，つまり証人のまえで口頭で告げられたものであるだけでなく，忠実な公正証書係であり誓言公証人である福音記述者聖ヨハネによって，文書にしたためられました。〔……〕遺言者がサインをしても，〔さらに〕公正証書係が遺言の条項の最後に自分のサインをするのが習わしであるように，わたしたちの父なるイエス・キリストは，どれほどご自分が，この先語られるとおり，その遺言にサインされたにしても，それを公正なものとし，非の打ちどころのないものとする何事もなおざりにされぬようにと，その公正証書係にして公証人なる者が己れの名を記し，サインすることを望まれたのです》

② （第3章）：遺言の譬えは，第2章でもまったく用いられないわけではないが，簡略にであって，それには触れず，一章とんで第3章の導入部を見ることにしたい。この章はつぎのように始まる。

　　　（引用―25）〔17 r°-v°〕
《家庭の良き父親で，子供をもち，その子らを優しく，何ものにもまして愛しており，不如意のままに置き去りにしたくないと願う者は，いついかなる時に死なねばならないか分からないので，遺言せずに没することのないよう，早い時期から遺言を作成し，自らの手で書き，注意深く金庫にしまい，最期

の時が訪れると，往々自分の望むままに，そのある部分を訂正し，付け加えます。というのも，以前，生きているあいだに作られた遺言は，遺言をなす前段階の意志とのみ呼ばれるのが適切でしたから。けれども遺言が完成されたあと，それに続いて死が訪れると，遺言は絶対に変更されることがありません。〔……〕わたしたちの主のことも，同様に語りうるものです。主は最初にご自身の手で遺言をしるされ，そののち，牛や羊の生贄にかんしてなされた命令のように，あることがらを加筆され，変更されたのです。主はその遺言を，福音の律法をあたえることにより，書き換え，新たにされました。〔……〕新たな遺言の徴（しるし）として，イエスはそこで新しい命令を下され，かくてそれゆえに，わたしたちのテキストでつぎのように語られるのであります〔……〕》

③　（第4章）：第4章の冒頭の文。

（引用—26）〔26 v°-27 r°〕
《自分の遺言が間違いなく遂行されることを望むあらゆる遺言者は，その遺言において自分の気に入る執行人を，自分の気に入る数だけ定めて，一点も欠けることなくそれを遂行させる任務をあたえます。同様にわたしたちの父にして遺言者たるイエス・キリストの明白なご意志は，ご自分が語られたとおりに，完璧に遺言が守られるように，というものです〔……〕》

各章の冒頭に置かれた遺言のイメージは，その章の展開を予感させるものとなっている。しかし，このイメージは導入部に置かれて構成的役割を果たすばかりではない。いままで見てきたごとく，遺言のイメージにはかなりの揺れが見うけられるが——たとえば，何が遺言なのか，だれが遺言者なのか——，『新しい遺言』全編をつうじては，これからわたしたちが逐次見ていくように，キリストが最後の晩餐の折りに語った言葉を遺言と見立てるわけで，このイメージは枠組みや展開を規定するにとどまらず，思想内容そのものにも大きくか

かわるものである。つまり導入部のみならず，説教の本論の中でも，たびたび引かれることになる。そしてそれらは，時として，わたしたちに，問題となっているのが遺言である事実を忘れさせまいとするがごとくに，短く，断片的に触れられる場合もある。たとえばつぎのように——《また聖ペテロは，わたしたちの父なる方の遺言である，愛の戒律を遂行するために，そのようにいいました》〔27 v°〕；《聖ペテロは，己れの生命をわたしたちの主のために危険に曝すことにより，遺言を遂行しようとするのです〔……〕》〔28 r°〕。わたしたちは，この先では，こうした細かい，補強的な遺言のイメージについてはできるだけ省略し，ある程度以上の具体性をともなってイメージの膨らみに貢献し，聞き手に訴えかける文章をとりあげていくことにする。以下しばらく，ドレの言葉に耳を傾けよう。

④　（引用—27）〔36 v°〕（第 5 章）
《「第 1 マカベア書」に書かれ，「古代誌」の中でヨセフスが唱えることですが，マケドニア王フィリッポスの息アレクサンドロスは数々の戦闘で地上の王国を征服し，大地の終わりにして果てまで達しました。12 年間統治した後，死の時が近付いているのを悟ると，家臣を呼び，存命中にもかかわらず，己れの王国を分割し，家臣はそれぞれかれの替わりに，王国を獲得し，その死後王冠を戴きました。同様にわたしたちの父にして，天と地の真の君主であり領主であるイエスは，聖ヨハネによると，死に赴き，この世から父なる神のもとに渡るときが訪れたのを知って，ご自分の傍らに，その子供たち，つまり使徒を——イエスは上記のようにかれらを呼んだのでした——呼び寄せ，集め，かれらに財産を分割し，父なる神の家にあるさまざまな区画におうじて，めいめいにそれぞれの分与分をあたえました〔……〕》

⑤　（引用—28）〔47 v°〕（第 6 章）
《良きキリスト者にしてカトリック教徒で，はるか遠方に旅をし，海外にいこうと決意する者は，海上での大きな危難と危険とを見越して，遺言をしない

ままに死ぬのを恐れ，出発するまえに遺言を作り，家族の手当てをし，できるかぎり慰め，すぐに戻ると約束します。〔……〕そのように，わたしたちの主は，この夜，耐えなければならない厳しい受難である，塩辛い大海を越えるにあたり，また，わたしたちの敵サタンに対する戦いを始めるにあたり，まず遺言を作り，その中で一族を大いに慰め，ご自分の帰還を再び約束され，かれらを捜しに戻り，かれらのものと認められ用意されている立派な屋敷や，他を圧する宮殿へと連れていこうとおっしゃいました》

⑥　以下の引用では遺産がキリスト，それをゆだねる者が神である点が注意を引く。

　　（引用—29）〔57 v°-58 r°〕（第7章）
《ひとりの父親がおり，相続人に，ある宝石を遺したとします。その宝石は，それをもつ者はけっして道に迷わないという効力を有するものです。これに加えて，判断をする場合けっしてあやまたず，つねに真実を知り，それを語ることになるとします。さらに（これがもっともすばらしい利点なのですが），命を守る効力があり，それをもっていれば人は死ぬことがありません。わたしは，そうした宝石が充分念入りに保存されるであろうことを疑いません。さて，父なる神からわたしたちにあたえられるのは，わたしたちの贖い主たるその長子イエスであり，『聖書』のいくつもの箇所でそう呼ばれているように，選ばれた宝石なのであります》

⑦　（第8章）：この章の導入はやや趣を異にしている。ドレは己れの罪深さにおもいいたり，咎ある自分がキリストの聖なる遺言について語りうるのか，自問する。

　　（引用—30）〔68 r°〕
《一体わたしは何をすればよいのでしょう。すでに始めたことを放棄すべきな

のでしょうか。わたしの企画をもう続行すべきでないのでしょうか。この遺言を不完全なままに残しておくのでしょうか。〔……〕だがわたしがこれからおこなうことはこうです。わたしたちの主はその遺言で、わたしたちがすぐと見るように、ひとがキリストの名において何かをキリストに求めるなら、そのことがおこなわれるであろう、と約束してくださいました。これを頼りに、わたしはキリストの名において、キリストに許しを乞うものです〔……〕》

⑧ (第10章）：第9章については略す。つぎの第10章では、遺言のイメージは導入部ではなく、その章で解説する聖句を引用したあとで、『旧約聖書』「哀歌」第5章への言及に絡んでこのイメージが語られる。ここでは両親を失った孤児が問題となっている。

(引用—31)〔89 r°〕
《このはなはだしく悲惨で哀れむべき状況を取り除くために、父親の遺言の定めるところによって、子供たちは後見にあずけられます。父親は子供たちのために、かれらが相続の点で資格のある年齢に達するまで、なんらかの財産管理人にして後見人を設定するのです。わたしは、子供を教育し、後見し、監督する者を、命名して、後見人と呼ぶものです。そして、子供を世話し、保護し、その権利をいかなる裁判所の検事室や法廷であろうと弁護する者を、財産管理人と呼びます。同様に、わたしたちの良き父、イエス・キリストは、死に赴くにあたって（イエスはそのことを充分ご存じでした）、ご自分の哀れな子供たちに同情され、かれらだけを孤児として取り残さず、遺言により、後見人にして財産管理人をあてがわれました。それがほかならない、さいわいなる聖霊なのであります》

⑨ (第12章）：第12章では、再び冒頭で遺言のイメージが用いられる。

（引用—32）〔108 v°-109 r°〕

《一家の父親が死の床に横たわり〔decumbant〕，遺言をしようと心を決めると，その家族が，妻も，子供たちも，奉公人たちも，かれのそばに集まり，遺言によってかれが自分たちにどんな恩恵をほどこすか，どんな財産を遺贈し，指定するか，待ちかまえます。同様に，イエスが先にご自分の子供たちと呼ばれた，わたしたちの主の使徒たちは，イエスが遺言をなさるとき，その傍らにいて，イエスがかれらに何を残し，あたえるか，待っておりました。だが，使徒たちはイエスから，イエスがかれらにあたえるはずの何を期待すべきだったのでしょう。それは，都市か，城か，領土か，土地か，所有地か，遺産か，動産と不動産か，金か，銀か，豪華な戸棚か，金張の食器か，それとも巨額の重さの金や金塊でしょうか。そんな物ではまったくありません。それらは略奪を免れないし，敵が軍勢や，戦争活動で侵略し，占領しうるものです。イエスは，それでは，かれらに何をあたえたのか。わたしが述べたすべてのものより，確かに貴重で値打ちのある贈り物でした〔……〕》

⑩　（第13章）：テーマはこの章の導入部にとぶ。

　（引用—33）〔118 v°〕

《わたしたちの始祖アダムは，その背任をつうじてわたしたちから神の聖霊を奪ったのち，遺言により，わたしたちに戦いを残しました。というのも，わたしたちから神の聖霊を奪ったために，わたしたちに平和をもたらすことができなかったからでありまして，その遺言にもとづく贈り物を所有するために，その子供たちは，かれが死ぬまで待ちなどいたしませんでした。わたしたちの上述の父アダムと，わたしたちの母イヴがまだ生きているうちに，カインとアベルのあいだで，戦争が布告されたのです。〔……〕しかし，戦争がおこなわれたのは，ただ肉親間においてだけではありません。それはわたしたちの内側にまで侵入してまいりました。そこでは，肉体と精神のあいだで絶え間ない戦闘が起こり，それらのあいだに休戦をおこないうるところで

はなく，わたしたちの第2の父，イエス・キリストが来られるまで，それらが止むことのない戦争を続けるのを妨げられませんでした。イエスはすべての確執を解消して，わたしたちに，遺言により，平和をくださったのです〔……〕》

イエスの遺産である平和については，同じ章の少し先の箇所で，こうも語られる。《おお，貴重にして，大層有益な宝石よ〔すなわち平和を指す〕。わたしがおもうに，わたしたちの父〔イエス〕は，その宝物の中に，わたしたちにとってこれ以上有益なものはけっしておもちではありません。そして，つぎの点に良く注意することにしましょう。つまり，イエスは，わたしはあなたがたに平和をもつことを命ずる，といわれたのではなく，遺言にかんする権利にもとづき，わたしは平和をあなたがたに残し，あたえる，といわれたのです》〔122 r°-v°〕。また，さらに別の箇所でドレは，こうも展開した。

（引用—34）〔124 r°（ページ付与の誤りは改めた）〕
《死が近付いた，一家の父が遺言をおこない，だれかに，ある豊かな遺贈をするとき，かれががっかりさせた相続人たちは一様に，「かれは夢を見ているのであり，自分が何をいっているのかわからないのだ，そして分別を失っているのだ」というでしょう。こうした中傷を避ける目的で，一家の父は，病に苦しめられるまえに，早い時期から遺言をし，なんらかの遺贈をおこなうのは熟慮の上であると知らしめるために，2度，3度と繰り返し，十全に自分の意志であることを示します。わたしたちの父イエス・キリストも同じようになさいました。イエスは，わたしたちに向けられた最後の善きご意志のことを，また，わたしたちに何をあたえるべきか，あたえるまえに熟考されたことを，わたしたちがいっそう確信するようにと，十字架の死である，死の床に横たわるまえに遺言を語られ，わたしたちに平和を残すことでイエスがわたしたちにあたえる，平和というはかり知れない贈り物について，みたび繰り返されたのです》

ただし、同じ章で末尾に近くなって、つぎの死にゆく者のイメージが引かれるが——《これから死のうとする者は、妻や子、両親や友人が泣くのを見て、同様にいうことでしょう、「ああ、我が親しき者たちよ、もしおまえたちがわたしをとても愛しているなら、わたしが天の父のもとに赴くのを非常に喜ぶだろうに」と》〔128 v°〕——，この言葉は遺言の展開というよりも、使徒を慰めるキリストの台詞，——《もしわたしを愛しているなら、わたしが父のもとに行くのを喜んでくれるであろう》(「ヨハネ伝」第14章28節)——の、広がりの少ない敷衍であろう。

⑪ (第14章)：以下もこの章のほぼ冒頭に位置する文章である。前章であつかった「ヨハネ伝」第14章の最後のキリストの言葉，《立て、さあ、ここから出かけて行こう》を受けて、キリストはわたしたちをどこに導くのか、との問いから出発する。

　　(引用—35)〔131 r°-v°〕

《〔そこは〕確実に、離れた場所にであって、そこでイエスはわたしたちにその財宝すべてを分与し、遺言によってその子供たちに心寛くあたえることでしょう。だが、この世において生涯貧しさのうちにあったイエスが、どんな財宝をもっているというのでしょうか。それは、わたしたちの主とその弟子のために、主を信じ、主に仕えた人々によって、主にあたえられた、ユダがもっていた銀貨なのでしょうか。その財宝は、主に従って荒野にゆく民衆を養うに足るものがなかったのだから、大したものではありません。おお、キリスト教徒よ、あなたの父が遺言によりあなたに遺した宝は、地上の王の財宝のごとく、金や銀などではまったくありません。その宝ははるかにいっそう貴重なものなのです》

引用だらけの稿になってしまっているが、わたしたちは16世紀中葉を生きた、言葉をなりわいとする人間の像を提出したいので、かさねてお許しいただきたい。と弁明したわけででもないが、以下、第17章までに、散見する細かい遺言

のテーマについては，引用を控える。ただ，ひとつだけ，第16章半ばの一節は触れる価値があるかも知れない。『新しい遺言』の正式なタイトルの由来を教える言葉である。《〔……〕この遺言に何ひとつ，無駄なこと，余分なことはありません。これは正当にも愛の遺言と呼ばれていますが，その理由は，それが愛についてしか語らないからです》〔155 r°〕。

⑫ （第17章）：同じテーマの反復。

　　（引用—36）〔164 r°〕
《イエスは愛によって，死に赴こうとします。そして，愛について語るのをおさえることができません。それはイエスの遺言であり，最後の教えであり，10度繰り返されても，わたしたちを喜ばせるはずのものです。これが（とイエスはいわれる）わたしの命令である。あなた方は互いに愛し合いなさい》

⑬ （第18章）：これも「ヨハネ伝」第15章の聖句を紹介したあとに置かれる解説である。《わたしたちの主が，死の間近にあって，ご自分が語られた遺言の中で，かくも頻繁に愛について話されるのは，いわれなくしてではありません。イエスはそうしながら，ご自分が囚われてしまうとやがてすぐに降りかかるに相違ない，危難や攻撃，迫害すべてを退けるための，盾もしくは鎧を，弟子たちにあたえるのです》〔174 r°〕。

⑭ （第19章）：以下の言葉はこの章のほぼ冒頭に置かれている。

　　（引用—37）〔185 v°-186 r°〕
《イエスは気前が良く，みなに潤沢にあたえ，あたえたものを忘れたといって相手を咎めることはありません。かれはご自分の財産をあたえられたのみならず，自分自身まであたえられました。だれが自分自身に勝るものをあたえられましょうか。それは子供たちを満足させるためであり，イエスはかれらに遺言により，莫大で豊かな，たくさんの財産をすでにしてあたえていたのです。ところでかれらがこういわないように，つまり，「わたしたちはあな

たの財産など少しも欲しくない。わたしたちはあなたご自身しか欲しくない。もしあたえてくれる方がわたしたちの手に入るのでなければ，贈り物を手にしても嬉しくはない。そうではなくて，あなたご自身がわたしたちにあたえられるその時に，わたしたちはあなたとともにあなたの財産をすべて手に入れているとの確信をえるのだ」といわないように，わたしたちの主は，ご自分をあたえられたさいに，かれらが受け取りえたご自身の財産がこのように拒否されることを避けられたのです》

⑮　（第20章）：この章でも冒頭に，簡略ながら，遺言のイメージが使われている。《わたしたちの父イエス・キリストが，遺言をつうじてわたしたちに遺されたすべての大いなる贈り物は，非常に素晴らしく，非常に価値あるものなので，だれもこれを拒まず，みなに受け入れられるのです》〔195 r°〕。

⑯　（第21章）：この章では遺言のイメージと，『新しい遺言』全体に時々出現する，反ユダヤびとのテーマとの結びつきが認められる。まず導入部から。

（引用—38）（205 r°）
《金持ちで，自分の財産にかんして気前の良い贈与者は，財産を喜んで，心から分けあたえるよう求められるのと同じく，それを受け取る者も，浮き浮きした心と，楽しげなおももちで，そのことに対して抱く満足のおもいを示すかのごとく，贈与者からもらうのがよいでしょう。〔……〕さてわたしたちの父イエス・キリストは，その大いなる慈愛によって，遺言をおこない，その大いなる鷹揚さと気前の良さによって，これまでに沢山の財産をわたしたちに分配されてきました。したがってわたしたちの側では，わたしたちが覚える有り難いという気持ちの徴として，楽しげな笑顔をもって，満足して財産を受け取り，キリストに感謝しなければなりません。これは恩知らずな者たちがそうしなかったことです。というのも，ユダヤびとのごとく，多くの人間が遺言者イエス・キリストと，その遺言を侮ってきたのですから。そうしたことは，かれらにとってのはなはだしい損害であり，損失であり，不

利益であるが，キリストにとってのそれらではないのです》

　ここで簡単に言及された，遺言のイメージに絡む反ユダヤびとのテーマは，同じ章内でさらに展開されている。《ユダヤびとは，神の古い遺言を最初に放棄した点で，弁明の余地をもちません。〔……〕かれらはまた，新しい，第2の遺言を，遺言者イエス・キリストとともに，退け，ないがしろにしたのです》〔212 v°〕。この章には遺言の譬えが，さらに二度ほど見られるが，きわめて単純なものである〔213 v°；215 r°〕。つぎに，ある程度まとまった遺言のイメージを拾うためには，ページをややとばさなければならない。

　⑰　（第25章）：第25章の終わり近く，キリストの，《これらのことをあなたがたに話したのは，わたしにあって平安を得るためである。あなたがたは，この世ではなやみがある。しかし，勇気を出しなさい。わたしはすでに世に勝っている》（「ヨハネ伝」第16章33節）との言葉を引用したあと，ドレは，《これらの言葉でわたしたちの主は遺言を終えられ，それが良く守られ，記憶にとどめられるよう，遺言の効用を示されるのです。効用とは，遺言によって，ひとが神のうちに平安をえるたぐいのものであります》〔258 v°〕と語る。

　⑱　（第26章）：遺言のイメージは，この章の冒頭でも，導入的な機能を果たしている。《わたしたちの父イエス・キリストの遺言が終わると，その中でイエスはわたしたちに長い時間語られたのですが，今度は転じて，ご自身の父である神に話しかけられ，死が近づいたあらゆる良きカトリック教徒に，遺言をしたあとでは，神のことのみを考えるよう，そして，人間に対してよりも，祈りの中で神に対して話すよう，教えられました。人間からは，死に対抗する助けも，救いもえられないことがわかっているのです〔……〕》〔261 r°-v°〕。

　⑲　（第27章）：死と遺言のイメージが，冒頭でわずかに用いられている。ドレは「出エジプト記」第28章で，神がモーセに命じて，その兄弟のアロンを司祭とするために，僧服を作らせたことを想起させた。その服の裾の周囲には飾りがきらめいていた，と伝えられるものである。ドレはこの服そのものにイエスを象徴させて，つぎのごとく述べた。《わたしたちの主をあらわしている，

この偉大な司祭の僧服の総縁飾りとは，主が遺言をおこなったおりの，主の生命の終わりでなければ，なんだというのでしょうか。〔総縁飾りである〕真っ赤なざくろの実とは，わたしたちのために死なれようとしたほどの，大きな慈悲でなければなんだというのでしょうか。かれは，最後にわたしたちのために死ぬことを望まれたとき，それらのざくろを総縁飾りとしてつけたのです》〔273 r°〕。

⑳　（第28章）：第28章のほぼ最終部分で，ドレは，キリストの祈りの最後の言葉，《それは，あなた〔神〕がわたしを愛して下さったその愛が彼らのうちにあり，またわたしも彼らのうちにおるためであります》〔「ヨハネ伝」第17章26節〕に言及する。

　　（引用―39）〔294 v°-295 r°（ただしページ付与の誤りは訂正）〕
《以上がわたしたちの父イエス・キリストの遺言の結びであり，その初めの部分に対応しています。この遺言をわたしたちは正当にも愛についての遺言と呼んだのですが，遺言の初めにイエスは，ワタシハアナタ方ガ互イニ愛シ合ウヨウニ新シイ命令ヲアタエル，とおっしゃり，愛についての戒律をあたえられたのです。そしていまここで，アルファがオメガに，最初の文字が最後のものに辿り着きました。律法の最初にして主要な戒律は慈愛のそれであり，律法とあらゆる戒律の終結にして完成も慈愛なのであります》

㉑　（第29章）：前章の最終部分を受けて，第29章の導入部も遺言のイメージで満ちている。またまた少なからず長い引用となるがご了承いただきたい。

　　（引用―40）〔295 v°-296 v°〕
《遺言者が作り整えた遺言が，そのために呼ばれた法律上の証人とともに，遺言者の手によって，あるいは公証人や公正証書係によってサインをされていなければ，それはけっして有効とみなされませんし，法的に公正とも受け取られません。しかし，遺言者の手になる署名やサインがあるなら，それが本

物であることを疑いなどまったくいたしません。〔……〕同じように，わたしたちの父イエス・キリストはその遺言を正式なものにするために，ご自身の名を添え，それにサインされ，封印をほどこされました。イエスはご自分の血によってサインをされました。また封印をほどこすために，垂れ飾りの付いた五つの赤い印を押されましたが，それはご自身の肉体で耐え忍ばれ，とどめられた五つの傷と傷跡のことであります。おお，誠実で，万人に受け入れられるにあたいし，わたしたちの父の大いなる印璽で封印され，その紋章で飾られ，ご自身の手になるサインで署名された遺言よ。つまりイエスの五つの大いなる印璽で封印され，その受難である紋章で飾られ，その二つの手になるサインで，すなわちイエスの両の手から流れ出た血によって署名された遺言よ。こうしたことを知らせるために，適切にも，福音の終わりに，また，わたしたちの父なるイエス・キリストの愛についての遺言とわたしが呼ぶ，最後の晩餐でなされたこの最後の説教の終わりに，イエスの痛ましい受難と，すべての血を流し終えたあとでの，十字架上の死の物語が置かれております。〔……〕新しい遺言が血をもって署名されなければならなかった理由は，充分に明確です。というのも，まず第1に，それが愛の遺言だからであります。愛は，遺言者がその相続人のために己れの血を流すとき以上に，良く示されうることはありません。〔……〕つぎに，イエスがわたしたちのために天の遺産を手に入れて下さったのは，その血をつうじてであり，こうした遺産の受け取りのいっそう明確な保証として，イエスの遺言は，その同じ血によってしるされ，あるいは署名されなければならなかったのであります》

この引用の直後に，ドレはわたしたちの注意を引くに値する言葉を書きのこしている。《ここで，『聖書』においては時として，この〈遺言〉なる言葉が，誓約や宣誓によって確認された結びつきの約束としてみなされているということを，よくよく注意しておこう》〔296 vº〕。つまりドレはここにいたって，「遺言」のほかに「契約」の意味が «testament» に存在することを明らかにする。

そしてドレは、これを契機に、『旧約聖書』中に出現する、神の契約に触れたいくつかの表現を並べたあとで、こう語るのだ。《このような方法とやり方で、わたしたちの父イエス・キリストはその契約〔testament：ここでこの語がどちらの意味で用いられているのか、必ずしも明瞭ではない。前後の引例が「契約」にかかわっているので、一応その意味で採っておく〕をおこなうのであり、その契約でわたしたちはイエスと永遠に結びつき、連帯し、そのしるしとして、イエスは、破棄しえない取り決めと結びつきによって、化肉の内にわたしたち〔人間〕の性質を神的な性質にあわせ、結びつけたのであります》。

㉒ (第30章・第31章)：契約としての《testament》のイメージはこれ以後、ときおりドレの文章のあいだに認められるようになる。たとえば、少し先の章のことだが、第31章の初めでは、《神が人間と、ある協定(パクシオン)、結びつき(アリアンス)、もしくは契約(テスタマン)を交わしたとき以来》〔316 v°〕との表現に続いて、新しい契約に言及している。つまりここでも、「協定」や、「結びつき」等の言葉に導かれ、《testament》すなわち「契約」の意味が確定する。とはいっても、この本での遺言のイメージはやはり基調であり、戻って見直すと、契約の概念が提出された第29章の直後、第30章でもこのイメージを取り出し、しかも新約聖書から、このイメージを使いうる正統的な根拠を、おそらく『新しい遺言』の中で初めて、示していた。まずこの章の冒頭から。《イエスの愛を明らかにする、その血によって、わたしたちの父イエス・キリストの遺言にサインがなされたあとで、残されたのはただ、死をもって、その遺言に法的有効性をあたえることだけです〔……〕》〔308 v°〕。ドレはこの文章を展開するために、すぐに「ヘブル書」第9章16-17節、《いったい、遺言(ゆいごん)には遺言者(ゆいごんしゃ)の死(し)の証明(しょうめい)が必要(ひつよう)である。遺言(ゆいごん)は死(し)によってのみその効力(こうりょく)を生(しょう)じ、遺言者(ゆいごんしゃ)が生(い)きている間(あいだ)は、効力(こうりょく)がない》、を引用し、つぎのように語っていた。《聖パウロは、その言葉の中で、このことを充分に表明し、自分が話しているのがまさしく（わたしたちの父なるイエスの遺言がそうであるごとく）遺言のことであり、なんらかの協定についてではまったくない、ということを良く理解させてくれます。協定は、一般的に、それがしっかりしたものとなるために、なんにせよ協定をともに結んだ

者たちの死亡や逝去を必要とはしません。そうするのは，あらゆる遺言であり，遺言は遺言者が生きているときは，(使徒〔パウロ〕が語るとおり) 有効でもなく，確認されもしないのです。つまり，遺言がなされたあとで，死が訪れなければ，であります》〔308 v°-309 r°〕。「ヘブル書」のパウロの言葉は，« testament » を「遺言」と一義的に結びつけ，ドレはそれを拠点に「新しい契約」を「新しい遺言」で置き換え，統一した像を提示して見せた。かくて『新約聖書』は，最後の晩餐から十字架での死にいたる過程に集約され，そこで完成される，遺言の物語となったのである。

　『新しい遺言』の本論にかんしていえば，以上が遺言の譬えに絡む主たる言及部分のすべてである。ドレは « testament » を可能なかぎり「遺言」の意味に解し，そのモチーフを多くの場合導入部に置き，いわば展開の鍵として用いて，『新しい遺言』の空間を開け広げた。『新約聖書』，すなわち « Nouveau Testament » を解釈するにあたって，ドレはなぜ「契約」ではなく，「遺言」のモチーフを選んだのだろうか。これは必ずしもドレがカトリックだったから，とか，エキセントリックだったから，とかの理由によるものではあるまい。『聖書』で « testament » の語が一定以上の広がりをともなって使われるのは，ゆいいつ，先に引用した「ヘブル書」の一節においてであることも原因して，この言葉に長いあいだ「遺言」のイメージがつきまとっていたことは周知のごとくである。福音主義者のルフェーヴル・デタープルや[36]，カトリック教徒で歴史に造詣の深いエチエンヌ・パスキエ[37]にもその意味でのこの語を理解していることを示す文章がある。そしてまた，« testament » なる語は日常生活の語彙の内部ではまずもって「遺言」しか指さないものでもあった。零細民の場合はよくわからないが，ある一定以上の階層の住民のあいだでは，遺言の問題も遺産の問題もはなはだ日常的なたぐいだった。ドレは，カトリーヌ・ド・メディシスに捧げたこの説教において，神学的に規定される「契約」の意味をあえて採らず，日常語彙の範囲内で『新約聖書』の世界を紹介しようと試みたようだ。遺言という，生と死の狭間になされる行為，死の彼方から生者の側に届

くがごとき声，死にゆく者の最後の意志にして訴え──ドレは，ひとつの極限的な状況をあらわすこのテーマをさまざまな角度から開発しようとした。遺言の内容だけでなく，遺言をおこなう者，その対象となる者，遺言の行為の証人となる者，それを執行する者，分与される遺産，遺言が語られる場所，状況，時間，その形式，その法的有効性，さらに死を迎える遺言者の心構えを，譬(たと)えの成立する場として取り出した。そして，これはじつのところ，一方では喩でありながら，他方，その遺言者が神，もしくはイエスである点で，聞き手に説くべき教義そのものとも分かちがたく結びついていた。ドレの語るところでは，その教義の中心は，キリストの死を賭しての慈愛〔charité〕の命令にあったとおもわれる。「ヨハネ伝」への注目が先に存在したのだろうか。それとも，後で簡単に触れる予定だが，慈愛の教義，とくに救いをえるおこないとしての慈愛の教えを，改革派の理論に対抗して説く目的で，「ヨハネ伝」を選び出したのだろうか。ともあれ，生と死との相剋の過程に生まれた，慈愛に収束する遺言の論理をもって，かれは30回を越える説教，もしくは講義を統一しようとした。そのためかあらぬか，ドレのイメージや論理の展開には，当時の錯綜する説得術や解釈学の論法に親しんでいた人々にはどう映っていたかは別として，わたしたちの眼からすると（時代錯誤をおかしている可能性は大いにある），かなり奇妙なもの，無理なものがあるように見える。こうしたドレの論理の強引さ，イメージへの執着は，遺言のテーマをして異なる言語レヴェルを縦断させ，キリストの物語という本来の文脈から，その物語の語り手たるドレ本人の人生の文脈をも侵犯させるにいたった。あえていうと，メタ・モチーフ，メタ・テーマとでも表現されようか。つまり，『新しい遺言』の本論部分に「完」の文字を記した後，《あらゆるキリスト教徒の読者に》と題された後書きが付され，ドレはこう書きとめている。正直にいって，わたしたちの手に余る文章だが，訳出しておく。

　　　（引用─41）〔328 r°〕
《我がキリスト教徒の兄弟よ，この書物を読み終えた後で，おそらくあなたは，

わたしが自分の遺言を語ったのであり，それは間近な死の徴(しるし)である，と判断し，いうことだろう。わたしの運命は神の手にあり，その神の命令によって，そのような事態が生じたなら，あなたに懇願し切願するものだが，わたしたちの優しい父なる遺言者イエスの栄光のゆえに，わたしの死後，イエスが，その血で署名し，その貴重な死により認証された遺言をつうじて，わたしたちにもたらし，あたえられた天の遺産を，わたしに心静かに所有させて下さるよう，あなたの祈りにあってわたしを思い出していただきたい。そしてわたしが（もっとも賢明な者がそうするように）かくも早くから，まったき健康状態にあり，頭の働きも完璧であるうちにこのように遺言をおこなったとしても，わたしがまだ生き続けるように，とも。神が，ご自分が植えられたものに水をほどこされ，それを成長させられるなら，また別のフランス語やラテン語の書物を，わたしに期待していただきたい。わたしはそのことを諸君に，わたしとともに祈ってくれるようお願いするものだ。神の恩寵と平安とが，わたしたちとともにありますように。アーメン》

9．主題の展開とイメージのふくらみ

わたしたちはいくつかの譬(たと)えに絡むイメージにしぼって，その具体的な表現や展開の情況をかなりの枚数を費やしながら，紹介してきた。くどくなるが，ドレの説教の手段としてのイメージの語り口にかんして，もう2点ほど，言葉を重ねておきたい。そのひとつは，原典の聖句の，イメージを用いた拡大である。わたしたちがすでに引いた文章にも，そうした拡大の様相は充分にあらわれていたとおもうが，なお一つ，二つ，特徴を示す例をあげてみたい。

「ヨハネ伝」第14章31節で，イエスは，《立(た)て。さあ，ここから出(で)かけて行(い)こう》と命じた。この言葉を素材に，ドレはつぎのように書いている。

（引用—42）〔130 v°-131 r°〕（第14章）
《わたしたちの主は（聖ヨハンネス・クリュソストモスの判断にもとづくと）

弟子たちが恐怖に戦き，主の言葉に注意深くするどころではなく，だれかが入ってこないかどうか，頭や視線を，あちこちに，こちらの側，あちらの側と動かし，絶えず捕まることを考えているために，おっしゃられたのがそういうお言葉でした。かれらがこれほどまでに恐怖に陥っていたもっぱらの理由は，わたしたちの主がかれらに，「わたしはもはや，あなたがたに，多く を語るまい」〔「ヨハネ伝」第14章30節〕といわれたからです。あたかも間もなく，間違いなく捕らえられるかのごとく，かれらがこのようにうろたえているのを見て，主はこの者たちを別の場所に連れて行き，自分たちがまえよりも安全であると認めて，もっと毅然として，身を入れて主の言葉を聞くようにさせました》

ドレが描く，使徒たちの動揺は「ヨハネ伝」の本文にはまったく存在せず，他の共観福音書でも数行で片付けられている。それをドレは，いかにもわたしたちの傍らで使徒たちが周章狼狽しているかのごとく，当たり前の用語で，充分網膜にとどまるほどに視覚化してみせた。

第15章でのつぎの一節も，イメージを用いて原典の文章を増幅拡大した例といえるだろう。この章も，先に紹介した第14章に続いて，葡萄の譬えで統一されている。その中にあって，「ヨハネ伝」第15章5節のキリストの言葉，《わたしはぶどうの木，あなたがたはその枝である》を，以下のように展開する。

　　（引用—43）〔145 v°-146 r°〕
《わたしは葡萄の木，あなた方はその枝である。わたしは葡萄の木であり，それは霊的で永遠の悦びという水分をもたらし，心を楽しませ，喜ばしい希望に満ちた安心感を回復させ，この世のさまざまな悲しみを追い払い，陶酔させつつ世俗のことがらを忘れさせ，慈愛の熱を注ぐものだ。あなた方は，生きた信仰と，慈愛によりそれに結ばれ，善行により実り豊かとなるその枝である。だが，こうしたことすべては，どこから枝にいたるのか。〔……〕かれらが実り豊かな枝なのは，かれらがイエスの内にとどまるかぎりにおいて

であります。「わたしの内にとどまる者」とイエスはいわれました。これこそ無償の拘束であり，救いとなる服従なのです。そしてイエスの内にあるわたし，これこそ小寝台や野営寝台に収まる夫であり，庭にいる友人であり，わが家にある家長であり，王の間にいる王であり，人間の内なる神であり，謙虚さの中の慈愛であります。かかる者はだれであろうと，たくさんの果実を実らせます。〔……〕しかし，なぜたくさんの果実を実らせるのでしょうか。それは確かに，その者が，あらゆる枝の善い方向への成長にあずかるかぎりにおいて，その者は自分に欠けるものを，ほかの者の内に獲得するからです。なぜなら，教会という集合体にあっては，個々の物は何もなく，一体的な結びつきが，いかなる事物も個人の所有にのみ属するということをさせず，各構成員に同じ肉が分けあたえられるからです。すべての選ばれた者たちにとって，かれらの善行は共同のものなのです》

　第1の拡大の例が，視覚像にもとづいた，イメージの展開であるのに対し，後者の例は，言葉が言葉を生み出して行く，16世紀人的な，饒舌の典型であるようにおもえる。一定の概念やイメージの周辺で，言葉を少しずつ変え，膨らませながら，語り尽くすかと見えるまでに，いく度もいく度も反復することで，その概念やイメージを相手に印象づける。あえて比喩を用いれば，前者の拡大が，視覚像を提供する点で，立体的であるのに比べ，第2のそれは，系統樹のごとくに，ある主題の枝分かれであり，網目状の展開である点で，どちらかといえば，平面的といえるかも知れない。第2の拡大の手法にかんしては，わたしたちはこれ以上何ごとかを語る立場にないが，第1の手法については，その延長に位置し，けれどいささかレヴェルの異なる，イメージの語り口を紹介しておきたい。

10.「ドラマ化」の手法

　ドレの使う，「親しみやすさ」を植え付けるさまざまな方法の中で，もっと

も立体感をともなうのは，状況のドラマ化という手法であろう。ドラマ化には，台詞にかかわるものと，情景にかかわるものとがある。前者の例をあげると，ピリポの言葉，《主よ，わたしたちに父を示して下さい。そうして下されば，わたしたちは満足します》（「ヨハネ伝」第14章8節）をドレはつぎのように拡大している。《おお，良き師にして主なる方よ，わたしたちはあなたにお目にかかり，あなたを知っております（と，聖ピリポはいいました），そのゆえにわたしたちは自分を幸福だとみなし，わたしたちはあなたが生ける神の子であると信仰を告白いたしました。あなたがわたしたちに父を示して下さること以外，もう何も残されておりません。わたしたちはあなたに満足しているからです》〔63 v°〕。

さらにわたしたちは，いっそう大掛かりな台詞化の作業を，「ヨハネ伝」第13章36-37節にある，シモン・ペテロの言葉の周辺に発見する。原典にはこうある。《「主よ，どこへおいでになるのですか」。イエスは答えられた，「あなたはわたしの行くところに，今はついて来ることはできない。しかし，あとになってから，ついて来ることになろう」。ペテロはイエスに言った，「主よ，なぜ，今あなたについて行くことができないのですか。あなたのためには，命も捨てます」》。ドレによる台詞化の作業は10ページ近くに及び，それを詳細に紹介することは到底ゆるされないだろう。ごく一部の引用でも台詞化作業の実態を了解していただけると思う。たとえばそれは以下の文に認められよう。修辞度が高いので原文を添える。

　　（引用—44）〔34 r°〕（第4章）
《聖ペテロは，この，もしくはこれに類似した言葉を，心の耳に，わたしたちの主から受け取ると，己れの精神の熱い思いを隠したり，抑えたりすることがかなわず，来るべき栄光の約束に大いに喜んだが，（愛に燃えていたために）わたしたちの主に対し言葉を返し，こういうのであります。「主ヨ，ナゼ，今アナタニツイテ行クコトガデキナイノデスカ。アナタノタメニハ，命モ捨テマス」。なぜわたしはいま，あなたの後について行くことができない

のですか。わたしはわたしの魂をあなたに捧げる心算です。あなたから受けたかくも多くの恩恵の後で、あなたを見捨てるほど、わたしが恩知らずだとおおもいなのでしょうか。あなたはわたしをあなたの使徒に選ばれました。わたしは山にあってあなたの栄光を目の当たりにしました。あなたはわたしの足を洗われ、わたしをあなたの肉で養われました。かくも多くの恩恵の後で、いかにしてわたしがあなたを見捨てるものでしょうか。おお、善き主よ、あなたの説教がわたしに厳しく、わたしの願いに少しも答えないことなど、起こりませんように。なぜなら（わたしは気づいておりますが）あなたが立ち去られるのはまったく確かであり、本心からであるからです。どれほど（おお、主よ）あなたの優しい存在に、この上なく深い喜びをわたしが覚え、大いに利益を受けたとしても、あなたがそこから来られたあなたの父のみもとに戻られることが必要なのですから、あなたのご意志がかなえられますように。

〔S. Pierre ayant telles ou semblables parolles receues de nostre Seigneur, en l'aureille de son cœur, ne pouvant dissimuler ou porter l'ardeur de son esprit, a esté grandement resjouy de la promesse de la gloire future (car brusloit d'amour) replique toutesfois encore contre nostre Seigneur, et dit : *Quare non possum te sequi modo ? Animam meam pro te ponam.* Pourquoy ne te puis je maintenant suyvir ? Je mettray mon ame pour toy. Penses tu qu'apres tant de benefices de toy receuz je sois trouvé si ingrat, que te laisser ? Tu m'as esleu pour ton Apostre, j'ay veu ta gloire en la montaigne, tu m'as lavé les piedz et nourry de ton corps et apres tant de biensfaicts, que je te laisse : Ja n'advienne o bon seigneur, que me sont durs tes sermons, qui ne respondent point à mes desirs : car (comme j'aperçoy) il est tout certain, et c'est à bon escient que tu t'en vas. Combien (o Seigneur) que de ta doulce presence j'aye esté grandement delecté, ou j'ay beaucoup profité. Puis qu'il fault que retournes a ton pere dont tu es venu, ta volonté soit faicte〕》

以下，延々と続くが，引用はこの程度にしておこう。

一方，情景のドラマ化の操作にかんしては，視覚化の密度の高いものといってもかまわないだろう，この本の第1章から，拾ってみる。最後の晩餐がおこなわれた時間が「夜」であったことから，ドレはつぎのような，視覚的な情景をあらわしてみせる。《さて，夜における以上に，松明や燭台をともす必要がいつあるでしょうか。そのうえ通常夜は昼より寒く涼しいものであり，それゆえにクリスマスの夜，教会で早朝の祈禱にあたり，寒さのために火をともすのが習いとなっております。さて，受難のその夜は大変な寒さであり，普段は堅固で頑丈な石もおじけづいて震えたほどでありました。その夜に火をともすのは，はなはだ当を得たことではなかったでしょうか。しかしそれは，聖ペテロがその傍らで身を暖めた物質的な火ではありませんでした。物質的な火は凍えた心に触れて，温もりをあたえなどしなかったのであります。必要なのはそれと異なる火，内なる人間を内部において，神の愛へと暖め，神の名と神の栄光を担う勇気をもたらす火でありました。かかる火とは神の言葉の火以外の何ものでもありません》〔3 v°〕。

また，イスカリオテのユダの舞台からの退場にさいし，ドレはこうイメージをふくらませた。これも原文を添えておく。

(引用—45)〔4 r°-5 r°〕(第1章)
《この時に，おお，善き父イエスよ，あなたは遺言をおこない，あなたの子供たちをあなたの相続人に指定しようとされましたが，その子供たちの中に滅びの子，ユダはおりませんでした。〔……〕だが〔ユダは〕どのように出ていったのだろうか。それは，わたしたちの優しい父イエス・キリストの口から，さらにいくらかの，ためになる言葉をいささか間近で耳にとどめようと，ひっそりと，少しずつ歩みながらであるのか。いや，確かにそうではない。なぜなら，すこしまえで，聖ヨハネが，「ユダハ一キレノ食物ヲ受ケルト，スグニ出テ行ッタ」〔「ヨハネ伝」第13章30節〕といっているからだ。かれはわたしたちの主の手から，〔葡萄酒に〕浸したひと切れ〔のパン〕を受け取

第1章　忘れられた宗教者ドレをめぐる断章　403

ったあと，ただちに出ていった。そしてそれは夜であった。おお，ユダよ，だれがおまえをせかせて行かせるのか。闇の中をそんなに急いでいって，怪我をするのが怖くないのか。おお，ユダよ，おまえがいま，闇の中をゆくがごとくに，一体こんなにも大胆に，白昼歩んだことがあるのかどうか，わたしは知らない。おまえがいま，注意深く，しかもすみやかに悪魔のために骨を折っているほど，まめまめしく神のためにかつて努めたことがあったかどうか，わたしは知らない。だが，ユダが自発的に立ち去って行く有様を見ることにしよう。だれもかれをせきたてず，だれもかれを仲間から追い立てないが，悪事をなすに早過ぎることなどけっしてないかと，ユダにはおもえる。何か立派な遺産を貰おうと，その父なる方の遺言がおこなわれるのを，かれはなぜ待たないのか。悪魔がそれを望まないのだ。悪魔はユダがゆくのをせかせ，急がせ，この聖なる人々の内にこれ以上いないようにさせる。かかる点で暗示されるのが，ユダにかんしてそうであったごとく，悪魔が心を占拠し，捕らえている者たちを統治し，指図するために，悪魔がもっている巨大な力であり，猛烈な力であり，激烈な力である。ユダを悪魔はただちに出発させたが，それはユダがさらにわたしたちの優しい主とともにとどまっていたら，晩餐の祝福と聖別の徳の力で，いくらかの火のきらめきがかれの心にともり，そこから己れを悔悛へと引き戻し，導くいくらかの光りを受け取るのではないかと，恐れたからである。ユダは吝嗇のおもいにすっかり酔いしれて立ち去り，闇の王のあとばかりを追い，生命の昼を打ち棄て，死の夜，ただの死ではなく，永遠の死の夜を何よりも選ぶのである。

〔Alors o bon pere Jesus tu voulois faire ton testament, et instituer tes heritiers tes enfans du nombre desquelz n'estoit pas le filz de perdition Judas.〔...〕Mais comment sorty ? est ce pas à pas et tout bellement pour ouir un peu de pres encore quelque bon mot de la bouche de nostre doulx pere Jesus Christ ? Non certainement, car dit un peu paravant sainct Jean : *Cùm accepisset ille buccellam, exivit continuo.* Apres qu'il eut prins le morceau trempé de la main de nostre Seigneur, il se partit incontinent, et estoit nuict. O Judas, qui te haste d'aller ? Ne crains tu pas te blesser d'aller si vistement en tenebres ? O Judas, je ne scay si allas jamais si fort en plein jour, comme tu vas en tenebres. Je ne scay si te employas oncques si diligemment au service de Dieu, comme songneusement et promptement te employes au service du diable. Mais regardons qu'il s'en va de luymesmes, nul le presse, nul le chasse de la bande, il luy semble qu'il n'y sera jamais assez tost à mal faire. Que n'attend il le testamant de son pere estre faict pour avoir quelque bon lay ? Satan ne le veulx pas. Il le pousse et haste d'aller, pour n'estre plus en telle saincte compagnie. En quoy est insinuée la grande force, impetuosité, et violence qu'a Satan, pour imperer et commander à ceulx desquelz il a les cœurs occupez et saisiz, comme il avoit de Judas, lequel il a fait incontinent sortir, craignant qu'en sejournant encore avec nostre doulx Saulveur, quelque sentille de feu s'allumast en son cœur, par la vertu de la benediction et consecration de la table : et de la receust quelque lumiere pour le retirer et induire à penitence. Il s'en va tout yvre d'avarice, et ne suyt que le prince de tenebres, en delaissant le jour de vie, preelisant la nuict de mort, voyre de mort eternelle]》

わたしたちはすでに16世紀初頭の歴史家の中に，こうした臨場感をもたらす叙述法を見てきた。歴史家の中にさえあったのなら，なぜ説教師がそうした手法に頼らない理由があろうか。そうした手段は言葉をあやつる者にとって，〈記憶の貯蔵庫〉にたくわえられていた財産なのではなかったか。ここでドレは，時間的・空間的に限定された最後の晩餐の場を舞台にとり，その枠にあらわれる人物にのりうつり，原典をはるかに越える言葉をあたえ，心の動きを表面化させた。ある意味で寓意的・象徴的であった使徒たちが，肉体と感情を備え始めたのだ。また一方でドレは，人物がそこで演ずる舞台の状況を写実的に描写し，人物の外面，行動，仕種へのこまやかな配慮とともに，その場が聞き手や読み手の想像力の世界において，よりいっそう具体性を有するようにした。こうした手法もドレの著作に「親しみやすさ」をあたえるひとつの要素であった

第1章　忘れられた宗教者ドレをめぐる断章　405

とおもわれる。

　ドレがいかに「親しみやすさ」という効果をもたらそうとしてきたか，簡単に眺めてきた。紹介も兼ねて，長文の引用ばかりをつらねたが，いくらかは「親しみやすさ」の効果の発生現場を訪ねることができたかも知れない——などというと，「論文の要諦がわかっていない」とお叱りの言葉が聞こえてきそうだ。お叱りの言葉は甘んじて受けるとして，ドレに戻って「親しみやすさ」の手法を一言でまとめると，それは，時として専門語は混じるものの，概して平易な語彙，話体に近い文体，日常的なイメージ世界の援用，ずれをともなった反復にもとづく，一定の言葉や概念，そしてイメージの拡大と強化，臨場感を覚えさせるドラマ化的な手法などに存した。残念ながら，わたしたちにはこれらの効果の成立にかんして，ドレの独創性がどの程度のものであったか，計測することができない。一方では，この時代における古典古代以来の雄弁術への関心の高まりが考えられる。雄弁術については，古典古代の弁論者たちのみならず，教会教父たちも著作を残しているから，神学博士のドレがなんらかの知識を有していなかったと考える方がおかしいだろう。また，他方で，中世以来の説教の伝統も無視することは絶対に不可能だ。文芸ジャンルとしてほぼ確立したかにおもえる，いわゆる《愉快な説教〔sermon joyeux〕》や，短話集で哄笑の的とされる怪しげな坊主の説教から，たとえば，ジャン・ジェルソンのそれにいたるまで，ドレの先駆者は事実おびただしい。そうした表現史が課す問題は専門家に任せるとして，わたしたちとしてはただ，すでに述べたとおり，諸研究者がドレの特徴に「親しみやすさ」をあげている点で，かれにやはり何がしかの独創性があったのかも知れないと，おぼろげに想像するばかりだ。歴史的な位置づけよりも，当時の説教の文体の一例として，読み流していただければさいわいである。

　閑話休題。それではこうしたさまざまな要因が協力して造り上げる「親しみやすさ」とは，一体何を目指すものなのだろうか。わたしたちは初めに，なんにんかの研究者の言葉や，『新しい遺言』の「序文」でのドレ自身の文章を頼

りに，改革派による『聖書』の大衆化運動へのカウンター・アタックの役割を，この書物が負わされているようだと推測を述べた。「親しみやすさ」という効果は，それが意図的なものか，ドレに自然に備わったものかはさておいて，そうした役割の中心に位置したのではないかとおもう。しかしわたしたちがそうした役割を知ったのは，あくまでも「序文」や研究者の言という，いわば本体たる説教の外部をつうじてでしかなかった。したがって，わたしたちの側としても，そのことを断言するまえに，『新しい遺言』における論争的な側面と，その表現の様式を調べなければならない。

11. 改革派論駁

　わたしたちは当時の，いや，当時にかぎらず，一般的に神学にかんしておよそ無知であると，まず告白しておかなければならないが，『新しい遺言』の中で，その表題に明言されるほど，《いくつもの異端の説が退けられている》ような印象は受けない。著者の言葉を疑うのもいまおこなっている作業の宿命だから，まずテキストそのものをたずねるのが，最善の策だろう。印象としては，そして結果をいってしまうと，『新しい遺言』全編をつうじてむしろ稀なケースに属するが，論争性がわたしたちにもわかる箇所，「ルター派〔Lutherien〕」などの名称で，改革派が前面に呼び出される箇所に限定して（説教者であるとはいえ，ドレもこの時代のフランス一般知識人の多くと同様，「ルター派」と「改革派」の区別をしているようには見えない），ドレの異端反駁の思想と表現を捜してみる。

　① キリストが人間のために神に祈るか否か，について。ドレはこの問題で，異端者たちに反論をこう加える。

　　（引用—46）〔83 r°〕（第 9 章）
《将来にかんして，この一節で，イエスはわたしたちに，その父に祈ることによって，わたしたちのためにこの世でおこなってこられた役割を，天国にお

いても欠かさず実行するとの約束をなされるのです。ここの，この一節で注目したいのはつぎのことです。つまり，ルター派や偽りの反キリスト，ウィギランティウスの異端説の煽動者が，天国の聖人はわたしたちのために祈ることなどないと教え，その理由に，聖人は眺めていることで，神のご意志に服することになるのであり，したがってわたしたちの主にして父なるイエス・キリストもまったく祈らなかったとしておりますが，これは明らかに偽りであり，イエスの約束に反しております。というのも，何よりも，イエスはご自分の意志を父なる神のご意志に一致させ，ご自身のご意志をだれよりも良くわかり，知っておられるからです》

②　つぎはミサについて。(第13章)《キリスト教徒の平和の象徴にして指標は，古代から定められてきたミサにおける，信者たちの聖なる接吻です。このミサを，災いをもたらす聖餐形式論者〔sacramentaire〕たちは，教会から平和を取り除くべく，廃止しようと努めているのです》〔126 v°〕
③　第15章ではあからさまに異端者の火刑を支持している。

(引用—47)〔148 v°〕
《このようにして神は，実をつけない霊魂を火に送り込むまえに，聖霊によって，霊魂から〔神の〕養子たる名誉を取り除かせるのです。霊魂は，葡萄の木から切り離された枝となり，聖霊を失ってしまいます。こうした事態はあらゆる罪びとにふさわしいが，とりわけ異端者にかんしそうなのであります。かれらは教会から引き離され，神秘的な統一体から削除され，ためにかれらには聖霊がなく，したがって葡萄の木の無用の若枝のごとく，火に投げ入れるのがよいのです。かれらは無用であるばかりでなく，葡萄のその他の善い枝，つまり善き信者にとって，損害をあたえ，危険でもあるのであります》

④　《愛する人間にとっては，何事も充分になされた，ということはありません。それゆえ愛は火に比べられるのです。火はこれで充分ということがなく，

「もう，たくさんだ」といいません〔『旧約聖書』「箴言」第30章16節〕。こうしたことすべてをつうじ，わたしたちが結論するのは，あらゆるルター派とは逆に，義とされたり，神の友人となるには，信仰では充分でなく，わたしたちをして神の戒律を守らせる慈愛が必要だということです》〔180 r°〕（第18章）。

⑤　第23章には，改革派への反論が何箇所かにわたって登場する。まずカトリック教会における儀式の正統性に関して。

　　　（引用―48）〔233 r°〕
《わたしたちの主のこうした言葉によって，わたしたちを教皇派(パピスト)と名付ける現代の異端者たちが，この点で何を唸(うな)ろうと，わたしたちは教会におけるたくさんの儀式を，かわることなく，疑いを入れないものとみなすのであります。それらの儀式は，使徒たちの伝統に由来するのですから，遵守するのがふさわしく，それらについて何も書きとめられていなくとも守るのがふさわしいのです。というのも聖霊が，ある時代には担いえないものを別の時代には担いうるということにおうじて，打ち続く時の流れのあいだに，教会にさまざまのことがらを啓示してきたからです。教会は，その少年期と幼年期にあって，のちにおけるほど多くの掟を負わされていなかったのですが，それは，わたしたちの主がいわれるとおり，それを担いえなかったためであります。わたしたちの語ることが，だれかを（ルター派の言のごとく）教皇派にするなら，聖アウグスティヌスも，聖大バシレイオスも教皇派でなければならなくなります。前者はラテン教父であり，後者はギリシア教父であるのですが》

さらにまた，《真実を語る上記の二人の証人〔すなわち聖アウグスティヌスと聖バシレイオス〕の口によって，ルター派に対するわたしたちの言葉が確認されるでしょう〔……〕》〔235 v°〕（第23章）。

つぎに，キリスト者の教育における聖霊の役割にかんして。

《この点で，わたしは，現代の異端者の愚かしさに驚いてしまいます。かれ

らはイエスが真実を述べ、聖霊が教会にあらゆる真理を教えたとはまったく考えていないのです。したがって、かれらの新しい有害な教義を受け入れてはなりません》〔235 v°-236 r°〕（同上）。

　さらに批判は、教義の面のみならず、それが事実か否かは別にし、ドレの眼から見て面白からぬ、改革派の外的な行動様式にまで及ぶ。《聖霊は、他の者にまさって栄光を得ようとしても、異端者が自分自身のことを話すようには、聖霊自身について話されはしないでしょう》〔236 r°〕（同上）。

　⑥　第24章では、《これ〔使徒たちの謙虚な態度〕は、『聖書』に自分の勝手な意味を提出する、図々しく無鉄砲な者たちと正反対です。聖ユダがいうごとく、かれらは自分が知らないことを罵るのです。こんな具合に行動するのが聖餐形式論の異端者で、この者たちは聖体の真理を否定しますが、それはかれらが、イエス・キリストがかくも小さな聖体のパンのもとにおられるということを少しも理解できないからであります》〔240 v°〕と、聖体の秘蹟を擁護している。

　⑦　第26章ではまず、イエスの最後の祈りをめぐる、つぎの言葉が見られる。

　　（引用—49）〔263 v°〕
《イエスのこの長い祈りによって反駁されるのは、あれらのあぶらぎった臓物料理、無精な胃袋、ルター派の快楽主義者であり、かれらは長い食事と短い祈りを好み、定時課を無駄であるとか、長すぎるとして冒瀆いたします。わたしたちの主が祈りにかくも時間をかけるのを見るいま、自分たちのあしき物言いを改めるがよいのです》

　さらに同じ章の内部で、信仰だけでひとが救われるのではなく、慈愛をともなう信仰によるのだと、善行論が再度説かれる。

(引用—50)〔270 v°〕

《おお,ルター派の者たちよ,この同じ理由によって,むきだしでそれのみの信仰は,おまえたちを救いはしないということを知れ。悪魔どもも信仰をもっているが〔?〕,救われはしない。少なくともイエスを「主よ,主よ」と呼ぶのに,そのご意志をおこなわない悪しき信者たちも信仰をもっているが,イエスはかれらを永遠の生命から追放するのだ。したがって生命をあたえるのは生きた信仰であり,死せる信仰ではない。なぜならいかにして死せるものが生命をあたえるであろうか。それは慈愛のおこないにともなわれた信仰なのである》

以上が,改革派をはじめとする,ドレの眼から見た同時代の異端者への言及が,明確な形で存在する箇所である。このようにまとめてしまうと,あたかも『新しい遺言』が論争書であるかのごとき印象をあたえてしまうかも知れないが,逆に考えれば,「ルター派」や,「聖餐形式論者」といった名称で対立する相手が名指されるのは,わたしたちの見落としが数多くなければ,《いくつもの異端の説が退けられている》と言明された660ページの著作のわりには,これだけにすぎない,ということもできる。この他にも,そうした対立者の名を直接には引かないけれど,おそらく時代の論争を反映していると想像し得る文章は,確かにある。赤ん坊に洗礼をほどこすことの意義〔143 r°〕,聖体の秘蹟の称讚〔187 v°-188 r°〕,聖人の名において祈ることの整合性〔251 r°-v°〕,長い伝統や多数の殉教者,そして信者に支えられてきたカトリック派の教義の正統性〔228 v°-229 r°〕などは,明らかに改革派の批判を意識して語られたものであろう。しかしそうしたすべてを勘定に入れても,わたしたちの印象では,改革派の否定に充てられた箇所は,たとえば,キリストを十字架につけた,ユダヤびとへの罵りの言葉が出現する箇所と比べて,少数であるように思われる。

ユダヤびとへの非難は,そのひとつひとつに割かれる文章は短く,また理論的でもないが,この書物全体を貫いて,いく度もいく度も反復されるものだ。

第 1 章　忘れられた宗教者ドレをめぐる断章　411

改革派よりもユダヤ民族に対し，対立感を煽り立てるなんらかの個人的な理由があったのだろうか。それとも同時代の，ユダヤ人排斥を実施したいくつかの国と共通する，社会的な背景が潜んでいるのだろうか。はたまた教化的な釈義の文章が要求する，一定の形式に則った表現なのだろうか。これもまた残念ながら，わたしたちには手が届かない問題である。しかし，『新しい遺言』が必ずしも全面的に改革派のみを相手にした論争書ではなかったことの，わずかな傍証となるかも知れない。

12. トリエント公会議

　さて異端者との論争の中にだけ，アクチュアルな課題が見出されるとはかぎらないし，論争の形式に即してのみ，そうした課題が表現されるわけでもない。『新しい遺言』の中に，改革派を想定した論争の部分以外にも，ときとしてドレが時代の子であったと想像させないでもない一節に出会うことがある。ドレが体制を支える，というよりむしろ，体制そのものであるカトリック派の代弁者であることは事実だとしても，この書物のところどころに，時代批判かと疑わせる文章がのぞいているし，これも理由や背景は不明ながら，殉教願望，もしくは迫害妄想をうかがわせる言葉も存在する。前者の例としては，短い文章だが，《おお，獣として生き，神のことがらについては何も，あるいはほとんど知らず，弁明し，稼ぎ，欺くことは良く知っており，策略にかんしてはわかりすぎるほどであり，けれども神のことはまず理解していない者たちが，キリスト教世界になんとたくさんいることか》〔64 r°-v°〕（第 7 章），があげられようか。また後者の例には，殉教をもっとも完璧なおこないと讃える一節があるし〔172 r°〕，つぎの訴えもそれに属するだろう。

　（引用―51）〔204 v°〕（第20章）
《おお，盲目で狂乱の世界よ，いつまでお前は，お前に教えを授けたいと望む博士たちを，お前を治したいと望む医者たちを，そして悟りを開かせるため

に，言葉の松明(たいまつ)をお前のもとに運んでくる人々を迫害し続けるのか。しかし，そのようにふるまうのがお前の習いなのだ。だからイエス・キリストの真の弟子たちは，お前のよこしまさゆえに，真実と普遍的な教義を説教し，伝道するという，その勤めをし続けるであろう》

　改革派を相手取った論争にせよ，堕落した人の世を嘆き，怒る言葉にせよ，『新しい遺言』のある部分には確実に同時代の風がかよっていた。そもそも，この著書の執筆の動機，つまりカトリック側の教義の大衆化それ自体が，時代の要請だった。しかしこうした，やや広い枠で考えた時代性を超えて，より限定された出来事や理念が『新しい遺言』の成立に関与していた可能性はあるのだろうか。素人考えなりに，1点だけ，ドレの説教との対応を見てみたい事件がある。ほかならぬトリエント公会議のことだ。
　トリエント公会議と『新しい遺言』を対応させるには，『新しい遺言』が書き終えられた1550年――わたしたちが底本とした1557年版も内容的には初版と同一である，という仮定に立ったことをおもい出していただきたい――，その時点での公会議の成果を知ることが必要となる。公会議の記録は右はパラヴィチーニから左(？)はフラ・パオロ・サルピまでおよそ無尽蔵に存在するが，ここではひとつにフラ・パオロやかれに反駁するパラヴィチーニら，いわば後世の著作家をさしあたり避け，ひとつにひとつひとつが膨大な史料の，さらにその数も莫大な史料の海で溺れることを恐れ，また，あまり知られていない文書を紹介するという当初の方針に則って，党派的であることを承知しつつ，読むに簡便なイノサン・ジャンティエの『トリエント公会議の検討』[38]を材料に論を進めたい。周知のとおり，ジャンティエは俗称『反マキャヴェッリ論』で有名な改革派の法学者で，『トリエント公会議の検討』も公会議に敵対する立場で貫かれているが，《公会議自体の議事録や，演説，討議》[2]を大部分の事実関係のよりどころとしていると言明しているから，ある程度は，すなわち『反マキャヴェッリ論』でのマキャヴェッリ像くらいには，公会議の実像に迫っているのではないかと考える。要するに，わたしたちの印象では，細部を組

み合わせた全体の姿は，党派的に歪んでいても，細部そのものは一応実体に即している一次史料と思われる（もっともそれらの細部が，好みのままに選り分けられた細部であることもほとんど確実なのだが）。

　1550年までに，この公会議では，およそつぎのような宣言と決議書，決議がおおやけにされた。以下にとくに決議書の内容に着目しながら，各会期（session）を追ってみよう。ジャンティエは決議書に含まれる箇条すべてを抜き出しなどしないし，往々要約をするにとどめている。以下にそれらをさらにまとめてみる。

　第1会期（1545年12月13日）：**公会議開催宣言**。異端の根絶，教会内の平和と統一の再建，聖職者とキリスト教徒の改革を目的とする。

　第2会期（1546年1月7日）：**決議書**〔decret〕。懺悔，施しをおこなうこと。聖職者は聖霊について誉め歌うこと。肉の欲望を控えること。断食の勧め（とくに毎金曜日）。教皇，皇帝，国王，君主，および人間みなのために祈ること。頻繁に聖体を拝領すること。教会に足繁くかようこと。神の戒律を守るよう努力すること。

　第3会期（同年2月4日）：**決議書**。神父たちは信仰の盾，救済の希望の兜，神の言葉である精神の剣をもって異端と戦うこと。キリスト教徒はニケイア公会議信条に記された信仰告白をおこない，異端者と区別さるべきこと。

　第4会期（同年4月8日）：二つの**決議書**。①『旧約・新約聖書』および，キリストの口から出た，もしくは聖霊により霊感をあたえられ，絶え間ない継続のうちにカトリック教会内部で保たれてきた，信仰および習慣に属する，しるされていない慣例〔traditions non escrites〕を真理として守ること。②ゆいいつ，ラテン語訳ウルガータ版『聖書』のみが真正と認められ，異議なく教会で受け入れられること。違反すれば破門される。また，何ぴとも，教会の定めた意味以外に，また，神父たちの一致した解釈にさからって『聖書』を引用しえないこと。

　第5会期（同年6月17日）：**決議書**。各大聖堂には，『聖書』を講ずるための，

神学博士用の参事会員の地位があること。また，貧しい生徒のために無償で文法を教える，学校教員用の参事会員の地位があること。修道院でも『聖書』の講義をおこなうこと。最低日曜日と重要な祭日には，司教が自分自身で，もしくはそれにふさわしい者をつうじて，また司祭も福音書を説教すること。

第6会期（1547年1月13日）：**決議**〔canon〕。アダム以降の人間の自由意志を否定する者は破門。義認はゆいいつ，信仰によってのみもたらされる，と主張する者は破門。善行は義認の結果にして徴（しるし）であり，その原因ではないと主張する者は破門。**決議書**。正当な理由なくして6ヵ月間教区を不在にする司教は，司教職の年収の4分の1を削られること。首都大司教〔metropolitain〕は管轄内の司教の，また，最長老の司教は首都大司教の不在を，教皇に通知すること。司教は，正当な理由があり，一定期間内である場合，その下位聖職者の不在を許可し，助任司祭を代理に立てうること。許可なくして不在にする者は聖職禄を受けられないこと。司教には，教皇代理の資格で司教区聖職者，および修道院外の修道士のゆきすぎを矯正し，罰しうること。同様に司教は，司教区の参事会員を罰しうること。

第7会期（同年3月3日）：**決議**。何者かが，秘蹟はイエス・キリストにより設けられたのではないとしたり，その数を洗礼，悔悛，堅振，聖体，婚姻，品級，終油の七つより多い，もしくは少ないとしたり，七つのうちのあるものが真実の秘蹟でないとするなら，その者は破門。秘蹟授与の儀式が司祭により省略，もしくは変更しうるとする者は破門。洗礼時に本物の水を必要としないとする者は破門。洗礼を受けた者の堅振は，真の秘蹟ではなく，昔は教理問答教育にすぎなかったとする者は破門。**決議書**。正式な結婚から生まれ，分別ある年齢で，品行方正にして，学識がなければ，何ぴとも司教となれないこと。何ぴとも，1箇所以上の司教の地位に就けないこと。その他，司教にあたえられる，教皇代理の資格にもとづく諸権限について。

第8会期（同年3月11日）：公会議の開催地の変更以外，決定なし。

第9会期（同年4月21日）：決定なし。

第 1 章　忘れられた宗教者ドレをめぐる断章　415

　以上の，トリエント公会議の決定と『新しい遺言』とを，どう対応させればよいのだろうか。決議や決議書に説かれている思想や戒律のあるものは，確かにドレの説教に見出すことができる。しかしそれらはすでに，改革派との論争をつうじて，同時代の宗教者には明らかであった箇条の確認にすぎないようにおもえる。一例として，1543年にパリ大学神学部が起草した，「26信仰箇条」の内容とドレの教義とは，わたしたちの眼には，明らかに重なり合うと見える。一方また，『新しい遺言』で重要な位置を占める聖餐やミサ，聖人の役割について，トリエント公会議で決議がなされるのは，まだ将来のことだ。もちろんドレは，公会議の諸決定を承知していただろうし，それらにさからうつもりもなかっただろうが，公会議の結果が『新しい遺言』の執筆にどれほど大きな影響をあたえたものか，疑念なしとはしない。根拠のひとつをあげれば，「説教」が，親近感のうちに聴衆をひきこむべく，タイムリーな話柄をばねにうったえようとする傾向にあるジャンルであるにもかかわらず，ドレはこの本の中で，トリエント公会議にかんしてはひとことも言及していない。そしてその沈黙は，あるいはもっともであるかも知れないのだ。カルヴァン派の手になる『トリエント公会議の検討』においてのみならず，フランス16世紀中葉を代表する，屈指の大法学者，シャルル・デュ・ムーランの『トリエント公会議問題に関する見解』[39]でも述べられていることであるが，ドレが仕えていた，国王アンリ2世は，公会議に聖職者を派遣せず，あまつさえ1551年には，トリエント公会議の正統性を否定する宣言を発布した〔Du Moulin, 274-275 ; Gentillet, 93 et suiv.〕。ただし，いささかのちになって，リーグ派の学者，ガブリエル・デュ・プレオーは，ジャンティエというカルヴァン派の論客やデュ・ムーランというルター派の法学者をどの程度意識したものかわからないが，『教会の機構と継続の歴史』[40]の中で，アンリが聖職者を派遣しなかった理由を，政治情勢のゆえとし，この歴史書の記述に従えば，教皇に対しわざわざアンリに詫びを入れさせている〔II. 503 r°〕。しかし，わたしたちが参照しえた現代の歴史家たちでは，たとえば先にあげたイヴァン・クルーラスも，デュ・ムーランと同様の見解をとっており[41]，これまたたとえばアンバール・ド・ラ・トゥール

の『宗教改革の諸起源』でも、皇帝カロルス５世との争いを背景にした、アンリと教皇ユリウス３世の対立の厳しさを、《かつてフランスが教会分裂にこれほど近付いたように見えたことはなかった》[42)]と語っている。ただ史実の解釈の難しさを痛感することだが、アンバール・ド・ラ・トゥールは、その対立が根幹にかかわるたぐいではなく、ジャック・アミヨを派遣して教皇を非難する宣言を述べさせたこと自体、暗黙の内にトリエント公会議の開催を認めたものだと考えている。とはいえ、この解釈が正しいとしても、説教師のドレがそうした背後の動きをどこまで読みえたか、疑問である。アンバール・ド・ラ・トゥールも、外見的には極度の対立が存在したことを否定していない。要するに、1550年の時点で、アンリ２世やその一族とかかわりをもち、それを維持したいと望む説教僧が、トリエント公会議について積極的に評価する発言を自分の著作に書きとめたり、その影響を即座に知らしめる表現を用いるのは、なかなかになしがたい行為ではなかったかということだ。公会議の場で、肯定的な決議や演説が目立つ、教皇の権力や権威をめぐる言葉が見当たらないのも、ドレの慎重さをうかがわせる。そのようなことを考えあわせると、この『新しい遺言』とトリエント公会議とを直接的に結びつけるのに、ためらいを覚えざるをえない。共通するテーマが多いとしたら、それは、二つながらに時代の風を受けて、同じ対立者に面し、同じ価値を守ろうと努めていたから、という程度におさえておいた方が安全かと思われる。

13. 対立者の否定と隣人愛

「愛」や「慈愛」といった言葉が『新しい遺言』にはあふれている。ドレによれば、キリストの遺言もしくは命令の中心には、こうした概念が動かしがたく存在している。人は己れへの愛を棄てて、他者を愛さねばならないし〔20 r°〕、キリスト教徒はみな精神的に兄弟であり、そのためにも隣人を愛さなければならない〔170 v°〕。ドレはキリスト教徒のあいだに存すべき絆を、三位一体に譬えさえする。

（引用—52）〔287 v°〕（第28章）

《キリストはそれゆえに慈愛，平安そして調和という財産を求められます。調和は信者たちをはなはだ強い精神的な団結に導き，それはちょうど，父と子と聖霊の自然で同質な結合を模倣するがごときであります。〔……〕これ〔三位一体〕と同様に信者たちもあるのであり，いかにかれらが多数であろうと，キリストはかれらに，慈愛の絆で結ばれ，教会というひとつの統一体を形成し，愛し合い，助け合い，愛にもとづくすべての善意を交わし合うよう，命ぜられました。それは，イエスとの合一がおこなわれるそもそもの原因である，イエスに対する崇敬のおもいゆえに，であります》

このように，キリストの教えに従って存在すべき，愛にあふれた共同体の替わりに，ドレの眼に映るのは，同時代の分裂するキリスト教世界だった。現実世界を見て，ドレは嘆かざるをえない。《ここでわたしたちの主が語られたことがらが真実であると，経験はわたしたちに証言してくれます。というのもキリスト教徒が上述の統一を維持しなくなって以来，キリスト教の信仰はもう拡がることなく，かえって縮小し，世界が信仰するこの果実が，少しも受け継がれておりません。おお，今日のキリスト教世界に，なんと多くの不和と分裂とがあることか。そのためにキリスト教世界は大変荒廃し，信仰の面で衰えているのです》〔289 v°；ページ付与の誤りは改めた〕。

わたしたちの眼で見た場合，『新しい遺言』には確かに，突飛で非整合的な表現や論理，連想が目立つように思われる。しかしドレとわたしたちの間には，16世紀にかぎっても，カルヴァンやベーズ[43]，デュ・プレシ＝モルネ[44]，あるいはドービニェ[45]，スポンド[46]，デュ・ペロン[47]をはじめとする優れた宗教的な教化文学を書き残した人々がいる。ロンサールの最初の『オード集』出版はかろうじて『新しい遺言』（初版）と同年であり，ローマ教皇への使節となったアミヨが記念碑的な翻訳を世に問うのは，まだ10年ほど先のことである。つまりわたしたちは『新しい遺言』以降の，豊かなイメージの遺産や確固たる

論証の経験，描写技術の蓄積のレンズをとおして，ドレの散文を眺める傾向がある。ラブレーに代表される，文学的・学問的に素養豊かな知識人階層はさておいて，当時の平均的な人々，知の中層に属する人々にとって，ドレの表現や論理はそれほど驚くようなものだったのだろうか。むしろやさしい言葉で，むろん時として，神学のありがたさを知らしめる，テクニカル・タームや，古代哲学，教父哲学への言及を挟みながらではあるが，キリストの教えと考えられたことがらを解き明かしてくれる僧侶と認められていたのかもしれない。ドレの成功には，言語外の要素をも勘定に入れる必要があるだろうが，それはともあれ，単に風変わりな説教をする，というだけでは，ドレの昇りつめた地位や，数多くの出版物の説明には，やや物足りなくおもえる。

　無謀を承知でいうと，ドレを，後続する卓越した宗教家とではなく，先行する中世以来の説教僧の一群と比較してみれば，あるいは表現や論理の展開の面で，かれがきわだって風変わりであるとの結論は導かれないかも知れない。そして，それはドレが説く理念の点では，いっそうそうであるかも知れない。ドレはさまざまな喩や表現をかさねながら，その根底では，伝統的カトリック教徒の視点から見た，古典的，正統的なキリスト教理念を訴えているように思われる。そしてまた，この本は論争書である以前に，聞き手や読み手に「慈愛」を促す，啓蒙書であるようにおもわれる。もちろん反改革派的な色彩は否定できないし，「慈愛」や「善行」それ自体が，改革派との論争の一大焦点であって，その意味では，たとえ論争の形態が前面にあらわれなくとも，『新しい遺言』はきわめて党派的な文書なのだろう。ただこの書物はカトリーヌ・ド・メディシスに捧げられた。その点に，ドレが論争性をあえて控えた，あるいはわたしたちがそれを認めがたい一因が存するのかも知れない。論争とは対立者との差異を際立たせる行為であり，差異が小さいものであればあるほど，問題は当事者にとって本質的なものにおもえ，論争も執拗なものとなる（本書後段518ページ参照）。しかしそうした穿つがごとき論理，あるいは罵倒に満ちた文章が，当事者以外のだれの関心を引くだろうか。ドレは「親しみやすさ」を論理と表現の根幹に据えて，カトリーヌをはじめとする，フランスの社会的・政

治的上層に棲まう人々を最終的な対象に見定めつつ，思想としてのキリスト教に日頃親しみのない，知的な中層や下層（社会的・政治的上層と知的中層・下層とは矛盾しない）に己れの奉ずる教義を訴えた。そして，その教義とは，「慈愛」を何よりもまず要請したのである。

　一方で対立者を強く否定しながら，他方で隣人愛を説く——ドレの書物は，こうした世界性と党派性の狭間に立つ，思想の矛盾を解決することができたのだろうか。わたしたちには，少なくともこの『新しい遺言』においては，差異の指摘を可能なかぎり削り取り，キリストへの接続，およびその《愛せよ》との命令を，書物全域に広げることで，つまり党派性を抑制することで，ドレは矛盾の出現を，さしあたり，回避したと考える。悪い葡萄の枝は火に投げ込まなければならないかも知れない。けれど，そうした排斥を叫ぶ声よりも強く，「愛」や「慈愛」の語が響いているような気がする。時は16世紀のちょうど半ば，フランソワ１世の治世からアンリ２世のそれへと移行し，宗教的な対立が次第次第に，より多くの血と炎を呼び寄せようとしていた。この世紀の終盤近く，否，あとわずか10年，20年もしないうちに，パリの説教師たちは国王に向かい，また民衆に向かって，ドレよりもさらにわかりやすい言葉，直接的な言葉で，対立者を呪い，剣を取り，死をもたらすよう叫ぶはずだ。いかに異端を憎み，『反カルヴァン論』をあらわしたとしても，ドレが「愛」をなお勧告しえたのは，人々がまだ，差異に走る精神の恐ろしさを知らず，調和のイメージのもつ求心力を信じていた時代であったからかも知れない。宗教的対立が内乱に転ずる時期に前後して，ドレは修道院の奥に隠栖(いんせい)していたのではないかと思われる。

（1990年５月—2006年４月）

（＊）　本章章末「補遺」の「言及文献」において原著名を指示した欧文文献にかんしては，欧文題名を略し，その和訳名のみをしるした。

1)　ラブレー，『第二之書　パンタグリュエル物語』，渡辺一夫訳，岩波文庫，1973, p. 171. ラブレー，『パンタグリュエル』，宮下志朗訳，ちくま文庫，2006では pp.

pp. 268-269.
2) 渡辺一夫,『François Rabelais 研究序説―"*Pantagruel*" 異本文考―』, 東京大学出版会, 1957年, pp. 259-260.
3) ラブレー,『第二之書 パンタグリュエル物語』, 渡辺一夫訳, p. 312.
4) *Recueil Trepperel, Les Sotties*, éd. Eugénie Droz, Droz, 1935, p. 241. ドローの批判については, 早稲田大学の黒岩卓氏に教えを願った. 記して謝辞とする.
5) *Le Recueil Trepperel, Fac-similé des trente-cinq pièces de l'original,* éd. Eugénie Droz, Slatkine, p. 12.
6) ラブレー,『パンタグリュエル』, 宮下志朗訳, pp. 268-269.
7) ル・デュシャ版,『ラブレー著作集』について, たとえばブリュネは「確かに, それまで陽の目を見た中で最良のもの」(Brunet, *Manuel du Libraire*, Slatkine Reprints, 1990〔1863〕, t. 4, col. 1059) と評価した.
8) « DORIBUS (nostre maistre) : selon les uns, P. Doré, Jacobin ; selon les autres Matthieu d'Orry, dominicain » (Louis Molland〔éd.〕, *OEuvres de Rabelais,* Garnier, 1920〔?〕, p. 687)
9) たとえば, シャマール編, デュ・ベレー,『詩集』, 第5巻, p. 246, 註2)を参照.
10) ヴェルダン・ソーニエ,「16世紀の葬送演説」, p. 133.
11) ジェイムズ・ファージ,『フランス初期宗教改革における正統と革新 パリ神学部 1500-1543』, p. 26.
12) ドゥーセ,『16世紀フランスの諸制度』, 第2巻, p. 750.
13) ファージ, 前掲書, p. 33.
14) たとえば, ラブレー学のみならず16世紀学の牽引車だった故ジェラール・ドフォーはドリブスの異本文の出現を, いわゆるM版（1542年版）から指示している（ドフォー編,『パンタグリュエル』, 1994, p. 316, 註15 参照）. これがドリブス＝ドレ説に有力な援護を提供しているが（つまり, 1537年から1542年にかけて, ドレは「滑稽な題名をもつ」少なからぬ数の著書を発表していた), 渡辺一夫氏の精緻な考証にもとづくK版（1537年版）初出説を受けたいま（「いま」とわたしたちがいうのは, 渡辺一夫氏の説がドフォーたちのおもい込みに半世紀近く先行している事実を考えると, いかにも時代錯誤じみているが, 極東の学者と欧米の学者の文化的距離を考え, お許し願いたい), ドフォーたちのM版（1542年版）初出説のみを**根拠とするなら**, ドリブス＝ドレ説が生き残るかどうか, 危惧するものである. 渡辺氏は**孫引きの学者だけではなかった**（偉大な先人への礼を失した物言いと受けとめる向きもおられるかもしれないが, つぎの渡辺一夫評を念頭に置いている. すなわち,《チャーミングな孫引きを得意とする〔渡辺一夫〕先生》〔細川哲士氏,「先生の値段」,『仏語仏文学研究 第5号』（東京大学仏語仏文学研究室）所収,

第1章　忘れられた宗教者ドレをめぐる断章　421

　　p. 80］）．
15)　ファージ，前掲書，p. 33．これ以後，ファージの『フランス初期宗教改革における正統と革新　パリ神学部　1500-1543』に言及する場合には，〔Farge〕の名前とともに，割註とした．
16)　ヒグマン，『検閲とソルボンヌ』，p. 61．
17)　ベーズ，『改革派教会史』，ベッソン編，第1巻，p. 12．
18)　ド・トゥ，『世界史』（仏訳11巻本），第1巻，p. 669．
19)　『グラン・ラルース』，第8巻，「オリー（マチウ）〔Ory (Mathieu)〕」の項目を参照．
20)　エチエンヌ・パスキエ，『イエズス会士の教理問答』，pp. 149 et 171．
21)　ラクロワ（愛書家ジャコブ），『フランソワ・ラブレーにより起草された，16世紀におけるサン゠ヴィクトール図書館の目録』，p. 127．
22)　アンバール・ド・ラ・トゥール，『宗教改革の諸起源』，第3巻，p. 247．
23)　デュ・ベレーにかんしては，上記註9)を参照．またテオドール・ド・ベーズ著『ブノワ・パサヴァンの手紙』にかんしては，ベーズ，『パサヴァン』，リジウー訳，p. 14．最近，『パサヴァン』の優れた校閲版が刊行された．Théodore de Bèze, *Le Passavant*, Edition critique, Introduction, Traduction et Commentaire, by J. L. R. Ledegang-Keegstra, Brill, 2004（またはThéodore de Bèze, *Le Passavant*, Edition critique, Introduction, Traduction et Commentaire,〔…〕door Jeltine Lambertha Regina Ledegang-Keegstra：二つの版の違いは刊行元の違いにすぎない）．ドレにかんする言及は，p. 193．
24)　ピエール・ドレについては，まとまった論考が最近ようやく出現した．ジョン・ラングロワ，『改革派神学への，16世紀フランスにおけるカトリック側の回答―ピエール・ドレの著作』(John Langlois, *A Catholic Response in Sixteenth-Century France to Reformation Theology — The Works of Pierre Doré*, The Edwin Mellen Press, 2003) がそれである．入手するのが難しいドレの神学的著作の概要を把握するのにたいそう役立った．ここで眼にとまったドレにかんする短論文で入手可能であったものをあげておくと，ベルナール・ルーセル，「16世紀中葉におけるいくにんかの『聖書』解釈者による『ロマ書』の新たな意味の発見」(B. Roussel, La découverte de sens nouveaux de l'épître aux Romains par quelques exégètes français du milieu du XVIe siècle, in Fatio et Fraenkel〔éd.〕, *Histoire de l'exégèse au XVIe sieècle*, Droz, 1978, p. 351 et suiv.)；同，「『愛についての，われらが父なるイエス・キリストの新しい遺言』ピエール・ドレのフランス語による瞑想」(Le Nouveau Testament de Nostre Père Jésus-Christ　Les Méditations françaises de Pierre Doré, in *Cahiers V. L. Saulnier No7　La Méditation en prose à la Renaissance*, P. E. N. S., 1990, pp. 29-43)；マリー゠マドレーヌ・フラゴナール，「ピエール・ドレ：再征服の戦術」(Marie-

Madeleine Fragonard, Pierre Doré : une stratégie de la reconquête, in Olivier Millet〔éd.〕, *Calvin et ses contemporains*, Droz, 1998, pp. 179-194）があった。その他，フランシス・ヒグマンの論文集，『読むことと発見すること 宗教改革期の思想の交流』(Francis Higman, *Lire et Découvrir La circulation des idées au temps de la Réforme*, Droz, 1998)，ウジェニー・ドロー，『異端の道』第1巻，および第4巻（E. Droz, *Chemin de l'Hérésie*, tt. 1 et 4, 1970 et 1976）にも各所にドレの名前が見られる。

25) ブリトネル，『ジャン・ブーシェ』，p. 201.
26) ルニアン，『フランスにおける諷刺文学 もしくは16世紀の闘争文書』，第1巻，p. 225.
27) グラント編，『フランス文芸辞典 16世紀』，pp. 236-237,「ドレ〔Doré〕」の項目を参照。
28) ヒグマン，前掲書，pp. 71-72，註67) を参照。以後この文献に言及する場合，〔Higman〕の名前とともに割註とした。
29) ラングロワ，前掲書，p. 277 の書誌によると，『愛についての，われらが父なるイエス・キリストの新しい遺言』は1550年に初版が刊行されたのち，ゆいいつ1557年に一度，版をかさねただけだったらしい。
30) ジャン・オリウー，『カトリーヌ・ド・メディシス』，pp. 158 et 210.
31) ゴドフロワ父子，『フランス礼式典』，第2巻，p. 155.
32) たとえば，ブーランジェ゠シュレール編，『ラブレー全集』（旧版プレイヤード叢書)，p. 920，およびその脚注1を参照。
33) イヴァン・クルーラス，『アンリ2世』，p. 294.
34) ジャン・デュ・ティエ（モーの司教)，『フランス国王簡略史』，113紙葉 r°.
35) パニエ編，カルヴァン，『キリスト教綱要』。以後この文献に言及する場合，理解可能と思われる範囲で割註とした。
36) ブドゥエル，『ルフェーヴル・デタープルと「聖書」の理解』，p. 224.
37) エチエンヌ・パスキエ，『フランスの探究』，第1巻，786欄。
38) イノサン・ジャンティエ，『トリエント公会議の検討』。以後この文献に言及する場合，理解可能と思われる範囲で割註とした。
39) シャルル・デュ・ムーラン，『トリエント公会議問題に関する見解』。以後この文献に言及する場合，理解可能と思われる範囲で割註とした。
40) デュ・プレオー，『教会の機構と継続の歴史』。以後この文献に言及する場合，理解可能と思われる範囲で割註とした。
41) イヴァン・クルーラス，前掲書，p. 305.
42) アンバール・ド・ラ・トゥール，第4巻，p. 393.
43) たとえば，テオドール・ド・ベーズ，『キリスト教的瞑想』(Théodore de Bèze,

第1章　忘れられた宗教者ドレをめぐる断章　423

Chrestiennes Méditations, éd. Mario Richter, Droz, 1964）；同，『ソロモンの雅歌の初めの三章に関する説教』を参照。後者の原タイトルについては，本書，後段，p. 537, 註50)にしるした。

44) たとえば，フィリップ・ド・モルネ，『キリスト教的講話と瞑想』（Philippes de Mornay, Seigneur du Plessis Marli, *Discours et Meditations chrestiennes*, 2 vols., Saumur, 1610-11) を参照。

45) たとえば，アグリッパ・ドービニェ，『詩篇瞑想』（Agrippa d'Aubigné, *Meditations sur les Pseaumes*, in *Œuvres*, éd. H. Weber, J. Bailbé et M. Soulié, Bibl. de la Pléiade, Gallimard, 1969)

46) たとえば，ジャン・ド・スポンド，『詩篇瞑想ならびに若干のキリスト教的詩作の試み』(Jean de Sponde, *Méditations sur les Pseaumes XIIII. ou LIII. XLVIII. L. et LXII. Avec un Essay de quelques Poemes Chrestiens, 1588*, in *Œuvres littéraires*, éd. Alan Boase, Droz, 1978) を参照。

47) たとえば，ジャック・ダヴィ，デュ・ペロン枢機卿，『「詩篇」122の初めの詩句にかんする，霊的講話』(Jacques Davy, Cardinal du Perron, *Discours Spirituel, sur le premier verset du Pseaume 122*, in Du Perron, *Œuvres Diverses*, 2 vols., Slatkine, 1969〔1633〕, t. 2, p. 533 et suiv.) を参照。

補　遺

以下に「補遺」として，「言及文献」，「ドリブス同定表」，「ドレ関連年譜」，「典拠表」を収める。「言及文献」の①は「ドリブス同定表」のベースとなるもので，主として刊行年度順に従い，②は本章に付した註を補うもので，主として本章で言及した順にほぼ従っている。

(I)　言 及 文 献

① ドリブス（オリブス）の同定にかんして
1) ラブレー，『第二之書　パンタグリュエル物語』，渡辺一夫訳，岩波文庫，1973
2) 渡辺一夫，『François Rabelais 研究序説―"*Pantagruel*" 異本文考―』，東京大学出版会，1957
3) 宮下志朗，『本の都市リヨン』，晶文社，1989
4) ラブレー，『パンタグリュエル』，宮下志朗訳，ちくま文庫，2006
5) ジャコブ・ル・デュシャ篇，『フランソワ・ラブレー著作集』，1711（Jacob Le Duchat〔éd.〕, *OEuvres de Maitre François Rabelais*, Nouvelle Edition, Amsterdam, 1711, 6 vols.）
6) ジャコブ・ル・デュシャ篇，『フランソワ・ラブレー著作集』，1732（Jacob Le Duchat〔éd.〕, *OEuvres de Maitre François Rabelais*, Nouvelle Edition, Amsterdam, 1732, 6 vols.）
7) ジャコブ・ル・デュシャ篇，『フランソワ・ラブレー著作集』，1741（Jacob Le Duchat〔éd.〕, *OEuvres de Maitre François Rabelais*, Nouvelle Edition, Amsterdam, 1741, 3 vols.）
8) ラ・クロワ・デュ・メーヌ゠デュ・ヴェルディエ，『フランス文庫』（La Croix Du Maine et Du Verdier, *Les Bibliothèques françoises*, nouvelle

第1章　忘れられた宗教者ドレをめぐる断章　425

édition, éd. Rigoley de Juvigny, Akademische Druck-u. Verlagsanstalt, 1969〔éd. de Paris, 1772-72. のリプリント〕, 6 vol.）

9) ミショー篇，『世界人名辞典』（J. F. et L. G. Michaud〔éd.〕, *Biographie universelle*, 55 vols., Paris, 1814）

10) Du Thier (éd.), デュ・ティエール篇，『ラブレー著作集』（*OEuvres de Rabelais,* 3 vols., Louis Janet, 1823）

11) エスマンガール＝ジョアンノー篇，『ラブレー著作集』（通称『ヴァリオールム版』）（Esmangard et Johanneau〔éd.〕, *OEuvres de Rabelais*, édition variorum, 9 vols., Paris, 1823-26）

12) （パンテオン・リテレール版〔？〕），『ラブレー著作集』（(Panthéon littéraire〔?〕), *OEuvres de Rabelais*, Ledentu, 1835）

13) ポール・ラクロワ（愛書家ジャコブ）篇，『ラブレー著作集』（Paul Lacroix〔éd.〕, *OEuvres de F. Rabelais*, Charpentier,1841）

14) ウフェール篇，『新編世界人名辞典』（Hoefer〔éd.〕, *Nouvelle Biographie Générale*, 46 vols., Firmin Didot, 1855）

15) ポール・ラクロワ（愛書家ジャコブ）篇，『ラブレー著作集』（Paul Lacroix〔éd.〕, *OEuvres de F. Rabelais*, Charpentier, 1856）

16) ポール・ラクロワ（愛書家ジャコブ）篇，『ラブレー著作集』（Paul Lacroix〔éd.〕, *OEuvres de F. Rabelais*, Charpentier, 1857）

17) デ・マレ＝ラトリー篇，『ラブレー著作集』（Des Marets et Rathery〔éd.〕, *OEuvres de Rabelais*, 2 vols., Firmin-Didot, 1857-58）

18) デュポン篇，『ラブレー著作集』（Pierre Dupont〔éd.〕, *OEuvres de Rabelais*, 2 vols., 1858）

19) ジャネ篇，『ラブレー著作集』（エルゼヴィル文庫版）（P. Jannet〔éd.〕, *OEuvres de Rabelais*, Bibl. Elzévirienne, 2 vols., 1858）

20) ジャネ篇，『ラブレー著作集』（P. Jannet〔éd.〕, *OEuvres de Rabelais*, 6 vols., 1868）

21) 『19世紀ラルース』（*Grand Dictionnaire Universel du XIXe Siècle*,

Larousse et Boyer, 1870, t. 6)

22) リュドヴィック・ラランヌ,『フランス歴史辞典』(Ludovic Lalanne, *Dictionnaire historique de la France*, Hachette, 1872)

23) モンテグロン゠ラクール篇,『フランソワ・ラブレー四書』(Montaiglon et Lacour 〔éd.〕, *Les Quatre Livres de Maistre François Rabelais*, 3 vols., Jouaust, 1872)

24) マルティ゠ラヴォー篇,『フランソワ・ラブレー著作集』(Ch. Marty-Laveaux 〔éd.〕, *Les OEuvres de Maistre François Rabelais*, 6 vols., Lemerre, 1881)

25) コプレー・クリスティ,『エチエンヌ・ドレ』(Richard Copley Christie, *Etienne Dolet*, traduit par C. Stryienski, Slatkine, 1969 〔éd. de Paris, 1886 のリプリント〕)

26) フェリックス・ブレモン『医師ラブレー　パンタグリュエル』(Félix Brémond, *Rabelais Médecin, Pantagruel*, Maloine, 1888)

27) ドゥメルグ,『ジャン・カルヴァン』(E. Doumergue, *Jean Calvin*, 6 vols., Slatkine, 1969 〔éd. de Lausanne, 1899-1927 のリプリント〕)

28) クルーゾ篇,『ガルガンチュワとパンタグリュエル』(H. Clouzot 〔éd.〕, Rabelais, *Gargantua et Pantagruel*, Larousse, 〔1913-14 (?)〕)

29) モラン篇,『ラブレー著作集』(Moland 〔éd.〕, *OEuvres de Rabelais*, 2 vols., Garnier, 〔1920 (?)〕)

30) ルフラン他篇,『フランソワ・ラブレー著作集』(Lefranc, Boulenger, Clouzot, Dorveaux, Plattard et Sainéan 〔éd.〕, *Œuvres de François Rabelais*, Champion, 6 vols., 1913-55)

31) シャマール篇, ジョワシャン・デュ・ベレー,『詩集』(H. Chamard 〔éd.〕, Joachim du Bellay, *Œuvres poétiques*, 6 vols., Hachette, 1908-31)

32) デスプゼル篇,『ラブレー著作集』(P. d'Espezel, *Œuvres de Rabelais*, 4 vols., Cité des Livres, 1930)

33) プラタール篇,『ラブレー全集』(ベル・レットル版)(J. Plattard 〔éd.〕,

Œuvres Complètes de Rabelais, 5 vols., Les Belles Lettres, 1946)

34) ソーニエ篇，ラブレー，『パンタグリュエル』（V.-L. Saulnier〔éd.〕, François Rabelais, *Pantagruel*, Droz, 1946/1965）

35) ソーニエ，「16世紀における葬送演説」，『ユマニスムとルネサンス文庫』所収 （V.-L. Saulnier, L'Oraison funèbre au XVIe siècle, in *B. H. R.*, t. X, 1948, pp. 124-157）

36) プラタール篇，『ラブレー全集』（J. Plattard〔éd.〕, *Œuvres Complètes de François Rabelais*, 2 vols., Le Club Français du Livre, 1948）

37) ブーランジェ゠シュレール篇，『ラブレー全集』（旧版プレイヤード叢書）（Boulenger et Scheler〔éd.〕, Rabelais, *Œuvres complètes*, Bibl. de la Pléiade, 1955）

38) ギルボー゠ボードリー篇，『フランソワ・ラブレー全集』（Guilbaud et Baudry〔éd.〕, *Œuvres complètes de Maître François Rabelais*, Imprimerie Nationale, 1957）

39) ジュルダ篇，『ラブレー全集』（P. Jourda〔éd.〕, Rabelais, *Œuvres complètes*, 2 vols., Garnier, 1962）

40) ミシェル篇，ラブレー，『パンタグリュエル』（P. Michel〔éd.〕, Rabelais, *Pantagruel*, Gallimard, 1964）

41) ダマ゠リムザン・ラモット篇，『フランス人名辞典』（R. d'Amat et R. Limouzin-Lamothe, *Dictionnaire de Biographie Française*, Letouzey et Ané, 1967）

42) ドメルソン篇，『ラブレー全集』（G. Demerson〔éd.〕, Rabelais, *Œuvres complètes*, Seuil, 1973）

43) ベルリオーズ，『ラブレー復元　パンタグリュエル』（Marc Berlioz, *Rabelais restitué*, I. *Pantagruel*, Didier, 1979）

44) スクリーチ，『ラブレー』（M. A. Screech, *Rabelais*, Duckworth, 1979）

45) モロー，『ラブレーの作品におけるイメージ』（François Moreau, *Les Images dans l'œuvre de Rabelais, inventaire, commentaire critique et index*, S.

E. D. E. S., 1982）

46) フレイム訳・篇『フランソワ・ラブレー全集』（Donald M. Frame〔éd.〕, *The Complete Works of François Rabelais*, University of California P., 1991）

47) ジューコフスキー篇, ラブレー, 『パンタグリュエル』（F. Joukovsky〔éd.〕, Rabelais, *Pantagruel*, GF-Flammarion, 1993）

48) ユション篇, 『ラブレー全集』（新版プレイヤード叢書）（M. Huchon〔éd.〕, Rabelais, *Œuvres Complètes*, Bibl. de la Pléiade, 1994）

49) ドフォー篇, フランソワ・ラブレー, 『パンタグリュエル』（G. Defaux〔éd.〕, François Rabelais, *Pantagruel*, Le Livre de Poche, 1994）

50) ドメルソン篇, 『ラブレー全集』（G. Demerson〔éd.〕, Rabelais, *Œuvres complètes*, Seuil, 1995）

51) カイエ（？）篇『フランソワ・ラブレー著作集』（愛書家サークル叢書）（Pierre Cailler (?)〔éd.〕, *OEuvres de Maistre François Rabelais*, 3 vols., Cercle du Bibliophile, s. d.）

② ドレをめぐって

1) ジェイムズ・ファージ, 『フランス初期宗教改革における正統と革新 パリ大学神学部 1500-1543』（James K. Farge, *Orthodoxy and Reform in Early Reformation France, The Faculty of Theology of Paris, 1500-1543*, Brill, 1985）

2) ドゥーセ, 『16世紀フランスの諸制度』（Roger Doucet, *Les Institutions de la France au XVIe siècle,* 2 vols., Picard, 1948）

3) フランシス・ヒグマン, 『検閲とソルボンヌ神学部』（Francis M. Higman, *Censorship and the Sorbonne*, Droz, 1979）

4) ベッソン篇, ベーズ, 『改革派教会史』（Théodore de Bèze, *Histoire Ecclésiastique des Eglises Réformées*, éd. P. Vesson, 2 vols., Société des Livres Religieux, 1882）

5) ド・トゥ, 『世界史』（11巻本）（Jacques-Auguste de Thou, *Histoire*

Universelle, 11 vols., La Haye, 1740)
6) 『グラン・ラルース』(*Grand Larousse encyclopédique en dix volumes*, Larousse, 1963)
7) エチエンヌ・パスキエ,『イエズス会士の教理問答』(Etienne Pasquier, *Le Catéchisme des Jésuites*, éd. Cl. Sutto, L'Ed. de l'Univ. de Sherbrooke, 1982)
8) ラクロワ(愛書家ジャコブ),『フランソワ・ラブレーにより起草された,16世紀におけるサン゠ヴィクトール図書館の目録』(Paul Lacroix, *Catalogue de la Bibliothèque de l'Abbaye de Saint-Victor au seizième siècle rédigé par François Rabelais*, Slatkine, 1968〔éd. de Paris, 1862のリプリント〕)
9) アンバール・ド・ラ・トゥール,『宗教改革の諸起源』(Pierre Imbart de la Tour, *Les Origines de la réforme*, 4 vols., Hachette/Firmin-Didot, 1914-35)
10) ベーズ,リジウー訳,『ブノワ・パサヴァンの手紙』(Th. de Bèze, *Le Passavant*, traduction par I. Liseux, I. Liseux, 1875)
11) ブリトネル,『ジャン・ブーシェ』(Jennifer Britnell, *Jean Bouchet*, Edinburgh Univ. Press, 1986)
12) ルニアン,『フランスにおける諷刺文学 もしくは16世紀の闘争文書』(C. Lenient, *La Satire en France ou la littérature militante au XVIe siècle*, nouvelle édition, 2 vols., Hachette, 1877)
13) グラント篇,『フランス文芸辞典 16世紀』(G. Grente〔éd.〕, *Dictionnaire des Lettres françaises, Le 16e siècle*, Fayard, 1951)
14) ピエール・ドレ,『愛についての,われらが父なるイエス・キリストの新しい遺言』(Pierre Doré, *Le Nouveau Testament d'Amour, de nostre Pere Jesuchrist*, Paris, 1557)
15) ラブレー,『模擬戦記』(F. Rabelais, *La Sciomachie*, 上記「言及文献」① 24), 37), 42), 48) 所収のものを参照した)

16) ジャン・オリウー,『カトリーヌ・ド・メディシス』(Jean Orieux, *Catherine de Médicis*, Flammarion, 1986)

17) ゴドフロワ父子,『フランス礼式典』(Theodore et Denys Godefroy, *Le Ceremonial françois*, 2 vols., Paris, 1649)

18) イヴァン・クルーラス,『アンリ2世』(Ivan Cloulas, *Henri II*, Fayard, 1985)

19) ジャン・デュ・ティエ(モーの司教),『フランス国王簡略史』(Jean du Tillet, Evesque de Meauls, *Chronique abbregee* [...] *des Roys de France*, Paris, 1580)

20) ラランヌ篇,『ブラントーム全集』(Pierre de Bourdeille seigneur de Brantôme, *OEuvres complètes*, éd. L. Lalanne, 11 vols., Renouard, 1869)

21) メリメ篇,『ブラントーム全集』(Pierre de Bourdeilles [sic] abbé et seigneur de Branthôme, *Œuvres complètes*, éd. Mérimée, 13 vols., P. Daffis, 1878)

22) アレクサンドレイアのキュリロス,『神聖なるキュリロスの著作 全3巻』「第1巻」(St. Cyrille, *Divi Cyrilli* [...] *opera in tres partita tomos*, Basilea, 1529, t. 1)

23)『聖書』,日本聖書協会

24) パニエ篇,カルヴァン,『キリスト教綱要』(Jean Calvin, *Institution de la Religion Chrestienne*, éd. J. Pannier, 4 vols., Les Belles Lettres, 1961)

25) メルミエ篇,ピエール・ヴィレ,『対話による猶予期間論』(Pierre Viret, *L'Interim fait par dialogue*, éd. G. R. Mermier, Peter Lang, 1985)

26) ド・リューブル篇,ドービニェ,『世界史』(Agrippa d'Aubigné, *Histoire Universelle*, éd. A. de Ruble, 10 vols., Renouard, 1886-1909)

27) ブドゥエル,『ルフェーヴル・デタープルと「聖書」の理解』(Guy Bedouelle, *Lefèvre d'Etaples et l'Intelligence des Ecritures*, Droz, 1976)

28) エチエンヌ・パスキエ,『フランスの探究』(Estienne Pasquier, *Les Recherches de la France*, in *Œuvres*, 2 vols., Amsterdam, 1723, t. 1)

29) フュマロリ，『雄弁の時代』（Marc Fumaroli, *L'Age de l'eloquence*, Droz, 1980）

30) メレ，『自由説教者の時代の日常生活』（Antony Méray, *La vie au temps des libres prêcheurs*, 2 vols., Claudin, 1878）

31) エルヴェ・マルタン，『中世末期における説教者という仕事』（Hervé Martin, *Le Métier de Prédicateur à la fin du Moyen Age*, Cerf, 1988）

32) クープマンズ篇，『愉快な説教4篇』（J. Koopmans〔éd.〕, *Quatre sermons joyeux*, Droz, 1984）

33) ジャン・ジェルソン，『未刊のフランス語による説教6篇』（Jean Gerson, *Six Sermons français inédits*, éd. L. Mourin, Vrin, 1946）

34) アムロ・ド・ラ・ウセー訳，フラ・パオロ・サルピ，『トリエント公会議史』（Fra Paolo Sarpi, *Histoire du Concile de Trente*, traduite par Mr. Amelot de la Houssaie, Amsterdam, 1699）

35) ミーニュ篇，スフォルツァ・パラヴィチーニ，『トリエント公会議史』（Sforza Pallavicini, *Histoire du Concile de Trente*, Publiée par M. L'Abbé Migne, 3 vols., Montrouge, 1844-45）

36) イノサン・ジャンティエ，『トリエント公会議の検討』（Innocent Gentillet, *Le Bureau du Concile de Trente*, Genève, 1586）

37) ラテ篇，ジャンティエ，『反マキャヴェッリ論』（I. Gentillet, *Anti-Machiavel*, éd. C.-E. Rathé, Droz, 1968）

38) シャルル・デュ・ムーラン，『トリエント公会議問題にかんする見解』（Charles du Moulin, *Conseil sur le fait de Concile de Trente, in Histoire de nostre temps, contenant le recueil des choses memorables, passees et publiees pour le faict de la Religion et estat de la France, depuis la majorité du Roy 1563. jusques en l'an 1565.*, s. l., 1567, t. 3 〔＝いわゆる *Petits Mémoires de Condé* のいくつかの版のひとつ。Landrin et Martel のほぼ同タイトルの資料集とは別物〕）

39) デュ・プレオー，『教会の機構と継続の歴史』（G. Du Préau, *Histoire de*

432　第Ⅱ部　首都の説教者

l'Estat et Succes de l'Eglise 〔...〕, 2 vols., Paris, 1583）

(Ⅱ)　ドリブス同定表

(＊)　文献番号は補遺(I)①による

文献番号	言及者	年度	ページ	同定
5	ル・デュシャ	1711	Ⅱ-204-205	オリー, もしくはドレ
6	ル・デュシャ（海賊版）	1732	Ⅱ-235-236	オリー, もしくはドレ
7	ル・デュシャ	1741	Ⅰ-308	オリー, もしくはドレ
8	ド・ジュヴィニー	1772-73	Ⅱ-272	ドレ
9	ミショー	1814	11-576-577	ドリブス（ドレの項目で）
10	デュ・ティエール	1823	Ⅰ-317	（同定なし）
11	エスマンガール他	1823	Ⅲ-500	オリー, もしくはドレ
12	（パンテオン・リテレール）	1835	105	（同定なし）
13	ラクロワ	1841	163	オリー
14	ウフェール	1855	ⅩⅣ-599	ドリブス（ドレの項目で）
15	ジャコブ（ラクロワ）	1856	163	オリー
16	ジャコブ（ラクロワ）	1857	163	オリー
17	デ・マレ	1857-58	Ⅰ-434	ドレ, もしくはオリー
18	デュポン	1858	Ⅰ-166	（同定なし）
19	ジャネ	1858	Ⅰ-186	（同定なし）
20	ジャネ	1868-74	Ⅱ-124/Ⅶ-68	オリー, もしくはドレ
21	19世紀ラルース	1870	Ⅵ-1110-11	ドリブス（ドレの項目で）
22	ラランヌ	1872	659 (d)	ドリブス（ドレの項目で）
23	モンテグロン＝ラクール	1872	Ⅲ-240	（同定なし）
24	マルティ＝ラヴォー	1881	Ⅴ-207	（同定なし）
25	クリスティ	1886	394	オリー

第1章　忘れられた宗教者ドレをめぐる断章　433

26	フェリックス・ブレモン	1888	136	(同定なし)
27	ドゥメルグ	1899-1927	II-69	オリー
28	クルーゾ	1913-14	II-187	(同定なし)
29	モラン	1920?	449	ドレ，もしくはオリー
30	ルフラン他	1922	IV-244	(おそらく) オリー
31	シャマール	1923	V-246	ドリブス (ドレの項目で)
32	デスプゼル	1930	II-62	(同定なし)
33	プラタール	1946	203	(多分) オリー
34	ソーニエ	1946	201	オリー，またはソチの人物
35	ソーニエ	1948	133	(多分) ドレ
36	プラタール	1948	95/[77]	(多分) オリー
37	ブーランジェ他 (旧版プレイヤード)	1955	267	(多分) オリー
38	ギルボー他	1957	II-209	(多分) オリー
2	渡辺一夫	1957	260	オリー説を紹介
39	ジュルダ	1962	I-335	(多分) オリー
40	ミシェル	1964	308	(おそらく) オリー，またはソチの人物
41	ダマ＝リムザン・ラモット	1967	566-567	ドリブス (ドレの項目で)
42	ドメルソン	1973	308	(おそらく) オリー
1	渡辺一夫	1973	312	(おそらく) オリー
43	ベルリオーズ	1979	481-482	オリー
44	スクリーチ	1979		(同定なし)
45	モロー	1982	58	オリー
3	宮下志朗	1989	161/408	オリー
46	フレイム	1991	208	(同定なし)
47	ジューコフスキー	1993	136/202	(同定なし)
48	ユション他 (新版プレイヤード)	1994	1313	オリー
49	ドフォー	1994	316/451	オリー，またはソチの人物

50	ドメルソン	1995	440	（おそらく）オリー
4	宮下志朗	2006	269	オリー
51	カイエ（？）	？	Ⅰ-381	（多分）オリー

(Ⅲ)　ドレ関連年譜

1492　・マチウ・オリー，ブルターニュに生まれる

1500　・この頃，ジャコブ・ドレ，オルレアン（一説にはアルトワ，あるいはブロワ）に生まれる

1514　・ドレ，ドミニコ派修道会に入会，名前をピエールに改める

1516　・エラスムス，『新約聖書』校訂版（2月）
　　　・いわゆる「1516年の政教条約」（8月）（1518年3月に発効）

1517　・ルター，「ヴィッテンベルグの95箇条提題」（10月）

1523　・ルフェーブル・デタープル，フランス語訳『新約聖書』

1525　・フランソワ1世，パヴィアでの大敗（2月），ほぼ1年虜囚となる
　　　・デュシェーヌ（ド・ケルキュ），異端審問裁判所特別判事となる
　　　・パリ大学神学部，仏語訳『聖書』の出版禁止（8月）

1529　・ルイ・ド・ベルカン，火刑死（4月）

1530　・オリー，ヘンリー8世離婚問題の検討委員

1532　・ドレ，パリ大学神学部学士
　　　・ラブレー，『パンタグリュエル』（11月？）

1533　・パリ大学神学部，『パンタグリュエル』を告発
　　　・パリ大学神学部，『罪深き魂の鏡』を告発。告発側にオリーとドレの名前が見られる
　　　・のちのアンリ2世とカトリーヌ・ド・メディシスとの結婚（10月）

1534　・『パンタグリュエル』「ケルキュ先生」の異本文登場
　　　・オリー，メランヒトンとブッツァー招聘に関する特別委員

第 1 章　忘れられた宗教者ドレをめぐる断章　435

	・いわゆる「檄文事件」（10月）
1535	・第2の「檄文事件」（1月）
1536	・カルヴァン，『キリスト教綱要』ラテン語版（3月）
	・オリー，宗教裁判所長官（一説には1539年）
1537	・ドレ，知られるかぎりで最初の著作『天国への道』
	・『パンタグリュエル』K版「ケルキュ先生」から「オリブス先生」に変更
1538	・オリー，教皇赦免司教代理
1539	・いわゆるヴィレ＝コトレの勅令（8月）
1541	・『キリスト教綱要』フランス語版
1542	・『パンタグリュエル』M版刊行
1543	・パリ大学「26信仰箇条」を編集（7月）（改革派教義の否定）
1545	・トリエント公会議開始（12月）
	・ドレ，ブロワ小修道院院長
1546	・エチエンヌ・ドレ，火刑に処せられる（8月）
1547	・フランソワ1世没。アンリ2世即位（3月）
	・特別異端裁判所（Chambre ardente）の設置（10月）
1549	・王家次男ルイ・ドルレアン誕生（2月），洗礼（5月）
	・ラブレー，『模擬戦記』（ルイの洗礼名空白のまま出版）
	・デュ・ベレー，『フランス語の擁護と顕揚』（4月）
1550	・アンリ，ブーローニュ＝シュル＝メールで英国軍に勝利（3月）
	・のちのシャルル9世誕生（6月）
	・ドレ，『新しい遺言』
	・《かれ〔ドレ〕は1550年，アンリ2世治下のパリで活躍していた》（ラ・クロワ・デュ・メーヌ，『フランス文庫』，t. 2, 272）
	・ルイ・ドルレアン死亡（10月）
1551	・アンリ2世，教皇ユリウス3世にアミヨを派遣，トリエント公会議を否定

第Ⅱ部　首都の説教者

　　　　・シャトーブリアン勅令（6月）（検閲の強化）
　　　　・のちのアンリ3世誕生（9月）
1553　・セルベト，ジュネーヴで火刑死（10月）
1554　・のちのフランソワ・ダランソン誕生（3月）
1557　・フランス軍，サン゠カンタンでスペイン軍に大敗北をきっす（8月）
　　　　・『新しい遺言』第2版
　　　　・ドレ，シトー派修道会修道院院長
　　　　・オリー，パリに没する
1559　・カトー゠カンブレジの和議（4月）
　　　　・アンリ2世没。フランソワ2世即位（7月）
1560　・アンボワーズの陰謀（3月）
　　　　・フランソワ2世没。シャルル9世即位（12月）
1562　・正月勅令（寛容的）
　　　　・第1次宗教戦争（4月）
1563　・アンボワーズ勅令とともに，第1次宗教戦争終結（3月）
　　　　・トリエント公会議終了（12月）
1564　・ルシヨン勅令（1月）（新暦の採用）
1567　・第2次宗教戦争（9月）
1568　・第2次宗教戦争終結（3月）
　　　　・第3次宗教戦争（8月——1570年8月）
1569　・ドレ，没（5月19日）

　　　　　　　　　（以上，『渡辺一夫著作集5』所収の「略年譜」に多く拠った）

(Ⅳ) 典　拠　表

『旧約聖書』	頻度	『新約聖書』	頻度	教　父　な　ど	頻度
創世記	17	マタイ伝	53	キュリロス（アレクサンドレイア）	39

第1章　忘れられた宗教者ドレをめぐる断章　437

出エジプト記	15	マルコ伝	2	アウグスティヌス	29
レビ記	3	ルカ伝	29	トマス・アクィナス	17
民数記	1	ヨハネ伝	75	グレゴリオス（ナツィアンゾス）	2
申命記	4	使徒行伝	17	グレゴリオス（ニュッサ）	1
ヨシュア記		ロマ書	41	グレゴリオス（同定できず）	7
師士記	2	コリント前書	27	クリュソストモス	8
ルツ記	1	コリント後書	12	ベルナルドゥス	7
サムエル記上	10	ガラテヤ書	17	アルベルトゥス・マグヌス	6
サムエル記下	3	エペソ書	12	バシリウス	4
列王紀上	4	ピリピ書	12	キプリアヌス	3
列王紀下	2	コロサイ書	5	ディオニュシオス	3
歴代志上		テサロニケ前書	5	ラクタンティウス	3
歴代志下	1	テサロニケ後書		ルーペルト	3
エズラ記		テモテ前書	6	ヘルメス・トリスメギトゥス	2
ネヘミア記		テモテ後書	1	キケロ	2
エステル記	1	テトス書		ウェルギリウス	2
ヨブ記	9	ピレモン書		イレナエウス	1
詩篇	89	ヘブル書	30	ヒラリウス	1
箴言	11	ヤコブ書	6	アンブロシウス	1
伝道の書	1	ペテロ前書	4	ヒエロニュムス	1
雅歌	14	ペテロ後書	3	イシドルス	1
イザヤ書	29	ヨハネ第1書	17	アンセルムス	1
エレミア書	10	ヨハネ第2書		クレメンス	1
哀歌	2	ヨハネ第3書		テルトゥリアヌス	1
エゼキエル書	2	ユダ書	1	オリゲネス	1
ダニエル書	2	黙示録	13	ダマスケネス	1
ホセア書	4	（以下「外伝」）		教皇レオ（1世？）	1
ヨエル書	1	知恵の書	10	テオフュラクトス	1
アモス書		集会書	7	カエタヌス	1

オバデヤ書		バルク書	1	プラトン	1
ヨナ書		ダニエル書	2	ヨセフス	1
ミカ書	1	第1マカベア書	1	スウェトニウス	1
ナホム書				ユウェナリス	1
ハバクク書	1			マクシモス（テュロス）	1
ゼパニア書				ボエティウス	1
ハガイ書				（同定不能）	1
ゼカリア書					
マラキ書	1				

第 2 章

シモン・ヴィゴール，
その『四旬節の説教』
──ささやかな注釈──

1．同時代人の中のヴィゴール

　その晩年にナルボンヌ大司教の地位にまで辿り着いたカトリック派の説教師，シモン・ヴィゴール〔Simon Vigor〕について，ミショー編『世界人名辞典』に以下のような記事がある[1]。やや長文ではあるけれど，まず項目全文を訳し，続いて若干の補足を加える。なお以後の引用文中に見られるであろう〔　〕内の言葉は，とくに指定がない場合，わたしたちの割註である。

　《ヴィゴール（シモン），シャルル 9 世ならびにアンリ 3 世の侍医の息で，16 世紀初頭，エヴルーに生まれた。1540 年，〔パリ大学〕ナヴァール学院への入寮を認可され，間もなく大学総長，〔パリの〕サン゠ジェルマン・ル・ヴュー主任司祭となった。1545 年に博士号を獲得，それとほとんど同時にエヴルー教会特別聴罪司祭の顕職に就いた。エヴルー司教ガブリエル・ル・ヴヌール〔Gabriel le Veneur〕の供をして，フランス国王付神学者の資格で，トリエント公会議出席のため出発したときも，こうした職分を遂行していた。公会議においてはその学識により感嘆の的となったとおもわれる。公会議閉会後，〔パリの〕サン゠ポール主任司祭職に任命された。パリやルーアン，メスやアミアン，その他の町で熱心に説いた論争的な説教の数々は大変な成功を収め，多くのカルヴィニストの改宗に寄与したが，その中にはピエール・ピトゥも含まれ

る。1569年頃，パリ教会神学教授の座とシャルル9世の説教者の資格を得た。1570年，ナルボンヌ大司教ピサーニ〔Pisani〕枢機卿がローマで没すると，教皇グレゴリウス13世は，国王の同意を得て，その大司教位をシモン・ヴィゴールに授けた。この聖職者は，1575年11月1日，カルカッソンヌで没した。ナント市神学教授クリスティ〔Christi〕博士〔この人物については後述〕は「ヴィゴールのたぐい稀な知識」を讃えるが，それは「神学や市民法，教会法にかかわるのみならず，ギリシア語ならびにヘブライ語におけるものでもあり，さらに今日の眼から見ればはなはだ貧弱ではあろうが，かれの雄弁も忘れることはできない」と語る。われわれの習慣や通念にショックをあたえるのは，〔クリスティの〕つぎの言葉——ヴィゴールは「カルヴァンやベーズ，その他の偽りの預言者たちに対してばかりでなく，異端の疫病に伝染した自分の肉親の，ある人々に対しても抱いていた憎悪の念をつうじて，神の栄光とカトリックの信仰に己れが覚える大いなる熱情を示した」——であるが，これは何よりもヴィゴールの以下の一節を想起させるものだ。「さまざまな宗教が認められ，民衆が信教の自由のうちに生きることが許されているかぎりこの王国で嵐が吹き止むことは断じてあるまい」。ヴィゴールの著作としては，①『スペイン王妃エリザベート・ド・フランス〔イサベル・デ・ヴァロワ〕の葬送演説』(*Oraison funèbre d'Elisabeth de France, reine d'Espagne*)，パリ，1568年，八折判，②『1566年7月および8月に，パリでおこなわれた，二人のソルボンヌの博士（〔ミショーの註〕ヴィゴールとクロード・ド・サント〔Claude de Sainctes〕）と二人のカルヴァン派牧師（〔ミショーの註〕ド・レピンヌ〔de l'Espine〕とシュロー・デュ・ロジエ〔Sureau du Rosier〕）のあいだの討論記録』(*Actes de la conférence tenue à Paris, ès mois de juillet et d'août 1566, entre deux docteurs de Sorbonne et deux ministres de Calvin*)，パリ，1568年，八折判。この討論はモンパンシエ公の要請で，その婿であるブイヨン公と娘のブイヨン公妃の〔カトリックへの〕改宗を目的として開催された。この場でヴィゴールが大変な成功を収めたとは，参加した〔改革派〕牧師たちさえ認めるところである。二人のカトリック派と二人の改革派とによって収録されたのであるから，この記録は充

第 2 章　シモン・ヴィゴール，その『四旬節の説教』　441

分に事実に則し，充分に真正である。③『四旬節中の全日ならびに復活祭の平日のための，キリスト教的かつカトリックの信仰にもとづいた説教と宣教』(*Sermons et prédications chrétiennes et catholiques pour tous les jours de carême et féries de Pâques*)，パリ，1577年，八折判〔本章では以下，『四旬節の説教』と略〕，④『三位一体の祝日から待降節にいたる時期の，毎日曜日における説教と宣教』(*Sermons et prédications sur les dimanches, depuis la Trinité jusqu'à l'Avent*)，パリ，1577年，八折判，⑤『待降節の日曜日と祝日の，使徒信経と福音書とにかんする説教と宣教，および煉獄についての四つの説教』(*Sermons et prédications sur le symbole des apôtres et sur les Evangiles des dimanches et fêtes de l'Avent ; ensemble quatre sermons touchant le purgatoire*)，パリ，1577年，八折判。ソルボンヌの博士にしてナント市神学教授，クリスティの手で出版されたこれらの『説教』は，ヴィゴールの聴衆のひとりが収集し，ヴィゴールが校閲したものであった。この時代，説教師たちが自分の説教を文字にする労を取ることなど滅多になく，現在残存するものが，説教のあいだに書きとめられたものにしか由来せず，しかも往々それらの草稿に説教師の眼がとおされることさえなかった，ということに間違いはない。⑥『わが主キリストの聖体の大祝日後の 8 日間全日のために整えられた，聖体の秘蹟についてのカトリックの信仰にもとづいた説教』(*Sermons catholiques du saint sacrement de l'autel, accomodés pour tous les jours des octaves de la Fête-Dieu*)，パリ，1585年，八折判。ヴィゴールの『説教』がどれほど欠点をもとうと，これらは1584年に四折判で，また1597年にも同じ判型で版をかさねた》

　シモン・ヴィゴールをめぐる本格的な調査・論考の入手がかなわないままに，散見しえた副次的な文献をもとにミショー編『世界人名辞典』の記事をいささか補ってみたい。補足は原則的に年代に従い，項目を立てておこなうものとする。

　(1)　シモンの父の名を《ルノー〔Renaud〕》と特定するのは，モレリの『大

歴史辞典』[2]であり，それを（おそらく）継承したラ・クロワ・デュ・メーヌの『フランス文庫』18世紀版[3]の編者である。ルノーがシャルル9世とアンリ3世の侍医であったとすると，息子よりも生きながらえた可能性がある。フランス王家は1572年から1574年にかけて17名の医師を，1584年には9名の医師を抱えていたとの報告があるが[4]，具体名は不明で，「ルノー・ヴィゴール」の実在を確認できなかった。ただモレリの『大歴史辞典』が，ルノーは《母后カトリーヌ・ド・メディシスの侍医長》だった，と断言するところを見ると，かれの身許には充分な根拠があるのだろう。ちなみにラ・モールとココナースの審問記録に《ヴィゴールという名前の国王侍医》がある[5]。

(2) ラランヌの『フランス歴史辞典』[6]にはシモンの誕生年は《1515年頃》とある。

(3) ヴィゴールの教育にかんするモレリの『大歴史辞典』の記事——《ヴィゴールは生まれながらに勉学への大変な素質や愛着を示したので，同じく勉学を大層愛好していたかれの父が，ヴィゴールの最初の師となった。パリがあらゆる学問の中心と確信していたルノーが，かの地に息子を送るのに時間はかからなかった》——には，ややフィクションの香りがする。

(4) ラ・クロワ・デュ・メーヌの『フランス文庫』の註はヴィゴールが大学総長となった年度を，1540年とした。これはモレリの『大歴史辞典』が，ヴィゴールのナヴァール学院入学許可と総長選出とを《同じ時期に》としたせいかも知れない。

(5) 特別聴罪司祭としてのヴィゴールの名前は，わたしたちの知識が及ぶ範囲でいえば，1553年の改革派ギヨーム・ネール〔Guillaume Neel〕の審問を機に，歴史の中に刻みこまれた。テオドール・ド・ベーズ（？）の『改革派教会史』は，ネールが《〔エヴルー〕司教の前で，いくぶんかの学識はあるが，ごくわずかな良心しかもち合わせない，ソルボンヌの博士，シモン・ヴィゴールにより尋問を受けた》とのヴィゴール評価を挿みつつ，ネールの素性，および逮捕から処刑にいたる経緯を20行ほどにまとめる[7]。他方，この審問でヴィゴールの果たした役割をはるかに詳細に物語るのは，ジャン・クレパンの『殉教者列

第 2 章　シモン・ヴィゴール, その『四旬節の説教』　443

伝』である[8)]。もちろん『殉教者列伝』の主眼はネールの信仰を讃える点に存するが, ひとつに, 敵役(かたきやく)であるヴィゴールの記述には, 当時の改革派から見た, カトリック聴罪司祭の典型的な有り様(よう)がしるされているようでもあり, またひとつに, 描く視点はともあれ, 本稿の目的である『四旬節の説教』の語り手の姿を, わたしたちのまえに具体化するものともおもわれるので, ここでやや行数を費やしながらクレパンの記事を辿っておく。

　クレパンによると, ギヨーム・ネールはノルマンディーはルーアン市の出身で, 改革派に改宗する以前はアウグスティノ派修道士であった。ネールは1553年(新暦)2月, ルーアンからエヴルーに向かったが, 途上立ち寄った村落の宿屋でたまたま出会った, 酒に酔い羽目をはずした司祭の一団をきびしく諭しており, その意見が教義にかかわるものであったため, 改革派たるを疑われ, 捕われてエヴルーに連行され,《シモン・ヴィゴール師という, エヴルーの聴罪司祭の前で審問を受けるべく, 出頭させられた。ヴィゴールは当代の, 純粋にキリスト教をめぐって執筆した人々の書物を読んできており, 野心と貪欲とがどれほどこの男にわれを忘れさせていようと, 信仰者を焚刑にし, 迫害することで名前を上げようとは望まない者たちのひとりである》〔13(d)〕。ネールはヴィゴールのまえで熱心に, かつ全面的に改革派の信仰箇条を説いたが, それは《一日二日のみならず, 四旬節のほとんどすべての日々に及んだ。この間, 聴罪司祭はかれと議論することに打ち込んだけれど, 何もえられなかった。というのも, ネールが真理にしっかりと, 心動かされずにとどまり続けたからである。この聴罪司祭はいくどもかれを諭し, はなはだ優しくかれに改宗を促し, そうすればその命を救うようにさせようといった。〔//〕時としてエヴルー司教がネールの審問に立ち会ったが, 聴罪司祭はかれも何も手に入れられないのを見てとると, ネールにこう語ったものだ,「友よ, あなたの良心に背いては何もいわないようにしなさい」》〔*id.*〕。

　ヴィゴールによる調書の改変を懸念したネールが, かかる事態が往々見うけられる現状を理由に, 己れの信仰箇条を文書にしたためることを要請したさいも,《この聴罪司祭は, それが数日中になされることを条件に, それに同意し

た》〔14（g）〕。『殉教者列伝』は，四折判17欄にわたってネールの信仰箇条文書を引用するが，ここでの言及は控える。こののち，エヴルー司教がネールの聖職資格剝奪ならびに有罪判決を下し，これを不服とするネールは上訴を企てる。クレパンの文中に挿入されるこの上訴状も史料的には貴重であろうけれど，わたしたちのヴィゴールとは直接的な関連はもたない。拘留期間中，ネールは数篇の文書をあらわした，とされる。

告戒火曜日，ネールはエヴルーからルーアンへ連行された。道々，押し寄せる見物人を憐み，かれらのために説諭し，神に祈り，ベーズ訳の「詩篇第40」を朗唱した。ルーアンに到着したネールに，改革派に同情的な数名の高等法院判事が，エヴルー司教の判決の形式的不備を理由に，さらなる上訴を勧めたときも，これをいさぎよしとせず，自分の運命を受け入れた。時をおかず聖職資格剝奪儀式のために設けられた演壇で，エヴルー司教の傍らに立ったのがヴィゴールだった。《かの聴罪司祭は民衆の前でネールを説得してみせると広言していたので，腕で死刑囚を指し示し，こういい始めた，「子供よ，おまえの母に優しくあつかわれたあかつきに，おまえはかのじょの言葉に従わないばかりか，かのじょの破滅を求める，等々」。そして長々と前置きを述べたあと，本論に入った。「この災厄をもたらす男は何をしているのか。アウグスティノ修道会士でありながら，いまや神と母なる教会を迫害し，否認している，等々」。これに対しネールは大声で叫び，いった，「それは嘘だ，なぜならわたしは神を信じ，わたしが信じている教会に確信を覚えているからだ」。それからネールは口を閉ざし，聴罪司祭はかれを論破すべく，ネールが見えない教会を信じているのはまさしく真実である，と認め，この点をきっかけに声高に，ネールが支持する教会に非を鳴らし，教皇の教会を是とした。さまざまなお喋りの中で，ヴィゴールは教会の古代からの司教をつぎつぎに並べて，「これがわれわれの教会のもとづくところであった」とまとめた。そして最後に死刑囚にさげすむように言葉をかけて，こう尋ねた，「ギヨーム殿，おまえの教会は何にもとづいているのか。おまえの古代からの司教はどなたかな」。するとネールは叫んでいった，「イエス・キリスト，イエス・キリスト，そしてその使徒たち」。

第2章　シモン・ヴィゴール，その『四旬節の説教』

これ以上何も付け加えなかった》〔24(d)-25(g)〕。

　かかる形式的作業が終わると，ネールは猿轡をはめられ，生きながら焚刑に処せられた。刑のあいだ中ネールは見事にふるまった。ついに炎のせいで猿轡がはずれると，「主よ」と叫ぶ声がもれたので，処刑人は鉤具〔crochet〕の一撃を頭に加えかれを打ち倒した。こうした光景を目の当たりにしていた民衆は，先刻までの敵意を崇敬の念に転じ，口々に処刑人をののしった。《女たちは涙を流し，ネールが聴罪司祭を負かした，と語った》〔25(g)〕。これが「ネールの殉教」にからむヴィゴールへの最後の言及である。

　(6)　パリ高等法院評議員にして改革派，アンヌ・デュ・ブール〔Anne Du Bourg〕に対する異端告発とその最期（1559年）はあまりにも有名だが，処刑場に引かれる途上シモン・ヴィゴールが同席した事実は，これまたあまりにも知られていない。以下の文章は『四旬節の説教』[9]の一文であり，客観性はまったく保証しかねるけれども，デュ・ブール事件の政治史や宗教改革史における象徴的意味をかんがみると[10]，ここでヴィゴールの証言を引いても咎められるばかりではないとおもう。文脈としては『新約聖書』「ヨハネ伝」第11章47節以下，不当な手段でその地位に昇った大司祭（？）が，それと知らずして聖霊の働きにより，イエスの死の預言をおこなう箇所である[11]。

　　（引用―1）〔316 v°〕
《評定官デュ・ブールについてのまた別の物語をお話しましょう。異端の咎で処刑台につれていかれるとき，教会には改悛する者の罪を許し免除する権能をもつ，いくにんかの司祭とひとつの叙階があるのだ，とわたしがデュ・ブールに話しましたところ，かれはこう答えました。「わたしは確信しているのだが，司教が正式に司祭に任命しえたとしても，ヴィゴールは司祭に任ぜられてはいないのだ。かれは教書を買って教会に不法にもぐりこんだのだから」。そこでわたしはいいました。「さて，わたしの司教がそのような方だとして，わたしを不法に任命してくださったとしても，その方が司教であり，わたしが司祭であることに変りはない。なぜなら，おもい出してほしいのだ

が，聖職売買者カヤバについて聖ヨハネ〔による福音書〕には，彼ガコノ年ニ大祭司デアッタノデ，預言ヲシタ，つまり，その者がその年度に大司教だったので，預言した，といわれているではないか」，と。「なんだって，とかれはいいました。そんなことがどこに書いてあるのかね」。そこでわたしが聖ヨハネから当該箇所を見せてやりました。かれが驚いたのなんのって》

(7) ジョン・ヴィエノは『宗教改革史（正篇）』で，時期は明確にしないものの，ヴァシーの虐殺に先立つ時点，ことに1561年前半と受けとめられかねない時点での，攻撃的説教者のひとりに《サン゠ポール聖堂区司祭，ソルボンヌ博士，〔パリ〕大学総長シモン・ヴィゴール》の名をあげ〔「ソルボンヌ博士」以外の肩書が「1561年」においては時代錯誤を構成するが，ここでは触れない〕，2度にわたってその数行を引用した。わたしたちの『四旬節の説教』には見当たらない文章なので，（ヴィエノに従って）これを訳出しておく[12]。

（引用―2）
(A)《わたしたちの貴族は攻撃したがりません〔……〕。かれらはこういうのです「伯父や兄弟に短刀を向けるというのは，とんでもなく残酷ではないのかね」と。どちらがあなたにとっていちばん身近な者でしょうか。カトリック教徒でキリスト教徒の兄弟か，さもなくばユグノー〔フランス改革派〕の，あなたと血のつながりがある兄弟か？》

(B)《わたしが申し上げたいのは，あなたがユグノーに対し攻撃したがらないのなら，あなたには宗教がない，ということです〔……〕。そうせよ，といっているのではありません。神が許されるだろうといっているのです》

(8) 1561年秋に開かれた，かのポワシー討論にもヴィゴールはカトリック側のメンバーとして参加した模様だ。この討論の記録も入手不可能だった。2,

3の比較的詳細な同時代史——ラ・プラス，ラ・ポプリニエール，ド・トゥ，ドービニェ——の記事にも，参加者全員の名簿は認められなかったし，確認できたわけではないが，ルイ・オギュの『ジャン・ド・レピンヌ』は，1566年のモンパンシエ公要請による討論を請け負った四人が《すでにポワシー討論で出会っていた》[13]という。ポワシー討論の開催を検討する，カトリーヌ主催の特別会議には，ノルマンディーの聖職者代表のひとりにエヴルー司教がいたらしく，だとすればこれはオギュの断言の傍証になろうか。ヴィゴールの「学識」が広範囲に知られてきた証でもあろう。『四旬節の説教』中にも，「返答に詰まるベーズ」を描写して，自身の臨席を暗示する文章も存する〔316 r°-v°〕。

(9) クロード・アトンの『覚書』には以下の文章があった。長い引用になるが，お許しねがいたい。

(引用—3)[14]
《上記の町の，たいそう評判の高い教会で説教をしていたパリの神学博士は，在俗司祭のベネディクティ師，同じく在俗司祭で上記のパリのサン゠ポール教会の主任司祭のヴィゴール師，誓願修道士で参事会員のクロード・ド・サント師，それからわたしが知らない他の博士たちで，上述の書簡とかれらが従うべく作成された命令とがかれらに示された。これらの人々は何もしたがらず，それどころか，先に述べたように，知事たちをアカブとイェザベルの名前のもとに大いに苦しめた。上記のヴィゴールは，ほかの方よりもずっと過激に，その説教で，声高に，喚声とともに，国王の，そして王国の知事たちの大いなる熱心さ，さもなければ黙認を考えると，イエス・キリストの教会がフランスにおいて，いささかも破滅させられ，打ち倒されないようするためには，知事たちに任せてはおけない，といった。また異端のユグノーたちを利する，国王の名前のもとに発布した勅令によって，かれらがそれらユグノーの異端者たちの支持者にして保護者となり，イエス・キリストの花嫁であるカトリック教会の殲滅者にして崩壊者であることを示している，といった。なぜならかれらは，上記のユグノーの異端者によって遠からずもたら

されるであろうあらゆる暴動とフランスの破滅の源であるからだ，といった。これらの言葉が上記の知事たちに報告されると，かれらは大いに眉をひそめ，かのヴィゴールの身体を拘束し，大逆罪の煽動者にして犯罪者として，死刑に処せられるよう命令した。このことはおこなわれなかったが，それは上記ヴィゴールが，友人の勧めで，引き返し，しばらくのあいだ，かれら知事たちの怒りがおさまるまで身を隠したからであった。その怒りは，パリやフランスのその他(ほか)の説教者みなが，上述のヴィゴールが攻撃したと同じ調子でかれらめいめいを攻撃している，という報告の厳しさによっておさまってしまった。（〔//〕）国王と王太后の説教者たちは，カトリック教徒の説教者が王国全土で，神の教会を支持し，異端者と知事たち，国王の勅令にあらがって，大胆に語ることを恐れていないのを耳にして，その者たちのように，ユグノーとかかる勅令の誤謬に対し，宮廷で大胆にも説教した。これが，お互いに相手のために救われることになった理由である。宮廷の説教者たちは，ほかの説教者たちがおこなっているほどはっきりと，上記の異端の知事や王侯の誤謬を明らかにしなかったが，とはいえ，自分たちの義務をますますりっぱに果たすようになった》

⑽　ヴィゴールが精確にはいつ，トリエント公会議に出席したか不明だが，ポワシー討論への対抗の意味もこめられた，1562年1月から1563年12月にいたる最終開催期間の，ある時期であることは確かである。新版のクロード・アトンの『覚書』は日付を特定しないまま，ヴィゴールの派遣を1561年の項目に入れている〔新版 t. 1, p. 295〕。記述する立場は別として，わたしたちの参照しえた『トリエント公会議史』でもっとも浩瀚なパラヴィチーニの書物（の仏訳）において[15]《著名なフランスの神学者》と評され，公会議に出席したボロメオ枢機卿は，1563年2月，格別にヴィゴールの言葉を聞きたがったが，その時ヴィゴールは《その才能にかんしてみなが想像している高度なレヴェルを充分に立証してみせた》〔Ⅲ 163〕。ヴィゴールが積極的な意見開陳をおこなったのは，「結婚」が「秘蹟」とされる条件についての議論であった。《まず，キリスト教

第2章　シモン・ヴィゴール，その『四旬節の説教』　449

徒同士のあらゆる結婚が秘蹟であるのか，それとも秘蹟という呼称を，司祭によって祝福されたものにしかあたええないのかを検討することが問われた。ほとんど全員が第1の見解に賛意を表明した。第2のそれは，ギヨーム・ド・パリのもので，上述のシモン・ヴィゴール，およびその他(ほか)の神学者が弁護した》〔III 165〕。ボロメオ枢機卿に開陳した見解もこの問題をめぐるもののようで，この項に付されたアントワーヌ・ザカリア（Antoine Zaccaria）の註には，《ヴィゴールは，婚姻は契約である以上，解消不能であり，秘蹟として，恩寵を授けるゆえに，それ以上のものを有するが，それは司祭の祝福をつうじてである，と述べた。付言して，一家の息にして，密かに婚姻を結ぶ者は，罪を犯しているが，にもかかわらずその結婚は有効である，とした》〔III 163〕とある。ヴィゴールへの高い評価とともに，かれがカトリックの儀礼における聖職者の役割を重視していた点を記憶したい。

(11)　ミショー編『世界人名辞典』は，トリエント公会議後にパリのサン＝ポール聖堂区主任司祭に任命された，とするが，モレリの『大歴史辞典』は主任司祭としての働きぶりをこう語る——《ヴィゴールはこの地位にあって，その説教やカルヴィニストたちとの論争で明らかにした宗教的な熱意により，たいそうな評判を収めた。かれは，神が自分の演説に祝福をあたえられ，また多くの異端者が感銘を受け，啓蒙され，説得されて，教会の懐に戻ったのを見るのに慰めをえた》。モレリの『大歴史辞典』の言葉は空想ではなく，ヴィゴールはおそらく，1560年代の半ばには，パリの民衆のあいだでもある程度の著名度を獲得していたようだ。1565年1月の，ロレーヌ派とモンモランシー派との対立がいきついた，いわゆる「サン＝ドニ街の騒乱」を題材にとったラ・プランシュ（？）の『商人たちの書』に触れられる《ロレーヌ殿の奉仕者である，代官殿とヴィゴール殿》（反ロレーヌ派の革剥商の演説）[16)]も，説教や神学への言及から見て，シモンである可能性が否定できないとおもう。

(12)　1566年夏の，パリ討論の概略はミショー編『世界人名辞典』が告げるごとくのようだ。オギュの前掲書によると，『討論記録』は実のところ，ミショーが指摘する1568年版以外に，改革派による1566年版が刊行されたらしいが，

記録自体に差異があるわけではなく，序文や注釈での記録の評価に党派的観点が加わるにすぎない，とされる。それら二つの史料はもちろん，わたしたちの手の及ばぬところなので，主としてオギュに拠りながら，いま少し細かくヴィゴールを中心に，このパリ討論の周辺をふりかえってみる。

　1565年，モンパンシエ公の息，ヌヴェール公はその長女アンリエットをブイヨン公ルイ・ド・ゴンザグに嫁がせた。ブイヨン公は少しまえから，妻とともに改革派を奉じており，モンパンシエ公とヌヴェール公は孫（息子）夫婦を再改宗させるべく努めた。そのひとつの方法が，カトリック派神学博士2名と改革派牧師2名による，かれらのまえでの討論会開催であった。両派ともに，自説の正統性が明白であっても，相手はかたくなに誤りの中に踏みとどまるだろう，との不信から，またことに改革派の側では身体に加えられる危険を恐れて，必ずしも開催に好意的な姿勢を示さなかったが，第3次宗教戦争の直前，宗教的和解を目指すコリニーの奔走もあって，紆余曲折の挙句，国王シャルル9世の許可をえ，少数の者のあいだで，主題を限定しておこなわれ，発言の真性を保証する公証人が同席することを（とくにレピンヌの）条件に，カトリック側博士にヴィゴールとクロード・ド・サント，改革派側牧師にジャン・ド・レピンヌ[17]，ユーグ・シュロー・デュ・ロジエが選定され[18]，7月1日，これらの4名がヌヴェール公爵の館で顔を会わせるにいたった。

　実質的な討論に入るまえになお，解決しなければならない問題があった。改革派牧師は，ポワシー討論の場合と同様，まず神への祈りをおおやけに捧げるむねを主張，カトリック側に拒否されるや，口をつぐんだまま退席，馬車に乗り込んで立ち去ってしまう。牧師たちはまた，聴衆が多すぎるし——少なくとも100名ほど——，自分たちに敵意を含んでいる，ともこぼした。カトリック側史料では列席者はこれを「逃走」とみなした，という。ヴィゴールが小一時間にわたって列席者のまえで，この「逃走」について演説をぶったらしい。「逃走」はブイヨン公やヌヴェール公をいたく怒らせ，8リューほども進んでいた馬車が呼び戻された。

　討論は7月9日からヌヴェール公が解散を命じた8月26日まで，断続的にお

こなわれた。口頭での討論よりも当日の発言記録の双方による回覧，確認，訂正に時間を費やしたと考えられる。当初は口頭で交換された意見も，やがて書面によってのみおこなわれるようになる。オギュが《かくも微妙な神学上の諸点についてのかくも曖昧な議論》〔41〕と形容する（そしてオギュ自身きわめて一般的にしか触れない）討論の内容や，また一月半のあいだに生じた事故や事件をひとつひとつ紹介することはできない。話をヴィゴールに限定していえば，かれはとくに「神の子〔Fils de Dieu〕」の問題にかんしジャン・ド・レピンヌと激論を交わしたこと，ヴィゴールのあまりの激しさが同僚のクロード・ド・サントをしてバランスをとるべく穏健な姿勢を採らせたこと（サントはこの点で，改革派に好意的であるわけではない，とことさら弁明せざるをえなかった）[19]，そしておそらく8月半ば，「聖餐」をめぐる議論の最中，ヴィゴールが病に倒れ，16日には終油を受けるにまで絶望視されたこと，があげられる。ヴィゴールの病の件はオギュの研究だけでなく，マラン・ドラマールからベーズに宛てた，1566年9月25日付書簡にもはっきりと記されているので間違いあるまいが[20]，オギュが書きうつした，かのクロード・アトンの『覚書』は事実関係をまったく逆に把握し，改革派牧師たちが《自分たちの事態がうまく運ばないのを見て，仮病を使い，自分たちの宿に引きこもり，そこから出ようとはしなかった》と述べている[21]。この他に『四旬節の説教』の一節で，レピンヌと「祭日の遵守」をめぐり意見を交換した，と回想しているけれど，これも多分この討論を機会としたものであったろう。ちなみにレピンヌ自身は，カルヴァンの「祭日」否定論にもかかわらず，自分の教会では祭日を守らせている，と答えたという〔225 v°〕。真偽はわからない。

　ミショー編『世界人名辞典』にある，ヴィゴールが収めた《大変な成功》とは，一体どのレヴェルでのものなのか，事実問題としては良くわからない。他の「討論」と同じく両派の主張はむしろかれらの対立を強調するにとどまり，この討論にそれぞれに数行を充てたラ・ポプリニエール，ド・トゥ，ドービニェの各同時代史も，先のドラマールの書簡も，その実りのなさを乾いた口調で告げた[22]。ただアトンはブイヨン公妃が討論以後，カトリックへの傾斜を取

り戻し始めた，と語った[23]。

(13) エリザベート・ド・フランスの葬儀は1568年8月24日の午後から翌日の午前にかけて催された。ピエール・ブリュラールの『日記』の同日の記事は，葬送演説者としてはゆいいつヴィゴールの名前を引くのみである[24]。

(14) 時は1568年，改革派との和平を望む国王シャルル9世の政策をこころよく思わない強硬カトリック派の説教者たちは，国王の禁止令にもかかわらず，声高に反改革派の論陣を張り続けていたが，その中にアトンは，ヴィゴールを数えている。アトンの言葉では，《このころパリで説教をし，もっとも評判が高く，神の栄誉にかんしてもっとも熱意をもっていた〔les plus zelateurs de l'honneur de Dieu〕博士たちは，わがヴィゴール師，ベネディクティ師，ド・サント師，ユゴニ師，ディヴォレ師，その他多くのわたしが名前を知らない方々であった》〔旧版 t. 1, 528／新版 t. 2, 223〕，とある。

(15) ミショー編『世界人名辞典』は，1569年頃《シャルル9世の説教者の資格〔titre de prédicateur de Charles IX〕》とするが，「シャルル9世の説教者の資格」とはどのような聖職位，もしくは官位なのか，よくわからない。シェリュエル編『フランス制度・風俗・風習歴史辞典』は「国王付説教者」を解説して，《王室付祭司長（または施物分配僧）により選出された。説教者は宮廷で説教をするまえに，三百人施療院で己れの才能をためした》[25]，とするけれど，この習慣が16世紀のものかどうかも不明である。ヴィゴールは1569年頃になって初めて国王のまえで説教をしたわけではなかった。オギュが前掲書の註で言及するアンジェ地方の年代記録者グランデ〔Grandet〕は，1566年の「パリ討論」の記事も残しているらしいが，討論に参加したヴィゴールは同年春，四旬節の説教（本章の対象である『四旬節の説教』ではない）をシャルルのまえでおこなったところであったようだ〔43〕[26]。さらに付言すると，上述のエリザベートの葬儀にはもちろん国王を代表とする王族も出席していた。

(16) 『聖書』のフランス語訳にかんしては改革派が先行したことは周知のごとくだが，エミール・パキエもいうように[27]，そうした運動に対抗して1560年代半ば，後の「市場の教皇〔Pape des Halles〕」ルネ・ブノワは改革派の俗

語（古典語ではない）『聖書』の普及に危機感を覚えて自らも仏訳『聖書』の制作に手を染めていた。しかしカトリック色を薄めた海賊版やブノワの意を体さぬ版本の出現により（というよりブノワ訳『聖書』はジュネーヴ版『聖書』を底にとったらしいのだが，この点についてわたしたちはまだ実質的な調査をしていないので，説を保留しておきたい）[28]，ブノワも出身者であるソルボンヌ神学部は，この『聖書』の検閲調査を開始，以後長期にわたり検討をかさねることになる。そして1569年9月，ブノワは「母なる神学部」に膝を屈し，63名の神学博士をまえに，己れの『聖書』の禁止証書に署名する。この時ブノワに否定的な結論を提示した63名の博士たちも同様に証書に署名したのだが，そのひとりがシモン・ヴィゴールだったそうだ。

⑰　ジャン・ド・ラ・フォッス〔Jean De La Fosse〕の『あるリーグ派司祭の日記〔*Journal d'un curé ligueur*〕』にはつぎのような記事がある。──1571年12月，寛容政策に沿ってギーズ公を遠ざけ，コリニーを宮廷に迎えたシャルル9世は，反改革派運動の象徴である，サン゠ドニ街の入口に在った改革派商人の屋敷跡に建てられた十字塔の解体を命じ，市当局がこのために職人を現場に派遣したところ，その場にいたのは威嚇的な群衆であった。群衆の煽動には聖職者，なかんずくノートル・ダム寺院の壇上から説教したヴィゴールの役割が大きかったとされる[29]。

⑱　シモン・ヴィゴールがナルボンヌ大司教座に就いた年度を1570年とするミショー編『世界人名辞典』の言には異論が出ている。上記⑩で利用したパラヴィチーニ著『トリエント公会議史』の付録〔ミーニュの筆か(?)〕の人名簿には，《1565年にナルボンヌ大司教となった。かれはこの顕職にシャルル9世により任命されたが，それは己れの才能と人望以外になんの庇護ももたず，また宮廷人たちの妨害にもかかわらず，であった》〔III 1082〕とある。ただこの説を述べるのはこれ以外にはなく，ミショー編『世界人名辞典』やモレリの『大歴史辞典』の採用する1570年説と並んで，否，それ以上に有力なのが1572年説である。ラ・クロワ・デュ・メーヌの『フランス文庫』の編者は《かれがナルボンヌ大司教に任命されたのは，ル・ブラスール〔le Brasseur〕（『エヴル

一史〔Histoire d'Evreux〕』，p. 323）やそれに続く多くの人々がいうのとは異なり，1570年ではなく，1572年末である。ヴィゴールの前任者が没したのは，ようやくその年の12月になってからだからである》〔II 417〕と説き，ラランヌの『フランス歴史辞典』も後者に従う。しかしこの任命年度にはやや疑念が残る。これにかんしては次項(19)で略述する。

　ヴィゴールが大司教座をあたえられた経緯を，『四旬節の説教』の編集者クリスティの序文「サン・ミシェル・アン・レール〔S. Michel en l'Her〕大修道院長，尊父ジャック・ド・ビイイ〔Jaques de Billy〕師への書簡」〔以下「序文」と略〕から写してみる。むろん特殊な視点から書かれた事実を忘れてはならないのであるけれども。《要するに，ヴィゴール殿の篤い信仰心と偉大な学識の評判は，全キリスト教諸国のすみずみまでゆきわたり，わが聖父グレゴリウス13世はこうした評判に心を動かされ，故フェラーラ枢機卿殿の逝去によってナルボンヌ大司教位がローマで空位となるやただちに，ナルボンヌに赴いて居住するという条件で，この大司教位をかのヴィゴール殿に授ければ，教会の教化のために，またラングドク地方を汚染していた異端やその他の悪徳の根絶のために（ヴィゴール殿はそのことしか念頭になく，当時パリはサン・ポール聖堂区で暮らしていた）大いに役立つと考えた。この地方が長いあいだ自分たちの大司教を見たことがなく，爪先から頭まで武装したかかる牧者の存在をはなはだ必要としていることを知っていたからである》〔â vi v°-vii r°〕。

　(19)　1572年暮から翌年初めにかけてもうひとつ，ヴィゴールの名を高からしめる事件が起こった。ピエール・ピトゥのカトリック教への改宗である。わたしたちの手許のわずかな史料にかぎると，ピトゥの改宗にかんしてはセヴォル・ド・サント゠マルトの『著名人讃辞』（の仏訳）にはまったく記載がない[30]。ニスロンの『文芸共和国著名人士録』[31]はさすがに，「聖バルテルミーの虐殺」後，《かれは自分が奉じていた〔改革派〕宗教の検討に専念し，その誤りを認識，すすんで棄教して〔カトリック〕教会と和解した》〔45〕と，改宗の事実は書きとめるけれど，ヴィゴールの関与には触れない。アーグ兄弟の『フランス・プロテスタント』（初版）[32]になってやっとその名前が登場する。

「虐殺」後《ピトゥは〔パリの〕アントワーヌ・ロワゼル〔Antoine Loisel〕の屋敷に逃れ、そこに数ヵ月かくまわれた。翌年〔1573年〕ピトゥは、当時サン゠ポールの司祭であったシモン・ヴィゴールの手で改革派宗教を棄てた》〔256(g)〕と、アーグは記した。アーグはピトゥの「棄教」の実情に疑いの眼差を挿むが、それはさて措く。雑誌論文ではあるが、近代でもっともまとまった「ピエール・ピトゥ」を著したルイ・ド・ロザンボーは[33]、ピトゥの《友人、ことに高等法院の評定官、ド・ラ・モット〔de la Mothe〕》がかれを促し、《かれにサン゠ポール聖堂区司祭、ヴィゴール神父を差し向けた》〔288〕と、さらに詳細化するので、ヴィゴールの関与に間違いはないとおもう。ただしヴィゴールの位を「サン゠ポール聖堂区司祭」とする記述、また改宗がパリの隠れ家でなされたとする記述は、もしこれが入念な確認にもとづいているなら、前項(17)の「ナルボンヌ大司教座」就任時期と、ピトゥの最終的な改宗受け入れ時期との特定や前後関係にさまざまな可能性を考えさせる。——じつは、大司教座就任時期を前任者の死去と直接結びつけるには、ある不安な材料が存するのだ。

『フランスの司教座における変化と継承』を論じたF. J. ボームガートナーは[34]、カトリック信仰の正統性の点で影を落としていた（完全なる改革派というわけでもなく〔Haag V 125(g)〕むしろ寛容派だったのだろう）、のちのトゥールーズ大司教ポール・ド・フォワ〔Paul de Foix〕の、大司教座獲得への道のりを辿る過程で、ヴィゴールとフォワがいかにナルボンヌ大司教位を争ったかを語った。高等法院はフォワの信仰の正統たるを認めたが、ローマ教皇はこれを無視、カトリーヌ・ド・メディシスの信を受けていたフォワが《1572年にナルボンヌの大司教座に任命されたさい、グレゴリウス13世は教皇勅書の発布を拒否した。高等法院が新たな候補者の提出を拒絶したので、教皇はボローニャ政教協定の条項——このような情況下では教皇に大司教座を補充する権利をあたえる項目——を利用し、神学者シモン・ヴィゴールを指名した。フォワとヴィゴールはともに大司教座を獲得すべくローマに赴いたが、グレゴリウスはフォワに会うのを拒んだ。かくしてヴィゴールがナルボンヌ大司教となった

のである》〔139〕。つまり，ボームガートナーの告げるような事情が存在したなら，前任者の死とヴィゴールの着任とのあいだには，けっして少なくはない時間が流れたはずなのだ。とすると，先のアーグの文にある「1573年」当初の，ヴィゴールの聖職位同定はそれなりに説得力をもつ，とみなせるとおもう。

⑳　ヴィゴールはいま一度，歴史の表舞台に姿をあらわす。「国王弑逆者」モンゴムリの処刑場においてである。この件にかんしてはピエール・ド・レトワルの『日記』「1574年6月24日土曜日」の記事の助けを借りる。アンリ2世との祝典槍試合であやまって国王に致命傷を負わせたモンゴムリ伯爵ガブリエル1世は，その後英国に逃亡，改革派に改宗してコンデ公の旗下に入り，主としてノルマンディーやベアルヌ地方を活躍の場としたが，やがて籠城戦の果てに降伏を余儀なくされる。1574年のこの日，斬首の判決を受け，処刑場であるグレーヴ広場まで連行される途中，モンゴムリは大声で，自分が戦争捕虜でありしかるべき待遇を受けるべきこと，自分はいかなる政治的事由によってでもなく，ただに己れの信仰のために死なんとしていることを訴え続けた。処刑台にのぼる前，《モンゴムリはナルボンヌ大司教である，われわれのヴィゴール師に懺悔することを断じて望まなかった。ヴィゴール師は礼拝堂のモンゴムリのもとに赴いて，かれに説諭しようとしたのである。さらにモンゴムリは，これから処刑する者みなに差し出すのが習わしの十字架を，手に取ることも接吻することも望まなかったし，囚人護送馬車で自分の隣に座った司祭にいささかも耳を傾けようとも，眼差しを向けようともしなかった》[35]。

　ミショー編『人名辞典』の伝記的部分にわたしたちが補足しうることがらは以上に尽きる。歴史の折り折りに「改宗指導者」として立ちあらわれたシモン・ヴィゴールの姿は，かれの論争力や説得力をカトリックの世界が少なからず評価していた事実を示すものであろう。ネールやブイヨン公夫妻，モンゴムリに対する「改宗指導」の失敗は，ヴィゴールの能力や声価をおとしめるたぐいではない。だれもが「異端の輩」がかたくなであると承知していた。むしろ名の知れた人々の「改宗指導」の場に招かれること自体，ヴィゴールへの評価

を物語っていた。「改宗指導」が成功した場合でも，実のところ，かたくなな精神を撓めたというより，すでに棄教に向けて熟した心に形式的な扉を開けてやるケースが少なくなかったとさえおもえる（ピトゥの例）。そしてまた，論争力や説得力は対立者に働きかける一方で，同じ陣営の心的な水位をたかめ，求心点をもたらすものであったようにもおもえる。ヴィゴールの議論はまず，おそらく言語外言語に支えられた，使用言語の情緒的側面で，硬軟含めて煽動性に富んでいたようだし，加えてそれにもっともらしさをあたえる「学識」にもけっして不足してはいなかった。

　ネールの説得にあたっては必ずしも高圧的でなかったヴィゴールが，宗教的対立の激化を経ていつしか，民衆の煽動者，「改宗指導者」の代表のひとりとなる。かれはどのような言葉を獲得し，どのような思想を語ろうとしたのか。わたしたちは以下に，ヴィゴールの『四旬節の説教』をつうじて，宗教戦争初期のカトリック側説教者の理論と文体（の一例）を略述することとする。

2．『四旬節の説教』の起草年代

　まずクリスティの「序文」を頼りに『四旬節の説教』の成立事情を辿っておく。

　「序文」を書いたクリスティについてわたしたちはほとんど知らない。わたしたちが参照し得た文献ではかろうじてモレリの『大歴史辞典』が，ヴィゴールに捧げられた項目の内部で，《ヴィゴールの友人で，ヴィゴールと同じくエヴルーのサン゠トマ聖堂区に生まれた》と記すのみで，それ以上の情報はなかった。ただ「序文」にはクリスティ自身に与かる文章が存在する。「序文」でクリスティは自分が編集した『四旬節の説教』を，サン・ミシェル・アン・レール[36]大修道院長ジャック・ド・ビイイ[37]に献呈する理由を述べるが，それは第1にビイイが，当のヴィゴールの説教の熱心な聴衆であったためであり，そして第2に《わたしの努力の初めての成果〔クリスティが編集した『説教』を

指す〕に，あなたさま以上に功績がある方がこの世に》いないからでもある。ビイイの功績とは何か。この7,8年来，それまで面識のなかったクリスティに，パリ大学神学部での給費をあたえたことであり，6年間に及んでかれの生活を保証したことに存する。ビイイはこの時，その秘書をつうじ，《貧困の重荷が高みに飛翔するのを妨げず，活動を援助するメセナが発見できるなら》，神学部の講義を心から聴講したいと願っていた，クリスティの存在を知ったのだった。さらに第3の理由として，ビイイに対すると同じ位にクリスティが恩恵を受けたヴィゴールの著書を献呈するのは当然，ともいう。ヴィゴールへの恩義とは，2年半程前，ラン〔Laon〕市に居たヴィゴールが，じぶんの左右し得たナント市司教座聖堂会員神学教授職〔prebende Theologale de Nante〕をクリスティに授けたことを指す。これらの情報および「序文」末尾の日付，《1576年10月7日》を起点にいくぶんかでもクリスティの人物像に輪郭をあたえてみる。まずパリ大学神学部の平均的修学年限から見て，1530年代半ばから1540年代にかけてエヴルーに生まれた可能性が比較的高そうだ。家計が豊かでないにもかかわらず，人並み以上の向学心を認められ，パリ大学神学部への留学費用をビイイによって賄われたのであろう。神学部に籍を置く過程でヴィゴールと接触し，その縁故でナント市神学教授職を獲得したと想定される。つまり一般的な物言いをすると，シモン・ヴィゴールが宮廷医師の息でありながら神学の舞台に踊り出たとはやや異なる形式での，既成神学者組織への補充システムにクリスティが組み込まれた，と見ることが可能である。

　さて，そのようなクリスティの手を経て，『四旬節の説教』はどのように成立したのか。クリスティによると，フランス各地での，ことにパリでのヴィゴールの説教が，《カルヴァンの異端説や虚言の，巧みで力強い反駁と，また満ちあふれる大いなる学識ゆえに》〔à vii r°-v°〕数多くの人々から公刊を望まれていることを承知し，加えてヴィゴールの死後，何者かが金儲けの目的で《劣悪に収録され不正確な》〔id.〕記録を書店に売り込み，ヴィゴールの名誉を傷つけることを危惧したクリスティが，ナルボンヌへ赴任する以前のヴィゴール

に，パリのサン＝メリ教会でおこなった使徒信経をめぐる説教や，サン＝テティエンヌ＝デュ＝モン教会での《かれの最後の四旬節の説教》を校閲するよう，いくども頼み込んだ。ミショー編『世界人名辞典』も語ったとおり，説教者がまえもってメモ以上の原稿を準備することは稀だったらしいが，どうもヴィゴールの説教時には複数の説教速記者――その内のひとりはクリスティにより固有名が残されている――がついたもようだ。かかる形で出版される『説教』は《カトリック教徒の大きな悦びであり，説教者たちの負担の軽減》〔*id.*〕となろう，との説得にヴィゴールはついに同意し，現に進行している，カルヴァンやベーズに対抗する仮称『聖書曲解箇所全集成』の完成を待ってただちに取りかかる，と約束した。ただ，この約束を果たすまえに神に召された場合，校閲の責任をクリスティにゆだねて，との条件があり，結果的にクリスティはこれに縛られることとなる。ヴィゴールのナルボンヌ行の2ヶ月前，四旬節におこなわれた説教の写しを一通，すでにヴィゴールに手渡していた書店主ニコラ・シェノーは，ナルボンヌ大司教没の報に接するや，上記の条件に則り，死去の翌月，すなわち1576年1月にはその写しをクリスティに送った。クリスティは同年の復活祭をめどに仕事の完成を考えていたが，《その美しく見事な写し（あなたさま〔ビイイ〕がよろしければ，活字に移したあとで印刷工房からわたしが取り戻した，その写しにより，そうした状態をご覧になれるでしょう）の中で，誤って注記を施された古代教父たちの言葉の数々（筆記者の無知が招いた，間違った概要はとりあげなくとも）があまりにも多く，7ヶ月〔ここではもはや復活祭の期限は問題とされない〕のあいだに校閲し，改訂し，聖人たちの原文とすべてを対照することは不可能でした。往々1ページに丸1日かけても，問題の写しの誤って引用された文章の半ばさえ，原典に発見することがかないませんでしたし，神学教授としてのわたしの任務の忙しさで，週のなんにちかを別の研究に用いることを余儀なくされたからでもあります》〔â viii r°-v°〕。クリスティはすぐと続けて，ただし自分の役割からは文体的配慮を除いた，と言明する。《わたしがその中で，いくらか粗野な言葉を変更し，かわりに飾り立てた言葉やもっと上品な言葉を置こうと努めなかったとしても，あ

なたさまも（猊下），その他の良識をおもちの方々も，わたしに対してお怒りになられないものと存じます。というのもかかる粉飾はこの著書にあつかわれる題材に似つかわしくないのみならず（セネカは，「マコトノ演説ハ飾ラヌモノ」と申しました），著者の意図と性格に真っ向から対立するものだからでもあります。かれは自分の言葉を優美にしたり，装飾したりするのをけっして喜ばず，「クワ〔鍬〕」を「クワ」，「イチジク」を「イチジク」と呼ぶ，素朴で有り触れた言葉に満足しておりました。そして，道を踏みはずした者たちをイエス・キリストの群れに連れ戻すにあたり，粉飾され気取った弁舌ではなく――そうした弁舌は本来的に，単純な人々を甘い物言いで誘惑するのをつねとする，カルヴァンやあらゆる異端者どものものなのです――，『聖書』およびその解釈者たる古代教父の澄んだ泉から汲まれた論理をつうじておこなうことを好んでおりました》〔*id.*〕。

『四旬節の説教』は原則的に「灰の水曜日」から「復活祭の火曜日」にいたるほぼ連日，パリでおこなわれた47回の説教の集成である。ただし，以下の例外が存在する。

(1)「第11篇」（各「説教」の番号はわたしたちが作業進行上，仮りに付与したもので，原著には存在しない）を構成する「四旬節第１日曜日のあとの土曜日のための説教」はヴィゴールのものではない。「説教」には簡単な前置きが先立ち，編者〔クリスティ〕が刊本の底とした写しにこの土曜日の説教が見当たらないので，《1555年，パリのサン゠テティエンヌ゠デュ゠モン教会で故ピカール殿〔Picart゠François le Picard (?)〕によりかつて遂行された〔presolu (?)〕最後の四旬節の説教から抜き出したものを，すべての日々を埋めるべく，ここに挿入した》〔94 r°〕と語られる。

(2)「四旬節第４日曜日のあとの土曜日のための説教」が欠如する。これにかんしては当該箇所に《第４土曜日当日の説教はこの書物の最後に掲載される》との注意書きが存し，事実，本来の最終説教であるはずの「第46篇・復活

第 2 章　シモン・ヴィゴール，その『四旬節の説教』　461

祭の火曜日のための説教」に続き，「ヴィゴール殿の別の四旬節の説教から抜き出された，第 4 土曜日の説教。先行する刊本には未だ印刷されなかったもの」が置かれる。なぜ代置されたか，解説はない。

　(3)　「第39篇」と「第40篇」は同じ日の午前と午後にそれぞれおこなわれた説教らしい。前者は「パリのノートル・ダム聖堂区員の方々のまえで，(慣例にもとづき) サント゠ジュヌヴィエーヴ教会でなされた，枝の主日の最初の説教。これらの方々はこの教会へ聖体行列をおこないながら赴いたのである」と，また後者は単に「枝の主日のための説教」と題される。構成の違いや文体 (口調) から受ける印象の違いから，まったく異なる年度の二つの説教を併置した，との可能性も皆無ではないけれど，「第40篇」中に《わたしたちが今朝述べたように》〔338 r°〕との一句が認められ，この句が導くアレクサンドロス大王の逸話が確かに「第39篇」で触れられる〔328 v°〕事実を考慮すると，両者を同日の説教と判断せざるをえない。

　(4)　「第43篇・枝の主日の後の水曜日のための説教」に直続する「第44篇」は「聖金曜日のための説教」であって，「木曜日の説教」が漏れている。説明はない。

　(5)　「第45篇」は「復活祭の当日のための説教」であり，したがって「土曜日の説教」も漏れている。説明はない。

　わたしたちがもっとも関心を引かれたのは(3)のケースで，クリスティがそれと断らず他の年度の説教を混在させたのではないか，とのわたしたちの懸念はここに集中した。「第39篇」はもっとも短い説教のひとつだが，それでも充分に11ページ，「第40篇」は16ページ強を占めた。若くとも50代後半，場合によっては70歳前後のヴィゴールにそれだけの体力をあたえて構わないのだろうか (もっとも最長の説教は「第44篇」で，60ページに及ぶ)。しかしさしあたりわたしたちは上述の推定に落ち着かざるを得ないし，こうした点から，(4)・(5)の問題は別にして，クリスティはかなり良心的な編集作業 (註釈作業・校正作業とはいわないまでも) をおこなったとおもわれる。つまり (1)・(2) にか

かわる 2 篇の例外を除いた45篇の説教は，(新暦)同一年度の「灰の水曜日」から「復活祭」にかかる期間内に説かれたとみなしてよいだろう。それではその「年度」とはいつか。

　クリスティは「序文」で，ナルボンヌに赴くヴィゴールがパリでおこなった《最後の四旬節の説教》と限定しながら，その解を提出したように見える。ヴィゴールのナルボンヌ大司教座就任が，1573年の前期までずれこんだにしても，その年の春に一月半を越える連続説教を実施する余裕があったとは考えがたい。すなわち形容詞《最後の》が示すのは，1572年ということになる。けれども実をいうと，わたしたちはここでいささか迷いを覚えるのだ。

　一般的に見て「説教」なる表現のジャンルには，かなりの程度でアクチュアルな現実への反応があるとおもう。『四旬節の説教』における「アクチュアルな問題」への意識にかんしては後述するとして，年代推定のためにここではまず，わたしたちの乏しい知識の範囲で，かつ前節であつかったヴィゴール自身が関与した討論・会議等は除いて，「(相対的に) アクチュアルな事件・話題」への言及を捜してみる。

　(1)　ラン〔Laon〕市での悪魔払い（1565年—1566年）。《わたしたちは今日，ラン市で少しまえに起こった奇蹟をつうじて，イエス・キリストの真の肉が聖餐に存在すること，またこれ〔聖体〕によりわたしたちが悪魔を狩り出すのだということを証明しましょう》〔163 v°〕。ヴィゴールの文が上記の事件を指すのは明らかだとおもう。1549年，ピエール・オブリーの娘として生まれ，15歳で仕立て屋と結婚したニコルが「悪魔憑き」となり，「聖体の奇蹟」によって救われたこの事件は，カトリック・サイドにとり恰好の教宣材料となった。「悪魔払い」の現場には時として「万」を越える群衆が押し掛け，改革派自らの手による「悪魔払い」や対抗教宣活動も功を奏しなかった[38]。教皇ピウス 5 世は1571年10月 8 日に，グレゴリウス13世は1573年 3 月 6 日に，教皇書簡を送り，この「奇蹟」を公認した。この「奇蹟」の記録を19世紀に改めて編纂したロジェ神父は，《聖ピウス 5 世の「提要〔教皇書簡〕」は，印刷されるや否や，

フランスやスペイン，イタリアやドイツであふれんばかりにゆき渡った。説教師たちは説教壇の上から，異端者の中傷から聖餐の素晴らしい秘蹟の汚名を雪ぐのに，この奇蹟を引用した》[39]と著している。ヴィゴールがこの「説教師たち」のひとりだった可能性は充分ある。そのケースでは説教の年代を1572年春に求めざるを得ない。けれども他方ヴィゴールがこの「事件」をピウス5世の文書から知ったとしたら，その説教に「奇蹟」を「公認」する教皇書簡への言及すら見られないことなど有りうるものだろうか。

(2)《ユグノーがおこなう聖餐式とはかくのごときであります。それは「教会」に対しての，そして国王に対しての陰謀以外の何ものでもありません。1567年9月初めの，ある日曜日，大風が吹いた日の出来事が裏づけてくれましょう。この時改革派の者たちは，国王に対する攻撃をより入念に計画し，資金をより多く集める目的で，聖餐式をおこなったのです》〔345 r°〕。第2次宗教戦争の勃発は，通常同年9月末（26日―28日）の改革派軍によるモー市襲撃に求められるようだ[40]。スペイン軍やカトリーヌ・ド・メディシスの動向に危機感を深めた改革派首脳が，7月から9月初旬にかけてヨンヌ県で数度，集会を開いた事実は，フランソワ・ド・ラ・ヌーの記録その他で確認できる[41]。しかし《大風の》《9月の初め》の《ある日曜日》，《聖餐式》をおこないながらである，とまでは調査しえなかった。ヴィゴールが説教の中でこの日を特定したのは，そうした情報がパリ市民のあいだにゆき渡っていたからだろうか。あるいは事実がどうあろうとも，この種の具体化で自らの言葉に色彩をもたらそうとしたのだろうか。――もっともクロード・アトンの『覚書』を参照すると[42]，「大風」とか「聖餐式」，その他の項目が第2次宗教戦争の開始と無縁とはいえないようにおもえる。アトンに従えば，同年7月12日〔後述の引用文から数えるに「日曜日」〕から1週間，コリニーの城で改革派貴族や牧師たちが会議を開き，フランス各地の教区でそれぞれに所属する新教徒を，決められた一定の日曜日に説教に集め，聖餐式をおこない，そのおりにそこでの討議の結果を伝える決定をしたこと，そして時期を同じくして，すなわち《上述の反逆者どもがイスカリオテ〔のユダ〕のような，そして悪魔的な会議をもよおし

ていた週のあいだに，かつて見られたことがないほど凄まじく，風が地上に吹き荒れた。それは7月13日月曜日から始まり，つぎの土曜日まで，夜間以外は熄むことなく続いた》〔旧版 I. 424 et 426〕。既述のとおりアトンの記事の信憑性は完璧と呼ぶにはほど遠いけれど，逆にヴィゴールが「7月」を「9月」と錯覚して語った可能性も低くはない。

(3) モンコントゥールでの改革派軍の大敗（1569年10月3日）。《したがってこれ以上奇蹟を要求してはなりません。というのは奇蹟はもう必要ないからです。それはいかに神意によって日々なお，わたしたちの「教会」で，わたしたちのために奇蹟が生じているにしても，であります。たとえば神がユグノーに対し，モンコントゥールでわたしたちにあたえ給うた，かの大勝利のごときがそれであります》〔165 r°-v°〕。

(4) 人々が助けてくれなくとも神は信者を見放しはしない，との文脈に続けて，《それゆえにわたしはみなさんに告げるものです，神が間もなくわたしたちを救け給うであろうと。なぜなら最近よこしまな裏切り者たちがみな，王弟殿下〔後のアンリ3世〕を見捨て，殿下がユグノーに対する勝利を貫徹するのを妨げたからです》〔40 r°〕とヴィゴールは宣言した。「最近」が第3次宗教戦争の，ある時点，ことに末期のある時点を指すのは明らかとおもえる。この戦争は，ジャルナックやモンコントゥールの大勝を指揮した王弟アンリ・ダンジューが軍事上の主役を務める舞台でもあり，その成功と人気は国王シャルルすら嫉妬を覚えたとブラントームにしるされるほど[43]，華々しかったようだ。一方，この戦争の合間にカトリック軍内部でも有力者間に対立が目立ったことも知られている[44]。しかしそれらを越えてヴィゴールが念頭に置いたであろう，具体的な人物や事件は捜しえなかった。

(5) 第3次宗教戦争の終結を告げるサン＝ジェルマン＝アン＝レーの和議，および勅令（1570年8月8日）。アンドレ・ステグマンの要約するところでは，この和議は《改革派の敗北にもかかわらず，かれらに非常に好意的なものである。すなわち完全な休戦，信仰の自由，改革派が存在していたいたるところ，および（パリは相変わらずはぶかれるものの）「地方知事管区」内の二つの都

市の城外での礼拝〔の許可〕，（ラ・ロシェル，コニャック，ラ・シャリテ゠シュル゠ロワール，モントーバンの）四つの安全保証地の制定がそれである》[45]。ヴィゴールは『説教』中でいくどか「悪しき勅令」や「装われた和平」に言及する。説教の日付が1572年春だと仮定しても，1570年8月以降に改革派の信仰を推進したり，反対に制限したりする勅令が発布された事実は存在しないので，ヴィゴールの言及はこのサン゠ジェルマンの和議（勅令）を想定した，とみなしうる。ヴィゴールの言葉は以下のたぐいである。

① 《よこしまで災いをもたらす勅令を作成しようというなら，立派な装いをあたえ，「和平のための勅令」と命名することになりましょう。それこそが災いを宿し，偽善に満ちた勅令であり，そこでこの勅令をつうじ，どんな人物がそれを作成したか判断することができるのです》〔6 r°〕。

② 《あの災いをもたらす最近の勅令において，改革派が自分たちの財産を取り戻し，神の子たるカトリック教徒のパンを食べてよいと認めたのです。これは神のまことの子供たちから命を奪うことなのです》〔84 r°〕。

③ 《したがって，聖アウグスティヌスが語っておられるように，人間をしてより良い行動をおこなわせる困窮は，さいわいなのです。それと同じくさいわいなのが，信教の自由のままに生活するのを許すこの呪われた勅令を国王が廃止し，異端者の財産を没収しかつ火刑を復活させることで，異端者をカトリック教会に戻らしめるような，きたるべき時代であります》〔147 v°〕。

(6) シャルル9世のパリ入城（1571年3月6日）。《祭日はあなたたちが神に仕えに集まるよう，制定されているものであります。そして教会にゆく時間は充分にあるのです。しかし，なんたることでしょうか！　祭日には神の礼拝にはげまなければならないのに，その代わりに町の外に遊びにいったり，酒を飲みにいったりしています。入城式が切迫している，との口実で，こだわりなく働きさえしています。ああ，祭日を侵害するよりも，国王の入城式を3日遅らせる方がよいでしょうに》〔228 r°〕。シャルル9世が王位に就いて以来，この日にいたるまで「公式の」パリ入城式を遅らせていたことを，ここで断る必要があるだろうか。確かに即位以来，シャルル9世は母后カトリーヌ・ド・メデ

ィシスとともに，いくどもパリを訪れ，あるいはそこに逃げ戻っていた。1568年以降は修復途中のルーヴル宮に居を構えていた。しかしそれはあくまでも仮りの姿であり，儀礼を媒介にした公式の，シャルルとパリの関係はまだ成立していなかった。ヴィゴールの言葉が，即位後10年近く，国王から敬遠されていたパリ市の住民が，華麗な入城式典の準備にいそしむ姿を，裏側から写し出しているような気がする。つまり少なくともわたしたちには，ヴィゴールの語り口が「現在」をいましめていると見えるのだ。

　(7)　ルーアン市のカトリック教徒による騒擾事件（1571年3月4日）。日時にもかかわらず，上記(6)とあつかう順序を入れ替えたのは，ヴィゴールの説教では，ルーアン市の事件の「勃発」そのものではなく，その「結果」が言及対象となるからであり，さらに(6)の説教が時間的に(7)のそれに先行するからでもある。「ルーアンの騒擾」について現代の史書ではあまり語られない模様なので，若干長めであるけれど，ラ・ポプリニエールから一節を直接借りて，解説に替える。

　　（引用—4）
《1571年3月ルーアン市で暴動が起こった。これから読者諸氏が耳に入れられるとおり，この暴動はすでにお互いに傷つけ合っていた心をさらにいっそう刺々しくしたのである。ノルマンディーの高等裁判権者ならびにオーベール領〔fiefs de haubert〕所有者全員に国王があたえられた，説教をおこない，あらゆる宗教活動を維持し，その場に列席を願う者はだれでも受け入れてよい，という許可におうじて，ブードヴィル町と，そこから半リューしか離れていないルーアン市の改革派とは，フランス軍元帥にしてルーアン市代官フランソワ・ド・モンモランシーからそれらの許しをたっぷりと獲得した。それを聞いたカトリック教徒はかれらの妨害をする決意を固めた。改革派は3月4日日曜日の早朝，その地〔ブードヴィル〕に向かった。コショワーズ門から最初に城外に出た者たちは妨害を受けなかったが，その者たちに続いた人々は，門で見張っていた者から嘲弄され，罵倒され，ある人たちは大いに

打擲された。〔……〕さて，かかる熱狂的な行動においては，小さな始まりからより大きなことがらへとたかまっていくように，カトリック教徒は改革派の帰途も妨害し，かれらがもう2度とそこには戻りたくないとおもうくらいに打擲すべしと決心し，帰途にあたってこれを実行した。というのも，15名が殺され，その他の者もたいそう傷を受け，はなはだひどく殴打されながら，ばらばらに逃げのび，そのような事態が生じなければそうしたであろうほどには足繁くそこに戻ろうとの欲求も，そして同じく手段も失ってしまった。ただちにこの件で訴えが使者をつうじて国王になされた。このころトゥーレーヌ地方で狩りをしていた国王は，かかる騒乱の首謀者にひどく憤りを覚えた様子で，モンモランシー元帥に，支配下にある全部隊を率いて進軍し，ついでフランス全土に見せしめとなる裁判をするよう命じた。〔……〕しかしかれらが町に入ったとき，首謀者たちはすでに逃げおおせていた。小者数名が絞首刑になり，その他の300名の似姿が逃亡した本人の罰をこうむった。ある者は追放され，別の者は罰金刑を受けた》[46]

　この騒擾事件をめぐっては少なくも2度，『四旬節の説教』中で触れられる。
　①《逆に人が義なる者に危害を加えるようなことになれば，神はその件で復讐をされるでしょう。ある都市〔傍注ではすでに「ルーアン」の名が引かれる〕のカトリック教徒とユグノーとのあいだで幾許かの騒擾が発生する場合，みなさんが充分に原因を調査し，情報をえて裁きを下すために，廉正な人々を派遣するなら，みなさんは必ずや，ユグノーが騒擾の張本人であり，カトリック教徒に誤りがないことを発見するでしょう。みなさんは少し以前にルーアン市で起きたことがらをご存じです。国王の宮廷にはつぎのように話す者たちがおります。「ああ，まさしくかの都市に赴き情報をえて，煽動的なカトリック教徒を罰しなければならない」。だがわたしはこの方〔ce Monsieur là；コリニーか（？）。同定不可能〕に尋ねるものです。ユグノーどもがさまざまな町を占拠し，略奪し，その他千もの悪事をなしたとき，あなたは国王にこうおっしゃったのですか，「騒擾者を罰するために，わたしをあの地に派遣して下さい」と。か

かる手段によって人は，哀れなカトリック教徒を脅えさせようと考えています。しかし事態は逆になるでしょう》〔314 v°〕。②《ここに由来するのが，聖職者が母なる「教会」に上訴するとき，「教会」はかれらを絶対に死罪にしない，ということであり，また（聖アウグスティヌスのある書簡——その中でアウグスティヌスは，かれがあまりに頻繁に囚人のために仲介し，悪人を厚遇しているようだと，アウグスティヌスに不平をいう，とある裁判官に回答しているのですが——で明らかなとおり），異端者のごとくに人間にかかわる，もしくは神にかかわる大逆罪ではなく，なんらかの盗みや，怒りにまかせたり，無分別な熱意にもとづいてなされた殺害で罪に問われた者たちには，「教会」が慣習として「被告人ノ代ワリニ〔pro reis〕」仲介する，ということであります。無分別な熱意の例でいえば，かのルーアン市の哀れなカトリック教徒が少し以前に行動したのがそれであり，今日司教たちは，ユグノーがかれらの側で国王に懇願しせがんでいると同様，自分たちの側でも仲介に立ち，せがまなければなりません。なぜならそれは神と宗教の大義だからであり，その目的をまえに司教たちは，自分の信用と権力とをすべて用いることにけっして恥入るべきではないからです》〔336 r°-v°〕。

　①・②はともにわたしたちに，ラ・ポプリニエールからの引用の末尾に存する煽動者への懲罰がいまだ実施されない段階で，ヴィゴールが聴衆に訴えている，との印象をあたえる。ルーアンの騒擾事件に端を発し，もしくは同時発生的にフランスの各地で，改革派の「和平」の享受を妨害しようとするさまざまな活動が見られるようになった。「和平」は定着するどころではなかった。ヴィゴールの説教が「ルーアンの騒擾」から１年をへだてたものとすると，それらの出来事に言及があってしかるべきとおもえる。

　『四旬節の説教』の中に見出せる「（相対的に）アクチュアルな事件・話題」は必ずしも上記にかぎらない。ただ広範囲な「時代」には対応しても，特定の年代推定には不適当な話題（たとえば，これは時代批判としても論ずる心算であるけれど，たびかさなる「占星術」批判〔72 r°；286 v°；359 v°〕）や，ヴ

ィゴールの聴衆にはそれとわかっても，わたしたちの貧弱な耳には届かない事件（たとえば，改革派に好意的であった三人の貴婦人——だれを指すのか——の悲惨な最期〔378 r°〕），あるいはわたしたちがまったく見逃した暗示を除いて，この書物に収められた（大部分の）説教がサン゠テティエンヌ゠デュ゠モン教会でおこなわれた年度の推測を固めるのに充分な言葉は拾い出してきたとおもう。⑴や⑹および⑺で述べた印象に加え，1571年3月以降のアクチュアルな出来事への言及がどうも見当たらないことも考えあわせると，どうやらクリスティのいう《最後〔最新〕の説教》とは，ヴィゴールがサン゠ポール聖堂区主任司祭であった最後の四旬節，つまり1572年の春になされたのではなく，その前年のものだった。クリスティはなぜ《最後の〔dernier〕》と形容したのか。クリスティの記憶違い，もしくは記述の誤りなのか。それともヴィゴールが1572年の四旬節には説教壇に上らなかったのか。後述するようにヴィゴールには，説教を聖職者の義務とこころえる自覚があった。他方，一般の聖職者のレヴェルで見れば，定期的に説教をすべし，とのトリエント公会議の決議が，広く浸透するにはいまだ膨大な時間を必要としそうな情況だった。自覚と一般の了解のあいだでヴィゴールの態度も揺れていたのだろうか。あるいはそれとも，前年に連続説教をおこなったヴィゴールに，この年には別の司祭に役目を任せなければならない事情が存したのかも知れない。——ともあれサン゠ジェルマンの和議から半年，コリニーは改革派とカトリックの融和政策の象徴として宮廷に復帰し，シャルルは戴冠以来初めて正式にパリ市に入城する。しかし融和はあくまでも理想であり，実態はその言葉からはほど遠く，華やかな祝祭の準備に奔走するパリ市民にもルーアンの騒擾の噂は伝わった。そしてそうした人々をまえにヴィゴールは説教をおこなった。だが『四旬節の説教』とは何を語った説教なのか。そしてそれはどのように語られたのか。なんのために語られたのか。ここまで述べてきたことがらは，それらの問いに解答する前提となる段階にすぎない。「本論」を語る力はわたしたちにはまったく欠如しているけれど，かなわぬまでもその素描を試みることにしよう。

3．説得・学識・権威：「第3篇」を例にして

　綜体的なレヴェルを採ると、『四旬節の説教』の構成に関連して、すでに触れた以上に付言すべき何ごとも見当たらない。連続説教とはいいながら、前章で論じたピエール（ジャコブ）・ドレの『愛についての新しい遺言』とは異なり、ヴィゴールの語った45篇——さしあたり連続説教以外の2篇は除外する——の全体を直接にまとめる、もしくはそれらの展開の核となる格別の主題があるわけではなく、説教群に統一をもたらすのは「灰の水曜日」から「復活祭」へと続く時間の枠組みであり、言葉の語り口やそこに盛られた思想の数々だとおもわれる。綜体的な構成が問われるなら、それはヴィゴールの言葉にきっかけをあたえる、外部の時間＝暦に起因する受動的な構成であり、「断食」から「巡歴と奇蹟」、「エルサレム入城」、「受難」を経て「復活」へと辿りつくキリスト神話に則した骨組みである。他方また、ヴィゴールが一定の期間内に、しかも一定の聴衆に向かって、限定された時代状況の合間で、己れの「神学」や「信念」にもとづいて語っているために、ひとつにそうした「信念」や「神学」（の断片）が繰り返しあらわれ、他方でかれの語り口に固有性——好みにすぎないが、「（かれのあらゆる説教を支える）個性」とはいいたくない。同じヴィゴールの説教でも1555年の「第47篇」、さらに日は同じくしてもサント＝ジュヌヴィエーヴ教会での「第39篇」とサン＝テティエンヌ＝デュ＝モン教会の「第40篇」の文体にはどうも異和が感じられるからだ——があらわれる。そして多分、綜体として『四旬節の説教』になんらかの統一性が認められるとしても、上記のたぐいを越えはしないとおもう。

　ゆるやかな構成、もしくは統一性はひとつひとつの「説教」をとりあげても同様である。ここでは可能なかぎり説教師自身の言葉によりながら、ひとつの「説教」を紹介し、構成や語り口の例示としたい。以下の例は「紹介しやすさ（ページ数の関連）」とか「（中心もしくは副次的な）テーマの面白さ」とかが選出基準を左右してはいるけれども、極端に作為的な抽出ではないと考えてい

ただいてよいとおもう。紹介のあとで，この説教から派生する問題をとりあげ，若干の注釈をほどこす。『四旬節の説教』全体の輪郭がわずかでも把握しやすくなればさいわいである。

「第3篇・灰の水曜日のあとの金曜日のための説教」〔26 r°-33 v°〕

　まずラテン語訳（ウルガータ訳〔？〕）『新約聖書』の一節が引かれる。この日のそれは「マタイ伝」第5章43節《『隣り人を愛し〔，敵を憎め〕』と言われていたことは，あなたがたの聞いているところである》に当たる。冒頭に引かれるのは「43節」のみであるけれど，おそらく説教の現場では，この「第3篇」があつかう「同章48節」までを朗唱したのだとおもう。続いてこの一節（「43節」）のフランス語訳が置かれる。フランス語の訳文が省かれるケースは時として存在しても（たとえば「第1篇」，「第2篇」，「第4篇」，「第39篇」，「第42篇〔ただし《聖餐について》とのタイトル有り〕」，「第44篇〔ただし《受難についての続き》とのタイトル有り〕」），ラテン語による聖句引用の省略はかなり少ない（例外として「第39篇」，「第42篇」，「第44篇」。——すなわちこの3篇にかんしては，当日の主題に該当すべき聖句が，文章化された各「説教」の冒頭ではまったく引かれない）。例外の3篇にあっても説教の現場では，その日の説教の主題や展開にあずかるはずの，引用箇所を含めた数節がラテン語で朗読され，それをフランス語に訳して見せたとの印象がないではない。
　ヴィゴールは「第3篇」をこう始める。

（引用—5）〔26 r°〕
《養い親たる母が子供に話すことを教えようとする場合，幼い子供の未熟さに自らをあわせます。単語ひとつをまるまる発音するのではなく，ひとつの音節だけを口にし，たどたどしく話すだけです。あとになって忘れさせなければならないような言葉を話すことを教えさえするのです。養い親は「父」というかわりに「パパ」と，「母」というかわりに「ママ（マメ）」と教えます。

子供は巧みに話すにいたって、そうした話し方を忘れるのです。もう少し大きくなると家庭教師をつけて、もっと大きくなるまで子供を教育させます。その時下級の教師のもとに任せて、後に文法の手ほどきをします。大きくなって高度な学問にふさわしくなったら、哲学教師の手に任せるか、法律を学びに送り出します。このようにして教師は子供の能力にあわせなければなりません。

〔Quand une mere nourrice veut apprendre à parler à son enfant, elle s'accommode à l'infirmité de son petit enfant : tellement qu'elle prononce, non pas le mot entier, mais seulement une sillabe, et ne fait que begayer : et mesmes luy apprend de dire des mots qu'il est contraint de desapprendre par apres. Car la nourrice luy apprendra au lieu de dire son pere, *papa*, et sa mere, *mamé* : et quand il vient à bien parler il desaprent celà. Puis quand il est un peu plus grandelet, on luy baille un Pedagogue pour l'instruire jusques à ce qu'il soit plus grand : on le met soubs un regent et precepteur de basse classe, pour le commencer en grammaire. Quand il est grand et capable des sciences plus hautes, ou le met soubs un Philosophe, ou l'on l'envoye aux loix. Et ainsi il faut que le precepteur s'accommode à la capacité de l'enfant〕》

すでにさまざまな研究者が明らかにしたことがらとはいえ、16世紀の教育の一面が当事者の視座から伝わる文章なので、興味を覚えるままに原文とともに、紹介した。ヴィゴールの語り口のもつ「日常性」の例にはなるとおもう。——それはともあれヴィゴールはこうした日常的な例話から何を導こうとするのか。それは「教え（ること）／（られること）」の相対的な側面である。イエスがユダヤ人に教えを説いたときも、この《荒々しく粗野な民》が誤解して3体の神々を崇めるのを恐れ、《はなはだ曖昧に》しか「三位一体」を告げなかった。かれらの《未熟さ》に由来する獣の生贄にかんしても、聖クリュソストモスやテオドレトスの論のごとく、《ひとつの病を別の病によって癒すために》〔26 v°〕神は喜ばぬままにこれを受け入れた。

第 2 章　シモン・ヴィゴール，その『四旬節の説教』　473

　後述することでもあるが，『四旬節の説教』には衒学的なまでの引用，『聖書』やとくに古代教父たちからの引用があふれている。その多くの場合，ヴィゴールはまずラテン語を用い，ついでそのフランス語訳を付す。もっとも後半の説教になると，往々フランス語訳が欠如するようになる（フランス語訳の省略は前半からないわけではなく，「第2篇」18 v°紙葉にも見られるし，この「第3篇」でも32 v°紙葉のナジアンゾスのグレゴリオス，33 r°紙葉のクリュソストモスからの援用には仏訳がともなわない）。これは知的レヴェルが高度な聴衆の増加が可能にしたのか（「四旬節」を経て「聖金曜日」や「復活祭」を頂点とする過程で，徐々にヴィゴールの説教の評判が高まったことは考えられる。さもなくば莫大な数の説教の中でこの『四旬節の説教』〔だけではないけれど〕をなぜことさら刊行する必然性があったのか，うまく説明がつかない），ヴィゴールの多忙，もしくは不注意の蓄積によるものか，説教の時間的制約に原因するのか，それとも速記者，あるいは註釈に責任をもつはずのクリスティの怠慢か，理由はわからない（もし最後の理由を採ると，クリスティが本文に加筆していたとの前提が必要になろうが，これはあまりありそうにない。ただしクリスティが「序文」でその苦労を語った出典を示すべき傍註が，『四旬節の説教』の後半にいたってきわめて雑になったのは確かだ）。他方，説教を展開する段階でギリシア語が用いられるのは異例である〔211 v°；217 r°；409 r°〕。また『四旬節の説教』の回を追うにつれて，ヴィゴール自ら，典拠とした教父たちを直接本文中に明示するケースも増えてくる。引用句が『聖書』に由来するときは，原典の福音書名や書簡名も省略することが稀ではない。教父や『聖書』に依拠しながら，論を進める例をあげる。

　　（引用―6）〔26 v°〕
《これはまたナジアンゾスの聖グレゴリオスが語っていることでもあります。「神ト偶像ノアイダニハ壁ガアル」，この供犠は神と偶像のあいだに置かれた間仕切りである，「偶像ヲ以ッテ呼ビ寄セ，神ノモトニ連レ戻ス」，これはかれらを戻らせるためにしか役立たない，と〔……〕。それは聖パウロが，

人々がもう2度と古い律法に戻らないようにおもいを新たにさせるために，いったことであります。それというのも聖パウロはかれらにこういっているからであります。「ドウヤッテアナタ方ハ，マタ再ビ仕エタイト思ッテ，脆弱デ，不充分ナ要素ノトコロニ戻ルノデスカ？」どのようにすれば今後，あなたたちは虚弱で貧窮している要素に転向できるのですか？ それらにいままでどおり仕えたいのですか？，と》

ナジアンゾスのグレゴリオスの出典が『復活祭についての講話』で，パウロのそれが「ガラテア書」第4章〔9節〕だと教えてくれるのはヴィゴールではなく，クリスティの傍註——わたしたちは若干の経験，ことに各「説教」冒頭で朗読されたであろう聖句の確認の経験から，クリスティの傍註もヴィゴールの本文中の出典指示も必ずしも全面的な信頼にあたいする，とは考えない。しかしほとんどの原典が参照不可能であったので，以後例外がないかぎり，両者の指示をそのまま写すにとどめる——であるが，それはともあれわたしたちが（引用—6）で書きとめたかったのは，援用の「学識性」の実例とともに，その「恣意性」もである。ここでの「恣意性」とはヴィゴールが都合のよい文章を引き出して論拠とする，といったことがらではない。『新約聖書』や『旧約聖書』，あるいはひとりひとりの教父にも相互に対立する見解がやまとあり，カトリック教徒にせよ改革派にせよ己れの主張を裏付ける一節のみを選択しては矛や盾に用いていた。ヴィゴールがここでおこなうのはそうした党派的な援用というより，テキスト内の文脈の無視であり，良くいえば文中の一語の背景に個人による主張ではなく，文化的文脈を読みとる作業である。パウロの言葉に続けてヴィゴールは，《以上，パウロがどのようにかれらを「未熟な要素」〔日本聖書協会版『聖書』では「あの無力〔で貧弱〕な，もろもろの霊力」とある〕と呼ぶか，であります》〔*id.*〕。つまりパウロにとって肝要なのはユダヤ人への新しい信仰の布教であるのに，ヴィゴールが抽出したいのはキリストの出現以前にはユダヤ人が神々をあがめ，それが便宜的に許されていた（はずだ）という点なのだ。かかる「恣意的な」援用もヴィゴールのみが得手とし

第 2 章　シモン・ヴィゴール，その『四旬節の説教』　475

たどころではないけれど，その方法は承知しておくべきだとおもう。

　さて新約時代の律法は，供犠や，《復讐に走った》〔27 rº〕裁判（「眼には眼を」），夫による一方的離婚等を認可した旧約時代のそれよりも《はるかに完璧であり》，《優れ》ている。たとえば現在の《供犠》が獣の血の代わりに《イエス・キリストの貴重な血》を用いることからも明らかだ。《にもかかわらず，かの中傷家のカルヴァン〔ce blasphemateur Calvin〕は，古代の律法が新しい律法と同じく完璧で，二つの契約も同等なのです》という〔『キリスト教綱要』「第2巻10章」〕[47]。けれども「ヘブル書」第 8 章〔6 節〕でパウロは，《ところがキリストは，はるかにすぐれた務(つとめ)を得(え)られたのである。それは，さらにまさった約束(やくそく)に基(もとづ)いて立(た)てられた，さらにまさった契約(けいやく)の仲保者(ちゅうほしゃ)となられたことによる》と語ったではないか（上述のとおりヴィゴールはウルガータ訳〔？〕とフランス語訳を併置するが，わたしたちは『聖書』にかぎり原則的に日本語訳だけを使うことにする）。ヴィゴールはさらなる証拠に「ヨハネ伝」第 1 章〔17節〕，「ヘブル書」第10章〔1 節〕，「ガラテア書」第 3 章〔24節〕の章句をつぎつぎに引いては，こう問う，《けれども一体なぜ，カルヴァンはかくもはなはだしくこの点で誤りを犯したのでしょうか》〔27 vº〕。《異端説を発見することは，すなわち異端説を誤りとわからせることだ》との，『クテシオンティスに宛てたるペラギウスに反駁する書』での聖ヒエロニュムスの《気のきいた言葉》を（わたしたちの印象では）論理の展開とは無縁に借りたあと，ヴィゴールはカルヴァンが誤った原因を，旧約時代と新約時代の律法を同等とみなさなければ，新約以降の秘蹟がそれ以前のものに比べ優れると認めざるをえなくなるからだ，と主張する。そして新約の律法が旧約時代よりまさるひとつの例が，「マタイ伝」第 5 章の《隣(とな)り人(びと)を愛(あい)し》以下のイエスの言葉となる。

　ヴィゴールはいう，《この説教においてわたしたちには論ずべき点が三つあります。第 1 の項目は古い律法の変更にかかわります。なぜならわたしたちは，より完璧な律法を所有するからです。第 2 は，かつては己れの敵を憎むことが許されていましたが，いまやわたしたちにはその者を愛せよ，との命令があることです。第 3 点は神がわたしたちに，その命令を守るようすすめられている

ことです。というのもまず，我等ガ天ノ父ガ完璧デアル如ク，わたしたちの天の父が完璧であるように，わたしたちも完璧とならなければいけないからであり，ついでわたしたちが異教徒や収税吏よりも完璧でなければならないからです》〔ibid.〕。ヴィゴールはたびたびこの種の「項目立て」，「亜項目立て」をおこなう。ただしまえもってかれがプランを立てていたにしても，それがどの程度厳密であったか，疑わしい。複数の項目がそれぞれに充分展開されるとはかぎらず，最終の項目に数行しか充てられない場合も認められる[48]。先走りしていえば，ここでの「項目立て」もおよそそのたぐいであり，そうしたプランの未消化・未整理な展開は，一方でプラン自体の欠陥を教えるとしても，他方ではヴィゴールの説教に占める即興性の大きさを示すともいえよう。

　第1の点にかんしヴィゴールは，《あなたがたの聞いているところである》との一句から論を始める。民衆にイエスがこう語りかけるのは，民衆の信仰が「書かれたもの(エクリチュール)」にではなく「聞かれたこと」に存するよう，望まれるからだ〔id.〕。その上でかれらがいままで耳にしてきた内容に対する異説をイエスは新たに説こうとしたのである。それでは何を《あなたがたは聞いている》のか。律法にある「眼には眼を」という言葉であり，《隣り人を愛し，敵を憎め》という命令である。後者の命令から発してヴィゴールは，「レビ記」第19章〔17節〕その他を援用し，旧約時代は己れの敵を憎むことが許されていた，と分析する。しかしこれはすなわちイエスの教え，「汝の敵を愛せよ」と矛盾しはしない。イエスは旧約の律法における「隣り人」のみへの愛情を，「人間一般」にまで拡大しただけなのだし，イエスの言葉ゆえに旧約時代の律法が無化するわけではない。ただイエスの到来におうじてモーセの法が新しくなったのだ〔28 v°〕。

　――わたしたちは大変簡略化しているけれど，本当はヴィゴールの議論はかなり錯綜しており，飛躍や転回にあふれ，しかもそれらの起点や軸がわからないケースも，つまりなぜこうした議論をしているのか釈然としないケースも率直にいって少なくない。ともあれここでヴィゴールは再度旧約の歴史に戻り，いかに古代に復讐が許された業(わざ)であったかを立証しようとする。かれが論拠と

するのは，『旧約聖書』よりも教父であり，後者にかぎってもこの立証に費やされる 2 ページのあいだに，

　　テルトゥリアヌス，『マルキオン反駁書』
　　ヒエロニュムス，『ガラテア書解説』
　　アンブロシウス，『ロマ書解説』
　　アウグスティヌス，『山上の垂訓論』
　　グレゴリオス(聖)，『サムエル記(上) 解説』
　　エウセビオス，『〔福音書〕論証』
　　クリュソストモス，『マタイ伝よりの講話』

の 7 名が引き合いに出される。これらの教父の著作が，フランス語訳をともなうとはいいながら，ラテン語で長々と援用されるわけだ。試みにこれにからむ半ページほどを引用してみる。

　　（引用―7 ）〔29 r°〕
《エウセビオスは『論証』の第 1 巻でイエス・キリストについて話し，またつぎの表現に言及しております。「モーセハ（ト彼ハ言ッタ）憎シミヲ以ッテ敵ヲ追及スルコトヲ教エマシタ。シカシ私ハ，寛大サニ満チタ心カラ，アナタ方ニ彼ラヲ愛スルヨウ命ジ，等々。確カニ彼，スナワチモーセハ，多クノ人々ノ過酷サニ順応シ，マタ混乱シキッタ人々ニ起コリガチナ事態ヲ予見シテイタカラデアリ，等々。」モーセは（とかれはいっています）その敵を憎むように教えた。けれどわたしはこころのひろさで満たされており，あなたがたに敵を愛するように命ずる。なぜならモーセにかんしていえば，かれは多くの人々のかたくなさを和らげようとしていたのですし，混乱に満ちた人々にふさわしいことを命令していたのです。同じく，聖ヨアンネス・クリュソストモスはこういいました。「少シ前，法律デ，友ヲ愛シ，敵ヲ憎ムコトガ定メラレマシタ。コウシタ命令ガ，シバラクノアイダ，ソノ卑俗デ肉欲

的ナ民族ニアタエラレテイマシタ。シカシイマデハ，等々。」はるか昔，律法で「あなたの友も愛しなさい，そしてあなたの敵を憎みなさい」と命じられました。けれどもこうした命令は粗野で肉欲にふける民族にしばしのあいだ，あたえられたのです。

〔Eusebe au premier livre de la demonstration parlant de Jesus-Christ, et allegant ce lieu icy, *Docuerat (inquit) Moyses inimicos odio insecutari : ego autem ex abundantia clementiae praecipio vobis ut illos diligatis, etc. Ille quidem, nempe Moyses, accomodabat se ad duritiam multorum, et apta iis qui erant perturbationibus pleni praecipiebat, etc.* Moyse (dit-il) avoit enseigné de hayr ses ennemis : mais moy remply d'une grande clemence, je vous commande de les aimer. Car quant à Moyse il s'attemperoit à la dureté de plusieurs, et commandoit choses convenables à ceux qui estoyent pleins de perturbations. Semblablement S. Jean Chrysostome dit : *Dudum in lege praeceptum est, Diliges amicos, et oderis inimicos. Populo illi terreno et carnali secundùm tempus data sunt ista praecepta. Nunc autem, etc.* Il a esté long temps a commandé en la Loy, Tu aimesras tes amis, et hayras tes ennemis. Mais telles ordonnances ont esté donnees pour un temps à ce peuple grossier et charnel〕》

わたしたちはこのような教父文書の羅列，ラテン語とフランス語の交錯のただなかで，説教に臨む聴衆の感覚がいかなるたぐいであったか，なかなかに想像できない。論理にも言葉にもついてゆけず，粛然と頭(こうべ)を垂れ，ヴィゴールの「学識」の深さと教父たちの権威のまえに，沈黙していたのだろうか。それともこの程度の内容なら聞き分ける理解力を共有していたのか。あるいは自分に了解可能な箇所――ヴィゴールが多分声を張り上げた箇所――では耳を傾け，その他(ほか)ではどちらかといえば騒然とした空気の中，小声で話し合っていたのか（聴衆の大多数の側としては最後の可能性が一番ある）。しかし一方ヴィゴールはなぜ大衆への説教に，このような論証を好んで挿んだのだろうか。（引用―7）での「日常性」から汲まれた喩の傍らに，かかる「学識」の披瀝

——といってもよいだろう——がある。

　それでは日常的な喩で聴衆の興味をつなぐとともに，聴衆の耳に「説教」の「権威」を刻み込まねばならなかった（「学識」が「権威」と了承された実情にかんしては，ここではさて措く）のはなぜか。この「権威」付与の目的はいくえにも存するようにおもう。ひとつにヴィゴール自身への「権威」が与かる。膨大な，まことに膨大な教父たちの援用はヴィゴールの深い学識をおもてにあらわすし，「ヴィゴールの説教」と「学識」を等号で結ぶ人々の期待に沿うものであった。ヴィゴールの「権威」は「人柄」や「家柄」からではなく，「論争家」，「改宗指導者」としての名声がもたらしたものだから，自分の地位，もしくは評判を守るには「論争」の根拠たる「学識」を見せつける必要があった。またひとつに「論争家」，すなわち「改宗指導者」としてのヴィゴールの方法の一端がそのまま用いられた，とも考えられる。すなわち——これは後述することがらでもあるけれど——「改宗」の過程には「論破」の段階が必要で，『四旬節の説教』から拾えた，成功した（もしくはそこにいたらなかった）「改宗指導」の現場での「論破」は，相手の信念を突き崩すのに，相手の信念の外部にある「権威」——それが教父文書であったり，『聖書』（のラテン語訳）自体であったりする——を信念に対立させたようだ。そして第3にヴィゴールのものにとどまらず「説教」一般の「権威」化も含めるべきだろう。改革派の『聖書』本文の重視に面し，カトリックは『聖書』の上に，「聖霊」に導かれた「伝統」ある「教会」を置き，教父文書や教会決定，伝承〔tradition〕などを『聖書』の「権威」と同等，もしくはそれ以上とみなし，『聖書』は否定しないまでも改革派の論理を断固として拒否し続けた。これはヴィゴールの信念でもあった。先に触れた，「書かれたもの」に対する「聞かれたこと」の本来性の主張は，一面で『聖書』第一主義の否定にも連なっていた。「説教」は「権威」化さるべきであったし，それがこの場合のごとくであれば，それは同時に教父文書の「権威」化にもつうじた。第4にヴィゴールは，教会人によって神の言葉が解釈され，伝えらるべきと確信しており，先のルネ・ブノワ裁判で見たとおり，『聖書』のフランス語訳には強い反感を抱いていた。「説教」そのものが，

たとえば初期福音主義者ルフェーヴル・デタープルの説教集『年間52週のための書簡と福音』をひとつの代表とするような「講解説教」と大きく異なり，核となる聖句の忠実かつ丁寧な，フランス語による解説どころか，核からのかなり自由な展開に成立した。要するに聴衆の安易な理解の彼方に，真理がひそむことを実証する目的でも，ラテン語を駆使し，「権威」の壁を張りめぐらさなければならなかった。

　さてイエスはいった，《しかし，わたしはあなたがたにいう》。ヴィゴールの考えでは，旧約時代の律法に異言を呈するこの台詞の背景には，イエスが律法を越え，神である事実を見なければならない。しかしここでまた，この事実から分岐して，ヴィゴールの逸脱が始まる。《この事実からわたしは異端者どもを打ち破る議論を引き出すものとしましょう。かれらは自分たちが「人間の手に成る」と称する「教会」制度がなんらかの権威をもつことを否定するのです》〔29 r°〕。聖霊は使徒ヤコブをつうじ，《偶像に供えて汚れた物と〔……〕絞め殺したものと血とを》食するのを禁じた〔「使徒行伝」第15章（20節）〕。けれども聖霊に命ぜられたこの制度を「教会」は改変したのだ。聖キュプリアヌスが「教会」制度と福音書での命令を同等と認めるのはこのゆえである。さらに聖霊とキリストは同じ権威をもち，「教会」は聖霊に導かれるのだから，「教会」制度は『聖書』と等しい権威に立つ。ヴィゴールはアウグスティヌスの2通の書簡を自在に引用しながら，《もし普遍教会が何らかの儀式を守るよう命じるなら，ちょうどその儀式が『聖書』で格別に命じられているがごとくに，守らなければならない》〔30 r°：ただしアウグスティヌス「ヤヌアリウスへの書簡」中の文言〕と，ほぼ結論づける。

　ヴィゴールは再度イエスの言葉と，旧来の「敵を憎め」との許しとの矛盾解消に戻る。イエスは律法を廃しにではなく，成就するために来たのではないか。だが「完成する」とはテルトゥリアヌスも解釈したとおり，「豊かにする」を意味する。アウグスティヌスが『新約聖書解題』やクリュソストモスが『マタイ伝よりの講話』で述べるように，律法を成就することは，それを充全かつ完璧にすることである。ユグノーはこの点で，イエスが充分に完璧な律法をあた

えたのだから，人間の命令，「教会」の命令を付け加える必要はないと非難する。けれどもわれわれが何事かを補加したとしても，それは廃する目的でではなく，たとえば安息日を守れ，といわれているのに加え，その日にはミサにゆき，説教のさいにはほどこしをしなければならないと命ずるように，イエスの律法を成就するためである。そしてこうした補加は人間の業ではなく，聖霊の命令なのだ。

　イエスは《〔汝の〕敵を愛〔せ〕》と告げた。自然の掟を守る人々は他人に害をなそうとはしないし，エウセビオスがヨブに関連して述べるように，自分に害を及ぼした者も許した。哲学者の代表キケロも，立派な人間は《侮辱により挑発されるのでなければ，だれにも害を加えない》と定義した。しかしこれはラクタンティウスが分析するとおり，侮辱を受ければ対抗する，との意味ではないか。確かにキケロ以上に優れた哲学者プラトンは，侮辱に侮辱で返すのは許されない，と判断した。けれどプラトンですら《自分の敵を愛し，かれらに善をなさなければならないと教える，かかる福音的完成》〔30 v°〕にまでは到達しなかった。

　このあとヴィゴールは「汝の敵を愛せ」との格率の検討に入る。そして実をいえば，わたしたちが「第3篇」の説教を例示の対象に選択したのも，以後の検討部分を『四旬節の説教』の中でまず最初に紹介したかったからにほかならない。

　（引用—8）〔30 v°-31 r°〕
《しかしわたしたちの救世主はこうおっしゃっています。「汝ノ敵ヲ愛セ」，あなたの敵を愛しなさい。さてかれが「汝ノ，デアッテ私ノニアラズ」，あなたの敵，とおっしゃっていることによく注意してください。「わたしの敵」とおっしゃっているわけではないのです。なぜならわたしたちは神と教会の敵を憎むべきだからです。間違ったことをおこなうどころの話ではありません。聖ヒラリウスはこうおっしゃっています。「私タチガ，神ヲ憎ム者ヲ憎ンダトシタラ，ソレハ信心深イ憎シミデアル。確カニ私タチノ敵ヲ愛スルヨ

ウニ私タチハ命ジラレテイルガ、私タチノ敵ヲ憎ムノデハナク、神ノ敵ヲ憎ムノデアル」。神の敵を憎むのは聖なる憎しみである。わたしがののしられても、何も口答えすべきではない。しかし異端者がいて、イエス・キリストの肉体のことをそしり、聖人に対してあしざまにいうなら、その者に対峙しなければならない。聖ヒエロニュムスが「わたしの父、母がわたしに異端者となるよう命じたら、わたしは面罵するであろう」とおっしゃるのは、立派なことなのです。「ソレハ神ニ対スル残酷サデハナク、敬神ノ念デアル。ソレユエ、法律ニモ書カレテイル。モシアナタノ兄弟ヤ、友ヤ、アナタノ庇護ノモトニアル妻ガ、アナタヲ真実カラ遠ザケルコトヲ望ンダラ、彼ラノ上ニアナタノ手ヲモッテユキ、彼ラノ血ヲフリマキ、イスラエルノタダナカカラ悪ヲ遠ザケナサイ」。これがそのままの言葉であります。かれはこう付け加えます。「私ハ私ニ対スル侮辱ニハ耐エルコトガデキルガ、神ニ対スルモノニハデキナイ」。わたしになされた罵倒にはよく耐え忍び、忍耐をもってふるまうことができる。しかし神に対してなされた罵倒を耐え忍ぶことはできない。そのために聖ヒラリウスは見事にこうおっしゃっています。神の敵を憎むことは、わたしに充分許されている。しかしわたしの敵は愛するよう命ぜられている、と。ではどのようにでしょうか。それではユグノーを施物によって助けてはならないでしょうか。かれらが病気の場合にはどうでしょう。病の困窮にあってはもちろんそうすべきです。「彼ラガ神ノ敵カラ、神ノ友ニナルダロウ、トイウ望ミノモトニ」。かれらは神を愛する者となるだろう、という希望のうちに、ともいわれます。しかしもしあなたが、かれらがあいかわらずよこしまでかたくなであるとわかったら、かれらを助けてはなりません》

　所有形容詞「汝の」を逆手に取って、「愛せよ」の対象は「私の＝イエスの＝神の＝教会の」敵ではない、と説明する。和平論者の理論的根拠のひとつがかくて覆される。ユグノーがイエスから見た「汝の」、つまりイエス以外の者にとっての敵ならば、どれだけ攻撃されようとも耐え忍ぼう。しかし事がイ

エス自身の敵であるならば，これを殲滅すべきである。人間への敵と神への敵とでは，自ずと対処が異なるのだ。ここでは人間の世界とレヴェルを異にする宗教的事由での，「融和の論理」に正面から対立する「憎悪の論理」が詭弁ともおもえる論証（ヒラリウスに典拠があるとされるが，不寛容の理論としてはまさに異例とおもえる）に支えられ，明らかになる。

　さてテルトゥリアヌスも教えるように，己れの敵を愛するのはキリスト者の特質である。イエスは先の言葉に続け，《〔汝を憎む者に善をほどこし，〕迫害するもののために祈れ》と語った。前半の命令については，隣り人を援助できる物を何も所有しない人間もいるだろうし，その場合は仕方がない。けれど後半の命令はなんぴともいいわけが効かない。だれもが己れの敵のために祈れるからだ。──ところでかんがみるに，カトリックの人々は《われわれはわれわれの敵を愛し，神と「教会」との敵を憎まねばならない》との教えに背いた行動をしている。《というのも最近の戦争にあって，ユグノーがけっして王冠に反逆しないとの条件で，かれらがわたしたちと共存することを認めたからです。戦争行為にかんして神の大義がまったく語られず，もっぱら国王に反抗したやからについてのみ語られました。こうした者たちは，宗教をめぐってなぞではないと主張したのですから，それほど多くの敵をもつことはないだろう，といっては，狭猾にふるまっていると思っていました。そして逆の事態が生じたのです。というのもドイツ人たちがわたしたちに対抗してやって来たからです》〔31 v°〕。

　ヴィゴールはキリストの言葉に戻って自問する──どのように神の敵のために祈るべきなのか。かれはニケフォルス（『教会史』〔？〕第 8 巻 5 節）や「詩篇」第 77〔78〕篇〔12 節〕，「黙示録」第 6 章〔10 節〕に例を捜しだす。ニケフォルスによればアリウス派の隆盛を見たアレクサンドレイアの司教アレクサンドロスは神に祈って，自分が誤謬を説いているのか，アリウスなのか，もしアリウスがそうならかれに罰を下し，異端説で人々が苦しまぬように，と願った。結果は万人の知るところである。すなわち「神の敵のために祈る」とは，神の敵がへりくだり許しをこうように，罰や復讐を求めて神に祈ることなの

だ。《時として聖人は，神に見離されたよこしまな者がかたくなであるゆえに，ほかの人々をそれ以上損なわぬため，かれらが罰せられ殺されるよう神に願いました。ちょうど現在，異端者どもがこれ以上ほかの者に害を加えるのを恐れて，かれらが厳しい死で罰を受けるよう，神に頼むことができるのと同様でしょう。これが頑固な異端者の裁判をする理由なのです》〔32 r°〕。

　それではわたしたちはなぜわたしたちの敵を愛さねばならないのか。それは敵を愛することで天の父の子供となるからであり，したがって神の遺産の分配に与るはずだからである。雑言を吐きながら，このイエスの命令を不可能とみなすカルヴァンのごときと，はなはだ容易とするペラギウスのやからのあいだでヒエロニュムスは，《あなた〔神〕が命令されたのですから，あなたの険しく厳しい道を守りました》との「詩篇」第16篇〔第17篇4-5節：ただしこれはヴィゴールの仏訳であり，日本聖書協会版の解釈とは異なるようだ〕を引用して，命令の履行の大切さを教える〔32 v°〕。なるほど物質的な人間にとって己れの敵を愛するのは大変な難事であろう。けれども真のキリスト者，物質的でも粗野でもない人間にはそうではない。イエスが肩を貸して下さるからだ。

　ヴィゴールはイエスの戒律を守るための助けとしての「報酬」の概念を，グレゴリオス（ナジアンゾスの）やクリュソストモスを借りて強調した後，《こうして，天にいますあなたがたの父の子となるためである》に続く「マタイ伝」の一節——《天の父は，悪い者の上にも良い者の上にも，太陽をのぼらせ》——に注目し，古代の教父たちはこの句を用いて二つのことがらを証明した，という。ひとつはアンブロシウスが説く，神の摂理の存在である。神が被造物に心を配られなければ，被造物は存続しえない。他方グレゴリオスはこの句から，貧富貴賤を問わず万人が必要とするものは，神が等しくあたえ給うたことを導いた。だれもが兎を食せるわけではないけれど，各人が分をわきまえれば，肉でも小麦でも充分に存在する。《同様に神は万人に，自分の救済に何が必要かの認識をあたえられました。〔……〕たとえばそれは使徒信経であり，イエス・キリストの身体の崇敬であり，秘蹟であります。救済に必要なものは，小児でも素朴な娘でも，神学においてもっとも優れた博士と同じく立派にわきま

えております。しかし高次なことがらにかんしては，能力がないなら，それらを知りたがったり，学びたがってはなりません》〔33 v°〕。

　キリスト者が友人や兄弟と親しく交わるのみであるなら，その者は異教徒とどう違うのか。であればこそイエスは《あなたがたの天の父のように完全になりなさい》と命じた。もちろんそれは神の完全さを身につけよ，との謂いではない。できうるかぎり，神の慈愛や正義をまねよ，といったのだ。テオドレトスやアンブロシウスもこう解釈した。《これらの教父たちをカルヴァンが読んだり聞いたりしていたなら，いまそうしているように，わたしたちを誹謗しはしなかったでしょう。なぜならわたしたちが四旬節に断食をするとき，たとえイエスのように飲んだり食べたりしないで断食するわけではないにしても，わたしたちはイエス・キリストをまねているのだ，とわたしたちは言明するからです》〔id.〕。

　「マタイ伝」第5章43-48節に沿っておこなわれた説教はかくて終了へと向かう。それぞれの説教もおおむねそう構成されるのだが，この「第3篇・灰の水曜日後の金曜日のための説教」の最後で，ヴィゴールはその内容を要約し，神に祈りを捧げた。要約に表明される，ヴィゴールの多分本来の「プラン」と，わたしたちが辿ってきた「説教」の実体の中で，かかる「プラン」を乱した，もしくは肉付けをしたその「学識」と「余談」，「論争」の様相を確認するためにも，最後の数行を引いておきたい。

　（引用―9）〔33 v°〕
《この説教から，古い律法と新しい律法のあいだに違いがあるということを学びなさい。加えて新しい律法は古い律法よりも完成しており，より完全な秘蹟が含まれています。さらに敵を愛することは不可能ではありませんし，二つの方法でわたしたちの敵を愛さなければなりませんし，かれらを助けなければなりません。そして神の敵を愛してはならないのです。神はわたしたちの敵に対する情と愛とをもつという恩寵をあたえてくださいます。それはわたしたちが最後には永遠の生命を受けるためにであります》

4．「権威化」と改宗指導

　「第3篇」は日常的な喩から始まった。しかしわたしたちの印象からいえば，かかる喩は『四旬節の説教』をつうじて必ずしも頻出するたぐいではない。いくつか日常的な喩の例を拾うと上記，神の恵みが本質的な部分においては万人にゆきわたるけれど，それ以外では各人に必ずしも平等とはいえない，との考えの例示に，家畜の肉はだれもが手に入れられても，兎肉はそのかぎりではないと語った言葉に，当時の食生活の一端がうかがえるだろう。何しろ兎やヤマウズラの方が牛や羊の肉よりも上質だったのだから〔352 v°〕。「イエス」の名が引かれるごとに聴衆は帽子をぬぎ，ひざまずくが，それは国王のお触れに対し帽子に手をやるがごとし，ともいわれる〔221 v°〕。古代キリスト教社会で死者をとむらうとき，街中に何某が没したとの触れを出したが，それは今日の風習でもある〔246 r°〕。神に供犠をし，奉納をするにあたり，あまりに遅れてはならない，ちょうど《ある者が何事かを，ある大貴族に頼むとして，その貴族がその者を大いに待たせたら，その者はさほど嬉しくおもわないでしょうし，「わたしの願い事をかなえるまえにさんざんご機嫌取りをさせたこの殿は，ご自分の回答をわたしに高く売りつけたのだ」という》〔340 v°〕ことがあるように，また，イエスが去ったあとで，悪魔や俗界と戦わなければならなくなる使徒たちを励ます目的ででも設けられた，最後の晩餐にかんして，当代の戦争において戦いの直前に聖体を兵士にあたえ力づける事実を対照させる〔359 r°〕。

　——こう断言してかまわないかどうか，そしてまた後述する「同時代批判」の的となる社会的・政治的・宗教的現象とどう乖離させてよいのか，判断に苦しむところはあるのだが，とりあえずわたしたちの眼から見て，価値判断を挟まずに「日常」の「事実」を指すと思われる喩は，上記の数を大きく越えない。ただ前章でも述べたように，「日常」は「事実」からのみ成立するわけではなく，人々に共有されるトポスから汲み出された喩や表現も，ヴィゴールの聴衆

第 2 章　シモン・ヴィゴール，その『四旬節の説教』　487

に「親しみやすさ」，「判りやすさ」をもたらしたであろう。人生を巡礼に譬(たと)えたり〔104 v°〕，現世を海，使徒や「教会」を船〔37 r°〕，迫害や異端，内部矛盾などを「教会」を襲う嵐とみなす〔37 v°〕定型的な喩の数々をここで拾ってもあまり意味はあるまい。「喩」のみならずヴィゴールの用いる語彙や表現も往々，日常的に聴衆のすぐ傍らに存在するたぐいから選ばれる。ヴィゴールは説教壇の上から，カルヴァンや改革派に向けて，だれにも充分つうずる罵倒の言葉を浴びせかけた[49]。たとえばカルヴァンは「大間抜け」〔172 v°；216 r°；324 r°〕であり，また「この盲人」〔409 r°〕，「よこしまな者」〔413 r°〕にしてかつ「田舎者」〔415 r°〕，さらには「裏切り者，『聖書』の盗っ人」〔339 v°〕，「この，あらゆる悪意と邪悪の元締」〕〔45 r°〕と呼ばれる。改革派は，といえば「娼婦，ユグノーばら，異端者，聖職者もどき，泥棒」〔297 v°〕にして「大のろま」〔339 r°〕，「ろば」〔373 v°〕，「腹とその下に在るものすべての弁明屋」〔223 r°〕以外の何ものでもない。ローマ教会が「処女」だとすると，改革派のそれは「淫売」〔73 v°〕となる。明瞭すぎるほど明瞭な言辞であって，ユグノーの勝手な言い分の譬(たと)えに，教養高くギリシア神話のパエトンを引く〔145 v°〕のはむしろ例外といってよい。むろんヴィゴールの説教での民衆的な表現は，改革派の罵倒に向けてのみ発揮されはしない。《知らない**悪魔**はいない〔Il n'y a *diable* qui ne seut)》〔104 r°；強調はわたしたち〕といった，聖職者にはどうもふさわしからぬ強意語や，元来のラテン語とともにフランス語訳が併置された諺，《かのじょたちには〔処女たちには〕男か壁が必要なのです〔Il leur faut un homme ou un mur〕》〔220 v°；ラテン語の諺は《男か壁か〔Aut virum, aut murum〕》〕は聴衆の側に顰蹙と共感と，どちらを多く呼び醒ましたものだろうか。――おそらくクリスティのいう《いくらか粗野な言葉》に相当するこうした表現の傍らに，けれども，相対的に宗教的な静謐感を醸し出す「親しみやすい」描写を発見する場合もある。以下は群衆にパンを増やしあたえたあと，祈りを捧げに夜，山に退いたイエスに関連しての文章である。

（引用—10）〔39 v°〕

《夜は眠るためにだけあるのではなく，自らをかえりみたり，神のみ業(わざ)を観想するためにもあるのです。あなたがたが夜起きたら，どのように空が星々で見事に飾られているか，どのように神がすべてを見事に整えられたか，ごらんなさい，そしてそのゆえに神を讃美し称揚しなさい。そしてあなたがたはどのようにみなが眠っているか，わずかな音もたてないか，考えてごらんなさい。そのことはあなたがたに，死についておもいをいたすよういざない，教えるでしょう。眠っている人間はなかば死んでいるだけになおさらそうなのです》

しかし，上記引用での最後の一文がすでにそうであるように，日常的な世界やイメージの導入が「宗教性」と「親しみやすさ」をつねに共存させえたわけではなく，わたしたちの眼には（そして多分カトリック側説教者に対する批判精神をもった，当時の改革派やポリティック派の眼にも）むしろ冒瀆的か，少なくとも滑稽に映るケースも存する。ヴィゴールは教会こそ祈りに適した場所であることを証拠立てようと努めていう。

（引用—11）〔197 r°-v°〕

《教会におけるほどあなたの願いが神によりただちに聞き入れられる場所はありません。その理由はこうです。あなたが請願を領主に提出し，それがほかの方々もおられる場合であったら，領主がおひとりで舘(やかた)にいるときよりもはやく，あなたが求めるものをくださるでしょう。同じように，ほかのキリスト教徒といっしょにいて，わたしたちの主に祈れば，あなたの願いはよりはやくかなえられるのです》

一方「親しみやすさ」への配慮は時に，「ドラマ化」の操作を採らせた。この操作については本書でもいくどか触れたので，実例をあげるにとどめる。テサロニケ市での虐殺のゆえに聖アンブロシウスから破門された皇帝テオドシウ

第2章　シモン・ヴィゴール，その『四旬節の説教』　489

スがいかに悩み，そして破門を解除されたかの次第〔174 r°〕や，イエスの手により光りを恵まれた盲人の報告〔239 r°〕ではそれぞれの人物に「台詞(せりふ)」があたえられ，聴衆を「ドラマ」に引き込む役割を果たしたであろう。つぎの引用文は，復活後のイエスが使徒たちの集まる家に，閉ざされたままの扉をとおって出現した奇蹟の解釈に悩む，亡きカルヴァンを想定した「独白」である。

　（引用—12）〔413 r°〕
《かれ〔カルヴァン〕はこうおもったのです。「もしわたしがこの奇蹟が，本当の身体の性質にさからってイエス・キリストの身体になされたと告白したら，当地の教皇派は，わたしたちの主の身体は，同時に複数の場所にあることができる，と結論するだろう」，と。そのゆえに，かれは『聖書』をことさら曲げて，否認することを好んだのです》

あるいは聴衆の眼に，「聖体論争」との兼ね合いでこの奇蹟に整合性を付与しようと努めるカルヴァンの姿をおもいうかばせる台詞だったかも知れない。
わたしたちはここまで『四旬節の説教』における聴衆に「親しみやすい」言葉や語り口を拾ってきた。けれども「親しみやすさ」とか「日常性への依拠」とかは必ずしも，このヴィゴールの説教集を束ねるゆいいつの特質でも独創的な視点でもない。「説教」という表現のジャンルをかえりみたとき，「親しみやすさ」や「日常性への依拠」はそれどころかこのジャンルに欠きえない本来的な要素ですらある。『四旬節の説教』をわたしたちが通読しえたほかの説教と比較してみるとき，わたしたちを驚かせるのは，その「親しみやすさ」ではなく，むしろそれらの理念を犠牲にせんばかりの「考証性」や「論争性」なのだ。いってみれば，上記（引用—12）も「論争」のドラマ化ではなかったか。

理論的な「考証」や「論争」の前提に存するのは「学識」と「論理」，および己れの「体系」とそれへの差異の認識だといってよい。神学博士であり「改宗指導者」としてもてはやされたヴィゴールが当時の神学者の，この分野での

平均的——かれが当時最大の学僧でも最悪の説教者でもなかった、というほどの意味だ——知識を身につけていた事実は否定できない。ヴィゴールの「学識」の構成要件には確かに一方で古典古代の知識があり、他方で中世以来の神学やスコラ学のそれがあった。上にあげたようにパエトンを喩に用い、ギリシア語の造詣もあり（その深さは問わずとも）、引例に、忘恩をひどく罰したラケダエモン人やアテナイ人の風習に言及したこともあった〔134 r°〕ヴィゴールは、確かにユマニスムの時代を横切っていた。けれど実のところ、ヴィゴールが古典古代の「学識」を振りかざすのはきわめて稀な事態で、たとえかれが《教養科目をないがしろにしない》にしても、人文諸科学〔lettres humaines〕はあくまでも表面的な学問〔escosses〕であり、そこにとどまってはならないし〔146 v°〕、《神学やそれと類似の学がそうであるような、もっと強固でもっと堅固な学問を目指すべきだ》〔192 v°〕とは、ヴィゴールの持論であった。ヴィゴールの「学識」の面目は神学的な議論や考証に存したし、（引用—4）、（引用—5）、（引用—7）はすでにその一端を示していた。

　くどい例示をあえておこなえば、ヴィゴールは「第45篇・復活祭のための説教」のまさしく冒頭から、密度の高い教父たちの援用をおこなった。切れ目のない「学識」の披瀝をどこまで引いてよいか、迷うところである。

　　　（引用—13）〔396 r°〕
《一週間の曜日の中で、他にもまして称揚される日があります。古代人が太陽の日と呼んだ、最初の日であります。キリスト教徒は主の日〔日曜日〕と呼びました。それは曜日の中の王であり、ナジアンゾスの聖グレゴリオスが復活祭についておこなった第2講話で、聖アウグスティヌスが『復活祭の第1説教』で、またかれらに先立って聖イグナティオスが『マグネシアニ人たちへの書簡』でいったように曜日の中でもっともきわだった日であります。この日が曜日の中の王と特記されるのはいわれなくしてではありません。なぜなら神のもっとも偉大なみ業の数々がこの日になされたからであります。それというのもまずこの曜日において、神おん自ら別の箇所で語られている

第 2 章　シモン・ヴィゴール，その『四旬節の説教』　491

ように，天地創造というかの偉大なみ業を始められたからです。「一日ガタベト朝カラ作ラレタ。ソレハ第 1 日目，主ノ日ノコトデアル」。夕べと朝とから一日が作られた。それは第 1 日であり，すなわち主の日である，といわれているように，日曜日が最初の日でありました。それではいつ，「神ハナシトゲタ全テノ仕事ヲヤメタノデショウカ？」神がそれまでにおこなわれたあらゆるみ業とおん働きをおやめになったのでしょうか？　それは土曜日でありました。さて，オリゲネスや聖アウグスティヌスがいっているように，この日曜日という日を古代人は重視しておりました。イスラエルの子供たちは，マナを収穫しましたが，そうし始めた最初の日は日曜日でありました。

〔Entre les jours que nous avons en la semaine, il y en a un qui nous est plus celebre que les autres : celuy qui est le premier, que les anciens ont nommé et apellé le jour du Soleil : et lequel les Chrestiens ont appellé le jour du Dimanche. C'est celuy qui est le Roy des jours, et le plus grand comme dit S. Greg. Nazianzene en l'oraison seconde qu'il a faicte de la feste de Pasques, et S. Augustin 〔sic〕 *serm. 1. in die sancto Paschae*, et devant eux S. Ignace *epist. ad Magnesianos*. Or non sans cause ce jour est remarqué estre le Roy des jours, pourceque les plus grandes œuvres de Dieu ont esté faictes en ce jour. Car premierement en ce jour il a commencé, comme luy mesme dit en un autre lieu, ce grand œuvre de la creation. Et quand il est dict : *Factus est vesperè et manè dies unus, id est primus, qui est dies dominicus.* Il a esté faict du vespre et du matin un jour, c'est le premier : qui est le Dimanche. C'a donc esté le premier jour que le Dimanche. Et quand est-ce que *Deus cessavit ab omni opere quod patrarat* ? que Dieu cessa de tout œuvre et besongne qu'il avoit faicte ? C'a esté le jour du Samedy. Or de ce jour de Dimanche les anciens en ont fait grand cas, comme dit Origene et S. Aug. Les enfans d'Israël recueillerent la manne, et le premier jour qu'ils commencerent à ce faire, ce fut le jour du Dimanche〕》

ほぼ半ページ強のあいだにナジアンゾスの聖グレゴリオス，聖イグナティオス，聖アウグスティヌス，オリゲネスの権威を引いて，「日曜日」が他の週日に優ることを証明しようとした「第45篇」冒頭のこの一節は，日常的な喩から開始された「第3篇」と対照的といえる。引用箇所からわずか10行先の文章は《聖ヨアンネス・クリュソストモス，聖ヒエロニュムス，聖アンブロシウス，聖アウグスティヌスをごらんなさい。かれらは揃ってこう告げています。「コレハ主ガ制定サレタ日デアル，コノ日ニ歓喜ノ声ヲ上ゲ嬉シサヲアラワソウ」。これはまさに主が定められた日であり，かかる日には悦ぼう，と》〔396 v°〕と，一文中に4名の教父を並べ立てた。（引用—13）にしても，教父の出典は原綴のままに紹介され，聴衆の「判りやすさ」，「親しみやすさ」への配慮があるとはおもえない。「日曜日」を讃えるとの，多分本来の趣旨に，しかも不特定な聴衆をまえにした説教のレヴェルで，どれほど合致するかも不安のかぎりだ。ここに見られる言語や援用は「日曜日」の価値に向けて聴衆の精神を高揚させるたぐいではなく，「権威」で取り囲みつつ，その価値の重さを聴衆の心に沈澱させるものである（もちろんそこに教会関係者から見た，当時の「日曜日」におけるおよそ宗教的ではない民衆のふるまいへの批判がこめられていた可能性は充分にある）。そしてこの時，「権威」は二重性を帯びている。つまりかかる操作を支えるのは「（さまざまな）権威」の援用による自らの「権威化」であり，「正統化」であり，他方そこには，核となる「理念」にいたる道程の論理的な証明・説明ではなく，超越的に提示された「理念」の「特権化」された位置がある。そしてこの操作はむろん「（さまざまな）権威」がすでにそれとして認知されている文化的・社会的文脈でのみ成立しえている（その意味でかかる操作は「擬似歴史的」といえる）。そしてそれらの「権威」を自在に己れの論拠となしうる点にまず，ヴィゴールの「学識」があった。

　ヴィゴールの「学識」は，かれが説く「理念」や説教者自らの「権威化」も含めた，聴衆の教化——聴衆の意識を聴衆の側から解放させるのではなく，一義的な言葉によって進むべき道をあたえるのがヴィゴールの説教の目的なら，その言葉を説教の場の中心とするひとつの要因たる「権威化」も，「教化」の

プログラムそれ自体に含まれる——に役立つばかりではない。それはその場に姿こそ見えないが，文書や宣教，噂をつうじて聴衆にも少なからず知られているはずの主張をもつ，改革派を想定した「論争」の重大な用具でもあった。ヴィゴールは神殿の存在価値をめぐる改革派の主張を紹介し，こう語った——《ユグノーは，「使徒行伝」〔第17章24節〕で，神ハ人ノ手デ建テラレタ神殿ニハ住マナイ，神は手で造った宮などにはお住みにならない，と告げられるのだから，神殿は無用なのだと主張しています。わたしはあなたに，ナジアンゾスのグレゴリオスがかの悪魔にいったことでおうじましょう，オオ，『聖書』ノ盗人ヨ，おお，『聖書』の盗っ人よ，なぜ汝は後続する文を引かないのか。なぜ汝は『聖書』を削除するのか。それというのもその後でこれの説明が続いているからだ。「何カ不足シテイルカノゴトク」。何か不足でもしているかのように，と。すなわち神はひとつの建物を必要とされるごとくには，人間の手で作られた神殿には住まわれないのです，同じく必要とされるごとくには，供犠を望まれないのです》〔67 r°-v°〕。このグレゴリオス援用は，論争点そのものに無関係で，まさしく「権威化」のための「権威」援用以外の何ものでもなさそうだ。しかしこれらとは異なるレヴェルで，改革派の発言と教父のそれとをより直接対峙させるケースも存在する。聖餐に用いた飲み物の解釈にまつわる議論をひとつあげておく。

　　（引用—14）〔279 v°〕
《それゆえにはなしのついでに，聖キュプリアヌスが，以下の文章を混乱させて，「水デ割ッタモノヲ，ツマリ，私ガアナタ方ニアタエタモノヲ」を「わたしがあなたがたにあげる葡萄酒を」と翻訳したカルヴァンとマルロラをやりこめ，恐れさせていることを注目すべきであります。しかしわたしたちがかれらを強いて，わたしたちの主が聖別のうちに水を葡萄酒に入れたのだと認めさせるのは，またカルヴァン派のやからが，葡萄酒のみを用いるのではなく，わたしたちの主のようにすべきであるとするのは，懸念によってであります。「モシ彼ラガ福多キキュプリアヌスニヨッテ酒好キト呼バレルコト

ヲ望マナイナラ」もしかれらが聖キュプリアヌスによって大酒のみと呼ばれたくなければ，のはなしでありますが》

わたしたちがとかく否定的なニュアンスで考えがちな「権威」による説得や拒絶（「権威化」のための「権威」援用ではない）も実のところ，『聖書』や伝承，教父の著作全体をほぼ均質で統一的なコーパスとみなすカトリック学者の視座を共有すれば，教義学的・解釈学的な「考証」の名にはあたいしたのかも知れない。そしてかかる「擬似歴史的」な神学世界に生きてきた，非懐疑的な聴衆の大部分が，そうした視座を共有し，ヴィゴールの「考証」を説得力ありとみなしたと考えても，さほど間違いではないとおもう。ただそれはともあれ，「権威」のみがヴィゴールの「考証」や「論証」にあずかるわけではないし，かれの「学識」の評判が「権威」を引用するその手際にのみ存するのでないことも注意しておくべきだろう。

わたしたちの説教者は時として，実際に史書や神学書を，「権威」としてではなく，「資料」として用いながら，己れの主張を己れの言葉と論理で展開してみせる。たとえばそのひとつに「歴史考証」がある。改革派との論争文の中に，そのような場で，より明瞭になる「考証」作業の形態をたずねると，改革派は聖ペテロをはじめとする使徒たちに妻がいたという理由で，聖職者の妻帯を認めようとした。しかしこれは時代錯誤の弁明である。《第1に，時代を考慮しましょう。それというのもかれらは古い律法のもとで妻を娶っていた。すなわち福音はまだ説かれていなかったのです》〔185 v°〕。福音が説かれ，かれらが使徒の使命を授けられたあと，夫婦は兄妹のごとく暮らすようになり，しかもかれらは妻を残してイエスに従ったのだ。またこれは論争文ではないが，かつては《埋葬された屍体の腐敗に原因する，悪しき大気》を避けるため，墓地を城壁外に造る習慣であったこと，トラヤヌス帝が都市の内部に埋葬された最初の人物であったこと，後世，聖人に仲介を祈りやすいように教会内に死者を葬る傾向が出始めたことなど，フィリップ・アリエスもどきの考察に，アリエスより400年も先だって，数十行が費やされる〔ことに，248 r°-v°〕。教会

史に限定すれば,『聖書』の各書や教父文献というテキストを「史的」に辿りながら，断食の歴史〔10 r°-11 r°〕や「宮きよめの祭り」の歴史〔291 r°〕を丹念に解説する文章（背景には改革派との論争がもちろんある）も認められる。こうした記述はテキストの「真性」やヴィゴールの無意識的，もしくは意識的な視点を前提とするとはいいながら，資料の検討にもとづく実証的な論述の萌芽とみなしてよいとおもう。

　ヴィゴールの「学識」は『聖書』の語句の解釈でも発揮されるであろう。語句解釈はふたとおりのレヴェルでなされる。ひとつに喩的解釈がある。『新約聖書』ではキリストがさまざまな譬えで話したし，『旧約聖書』には，アレゴリカルな解釈を嫌った改革派といえど，統一的な『聖書』観を維持するには，それを用いずして釈義不可能な「書」もあった（わたしたちはことに「雅歌」や，ある「詩篇」，それに前者を題材にしたベーズの『説教』をおもい出している）[50]。つまり『聖書』を究めるにあたり，喩的解釈は避けて通れない方法であり問題であったし，解釈者の想像力や「学識」，論理的構成力が，その解釈の説得力の有無に結びついていた。ヴィゴールはたとえば「ヨハネ伝」第10章22節，《そのころ，エルサレムで宮きよめの祭が行われた。時は冬であった》，の「冬」を解して，《すなわち不信仰の寒さなのです。つまりユダヤ人たちの心が信仰と慈愛の点ではなはだ冷たかったということであります。なぜならかれらはイエス・キリストに抗ったからです》〔293 v°〕と説いた。あるいはアウグスティヌスに拠りながら（？），キリストが蘇らせた三人の死者を「自然の法」，「書かれた法」および「恩寵の法」（もしくはそれらの法に背いた者）〔261 r°〕に譬えたりもした。かかる喩的解釈の根拠は何か。以下の文章では喩的解釈を採らない場合発生する不合理性が指摘される。

　　（引用—15）〔278 r°-v°〕
《わたしたちの主がこうしたお話をなされたあと，これらはかれらが受け取ることになっている聖霊により理解されるのだ，とおっしゃいました。「トコロデ聖霊ニツイテツギノコトヲ言ッタ。聖霊ヲ信ジ，ソノ言葉ヲ理解スベキ

デアッタ」。このことは文字どおりには理解されませんでした。なぜなら湧き水が大河となって信仰篤い者の腹から出てくるというのは，不条理だからです。それゆえに聖ヨハネは，わたしたちの主はこうしたことを，かれらが〔主の〕昇天ののちに受け取るであろう聖霊について語られたのだ，といわれています。この一節からわたしたちは，カルヴァンに対抗するにあたって助けられるのです。そしてどれほどこのことを文字どおりにとることはできないように見えるか，そうではなく寓意的に解釈されうるか，申し上げたい。ところが寓意的な言葉だったからです。わたしたちの福音説教者〔聖ヨハネ〕は解釈しようとしました》

　後述するようにヴィゴール自ら，『聖書』に合理性を要求する人々にいく度も激しい非難を投げかけてはいる。けれど上記の引用文とあわせ，《あなたたちが『聖書』の中に不条理な，もしくは忌まわしいことがらを禁じたり，命じたりするかと見える禁忌や命令を見つけたとき，そうした言い回しは喩的〔figuree〕であり，文字どおりに意味を解してはならないのだと，覚えておきなさい》〔7 v°〕とか，《『聖書』に何かしら奇妙なことがらを見出したら，喩デアルトイエ，それは喩〔figure〕だといいなさい》〔34 v°〕，とかの指示に出会うと，ヴィゴールが，時として（おそらく己れの主張に合わせて），「喩的解釈」によって『聖書』の不合理な箇所を聴衆の手に触れるものとして見せた場合があるのを確認せざるをえない。わたしたちはこうした喩的解釈が，聴衆の敬意を集めるほどに成功したか否かについては，いささか懐疑的だし，また『四旬節の説教』においてこれが頻度高く用いられたとも，支配的であるとも考えない。ただヴィゴール自身が喩的解釈の重要性を認めていた事実は記憶してもよいとおもう。

　わたしたちの印象ではいかなる「喩的解釈」よりもヴィゴールの「学識」を世に訴えたのは，むしろ『聖書』原文の（一見）精密な読解であった。「第3篇」での《汝の敵を愛せ》にかんする詭弁的な「憎悪の論理」の導入も，使われた言葉の執拗な展開に由来した。そしてこの種の読解にもとづき，かれは対

立陣営の恣意的な語句解釈を叱った。「マタイ伝」第21章7節をめぐるテオドール・ド・ベーズの見解に反対し、ヴィゴールはこう語った。

　（引用—16）〔337 r°-v°〕
《ベーズはその「新約聖書注解」において、主が、小さなろばに乗ったというのははばかばかしいといっています。しかしながらそのことをはなはだはっきりと示し、ベーズの言葉を否認するテキストがあります。「ロバト子ロバニ座ッテ」。ろばと子ろばにのって、とあるのです。ベーズはこのことを予見して、逃げ口上をうっており、「新約聖書注解」の中で、これが言い回しであるとしています。ちょうど、ある人物が「わたしには4頭の馬がある」といっても、それはかれが4頭の馬に乗るということではなく、ただ1頭に乗るというのです。こうした言い抜けはかれがわたしたちの福音史家を否認していることからかれを救い出しはしないでしょう。福音史家はことさらこう語っております、「ロバト子ロバニ座ッテ」と》

　ヴィゴールは改革派の『聖書』解釈を叱って、こうもいう。――「福音書」に《〔弟子たちは〕ろばと子ろばとを引いてきた。そしてその上に自分たちの上着をかけると、イエスはそれにお乗りになった》とあるからには、その文言を忠実に解すべきで、「話し方」の問題にすり替えてはならない。このように改革派ベーズは『聖書』の語句を勝手に変更し、それはカステリヨンにさえ咎められたほどであった〔76 v°〕。逆にいえば《自分たちの気紛れのままに、そして我流の意味で『聖書』を解釈しようと欲する》ところから異端が生ずるのだ〔417 v°〕。正統的なカトリック「教会」や「伝承」の教えの無視、理解力の欠如に由来するであろう我流の解釈は、他方異端の徒が、テキストとしての『聖書』の総合的な把握をなしえていないことにも結びつく。たとえばかれらは《『聖書』になんらかの喩的表現〔locution figurative〕が存するとき、誤解されないように『聖書』はそれを譬え〔paraboles〕によって説明するのがつねである》〔355 v°〕ことをわきまえず、聖餐におけるキリストの言葉を喩と

とらえてしまう。もしそうであったらイエス自身が説明したはずなのだ〔354 r°〕。あるいはまた，往々「ルカ伝」で慈愛や善行にも「義」が帰せられるにもかかわらず，「同書」第 7 章50節《あなたの信仰(しんこう)があなたを救(すく)ったのです》との一節から，ゆいいつ信仰のみを救済の道と説いたりする羽目にも陥る〔308 r°〕。これらの誤解は無知によるのみならず，きわめて意図的な場合もある。改革派が論争をしかけるとき，《自分の誤りを弁明するために『聖書』の章句を捜し，自らの理解力を条理にゆだねようとか，従わせようとはしない》〔264 v°〕。──わたしたちはこうしたテキストの総合的かつ「忠実な」読解をヴィゴール自身がどの程度己れに課するのか，疑念なしとはしない。ともあれヴィゴールは対立者が，その教義の出発点に定められており，かれらが何よりも尊重するはずの原典を離れ，何事かを読み込んだり，文脈外の解釈を導入したりするとき，罵倒の言葉以外にテキストの解読をつうじて批判できることも明らかにした。そして一見忠実そうなテキストの解読は，教父たちの莫大な引用と並んでヴィゴールの「学識」を知らしめる要素であったとおもわれる。

　わたしたちはヴィゴールの「学識」の力，とくに「権威」の自在な援用と，「忠実」かつ「精密」な文言解読とがもった力を，かれの改宗指導の実態からうかがい知ることができる。先に（引用―2）で触れた，アンヌ・デュ・ブールの最期に立ち会い，かれを驚愕させたヴィゴールの言葉も『聖書』の一句（もしくは文脈）の「精密」な解析に存していた。もうひとつ，これは長文となるが，かかる「権威」の援用や聖句の読解が，改革派の改宗に当たり実際に力を及ぼしたケースの（むろんヴィゴールによる）報告をあげてみたい。

　　　（引用―17）〔353 v°-354 r°〕
《わたしのところにいくにんかの異端者がつれてこられたとき，わたしはたずねました。「むかしの博士たちや聖なる教父たちが，おまえたちの牧師よりも立派な方たちで，『コレハ我ガ肉体ナリ』，『これはわたしのからだである』という言葉の意味を，同じくらい，あるいはかれら以上によく理解した，とはおもわないのかね。たとえば聖ヒエロニュムス，聖アウグスティヌス，聖

クリュソストモスのような方々が」。するとかれらは「はい」と答えました。「もしわたしが（とわたしはいったものです），そうした方たちが，真摯に話し，わたしたちと同じように，あるいはよりよく理解したとおまえたちに示したら，信じるかね」。かれらは「はい」と答えました。そこでわたしはダマスケネスとテオフュラクトスを示しました。そこにはこうあったのです。「コレハ，等々。教会デ神聖ニサレタパンハマサニ主ノ身体ソノモノデアリ，形状ガ実体ニ一致シテイナイコトヲ示シテイル。ナゼナラ，コレガ形状デアルガ，コレガ私ノ身体デアルトハオッシャラナカッタ。実際，言葉デハ表シエナイ方途ニヨッテ変質サセラレタノデ，モシ我々ニハパンガ見エルニシテモ，我々ノ能力ガ十全デハナイタメデアリ，我々ガ生ノ肉，トリワケ人間ノモノヲ食スルノヲ忌ミ嫌ウタメデアル。ソウイウワケデ我々ニトッテハ，アキラカニパント見エルガ，肉ナノデアル」。かれはそれが祭壇に供えられた，わたしたちの主の身体であり，表象する譬(たと)えではないことを示している。なぜなら主は，ここに表象がある，とではなく，これはわたしの身体である，といったのです。なぜならそれは語りがたい業によって，わたしたちが不完全で，生の肉，とりわけ人間の肉を食べることを恐れているために，わたしたちにはパンしか見えないにもかかわらず，変質しているからであります。どれほどそれがパンとしてしか見えていないとはいえ，にもかかわらずそれが身体である理由なのです。その他(ほか)の福音伝道者についても同じようにいわれています。わたしはまた，聖アンブロシウスの先に言及した箇所を示しました。そこでかれはこう述べています。「わたしたちの主がパンをご自身の身体に変質させられたとしても，驚いてはならない。主ハソノミ言葉ニヨリ，スベテヲ創造スルコトガオデキニナルノダ。主はそのみ言葉によってなんでも創り出されるからである」。わたしはエメサのエウセビオスが同じことを述べていることも示してやりました。「意味ノ取リ違エハスベカラクココカラ立チ去ルガヨイ。何故ナラ眼ニ見エナイ神官ガゴ自分ノオ言葉デ，秘密ノ力ニヨッテ，『コレヲ受ケナサイ，ソシテ食ベナサイ。コレハ私ノ身体デアル，等々』ト言ッテ，眼ニ見エル被造物ヲゴ自身ノ身体ト血ヲ構成スルモノ

ニ変エタカラデアル」。すなわち，ここにはなんの意味の取り違えも起こらない。なぜなら見えない司祭（イエス・キリストのことです）は秘密の力により，目に見える被造物をその身体と血からなる実体に変質させられたのである。そして「取りなさい，食べなさい，これはわたしの身体である」とおっしゃったのである。わたしはあなたたちに保証しますが，異端者にこれらの古代人や，わたしたちと同じ議論を展開したその他の人々を示すと，あわれな者たちは出ていくまえに改宗し，「わたしたちは牧師にだまされていました，いまはっきりとさとりました」と話しては，このことが真実であるとわたしに告白したものでした》

　この一節は『四旬節の説教』の中で，ヴィゴールの改宗指導経験がそのまま語られる，ゆいいつの箇所ではないかと考えられる。説得の理論的根拠にせよ「権威」への依拠にせよ，聖餐論議におけるカトリック側の常套といってよく，『四旬節の説教』の中でもいく度となく用いられたたぐいだ。改宗者は一方で「権威」におしきられたふうでもあり，他方で《これはわたしのからだである》の，文言から離れない「忠実」な解釈を納得させられたふうでもある。理念と確信をつうじてカトリックと対立していた改革派のほかにも，政治的・社会的な情況の中での己れの立場を計測し，新しい信仰を選びとった人々も数多くいた[51]。かさねていうがわたしたちは「改宗指導」が，迫害や利害のゆえにすでにカトリックに傾いている心に契機をあたえる，単なる形式や儀式にすぎなかったケースも多かったとはおもうけれど，また教義的に充分な理解なくして改革派の理想に走った（あるいは元来そうであった）人々で，ヴィゴールのように経験豊かな「改宗指導者」の巧みな説得を受けて，伝統的な宗派に戻った者も少なくはなかったのではないかと疑う。であるとするならヴィゴールの「学識」も説教や改宗指導の形式的権威化に貢献したばかりでなく，実質的な社会的影響も及ぼし得た。──だがヴィゴールの説教はそもそもが「改宗指導」という，いわば限定的な場での活動を目的としたものではなく，あくまでも聴衆の教化にかかわった。そして聴衆は時として，行政者の意図にまで反抗

する気配を見せたと伝えられる。ヴィゴールは説教の中で何を伝え，聴衆をどう教化しようとしたのか。ヴィゴールの語り口や「学識」の有り様をなぞったあとで，問われるのは『四旬節の説教』でのさまざまなレヴェルでの思想となる。

5．制度としての「宗教」

　ヴィゴールの説教はかれが生きる社会をそのままに肯定し，聴衆にその社会での充足感と希望とを抱かせるたぐいではなかった。わたしたちはすでにこの時代の寵児である「人文諸科学」を，表層性の名のもとに2次的な位置に置くヴィゴールの姿を見た。また宗教行事を等閑にし，国王の入城式の準備に精を出す市民を叱咤するのもヴィゴールだった。同時代の種々の現象を批判する言葉は『四旬節の説教』にいくども登場する。繰り返し非難を浴びる代表に占星術がある。《フランスの権力者たちがそれぞれに占星術師を抱えている》〔289 r°〕現状をヴィゴールはこう憂いた。

　　（引用—18）〔72 r°〕
《空のさまざまな徵についてたずねる者たちは，フランスにはいまいないのでしょうか。残念ながら，いるのです。かれらのせいで宮廷でも，パリでも，いたるところで何もかも滅びております。かれらは何者でしょうか。占い師のところに赴き，信ずる人々です。「さてさて，先生，わたしの息子は某日，某惑星のもとに生まれました。息子に何が起こるでしょうか。大人物になるでしょうか。長生きしますか」。そうするとこの立派な占星術師は答えるでしょう。「わたしどもが星から予見するに，この方は偉くおなりになるでしょう」。そしてフランスではかれらの進言なしには何もおこなわれない。いまやかれらは400から500リーヴルで雇われ，男爵殿，と呼ばれるにいたった。ああ，「まだ戦争に突入してはなりません，和議をおこなってはなりません。あなたの男爵殿がこのご意見ではないからです」。なんたるあわれなざま

しょう。かれらはこのようにみなをあざむいているのです》

　なぜ《頭のおかしな占星術師たち》を寵用するのか。かれらは他人の死や将来を予言しても，自分の死ぬときを知り，告げることができないではないか〔359 v°〕。占星術が唾棄すべき学問である理由はさらにあげられる。《第1に，将来の事象を星々から知ることはかないません。第2に，将来の事象を星々が意味するとしても，それにかんしての知識を身につけることはできません。第3に，その知識を身につけることができても，そうした知識は無益でありましょう。第4点として，そうした知識は偶像崇拝的でありますから，有害であり厭うべきものでしょう。第5点として，それは悪魔的なものとして，神と「教会」から禁じられているのです》〔286 v°-287 r°〕。
　——占星術の是非は，救霊予定説を背景にした，宗教観にからむ問題でもあるけれど，社会批判・風俗批判の位相も有し，そのレヴェルでは上層階級とその頂点にいるカトリーヌ・ド・メディシスを標的に見定めていることは，聴衆のだれにでもわかったはずだ。ヴィゴールの舌鋒は民衆から国王まで，社会のあらゆる階層に及んだ。同時代の一般社会に眼を向けてヴィゴールは，人々の献身の念が薄れ，ミサへの出席も怠りがちであり〔359 v°〕，小貴族は国王に，民衆は司教にいささかも従おうとは考えない，と嘆く〔198 v°〕。女たちの衣装が「黙示録」に淫蕩な女のそれとして描かれたものと同じだと指摘〔129 v°〕——大体がフランスでは，姦通が罰せられる代わりに，笑い話の種になっている始末だ〔201 r°〕——，衣服にしても住居にしても，また食事にしても身分にふさわしく，倹しくあれと説く〔129 r°〕。その昔，父親を亡くした息は故人の名誉と故人への愛情ゆえに葬儀をおこなったものだが，いまの者は相続財産のみが頭にある〔250 r°〕。その一方で現代人は喪に服すにあたり，断食をするどころか宴を張るありさまだ〔14 r°〕。わたしたちは詩人の「ペガサスの泉」で娯しんだりせずに恩寵の泉に向かうべきなのだ〔198 v°〕。しかしそれは商人，憲兵，収税吏，弁護士，司教と，あらゆる身分階層をつうじ，偽善者しかいない当代〔6 v°〕，すなわち《あらゆる人々が腐敗し，あらゆることが

らが堕落した》〔14 r°〕当代ではどれほど可能なことなのだろうか。

　こうした社会の乱れは政治的指導者，および宗教的指導者の責任でもある。トリエント公会議を経たヴィゴールは，カトリック内部からの「教会」改革の必要性・必然性を，すなわち《悪弊を改めたいと望むなら，まず「教会」の現状から始めなければならないこと》〔63 r°〕を熟知していた。『四旬節の説教』にはイエスの行動を喩に借り，グレゴリオスの趣旨を汲みながらではあるが，これが内部の人間の筆によるものかと疑うほどの批判を感じさせる文章がある。

　　（引用—19）〔194 r°-v°〕
《加えて述べられているのは，教会財産は神へのお勤めに身を捧げる人々のため，また教会の人々を養うためにもうけられている，ということです。あまったものがあれば，それは貧しい者たちに分けあたえられなければなりません。〔……〕第2に考えなければならないのは，わたしたちの主が居酒屋や飲み屋にけっしてかよわなかった，ということです。そうではなくひそやかな場所にひきこもり，質素に暮らして，おもに司祭たちに，居酒屋にかよってはならないという手本を示されたのです。〔……〕（聖グレゴリオスは）司教たちのあぶらぎった食卓を咎めています。さらにわたしたちは主の食卓から，それがとても倹しいということに気づくのです。主はあたえられたもので満足されているのです。これに加えて主は，隣り人の教化と教育になる，ありがたく神聖な例話をなさっています》

　中層・下層聖職者の生活ぶりが如実に伝わってくる文章だとおもう。この時ヴィゴールは，あるいは十数年まえ，ギヨーム・ネールが異端の罪で告発される契機となった出来事をおもい出していたのだろうか。しかしヴィゴールの批判の対象は，中層・下層聖職者の暮らし方にとどまらない。現今の聖職者任命システムそのものにも腐敗がつきまとっている。《髭も生えていない》若輩を教会の顕職に就けてはいけない〔44 r°〕，聖職を売買の対象としてはならない

〔66 r°〕，──これらは改革のためには守るべき項目であった。ことに一般の聖職者の禄がわずかであるのに対し，上級聖職禄は争いの種であり，《国王のそばに仕える権力者が，報酬としてもっぱら「教会」の聖職禄を手に入れようと努める》事態の原因となっている聖職売買〔simonie〕は，《最大の災い》〔id.〕といわれた。「教会」の上層には知識者・経験者を置くべきで〔23 r°〕，知識や経験をもたない者が金や縁故の力で聖職者の座に就いてはならないはずだ。にもかかわらずいまや聖職は利権の場となり，「教会」には貪欲が渦巻いている。《悲しむべきことに，フランスで往々金持ちの屋敷にありがちなことなのですが，ギヨーム・某殿と名乗る人物がそこにはいて，礼拝堂でわずかなミサを唱え，施物分配僧殿と呼ばれるでありましょう。しかしこの者はけっして貧者に何もあたえはしないのです》〔130 v°〕。《自分たちの肉親を富ませるために，悪魔に魂を売り渡す大修道院院長，司教，小修道院院長もまた，あまたいるのです》〔286 r°〕。そのためにも聖職者が世俗のことがらにかかわらないことが肝要だし〔63 v°〕，《過度に私益に走り，貧者をかえりみないことは司祭にとって大変な不名誉》〔208 v°〕だと認識しなければならない。司教区を離れ，説教もしない司教たち〔263 v°〕はこれを改め，あるいはその義務を怠らない者も，その教区民たちは自分に属するのではなく，イエスに属する群れであると理解し，かれらの外面的・内面的な生活や態度に注意を払わなければならない〔298 v°〕。──ヴィゴールは上級聖職者にせよ下級聖職者にせよ，かれらの乱れた職務遂行が異端を招き寄せたとの確信を持っていた。かれは喩を用い，こう諭した。

　　（引用─20）〔138 v°〕
《司教や司祭，任務と権威をもっている者はみな，自分たちの勤めにあってよく自らを律し，ために神にその果実をお返しするものです。なぜならその者たちは神のまえで，自分たちに託された任務の報告をすることになるからです。ところがおまえ，司教よ，おまえが葡萄畑にいかなくなってかくも多くの歳月がたち，そのために狼や狐がそこに入りこみ，垣根をこわしては果実

を食べてしまった。おまえが報告をしにいくとき，こう尋ねられるだろう，「どれだけの霊魂をなんじはえたのか。なぜそうした人々が滅びないように見張っていなかったのか」と》

けれどもいかに聖職者の品行を嘆いても，ヴィゴールはあくまでもカトリックの教義や制度を守ろうと努める。たとえば「祭日」をめぐる論争で，改革派を想定しかれはいう，《いまの司教や司祭たちの生活をおまえがどれほど忌まわしくおもうにしても，「祭日」は当代にではなく，わたしたちの父である使徒の時代に制定されたのだ，ということを考慮せよ》〔226 v°-227 r°〕と。現在の聖職者の悪習は改善さるべきであるが（大体がコンデ公やコリニー提督も欲に釣られ，改革派に改宗したのではなかったか〔51 v°〕），それと改革派の主張を受け入れることとはまったく別のことがらなのだ。──ヴィゴールの宗教思想や改革派との(想定)論争については，のちほどあらためて確認する必要があろうが，ここではいま少しかれの同時代批判を追っておく。

君主や行政官には服従すべきだ〔385 v°〕と聴衆に勧める一方で，ヴィゴールのかれらへの不信には根深いものがある。司法官は公正な裁きをおこなわず，任務を遂行するにも検討するにも勤勉でなく，右に左に揺れ動く〔263 v°〕。司法官は本当に清廉な人物が選ばれているのか。《司法官職への新たな判事の選定や，新たな司法官職の制定が問題となるとき，いかにそれが金を手に入れるためであろうと，裁判がより良くおこなわれる目的で，であると告げられるでしょう》〔6 r°〕。本来民衆を統治し，治め，善人を保護し，悪しき者やよこしまな者を罰し〔7 r°〕，人々の手本となるはずの国王は〔213 r°〕，「和平勅令」と称する《悪しき勅令》〔6 r°〕を発布し，はなはだ悪いことに改革派とカトリック教徒の共存〔155 v°〕を許してしまった。聖職禄をえている改革派さえいる。《国王の良心も，その聴罪司祭のそれも，司教座やその他の聖職禄から不適切な者を除き，ふさわしい人物を任命するまで，けっして安らぎはしないでしょう。ユグノーがそれらの聖職禄を掌中にしているのをどのように許しておけるのでしょうか》〔69 v°〕。わたしたちは当代の異端者が欲するものをあ

たえないように,国王に忠告しても構わないのだ〔213 v°〕。——国王に対するヴィゴールの批判は,さすがに直接的とはいいがたい。むしろ結果として誤った政策をしくのが国王で,その元凶はポリティック派行政官である。大法官ロピタル（すでに失権したものの,1571年春の時点では,時にそういわれるごとく辞任していたわけではなく,まだその官職にあったらしい）[52]をはじめとして——《ユグノーの大法官》〔313 r°〕とはまさしくロピタルを指した形容ではなかったか——,カトリックと改革派の融和政策の遂行を企てるポリティック派に対するヴィゴールの非難は,はなはだ厳しい。しかしその位相が単なる風俗批判や社会批判にとどまらず,ある意味で宗教の存亡をかけた思想的地点でおこなわれるので,以下にヴィゴールの宗教思想をたずねる途上で,ポリティック派批判にも筆をのばしたい。

『四旬節の説教』は体系的な思想書ではなく,日々の主テーマにおうじ副テーマが意図的に,もしくは即興的に語られるため,ヴィゴールの宗教観を断片の形以外で紹介するのは,困難な作業である。あえていくつかの項目に分類してみると,およそつぎのようになる。

(1)「教会」中心主義。もしくは「教会」や「伝承（トラディシオン）」の『聖書』に対する優位。——ヴィゴールによれば『聖書』の成立に先行して,「教会」の教義や口承によるその伝達が,つまり「書かれたもの」に先立って「語られたもの」,「教えられたもの」があった。ユダヤ人はなぜ神がモーセに語ったと知っていたのか。モーセはそのことを書きとめなかったのだから,昔の人々の《手から手へと》伝えられた「伝承」によるほかはない〔240 r°〕。あるいはさらに,イエスがペテロたちを連れて山に登り,そこで変容し,モーセとエリヤと語り合った事実についてはどうか。これはペテロ,ヤコブ,ヨハネのみが証人であり,その他の人々はかれらからこの話を聞いただけで,したがってわたしたちも『聖書』よりも「伝承」にもとづき信じてきた〔99 v°〕。これらの例が示すとおり,『聖書』の真性を保証するのは先行する教義や伝承にほかならず,そ

の逆ではない。一体，キリスト教の基本的信仰箇条である「三位一体」や聖母マリアの「永遠の処女性」について『聖書』には明確な言表さえ存在しないではないか。それらは「伝承」をつうじわたしたちが信じていることがらではないか〔178 r°〕。そもそもいまあるがごとき『聖書』の正典を決めたのは「教会」だったはずだ。マニ教徒のように，「マタイ伝」をマタイが著したことを否認する者に対し，「神の啓示」というきわめて相対的・主観的な確信（『おまえは神がおまえにそれを示したと告げる。わたしは正反対のことがらを神がわたしに明かしたと告げよう』〔176 v°〕）以外に，反証をあげうる何ものかがあるとすれば，それは「伝承」にもとづく「教会」の権威である。

　（引用—21）〔176 r°；176 v°〕
(A)《４人の福音伝道者や使徒たちのその他(ほか)の文書を信ずる者は，「教会」の伝承によってのみそれらを信じているのであります。なぜならあなたがたはどのようにして，４人の福音伝道者しかおらず，かれらが福音書を書いたことを知っているのですか。伝承によってのみであります。〔……〕したがって福音書と『聖書』を判断し，認可し，そして『聖書』が正典であるかないか，わたしたちに保証するのは「教会」の権威なのです》

(B)《それゆえにわたしにとって，「教会」の権威は『聖書』の権威よりも大きいのです。なぜなら「教会」の伝承をつうじて『聖書』を受け取るからです。そしてまたわたしたちはいまどのようにして『聖書』なるものが存在し，それがこれだということを，知っているのでしょう。わたしたち以前にいた，そしてわたしたちにそれを教えてくれた祖先たちによってであります。しかしだれがわたしたちの祖先に教えたのでしょう。かれら以前にいた人々であります。かようにして手から手へ，それがなんであるかを知り，その『聖書』を承認した使徒たちまでさかのぼるのです》

『聖書』に対する「伝承」の優位は歴史的先行性のみを理由としない。ヴィゴールは《『聖書』はよこしまな意味や解釈をあたえることで改竄される可能性があります。というのもそれは蠟の鼻をしていて，あちらにもこちらにも向きを変えうるからです。しかし「教会」の権威はいかほどにも間違うことはありません》〔136 r°〕と，これは改革派との論争でもたびたび経験した，「解読の相対性」を『聖書』中心主義への否定材料とした。あたかも「教会」文書や「伝承」に揺れは生じなかったかのごとくに。——ただし，これは重要なことだと考えるが，ここでいう「伝承」は普遍的に認められたぐいであり，地域的な特殊性に由来する「伝承」にかんしてはヴィゴールはむしろこれを排す方向を提唱した。かれにとって肝要なのはカトリック「教会」と一体をなす「伝承」だった〔179 r°〕。かかる前提に立ってヴィゴールは「教会」の権威の絶対性と『聖書』の２次的な役割（を唱えるとみなせる文章）をいくども反復した〔たとえば，175 v°；280 r°〕。

　さらに見ればヴィゴールの「教会中心主義」は『聖書』を下位に置くのみならず，キリストの命令を変更する権威を「教会」に授けるものでもある。パンとワインの両方を用いる聖体拝領は，キリストの言葉から発する儀式ではなく，聖体論に関連する異端説を妨げるために，大教皇レオ〔１世（？）〕が命じたもので，逆の異端説が出現したおりには聖体拝領にパンのみを用いさせた。《なぜなら「教会」は，わたしたちの主がそう命じたことがまったくなかろうとも，あるいは二つの種類〔パンとワイン〕のもとで拝領するよう命じたとしても，かかる拝領の形式を変更しうるからであります。というのも主は，聖霊を「教会」に残してそうしたことがらを自由に裁量させたからです。〔……〕なぜならわたしたちの主は，「教会」の意のままに，また必要におうじてそれ〔この場合は聖餐のまえに足を洗うこと〕を自由に裁量するよう，「教会」にご自分の力をゆだねられたからであります》〔410 r°-v°〕。

　(2)　カトリック「教会」の正統性。——カトリック「教会」はペテロとパウロの二人の使徒により建立創設され，「伝承」と司教の継承をつうじ現在にいたる，真に正統な存在である〔116 r°〕。真なればこそ神は今日まで「教会」

の存続を許されてきたのだ〔141 r°〕。加えて「教会」の正統性は，その世界的な広がりからも知られる。異端者は当初は必ず少数性を己れの正統性の根拠と主張するが，アブラハムへの神の言葉や「黙示録」が言明するとおり，悪人も多数であれば，救われる者も無数なのだ。レランスの聖ウィンケンティウスはキリストの命令，《行きてすべての民に教えよ》にもとづき，《真実の教義の真実の徴（しるし）》として《教義があらゆる地で説かれ，万人に受け入れられ，つねに教えられてきたこと》〔274 r°〕をあげた。カトリック「教会」はまさにこの徴にふさわしい。真の「教会」は少数のもとに存せず，遍在するキリスト教徒の中に，世界全土に広まっている〔24 v°〕。キリストには少数性を肯定する言葉も有るのに，結果としての多数性を述べる予想や「黙示」を現実のものに置きかえ，正統性の根拠とする。歴史的経緯にしても多数性にしてもヴィゴールには「現状」が「正統性」の保証と映った。しかしヴィゴールはつねに多数性に甘んじているわけではない。奇蹟も真性の大切な証である。アウグスティヌスの言葉を補いながら，ヴィゴールはいう，《わたしたちの教義が真であると証明するために，わたしたちはしっかりとして揺れ動かない何をもっているのでしょう。わたしたちにはさまざまな奇蹟があります。奇蹟によって確認されなかったような，いかなる信仰箇条もわたしたちはもち合わせておりません》〔272 r°〕。そして奇蹟は現在でも，カトリック「教会」の正統性を示すためにこの世界にあらわれる。たとえばモンコントゥールでのカトリック軍の大勝も，《神の恩寵によりわたしたちの「教会」においていまだに日々なされている》奇蹟のひとつだった〔165 r°〕。

　(3)　聖職者の権限と役割について。――ことが宗教にかかわるかぎり，俗世間の手を離れ司祭に決定権が委譲されるのが，古代以来の習わしであったが〔310 v°〕，さてその「教会」の内部では聖職者はどのような権限や責任を担うのか。権限にかんしていえば，ひとつに破門権がある。《司教の剣》と命名され被破門者を《悪魔の掌中》に渡す，この権限の最終責任者をヴィゴールは特定しないが，聖ヒエロニュムスからの引用中では《司祭（聖職者）〔prestres〕》に権能をあたえている〔173 r°〕。そしてかれの聴衆もかれらの傍らに

居る、《司祭(聖職者)》と呼ばれうるあらゆる聖職者を連想したとおもう。聖職者はまた、免罪権をもつ。キュリロス（アレクサンドレイアの）もいうとおり、神が「教会」に《聖職者(司祭)〔Ministres〕》を置いたのは、洗礼や悔悛によって罪を許させるためにほかならない〔148 r°〕。わたしたちはすでにトリエント公会議に出席したヴィゴールが、結婚の成立にあたり司祭の存在を不可欠とする立場を選んだ光景を見た。つまりどうもヴィゴールには、民衆の日常的なレヴェルに位置する聖職者一般の「再権威化」の意図があったようにもおもわれる。けれどこの「再権威化」は、堕落した生活を送り権威を喪失した聖職者そのひとを敬え、と命ずるわけではない。問題は聖職者の地位そのものにかかわる。アウグスティヌスの考察どおり、《よこしまで呪うべき罪人の手で授与された秘蹟も効力があり、人々のためになされたその者の祈りもそうであります。司教や司祭が立派な生活を送っていなくとも、かれらが他人のために祈れば願いはかなえられるのです》〔240 v°〕。「地位」という「形式」が関与すればこそ、イエスは受難の日にいたるまで、ユダヤ教の祭司がどれほどに神をないがしろにしようと、かれらに敬意を表し続けた〔374 r°〕。司祭は他の者よりもキリストに近い四肢と呼ばれ〔35 r°〕、司教こそ使徒の後継者であった〔113 v°〕。《わたしたちが神の聖職者〔Ministres de Dieu〕を敬うとき、それは神の悦ばれるところであり〔……〕、あなたたちが神の司祭〔Prestres de Dieu〕を敬うとき、あなたたちは神を敬っていることになるのです》〔338 r°〕。一方で「聖職者」の地位を救う、「形式」を媒介にした「再権威化」があるがために、わたしたちの説教者は、他方で同時代の聖職者批判をおこないえたともいえる。

　しかし「批判」という消極的な面をつうじてではなく、日常の中で聖職者が果たすべき役割が語られる場合もある。それはたとえば教会法典をもとに、いかに司教が貧者の財産に対して配慮すべきであるかを教える一節にも認められるし〔208 r°〕、反対に教会人があまりに頻繁に俗世間の人間と交際すると権威をそこなう危険がある、との制限的な指摘もかきとめられるが〔101 r°〕、そうした個々の格率とはいささか異なる位相で、つぎの文章は「実践性」に重

きを置いた，ヴィゴールの聖職者観を語っていよう。

　　（引用—22）〔301 v°〕
《わたしたちの主は孤独の中に暮らしてはおられませんでした。そうではなく主がこの世界に来られたのは，公然とであろうと私的であろうと，罪人を贖い，人々のか弱さに添おうとしてであります。そしてそこに赴かれ，説教され，牧者の勤めを果たされるためなのです。ところで牧者であり，勤めをもつ人物は，同時に観想的な生活と活動的な生活とにかかわります。その者は行って，人々と話をしなければなりません。病人のもとを訪れ，民衆のあいだの騒動を取り除かなければなりません。ですから司教のこうした生活は，大衆にとっても民衆にとっても，観想的な生活よりも完全で，優れているのであります》

⑷　外面性の重視。——上述の，司祭の行状に無関係な秘蹟の有効性もそのひとつの例であるが，ヴィゴールは宗教や信仰の儀式的・形式的側面を，さまざまな角度から捉え，いくどとなく強調した。神はアブラハムの昔から，一定の儀式をもってあがめられることを好み，そうした儀式を遵守する者に大いなる報いを約束されてきた〔326 v°〕。宗教儀礼である断食や葬儀，ミサや「祭日」の厳守をヴィゴールがどう聴衆に語りかけたか，ここでひとつひとつとりあげようとはおもわない。たださまざまな儀式の問題をつうじて結論できるのは，かれにはいわば「外面性の論理」とでも称すべき思想があった，ということだ。ヴィゴールにおいて「内面」と「外面」は相互に依存し，単独には存在しえない。ひとつにそれは，たとえば祈りにさいして，心に敬虔さがあふれれば自然にひざまずくものだという種類の確信〔363 v°〕——内面が必然的に一般性をもった形式を生み出すとの確信——にあらわれる。そしてまたひとつに《粗野なわたしたち》〔198 r°〕は，外面的な儀式をつうじて内面の充実（一例として神への奉仕と神の礼拝）を呼び起こされる。聖像の有効性は後者のケースである。《これらの外面的なことがらは真の礼拝に反し，それに害を

及ぼすどころか，逆にそれらは，肉体に結合しているかぎりで眼に見える物事を必要とするわたしたちの精神が，それらを媒介に，どのように神を礼拝し，讃え，神に仕えるべきかの知識を獲得するにいたる手段なので》〔ibid.〕。

(5) 『聖書』の理解方法，ならびに「教会」儀式での俗語の使用について。——わたしたちはルネ・ブノワの禁書裁判にヴィゴールの名前を見出した。『聖書』俗語訳の作成はもちろん，そこに盛られた思想の普及を目的とする。しかしフランス語がわかるだけでは，ダビデの「詩篇」の，文字に隠れた意味を了解することは不可能だ〔340 r°〕。あるいはこうもいう，《哀れなユグノーよ，おまえはフランス語がわかるという理由で，『聖書』が理解できると考えているのか。〔……〕『聖書』にまったくつうじていないで，かつラテン語が達者な者が，聖パウロ〔の書簡〕を読むにいたるとしても，その者は解釈者なしに『聖書』を理解できはしません。〔……〕さてそれでは，そうすることで人々がより良く理解できるようになるかどうか，アリストテレスやガレノス，エウクレイデスをフランス語に訳してみなさい》〔121 r°〕。『聖書』の言葉にはつねに，日常のレヴェルを越えた深奥な意味が潜んでおり，それを探り出すには専門的な学識が要求される〔たとえば，230 v°；266 r°；416 r°〕（ただし面白いことに，ヴィゴールは，ある場合には『聖書』の文言を文字どおり解さない者を批判する〔たとえば，104 r°〕——改革派による聖体の喩的解釈をめぐりそうしたように）。ヴィゴールは時に，神の存在は《自然の光》が認識させると語るものの〔48 r°〕，『聖書』解釈にかんしては《自然の共通の流れ》〔209 r°；209 v°〕や《自然の論理》〔210 r°〕，《自然の証明と論理》〔335 v°〕にもとづく理解方法を強く否定した（ちなみにトリエント公会議でのかのラモン・シビウダの『自然〔の理に則した〕神学』「序文」の禁書処分がおもい起こされる）[53]。つまりヴィゴールは『聖書』釈義の難しさを強調しては，聖職者による釈義を無視したその大衆化を非難した。他方『聖書』の大衆化批判は，この種の「秘匿化」と一見正反対の根拠にも，もとづく。ラテン語の世界性に比べ，俗語は局地的な使用に限定され，イエスの教えの普及には相反する。

（引用—23）〔389 r°〕

《さていまわたしは，みなが真理の知識をえ，祈りの意味を理解するために，フランス語の『聖書』を手にしたいと望み，ミサやその他(ほか)の教会の祈りが俗語でおこなわれることを望むユグノーにたずねたい。わたしたちの主はそのみ業とお立場が，みなを教化するために，これらの三つの言葉で書かれるよう望まれなかったでしょうか。それではなぜ，神へのお勤めがこの言葉でなされるのをいぶかしむのでしょうか。フランス語によってよりもラテン語で教会の祈りをおこなう方が適切ではないでしょうか。もしフランス語だけで祈りを捧げたら，フランスにやってきて公開祈禱に参加しようとする外国人に理解されないでしょうから》

ヴィゴールは第3の根拠に，俗語訳の作業を《カルヴァンとやらや，ベーズとやら，あるいはその外の輩が》《気の向くままに〔à sa fantasie〕》おこなうのに対し，ウルガータ訳が「聖霊」に導かれた「教会」の仕事であることをあげるが〔416 v°〕，「教会」の正統性の理念を基盤とするこの理由づけにかんしてはこれ以上の言葉を控える。

さて（引用—23）にも見られたように，大衆化・俗語化が敵対視される事情は『聖書』のみならず「祈り」や，そして「聖歌合唱」をめぐっても同様である。「マタイ伝」第21章9節で《ホサナ》という語が，元来の意味を知らない群衆によって，イエスを讃えるために用いられ，それでも使徒たちはこの言葉をかまわず書きとめた事実を指摘，《知らない言葉で祈るのは悪いことではなく，自分が何を唱えているのかまったく理解していない者たちの祈りは無駄ではない》〔69 v°〕とした。（引用—22）で告げられたラテン語の一般的了解性の利点と矛盾していることをわきまえてか否か，ヴィゴールは諭していう，《ラテン語で祈り，その内容を個人的にはまったく理解できない人々よ，あなたたちは自分が神に祈っていることを承知しているなら，それで充分なのです。というのも神は万事をよくよく承知されており，ただ献身のおもいのみをご覧になるからなのです》〔70 r°〕。ラテン語を理解しない素朴な女でも，

神から心を離さずに祈るなら，それは学識豊かな司祭の集中心を欠いた祈りよりも効力をもち，神の心にかなう〔181 r°〕。——ヴィゴールがこのように語るとき，祈りにおける外面の有効性は，俗語論者への反論として消極的にしか提出されていない。なぜラテン語で祈らなくてはいけないのか。わたしたちが読みえたかぎりでは，（引用—22）で触れられた，ある場合には関与するであろう「世界性」の理念を除けば，改革派の大衆的「聖歌合唱」を批判するにさいして，ヴィゴールはかろうじて以下のような積極的な理由をあげえた。すなわち「聖歌合唱」は確かに神の悦ばれるところではある。しかし異端者のごとく，この勤めをフランス語で果たしてもよいものなのか。《「教会」で歌うことは特定の聖職者たちの役割ではないでしょうか。「聖歌隊員」たることは格別に選ばれた勤めではないでしょうか。聖パウロに従えば，「教会」で歌うのは女には許されておりません。女ハ教会デハ口ヲ噤ム可シ，女は「教会」では黙るように。しかしユグノーの説教では，牧師もどき殿〔monsieur le ministreau〕や執事がささやかな「詩篇」を初めに唱え，仲間を喜ばせ，ついで男たちや女たちが入り乱れて，みな一緒に大声を上げ，囀(さえず)ることになるでしょう。これは危険かつ，『聖書』にも使徒たちの活動にも反する音曲です。なぜなら「使徒信経」にも見られるとおり，初期「教会」において「聖歌隊員」は使徒の時代から制定されているからであります》〔339 r°-v°〕。おそらく事実，改革派の「聖歌合唱」は当時，あまり音楽性に富んでいなかったろうが（わたしたちはモンテーニュの『旅日記』の一節を想起している）[54]，ヴィゴールの反論の主たる根拠はここでもまた「伝統」であり，二重の位相での——つまり一方で『聖書』や教典，他方で「聖歌隊」の——「権威」である。論拠が明確に捜し出せなかった「祈り」の俗語化批判もこれと同様，「伝統」や「（教会制度の）権威」を出発点としておこなわれたのだろうか。だがいまひとつ，強い動機がこれらすべての反論に通底しているとおもう。すなわち『四旬節の説教』は改革派を想定した論争的説教の書だったのだ。

(6) 改革派との対立について。——わたしたちがいままでに引用・言及したヴィゴールの文章は十二分に，この書物を貫く改革派との対立意識の存在を明

らかにしてきたとおもう。ヴィゴールは教父の権威を借りながら，カルヴァンやベーズの『聖書』曲解や誤読（とかれにおもえる箇所）を繰り返し指摘した。また，改革派が批判するさまざまな儀式，秘蹟，それらの解釈に対し論陣を張った。こうした個々の論点をひとつひとつあげるには，『四旬節の説教』全篇の細部にわたる紹介が必要となろう。ここではとくに気にかかった2，3の問題をしるすにとどめる。

　すでに述べてきた事項とも重なるけれど，ヴィゴールの眼には改革派は「教会」の伝統にそむき，「教会」自体を破壊する分離主義者と映じた。異端とは分離主義を指し，《信仰の多様化は友人の調和を奪う》ものだから，《あらゆる異端者はつねに分離によって異端者となってきた》〔155 r°〕。かれらはなぜ「教会」に異をとなえるのか。それはいかなる教義上の問題でもなく——改革派の言い分は矛盾だらけで，ヴィゴール自身，説教でかれらの異論を立派に反駁しているのだから——，また（ヴィゴールも嘆きはした）「教会」構成員の非聖職者的な日常ゆえでもない。《あらゆる身分によこしまな人間はいるものだし，〔……〕善人と悪人がともに混じり合うのはこの世の美と装飾に役立つ》〔56 v°：典型的な悪の起源論〕であろう。要するに改革派が論ずるのは，あとから考え出された理由にすぎない。カトリックの聖職者にどれほど難ずべき点があろうと，断食の代わりに肉食をし，聖職者の妻帯を許し，敬虔な信徒があがめる聖像を壊し，武器をとっては修道院を略奪するのは，改革派である。そうではなく異端者は野心により異端説をとなえ，異端派を創設した〔123 r°〕。改革派は《羨望により，怨みと野心により，〔……〕貪欲により》〔155 r°〕「教会」から分離したのだ。——このヴィゴールの分析，そして以下の一節は，罵詈雑言や中傷のたぐいと断ぜず（そうではあろうけれども），改革派運動の社会的側面をかえりみるには覚えておく必要があるとおもう（本章の註51)を参照）。

　　（引用—24）〔155 r°〕
《意志の分裂は，フランスにかくも多くの災いをみる結果をもたらしました。

多様な宗教は多様な意志に，そしてとくに分裂に由来するからです。なぜなら，ある人々はほかの者に復讐するために身を投じ，敵意ゆえにこういったのです。「あいつがカトリック教徒だから，わしはユグノーになろう。もしあいつがユグノーだったら，わしはカトリック教徒にとどまったろう」。このように敵意ゆえにかれらはユグノーになっているのです》

　「教会」から分離した改革派は何をおこなうのか。何よりもかれらは武装蜂起する。武器により己れの宗教を定着させようとするのは異端の本来的性格だし，それはベーズがコリニー提督に宛てた書簡（《あなたが剣の先端，銃の先端で「教会」を建てられたことを神に感謝致します》）やエリザベス英国女王に献じた『新約聖書註解』の「序文」（《陛下の御援助により，ドルーの戦闘で真の宗教の礎が築かれました聖トマスの日に，〔この「序文」が〕書かれました》）からもうかがえる〔331 r°〕。《かれらはカトリック教徒を殺そうと欲し，カトリック教徒を中傷してきましたし，カトリック教徒はたえず武器を取ることを余儀なくされてきました》〔266 r°〕。カトリック教徒はまずもって，分離した改革派に近づかぬよう努めた〔195 r°〕。ユグノーとカトリック教徒のあいだで争いが生ずるとき，充分な調査がなされれば，《ユグノーが開始し，カトリック教徒を攻撃したとつねに判明》するだろう〔331 r°〕。わたしたちは「教会」に集まるのであって，神や「教会」や国王への陰謀をたくらんだりはしない〔345 r°〕。つまり好戦的なのは改革派であり，カトリック教徒はかれらとの戦争に受け身の形で追い込まれてきた。そもそもイエスは《これらの煽動的で，異端説と残虐さにあふれた牧師もどき》とは異なったし，神は武器を用い宗教を広めようとはなさらなかったではないか〔373 v°〕。《自分たちの君主とあなたたちの町にたえず何事かをたくらんでいる〔……〕敵の攻撃に抵抗するために》キリスト教徒がもつ手段は，「祈り」と「通夜（見張り）〔veille〕」なのだ〔84 r°; 361 v°〕。

　だがふりかえって考えるに，イエスがユダの裏切りにあい，捕らえられたさいに，祭司長の僕の耳を切り落としたシモン・ペテロに剣の使用を禁じたのは，

どのような言葉によってであったか。このおりイエスが《それだけでやめなさい》〔「ルカ伝」第22章51節〕といったとしたら，それはまったき禁止であるよりも，《剣を用いる使命をあたえられた人間が，それを振るうべき》場合が存在することを示しているのではないか〔372 r°-v°〕。初期には異端者に寛大であったアウグスティヌスものちに，説得よりも処罰で対処しようと考えを改めた〔147 r°〕。《槌でいくども激しく叩かなければ，固いものを崩せはしないでしょう。お望みならこの世のありとあらゆる優しさを異端者どもに用いてみなさい。ただそうしても時間の無駄です。〔……〕わたしたちの主は英知そのものでしたが，優しさによりユダヤ人の心を獲得されたでしょうか。否であります。ローマ皇帝たちが明確な声明と厳格な法律で，あるいはかれらから財産を没収し，あるいは追放し，あるいは死罪にして，異端者を罰するまでは，かれらに対し勝利を収めたためしはなかったのです》〔264 v°〕。

　ヴィゴールはまた，別の側面から改革派の弾圧を正当化する。「キリスト者＝葡萄」の喩にかんし，殉教者ユスティニアヌスやオリゲネスを援用しつつ，切り取られた葡萄の木それ自体は建材に使用されるわけではなく，火にくべられる以外なんの用もなさない，という。この喩が告げるところは明確で，《もしあなたたちが「教会」から破門によって切り離されたら，あるいはあなたたちが自ら「教会」の外に出てしまうなら，善行を結ばないのだから，火にくべるよりなんの役にも立たない》〔135 v°〕ことの謂いである。聖なる秘蹟の悪口をいう者がいたら，《「教会」の共同体の外部に切り離》さねばならない。《なぜならそれは腐った四肢であり，それを絞首台に送る必要があるからです》〔336 v°〕。──ここではもはや抵抗としての武装論や，異端者を「教会」に引き戻すためのひとつの（究極的な）方策としての懲罰論ではなく，その者たちが単に分離主義者であるゆえに殲滅する，単純な拒絶の論理が展開されている。さらに加えてヴィゴールは奇妙な論理によって，かかる種類の迫害を「教会」の正統性を測る基準ともみなした。すなわち新約の時代には殉教が「教会」を拡大させた〔372 v°〕。《カトリック「教会」が迫害されればされるほど，「教会」は拡大し，普及します。それはまさに，ルター派やカルヴァン

派を日々焚刑にしたなら、その〔焚刑の〕やり方がわたしたちの勝利と自分たちの滅亡の所以だとかれらがとなえたであろうほどにであります》〔330 r°〕。異端の徒が弾圧により滅亡するなら、それはかれらが正統でない証なのだ。であれば弾圧は不当な処置ではないし、かれらが正統ならば弾圧を発条に一層栄えるであろう。かかる詭弁（魔女裁判の論拠を髣髴させる）もいくぶんかの屈折は呈するものの、ほぼ確信に満ちた拒絶の論理を聴衆にあたえたかも知れなかった。——かくてヴィゴールが説く「制圧の論理」には、微妙に差異を有する複数の根拠が、多分未整理のままに含まれている。ただいずれにしても元凶はかたくなに己れの見解に固執し、伝統ある「教会」から分離して、最初に武器を取った改革派だとされた。

　だが最終的に改革派の人々を火刑台に送らなければならぬほど、かれらとカトリック教徒との違いは大きいのか。ヴィゴールは、ことにポリティック派の調停思想を想定してであろう、両者の差異は小さくとも、それが差異を呈する以上根源的なものだと答えた。あらゆる差異は本質的であり、本質は差異にかかわる。以下の引用は、『四旬節の説教』の中でわたしたちがもっとも紹介したかった文章のひとつである。

　　（引用—25）〔407 v°-408 r°〕
《かくしてこんにち、多くの人々がわたしたちが間違っていると信じさせようとして、こういうのです。「なぜあなたたちはユグノーと平穏に暮らさないのですか。あなたたちとかれらのあいだにある差異はたいしたものではありません。聖体の秘蹟、もしくは聖体拝領でイエス・キリストの身体をいただくやり方の問題にすぎません」。そのとおり。だがこうしたひとたちは、ここにわたしたちの宗教の主眼と基礎があるということを、そしてこの点においてこそカルヴァン派はわたしたちと、天と地の距離くらい違う、ということを考えていないのです。同じようにエペソス公会議で、ネストリウスは他の異端派がその時代にいったことと変らないことを述べていました。公会議はこういっています。「処女マリアがイエス・キリストの母であるとかれが

第 2 章　シモン・ヴィゴール，その『四句節の説教』　519

認めたとしても，そのためにわたしたちがあなたがたと意見の一致をみるわけではない。なぜならわたしたちには，わたしたちを律する『聖書』，もしあなたがたが異端に転落したくなければ，そして，イエス・キリストの知識を失いたくなければ，毫も信仰に欠けるところがあってはならないと命ずる『聖書』があるからだ。それほどイエス・キリストは完璧であり，完全なのだ」，と。キリスト教は絹の布のようなものです。一本の糸を抜いてごらんなさい。すべてが一本一本抜けていってしまうでしょう。同じくカトリックの宗教と信仰は，「縫イアワサレテデキタ布ノヨウナモノデアッテ，分割シエナイシ，マタ分割シテハナラナイ」。古代教父たちはわたしたちにこれにかんして，複数の声が交差する歌，もしくは楽器という，まさしく適切な喩を遺してくれました。もし一本の弦，あるいはひとつの声でも調和を乱せば，音楽全体が台無しになり，音楽というより耳に障る音になってしまいます。宗教と信仰箇条についても同様です。もしたったひとつの項目においてであれつまずいて，この点で真のキリスト教徒と合致しなければ，あなたがたは信者ではなく，異端者にして外教徒，盲目にして神の恩寵を受けられない身になるのです》

　宗教体系は個々の信仰箇条の集合ではなく，各箇条が相互に関連をもつひとつの群であり，ある項目がわずかに差異を呈しただけでも，まったく異なる二つの体系が出現するにいたる。ヴィゴールはこのわずかな差異に執着した。逆にいえば，揺れ動く社会と思想に囲繞された，差異のこちら側，体系の内部での同一性を保つには，差異を絶対化し，もうひとつの体系との緊張関係を意識させる必要があったのだとおもう。ヴィゴールはそうした立場と思想を己れに引き受け，そのために差異の彼方にいる改革派のみならず，差異そのものを無化しようとするいわゆるポリティック派にも激しい憎悪を向けた。
　(7)　ポリティック派批判，もしくは「国家」・「君主」と「教会」について。——ヴィゴールはポリティック派を《調停派》とも《半宗教》とも名付け，こう呼び掛けた，《したがってポリティック派よ，イエス・キリストの言葉を聞

きなさい。イエスはこういわれました，「ワタシト共ニアラザル者ハ，ワタシニ対立スル者デアル」。わたしの味方でない者は，わたしに反対するものである〔「ルカ伝」第11章23節〕と。〔……〕調停派となり，神の争いに心を配らないことは神の悦ばれるところではありません》〔158 v°〕。ポリティック派は「悪しき和平」の画策者であり，妥協をつうじイエス・キリストの敵をなだめようとする〔384 r°〕。かれらの基本理念は「宗教」と「国家（一応このように呼んでおくが，ようするに「ポリス」の概念に則っているとおもう）」の逆転である。『聖書』に見出される，イエスが奇蹟により増やした2匹の魚の喩とは〔「ヨハネ伝」第6章9節等〕，《政治制度が「教会制度」に合致すべき》ことを意味した〔213 v°〕。すなわちひとつの「国家」にひとつの「宗教」のみが存在すればよく，しかも優先されるのは「宗教」である。ダニエルはネブカドネザルをこう叱ったではないか，《陛下，陛下は神が陛下の手に置かれた権力を濫用なさっております。陛下の権力が陛下にではなく，偉大なる神によることを陛下がお認めになるよう，神は陛下を罰しようとされています。神は帝国や王国を，望まれるままに，ひとつの民族から別の民族のもとへと移されるのです》〔385 v°〕と。現在のフランスのごとく，「国家」を優先し「信仰の自由」を認可する者，つまりは「宗教」を滅ぼす者〔382 r°〕が主導権を握る「国家」ははたして存続しうるのか。かかる不正のもとで，《もし神がわたしたちを憐れみ給わなければ，わたしたちの「王国」は別の手に移されてしまうでしょう》〔337 v°〕。当代の権力者はこうした理念の逆転にもとづき，ドイツのありうべき介入を恐れ，ユグノー弾圧の理由に「神のための闘い」ではなく「国王への反逆」をいい立て〔314 r°〕，トリエント公会議の決議にも署名を避ける〔317 v°〕。おもうにポリティック派の偉大な先駆者はポンテオ・ピラトその人で，《かれはユダヤ人ではないにもかかわらず，ユダヤ人の儀式や行動様式を大目に見ながら，自分が大政治家たることを示した》。まさしくヘロデ王にイエスを送り返したピラト（？）は《わたしたちのポリティック派》を想起させる。《かれらはイエス・キリストの血を犠牲にして「国家」を平定しようと望んでいるのです》〔381 v°〕。

「宗教」が「国家」に優先する以上,「君主」の身分も絶対的ではない。「君主」の地位の 2 次性は公会議の召集権や, そこで占める座からも判断されよう。ユグノーが詰っていうように, 公会議の召集権は国王や皇帝にではなく「使徒」の後継者たる司教に存し〔311 v°〕, また皇帝が司教と並んで高座に身を置くこともない〔312 r°〕。これは近年のトリエント公会議でも確認されたばかりである。別の例をあげれば, 君主は司教の発布した教令を審査しえないけれど, 王令や勅令が神の掟に反していないかどうかの検討は司教にある。そしてカルヴァン派の言にもかかわらず, キリスト教徒は国王よりも司教や聖職者に従う義務があるのだ〔114 v°〕,——もちろん国王は神の似姿であり,「国家」にかんすることがらや, 神と宗教とにそむかないことがらにおいては, 異教徒の国王にさえ服従しなければならないけれど〔316 r°〕。『聖書』に描かれる古代の王ダビデやヨシュア, ヒゼキアは偽りの預言者を追放した。当代のフランス国王はどうか。国王や王弟がカトリック教徒たることは承知している。しかしかれらはいまだダビデの域に達しない。《王国全土にわたって〔改革派の〕説教を, そして異端者の党派を廃し, この疫病から国を浄めたあかつきには, その時こそ国王は真のカトリック教徒たりうるでしょう》〔63 r°-v°〕。

ヴィゴールにとって「国家」も「国王」も,「宗教」に仕えなければ無価値同然だった。この点で「国家」や「国王」に理念的優位性をあたえるポリティック派よりも改革派に, ある意味での親近感を覚えたかも知れなかった。たとえばヴィゴールは逆説的にではあるけれど,《異端者とわたしたちカトリック教徒とは, つねに一般的な格率や命題では一致します——あらゆる異端者は罰さるべきである, というように。そして実際かれらは, 自分たちにさからったがためにミゲル・セルベトを焚刑にしたのです。したがってわたしたちは, あらゆる反逆者は罰さるべきである, ということでも一致いたします》〔201 v°〕と語った[55]。「真理」に身を捧げる者にとり, この世の「王国」や「君主」は仮象にすぎない。そしてヴィゴールは聴衆のまえで, わたしたちのおこないさえ義にかなっていれば, フランスから「王冠」は消え去っても「教会」がなくなることはないはずだとまで主張した〔314 v°〕。

6．説教の現場

　ヴィゴールは説教師としての己れの役割をどのように考えていたのか。「説教師」はまずもって『聖書』の難解な章句を解釈し，聴衆にわかりやすい言葉で伝えることを使命とする。《『聖書』は魂のパンにして食料であります。説教師と，『聖書』を教える者は，それを細かく砕き，分けあたえなければなりません》〔214 r°〕。しかし説教によって聴衆が学ぶのはそこにとどまらない。一例としてそれは「死」への心構えであり〔53 v°〕，「祭日」の制定の謂われである〔225 v°〕。つまり説教師は少なくとも宗教の理念や，宗教上の制度・生活への疑念の解答，あるいはそれらにかかわる指針を，さらに広い角度で見れば日常に隠れて見えない，もしくは語れない「真実」一般を聴衆に伝えることを目的とした。しかもヴィゴールは民衆の位相において，「説教」に最大の宗教的権威を授けた。かれはテルトゥリアヌスの言葉を敷衍しながら，民衆が教会での説教に赴けば，それ以上を探索する必要はないと説いた。

　　（引用—26）〔107 v°〕
《その者が教会について，七つの秘蹟があり，キリスト教にはかかる神秘がある，と聞いたら，それ以上はもう求めません。カトリック教徒はそれ以上求めることなく，説教に行って，ただしく生きることを学び，己れの信仰においてより強固になり，そしてさらに，よこしまな異端者に対しよりたやすく返答する方法を知るのです》

　説教師が，宗教を基盤にした日常生活の知的・倫理的中心に立ち，聴衆に「真実」を宣教するにつれて，「真実」の外部にいる敵からの攻撃も増してくる。なぜなら「真実」はひとつに「非真理」に対立し，ひとつにだれの耳にも快くは響かないからだ。前者の例には，『四旬節の説教』がそうであったように，カトリック側の説教が改革派との論戦，もしくは情宣合戦を引き受けざるをえ

なかった点があげられる。かかる者として改革派の説教者攻撃は強まった。ヴィゴールは自身の体験を示し，こう述べる。《もしあなたたちがひとりの民衆に危害を加えて，たとえばその者を死なせてしまっても，その者が〔人間の〕群れから去るだけです。けれども立派な司教や優れた説教師が奪われれば，あなたたちは教義に敵のための大きな突破口〔breche〕を作ることになります。わたしたちはいつも，国王がカトリック教徒であり立派な考えをもっていること，ユグノーが異端たることを語ってきました。しかしユグノーは，わたしがかれらを裏切り者にして異端であると呼んできたことをあえて口にせず，権力者から後ろ楯を受けていると自覚しては，国王にいつわりのことがらを信じ込ませ，わたしが陛下を悪しざまに話したと具申するのです》〔361 r°-v°〕。ヴィゴールは，改革派による「カトリック派説教師＝反国王的・反和平的煽動者」のレッテルや，かかる者としての国王への上奏がかなり気にかかった模様で，日を改めては，その捏造たること，これこそ説教者の受難たることを繰り返し述べている〔379 r°-v°〕。

けれども改革派だけが「真実」の障害となるわけではない。この世で権力を握る階層もそうである。《今日，だれか説教師がいて，ある王侯やある司教，もしくは評定官を窘めると，ぶしつけだと非難され，こういわれるでしょう。「ああ，あの者と話をつけるべきだ，なぜならあの者は国政に首を突っ込んではならないからだ」。さて一体，国家の問題であれば，神を怒らせることがないものなのでしょうか。申し上げますが，あらゆる罪は説教師の題材なのです》〔117 v°〕。何事によらず「真実」にかかわるかぎり，説教師には表現の自由が保証されるべきだし，またその自由を主張すべきである。かつては使徒にせよ司教にせよ，歯に衣着せず，自由かつ大胆に発言した〔266 v°〕。そんなに声高にも大胆にも喋るな，と命ぜられたら，主がこの民を《お入り用なのです》〔「マタイ伝」第21章3節〕と答えればよい〔337 r°〕。ヴィゴールは聖バシレイオスの言葉を借りて，説教師の発言の自由をあくまでも弁護しようとした。《説教壇にいる人物が，ある罪人に対して，そして異端の徒に対して声を張り上げ，何者かがそのことで眉をひそめたら，それは説教師のあやまちでは

なく，ひとえに眉をひそめた者自身のあやまちであります》〔182 v°〕。――使徒たちの力は言葉(パロール)に存したし，かれらの説教は神の命令でもあった〔336 v°〕。ヴィゴールはそのはるかな末裔たる自らの立場を自覚し，聴衆に自分が信ずる「真実」を語り，さらに聴衆をつうじその「真実」が世に広まること〔277 v°〕を願った。そして「真実」を語る者に迫害や中傷が及ぶのを知りながら，改革派のように隠れて説教をするのではなく〔273 r°〕，あらゆる説教者の守護者であるイエスにならい〔266 v°〕，声高く「真実」を告げようとした。

『四旬節の説教』の即興性についてはすでに触れた。ヴィゴールはたびたび《時間の不足》を嘆き〔133 v°；234 r°〕，いいもらした事項を補足し〔13 v°〕，ひとつの話柄から別の話柄へと跳び移った〔22 v°〕。構成は必ずしもプランに沿うとはいいがたく，また当該の議論に関連を有すとはおもえないイメージや名前――たとえば，礼拝堂の由来をたずねる文章に，必然的な連関もないまま言及される，《このころカルヴァンがいたら，こうただしたでしょう》との，異論好きなカルヴァンの像〔292 v°〕――を突如挿入し，展開し始めることさえあった。つぎの引例では，現世での空しさを説く，元来「喩」として用いられたはずの言葉が，いつのまにか現実世界との境界をくぐりぬけてしまう。

　　（引用―27）〔285 r°〕
《あなたがたが異邦の地に巡礼にいくとき，そこでは何も購入しないでしょう。それというのも，そこにとどまることを望んでいないからです。同じようにわたしたちは，わたしたちがこの世では巡礼にすぎない，とよく知っています。したがって，あたかも永遠にこの世にとどまりたいかのように，素敵な舘を建てて時間を費やしてはなりません。〔……〕かれら〔イサクやアブラハム〕は，キリスト教徒たる者，この世に永遠にとどまることを考えて，建物を建てるべきではないことをよく心得ておりました。あなたたちは，かくも立派な建物を建設するのに時間をかけるのは虚栄にすぎないことをよくおわかりです。なぜならあるいはユグノーがそれに火をつけるかも知れません

し，あるいは老齢のため，それを手放して，もっと別のところに引越さざるをえないかも知れないからです》

多分これらの即興的な展開も，不誠実や無能力に帰せられるたぐいではなかろう。学識の過度も余談の過度も，むしろヴィゴールが16世紀〈知識〉人として，時代の心性や方法に忠実だったから生じた現象ではなかったか。限定された時間と空間の内部での，「説教」という表現形式に許されたあらゆる手段を用いて，ヴィゴールは自分の信ずる「真実」を聴衆に訴えようと試みた。かれは，たとえば『トリエント公会議教理問答』の編者が懸念した，《外見上は平凡で低俗な些事に降りていかねばならないために，言葉を司ることに熱意を失う》[56]学究的な神学者では断じてなかった。特別聴罪司祭の身分を得て「語られる言葉」と「世俗の人々」とに交わってきたヴィゴールは，説教師としても聴衆の呼吸に触れ，己れの信念と情動，そして言葉のうねりに身をゆだねて，説教の「場」を生きることができた（残念ながらわたしたちには一過的な「場」の情況も，ヴィゴールの言語外言語の諸相も伝わっていない）。任地不在聖職者を激しく難じたヴィゴール，そして任命された南の果て，ナルボンヌ司教区に慌ただしく出立したヴィゴール，——かれはやはり自らが仕え，自らが語る「真実」に誠実であろうと欲したのだとおもう。

その能力があれば，歴史的な文脈の中で，ヴィゴールを支えた「真実」がなんであったか，本当は尋ねたいところだ。断食論，婚姻論，聖餐論，伝承論，教会論をはじめとする，わたしたちの印象に残った議論をおもい出してみても，教義面では自身が最後の会期に出席した，トリエント公会議の影響を否定しえない。公会議開催の主目的である，対抗宗教改革と「ローマ教会」の権威確認とは，充分に『四旬節の説教』を貫いている。「国王付説教師」に就任しながらも，ヴィゴールは「王国」に対する「（ローマ）教会」の優位を唱えた。しかもヴィゴールは，トリエント公会議でも少数派となるほど，「聖職者」の地位や儀式の形式性を守ろうと欲した（後者にかんしては，たとえば公会議の決議では，讃美歌斉唱時の俗語使用が許された）[57]。「（ローマ）教会」という理

念をおのがものとし,「伝統」で「権威」を,「権威」で「伝統」を基礎づけるヴィゴールには, 起源にさかのぼる (と主張する)「記録 = 聖書」よりも, 擬似歴史的に共同体の核をなす「集団的記憶 = 伝承」の方が優先されなければならなかった。共同体内部でも「伝承」におうじ, ありうべき姿に向けて構成員に変革を強いる一方,「権威」と「伝統」にそむき, かたくなに共同体から離脱する者たち, さらにそれらの分離主義者を容認する者たちには, 呪詛の言葉を投げかけた。ヴィゴールの説教に列席した多くの人々は, 宗教的にも社会的にも共同体の維持を自明とするイデオロギーを共有していたから,「学識」にあふれ, けれども肝要な点は日常的な語彙で表現されるかれの見解や指針に, おそらく納得の面持ちで耳を傾けた。

　繰り返すことだが, 1571年暮れのサン = ドニ街の十字塔撤去にさいする騒擾のひとつの原因に, ヴィゴールの煽動的な説教が無縁ではなかったとの報もある。それでは (わたしたちの推定では) それに先立つ同じ年の春に, 四十数回の長きにわたり, サン = テティエンヌ = デュ = モン教会の壇上から叫ばれた『四旬節の説教』は, いかなる実を結んだのであろうか。わたしたちはヴィゴールが特定の評判をえていても, 必ずしもそれが独創的な思想家の証明だったとは考えない。むしろ事情は逆で, かれは, ある一定の共同体を支える保守的なイデオロギー, しかも改革派の攻撃とトリエント公会議の理念的再編成を経たイデオロギーを, 頑固なまでに体現し, 主張していた。共同体の社会的・文化的事象に網を掛けるかかるイデオロギー, 擬似歴史に現状維持の根拠を見出し, 共同体を支える絶対理念 (「精神」とでも言い換えようか) の名のもとに分離しゆく者を断罪するイデオロギーが, 宮廷の権力者の一部の思惑と間接的にせよ結合したとき, あるいはそこに生じたのが「聖バルテルミーの虐殺」かも知れなかった。そしてヴィゴールのこの連続説教が「聖バルテルミーの虐殺」にわずかでも種子を蒔かなかったとは, わたしたちに言い切る勇気はない[58]。「聖バルテルミーの虐殺」まで, 余すところ1年半……。

(1991年10月―2006年4月)

第 2 章　シモン・ヴィゴール，その『四旬節の説教』　527

1) 　ミショー編，『世界人名辞典』（Michaud〔éd.〕, *Biographie Universelle*, L.-G. Michaud, 1827, t. 48, pp. 483-484）
2) 　モレリ，『大歴史辞典』（Moréri. *Le Grand Dictionnaire Historique*, nouvelle édition par M. Drouet, 10 vols., Paris, 1759, t. X, pp. 617〔d〕-618〔g〕）
3) 　ラ・クロワ・デュ・メーヌ，『フランス文庫』（La Croix du Maine, *Bibliothèque françoise*, nouvelle édition par Rigoley de Juvigny, 2 vols., Paris, 1772-1773, Akademische Druck-u. Verlagsanstalt, 1969, t. II, pp. 416-417）
4) 　ジャクリーヌ・ブーシェ，『アンリ 3 世周辺の社会と心性』（Jacqueline Boucher, *Société et Mentalités autour de Henri III*, 4 vols., Champion, 1981, t. I, p. 15）
5) 　『シャルル 9 世治下のフランスの状態覚書』（Simon Goulard〔éd.〕, *Memoires de l'Estat de France, sous Charles Neufiesme*, Seconde Edition〔小型活字本（？）〕, 3 vols., Meidelbourg, 1578, t. III, 118 v°）
6) 　リュドヴィック・ラランヌ『フランス歴史辞典』（Ludovic Lalanne, *Dictionnaire Historique de la France*, Hachette, 1872, p. 1796〔g〕）
7) 　テオドール・ド・ベーズ（？），『フランス王国における改革派教会史』（Théodore de Bèze〔?〕, *Histoire Ecclésiastique des Eglises Réformées au Royaume de France*, éd. Vesson, 2 vols., Société des Livres Religieux, 1882, t. II, p. 53〔d〕）
8) 　ジャン・クレパン（またはクレスパン），『殉教者列伝』（Jean Crespin, *Histoire des Martyrs*, éd. Benoit et Lelièvre, 3 vols., Société des Livres Religieux, 1885-1889, t. III, pp. 13〔g〕-25〔g〕）
9) 　ここでわたしたちが参照した『四旬節の説教』の刊本をあげておく。実はわたしたちの刊本には扉が欠けており，クリスティの「序文」に続く「項目一覧」のタイトル（« Table des Matieres plus notables contenues en ces Sermons du Caresme »），および各説教の題名から『四旬節の説教』と判断した。したがって出版元や刊行年度は不明であるが，「項目一覧」に付された「クリスティから寛大な読者へのお知らせ」は，少なくもこれが初版でないと教える。全体の構成は本論で触れるとおり，まずクリスティによる「ジャック・ド・ビイイ師への書簡体序文」があり〔â ii r°-ê i v°；全 9 紙葉〕，続いて「クリスティからのお知らせ」〔ê i r°〕および「項目一覧」〔ê i r°-û iiii v°；全28紙葉（紙葉指摘記号は統一的ではない）〕，そして本論たる説教集が置かれる〔1 r°-426 r°〕。ただしわたしたちの刊本には，〔161 r°-v°；168 r°-v°〕が欠けている。
10) 　アンヌ・デュ・ブール裁判をめぐっては，たとえば，二宮敬氏，「法官の死」，『ちくま』（1971年11月号）所収，を参照。
11) 　日本聖書教会版『聖書』（1968年）では《彼らのうちのひとりで，その年の大祭司であったカヤバが，彼らに言った，「あなたがたは，何もわかっていないし，ひとりの人が人民に代って死んで，全国民が滅びないようになるのがわたしたちにと

528　第Ⅱ部　首都の説教者

って得だということを、考えてもいない」。このことは彼が自分から言ったのではない。彼はこの年の大祭司であったので、預言をして、イエスが国民のために、ただ国民のためだけではなく、また散在している神の子らを一つに集めるために、死ぬことになっていると、言ったのである》〔「ヨハネ伝」第11章49—52章〕とある。つまりヴィゴールが断定する形での、カヤバの昇任事情には言及していない。ヴィゴールの発言の明確な典拠は不明だが（ただし教父以来、カヤバの任命を不正規とする考察が存在した模様だ）、（引用—1）にやや先行して以下の文章を記した。《そこでかれはいった、「コノ年カレハ至上ノ司祭ダッタノデ」。なぜならかれはその年の大司祭だったので、と。第1に、かれは合法的に司祭に選ばれてはいなかった。なぜならかれは、ヘロデからその司祭職を買ったので、続いて、大司祭はひとりであるべきだったにもかかわらず、ふたりいた。そしてかれがこの大司祭職に不法に到達したのではあるけれど、かれは勤めの能力をもっており、己れの職分にふさわしい真実を述べていた》〔315 v°〕。

12)　cf. ジョン・ヴィエノ、『起源からナントの勅令にいたるフランス宗教改革史』（John Viénot, *Histoire de la Réforme française des Origines à l'Edit de Nantes*, Fischbacher, 1926, pp. 338 et 348）ちなみにヴィエノの出典は、上記ミショー編、『世界人名辞典』の項目中の文献④『毎日曜日における説教』か、あるいはシャル ル・ラビット、前掲書、p. 40 からの孫引きではないかと思えるが、ラビットの書にこの一節の年代特定はなく、「1561年」との関連でここではヴィエノから採っておく。

13)　ルイ・オギュ、『ジャン・ド・レピンヌ　モラリストにして神学者』（Louis Hogu, *Jean de l'Espine, moraliste et théologien (1505?-1597)*, Champion, 1913, p. 42）。

14)　クロード・アトン、『覚書』（*Mémoires de Claude Haton*, Edition intégrale sous la direction de Laurent Bourquin, Editions du Comité des Travaux historiques et scientifiques, Collection de Documents inédits sur l'Histoire de France, 3 vols., 2001-2006, t. I, pp. 233-234/*Mémoires de Claude Haton*, éd. Félix Bourquelot, 2 vols., 1857, t. I, pp. 213-214. なお以下の文中では前者を「新版」、後者を「旧版」として引用箇所を示すばあいがある。これは学問的な詳細さというより、ひとえにわたしたちが魅了された「旧版」への愛着ゆえである）

15)　ミーニュ神父編、スフォルツァ・パラヴィチーニ、『トリエント公会議史』（Sforza Pallavicini, *Histoire du Concile de Trente*, publiée par L'Abbé Migne, 3 vols., Succursale, 1844-1845）以下、この書に言及するばあい、それとおわかりいただけるだろうと判断するばあいには、書名を略し、〔　〕内のローマ数字で巻数を、アラビア数字でページ数をあらわすものとする。

16)　レニエ・ド・ラ・プランシュ（?）、『商人たちの書』（Regnier de la Planche〔?〕, *Le Livre des Marchands,* in *Choix de Chroniques et Mémoires sur l'Histoire de France*

第2章　シモン・ヴィゴール，その『四旬節の説教』　529

〔Pierre de la Place, etc.〕, éd. Buchon, Desrez, 1836, p. 453〔d〕）これも年代が不明確ながら（1566年〔?〕），つぎの諷刺歌に登場するのもわたしたちのヴィゴールではあるまいか。《**代官，ユゴニス，ヴィゴール**は，//いつも大声と角笛で告げている。//しかしまだ//いままでのところ//おいらの代父のコンパニーを除いて//あいつら悪人の外道たちのひとりも//改宗させるのに成功していないんだ（**Seneschal, Hugonis, Vigor**, //Tousjours crient à cry et cor, //Et si encor // Jusques à or//Convertir n'ont pu faire// Un de ces meschants desvoyez//Que Company mon compère)》（C. Leber, *De l'Etat réel de la presse et des pamphlets, depuis François Ier jusqu'à Louis XIV*, Techner, 1834, p. 86, note 2.；強調はルベール）。

17）　これは余談になるが，ジャン・ド・レピンヌは1565年から翌年にかけて世を賑わした，「悪魔憑き＝ニコル・ド・ヴェルヴァン事件」の改革派側審問に加わったふしがある。オギュの伝記にはこれにかんする記載が見当たらず，今後の検討課題かとおもわれる。cf. ロジエ『ニコル・ド・ヴェルヴァンの物語』（J. Roger, *Histoire de Nicole de Vervins*, Plon, 1863, p. 422 et suiv.）なお「ニコル・ド・ヴェルヴァン事件」をめぐっては本稿でも略述する。cf. p. 455.

18）　ロジエについては，ブザール，「シュロー・デュ・ロジエ」（P. Beuzart, H. Sureau du Rosier〔1530?-1575?〕, in B. S. H. P. F., t. 88〔1939〕, pp. 249-268）を参考にした。次いでながらこの討論の参加者についてわたしたちの有する情報は，ほとんどが間接的なたぐいであり，かれらの膨大な著作の中で参照しえたものといえば，ヴィゴールの『四旬節の説教』を除いて，わずかにド・サントの『1562年に起こった，昔の異端者，ならびに当代のカルヴィニストによる，カトリック教会の掠奪にかんする論述』（Discours sur le saccagement des Eglises Catholiques, par les Heretiques anciens, et nouveaux Calvinistes, en l'an 1562〔extrait〕, in *Archives curieuses*, 1ère série, t. 4, pp. 359-400）の1篇のみであった。なおわたしたちも「ユーグ・シュロー・デュ・ロジエ　改宗の弁，再改宗の弁」（『フランス16世紀読書報告（1993）』所収）をしるした覚えがある。

19）　オギュ，前掲書，p. 42を参照。オギュが依拠しているのはピエール・ベール，『歴史批評辞典』の「サント（クロード・ド）」の項目，注記(H)（Pierre Bayle, *Dictionnaire Historique et Critique*, Quatrième Edition, Amsterdam, 1730, t. 4, p. 118）である。《ワタシハポワッシーデハ，モットモ先鋭的デホトンド反逆的デサエアルト見ナサレテイタガ，先立ツ年，牧師ノスピナトロセウストオコナッタ会議デハ，ワタシハ考エヲ変エタノデアッテ，モウ少シデカルヴァン派ニサセラレソウダ，トオモワレテイタ。ソモソモ，チョウドワタシガカツテノ激シサヲ緩和シタソノブンダケ，カルヴァン派ニ非常ニ激シク敵対スルヴィゴール師ニオイテハ，マスマス火ガツイテ燃エ上ガルノガ，ワタシニ見テトレテイタカラダ（Ego Pissiaci habebar acrior, et tantum non seditiosus, anno superiore in collatione facta cum Spina et Roseo

Ministris, credebar mutatus, ac paulo momento ad Calvinismum posse impelli, quoniam de pristina vehementia tantum remiseram, quantum in domine Vigoreo Calvinistis infestissimo Doctore magis ac magis cernebam inflammari et exardescere)》。

20)《ド・レピンヌ殿,ウルブラック殿,デュ・ロジエ殿とヴィゴールおよびその他のソルボンヌ神学部の連中のあいだの討論が,ほぼ1月まえに,決裂した。これはまさしく相手方のせいで,かれらはヴィゴールの病気とサントの欠席により続行できなくなったと弁明した》(ベーズ宛マラン・ドラマールの書簡〔Lettre de Marin Delamare à Bèze, La Forest-25 septembre 1566, in Théodore de Bèze, *Correspondance*, éd. Meylan et alii., t. VII, 1973, p. 237〕)。

21) これはアトンの悪意に取るよりも,16世紀に頻繁に生じた情報の乱れに由来するものとみなした方が妥当かも知れない。詳細は以下の註23)を参照。これもまったくの余談だが,情報の乱れの一例をあげる。共にカオール市の初審裁判所弁護士〔advoucat au Présidial de Caors〕で同姓同名のジャン・デュ・プージェ〔Jehan du Pouget〕を名乗る祖父と孫とが,連続して年毎の印象にとどまる出来事の記録を執り続けた『手帳』の,1572年の頃にはつぎの文章が記されている。《あいかわらず残酷な戦争におわれたこの年のあいだ,異端者の一党を率いていたアン゠タントレ〔ママ:サン゠タンドレ(?)〕提督が病没し,その死にさいして,パリで,長いあいだ枯れていた枯れ木がたちまちのうちに緑になったという奇蹟が見られた》(Louis Greil〔éd.〕, *Le Livre de Main des Du Pouget (1522-1598)*, L. Laytou, 1897, p. 76).これがこの災厄の年にかかわる全文である。もちろん,『手帳』の近代版の編者も指摘するとおり〔p. VII/p. 76 note (3)〕,「聖バルテルミーの虐殺」にほぼまったく触れない点も注目すべきであろう。しかし,わたしたちには「枯死した木の開花」の奇蹟もそれ以上に気に懸かる。多分この奇蹟とは,かの有名な「サン゠ジノサン墓地のサンザシの開花」にほかならないだろう。そして「病死した提督サン゠タンドレ」も殺戮されたコリニー以外には考えられない。「聖バルテルミーの虐殺」は「残酷な戦争」の中に忘れ去られ(もしくは一言の許に片付けられ),「枯死した木の開花」の不思議だけが,その前後の文脈から切断され異なる記憶に接ぎ木されて,この年度の中心的な話柄となった。ジャン・デュ・プージェ(孫)にことさらの意図があったとはおもえないし,当時の情報(風聞)伝達の姿を考えさせる記事だとおもう。

22) 参照し得た同時代史の中で,もっとも行数を割くラ・ポプリニエールから,この論争にまつわる全文を紹介しておく。《同じ頃,この世のだれにであろうと劣ることなくカトリック的であり信仰心の深い王侯モンパンシエ公は,その娘と婿であるブイヨン公と公妃が改革派として暮らしているのを見て,神学博士ヴィゴールおよびド・サント(前者はこののちナルボンヌの大司教に,後者はエヴルーの大司教に

なった）と，雄弁で学識ある，ふたりの改革派牧師（ひとりはデピナという名前で，もうひとりはバルバストという名前だった）とのあいだの友好的な討論会を開いて，かれらをカトリック教会の胸と懐に連れ戻そうと努められた。改革派牧師のうちバルバスト（生まれはベルンでかつての信仰はカルメル会士）が参加できなくなったので，ロゼの生まれで，改革派宗教を迫害する行政官に抗して臣下に過度の権能を付与する理由を述べた，一冊の本を執筆し刊行したために，そのとき牢獄にいた（そこから解放されたのであるが）ユーグ・シュローが代わりをつとめた。結局この討論会はヌヴェール公の舘でおこなわれ，これらの神学博士と牧師のあいだで語られ，生じたことすべてを書きとめるべく，ふたりの公証人が呼ばれた。しかしすべてを詳細に物語った，特別な書物があるのだから，これ以上長い議論は控えよう。この討論会がもたらした成果は，これによって『聖書』の多くの箇所が明瞭にされ，異端者の不誠実さに対して信者を助けたということを除いて，ほとんど実りがなかったというだけで充分としよう》（〔La Popelinière〕, *L'Histoire de France*, 3 vols., s. l., 1582, t. I, 752 v°）。ここでは引用は控えるけれど，ド・トゥの言及は，Jaques-Auguste de Thou, *Histoire Universelle*,〔traduction française〕, 11 vols., La Haye, 1740, t. I, p. 665, ドービニェの言及は，Agrippa d'Aubigné, *Histoire Universelle*, 10 vols., S. H. F., 1886-1909, t. II, p. 225 にそれぞれ見られる。

23) クロード・アトンにも詳細な報告がある。旧版で要約されていた部分が，新版では全文が明らかになった。報告の客観性は保証しかねるけれど，以下に訳出しておく。《それを〔ベーズとスピナの影響でブイヨン公ポルシアンがカトリック教に改宗しないこと〕知ると，上記ヌヴェール殿はふたりの尊敬すべきカトリック教の神学博士に手紙を書いた。このふたりはヴィゴール師とベネディクト師で，学識とおこないの清さに優れた人物であった。ヌヴェール殿はふたりがご自分の舘か，婿である上記ポルシアンの舘に足をはこんで，ベーズとスピナの異端のユグノーの教理に対してカトリック教の教理を討論し，講演するように頼んだ。ベーズとスピナは傲慢はなはだしく，イエス・キリストの教理と改革派の教理の真の使徒だと驕っては，自分たちとの討論を望むあらゆる人々のまえでそれを証明しようといっていた。〔//〕上記のカトリック教の博士たちはヌヴェール公に弁明し，上記の異端のユグノーとの討論も講演もたたかわせたり，おこなわないですむよう懇願した。それらの異端者が混乱し・かたくなな脳髄やいつわりの臆見の持ち主で，真理にも譲ろうとはしないだろうし，神学部やパリ大学の報告や判断にも従おうとはしないだろうから，なんの益もないと知ってのことだった。ヌヴェール殿はそうした弁明を認めようとはなさらないで，かえって上記の博士たちにせがんだので，そうした討論や講演に同意した。それというのも婿であるポルシアン公がかれらの話を聞けば，ユグノー三昧をあきらめ，異端説を捨てるだろうといったからである。ポルシアン公の方では義父が神学博士を集めているのを重々承知し，かれも説教師たちにたのん

で集まるようくどいた。説教師も博士たちと同様，乗り気ではなかったが，根負けしてパリの舘にいって神学博士と同席することを約束した。自称〔改革派の〕宗教を確信していたからである。〔//〕命ぜられ指定された日にポルシアン公の舘に保護者たるヌヴェール殿をともなった博士たちと，ポルシアン公の支持を受けた上記の説教者，ベーズとスピナが集まった。宗教にかんする論点と題材をともに論じ，討論するまえに，カトリック教の博士たちは，ひとりはカトリック教徒，ひとりは異端のユグノー教からなる公証人が，証人とともに，かれらの講演と討論のために召集されるよう要求した。語られたり，かれらのあいだで討論され，『聖書』にかけて白黒のかたをつけられ，同意にいたるであろうことを忠実に文書で起草するためにであった。また，それらの公証人の原本が公証人自身と，同じく証人によって，また両陣営の論争をおこない，講演をおこなう当事者によって署名されるためにであった。この討論，もしくは講演がそののち，どちらがより巧みに語ったか検証すべく，神学部のあらゆる学者によって閲読され開示される目的によるものであった。最初は上記の説教師たちは同意するのを拒んだが，支援者である上記ポルシアン公が眉をひそめ，かかる平和な申し出をことわるなら，その宗教も公にとって疑わしいものとなるといった。なん度もなん度も，いかなる教皇派の博士もあえて自分たちと論争しようなどと努めまい，と勝ち誇っていたのだからなおさらである，といい渡した。この言葉に，しぶしぶ公証人と証人の件で博士たちと同意し，合意した。〔//〕みなが公証人と証人の件で同意したあと，講演と討論が，上記のポルシアン公の舘で，上記の王侯たちや公証人，証人をまえにして始められた。討論会はいく日か公開でおこなわれたが，説教師殿ははなはだ困惑した。かれらは自分たちの事態がうまく運ばないのを見て，仮病を使い，自分たちの宿にひきこもり，以後そこから，公証人や証人のまえにも，おおやけにも討論のために外に出ようとはしなかった。上記の王侯，すなわちヌヴェール公と婿であるポルシアン公は説教者に対して博士たちがこのように勝利を収めるのを見て大いによろこび，また説教者たちが，宗教対立の主要な点で打ち負かされ，土俵をあけわたして，病人をよそおったときは，さらにいっそうよろこんだ。〔//〕上記のポルシアン公は，もし提督〔コリニー〕とその弟のアンドロが妨げなければ，自称〔改革派の〕宗教とともに上記の説教者たちを追い出し，追放しようとしただろう。提督たちは説教師を許し，その者たちは立ち会っていた義父のヌヴェール殿に恐れをなしたのだ，と説ききかせた。ヌヴェール殿がその場にいなければ，かれらはもっと大胆になれたろうし，教皇派の偽善者（カトリック教の博士たちをそう呼んだのだ）をいい負かしたろう，といった。そして説教師たちがよろこんで続けたがっている上記の講演と討論を終えるには，警戒心から生まれる懸念と不信をことごとく避けるため，もう公開ではおこなわず，説教師たちが文書にして，サインした命題，ならびに信仰の決意表明を博士たちに渡し，教皇派の博士はそれにもとづいて，かれらだけで，おもうところを

第 2 章　シモン・ヴィゴール，その『四旬節の説教』　533

議論し，意をかため，そうした覚悟や論点を，サインしたうえで上記の牧師にして説教師に渡せばよい。このやり方，仕方が始めたときのように公開で討論するよりも優れていよう，といった〔//〕上記のポルシアン公はそうしたことを意にかいせず，上記の提督殿とアンドロ殿にそれらの牧師にして説教師たちは博士たちに反論することができなかったといい，こうした方法をとったので，改革派の宗教がまだ博士たちの宗教ほど立派になっていないことがよく見てとれたし，わかりもした，しかしながらもし博士たちが納得するなら，かれらの要請に同意しよう，といった。博士たちを同意させるため，公は義父であるヌヴェール公にこの件について話した。ヌヴェール公は博士たちに頼んで説教師たちの文書と文書にした信仰の覚悟を受け取り，「福音書」とカトリック教会の真理に合致するか抵触するか見きわめ，同意するか拒絶するかして，それに答えるようにさせた。執拗に頼まれたのでかれらはそうしたが，上記の公にこれで結末が始まりよりよくなるわけではないし，このやり方が，公開討論の継続がそうであるほどには，婿をつれだすのに有効ではあるまい，といった〔//〕こうした教理の討論と講演はお互いに送りあった文書と冊子で終わりをとげたが，万事は混乱したままだった。なぜなら説教師たちは自分たちの臆見に頑固にとどまり続け，真理に譲ろうとはしなかった。ポルシアン公は上記の提督殿と弟君によって自称〔改革派〕宗教にとどまり，その宗教にかたまったまま没した。公の奥方は，上記の討論以来，カトリック教に戻り始め，夫君である公の死後，じょじょにうまい具合に進んでいった》〔t. 2, 60-62〕。

24) ピエール・ブリュラール，『もっとも注目すべきことどもの日記』(Pierre Bruslart, *Journal des choses plus remarquables,* in *Mémoires de Condé,* 6 vols., Londres//Paris, 1743, t. I, p. 198) を参照。ちなみにパリのサン゠ヴィクトール修道院修道士フランソワ・グランもその『日記』で，《サン゠ポール教会の司祭，ヴィゴール殿によりおこなわれた葬送演説 (l'oraison funèbre faicte par Monr Vigor, curé de Sainct-Pol)》について言及している (*Journal de François Grin Religieux de Saint-Victor de Paris (1554-1570)* par le Baron de Ruble, Paris, 1894, p. 50)。

25) シェリュエル，『フランス制度・風俗・風習歴史辞典』(A. Chéruel, *Dictionnaire Historique des Institutions, mœurs et coutumes de la France,* Hachette, 1884, p. 1009 〔g〕)。

26) ちなみに1566年春，シャルル 9 世はオーヴェルニュ地方を巡幸していた (cf. V. Graham and W. M. Johnson 〔ed.〕, *The Royal Tour of France by Charles IX and Catherine de' Medici,* Univ. of Toronto Press, pp. 136-137)。この時御前説教をおこなったのが事実とすれば，それもヴィゴールの精力的な布教活動の傍証となろう。

27) cf. エミール・パキエ，『ルネ・ブノワ　市場の教皇』(Emile Pasquier, *René Benoit, le Pape des Halles (1521-1608),* Picard, 1913, p. 84 et suiv.)

28) cf. ジャン゠ピエール・バブロン，『16世紀のパリ』(Jean-Pierre Babelon, *Paris*

au XVIe siècle, Hachette, 1986, p. 445)

29) ジャン・ド・ラ・フォッス,『パリのあるリーグ派司祭の日記』(〔Jean de la Fosse〕*Journal d'un Curé Ligueur de Paris*, éd. Edouard de Barthélemy, Didier, 1865, pp. 134-135) を参照。それによれば、ヴィゴールが説教した(煽動した)のは待降節(クリスマス前の4週間)の最初の日曜日であった。ちなみに、エミール・パキエ、前掲書、pp. 151-152 によれば、前記ブノワも騒乱発生時の、ある時点で介入したらしいが(ジャン・ド・ラ・フォッスによれば11月の項目に記載がある)、この時ブノワは『警告』(*Advertissement*)というパンフレをあらわした。その内容は、十字架の撤去を信仰にかかわることと説くもので(反対者には祈りをその手段とするよう勧告するものの)、撤去前に群衆に説かれ、あるいは群衆の目に触れたら、たしかに煽動的な文書(あるいは説教)となっていたろう。一方シモン・グーラール編、『シャルル9世治下のフランスの状態覚書』t. I, 64 v° ではむしろ撤去直後に問題のブノワのパンフレが発表された、としている。ジャン・ド・ラ・フォッスの記事とは時間関係が異なるわけだ。もし『シャルル9世治下のフランスの状態覚書』が正しければ、このパンフレの実効力については、やや疑わしいといわざるをえない。撤去は12月20日前後にひそかに強行された。

30) セヴォル・ド・サント゠マルト、ギヨーム・コルテ仏訳『著名人讃辞』(Scevole de Sainte-Marthe, *Eloges des hommes illustres*, mis en François, par G. Colletet, Paris, 1644, pp. 459-463) を参照。サント゠マルトと並ぶ『讃辞』の著者、パピール・マソンは、いっそう長文の伝記的事実や作品評価を綴っているが(Joannes Papirius Massonus, *Elogia*, 2 vols, Paris, 1638, t. II, pp. 321-343)、ラテン語文であるので紹介はお許しねがいたい。

31) ジャン゠ピエール・ニスロン,『文芸共和国著名人士録』(Jean-Pierre Niceron, *Mémoires pour servir à l'Histoire des Hommes illustres dans la République des Lettres*, 43 vols., Paris, 1729-45, Slatkine, 1971, t. V, pp. 41-61.)

32) アーグ兄弟,『フランス・プロテスタント』(Eug. et Em. Haag, *La France Protestante*, 10 vols., 1846-1859, Slatkine, 1966, t. VIII, pp. 255 (d)-257 (g))

33) ルイ・ド・ロザンボー,「ピエール・ピトゥ 伝記」(Louis de Rosanbo, Pierre Pithou, biographie, in *R. S. S.*, t. XV (1928), Slatkine, 1974, pp. 279-305)

34) フレデリック・ボームガートナー,『フランスの司教座における変化と継承』(Frederic J. Baumgartner, *Change and Continuity in the French Episcopate*, Duke Univ. Press, 1986)

35) ピエール・ド・レトワル,『日記』(Pierre de l'Estoile, *Mémoires-Journaux*, éd. Brunet et alii., 12 vols., Librairie des Bibliophiles, 1875-1896, t. I, p. 111)

36) « S. Michel en l'Her » とは « Saint Michel en l'Herm » の同音異綴であろう。« l'Her » とする表記は「序文」の中で反復されており、誤植であるよりも、綴り,

第 2 章　シモン・ヴィゴール，その『四旬節の説教』　535

37) ジャック・ド・ビイイについては，たとえば，cf. ニスロン，前掲書，t. XXII, p. 177 et suiv.；および，クロード゠ピエール・グージェ，『フランス文庫』〔Claude-Pierre Goujet, *Bibliothèque Françoise*, 18 vols., 1741-1756, Slatkine, 1966〕，t. XIII, p. 143 et suiv. ちなみにビイイはアンジュー地方のフェリエール大修道院，トゥーレーヌ地方のトシニー小修道院，おそらくポワトゥ地方のノートル・ダム・ド・シャトリエ大修道院，およびポワトゥ地方のサン゠ミシェル・アン・レール大修道院の院長職を兼ねていた。この内，前二者のみが本来のビイイの所有になる地位で，それ以外は知人や兄から受け継いだ身分であった。クリスティがビイイの職名を列挙せず，なぜサン゠ミシェル・アン・レール〔レルム〕大修道院長の肩書のみにこだわったかは不明。

38) それどころか逆に，多くの改革派の人々がこの事件を契機にカトリックに改宗し，かのフロリモン・ド・レモンもそのひとりだったという（cf. アーグ兄弟，前掲書，t. VIII, p. 362〔d〕）。レモンは，『反キリスト論』（Florimond de Raemond, *L'Anti-Christ*, Paris, 1607), pp. 478-480 において《むしろ目撃証人を信ずる人のために》〔478〕あえて「ニコル・ド・ヴェルヴァン事件」の経緯を繰り返した。

39) ロジェ，前掲書，p. 459.

40) わたしたちのこの時代の史的「事実」についての知識は，主として，エルネスト・ラヴィス（監修），『フランス史』，マリエジョル，『宗教改革』と「リーグ」――ナントの勅令」（Ernest Lavisse〔éd.〕, *Histoire de France*, t. VI-1, J. H. Mariéjol, *La Réforme et la Ligue―L'Edit de Nantes*, Hachette, 1911）にもとづく。第 2 次宗教戦争勃発の日付限定は，同書，pp. 95-96 参照。

41) たとえば，フランソワ・ド・ラ・ヌー，『覚書』（François de la Noue, *Mémoires*, in Michaud et Poujoulat〔éd.〕, *Nouvelle Collection des Mémoires relatifs à l'Histoire de France*, 32 vols., Didier, 1866, t. IX), p. 609〔d〕et suiv. を参照。

42) クロード・アトン，『覚書』（Claude Haton, *Mémoires*, éd. F. Bourquelot, 2 vols, C. D. I. H. F., 1857. または，*id., Mémoires*, édition intégrale sous la direction de Laurent Bourquin, 3 vols., C. D. I. H. F, 2001-2006）

43) ブラントーム，『フランス名将列伝』（Pierre de Bourdeille Seigneur de Brantôme, *Les Vies des Grands Capitaines François*, in *OEuvres Complètes*, éd. L. Lalanne, S. H. F., 1864-1882, t. V), pp. 251-251 を参照。

44) ラヴィス゠マリエジョル，前掲書，p. 111 を参照。

45) アンドレ・ステグマン編，『宗教戦争勅令集』（André Stegmann〔éd.〕, *Edits des Guerres de religion*, J. Vrin, 1979), p. 68.

46) ラ・ポプリニエール，前掲書，t. II (Livre xxiiii), 15 v°-16 r°〔ここで書数 (Livre) を示したのは，わたしたちが参照した『フランス史』「第 2 巻」は「第11書」から

536　第Ⅱ部　首都の説教者

「第23書」までの紙葉ナンバーと「第24書」から「第32書」までの紙葉ナンバーが相互に独立しているためである。多分『フランス史』初版がフォリオ判2冊本の体裁で刊行されたことと関係するとおもう。「ルーアンの騒擾」にかんしてのド・トゥの記録は，ド・トゥ，前掲書，t. IV, p. 483 を参照。

47)　「第2巻10章」とは『四旬節の説教』傍註の指摘による。おそらく，ジャン・カルヴァン，パニエ編，『キリスト教綱要』（J. Calvin, *Institution de la Religion Chrestienne*, éd. Pannier, 4 vols., Les Belles Lettres, 1961）では，t. 3, p. 221 前後を指すか。そこにはたとえばつぎのように書いてある。《しかしながら，スコラ的な次の教義をわれわれは徹底的に排斥しなければならない。すなわち，それは古き律法の聖礼典と，新しき律法の聖礼典との間に，いちじるしい相違を認め，まるで，前者は神の恵みを影で示したにほかならず，後者にいたって，恵みはありありと示された，とするのである》（カルヴァン，『キリスト教綱要』IV/1，渡辺信夫氏訳，新教出版社，p. 348）。

48)　一例として「第8篇」末尾〔78 v°〕参照。それに先立つ〔71 v°〕では「マタイ伝」第12章38節以下の，奇蹟提示を求められたイエスの拒絶にかんして，考察すべき項目を四つ立てるが，この時ヴィゴールは初めの3項目の叙述に十数ページを費やし，第4の項目に捧げられるのは，「説教」終了まぎわ〔78 v°〕の最後の6行のみである。

49)　もちろんカトリックの説教師だけが，罵倒の語彙を売りものにしたわけではなかった。一例として1538年，ジュネーヴ市で市会と聖職者側とのあいだに激しい対立が起こったおりの出来事をあげよう。《あたらしく選出された行政官と説教師たちのあいだに闘いが起こったのは，こうした土壌においてであった。市会は，自らの行動が説教壇のうえから批判されたのを知って，3月12日の決定により，カルヴァンとファレルに，行政官の仕事に首をつっこむことを禁じた。しかし牧師の方ではこの命令を一顧だにしなかった。4月8日，コローが市会のまえに呼び出され，ある説教で裁判官のお歴々を咎めたことで譴責された。コローは謝罪しなかった。4月19日，かれはジュネーヴの国が蛙の王国に似ているといい，行政官を**酔いどれ**あつかいしたかどで告発された。説教をすることが禁じられる。しかしかれは従うのを拒んだので，投獄されるのである〔Ce fut sur ce terrain que la lutte s'engagea entre les magistrats nouvellement élus et les prédicateurs. Le Conseil, ayant appris que ses actes étaient critiqués du haut de la chaire, défend, par un arrêté du 12 mars, à Calvin et à Farel de se mêler des affaires du magistrat. Mais les ministres ne tinrent aucun compte de cette injonction. Le 8 avril, Corault est mandé par-devant le Conseil et censuré pour avoir blâmé Messieurs de la justice en un sermon. Corault ne s'amenda pas ; le 19 avril, il est accusé d'avoir dit que l'Etat de Genève ressemble au *royaume des grenouilles* et d'avoir traité les magistrats d'*ivrognes* ; défense lui est faite

第 2 章　シモン・ヴィゴール，その『四旬節の説教』　537

de prêcher, et comme il refuse d'obéir, il est mis en prison]》（A. Roget, *L'Eglise et l'Etat à Genève du vivant de Calvin*, J. Julien, 1867, pp. 21-22；強調はわたしたち）．

50）ベーズの『ソロモンの「雅歌」の最初の 3 章にかんする説教』（*Sermons sur les trois premiers chapitres du Cantique des Cantiques, de Salomon*, par Theodore de Beze Ministre de la Parole de Dieu en Eglise de Geneve, Par Jehan le Preux, 1586）を念頭に置いている．

51）1589 年，暗殺された先王のあとを継ぎ，パリをはじめとするフランス王国の平定に着手したアンリ 4 世は，動乱の渦中にある各地から怠りなく情報を収集した．ジャン・ド・ヴェルニ，『覚書』（Jehan de Vernyes, *Mémoires*, Slatkine, 1976〔1838〕）は，オーヴェルニュ地方にかんするそうした目的（つまり戦略的な）に沿った現状報告であるが，その分析に触れると，政治的，経済的，社会的，もしくは感情的な要因で所属する宗教陣営を変更した人々が，宮廷大貴族にかぎらなかった事態がよく理解される．そこにはたとえば，つぎのような記述がある．《この〔クレルモンの〕町には二つの名家がある．ひとつはモーガン家で，ひとつはアンジョベール家である．モーガンの家はもっとも旧い家々の縁戚で，1582 年にあって，この家の長である 3 兄弟のうち長男は神父で，クレルモン司教殿の助祭長だった．次男は代官管轄区の総代官，三男は徴税区の選出議員であった．〔//〕アンジョベールの家は町でそれほど旧家というわけでもなく，家柄のよい縁戚に恵まれているわけでもなかったし，おおやけの任務の責を果たす栄誉にあずかっているわけでもなかった．しかし，なみの商家の中でもっとも豊かにしてもっとも人気があった．この二つの家は，とある民事訴訟をかかえていて，不倶戴天の敵となった．アンジョベール家のひとりが，いまは納税区の収税長であるが，活発で理解力に富み，他方，改革派の嫌疑をかけられていたが，総代官モーガンに対し敵意をもち始めた．〔……〕モーガン家は，一族をしきっている助祭長のために，ランダン家からつよく支持されていた．事実，助祭長はこの地方の第 1 人者であり，フランスの全聖職者の中でもっとも優秀な者のひとりだった．アントワーヌ・ダルマ殿は〔……〕ランダン一族みなとモーガン家にひどく憎まれていた．そこで上記のダルマとアンジョベールは，もしリーグ派がこの町で受け入れられたらモーガン家は司教と知事にもっとも支持されるだろうし，自分たちに害を加える方途を手にすることだろうと予見して，己れの義務についてもっていたであろう性向に加えて，**個人的な利害関係のために**，かたくなにリーグ派と，兄弟である知事殿と司教殿の計画に反対した》〔29-31；強調はわたしたち．原文ではそれぞれの家名および一部の人名（Mauguin, Enjobert, Randan,〔Antoine〕Dalmas）がイタリック体に置かれているが，ここでは配慮しなかった〕．多分事情はリーグ戦争以前でも，またどの土地でも類似していたというのが，わずかながら同時代史記述に触れたわたしたちの印象である．

52）研究者に周知の事実であろうが，大法官の身分は権利上は終身制〔inamovile〕

だったらしい。cf. ドゥーセ，『16世紀におけるフランスの諸制度』（R. Doucet, *Les Institutions de la France au XVIe siècle*, 2 vols, Picard, 1948），t. I, p. 108. ロピタルの辞任に関連して，シェリュエル，前掲書は，《1568年に失寵したが，死にいたるまで大法官の肩書きを保持した》〔129(g)〕と，さらにラランヌの『フランス歴史辞典』は《印璽はその頃〔1568年〕とりあげられたが，1573年2月1日になってようやく，大法官の地位を強いて辞さしめた。かれはその地位の栄誉と俸給を，6週間後におとずれた死にいたるまで保持した》〔1000 (d)〕と述べる。

53) 残念ながら直接「禁書目録」を参照できたわけではなく，たとえば，フーゴ・フリードリッヒ，『モンテーニュ』（Hugo Friedrich, *Montaigne*, traduit de l'allemand par R. Rovini, Gallimard, 1968〔1949〕），p. 111（《トリエント公会議は『自然神学』の序文を断罪した》）にこの情報を負っている。

54) cf. ミシェル・ド・モンテーニュ，『旅日記』（Michel de Montaigne, *Journal du voyage en Italie par la Suisse et l'Allemagne*, éd. E. Pilon, Les Œuvres Représentatives, 1932），p. 168.《既に殿〔モンテーニュ〕は，ある土曜日の朝，かれらの教会堂(シナゴーグ)に行って祈禱の場をご覧になっていた。彼らはそこで，カルヴァン派の教会で見られるように〔……〕がやがやと唱える》（訳文は関根秀雄／斎藤広信氏訳，『モンテーニュ　旅日記』，白水社，1992，p. 134 のものをお借りした）。

55) これもいうをまつまいが，「宗教（もしくは理念）」が「和平」一般に優先するとは，必ずしもカトリック強硬派のみが抱く見解ではなかった。ヴィゴールがあれ程憎んだカルヴァン自身，いく度もそうした見解を説いた。ジャン・カルヴァン，『教会を改革する真のやり方』（Jean Calvin, *La Vraie Façon de réformer l'Eglise*, Préface et adaptation d'E. Fuchs, Labor et Fides, 1957）にはつぎの一文が見られる。《何が起ころうと，みなして心をかため，神の真理と人間の夢想をないまぜにする，いかなる和平条件も受け入れないようにしよう》〔10〕。

56) ドネイ神父編，『トリエント公会議教理問答』（*Catéchisme du Concile de Trente*, traduction nouvelle, avec des notes, par M. L'abbé Doney, 3 vols., Gauthier Frères, 1826），t. I, p. 14.

57) この点も未確認であって，わたしたちのよりどころは，ラヴィス＝マリエジョル，前掲書，p. 81 に存する。

58) シャルル・ラビットはヴィゴールの説教と「聖バルテルミーの虐殺」の通底する関係を明言したひとりである。ラビット，前掲書，pp. 39-40 を参照。かれはそこで《聖バルテルミー〔の虐殺〕はかれの『説教』で展開された教理の社会的な是認にすぎなかった》と述べ，自分の言明を実証すべく，この箇所に註をほどこして，ヴィゴールの以下の言葉を引いた〔本章（引用―3）を参照〕。《わたしたちの貴族は攻撃したがりません。かれらはこういうのです，「伯父や兄弟に短刀を向けるというのは，とんでもなく残酷ではないのかね」と。どちらがあなたにとっていちば

ん身近な者でしょうか。カトリック教徒でキリスト教徒の兄弟か，さもなくばユグノーの，あなたと血のつながりがある兄弟か。霊的な結びつきや身近さは肉体のそれよりもはるかに大きい。そこでわたしはいうのだが，あなたがユグノーに対し攻撃したくないという以上，あなたには宗教がない。それゆえ，いつの日にか，神は裁きを下されるだろうし，この私生児の貴族を平民が打ち負かすのを許されるだろう。わたしは，そうする，とはいっていない。神が許されるだろうといっているのだ》(Voy. *Serm. cath. sur les dimenches et festes*, édit. de 1587, in-8, t. II, p. 25：ラビットからの孫引き).

むすびにかえて

　メスという，16世紀にあってはほぼなかばまでの期間，フランス語圏に位置しながら政治的にはかろうじて独立を維持してきた，神聖ローマ帝国の独立都市国家の一員として「自立」の神話を，その存命中は，見事に生き抜いてみせたフィリップ・ド・ヴィニュール。散在する文献史料を各地に求め，歴史記述をその時代であとうかぎり物語記述・神話記述から解放し，その中で自立する（してきた）ブルターニュの像を骨太に描いてみせたピエール・ル・ボー。ブルターニュの独立も，帯剣貴族の名誉も守りたいと念じ，加えて歴史は読まれる物語であるということを如実に体現した伝統的・保守的年代記作家アラン・ブシャール。ブルゴーニュ公の修史官として，己れのもてる修辞的技法を駆使し表層を飾り，また歴史をいろどる数々の情景の紹介にあたっては，伝統的な「ドラマ化」などの作業を用いることによって，「読ませる」年代記を執筆したジャン・モリネ。主筋の変更にともなって，その政治的立場をかえ，徹底的な「宮仕え」の立場から発言し，とはいえ古代の異教神話を史実に重ね合わせて大部の史書を刊行した，いかにもルネサンスの申し子，ジャン・ルメール。初期韻文・散文に見られた修辞学派の文体をかなりの程度でひかえ，歴史家としてアキタニアの古代史から出発し，フランソワ１世，さらにはアンリ２世の治世までの，フランスの同時代史を，君主というイデオロギーを発見しつつ書き残した，三人めのジャン，ブーシェ。

　これらの歴史家は（ジャン・ブーシェを除いて）当時領土を拡張しつつあった，イル・ド・フランスを起源とするフランス王国――否むしろフランス王家というべきか――の周縁地域を活動の場とし，呑み込まれようとしている，もしくはすでに呑み込まれた主筋を代表してその領地の（相対的）独立性，文化の独自性を主張した。あるいはその時々に請われるままに主筋をかえ，主筋の代弁人となった。16世紀のなかばまで生き抜きながら，最後の修辞学派として

フランスの王領ですごした，非宮廷詩人ジャン・ブーシェは，一方ではそれでも直接の主筋の讚辞を綴り，他方，新たに誕生しかけている，宗主ではない「君主」の理念に殉じようとした。「歴史」という言葉が不適切なら「年代記」と呼んでもいいのだが，とくに(大)修辞学派に属した歴史家たちは言葉をなりわいとする者として，主筋の意を汲んで，発せられるや散霧する宿命をおびた話し言葉の代わりに，後世に残る(であろう)書き言葉の操り手たることを要請された。それはブルターニュ女公の修史官，アラン・ブシャールでも，ピエール・ル・ボーでも同じであった。言葉が「現在」の宮廷を楽しませるものだけではなく，「将来」に憂いをなくするために「過去」を書きとめる用具としてひろく認識され始めたのである。これは16世紀以前の歴史家（年代記作家）にも見られたことであったが（よく引かれるジャン・フロワサールを見よ），そのイデオロギーとしての価値が総体として明瞭に認識され始めたのは，おそらくこの季節に始まる。これは16世紀の後半，天才詩人ピエール・ド・ロンサールが，王侯がいかに武人として優れていようと，それを歌う詩人がいなければ，後世からは見向きもされない，と詩人の使命を訴えたのとはいささか異なる。ロンサールが訴えたかったのは，詩人の武人に対する同等の，あるいはそれに優る社会的地位であり，「文芸」に生きる者たちの，アイデンティティの強い発露であった。わたしたちが検討した歴史家（年代記作者）はいずれも，「文芸」への志向を有しながら，宮廷詩人という弱い立場にあるか，地方での文芸愛好家にとどまり，「王宮詩人」の桂冠とは遠い存在だった。かれらはロンサールとは違って，「文芸」でのアイデンティティを引き受けたくとも引き受けられず，命ぜられてにせよ，自ら望んでにせよ，「郷土」の神話（「都市」の神話，「公国」の神話）を生き，その神話にアイデンティティのよりどころを見出そうとした。しかもそれらの「郷土」は（ジャン・ブーシェのばあいを除いて）大国のまえに屈しようとしているか，すでに屈したたぐいであった。政治的・社会的劣者の場に立って，どのようにすれば劣者の位置から脱出できるのか。「郷土」の神話にこそ，「郷土」に生きる人々が政治的・社会的には求めえないアイデンティティの起源があった。ジャン・ブーシェのばあいは「君主制」

なる「理念」を発見し，その「理念」の伝播に己れのアイデンティティを見出した。「歴史」というイデオロギーはこの世紀の終盤，宗教戦争のさなか，いや宗教戦争をこえて，多くの知的上層を捉え，自らの理念を支える用具として用いられるであろう。境界の歴史家たちの史的叙述はこの意味できたるべき時代を先取りしていた。

　同じく「言葉」をなりわいとする人々でも，話し言葉（パロール）の使用者は，書き言葉（エクリチュール）の言語使用者とは異なる使命を託され，もしくは自らに引き受けた。わたしたちはその姿を宗教対立のただなかにいる説教者に見出す。巡回説教師や教会つきの説教師もいないどころではなく，大部分が農地であったフランス王国において，その活動の足跡はいたるところに残されているが，わたしたちは聴衆の心情に訴えかけ，かれらを一定の方向へいざなうことが，説教師たちのまず第１の使命であることを考え，政治の中心地，思想の中心地であるパリでその使命を果たした説教師から，二名を選んで紹介した。説教には，たとえばテオドール・ド・ベーズの『ソロモンの雅歌の初めの３章にかんする説教』（底本とした版については，本書第Ⅱ部第２章註50)を参照）のように静謐で優れて講解性がたかく（教義的にも《彼の教会学において重要な位置を占る》とは，『テオドール・ド・ベーズの教会学』（*The Ecclesiology of Theodore Beza*）をドロー社から刊行したマルヤマ氏の言葉である)，党派対立のさなか（1586年刊行）でおこなわれたことが不思議におもえてしまうものもあるが，それよりもむしろ，概して己れの党派を支持し，対立する側の非を声高に鳴らす煽動的な人々が眼にとまる。シモン・ヴィゴールの『四旬節の説教』がまだその口汚さにおいて穏健だといえるほど，その後の，ことにパリ・リーグ派の説教師たちは改革派や王党派（ポリティック派）をあしざまに罵った。しかし全面的な武力衝突がまだ不可避であると考えていなかった時代，ピエール・ドレは対立をあおるというよりはむしろ，自らの説を知的中層・下層により浸透させるべく，カトリーヌ・ド・メディシスのまえに立った。ヴィゴールの説教が教会の「権威」をもって，いわば上から民衆を説得，あるいは煽動しようとするものだったのに対し，ドレは「親しみやすい」説教をもって聞き手を導こうとした。同

じくカトリック教の信仰箇条に忠実であったとはいえ，このふたりの説法の違いはどこに由来したのだろう。

　もちろん宗教戦争までにまだ若干の時間の猶予がある時期のそれ（ピエール・ドレ）と，凄惨な内戦をすでに三度まで経験し，おそらく相手方の殲滅以外，対立の解消は訪れないだろうと予期していた確信犯のそれ（シモン・ヴィゴール）が根底にあるのは間違いあるまい。——しかし，ふたりの違いはそれだけなのだろうか。

　わたしたちはその違いをドレやヴィゴールの個人的な資質や経験のみに還元しうるとは考えない。福音主義者や，反乱よりも殉教を選んだ改革派による「宗教改革」が，福音主義者の乖離・隠棲と，改革派の武装蜂起をともなった，貴族間の勢力争いでもある「宗教戦争」となる過程で，新たなイデオロギーが生まれ（ポリティック派による「国家」というそれ），既成の価値観（「宗教」というイデオロギー）に代わって新たな価値観を提出しようと努める一方で，改革派もカトリック教徒も己れの理念の枠組みの外部を否定するようになった。これはカルヴァンやベーズが率いた神政都市国家ジュネーヴでの一挿話だが，若きアグリッパ・ドービニェがこの改革派都市で寮生生活を送っていた頃，男色性癖が露見した少年が，神にそむく者として溺死刑に処せられた記録が残っている（いまさらセルベトの火刑について言葉を費やすのは控えよう）。またフランスの内乱期にあっても，降伏した敵方のカトリック教徒を崖からとびおりさせたデ・ザドレ男爵はその弁明を聞いても「目には目を」の論理を貫徹させただけだった。思想における，あるいは実力行使における強硬カトリック教徒の不寛容はいうまでもない。改革派が「寛容」や「殉教」の思想を廃棄し武装するに比例し，カトリック強硬派の姿勢も硬化していった。そのゆきつく先が，リーグ派の思想であった。リーグ派の思想や活動，思想史的・政治的役割を述べる余裕はないが，わたしたちの印象では最終的に自らの王家よりも宗教をよりどころとするリーグ派の思想は，ある意味では西欧キリスト教の鬼子であり，さまざまな偶然により（語義矛盾かも知れないが）不可避的に生み出されたものであった（そして偶然の向きひとつで，かれらの思想が，現にそう

であったような，近代フランス国家の誕生を阻止しえたかもしれなかった）。1550年当時の社会情勢がピエール・ドレの説教を支えており，1571年のカトリック教徒が置かれていた，やがてリーグ派の思想にゆきつきかねない状況が，シモン・ヴィゴールの説教を支えていた。つまりふたりの説教の質の違いはかれらの信念や経験がもたらしたものだけではなく，かれらが信奉する宗教の辿った過程にも遠因が存したと考える。

　ドレの言葉やヴィゴールの言葉はどれほど効果をえたのだろう。ヴィゴールの説教の効果については，シャルル・ラビットに頼りながら憶測を述べた。ドレのそれは異端の徒を火刑にせよ，と対立者の殲滅を祈る一方で，福音書から慈愛のテーマをふくらませ，愛せよと説いた。ドレが説教を献呈したのがカトリーヌ・ド・メディシスであることを考えると，フランソワ１世が1547年に没し，夫であるアンリ２世が即位してまもないこの時期，さまざまな要因からアンリの政策に必ずしも賛同しがたかった（らしい）カトリーヌには，ドレの説教がなじみやすく映った可能性もないとはいいきれない。幼王シャルルの摂政として国政をつかさどっていた一時期，かのじょはカトリック教と改革派の融和を図るポワシー討論会を企画したり，他方では改革派に寛容といわれる正月勅令を発布するにいたった。もしそうであるなら，ドレの言葉も一定の成果をあげたかも知れなかった。そしてドレの説教が王妃カトリーヌの心にとどまり政治的効果をあげたとしたら，ヴィゴールのそれはドレの説教以上の力をもって聴衆を煽動し，やがて政治的に結実することになっただろう。

　ひとりのドレ，ひとりのヴィゴールが歴史的に実在してもしなくても，多分カトリーヌは融和政策に走り，やがて挫折しただろうし，多分ギーズ家の一門は改革派に，さらには国王その人にも勝利し，しかし最終的には破れたことだろう。ただわたしたちはドレやヴィゴールに親しんだ者として，かれらが偶然としての存在であろうと，歴史の表舞台にわずかな期間登場した，そのことにより消極的にせよ近代フランスの創設者のひとりだった，という夢を追いたい。わたしたちのつつましい願いとして，か細いかれらの声を受け止めたいとおもうのだ。

わたしたちは「歴史」というイデオロギー，あるいは「国家」というイデオロギーについて語った。しかし16世紀はそれらにもまして「言葉」という思想が跋扈した時代だった。印刷術の普及にともないたえず急上昇する，出版曲線についてはいまは語るまい。またわたしたちの歴史家や説教師の論の主体がかつての普遍言語であるラテン語ではなく，地域語であるフランス語であったことにも触れないでおこう。知の中層・下層に「わからせる」ことに主眼を置く説教師たちのみならず，アンヌ・ド・ブルターニュの命を受けたブシャールやル・ボーもまた，アンヌが理解可能なフランス語で著述した。そしてフランス語で執筆すること，語ることへの理解が深まるにつれ，なりわいとしての文筆業の誕生には遠くとも，資産のある，あるいは後ろ盾のある人々で，一定の知的教育を受けた者はだれでもペンをとれる時代がきていた。フランス語著作とラテン語著作の出版カーヴが交差するまさにそのころ，天才詩人ロンサールは斬新な詩篇を世に問うた。教養人ならだれしもロンサールのまねをした時代が訪れようとしていた。少なからぬ数の「郷土史家」が著作を残したのもこの時代だった。書き言葉から話し言葉に眼を転じても，事情は似通っていた。エチエンヌ・パスキエが語った，法曹界での修辞演説の誕生や，先に述べたことでもあるが，改革派の出現とともに新旧両派の陣営でさかんになった，説教の弁論術の琢磨は話し言葉として，「言葉」という思想に影響を受け，そしてあたえていた。

　わたしたちが本書でとりあげた歴史家や説教者は歴史的に見ればみな，つつましやかな存在である（この書の副題とした「知の中層」とは，かれらの言葉が日常語たる・知の中層下層の言語であるフランス語を理解する人々に向けて発せられたものであることと，かれらの提出した世界像がともすれば歴史の中に埋没しかねない，時代の平均的水位から発せられたことに由来している）。強国「フランス」の周縁にいて，やがて吸収され，国家理性の側から不適切の烙印を押された歴史家，歴史記述の革命により結果的に不遇の身にあまんじなければならなくなった歴史家，いやそれ以前に自ら刊行を断念した歴史家。やがてくる国家理性の優位のまえに宗教が対立者との和解を引き受けなければな

らず，ために時代から見捨てられた煽動的説教者，説教の修辞の独自性ゆえに「古典主義」の美学から排斥された説教者。しかしかれらはそれぞれに当時としては「時代」を生き，「時代」をきりひらいた者たちであり，「言葉」を使い，「言葉」に仕えた者たちだった。そして孤独なかれらの向こうに，さらにいっそう孤独な，忘れられた人々がいる。極東の地で書かれた，このささやかな文章がかれらの鎮魂に役立てばさいわいである。

　最後になったが，この書を，青山学院大学名誉教授，故 清水禮子先生の霊に捧げる。

（2006年5月18日）

＊　この本は中央大学学術図書出版助成の対象となった。審査していただいた高橋治男名誉教授，平山令二教授，相田淑子准教授をはじめ，関係者の方々にあつく感謝する。また中央大学出版部，なかんずく平山勝基編集長には一言一句にいたるまでていねいな御指導をいただいた。記して謝辞とする。

（2007年3月）

人名索引

以下の索引は各章の本文およびその註にあらわれた人名を対象としている。「補遺」の人名はあつかっていない。ただし言及された人名を網羅したわけではなく、行論にあたって重要な人名，重要でなくとも反復して出現する人名に限定している（反復して出現しても抽出しない人名もある。その点ではきわめて恣意的である）。

[ア行]

アームストロング，アドリアン　326, 327

アウグスティヌス（聖）　107, 408, 465, 468, 477, 480, 490, 491, 492, 498, 509, 510, 517

アウグストゥス（皇帝）　6, 34

アエネアス　61, 64, 250

アキレウス　62, 64, 236, 237, 243, 246, 250, 257

アッセルマン，M.　43

アトン，クロード　447-448, 451, 452, 463, 528, 530, 531, 535

アベラール，ジャック　227, 258, 322, 323, 326

アラン・バルブトルト（ブルターニュ公）　96, 144

アリウス　274, 483

アリエス，フィリップ　494

アリストテレス　512

アルチュール（ブルターニュ公にしてリシュモン伯）　98, 128, 148

アルチュス王（アルチュール王，アーサー王）　82, 102, 103, 115, 140, 156

アレキサンデル6世（教皇）　225, 256

アレクサンドロス（大王）　383

アレクサンドロス（アレクサンドレイアの）　483

アントワーヌ・デュ・ヴェルディエ　156, 172, 341

アンニウス・ウィテルブス　66, 245

アンヌ・ド・ブルターニュ　56, 57, 58, 59, 60, 61, 64, 74, 83, 92, 102, 105, 108, 126, 130, 132, 133, 134, 135, 136, 137, 138, 139, 140, 142, 149-150, 155, 159, 160, 165, 210, 228, 252, 261, 546

アンヌ・ド・ボージュー（アンヌ・ド・フランス）　57, 130, 132, 136, 152, 160

アンノニウス　279

アンバール・ド・ラ・トゥール　415, 421, 422

アンブロシウス（聖）　107, 477, 484, 485, 488, 492, 499

アンリ・ダルブレ（ナヴァール王）　303

アンリ2世　42, 159, 278, 287, 300, 303, 305, 306, 311, 332, 343, 349, 350, 415, 416, 419, 545

アンリ3世（アンリ・ダンジュー）　439, 442, 464

アンリ4世　366, 537

イグナティオス（聖）　490, 491

イザボー・ド・ボーモン　67, 68, 70, 72

イシドルス　　107, 112, 241
ヴァッラ, ロレンツォ　　247
ヴァンサン・ド・ボーヴェ　　78, 79, 80, 82, 84, 100, 102, 107, 108, 109, 111, 112
ヴィエノ, ジョン　　446, 528
ウィギランティウス　　409
ヴィゴール, シモン　　439-539, 543, 544, 545
ヴィレ, ピエール　　348, 364
ウィンケンティウス（聖）　　509
ウェヌス　　234, 236, 237, 250
ウェルギリウス　　78, 246, 247
ウフェール　　60, 341, 343, 364
ウルバヌス2世（教皇）　　257
エインハルドゥス　　102, 169
エウクレイデス　　512
エウセビオス　　107, 112, 477, 481
エウトロピウス　　78, 102, 107
エドワード4世　　130, 215
エミリオ, パオロ　　58
エリザベート・ド・フランス（スペイン王妃イサベル・デ・ヴァロワ）　　452
エルゴ（修道士）　　108, 170
オイノネ　　227, 230, 231, 232, 233, 234, 235, 236, 237, 238, 239, 241, 242, 247, 248, 251, 252
オウィディウス　　247, 248, 252
オーブリオン, ジャン　　22, 39, 46
オギュ, ルイ　　447, 449, 450, 451, 452, 528, 529
オリー, マチウ　　338, 339, 340, 341, 342, 344-346, 347
オリヴィエ・ド・ブロワ（パンティエーヴル伯）　　81, 109, 116, 145

オリゲネス　　491, 492, 517
オルドリク・ヴィタル　　85, 108, 111, 168, 170
オロッショ　　102, 107, 112

[カ行]

カエサル　　6, 78, 87, 107, 112, 247, 268
ガガン, ロベール　　32-33, 39, 44, 58, 279, 280, 281, 283
カシウェラウヌス（カシベラヌス）　　112, 113
カドウァラドルス　　123, 124, 140-141
カトリーヌ・ド・メディシス　　349, 350, 351, 395, 418, 442, 447, 455, 463, 465, 502, 543, 545
ガブリエル1世（モンゴムリ伯）　　456
カルヴァン, ジャン　　304, 348, 361, 417, 422, 440, 451, 458, 459, 475, 484, 485, 487, 489, 493, 496, 513, 515, 524, 536, 538, 544
カルネ, ルイ・ド　　171, 172
ガレノス　　512
カロルス5世（カルロス5世＝カール5世）　　21, 42, 150, 252, 273, 289, 291, 303, 304, 305, 306, 311, 332, 333, 416
ギー8世（ブルターニュ公）　　67, 70
ギー15世（ブルターニュ公）　　61, 65
ギーズ, ジャック・ド　　245
キャサリーン・オヴ・アラゴン　　345
キュシェ　　266, 327
キュプリアヌス（聖）　　280, 480, 493, 494
キュリロス（アレクサンドレイアの）　　354, 371, 373, 510
ギヨーム（ノルマンディー公＝ウィリア

人名索引 551

ム征服王）　67, 68, 69, 89, 142
ギヨーム・ド・サン゠タンドレ　85,
　93, 170-171
ギヨーム・ド・ジュミエージュ　84,
　168
ギヨーム・ド・フラヴィ　127
ギヨーム・ド・マルベリエンス　76,
　89
ギヨーム・ル・ブルトン　97, 166
ギヨーム10世（アキタニア公）　271,
　272
ギルダス　102, 107, 123
クラウディウス（皇帝）　35
グラン、フランソワ　533
クリスティ（神学教授）　440, 441,
　457, 458, 459, 460, 461, 462, 469, 473,
　474, 527, 535
クリソン、オリヴィエ・ド　93, 118,
　121, 122, 123, 124, 142, 143, 144, 146,
　147, 171
クリュソストモス（聖）　473, 477,
　480, 484, 492, 499
クルーラス、イヴァン　352, 415, 423
グレゴリウス（聖）（大？）　78, 477
グレゴリウス（トゥールの）　279
グレゴリウス13世（教皇）　440, 454,
　455, 462, 474
グレゴリオス（ナジアンゾスの）
　473, 477, 484, 490, 492, 493, 503
クレタン、ギヨーム　58, 194, 196,
　198, 255, 261, 316, 317
クレパン、ジャン（またはクレスパン、
　ジャン）　442, 443, 527
クレメンス（聖）　35
クレメンス7世（教皇）　346
クロード・ド・フランス　104, 150,
　159, 261
ゲクラン、ベルトラン・デュ　92, 93,
　122, 147, 291, 292, 293, 294, 296, 297
ケレルヴェ、ジャン　60, 61, 77, 94,
　103, 157, 158, 163, 164, 165, 166, 168,
　169, 172
コウティン、A. A.　44, 52
ココナース　442
コミーヌ、フィリップ・ド　59, 163,
　308, 334
コリニー（提督）　450, 453, 463, 467,
　469, 505, 516, 532, 533
コンスタンティウス（皇帝）　274
コンスタンティヌス（皇帝）　110, 127

[サ行]

サルピ、フラ・パオロ　412
サン゠ジュレ、オクトヴィアン　58
サント、クロード・ド　447, 450, 451,
　452, 529, 531
サント゠マルト、セヴォル・ド　454,
　534
ジェフリー・オヴ・モンマス　64, 78,
　80, 84, 94, 101, 102, 107, 112, 115,
　123, 124, 156, 168, 169, 170, 171, 269
ジェラン、ジャン　65, 165
ジェルソン、ジャン　405
ジェルベール　110, 111
シジュベール　78, 79, 82, 84, 90, 102,
　108, 111, 279
シャトラン、ジョルジュ　59, 60, 194,
　207, 209, 218, 316, 317
シャラントン、ジャン　14-15
シャルル・ド・ナヴァール　277
シャルル・ド・ブルボン　304
シャルル・ド・ブロワ　63, 84, 85, 91,

92, 96, 118, 122, 145
シャルル・ル・ショーヴ　298, 300
シャルル・ル・テメレール　24, 129, 151, 199, 205, 206, 207, 208, 209, 215, 217, 221, 222, 223, 224, 226, 255, 257, 309
シャルル5世（フランス国王）　118, 127, 146
シャルル6世　118, 141, 145, 147
シャルル7世　65, 99, 111, 127, 128, 137, 145, 148, 292, 301
シャルル8世　49, 56, 57, 59, 65, 104, 132, 134, 135, 136, 137, 150, 160, 161, 165, 208, 215, 223, 225, 265, 278, 300, 304
シャルル9世　350, 351, 439, 440, 442, 450, 452, 453, 464, 465, 466, 469, 533, 545
シャルルマーニュ　6, 156, 238, 270, 273, 275
ジャン・ド・モンフォール（ブルターニュ公）　63, 91, 92, 96, 118, 145
ジャン2世（フランス国王）　282, 300
ジャン2世（ブルターニュ公）　81, 82
ジャン3世（ブルターニュ公）　91
ジャン4世（ブルターニュ公）　92, 113, 119, 122, 124, 142, 145, 146
ジャン5世（ブルターニュ公）　92, 111, 116, 145, 147
ジャンティエ、イノサン　412, 413, 415, 422
ジャンヌ・ダルク　25, 277, 278, 301
ジャンヌ・ド・フランス　56, 127, 131, 210
シュロー・デュ・ロジエ、ユーグ（ロセウス）　450, 529, 530, 531

ショーヴァン、ギヨーム　131, 138, 151, 152
ジョドーニュ、オメール　203, 217, 219, 245, 247, 253, 258, 261, 315, 316, 323, 325
ジョバン（聖）　276
ジル、ニコル　58, 283, 284
スエトニウス　78, 107
ステグマン、アンドレ　464, 535
ストラボン　78, 247
スフォルツァ、ガレアッツォマリーア（ミラノ公）　52, 205, 209
スポンド、ジャン・ド　417, 423
スルピティウス・セウェルス　277
セセル、クロード・ド　59, 60, 160, 161, 163, 164
セルベト、ミゲル　521
ソーニエ、ヴェルダン・L.　53, 342, 343, 420
ソリヌス　78, 107

[タ行]

ダゴベール　279, 280
タヌギ・デュ・シャテル　137, 138, 339
ダルジャントレ、ベルトラン　158, 173
ダレス（フリュギアの）　246, 247, 250
ディオン（プルサの）　252
ディクチュス（クレタの）　242, 246, 247, 251, 252
ティトゥス＝リウィウス　107
テオドシウス　141, 488-489
テオドレトス　485
デス、ニコル　17-18
デュ・ブール、アンヌ　445-446, 498,

527
デュ・プレオー, ガブリエル　415, 422
デュ・ペロン, ジャック・ダヴィ（枢機卿）　417, 423
デュ・ムーラン, シャルル　173, 415, 416, 422
デュシェーヌ, ギヨーム　338, 339, 346
デュピール, ノエル　216, 219, 317, 322
テュルパン（大司教）　156, 275
テルトゥリアヌス　477, 480, 483, 522
ド・トゥ, ジャック゠オーギュスト　346, 352, 421, 447, 451, 531, 526
ド・フォワ, ポール　455
ド・ラ・ヴィーニュ, アンドレ　58, 194, 316
トゥドゥーズ, ジョルジュ　159, 160, 162
ドゥートルポン, ジョルジュ　203, 217, 219, 244, 245, 316, 322, 325, 451
ドービニェ, アグリッパ　366, 417, 423, 447, 531, 544
ドトン, ジャン　59, 160, 163, 164, 256, 259, 326
ドマロル, ピエール　43, 44, 49, 51
ドレ, ピエール（またはジャコブ）　340-419, 420, 421, 470, 543, 544, 545
トロイロス　64
ドロー, ウジェニー　339, 422

[ナ行]

ニケフォルス　483
ニスロン, ジャン゠ピエール　454, 534, 535

ヌヴェール公　450, 531, 532, 533
ネール, ギヨーム　442-445, 456, 457, 503
ネストリウス　518

[ハ行]

バイヤール　290
バヴァラン　118
パウロ2世（教皇）　281
バシレイオス（聖）　407, 409, 523
パスカル, ピエール・ド　228
パスキエ, エチエンヌ　346, 395, 421, 422, 546
パラヴィチーニ　412, 448, 453, 528
パラス・アテナ　234, 236, 250
原　聖　161, 162
パリス　227, 231, 232, 233, 234, 235, 236, 237, 238, 239, 241, 242, 243, 246, 247, 248, 250, 251, 252, 325
バルトロメウス・アングリクス　78, 102, 107
ビイイ, ジャック・ド　454, 457, 458, 459, 535
ピエール・モクレール（ブルターニュ公）　150
ヒエロニュムス（聖）　78, 80, 107, 241, 361, 475, 477, 482, 484, 492, 498, 509
ピカール, フランソワ・ル（？）　460
ヒグマン　345, 348, 421, 422
ピトゥ, ピエール　439, 454, 455, 457
ビュション　216, 316, 317
ビュデ, ギヨーム　303
ビュルタル（ビュルトー）, ピエール　22, 27
ヒラリウス（聖）　263, 271, 274, 275,

276, 277, 279, 280, 297, 326, 481, 482, 509
ファージ，ジェイムズ　344, 348, 420, 421
フィリップ・オーギュスト　144
フィリップ・ド・ヴァロワ（フランス国王）　63
フィリップ・ド・ヴィニュール　3-55, 205, 211, 212, 541
フィリップ・ル・ベル　145
ブーシェ，ジャン　194, 195, 234, 263-307, 308-315, 326, 327, 330, 422, 541, 542
プージェ，ジャン・デュ（祖父＝孫）　530
フェルナンド2世（アラゴン王・スペイン王）　259
ブシャール，アラン　59, 60, 102, 103-154, 155-159, 162, 163, 169, 171, 172, 173, 228, 273, 331, 541, 542, 546
ブシュテル，ギヨーム　287
プティト　266, 327, 328
プトレマイオス　78, 79
ブノワ，ルネ　452, 453, 479, 512, 534
フランソワ・ド・モンモランシー　466, 467
フランソワ1世（フランス国王）　21, 42, 57, 65, 104, 158, 263, 265, 267, 273, 278, 285, 287, 288, 291, 300, 303, 304, 305, 306, 308, 310, 311, 326, 333, 334, 345, 419, 545
フランソワ1世（ブルターニュ公）　140, 170
フランソワ2世（フランス国王）　350
フランソワ2世（ブルターニュ公）　57, 61, 62, 74, 75, 101, 103, 128, 133, 134, 137, 138, 149, 151, 152, 153, 154, 155, 159, 172
ブラントーム　160, 161, 352, 464, 535
プリアモス　236, 237
フリードリッヒ3世（皇帝）　201, 205
ブリトネル，ジェニファー　324, 326, 327, 348, 422
プリニウス　78, 79, 80, 81, 102, 107, 247
ブリュネ　164, 166, 169, 172, 420
ブリュノー，シャルル　43, 44, 50
ブリュラール，ピエール　452, 533
ブルトゥス　58, 101, 102, 103, 109, 127, 140, 142, 155
ブレンブロ　98, 100
フロワサール，ジャン　39, 84, 91, 92, 93, 114, 117, 118, 122, 123, 124, 170, 171, 283, 284, 291, 295, 296, 297, 542
ベアール　282, 324
ベーズ，テオドール・ド　346, 347, 348, 417, 421, 422, 440, 442, 444, 451, 459, 497, 513, 515, 516, 527, 530, 531, 532, 537, 543, 544
ヘカベ　237, 243
ヘクトル　236, 237, 243, 256, 257, 258, 259, 326
ベダ（尊者）　84, 107
ベダ，ノエル　338, 346
ペトラルカ　75
ペトルス・ダミアヌス　372
ベネディクティ　447, 452
ペルーズ，ガブリエル　43, 45, 51, 52, 55
ベルカン，ルイ・ド　303, 346
ベルナルドゥス・グイドニス　282
ヘレネ　230, 231, 236, 238, 241, 244,

人名索引

257
ヘンリー6世　　130
ヘンリー7世　　152, 259, 310
ヘンリー8世　　260, 265, 288, 310, 345
ボームガートナー, F. J.　　455, 456, 534
ボッカッチョ　　107, 243, 244, 245, 246, 247, 248, 250
ホメロス　　243, 247, 251, 252
ボロメオ, カルロ（枢機卿）　　448, 449

[マ行]

マーリン（もしくはメルラン）（魔術師）　　61, 97, 98, 99, 100, 103
マクシミリアン（皇帝）　　21, 150, 201, 205, 207, 220, 221, 223, 225, 259, 260, 261, 262, 324
マリー・ド・ブルゴーニュ　　207, 222, 226
マルガレーテ・フォン・エスターライヒ　　56, 58, 59, 131, 227, 228, 239, 252, 253, 260, 261, 304, 310, 322, 324
マルグリット・ド・フォワ　　60-61, 130, 132
マルス　　267
マルセル, エチエンヌ　　300
マルティリアヌス（下記マルティヌス・ポロヌスの別綴）
マルティヌス・ポロヌス　　107, 108, 109, 111, 243
マロ, クレマン　　281, 303
マロ, ジャン　　58, 194, 316
マン, キャスリーン・ミリアム　　227, 322, 324
ミショー　　60, 103, 156, 157, 164, 172, 266, 327, 331, 341, 343, 344, 439, 441,

449, 451, 452, 453, 456, 459, 527, 528
ミネルウァ　　267
宮下志朗　　340, 419
メシノ, ジャン　　59
モリネ, ジャン　　59, 194, 195-226, 227, 230, 234, 239, 255, 263, 307-315, 316, 317, 326, 541
モレリ　　442, 449, 457, 527
モンテーニュ, ミシェル・ド　　514, 538
モンパンシエ公　　440, 530
モンフォール伯　　84, 85, 92, 93

[ヤ行]

ユーグ・カペ　　108
ユノ　　234, 236, 250, 267
ユリアヌス（背教皇帝）　　286
ユリウス2世　　26, 50, 260
ヨハンネス・クリュソストモス　　397

[ラ行]

ラ・クロワ・デュ・メーヌ　　156, 172, 340-341, 344, 442, 453, 527
ラ・サル, アントワーヌ・ド　　55
ラ・ヌー, フランソワ・ド　　463, 535
ラ・フォッス, ジャン・ド　　453, 534
ラ・プラス　　447
ラ・プランシュ, レニエ・ド　　449, 528
ラ・ポプリニエール, ランスロ・ヴォワザン・ド　　101, 169, 447, 451, 466, 468, 530, 535
ラ・ボルドリー, アルチュール・ル・モワヌ・ド　　104, 161, 173
ラ・モール　　442
ライムンドゥス・マルリアヌス　　87,

107
ラヴァル、ピエール・ド（ランス大司
　　教）　65
ラヴァル、ジャンヌ・ド　66, 74
ラヴィス、エルネスト　88, 169,
　　259, 332, 535
ラクタンティウス　380, 481
ラクロワ、ポール　161, 341, 421
ラビット、シャルル　528, 538, 545
ラブレー、フランソワ　303, 337-347,
　　350, 351, 352, 418, 419
ラランヌ、リュドヴィック　156, 341,
　　343, 352, 454, 527, 538
ラングレ・デュ・フレノワ　155, 172
ランデ、ピエール　131, 132, 138,
　　139-154, 171, 172
リヴィングストン、チャールズ　52
リュクサンブール、ルイ・ド（サン＝ポ
　　ール伯にしてフランス大元帥）
　　220
ル・グルネ、フランソワ　17-18
ル・デュシャ、ジャコブ　340, 341,
　　420
ル・フュール、ディディエ　106
ル・ボー、ピエール　59, 60-103, 106,
　　107, 108, 110, 112, 113, 114, 115, 117,
　　123, 124, 126, 127, 128, 134, 138, 139,
　　140, 143, 144, 145, 149, 150, 151, 154,
　　155-159, 162, 164, 168, 171, 172, 173,
　　228, 331, 541, 542, 546
ルイ・ド・ゴンザグ（ブイヨン公）
　　450
ルイ・ド・ラ・トレムイユ２世　266,
　　267, 290, 327
ルイ・ル・デボネール　301, 331
ルイ（聖王）　170, 283

ルイ11世　26-27, 128, 130, 131, 133,
　　137, 138, 140, 149, 151, 208, 209, 222,
　　223, 224, 266, 281, 300, 301, 302
ルイ12世（王位に就く以前のルイ・ド
　　レアンの呼称もふくむ）　20,
　　25-26, 56, 57, 65, 104, 128, 131, 132,
　　133, 134, 135, 136, 137, 139, 149, 159,
　　160, 161, 208, 210, 223, 256, 259, 260,
　　261, 262, 265, 278, 291, 300, 309, 310,
　　326
ルイーズ・ド・サヴォワ　57, 159,
　　160, 346
ルートヴィッヒ１世（皇帝）　13, 14
ルカヌス　78, 107
ルター　288
ルニアン　348, 422
ルネ（ロレーヌ公）　22-23
ルフェーヴル・デタープル、ジャック
　　303, 346, 395, 480
ルメール・ド・ベルジュ、ジャン
　　39, 44, 45, 58, 59, 66, 79, 94, 126, 163,
　　166, 194, 195, 201, 205, 227-263,
　　307-315, 316, 317, 322, 323, 324, 325,
　　326, 541
レオ（１世？　教皇）　508
レオ10世（教皇）　260
レピンヌ、ジャン・ド（あるいはスピ
　　ナ）　447, 450, 451, 529, 530, 531,
　　532, 533
ロススタイン、マリアン　317, 323
ロピタル、ミシェル・ド　506
ロビノー、ギー＝アレクシス　156,
　　157
ロベール・デュ・モン　89, 96
ロベール・ド・ヴィトレ　67, 68, 69,
　　70, 72

ロベール2世（フランス国王）　108, 110, 111
ロラン　102, 103, 127, 273
ロワゼル，アントワーヌ　455
ロンサール，ピエール・ド　201, 228, 238, 263, 417, 542, 546

[ワ行]

渡辺一夫　52, 357, 359, 419, 420

著者略歴

高橋　薫（たかはし・かおる）

1950年東京に生まれる。1973年埼玉大学卒業。1975年東京教育大学文学研究科修士課程修了。1978年筑波大学文芸・言語研究科博士課程単位修得退学。1978年～1996年駒澤大学外国語部教員。1996年中央大学法学部教授（現在にいたる）。

著作など
Concordance des Tragiques d'Agrippa d'Aubigné (France Tosho, 1982)，『フランス一六世紀読書報告』（1990年～1998年，2006年）
翻　訳
「ラブレーの宗教――一六世紀における不信仰の問題」（法政大学出版局，2003年：同年日本翻訳家協会翻訳特別賞受賞，2006年度中央大学学術奨励賞受賞）その他
論　文
「鹿の蹄を王に捧げる」（『フランス十六世紀読書報告〔1995〕』所収），「迷信妄想」（同上），その他

言葉の現場へ　　　　　　　　　　　中央大学学術図書 (69)

2007年11月20日　初版第1刷発行

　　　　　　　　　　著　者　　高　橋　　　薫
　　　　　　　　　　発行者　　福　田　孝　志

　　　　　　　発行所　中 央 大 学 出 版 部
　　　　　　　　　東京都八王子市東中野742番地1
　　　　　　　　　郵便番号　192-0393
　　　　　　　　　電話　042(674)2351　FAX 042(674)2354

　© 2007　Kaoru TAKAHASHI　　　印刷・大森印刷／製本・法令製本
　　　　　　ISBN978-4-8057-5166-4

　　　　　　本書の出版は中央大学学術図書出版助成規程による